KB082640

실러 2-1

Schiller: Leben-Werk-Zeit
by Peter-André Alt

학술명저번역 577

실러 2-1

생애 · 작품 · 시대

Schiller: Leben-Werk-Zeit

페터 안드레 알트 지음 | 김홍진 · 최두환 옮김

아카넷

2-1권 차례

2-2권 차례

1-1권 차례

1-2권 차례

| 일러두기 |

1. 이 책은 Peter-André Alt의 *Schiller: Leben-Werk-Zeit I · II*를 완역한 것이다. 독일어판은 두 권으로 되어 있으나, 한국어판에서는 각 권을 다시 두 권으로 나누어 총 네 권(1-1, 1-2, 2-1, 2-2)으로 분책하였다.
2. 한국어판의 두 옮긴이는 전체 원고의 번역과 편집에 공동으로 노력하였으나 1권(1-1, 1-2)은 김홍진, 2권(2-1, 2-2)은 최두환의 책임 아래 번역이 이루어졌으며, 해제 또한 따로 작성하여 각 권말(1-2, 2-2)에 실었다.
3. 독일어판의 주석은 전거를 밝히는 후주와 실러 작품의 인용을 밝히는 방주로 되어 있으며 한국어판은 이러한 체재를 그대로 따랐다. 방주에 쓰인 약어를 풀이하면 다음과 같다.

   NA: 내셔널 판(Nationalausgabe)
   FA: 프랑크푸르트 판(Frankfurter Ausgabe)
   SA: 100주년 판(Säkularausgabe)
   P :「피콜로미니(Piccolomini)」
   T :「발렌슈타인의 죽음(Wallensteins Tod)」
   L :「발렌슈타인의 막사(Wallensteins Lager)」
4. 각주는 독자의 이해를 돕기 위해 옮긴이가 작성한 것이다.
5. 독일어판은 반복적으로 사용된 서명과 작품명을 약칭으로 쓰고 있으나 한국어판에서는 독자의 혼동을 피하기 위하여 서명과 작품명을 되도록 온전하게 적었다.
6. 서명과 작품명은 각각 겹낫표(『 』)와 낫표(「 」)로 묶어 구분하였으나 개별 작품이 간행 등의 이유로 서명의 의미를 띨 경우에는 겹낫표로 표시하였다. 한편 정기간행물은 겹꺾쇠(《 》)로 묶어 구분하였다.

서론

실러가 작가로서 명성을 얻게 되기까지 가야 할 길은 험난했다. 문필 활동을 시작한 시절 그는 내적 갈등에 시달리고 사적인 시련과 타격에 부닥치면서 여러 번 위기 상황에 봉착하기도 했다. 23세에서 31세에 이르는 기간에 그에게는 개인적으로 지원해줄 후원자도 없었고 일정한 봉급이 보장된 공직도 없었다. 그는 매일매일의 생활비를 자기의 문필 활동에 의존할 수밖에 없었다. 어디에도 매이지 않은 자유로운 신분으로 얻게 된 시간적 여유는 출판 시장이 불안정한 데서 말미암은 압박감에 눌리어 별로 향유할 수 없었다. 언제나 그의 개인적인 자유는 언제 없어질지 모를 자산에 불과했다. 전혀 여유가 없는 최소한의 자산이요, 자주 위협받는 자산이었다. 실러는 이미 청년기를 감금, 행동 범위 제한, 감시 등의 제재(制裁)를 받아가며 보내야만 했다. 그 명성 높은 군사학교 카를스슐레(Karlsschule)에서 엄격한 감독을 받아가며 학창 시절을 보낸 8년 가까운 기간(1773~1780)

에 그는 스스로를 군대식 교육의 포로라고 느낀 적이 한두 번이 아니었다. 엄격한 군대식 규율이 개인적 취향을 고려할 여지를 전혀 허용치 않은 것이다. 얽히고설킨 수많은 학교 규정과 규칙들에서 벗어날 수 있는 유일한 길은 정신의 세계뿐이었다. 지금껏 경험해보지 못한 자유들이 어떠한 것인가를 이를 통하여 짐작하고 동경할 수는 있었다. 셰익스피어와 루소라는 두 거점을 중심으로 폭넓은 독서를 했다. 특히 야코프 프리드리히 아벨(Jakob Friedrich Abel) 교수의 독려로 철학에 대한 관심이 생기면서 그는 카를 오이겐(Carl Eugen) 영주가 생각해낸 쥐어짜기 군대식 교육이 아니라 상상력이 그 힘을 마음껏 발휘할 수 있는 가상의 경험 공간을 열 수 있었다.

졸업 시험을 마치고 오제(Augé) 부대에 군의관으로 배치된 후에도 그는 적은 보수로 경제적으로 궁핍할 수밖에 없었고, 하루하루의 삶은 규율 교육의 압박에서 벗어나 시민의 제한적 자유를 누리게 됐다고는 하나 한계선과 저항 요소들에 포위된 삶일 수밖에 없었다. 1780년 12월 중순부터 1782년 9월까지 슈투트가르트에 주둔하던 오제 부대에 근무한 젊은 시절의 실러는 시민적 속성에서 이탈한 방종을 의도적으로 즐기는 모습을 보이기도 했으나 그것은 반나절을 군대에 매여 지낼 수밖에 없는 삶의 답답함을 애써 감추려는 행위였다 할 것이다.

영주 카를 오이겐은 엄격한 휴가 규칙을 실러가 어기자 이를 기화로 여러 동료들 앞에서 상징적으로 의례를 갖춰 그를 처벌했고, 나중에는 저술활동을 금지하기까지 했다. 이로 인해 영주가 자기를 개인적으로 괴롭히려 하고, 영주의 그러한 자의적 압박이 점점 더 심해진다고 느낀 그는 1782년 9월 말에 드디어 슈투트가르트를 탈출하기로 결심했다. 그러나 그는 탈출 후 새로운 강제와 제약들을 겪게 된다. 그는 부대를 이탈한 도주자로 살아가야 하는 신세가 된 것이다. 영주의 영토 내에 발을 들여놓으면, 자기에게 장학금을 주어 교육해준 은인을 배반한 자로 당장 낙인찍히게 될 것이 뻔했던 것이다. 1777년 1월 이래로 아무런 법적 근거도 없이 호엔아스페르크 성채 내에 감금되어 있는 슈바르트(Schubart)의 운명이 남의 일 같지가 않았다.* 한때 영주의 총애를 받던 실러는 자유로운 예술가의 길을 택함으로써 엄청난 대가를 치렀다. 부모와 떠난 후 어머니와는 10년, 아버지와는 11년이 지난 후에야 다시 상봉할 수 있었다. 모두들 우수한 의학도이던 실러가 장차 쟁쟁한 대학교수가 되리라고 예견했었다. 그러나 그가 택한 삶의 형태는 자유로우나 생계가 보장되지 않는 위험한 길이었다.

1782년 9월 22일 저녁 실러가 음악가인 안드레아스 슈트라이허(Andreas Streicher)와 함께 슈투트가르트 시내를 몰래 빠져나와 도주의 길에 들어섰을 때, 카를스슐레 시절 학생들의 아비 노릇을 하겠노라며 권위적 행태를 일삼던 영주와의 불화는 이미 각오한 것이었다. 그러나 가족과 헤어지게 된 것은 고통스러웠다. 가족과의 헤어짐이란 무엇보다도 개인적인 고립과 고독을 의미하지 않는가! 탈출 이후 첫 번째로 머물게 된 대도시 만하임(Manheim)에서는 실망스러운 일들만이 그를 기다리고 있었다. 만하임의 국립극장장인 달베르크(Dalberg)는 뷔르템베르크의 영주에 대한 충성심 때문에 젊고 유망한 작가인 실러를 받아들일 수가 없었던 것이다. 실러는 만하임 근교의 시골 마을 바우어바흐(Bauerbach)에 있는 헨리에테 폰 볼초겐(Henriette von Wolzogen)의 농장에서 반년 이상이나 은거 생활을 한 후, 1783년 늦여름에야 달베르크로부터 함께 일해보자는 기별을 받게 된다.

* 시인 슈바르트(Christian Friedrich Daniel Schubart, 1739~1791)는 1773년 영외로 추방되어, 외국에서 폭군에 항거하는 활동을 계속하였음. 1777년 영내로 유인된 후 법적 절차 없이 10년간 감금 생활을 함. 더 자세한 설명은 『실러』 1권 44~45쪽 참조.

그러나 만하임 국립극장의 전속 극작가로서 1년 일하는 동안 그는 사사건건 주변 사람들과 충돌하게 된다. 약삭빠른 사교적 성격의 달베르크는 실러를 신임하지 않았다. 배우들은 그의 예술가적 순결주의에 불만을 터뜨리며 대들었다. 게다가 말라리아에 걸리기까지 하여 실러는 능률적으로 작업할 수가 없었다. 1782년 1월 달베르크의 기획으로 초연된 「도적 떼」는 대성공이었다. 그러나 1784년 초에 초연된 「피에스코」는 그와 같은 성과를 이루지 못했다. 석 달 후에 상연된 「간계와 사랑」은 관객으로부터 좋은 반응을 받기는 하였으나, 정확하지 못한 각색 과정을 거치면서 결정적 대목들에서 사회 비판적 효력이 약화되고 말았다. 실러는 작가로서 화가 나지 않을 수 없었다. 개인적인 대인 관계에서도 실망스러운 일이 많았다. 예컨대 야심가인 이플란트(Iffland)와의 절교가 그러했고 많은 남성이 바라 마지않던 대상인 여배우 카타리나 바우만(Katharina Baumann)과의 교제 시도가 실패로 끝난 것도 그러했다. 이러한 일련의 일들로 인하여 만하임 시기는 실러의 일생에서 가장 불행했던 우울한 시절로 남게 되었다.

"위험이 있는 바로 그곳에 구출의 씨 또한 자라고 있나니(Wo aber Gefahr ist, wächst das Rettende auch)." 자주 인용되는 횔덜린(Hölderlin)의 송시 「파트모스(Pathmos)」에 들어 있는 이 시구는 실러의 일생에 꼭 들어맞는 말이다. 궁핍한 시절에는 언제나 그를 확확 밀어주는 친구들이 있어 그를 격려해주었고 필요한 경우에는 난처한 지경에서 그를 구해주기도 하였던 것이다. 1778년 카를스슐레의 학창 시절 가장 친한 친구이던 샤르펜슈타인(Scharffenstein)이 실러의 습작 시들을 조롱한 것을 기화로 두 사람 사이의 친구 관계가 깨져 실러가 우울한 나날을 한창 보내고 있을 때, 열정적인 성격의 알브레히트 프리드리히 렘프(Albrecht Friedrich Lempp)가 나타나 그전 친구의 역할을 대신 해주었다. 1782년 가을 여러 달에 걸친 도주 행각 내내 안드레아스 슈트라이허는 상심에 빠진 부대 이탈자를 거의 자기 희생을 무릅쓰면서까지 도와줬다. 만하임의 전속 극작가로서 벌인 활동이 성공을 거두지 못하고 있을 무렵 크리스티안 고트프리트 쾨르너(Christian Gottfried Körner)와 루트비히 페르디난트 후버(Ludwig Ferdinand Huber)가 새로운 후원자가 되어주겠노라고 손을 내밀었다. 라이프치히 근교의 마을 골리스에서 잠시 거처한 후 실러는 로슈비츠와 드레스덴에서 1787년 7월까지 쾨르너가 마련해준 수준 높은 교양인들과 어울리면서 만하임 시절에는 갖지 못하던 마음의 안정을 누릴 수 있었다. 쾨르너는 실러 인생에 결정적인 친구가 되었다. 언제라도 즐겨 대화에 응해주는 신뢰자였다. 예술 활동상의 어떠한 문제가 거론되건 문제의 본질을 곧 파악하여 조언해주곤 했다. 무엇보다도 그는 겉으로 드러나지 않게 도와주는 재정적 후원자였다. 실러의 궁핍한 생계를 돕기 위하여 정기적으로 그에게 추가금을 보냈다. 그렇게 하는 것을 그는 즐거운 의무라고 여겼다.

실러는 그와 같은 친구의 봉사가 필요했을 것이다. 업무를 잘못 처리한 탓에 1781년 이래로 누적되어오던 빚더미에서 벗어나지 못하고 있었으니 말이다. 그 시초가 된 것이 그의 출세작 「도적 떼」의 출판이 불러온 재앙이었다. 실러는 자기의 출세작을 출판하기 위하여, 슈투트가르트 시절에 알고 지내던 활동적인 친구인 요한 필리프 에르하르트(Johann Philipp Erhard)에게 인쇄 착수금으로 150굴덴을 미리 지불해야 했다. 돈이 없어서 빌려 쓰는 형식이었다. 슈투트가르트의 이 친구가 독촉하는 빚을 갚기 위해 실러는 후에 아버지에게서 돈을 받을 뿐 아니라, 헨리에테 폰 볼초겐이 바우어바흐의 은행가인 이스라엘(Israel)에게서 빌려 온 돈까지 쓰게 된다. 1784년 7월 말 만하임에서 그는 세 들어 살던 집의 주인이자 미장공 신분인 횔첼(Hölzel)이 호의적으로 빚을 대신 갚아주어 체납자로서 구속될 신세를 겨우 면하고 체면을 유지하게 된다. 라이프치히와 드레스덴에서도 그는 생계비를 마련하기 위하여 정기적으로 돈을 꾸지 않을 수 없었다. 수 년에 걸쳐 쌓여 있던 빚더미는 실러가 1788년 바이마르로 이주한 후까지도 그를 괴롭혔다. 바이마르에서 자기의 첫 번째 장편 역사서를 출간하기 위하여 크루시우스(Crusius) 출판사와 교섭할 때, 전에도 자주 그랬듯이 작가가 받아야 할 사례금은 이전 빚을 갚는 데 우선 충당되어야 한다는 위협에 시달렸던 것이다. 실러의 재정 형편은 바이마르의 영주 카를 아우구스트(Carl August)가 1790년 1월 그에게 궁정 사무관의 연봉인 200탈러를 지불함으로써 비로소 안정을 찾게 된다. 또한 같은 시기에 작가에 대한 사례금이 전에 비해 많아지기 시작하여 실러의 재정 사정은 점차 나아진다. 어려운 형편에도 빚을 지는 일 없이 살림을 능숙하게 이끌던 그의 아버지는 아들의 형편이 나아지기 시작하자 빚더미에 허덕이는 아들 때문에 늘 하던 걱정을 덜게 되었다. 모험을 좋아하는 아들에게 보낸 그의 편지에는 언제나 절약하고 조심하라는 경고의 말이 가득했다. 젊은 시절 실러는 아버지의 그와 같은 조언들을 귀담아듣지 않았다. 특히 사례금을 미리 당겨쓰는 버릇이 화근이었다. 그러한 버릇 때문에 그는 실제로 받을 사례금보다 더 많은 돈을 미리 받아 씀으로써 빚이 엄청나게 늘어난 것이다. 그리하여 그의 친구가 된 쾨르너는 그를 재정적으로 후원해주는 데 그치지 않고, 자기 눈높이에 맞춰 합리적으로 돈을 쓰라고 권유하기까지 했다.

제2권에서 상세하게 다룰 1790년대의 실러는 사무적인 일들을 젊은 작가 시절에 비해 훨씬 침착하게 처리하는 능력을 보여준다. 그는 자기의 작가적 가치를 확신하고 의식하면서 출판계약을 할 때 자기에게 유리하도록 끈질지게 조목조목 따지는 협상 상대가 된 것이다. 그는 자기의 책이 어떠한 인쇄기로 만들어져야 하는가에 간여하는가 하면 인쇄 과정을 지켜보기도 하고 사례금을 훨씬 더 줄 것을 요구하는 등 기회 있을 때마다 끈질지게 몰아붙이곤 했다. 이와 같은 새로운 경제적 사고방식으로 좋은 성과를 얻게 된 것은 물론, 그의 작품을 인쇄·제작해내는 일에 응당한 정성을 아끼지 않던 그의 출판업자들도 거기에 잘 호응해줬기 때문이다. 그의 초기 희곡들을 별로 큰 애착심 없이 출판하던 가부장적인 인물인 슈반(Schwan)을 대신하여, 드레스덴에 있는 출판업자 게오르크 요아힘 괴셴(Georg Joachim Göschen)이 나서준 것이다. 그는 1785년에 실러가 창간한 잡지 《탈리아(*Thalia*)》를, 그리고 1787년에는 『돈 카를로스』를 맡아서 출판해줬다. 실러의 역사 연구물들은 1786년에 라이프치히의 막강한 서적상 크루시우스가 맡아주었다. 실러는 후에 그에게 자기의 산문집과 시집 출판도 맡기게 된다. 1795년 이후로 그의 가장 중요한 출판업자로 등장할 야심적인 출판업자 코타(Cotta)와 동맹 관계를 맺기 전에 이미 두 명의 출판업자가 그의 작품들을 열광적으로 참을성을 가지면서 출간해준 것이다.

늦게 잡아서 1780년대 후반기에 실러는 독일의 교양 있는 독자들이 그 행보를 큰 관심을 가지고 지켜보는, 사회적으로 저명한 작가의 지위를 확보하게 된다. 18세기 후반 문화 활동 분야에서 가장 큰 명성을 얻을 수 있는 분야는 문학이었다. 이 시기에 문자는 가장 매력적인 매개체였다. 문맹타파 운동이 확산한 결과 새로운 사회적 소통 방식의 전제 조건들을 하나하나 마련할 길을 문자가 터준 것이다. 급격히 증가하는 출판 부수와 더불어 확대일로를 걷던 출판 시장은 시민 계층에게 (독서에 의한) 상상의 경험을 통하여 자신이 사회적으로 어떠한 처지에 있는가를 확인할 수 있는 장을 마련해주었다. 효과적이면서도 돈 들이지 않고 시험해볼 수 있는 수단이었다. 서적이 사적인, 흔히 내밀한 내용을 담는 서신에 버금가는 소통수단이 된 것이다. 서적과 서신, 이 두 영역은 이제껏 모르고 있던 새로운 역할을 기대하면서 자기 자신의 담론을 펼쳐볼 기회를 마련해줌으로써 문자의 힘이 얼마나 막대한가를 증명했다. 시민적 개인은 글 읽기와 글쓰기라는 의식(儀式)을 통하여 스스로를 드러낸다. 이러한 방식은 궁정 사회에서 자기를 내세우는 낡은 수법들과는 대조적인 것으로 점차 이를 대치하게 된다. 자기가 선호하는 인간관계의 모델을 간접적으로 만들어내는 행위는 개인적인 자아 정립을 언어 교환을 통하여 가능케 하려는 욕구에서 발생한다. 도덕성, 감상주의, 이타주의, 박애 정신, 자연 동경, 사랑의 능력 등등은 시민사회에서 서로를 이해하는 규범들이다. 이들은 그러나 현실에서는 우선 서적과 서신을 기초로 한 문자 교환에 의해서만 각인될 수 있을 뿐이다. 이때에 문학적 텍스트가 문화적 영향력을 발휘하게 된다. 그것의 본질적인 사명은 사회적 규범들을 새로이 규정하고 개인적인 소통과 공적인 소통의 여건들을 모두 시민적 정서 문화의 테두리에 맞도록 개선하는 일이다. 18세기 말엽에 사회적 데뷔 방식들의 영역에서 문학은 대중적 관심을 점점 더 많이 흡수하게 되는데, 이러한 추세는 입지 향상을 위해 노력하는 작가이던 실러에게도 적잖이 도움이 되었다.

문자만을 매개로 한 세상 읽기, 이것이 실러의 지적 면모를 일생 동안 규정했다. 바로 이 점에서 실러는 모든 분야에서 실천을 중시하던 괴테와는 달리 현대적 작가이다. 그의 인격은 독서와 언어의 세계를 통하여 형성된 것이다. 그는 체험에서 획득한 지식과는 거리를 두면서, 의술, 인류학, 역사 서술 등 상이한 여러 분야에서 독서를 통해 획득한 지식에는 언제나 충실했다. 경험을 기초로 한 자연과학은 그를 열광시킬 수 없었다. 마찬가지로 당시 인구에 회자되던 인상학, 신령설(神靈說), 음악, 조형미술 등에도 그는 별로 관심이 없었다. 그의 주된 관심사는 역사적 사실들과 지리적 관계였고 이를 위해 그는 문서 기록의 원천들을 캐내는 일에 시간을 보냈다.

자연 풍경을 직접 관찰하는 것 자체에 대해서는 어떠한 독자적 가치도 인정하지 않았다. 그 대신 그의 관심을 끈 것들은 작업 계획에 관하여, 또는 사회적 경험들과 당대의 문학 활동 상황에 관하여 문서상 기록으로 남아 있던 의견 교환의 내용이었다. 문자의 힘에 의지하는 성향은 그가 친구들에게 보낸 사적인 편지들에도 역력히 드러나고 있다. 그는 자기의 생각이나 관찰을 완전히 비경제적으로 시간과 지면을 할애하면서까지 장황하게 편지로 전달하기를 좋아한 것이다.

드레스덴. 그곳은 실러에게 1785년 가을부터 1787년 여름까지 쉼의 장소였다. 충분히 지불유예 기간을 누릴 수 있는 기회의 도시였다. 그러나 이 기간은 상반된 두 영향력이 작용하는 시절이기도 했다. 전원생활과도 같은 조용한 표면 밑에서는 지루함의 심연이 위협하고 있었다. 후버(Huber)와의 친구 관계에는 지속적인 친구 관계를 보장해줄 본질적인 내용이 없었다. 수많은 희곡 작품과 역사 연구물 계획들은 책상 위에 놓인 채 진전이 되지 않았다. 「돈 카를로스」의 집필도 머무적거리기는 마찬가지였다. 실러는 드레스덴 시민들의 무지함을 경멸했다. 극장과는 연락해볼 방법도 없고 토론을 한다거나 사교적 만남을 가질 기회조차 전혀 없다며 불만을 털어놓기도 했다. 무기력 그리고 그에게서는 평시에 전혀 볼 수 없던 현상인 우울증이 그의 일상에 파상적으로 닥쳐왔다. 헨리에테 폰 아르님(Henriette von Arnim)과의 사랑이 잘 이루어지지 않는다는 생각이 들자 그는 1787년 여름 드레스덴을 떠나기로 결심했다. 목적지는 함부르크였다. 이 한자동맹의 도시에서 극장의 총감독 슈뢰더(Schröder)가 「돈 카를로스」의 작가를 기다리고 있었던 것이다. 이 작품은 그해 8월 말에 이 도시에서 처음 상연되었다. 그러나 그의 길은 북쪽으로 향하게 되어 있지 않았다. 실러는 갑자기 계획을 변경하여 바이마르로 향한 것이다. 그리고 그곳에

1789년 초여름까지 머물렀다. 함부르크에는 그 후로 가지 않았다.

예술의 여신들인 뮤즈의 도시 바이마르는 수많은 매력으로 실러를 끌어들였다. '셰르셰 라 팜(*cherchez la femme*).'(여자를 찾아라. 사건 뒤에는 여자가 있다.) 그가 1784년 5월 만하임에서 처음 만났던 샤를로테 폰 칼프(Charlotte von Kalb)가 그를 초대했다. 결혼한 유부녀인 이 여성과의 연인 관계를 실러는 양심의 가책을 크게 느끼지 않으며 만끽했다. 그리고 이런 관계는 사랑 문제에 자유롭던 바이마르의 궁정 사교계에서 당연지사로 완전히 관대하게 받아들여졌다. 말할 것도 없이 이곳에 모여 있던 문학계의 거장들 또한 그의 관심을 끌었으니, 빌란트(Wieland), 헤르더(Herder), 무조이스(Musäus)들이 그들이다. 1776년 이래로 영주 카를 아우구스트(Carl August)에게 봉사하던 괴테는 아직도 이탈리아에 머물고 있었다. 영주 자신은 1784년 12월에 다름슈타트에서 「돈 카를로스」 제1장을 낭독해준 답례로 실러에게 바이마르 공국의 사무관 칭호를 하사한 일까지 있었는데 당시 여행 중이었고, 후에는 실러에게 그를 볼 수 있는 기회가 주어지지 않았다. 어찌 됐든 바이마르에 처음으로 발을 들여놓으며 호기심에 차 있던 실러는 자기가 찾고자 한 것을 곧 발견했다. 문학인들의 개방성, 정신이 바짝 들게 만드는 토론 서클, 그리고 자기의 작품 구상들에 관하여 함께 이야기할 수 있는 지적인 대화 상대들. 분위기를 맞추기 위해 때때로 맘에 들지 않는 경우에도 억지로 참는 성격으로 알려져 있던 영주의 모후 안나 아말리아(Anna Amalia)는 그를 자주 초대했고, 궁성 안에 있는 시민들의 클럽에도 소개했다. 이로써 그가 바이마르 사회에서 대접받는 인사임을 확인해준 것이다.

많은 영감을 얻게 되는 대담 자리를 실러는 일생 동안 원했다. 혼자만 있어야 하는 경우는 대작을 쓰는 작업에 몰입해야만 하는 기간뿐이었다.

그는 계속 남과 의견을 교환해야지 그러지 않고는 자기의 예술적 목표들을 추구할 수 없었다. 말년에 가서 괴테와 우정을 나눌 수 있게 된 것은 바로 실러가 그를 설득할 수 있었기 때문이다. 괴테가 열 살이나 위이고 천성이 전혀 다르지만 자기가 의도하는 문학작품들에 관해 함께 토론하면 괴테에게도 보탬이 되리라며 괴테를 설득한 것이다. 바이마르에서 실러는 처음으로 작업하기에 이상적인 외적 여건들을 갖게 되었다. 이곳에서 책상 앞과 대화의 자리 사이를 번갈아 오고가는 일이 원활하게 이루어졌다. 영감을 받을 수 있는 정신적 풍토는 그의 상상력을 자극했고 더 큰 작품을 쓰고 싶도록 충동했다. 실러는 항상 작품 구상이 머릿속에 가득했다. 대개의 경우 여러 계획을 동시에 했다. 작품 구상의 수가 줄어드는 시기를 그는 위기로 느꼈고, 그럴 때면 평상시의 안정감을 잃기까지 했다. 그러나 바이마르에 온 후 처음 몇 달 동안은 그러한 평상심을 상실한 순간들이 생겨나지 않았다. 실러의 서술 작업 분량은 전에 없이 늘어났다. 역사 연구와 잡지 《탈리아》를 위한 편집 작업으로 그는 매일 열두 시간 일했다. 이 시기에 형성된 작업에 대한 의무감을 그는 그 후 생을 마칠 때까지 버리지 않게 된다. 병세가 악화된 기간(그러한 기간은 해를 거듭할수록 더 자주 발생했다)에도 그는 극히 드문 경우를 빼고는 글쓰기를 멈추지 않았다.

역사적 소재를 다룬 작업은 물론 상상력을 기초로 한 작품이 안게 될 위험성을 피하기 위해서였다. 고전주의 시대로 진입하기 전 단계에서의 첫 번째 준비 과정이었다 할 것이다. 회의적인 쾨르너에게 맞서서 실러는 재정적 수익을 올리게 될 것이라고 하면서 역사 연구를 옹호했다. 여러 학문이 모인 포도밭에서 열매 따는 작업을 하기로 결단한 것은 그러나 수익성만을 생각해서 내린 결정은 아닐 것이다. 자기의 초기 문학작품들에 대해 실러가 품게 된 의구심이 점점 커져갔고 그것이 그러한 결단을 하는 데 적잖이 영향을 끼쳤다고 봐야 할 것이다. 1782년에 출간된 그의 시 선집이나, 「도적 떼」부터 「돈 카를로스」까지의 초기 희곡들은 1780년대 후반 그가 갖게 된 엄격한 평가 기준에서 볼 때 하나같이 수준 이하의 작품들이었다. 《탈리아》에 가끔씩 실린 자신의 짧은 이야기들을 그는 높은 예술성을 의도한 것으로 보지 않고, 애초부터 그저 가벼운 읽을거리로 취급했다. 1787년부터 1789년까지 연속물로 출간되면서 독자들의 마음을 사로잡아 파도치게 하던 통속소설 「강신술사(Der Geisterseher)」도 예외는 아니었다. 실러는 역사적 소재를 다룬 작품을 씀으로써 학계의 독자들에게서도 인정받기를 희망했다. 영주가 설립한 최고 교육기관에서 우수한 성적으로 대학 과정을 마친 실러에게는 원래 장차 교수가 될 기회가 있었다. 그러나 영주와 절교하게 됨으로써 학자로서 출세할 수 있는 길은 막혀버렸고 실러는 인생 항로의 방향을 달리 잡을 수밖에 없는 처지가 되었던 것이다. 학문 세계에서 인정받고 싶은 심정에는 서민 출신 작가 실러의 공명심이 묻어 있다 하겠다. 역사학 분야에서 실러가 추구한 목표들은 그러나 「돈 카를로스」를 집필할 당시에 이미 추구한 것들이다. 종교개혁으로 야기된 역사적 대위기의 시대를 천착함으로써 여러 유형의 정치체제 중에서 중심적 모델이 될 만한 것을 그려내는 동시에 그들 체제의 통치 기능 주장의 근거가 되는 사회적 여건들을 들춰내는 것이 목표였다. 역사학자 실러는 그런 작업을 함으로써 자기가 속한 시대의 숨결도 느끼고 있었다. 프랑스 대혁명 전야에 실러가 중세에서 근대로 진입하는 시대에 앞서 16세기와 17세기, 두 세기에 걸쳐 진행된 국가 대전복 사건들과 사회적 대변동을 대상으로 삼은 것은 결코 우연이라 볼 수 없는 일이다.

역사적 소재를 천착하여 이루어낸 저술의 성과에 대한 보상으로 실러는 1788년 12월에 예나대학 철학부의 초빙교수로 임명되었다. 그에게 이러한 자리가 주어진 것은 괴테가 천거했기 때문이다. 괴테는 실러의 초기 희곡 작품들에 대해 강한 거부감을 품고 있었음에도 불구하고 그를 독창적인 사상가로 간주했고 그와 같은 인물을 튀링겐 주의 일류 대학에 묶어두고 싶었던 것이다. 친지들에게 보낸 편지에서 실러는 영예로운 대학교수라는 명칭에 별로 관심이 없음을 내놓고 강조하고 있다. 하지만 채 서른 살이 안 된 실러는 이 새로운 직책이 자신에게 가져다준 사회적 대접을 마음껏 즐겼다. 그러나 대학으로 일자리를 옮긴 것이 오랫동안 바라던 재정적으로 안정된 생활을 보장해준 것은 아니었다. 초빙교수로서 받는 보수는 등록한 수강생이 지불하는 수강료가 전부였다. 그의 강의 주제들이 인기 있는 분야라야 수강생 수도 많아질 것이었다. 1789년 5월 말에 행한 그의 교수 취임 강연은 대성황을 이루었다. 그러나 그 후 그가 제시한 강의 주제들로 그의 인기는 급속도로 떨어졌고 그 결과 교수라고는 하나 그의 생활비는 매우 낮은 수준에 머물렀다. 그러나 예나로 이사한 후 새로운 인사들과 교분을 맺게 되고 그것으로 재정상의 실망은 보상받은 셈이 됐다. 예나대학은 당시 독일의 최신 첨단 대학 중 하나로서 자유주의적 개혁 사상의 보금자리였고 후에는 칸트 학파의 중심지로까지 발전한 대학이다. 예나의 교수 사회에서 실러는 신학자 그리스바흐(Griesbach), 법학자 후펠란트(Hufeland), 고전학자 쉬츠(Schütz), 철학자 라인홀트(Reinhold) 등과 같은 계몽된 학자들과 만났다. 모두가 걸출한 지성인들이었다. 그들은 실러의 지적 호기심을 충족해주었고 그를 자기들의 광범위한 지식 영역에 기꺼이 동참하게 했다.

사회적인 대접을 받게 된 얼마 후에 개인 생활도 안정되었다. 1789년 늦여름 실러는 샤를로테 폰 렝게펠트(Charlotte von Lengefeld)와 약혼한 것이다. 그리고 두 사람은 1790년 2월 말 베니겐예나에서 결혼했다. 이 신혼부부와 관련하여 결코 가볍게 넘겨버릴 수 없는 일이 있으니 그것은 신부 샤를로테의 언니인 카롤리네(Caroline)와 실러와의 친구 관계이다. 실러는 일상적인 사회적 규범들을 무시하기 일쑤이고 예술가 기질이 있던 카롤리네의 강한 관능적 매력에 끌렸다. 그러나 그녀의 앞뒤 가리지 않는 열정과 걸핏하면 우울증 증세와 함께 나타나는 변덕스러운 행실에 겁이 났다. 젊은 실러는 그때까지 관능적 정열을 경험해본 일이 전혀 없었다. 양다리 걸친 연애와 같은 그의 행동은 대개의 경우 우연에서 비롯한 것이었다. 1787년 말 그가 쾨르너에게 고백했듯이 여자들 애교에 그도 마음이 흔들리기 일쑤였다. 그러나 헨리에테 폰 아르님과 미묘한 일이 있은 후 마음의 안정을 잃게 되자 그는 그녀를 멀리했다. 샤를로테를 선택한 것은 부부간에 할 일을 서로 나누어 가지는 관습에 바탕을 둔 시민 계층 부부의 안정되고 건실한 가정을 원했음을 의미한다. 그의 신부가 된 샤를로테도 문학에 타고난 소질이 있었으나 결혼 후로는 자기가 하고 싶은 예술이나 문학에 관심을 기울이지 않고 오로지 가정의 화목을 돌보는 역할로 만족했다.

1789년에서 1790년 사이의 겨울 실러가 시도한 일은 모두 성사됐다. 12월 말 그는 마이닝겐의 영주에게 궁정 사회에 소속된 지위를 부여해줄 것을 신청했다. 샤를로테가 자기와 결혼함으로써 귀족 칭호를 상실했기 때문에 이를 회복해주기 위해서였다. 신년 초에 바이마르의 영주 카를 아우구스트는 그에게 매년 200탈러를 지불하기로 결정했다. 그로부터 두 주 후에 실러는 궁정 사무관에 임명한다는 임명장을 마이닝겐으로부터 받았다. 결혼 후에 실러와 샤를로테는 예나로 이사하고 집을 항시 손님들에게 개방했다. 그곳은 곧 집주인 부부의 친절함과 활발한 토론 때문에 유명해졌다. 손님들은 이곳에 모여 밤 깊도록 머물곤 했다. 예나대학 학생들, 동료 교수들, 뷔르템베르크에서 온 고향 친구들, 여행객들, 친척들, 이들은 모두 신혼부부가 세 들어 살게 된 결코 널찍하다 할 수 없는 '슈라마이(Schrammei)'*의 지붕 밑 방에서 언제나 친절한 대접을 받았다. 실러는 강의 준비와, 출판 기일까지 맞추어 써내야 할 일들 때문에 매일 열네 시간씩 일해야 했음에도 불구하고 언제나 시간을 내어 손님들과 대화를 나누곤 했다. 그의 서재는 모두에게 열려 있는 공간이었다. 그곳은 말없이 글만 쓰는 자리가 아니라 손님들과 대화를 나누는 자리이기도 했던 것이다.

실러에게 1790년은 근심 걱정을 말끔히 씻어준, 그러나 짧은 행복을 안겨다준 해이다. 1791년 1월 에르푸르트에서 처음으로 그 증상이 나타났던 중병에 걸림으로써 행복은 갑자기 사라지고 말았던 것이다. 작가로서 성공하고, 시민들로부터 존경받고, 개인적인 바람도 성사되어 좋은 일들이 한꺼번에 이루어진 듯한 이 행복의 순간에 거의 사경을 헤매게 되는 중병에 걸리고 만 것이다. 이것은 실러라는 생명체가 지닌 비극이라 하지 않을 수 없다. 그는 그 후 타계할 때까지 14년을 더 살게 되지만 이 14년 동안 그의 병은 거의 중단 없이 그를 괴롭힌다. 열병의 발작이 거의 규칙적으로 반복되고, 장 통증, 감기, 독감 등은 일상적인 현상이었다. 어쩌다 고통 없이 지날 수 있는 여름철을 맞게 되면 그 시간을 평소보다 배나 열심히 집필하는 데 활용했다. 집필 작업은 주로 밤 시간으로 미루었다. 아침나절과 오전에만 고통 없이 수면을 취할 수 있었기 때문이다. 추운 계절에는 감기나 독감에 감염될 것이 두려워 몇 달 동안이나 집 밖에 나가지 않았다. 겨울철에는 밖에서 산책도 하지 않았다. 어쩔 수 없이 누구를 꼭 방문해야만

---

* 대학생과 교수들이 세 들어 살던 4층의 대규모 건물. 슈람(Schramm) 자매가 건물 주인인 데서 이 명칭이 유래함. 실러 부부는 결혼 후 1790년에서 1793년까지 슈라마이의 다락방에 세 들어 살았음. 오늘날은 예나 시의 관광 명소 중 하나.

하는 경우에는 밀폐된 가마나 썰매를 이용했다. 그의 친구들은 한결같이 그의 독특한 체질을 감안해서 조심성 있게 그를 보살폈다. 괴테는 그가 어쩌다 바이마르에 오면 그를 극진히 대접했다. 훔볼트는 실러가 문학과 관련된 문제들을 논의하기 위해 주관하는 저녁 모임에 규칙적으로 참석하여 그를 도왔다. 실러의 처남 볼초겐은 실무적인 문제들을 조절하고 관리하는 일을 도왔다(예컨대 1797년 가을에 예나대학의 식물관을 개조하기 위해 구성된 준비계획위원회).

이 시기에 완성된 그의 저작물들은 앞으로 상술하게 되려니와 문자 그대로 무덤 옆에서 이루어졌다. 강철 같은 의지와 명예욕과 왕성한 지성이 병약한 육체를 지탱해준 것이다. 2년간 지속된 첫 번째 발병 기간에 실러가 칸트 연구에 의거하여, 장차 그의 고전 시대 미학에서 기초가 될 숭고함의 이론을 완성한 것은 결코 우연한 일로 볼 수 없다. 인간의 도덕적 자율성은 그것이 극도로 위협을 당하는 바로 그 자리에서 비로소 진검 수련을 받게 된다는 논지는 문필가로서의 입지를 확보하려는 실러의 신경중추를 이루고 있는 것이다. 그가 허약한 육체를 견디면서 얻어낸 것은 육체의 법칙에 강요당하지 않으려는 지성의 독립심이 가져다준 결과물로 남았다. 숭고함의 이론은 따라서 실러가 간접적으로 자기 입지의 정당성을 합리화한 작업이라 할 것이다.

그러나 죽음에 직면한 고전적 작가라는 비장한 표현이 1791년에서 1805년 사이에 실러가 쓴 작품 전체를 이해하는 열쇠가 될 수 있으리라고 여겨서는 안 될 것이다. 그는 작가로서 인생행로의 대전환점을 맞이한 후에도 전에 추구하던 관심사들에 계속 충실했다. 정치에 의한 인간 파괴 현상에 대한 실러의 깊은 고찰에서 오로지 예술적 숭고를 향한 의지의 족적만 보려 한다면, 그것은 그의 작품이 지닌 특수한 약술 기법을 간과하는 것이 될 것이다. 실러가 역사적 판도와 현대사회의 지세를 탐색하는 경우 그것은 언제나 계몽주의 이래로 개개인의 기대 지평을 휘황찬란하게 밝게 해준다. 또한 이는 현실과는 거리가 먼, 자유로운 세상이 곧 온다고 약속하는 것이 위험천만한 일임을 하나하나 밝혀내려는 의도에서 하는 작업이라 할 수 있다. 고전주의 시기의 작품은 이전 시기 작품들의 구조와 놀라울 정도로 아무런 단절 없이 부합하는 것만이 아니다. 그것(고전주의 시기의 작품)은 능동적으로 행동하는 인물을 심리적으로 그리고 육체적으로 위험에 빠뜨리는 극한상황을 설정함으로써 자율성이라는 현대인의 이상을 시험대에 올려놓는 것이다. 실러가 자기의 문학적 자율성 실험을 죽음에 직면한 병환이라는 배경 앞에 설정하는 것은 물론 독특한 마력을 지니고 있다 하겠다. 정신을 억압하여 굴종시키고 말겠다는 육체의 독재, 그리고 절대주의 시대의 정치 상황 속에서 살아야 하는 인간의 부자유, 그는 이 두 현상에 똑같이 맞서 싸우고자 했다. 이러한 관점에서 볼 때 질병 현상이 개인적인 삶의 위기 이상의 것을 반영해주고 있음을 알 수 있다. 즉 그것은 그의 시 「명부(Das Reich der Schatten)」에서처럼 완전한 자로 하여금 "크로노스의 홀에서" 자기의 지속적인 고향을 (그리고 회춘을) 맛볼 수 있게 하기 위하여, "꿈의 환상"처럼 지상으로 추락하지 않을 수 없는, 저 지상의 무거움을 예술을 수단으로 하여 극복함을 의미하는 것이다.(NA 1, 251, v. 176 이하 계속)

장기간 병에 시달려서 육체에 대하여 생긴 거리감이 실러의 고전주의 미학에서 바탕이 된다. 바이마르 시기에 쓴 희곡들에서는 젊은 시절의 문장들에 나타나던 격렬한 몸짓의 언어가 육체의 활동을 적절하게 조절한 언어로 대치된다. 그러나 궁정 극장의 고전 모방주의를 육체적인 것의 말살로 간주한다면(가끔 그런 주장들이 실제로 생겨나긴 한다) 그것은 물론 잘못된 일이 될 것이다. 이른바 위대한 세기의 프랑스 무대와는 달리 괴테와 실러가 추구한 연극은 바로 개인의 관능적인 면을 보전하면서 그것을 예술을 통하여 섬세하게 만드는 데 있었던 것이다. 그렇긴 하나 실러의 고전주의 희곡들이 이전 작품들에서 등장인물들의 용모와 몸짓의 언어로써 일관되게 육체를 과시하던 것과는 대조적으로 그러한 육체의 과시를 체계적으로 없애고 있음 또한 간과할 수 없는 사실이다. 무운시련(無韻詩聯)은 배우의 거동을 제한하는 조절 기능을 발언의 차원에서 반영한다. 운율의 격식에 따른 시련(詩聯)과 자유로운 리듬 사이에서 무운시련은 고전적 중도를 찾으려 하는 것이다. 바이마르 궁정 극장의 무대예술이 육체의 언어와 지적 성찰의 수준이 동시에 균형을 이루도록 세련된 노력을 하는 과정에서 추구하던 것과 똑같은 것이라 할 수 있다. 병마에 시달리면서 육체의 강요를 이겨내려고 애쓰며 살아간 작가 실러는 정신을 풍요롭게 해주는 경우에만 관능을 받아들이는 미학의 세계에서 자기의 주된 작업장을 개척하게 된다.

생애의 마지막 15년 동안에 실러에게는 문필 활동 외에 새로운 경험을 할 시간이 전혀 없었다. 큰 여행, 감명 깊은 자연 체험, 낯선 나라와 낯선 도시들의 발견 같은 것들은 작업에 매인 그의 삶의 틀 안에 끼어들 수 없었다. 실러는 바다 앞에 서본 일이 없다. 그는 알프스도 피레네산맥도 직접 보지 못했다. 유럽의 대도시들도 관심 밖이었다. 다만 죽기 1년 전에 베를린에 관하여 좀 상세히 알아보려 했을 뿐이다. 스위스, 프랑스, 이탈리아 등지로 여행한 일도 없다. 고대 그리스의 조형예술에서 받은 인상도 직접 본 것이 아니라 훔볼트와 괴테, 마이어(Meyer)의 보고를 통하여 간접적으로 얻은 것이다. 「강신술사」에서의 베네치아, 「발렌슈타인」에서의 에거(Eger, 체코의 도시), 「메리 스튜어트」에서의 런던, 「요한나」에서의 랭스(Reims, 프랑스 북부의 도시), 「빌헬름 텔」에서의 피어발트슈태터 호수(Vierwaldstätter See, 4개의 산림으로 둘러싸인 스위스의 대호수) 그리고 마지막으로 「데메트리우스」에서의 모스크바, 이 모든 대도시와 명소들에 관한 지식을 실러는 오로지 역사소설이나 여행자들의 기행문들을 통해서 얻었다. 상상의 세계가 그의 세계였다. 그의 삶의 중심은 자신의 서재였다. 자신의 상상력의 보호구역인 이 서재에서 그는 자신의 문학적 현실의 구도를 펼친 것이다. 1795년 10월 16일 실러는 아이제나흐를 향해 여행 중이던 괴테에게 보낸 편지에서 다음과 같이 쓰고 있다. "저는 당신께서 세상에 몸을 내던지고 있음을 생각하면서 가끔 기이한 생각이 들 때가 있습니다. 당신께서 그렇게 세상 밖으로 나돌아 다니는 동안 저는 창가에 쌓인 원고지들 사이에 앉아 있고, 또한 내게 있는 것이라곤 그 원고지뿐인데, 그러면서도 우리가 그처럼 가까이할 수 있고 서로 이해할 수 있으니 말입니다."(NA 28, 78)

실러의 일생에서 자연은 백지(白紙)의 영역이다. 청소년 시절에 그가 로르히와 루트비히스부르크에서 받았다는 자연 풍경에 대한 강한 인상이 직접적으로 남긴 흔적은 전혀 없다. 그의 편지들을 읽어보면, 자연에서 받은 인상에 관한 언급은 매우 드물다. 실러는 헤르더나 괴테, 횔덜린과는 달리 발병하기 전에도 산책을 즐기지 않았다. 바이마르와 예나에서 그의 산책로는 대개의 경우 시내 한 모퉁이에 국한돼 있었다. 자연을 문화적 경험의 암호로 규정하는 그의 고전주의 시절 시 작품은 침착한 사색의 문체로 되어 있는데 이는 실제로도 그렇게 침착한 관찰의 결과로 생겨난 것이다. 실러의 시들은 연출의 모델을 숨기지 않고 스스럼없이 공개한다. 이와 같은 사정 때문에 그는 문학과 삶을 혼돈하길 좋아하던 시기에 좋은 점수를 딸 수 없었다. 최근에 발표되는 학술 논문들마저도 추종하고 있는 당시의 통상적인 텍스트 이해에 따르자면 실러가 고전주의 시기에 자연을 다룬 시들은 신빙성의 법칙에 어긋난다는 것이다. 기분을 내게 하는 효과를 겨냥하는 시의 기법이 예술적 요약의 과정을 즐겨 감추는 데 반하여 실러의 자연시는 바로 자기의 시에서 다짐하고 있는 파라다이스가 예술에 의한 인위적 작품의 성격을 띠고 있음을 망각하지 않도록 해주는 것이 장점이다. 문학 작품에서 언급되는 자연은 언제나 2차적인, 문화적으로 고양된 자연인 것이다. 자연이 구체적으로 나타나는 것이 창조 신화이다. 그런데 창조 신화를 문자를 매개로 생각해내게 하기 위하여 시에 신화 자체는 등장하지 않는다. 예컨대 비가(悲歌) 「산책」(1795, 1800)에서와 같이, 현대 문명의 여건이 신화를 없애고 말았다고 비탄하는 것은 이미 상실되었다고 여겨진 신화를 문학이 하나의 문화적 대상으로 다시 만들어낼 수 있다는 전제하에서 가능해지는 것이다. 우리가 그의 전기에서 확인할 수 있듯이 실러는 자연을 내면적으로 멀리하고 있고, 그것은 시의 구조적 필연성과 관련된 태도이다. 시는 감각적 자료의 차원을 벗어나 언어만을 표현 수단으로 삼기 때문이다. 오로지 시는 일반적으로 문학이 추구하는 (예술의) '진리'만을 드러낸다. 즉 경험 세계에서 얻은 소재를 예술적으로 재현하는 것이다. 경험에서 얻은 소재가 예술 작품 안에서 녹아 없어지고 새로이 창출되는 것이다.

고전주의 시기 실러의 작품들은 직접 경험하기를 포기한 상태에서 쓴 것이기는 하지만 수준 높은 대화 문화의 분위기 속에서 꽃핀 것이다. 그가 명성을 떨치게 된 시기에도 그의 삶은 유명한 인물들과의 친교에서 결정적인 영향을 받게 된다. 쾨르너 말고도 괴테와 훔볼트 같은 인물들이 그와 친구가 되어 지적 교류를 하게 된다. 그들과의 지적 의견 교환이 없었다면 그는 그 엄청난 문학적 작업을 해내지 못했을 것이다. 의견 교환에는 원대한 작품 구상뿐 아니라 일상적 업무와 관련한 세부 문제도 같은 비중으로 포함돼 있다. 의견 교환은 창조적 힘을 고양한다. 실러에게서 창조적 힘은 언제나 사회적 성격을 띠고 있다. 밤 시간에 홀로 책상머리에 앉아 작업하면서 느끼는 고독함은 지속적으로 이어지는 친지들과의 대화로 상쇄되고 균형이 잡힌다. 고전주의 시기에 그의 문필 활동을 가능케 해준 기본적인 전제 조건은 정신력의 집중이다. 젊은 시절에 자기의 재능을 너무나 손쉽게 낭비한 그는 이제 병마에 쫓기는 몸이 되어 어쩔 수 없이 관심을 끄는 문학적 대상을 엄밀히 선정하고 꼭 필요한 것만을 챙기지 않을 수 없게 된 것이다. 그날그날 해야 할 일에 생각을 집중한다는 것이 1790년대 초 이래로 그가 취한 예술가적 도덕률이었다. "무엇이건 탁월한 것을 해내고자 한다면, 수집하라 조용히, 그리고 바짝 긴장해서, 세밀한 점 하나에도 최대의 힘을 기울여라."(NA 1, 384, v. 9 이하 계속)

시간을 절약해 작업을 하는 실러의 방식에는 일을 반복하지 않는다는 원칙이 따른다. 이 점에서도 우리는 지병이 끼친 영향을 알 수 있다. 1791년부터 그는 자기의 여생이 얼마 남지 않았음을 알고 있었다. 이러한 인식하에서 그는 예전에 하다 만 작업에 다시 손대는 것을 피하고 계속해서 새로운 영역을 개척해나갔다. 손 놓고 아무 일도 하지 않고 지내기를 그는 증오했다. 이전의 작품을 다시 손질하여 재판을 낸다거나 다시 상연하는 작업은 내면적으로 단조로움에 빠지는 것이 두려워 피했다. 바로 무엇에 쫓기는 사람같이 불과 몇 년 사이에 그는 방대한 미학 연구를 마친다. 마치 시곗바늘의 독촉에 시달리는 사람처럼 그는 1795년부터 시를 생산해낸다. 고전주의의 대작들은 1800년과 1805년 사이에 점점 속도를 내 완성했다. 이와 같은 정열적인 작업의 이면에 자리한 것은 물론 급한 마음과 불안감이다. 실러가 잡지 편집인으로 실패하게 되는 것도 일관되게 계획을 꾸려나가는 데 필요한 느긋함이 그에게 없었기 때문이다. 1794년 여름 그가 대학 강의를 그만두기로 최종적으로 결단을 내린 것도 병 때문만이 아니다. 매일 규칙적으로 반복되는 일에 염증이 났기 때문이기도 한 것이다. 유일하게 친교 관계만이 지속성을 유지했다. 실러는 매일의 생산적 작업으로 예민해진 신경을 쉬게 하기 위해서도 사적인 친교가 필요했던 것이다.

이 제2권에서는 행복한 동맹 관계를 다루겠지만 그와 못지않게 불화와 마찰도 살필 것이다. 그가 계속 상대하지 않을 수 없는 팽팽한 논쟁은 성공적 작품을 쓰기 위해 그가 치러야 할 보상금이라 하겠다. 뷔르거(Bürger)와 슐레겔(Schlegel) 형제, 피히테(Fichte)와의 논쟁은 자기 자신의 미학적 입장을 정열적으로 방어하고, 막강한 힘을 의식하면서 잡지 편집자 역할을 당당하게 해내는 실러의 모습을 보여준다. 횔덜린과 장 파울(Jean Paul)과의 관계가 어려웠던 것은 예술철학의 문제에서 이들과 소신을 달리하던 실러가 너무나 예민하게 개인적 감정을 나타내기 일쑤였기 때문이다. 확고하게 자리가 잡힌, 자기의 이익을 방어하는 작전 수단을 잘 활용할 줄 아는 성공적인 작가라 해서 그의 동료 전체가 그를 인정해주는 것은 결코 아니다. 독일 문단은 18세기 말에 이미 눈에 띄게 실러 애호가들과 실러 비판자들로 갈라져 있었다. 무조건적인 미화 찬양과 공개적인 거부 사이에는 심연이 벌어져 있었다. 환호하는 찬사와 논박의 소리가 뒤엉켜 생겨나는 불협화음이 실러의 작품을 동반했다. 그와 같은 양극화 현상은 오늘날에 이르기까지 그의 작품이 후세에 끼친 영향의 역사를 결정하게 된다.

실러 문학 수용사에서 나타나는 이와 같은 양극화 현상의 원인은 물론 문학의 기본 문제들에 대한 입장들이 다르기 때문이기도 하다. 1790년대가 시작하면서 실러는 자기의 초기 작품들이 지닌 예민한 형식 문화에서 결연히 벗어난다. 칸트의 저술을 읽음으로써 그는 이미 이론적으로 단단히 무장하게 되었고 바로 그 이론적 기초가 1795년 이래로 쏟아져 나오는 그의 시 작품을 규정하게 된다. 그러나 선험철학에 몰두한 것이 수많은 비판자들에게는 예술가 실러가 항복 선언을 한 것으로 보이게 된다. 그는 추상이라는 망상에 걸려 잘못된 길로 들어서고 말았다는 것이다. 또한 캄페(Campe)와 라이하르트(Reichardt) 같은 진보적 시사평론가들은 실러의 새로운 미적 교육 이념에서 현실도피 행위가 완성됐노라고 주장하게 된다. 이에 반해 슐레겔 형제를 중심으로 하는 젊은 세대는 실러가 흠집 하나 없는 너무나 완벽한 무균성의 인간을 그려내기를 좋아하고 있다고 비판한다. 그들이 보기에 내적 탄력이 없는 너무나 잘 마무리된 형식 개념이 바로 그러한 인간 그려내기에서 생겨난다는 것이다. 1790년대 말에 이르러 실러는 괴테를 작업의 동지로 삼아야 했다. 그것은 그가 사면초가에 놓였기 때문이기도 하다. 실러는 자신의 예술철학적 건물을 계몽주의의 어깨 위에 세우지만 목적에 매이는 계몽주의적 성향에는 반대한 것이다. 고대 그리스 문화를 수용함으로써 실러는 자기 자신의 청년 시절 작품들을 지배하던 열렬한 상상력의 과잉을 조절하게 된다. 그의 공개적인 작전은 이성적 문학 교육을 추구하는 보수적 성배 수호자들, 진보적 자코뱅 추종자들, 칸트 숭배자들, 칸트 반대파들, 천재 시대 대변자들, 젊은 세대의 낭만주의 대표들과 갈등을 빚게 된다. 실러의 예술적 개성은 바로 그의 결코 매수당하지 않는 판단 능력에서 나타난다. 1790년대의 문학 투쟁에서 그는 그 불굴의 판단력으로 스스로를 지탱한다. 그러한 능력은 영향력을 발휘하고자 하는 의지와 명석한 사고력과 살아 있는 정신력이 합쳐진 데서 나오는 것이다. 그러한 배합은 독일 문학사상 전무후무한 예외적 현상이다.

오늘날까지도 실러의 작품에서 뿜어져 나오는 매력은 바로 이러한 배합에서 비롯한다. 그의 작업을 지배하는 긴장된 지성이 낳은 하나의 열린 문학적 사색 문화에서 이제까지 모든 시대가 자기 시대의 문제의 지평을 발견했다. 이러한 사정을 그의 작품이 지닌 고전주의적 성격으로 치부하고 그럼으로써 결정적으로 유야무야로 얼버무리는 것보다 잘못된 일은 없을 것이다. 그의 작품이 지닌 가치가 변화무쌍하게 변하는 것은 바로 사람을 당혹스럽게 만드는 미학 사상의 힘을 증명한다. 실러의 미학 사상은 항상 사회적 현실성을 지나치게 요구했기 때문에 응당한 대가를 완전히 보상받은 일이 없었다. 실러는 오로지 합목적성만을 추구하는 사회의 조밀한 법규 망에 대항해서 가상 세계의 자유로운 놀이로서의 예술의 질서를 맞세우고 이를 철저하게 지켰다. 바로 이런 점이 실러의 현대성이라 하겠다. 미적 경험이 비인간적 정치 현실의 태도를 극복할 수 있기를 바라던 그의 희망 자체가 늦게 잡아도 20세기에 와서는 역사적 현실이 되어버렸다. 이러한 사정은 오늘날의 독자로 하여금 실러의 작품을 부동의 기념탑으로 호도해버릴 것이 아니라, 역사적으로 과거 상태가 되어버린 당시의 문화적 맥락에서 읽지 않을 수 없게 만든다.

이 전기의 제2권에서는 실러의 고전주의 시기를 다룬다. 그것은 그의 중병이 시작된 1791년 겨울부터 그가 타계한 1805년 5월까지의 14년 동안에 해당한다. 제2권도 제1권의 서론에서 상세히 설명하였듯이 방법론적 원칙을 충실하게 따른다. 여기서 다루어지는 생애와 작품, 시대, 이 셋이 공유하는 합치점은 바로 실러가 일상적으로 접한, 그에게 결정적으로 중요하던 문학의 세계이다. 따라서 문학 텍스트가 연구의 중심에 놓인다. 오로지 문학 텍스트에서 예술가 실러의 지성적 자아 성찰과 정신적 특성을 뚜렷하게 하나하나 밝혀낼 수 있기 때문이다. 한 편의 전기는 작품을 중점적으로 다루고 일상적인 것을 신화로 추어올리고 싶은 유혹에 저항할 때에만 건설적인 업적이 될 수 있는 것이다. 따라서 개인의 내밀한 성관계에만 관심이 쏠려 그것을 훔쳐보고 폭로하는 것만을 일삼는 저속성이 만연하는 오늘의 현실에 맞서 우리는 그 저속성이 문제삼는 대상을 과학적인 방법에 근거하여 이해하는 것으로써 대처하지 않을 수 없는 것이다.

실러의 경험 세계를 서술하는 데서도 그의 삶의 역사와 관련된 자료들 또한 언어를 매개로 저장되어 있고 텍스트의 형태로 남아 있다는 의식을 잃지 말아야 한다. 출생신고 서류, 혼인신고 서류, 서한, 일기, 문학적 스케치 등은 전기 작가가 수시로 자기가 필요한 지식을 꺼내 쓰는 저장소이다. 따라서 후세에 전해진 자료들을 취급하면서 삶 자체와 작품을 기술적으로 엄밀하게 구별하기는 불가능한 일이다. 그럼에도 불구하고 삶과 작품의 구별은 필요한 것이다. 그것이 한 작가의 문학적 생산품을 상세하게 규명하기 위한 전제 조건이기 때문이다. 문학 텍스트는 작가의 사생활과 떼어놓고 봐야 하며, 말하자면 작품 자체의 형식을 분석해 객관화해야 한다는 것이 바로 실러가 기회 있을 때마다 항상 내세운 신조요 지론이었다. 그가 논설문 「소박문학과 감상문학에 대하여」(1795/96)에서 문학적 구조물에서 소재를 말끔히 털어버리라고 소리 높여 강력하게 요구하는 것도 문학작품에서 전기적인 사실을 얻어내려는 미학적으로 성숙되지 못한 작업 방식에 대한 항거라 할 것이다.

따라서 실러가 작가로서 자신을 어떻게 이해했는지 파악하고 싶다면 삶과 예술을 별생각 없이 성급하게 혼합하지 않도록 조심해야 한다. 전기 작가의 관심은 실러가 체험한 경험의 세계가 그의 문학작품 형성에 어떻게 효소로 작용했는가가 아니라, 매우 의도적으로 형성된 교육과정이 내적 조직의 테두리로서 어떻게 작용했는가에 집중되어야 한다. 또 다른 한편 이때에 작가가 받은 교육의 소재들은 문학적 작업을 규정하게 된다. 실러는 자기가 처한 시대의 정치사회적 현실을 조종할 능력은 없었으나, 바로 그 정치사회의 현실이 지성적 일상과 문학적 활동이 연계된 그의 삶을 창조해낸 것이다. 따라서 제1권에서와 같이 여기서도 정치사회적 현실이 또 다시 상세하게 다루어질 것이다. 복고주의 시대의 와해로부터 유럽의 근대국가 질서가 형성되어가던 19세기에 이르는 역사적 과도기의 전 과정을 지켜본 목격자로서 실러는 문학을 수단으로 하여 대변혁의 시대를 파악하려 했다. 고전주의 시기 그의 시와 대역사극들이 다 같이 수려한 언어를 제시해주는, 백화가 만발하는 상상의 풍경에는 역동적인 사회질서가 언어를 매개로 하여 미학적으로 반영되어 있다. 사회적, 역사적 대변동의 과정을 문학적으로 다룰 능력의 전제 조건이 되는 것은 인간 심리에 대한 실러의 관심이다. 다른 한편 이러한 관심은 그의 지성적 습득 능력의 동력으로 작용한다. 이와 같은 관련성을 어느 누구도 흉내 내지 못할 정도로 명료하게 후고 폰 호프만슈탈(Hugo von Hofmannsthal)은 1905년 실러 서거 100주년 기념사에서 설명했다. "칸트의 세계, 고대 그리스의 세계, 가톨릭 신봉자들의 세계, 실러는 이 모든 세계에서 마치 나폴레옹이 유럽의 모든 나라의 수도에서 황제로 군림하였듯이 살았다. 낯선 곳임에도 불구하고 지배하며 살았다. 그의 고향은 항상 어딘가 다른 곳이었다. 그의 삶은 앞으로 나아가기 자체였다. 누구나 그의 속으로 들어가면 자유롭게 된다. 거대한 정신적 물줄기들이 교차하는 엄청난 들판에 서게 된다."[1]

실러의 작품들은 노르베르트 욀러(Norbert Oeller)가 편집한 내셔널 판(National Ausgabe)에서 인용하였고, 기호 NA 다음에 권수와 쪽수 순서로 출처를 명시했다. 클라시커 출판사(Klassikerverlag)가 펴낸 프랑크푸르트 판(FA)은 실러의 글들을 현대 철자법에 맞추어 고쳤는데 문제점이 많다. 여기서는 개별 작품의 배경에 관한 정보가 내셔널 판에서는 빠져 있는 경우에 한하여 프랑크푸르트 판을 활용했다. 모든 연구서의 출처는 권말 주석부에 저자명과 쪽수로 밝혔다. 인명 앞에 있는 로마숫자(I~VIII)는 권말에 있는 8개 장(章)으로 구분되어 있는 참고문헌 목록에서 각 개별 문헌이 해당되는 장을 지시한다(제1권에는 I~V장이, 제2권에는 VI~VIII장이 포함되어 있음).* 장마다 원전과 출처를 먼저 제시하고 그다음에 연구 서적들을 열거했다. 한 저자의 여러 저작물이 같은 문헌부에 속해 있는 경우 약자로 된 기호를 첨부했다. 실러 연구의 논문집인 경우 논문집 제목만 명시하고, 그것에 포함되어 있는 개별 논문들은 주석부에 포함했다. 2차 문헌에 대한 주석적 평가는 제1권의 경우 지면 관계상 생략하였다. 최근에 출간된 헬무트 코프만(Helmut Koopmann)의 연구 보고서가 이에 대한 풍부한 정보를 제공해준다.[2)]

1999년 11월 10일 보쿰에서

페터 안드레 알트

* 한국어판에서는 독일어판과 달리 후주에 서명을 밝혀주는 대신에 참고문헌의 장 구분에 해당하는 로마숫자를 생략했다.

제6장

솟아나는 초안들:
미학에 관한 논문들과 잡지 편집 작업
(1791~1799)

1. 바이마르 고전주의 예술론의 근간

고전적 국민 작가
한 개념의 여러 단면

1787년 7월에 실러는 처음으로 바이마르에 왔다. 독일의 문학적 수도를 잠시 방문하기 위해서였다. 그런데 원래 계획한 일정을 크게 벗어나 22개월이나 그곳에 머물렀다. 1789년 5월 예나대학에 비정규 철학 교수로 취임하였을 때 그에게는 바이마르에 이미 상당한 수의 동지들이 생겨나 있었다. 이들은 후에도 그가 하는 일을 계속 돕게 된다. 특히 빌란트가 그랬고, 헤르더와 추밀원 참사 포크트(Voigt)가 그러했다. 다만 유일하게 괴테만은, 앞으로 차차 얘기하겠지만, 가까이할 수 없었다. 1788년 가을 이래로 어쩌다 마주치기는 하였으나 그것이 만남으로 이어지지는 않았다. 그들은 서로 상대방을 주의 깊게 눈여겨보았다. 그러나 가까이하는 것을 허용치 않았다. 시기심과 경쟁 심리 때문에 그들은 자신들을 갈라놓은 개인적 거리를 뛰어넘을 결단을 하기가 어려웠던 것이다. 괴테와 실러라는 이름을 떼어놓을 수 없게 묶어주는 프로젝트인 바이마르 고전주의가 시작 단계에서 소통 거부의 양상을 보여주고 있음은 독일 문학사에서 특이한 일 중의 하나라 하겠다. 두 작가는 고전주의 시대의 강령적 기초 작업을 서로 의견을 교환하지 않은 채 각자 독자적인 방식으로 해냈던 것이다. 실러의 비극이론(1791~1793)을 위한 논문들, 그의 「칼리아스 서한」(1793), 그의 에세이 「우아함과 품위에 대하여」, 「숭고론」, 그리고 '미적 교육론'을 쓰기 위한 기초적 연구들(1793), 이 모두가 괴테와 상관없이 예나에서 이루어졌다. 다른 한편 고전주의 시대에 속하는 괴테의 위대한 희곡 작품들인 「타우리스의 이피게니에」, 「에그몬트」, 「토르콰토 타소(*Torquato Tasso*)」(1787~1789)는 이탈리아 기행 중에 받은 예술적 자극에서 얻게 된 열매들이다. 1788년 7월 바이마르로 돌아온 후에 쓴 서정시들은 「빌헬름 마이스터」 개작의 처음 부분과 「색채론」을 위한 연구들과 마찬가지로 실러는 본 일이 없었다. 아주 늦게, 1794년 여름에 이르러서야 예술적 의도가 유사한데도 불구하고 두 작가가 함께하지 못하게 가로막던, 여러 해 동안 지속된 긴장이 풀렸다.

'고전적'이란 개념을 실러와 괴테 자신은 매우 조심스럽게 사용한다. 실러는 일생 동안 '고전성'을 고대 그리스 예술이 지닌 특수한 징표로 이해했다. 그는 고대 그리스, 로마와 현대를 구분하는 경계선의 차원을 떠나 고전적 작품을 매우 제한된 범위에서만 생각할 수 있었다. 즉 그에게는 고대 작품을 자유로이 모방한 것이되, 이상적인 경우 현대 문화에 새로운 시선을 가능케 해줄 수 있는 작품이라야 '고전적' 작품이라 할 수 있었다. 이미 1788년 8월 말에 그는 쾨르너에게 다음과 같이 쓰고 있다. "고대와 친숙하게 사귀며 지내는 것이 내겐 최상으로 기분 좋은 일이라, 아마도 내게 고전성이 부여되리라는 것을 자네는 알게 될 걸세."(NA 25, 97) 이것은 명료하게 요약된 교육 프로그램이라 하겠다. 그 목표는 문학적 작업을 조율하고 상상력을 규율로 통제하게 될 형식에 숙달되도록 하는 것이다. 실러에게 고전적인 것이란 마구 솟구치는 상상력의 고삐를 잡아주고 예술이 객관성의 길로 들어서도록 도와주는 질서유지의 감시자인 것이다.

1807년 12월 25일에 쓴 편지에서 카타리나 엘리자베트 괴테(Catharina Elisabeth Goethe)는 간결하지만 흘려버릴 수 없는 분명한 말투로 다음과 같이 아들 요한 볼프강(Johann Wolfgang)에게 단언한다. "만약에 지금 같은 사태가 계속된다면, 앞으로 50년 안에 독일 말로 말하거나 글 쓰는 일이 없어질 거다. 그렇게 된 다음에 너와 실러는 고전적 작가가 되겠지. 호라티우스, 리비우스, 오비디우스 등 그들의 이름이 무엇이든 간에 그들처럼 말이야, 언어가 없는 곳엔 백성도 없으니까 말이야. 그리되면 교수들이 너희들의 문장을 갈기갈기 찢어발기고 해석하고 그러고선 그걸 젊은이들에게 되뇌게 할 테지."[1] 이와 아주 비슷한 말로 헤르더는 이미 1767년에 출간된 자신의 두 번째 단상집인『새로운 독일 문학에 대하여』에서 고대 그리스와 로마 시대의 필독서들을 대학 교과과정에 포함하는 일과 자기의 작품들을 편협하게 다루는 작태에 반대하면서 다음과 같이 입장을 밝히고 있다. "고전적, 오 저주스러운 단어여! 그놈의 단어가 키케로를 고전적 교과서 웅변가로, 호라티우스와 베르길리우스를 고전적 교과서 시인으로, 카이사르를 옹졸한 인간으로, 리비우스를 말 꼬리에 매달리는 졸장부로 만들어버렸도다."[2] 여기서는 고전이란 개념의 특징이 어떻게 생겨났는지를 그것의 부정적인 의미에서 제시하고 있다. 이 단어는 예술이 굳어버리는 현상을, 생명을 잃은 예술 작품의 증상을 지적하는 말로 쓰이고 있다. 그러한 생명 잃은 작품들을 (즉 문화사의 해부실에 놓인 문학의 시체를) 필독서라고 일컬으면서, 문학을 가르치는 학교 선생님들이 학생들 앞에서 갈기갈기 해부한다는 것이다.

프리드리히 니체는 1873년에 출간된 그의 『반시대적 고찰(*Unzeitgemässe Betrachtung*)』 제1장에서 시민 시대의 예술관을 신랄하게 비판하면서 '고전적인 것'이라는 단어가 범람하는 현상을 경고했다. 이 단어가 범람하게 된 것은 고대와 현대를 고정된 문화 지대로 간주하고 고대와 현대가 생산해낸 작품들의 역동성을 간과하는 "속물 교육"에 기인한다는 것이다. 속물 교육은 고대 그리스와 로마의 작가들과 나란히 이른바 "새 시대 독일의 고전 작가들"을 등장시켜놓고 이들을 "모범 작가"라고 칭송한다. 그리고 이들로부터 나올 수도 있을 불안감은 그들의 작품을 필독서 목록에 끼워 넣음으로써 잠재운다는 것이다. 니체의 공격은 특히 시민 계층의 괴테와 실러 숭배를 겨냥한 것이다. 이러한 숭배 현상 이면에는 자기네들이 이해하기 힘든 것을 떨쳐버리려는 행위들의 흔적이 엿보인다는 것이다. "반면 그들(괴테와 실러)에게 그처럼 심사숙고해야 할 단어인 '고전적 작가'라는 부호를 달아주고 나서 어쩌다가 이따금씩 그들에게서 '감명을 받는 것', 다시 말해서 입장권만 지불하면 음악당이나 연극 극장에서 누구에게나 약속해주는 저 미미하고 이기적인 흥분을 맛보는 것, 아니 그런 것 말고도 그들의 흉상 조각을 제작하는 데 비용을 제공한다든가 또는 그들의 이름으로 축제와 단체 행사를 치른다든가 하는 것도 포함한 그 모든 행위가 교양을 내세우는 속물들이 하는 쨍그랑 소리를 내며 돈을 집어 던져주는 짓거리들일 뿐인 것이다. 그렇게 함으로써 그 밖의 것은 알지 못하게 되고, 아니 알려고 애쓸 필요조차 느끼지 않는 것이다."[3] 아무 생각 없이 탄복만 하는 예찬에 맞서 니체는 작품을 생산적으로 이해하여 자기 것으로 만들어야 한다고 주장한다. 그의 이러한 생각은 1886년에 출간된 그의 『인간적인, 너무나 인간적인(*Menschliches, Allzumenschliches*)』 제2권에서 전개되는 단상의 연작 「방랑자와 그의 그림자(Der Wanderer und sein Schatten)」 중 그가 1880년에 쓴 제125잠언에 담겨 있다. 니체는 여기서 괴테로부터 프리드리히 슐레겔과 제르맨 드 스탈(Germaine de Staël)을 거쳐 하이네(Heine)와 게오르크 고트프리트 게르비누스(Georg Gottfried Gervinus)에 이르기까지 풍요로운 전통에 자신을 은연중에 연계지으면서 속물들에 의해 더럽혀진 고전의 개념을 씻어내고 다각적인 의미를 통찰한다. 그의 논리 전개에서 기본적인 전제들 중 하나는 국수주의적 성향이나 정치적으로 이용하려는 모든 종류의 시도들에 끝까지 말려들지 않는다는 사실이다. 니체는 따라서 드 스탈이나 생트뵈브(Sainte-Beuve) 같은 프랑스의 비평가들을 언급하면서 고전적 예술이 미치는 영향은 결코 좁은 문화사 영역이나 국가의 경계선에 매여 있지 않다고 선언한다. 순수한 고전성의 엄격한 기준에 맞는 작가는 독일 문학사에서 오직 괴테뿐이라고 단언한다("후계자가 없는 돌발 사건"). 그의 작품은 주제와 형식 면에서 어느 유일한 국가 민족에도 속하지 않고 유럽 전통의 보고(寶庫)에 속하기 때문이라는 것이다.[4)]

'고전적 작가'라는 범주는 그것의 역사적 관점과 체계적 관점을 모순 없이 상호 연관짓기가 거의 불가능함에도 불구하고 보편적으로 납득될 필요가 있다. 문체와 그 영향의 역사에서 중요한 의미를 차지하는 이 개념은 그 외연이 엄청나게 넓을 뿐 아니라 다른 여러 연상들과 연결되어 있다. 19세기에 통용되던 고전성의 의미는 예술 작품의 가치가 관습과 역사성과 민족성의 경계선을 초월하여 시대적 제약에 얽매이지 않고 인정받을 수 있다는 신뢰심에 의해 유지되는 것이다.[5)] 여기서 문제가 되는 가치 기준은 그 자체가 미학적 판단과 규범의 결과물이다. 후대에 태어난 독자로서 문학 텍스트가 고전의 가치가 있느냐 없느냐를 알아볼 능력은 오로지 오랜 세월 동안 본질을 유지해온 예술 작품과 유행을 따르는 현시대의 작품의 잠정적 가치를 구별하기 위해 필수적인 비교의 기준들을 구사할 수 있느냐에 달려 있는 것이다. 자기가 도달할 수 있는 최고 지점에 서 있으면서 수미일관된 교육 원칙을 따르고 있는 문화, 그것이 가져다준 미학적 생산품들을 후세대들이 항상 달라진 관점에서 논평해주는 문화, 그리고 그러한 문화가 만들어낸 작품들의 가치가 단단하다고 주장하는 데 그치지 않고, 그 견고함이 역사 진행 과정에서 시대마다 변하는 평가에 의해 증명된 문화, 그러한 문화라야 '고전적'이라 불릴 수 있을 것이다. '고전적'이라는 단어는 따라서 이미 괴테와 프리드리히 슐레겔이 짐작했듯이 결코 한 시대의 문화가 스스로를 지칭하는 말로 쓰일 수는 없고 오히려 많은 시간이 흘러간 후에 생긴 다른 문화가 역사적 관점에서 평가해주면서 쓸 수 있는 말인 것이다. 그것은 문화의 한 시기 또는 예술적 작품들이 흥망성쇠의 역사적 과정을 거치면서 모범적인 것으로 증명되었다는 것을 후세대에 태어난 사람들이 확인해주는 일종의 품질 증서인 것이다.[6] 다른 한편 고대 그리스와 로마의 예술품들의 경우를 보면 그들에 대한 평가가 역사적으로 그들이 수용되는 논리에 따라 달라진다는 사실을 알 수 있다. 그리고 이러한 사실은 게르비누스와 비스마르크 시대의 독문학자들이 논란의 여지가 없는 것으로 받아들였던, 일종의 생물학적 문화사 서술에서 최고봉에 이른 것을 지칭하는 것으로서의 고전 개념과는 맞지 않는다.[7] 그런데 우리는 이러한 관례적인 평가 기준으로서의 고전 개념을 니체 역시 반복하고 있음을 알 수 있다. 그는 괴테의 작품이 레싱(Lessing)에서 시작하여 클롭슈토크(Klopstock)와 헤르더를 거쳐 바이마르의 대가(大家)에 이르는 발전의 연장선상에서 빛나는 정점을 이룬다고 선언하고 있는 것이다.[8]

괴테의 작품이 일종의 생물학적 발전 과정을 그 정점에 오르면서 완성시키고 있다는 니체의 확신은 보르히마이어(Borchmeyer)의 제안에 따른 고전의 네 가지 개념 중 하나를 밝혀준다.[9] 니체는 우선, 토마스 만(Thomas Mann)이 1929년에 행한 '레싱 강연'에서 설명했듯이, 미래 세대들을 위한 모범적 성격을 지닌 하나의 "정신적 삶의 틀"[10]을 세움으로써 여러 시대의 독자들이 그 속에서 자신을 발견할 수 있게 하는 것이 예술적 신화의 본질이라고 자세히 설명한다. 작품 수용 시의 특수한 관점(영향의 역사에서 입증된 가치의 견고성이라는 특징)과 나란히 등장하는 것이 역사적 관점이다. 여기서 고전의 범주는 헬레니즘 시대(기원전 4세기 알렉산드로스 대왕의 통치 기간)부터 아우구스트 황제 시대의 로마 문화(기원전 31년부터 기원후 14년, 베르길리우스, 오비디우스, 호라티우스)까지의 전성기를 가리킨다. 이 전성기의 작품들은 생산적인 모방을 위해 선호되는 대상이었고, 특히 16세기 이탈리아에서의 인문주의 르네상스 이래로는 '고전' 연구가 유럽 학계의 여러 상이한 발전 단계에서 학술 활동의 중심적인 장이 되었다. 근세 초기에 그러했고 레싱에서 요한 요아힘 빙켈만(Johann Joachim Winkelmann)을 거쳐 헤르더에 이르는 18세기에도 그랬고, 빌헬름 폰 훔볼트가 시작하고 야코프 부르크하르트(Jakob Burckhardt)가 완성한 19세기의 문학-문화사 프로젝트에서도 그랬다.

고전 개념이 여는 세 번째 영역은 문체 유형의 영역이다. '고전적'이라 표기되는 작품은 자체로서 완결되고 정확하게 균형이 잡힌 형식을 갖추었고, 그 형식을 떠받드는 구성 요인들이 엄격하게 배열되어 있고 또한 서로 잘 이어져 있는 모범적인 요건들을 충족하는 작품이다. '고전적' 문체란 조화롭게 마무리된, 모든 과격한 것을 피하는 온건한 예술적 표현 기법을 말한다. 이런 의미에서 '고전적'이라는 부가어(附加語)는 구체적인 역사와 관련된 작품이라거나, 특별한 시대적 경향과는 상관없는 일반적인 문체상의 특질을 지적하기 위해 사용되는 말인 것이다. 이와 같은 관점의 단초는 이미 아우구스트 빌헬름 슐레겔이 1803년 베를린에서 행한 강연에 나타나 있다. 그는 그 강연에서 고대 그리스와 로마 시대의 문학을, 형식상 특이한 점들의 카탈로그를 미리 만들어놓고 엄격하게 하나하나 그와 대조해가며 토의를 전개하면서 낭만적인 현대문학과 구별한 것이다. 『독일론(*De l'Allemagne*)』(1810)의 저자 마담 드 스탈(Madame de Stael)과 『문학과 언변(言辯)의 역사(*Geschichte der Poesie und Beredsamkeit*)』(1819)의 저자 프리드리히 부터베크(Friedrich Bouterwek)는 슐레겔의 후계자라 하겠다. 1915년에 그 초판이 출판된 하인리히 뵐플린(Heinrich Wölfflin)의 『예술사의 기본 개념들(*Kunstgeschichtliche Grundbegriffe*)』은 양식 유형적 방법론의 학파를 이룩하게 된다. 뵐플린의 이 저서에서 바로크 시대의 형식적 특징들과 고전주의 시대의 형식적 특징들이 체계적으로 대조되고 있거니와, 이러한 대조 방법은 문체 분석의 효시가 된다. 바로크 시대 양식의 특징에 속하는 것들은 그림 표현에서의 깊이, 열린 구도, 작품을 구성하는 개개 요소의 장식적 성격, 기하학적 모티브나 식물 무늬 모티브를 선호하는 경향, 긴장된 통일체 내에서의 대립 등이다. 고전적 구도의 특징에 속하는 것들은 공간미학에서의 입체성 결핍, '완결된 구도', 모든 요소 하나하나가 의미 내용이 있는 역할을 하고 있는 것, 아라비아 무늬 포기, 부분들의 다양성과 개별성 등이다. 뵐플린의 유형 체계 내에서 '고전적' 양식은 규범적 역할을 한다. 모든 예술 작품을 그것이 생성된 역사적 여건들은 고려하지 않고 초시대적인 척도로 평가할 수 있게 해주는 것이다.[11] 20세기 초두에 이와 같은 양식 유형적 분석 방법을 문예학에 원용해보자는 유혹이 없지 않았다. 고대 그리스와 로마 시대, 르네상스, 근대의 전범적 작품들 간의 상호 비교가 흔히 규범적 성격을 띤, 비역사적 고전 개념의 틀에 따라 행해졌고, 이 고전 개념을 무비판적으로 적용함으로써 상이한 여러 단계의 수용 시기에 작품이 발휘하는 특수한 의미 부여의 기능을 간과하게 되었고, 문학의 점진적 전개 과정을 실사적(實事的)으로 판단할 수 없게 되어버린 것이다.[12)]

가치사적인, 역사적인, 양식 유형적인 관점에다 마지막으로 언급해야 할 또 하나의 관점은 고전 개념의 시대적 특수성이다. 좁은 의미에서 이 개념은 고대 예술을 전범으로 할 것을 강령으로 삼고, 고전주의적 미학의 원칙에 따라 행동한 시기에 해당한다. 여기서 시대 개념인 '고전 지상주의'는 저자의 권위에 의존하여 자기주장을 하는 이상적인 문체만을 뜻하는 것이 아니다. 이러한 의미에서는 르네상스의 휴머니즘도, 17세기도〔적어도 매너리즘적-기지(奇智) 지향의 유파를 제쳐놓으면〕 또는 고트셰트(Gottsched)의 시대도 고대의 전범을 따랐다. 여하간에 더욱 중요한 것은 모든 일을 강령에 따라 행하게 되었다는 것이다. 그리고 이와 같은 태도가 바로 고전 지상주의 시대의 특성인 것이다. 강령에 따르는 행위에는 여러 분과의 전범적 작품들을 다루면서 고대 문화의 이념적인 성격까지 생산적으로 수용하고 그것을 보급하고자 하는 의도도 포함돼 있다. 고대 문화의 이념적 특성에 속하는 것들로는 인간 묘사에 순박함이 나타나 있다는 오해, 자기 스스로에게 책임을 지는 개인의 영웅화, 전인적(全人的) 인간학, 자연의 의인화 등을 꼽을 수 있고, 또한 이들 못지않게 중요한 것이 고대 그리스의 도시국가에서 선도적 역할을 하던 공적 예술 창달 기관의 지침하에 극장이 운영되었고 그러한 극장이 시민들의 의식 형성에 막대한 영향력을 행사하던 전통이라 하겠다. 근대 초기 이래로 유럽의 문학사에서 자주 나타나고 있는, 개인적으로 고대 문화에 손을 대는 현상은 산발적이니만큼 시대적 특성을 이루었다고 말할 수 없다. 그것은 예술사의 한 시기가 고대의 전범을 겨냥한 작품 미학의 사상적 통제하에 일치 단합하여 있을 경우에만 가능한 것이다. 이러한 규정에 합당한 것이 코르네유(Corneille)와 부알로(Boileau)에 의해 각인된 고대상(古代像)이 규범적 성격을 띠고 있는 17세기 프랑스의 의고주의이다. 마찬가지로 고대 그리스와 로마 문화의 우상화를 예술철학 프로그램의 기초 요소로 삼은, 1794년에서 1805년까지의 바이마르 고전주의의 전성기도 이에 해당한다 하겠다. 바이마르 고전주의의 대표적 인물들인 괴테와 실러, 헤르더와 빌란트가 자기들의 작품을 '고전적' 작품으로 간주하지 않았음은 알려진 사실이다. 그들은 자기들의 작품이 체계적인 틀로 규정되는 일에 거부감을 갖고 있었던 것이다. 예컨대 괴테는 1795년 5월 《호렌(*Horen*)》에 실린 자신의 논설 「문학적 과격주의(Literaischer Sansculottismus)」에서 "우리는 어느 독일 작가도 스스로를 고전적 작가라 여기고 있지 않다고 확신한다"고 단적으로 선언한다.[13] 논쟁의 성격을 띤 이 논설은 베를린에서 발간되는 잡지 《시대와 취향: 베를린 문고(*Berlinischer Archiv der Zeit und ihres Geschmachs*)》에 그보다 몇 달 전에 실린 목사 다니엘 예니시(Daniel Jenisch)의 기고문에 대한 답변이라 할 수 있다. 문학적 야망을 품고 있던 이 목사는 현재 독일 문단에는 후세대에 전범이 되어 전통을 세우게 될 고전적 작품이라 할 만한 것이 없어 아쉽다고 불평했다. 괴테는 '고전적'이라는 부가어가 별생각 없이 마구 사용되는 것에 자극받아 이에 강력하게 대응하면서 이 개념에 대한 자기의 생각을 상세하게 펼칠 기회로 삼은 것이다.

괴테가 특별한 관심을 기울인 문제는 어떠한 역사적, 사회적 여건하에서 "고전적 국민 작가"[14]가 태어나는가 하는 것이었고, 괴테는 이 문제에 대답하면서 예니시의 불평이 당치 않음을 명백하게 밝히려 한 것이다. 문학의 역사는 사회의 영향을 받게 되어 있는데 예니시의 주장은 '고전적' 작품은 마치 사회적 영향과는 무관하게 존재하는 듯한 인상을 불러일으키기 때문에 당치 않다는 것이다. 괴테의 생각에 의하면 고전적 작품은 한 나라가 "행복하고 훌륭한 통일체"[15]를 이루고 높은 수준의 문화에 도달하여 친숙한 예술적 소재들이 곳곳에 있어 한 작가가 그것을 토대로 하여 넓은 독자층을 염두에 두면서도 예술의 질이 손상되지 않게 작업할 수 있게 되었을 때에 비로소 생겨날 수 있는 것이다. 18세기 말 계몽 절대군주 체제하에서는 이러한 조건들 중 그 어느 하나도 충족된 것이 없고, 또한 그러한 조건들의 실현이 바람직스러운 것도 아니라고 괴테는 다음과 같이 힘주어 설명한다. "우리는 독일에서 고전적 작품이 나올 수 있을 풍토를 준비하게 될 대변혁을 원치 않는다."[16] 이와 같은 회의적 발언은 문학의 다양성을 찬성하는 것이라 하겠다. 여기에는 시대가 요구하는 예술의 당면 과제에는 다양한 전략으로 대처해야 한다는 생각이 포함돼 있는 것이다. 괴테의 논설이 고전적 미학의 조건으로 말하고 있는 "행복하고 훌륭한 통일체" 대신에 비고전적 시대에는 조각난 삶의 세계의 다양성이 등장하고 있고, 이에 상응해서 수많은 개성적 문학 형태가 전개되는 것이다. 독일 문학이 어떠한 단합된 프로그램에도 따르고 있지 않는 것이 아무리 불만스럽다 하더라도, 이러한 현실을 현재의 문학적 생산 작업의 전제가 되는 외적 여건들을 고려하지 않은 채 역사적, 사회적 평가 기준을 무시해가며 매도하는 것은 매우 의심스러운 태도라고 괴테는 여기는 것이다.

괴테가 이러한 생각을 갖게 된 데에는 정치적인 고려도 한몫했을 것이다. 고전적 작품들이 성행하기 위해서는 그 바탕이 될 문화적 '통일'이 선행해야 하는데 그러한 문화적 통일은 그가 생각하기에 중앙집권적인 국가가 선행하지 않으면 생각할 수 없는 일이었다. 그러나 물론 동질의 구성

원으로 이루어진 국가가 작센-바이마르 영주국의 재상인 괴테의 정치관에 합당한 것일 수는 없었다. 프리드리히 2세에 의해 형성된 프로이센과 같이, 분업을 바탕으로 하여 현대적으로 조직된 국가의 기능적 질서 이념에 대해 괴테는 회의적이었다. 바로 지방 분립 체제야말로 이해관계를 평화적으로 조절할 수 있고 사회 안정을 보장해줄 수 있다는 것이 그의 생각이었다. 이러한 그의 생각에 이론적 근거를 대준 사람은 여전히 오스나브뤼크의 언론인이자 행정 법률가인 유스티스 뫼저(Justis Möser)였다. 그는 1774년부터 여러 회에 걸쳐 발표한 「애국적 환상(Patriotischen Phantasien)」에서 정치적 분권주의가 보수적 신분 체제를 보장해주는 국가철학의 근간이라고 주장했다. 괴테는 그의 주군인 카를 아우구스트가 찬성한, 그러나 여러 해 동안의 노력에도 실패로 끝나고 만 독일 영주국 동맹(deutsche Fürstenbund) 구상에 찬동하지 않았다. 또한 프리드리히 2세가 타계(1786)한 후 일기 시작한 일련의 제국 개혁 계획들에도 반대 입장을 취했다. 그는 전체의 통찰이 가능한 지방분권 국가의 신분제도야말로 개개인의 존엄과 인간성을 살펴줄 수 있고, 알 수 없는 낯선 힘에 의해 좌우되지 않으며, 사회질서를 유지케 해주는 외적 전제 조건이라고 여긴 것이다. 괴테는 보수적 정치가로서 현대적 중앙집권 국가를 거부했기 때문에 필연적으로 공적 생활 관계의 통일을 요구하는 것으로 보이는 시대적 경향에 맞서 싸울 수밖에 없었다.

괴테의 논설문 「문학적 과격주의」는 고전성의 개념을 역사적으로 고찰하는 동시에 구체적인 사회적 여건과 관련시킴으로써 상대적인 개념으로 만들었다. '고전적'이라는 부가어는 18세기 말 독일에는 아직 존재하지 않던 문화적, 정치적 통일국가를 배경으로 해서 생겨난 작품에만 쓸 수 있는 용어로 남게 된다. 이와 같이 냉정한 괴테의 분석에서 성급하게 잘못된 결론을 도출해서는 안 될 것이다. 괴테가 고전 개념의 적용 범위를 확정한 것은 하나의 역사적 관점을 제시한 것이지, 자기 자신의 미학적 입장을 소상히 밝힌 것은 아닌 것이다. 괴테가 작업하는 데에 지침이 된 예술가로서의 확고한 의도들은 그의 논술에서 주제로 다루어지지 않은 것이다. '고전적'이라는 부가어를 조심스럽게 사용하라고 요구한 것은 곧 고전적 작품들을 고찰함으로써 얻을 수 있는 미학적 규범들을 경계하라는 것과 같은 것으로 봐서는 안 될 것이다. 괴테에게 고대 그리스의 문화 세계는, 1795년 이후에 쓰인 그의 이론적 연구들이 보여주듯이, 창조적 예술가가 지침으로 삼을 수 있는 훌륭한 표준인 것이다. 그러나 이러한 방향 설정만으로 곧바로 고전적 작품이, 또는 스스로가 모범적인 성격을 전개할 수 있는 문화의 정착이 이루어지지는 않는다. 미학적 이상과 문학의 현실은 일단 별개의 것으로 남는 것이다.

고전 개념에 대한 괴테의 시각과는 다른 관점에서 프리드리히 슐레겔 역시 이 개념에 대해 회의를 품고 있었다. 괴테의 항변이 주로 고전적 작품이 생겨나게 하기 위해서 이 개념이 필요하다는 식의 중앙집권적인 사고 경향을 겨누고 있는 데 반하여 슐레겔은 이 개념 자체의 가치를 의심하는 것이다. 그에게 이 개념은 문화 공동체의 부동성과 동의어로 여겨졌던 것이다. 슐레겔은 1797년 베를린에서 발간되던 잡지 《아름다운 예술의 보금자리(*Lyceum der schönen Künste*)》에 비판적 언론인 게오르크 포르스터(Georg Forster)에 관한 논설을 발표하면서 다음과 같이 결연히 선언한다. "본래의, 최초의 의미에서이기는 하나 모든 유럽인은 어떠한 고전적 작가도 두려워할 필요가 없다. 두려워할 필요가 없다고 내가 말하는 것은 능가할 수 없는 원조 작품이 더 이상 능가할 수 없는 완성도의 한계를 증명해 주기 때문이다. 이러한 사정을 고려한다면 우리는 다음과 같이 말할 수 있을 것이다. 하늘이시여, 우리를 영원한 작품들의 위력에서 보호해주소서."[17] 하나의 문화가 역동적으로 발전해가기 위해서는 시대마다 변하는 원칙들에 순응하지 않을 수 없다는 것이 슐레겔의 확고한 신념이었고, 이러한 그의 신념이 그로 하여금 고전 개념의 고정된 규범을 멀리하게 만든 것이다. 어느 시대에서건 그 시대의 문학이 영향력을 발휘할 수 있는 곳에서는 전범이 되던 작품이 급속도로 노후화할 수 있는 것이다. 지나치게 고전적 작가만을 거론하는 것은 따라서 현존하는 문화가 재생 능력이 부족함을 보여주는 증좌일 뿐이다. "노후되지도 않고 후세 작가에 의해 능가당하지도 않을 작가란 있을 수 없는 것이다. 개개인의 순수한 가치는 영원히 지속된다. 그러나 가장 위대한 작가의 특수성도 전체의 물결 속으로 사라지게 마련인 것이다."[18]

슐레겔이 설명의 수단으로 사용하고 있는 신체 기관의 비유법은 여기에 서술된 예술론의 기본적인 경향을 드러내 보인다. 그의 예술론은 가변적인 자연의 질서에 맞추어져 있는 듯 보인다. 그리고 이 가변적인 자연 질서는 모델로서 미학의 발전에 법칙적인 성격을 부여한다. 하나의 큰 강물처럼 문화사는 앞으로 흘러간다. 강둑에 즐비한 과거 시대의 재화들을 그 자리에 내버려둔 채 흘러간다. 문화의 역사는 정지를 근본적으로 불가능하게 만드는 어떤 보이지 않는 법칙에 지배되어 영원히 쉴 줄 모르고 항상 움직이는 것이다. 고전적인 것은 슐레겔의 관점에서 볼 때 상대적인 표준일 뿐이다. 고전성이란 초시간적인 규범이 아니라 단지 스스로 변하는 하나의 모델 체계에 불과한 것으로서 미학적 담론에 큰 변화가 생기면 그에 적응하지 않을 수 없는 것이다. 문화의 변화 과정을 앞으로 발전하는 것으로 가정할 때, 고대 예술형식을 겨냥하는 것은 그것이 항상 시대적 변화와 발맞추어 행해질 경우에만 창조적인 가능성을 얻을 수 있게 된다. 그러나 이는 곧 고대 문화 자체가 다양한 수용 행위 법칙하에 놓여, 통일된 자기 모습을 상실하게 됨을 의미하는 것이다. 고대 문화의 얼굴은 시대의 흐름 속에서 계속 변화하는 것이다.

노발리스는 1798년 괴테의 어느 논문에 대한 메모에서 르네상스 이래로 페로(Perrault), 빙켈만, 헤르더에 이르기까지 논란의 여지가 없어 보이던 고대 개념의 신뢰성을 근본적으로 문제 삼았다. 고대 그리스와 로마의 문화는 상이한 역사적 시기마다 항상 새롭게 그려지기 때문에 고정적인 것이 될 수 없다는 것이다. "자연과 자연 인식은 동시에 생겨난다. 그와 마찬가지로 고대 문화와 고대 문화의 지식도 동시에 생긴다. 만약 고대 문화 그 자체가 존재한다고 여긴다면, 그것은 아주 잘못된 생각이다."[19] 슐레겔과 노발리스의 생각에 상응하면서, 그러나 다른 결론에 도달하면서, 실러 역시 고대 그리스와 로마 문화 상호 간의 내면적 통일성을 의심했다. 1800년 7월 26일에 빌헬름 쥐베른(Wilhelm Süvern)에게 보낸 편지에서 그는 소포클레스로 대표되는 아테네의 비극에 관하여 다음과 같이 쓰고 있다. "그것은 다시 반복될 수 없는 그 시대의 현상이었습니다. 완전히 이질적인 집단들로 구성된 시대의 어느 한 개성적인 현재가 생산한 생생한 산물을 표준과 전범에 따르도록 밀어붙이는 것은 언제나 역동적이고 생동하는 것이 되어야 하는 예술을 살리기보다는 오히려 죽이는 것이 될 것입니다."(NA 30, 177) 실러의 견해에 따르자면, 고대 문화에 대한 탄복이 노예적 모방으로 되어서는 결코 안 되는 것이다. 예술 작품의 생산은 '역동적'이고 '생동하는' 것이어야 하기 때문이다. 어느 규범이든 의무적으로 매이게 해서는 안 되는 것이다. 그러한 규범이 작품을 '죽이고' 말 것이기 때문이다. 결정적인 것은 고대와 근대를 서로 갈라놓는 시대적 여건들의 차이이다. 1800년 여름 이러한 차이를 인식한 실러는 슐레겔과 노발리스가 이미 폐기해버린 고대 문화에 대한 규범적 이해를 아직도 전제하고 있었다. 특정한, 즉 하나로 통일된 고대 그리스의 세계와 '이질적' 사회구조 속에 생활하고 있는 현대인의 삶의 풍토를 대립적 현상으로 규정하고 있는 것이다. 이러한 규정은 두 시대를 갈라놓는 예술적, 정신적, 이념적 차이를 표시하기 위해 '소박'과 '감상'의 개념들을 사용하고 있는 실러 자신의 예술 이론을 반영하는 것이라 하겠다. 앞서 소개한 편지에서 실러가 한 발언은 매우 압축된 형식으로 시대적 차이의 문제를 강조한 괴테의 발언과, 고전 지상주의로 말미암은 역사의식의 상실을 염려한 슐레겔의 경각심을 연결한다. 1802년 1월 21일 쾨르너에게 보낸 편지에서 실러는 더욱 강렬한 어조로 문화적 규범의 화석화에, 그리고 잘못된 판단에 입각해 문학작품을 전범으로 만드는데 항거한다. "모든 것을 똑같은 규격에 묶어두고자 하는 것이 독일 사람들의 습성이다. 그들은 종교개혁 시대에 신학을 다루었듯이 무한한 예술도 당장에 하나의 상징적 깃발 아래에 묶어놓아야 심사가 풀리는 것이다. 그러하기 때문에 아무리 훌륭한 작품도 그들에게 맡겨지면 망가지고 마는 것이다. 그것을 성스럽고 영원한 작품이라고 치켜세우기 때문이다. 그리고 노력하는 예술가로 하여금 항상 그것을 본받게 만들기 때문이다."(NA 31, 90) 고대의 예술품들은 능가할 수 없는 완전함의 화신으로 신성시되지 않는 한에서만 의미 있는 전범이 된다는 것이 실러의 생각이었던 것이다. 고대 그리스 정신을 모범으로 삼는 문학은 자기 자신의 시대적 문제의식을 성찰함으로써 자신의 현실성을 입증하도록 노력해야 하는 것이다. 고대 지상주의의 대리석 밑에 새로운 문화의 신경세포 줄기가 드러나 있어야 한다는 것이다.

유파 대변자들과의 작별

예술의 자립성

바이마르 고전주의의 본질에 속하는 이론적 원칙들 중 하나가 예술은 자립해야 하며 그 자체 이외의 어떠한 외부적 목적을 가져서는 아니 되고, 미리 주어진 개념들에 얽매여서도 아니 된다는 확신이다. 이상적인 예술품의 자립성에 관한 미학적 정의는 괴테가 로마에서 함께 지내면서(1786~1787) 도움이 많이 되는 대화의 상대자로 높이 평가했던 카를 필리프 모리츠(Karl Philipp Moritz)의 저작물에 처음으로 나타나 있다. 무게 있는 논문 「미의 조형적 모방에 관하여(Über die Bildende Nachahmung des Schönen)」에서 모리츠는 유럽의 예술 이론사상 처음으로 괴테와 실러의 고전주의 프로그램으로 발전하는 탈목적적 미학의 기초가 될 이론을 세웠던 것이다. "아름다운 대상은 오로지 그 자체의 아름다움 때문에 관찰되고 감동을 주기를 원한다. 마찬가지로 아름다운 것을 만들어내고자 하는 것도 오로지 그 아름다움 자체 때문이다."[20] 이 간략한 주석은 특히 예술 작품과 그것의 기능을 연관시키는 예술론을 겨냥한 것이다. 뒤보(Dubos)와 고트셰트로부터 포프(Pope), 영(Young), 바움가르텐(Baumgarten)과 마이어(Meier) 등을 거쳐 레싱과 디드로(Diderot)에 이르기까지의 계몽주의의 시론과 미학에서는 예술의 사회적 기능이 당연시되었다. 문학을 즐기며 활용한다는 것은 호라티우스의 격언에 따라 18세기 말까지 전 유럽의 문학 이론이 소중하게 간직해온, 남에게 물릴 수 없는 기본적인 확신 사항이었다. 합리주의가 오로지 예술 외적인 교리나 이념, 행동 지침과 원칙 등을 진작하기 위한 수단으로만 여겼던, 목적과 연관된 예술 작품을 모리츠는 매우 못마땅하게 여겼다. 「자기 자체로서 완성된 것이라는 개념으로 모든 예술과 학문을 통합하기 위한 시론(試論)(Versuch einer Vereinigung aller schönen Künste und Wissenschaften unter dem Begriff des in sich selbst Vollendeten)」(1785)에는 다음과 같은 대목이 있다. "아름다운 대상을 바라볼 때 나는 목적의식을 내 안에서 밀어내어 그 대상 자체 안으로 되돌아가게 한다. 나는 그 대상을 내 안에 있는 것이 아니라 그 자체로서 완성된 무엇으로 간주하는 것이다. 즉 자기 자체로서 하나의 전체를 이루는, 그 자체로서 내게 즐거움을 주는 무엇으로 보는 것이다."[21]

칸트 또한 『판단력비판』(1790)의 유명한 항목인 「아름다움의 분석(Analytik des Schönen)」에서 본질적으로 비슷한 결론에 이르고 있다. 아름다움은 아무런 다른 이유 없이 일반적으로 마음에 든다는 것, 그것을 좋아하는 취미상의 판단이 어떠한 이해관계에서 생겨난 것이 아니라는 것, 즉 인식의 근거 없이, 아무런 다른 이유 없이 생겨난다는 것이 이 저서의 중심 사상인 것이다.[22] 이와 같은 수용미학적 설명을 거쳐 칸트는 아름다움의 일반적인 정의를 이끌어낸다. 칸트는 아름다운 것이 하나의 구속력 있는 확정된 질서를 품고 있다고 보는데 그것은 자기 자체 내부의 규율성이지 결코 실천적 활용을 위한 것이 아니라는 것이다. "아름다움은 다른 어떤 목적의식이 없는, 한 대상물 자체 내에서 인지되는 합목적적인 형태이다."[23] 이와 같은 정의는 계몽주의의 전매특허라 할 수 있는 예술 작품의 사회적 기능론을 당장에 제외하고 만다. 아름다운 것은 다른 아무런 목적이 없기 때문에, 보편적이거나 특수한 것이거나 간에 어느 한 기능을 발휘해야 한다는 합목적적인 어떠한 요구에도 순응할 수가 없는 것이다. 가르침과 신앙심이 설정하는 목표들은 필연적으로 예술의 자율성을 해치기 때문에 예술의 경험 세계와는 낯선 것일 수밖에 없는 것이다.

자연과 예술의 아름다움이 외부적 목적론의 지배를 받지 않고 독자적 범주로서 자립해야 한다는 견해에 칸트와 모리츠는 각기 다른 경로를 거쳐 도달했는데 그들의 이와 같은 견해는 또한 바이마르 고전주의의 기본 신념에 속하는 것이기도 했다. 실러의 경우에 그것은 지렛대 구실을 하게 된다. 그것으로 그는 칸트의 미학을 비판적으로 검토한다. 1793년 겨울부터 쾨르너에게 보낸 「칼리아스 서한」에서, 그 후 얼마 되지 않아 이루어진 우아함의 이론에서, 그리고 2년 후에 《호렌》에 발표한 미적 교육에 관한 논문에서 그는 자율성 사상을 광범위한 사회적 욕구를 만족시켜주는 예술 교육론으로까지 확대한다. 실러는 자신의 예술 교육론으로 취미 판단에 관한 칸트의 이론을 거창한 인식론의 그늘에서 해방하는 동시에 새로운 근거를 마련하려 한 것이다. 괴테 또한 어떤 형태로든 외부적 목적과 연관되면 문학작품에나 조형예술 작품에나 매우 해롭다는 확신에서 출발한다. 그는 1789년 4월 27일에 쓴 한 메모에서 남다르게 간결한 필치로 다음과 같이 쓰고 있다. "예술이 지닌 최고의 의도는 인간적인 모습을 보여주는 것이다. 가능한 한 감각적으로 의미 있게, 가능한 한 아름답게."[24] 낡은 모방론 대신에 세련된 표현의 원칙이 등장하는 것이다. 예술 작품은 현실을 이상적으로 승화한 모습으로 제시하는 것이다. 그것은 현실과 동일한 것이 아니라, 현실을 질적으로 다른 차원에서 새롭게 창조하는 것이다. 예술은 실제 작업에서 교리, 목적, 훈령, 원칙, 이념 등을 중계하는 일 없이 여러 형태의 인간과 자연을 발굴해낸다. 괴테는 「사실과 개연성에 관하여(Über Wahrheit und Wahrscheinlichkeit)」(1798)에서 오페라는 "자기 자신의 법칙에 따라 평가받고, 자기 자신의 성질에 따라 느껴지기를 원하는"[25] 예술이라고 말한 바 있는데 이러한 발언은 회화와 문학을 위해서도 요구할 수 있는 규칙이라 하겠다. 여기에 요약 서술된, 바이마르 고전주의가 경험한 예술의 자립성 이념에는 그것이 미치게 될 영향력이 하나의 작고 순수하고 폐쇄적인 동아리에 국한될 것이라는 점도 포함되어 있지만, 이러한 사실은 흔히 호의적으로 간과되어왔다. 고전주의적 자립성 이론이 지향하는 목표는 초기 낭만주의가 요구한 예술의 한계성 극복과 대중화가 아니라, 자기 스스로 기능을 발휘할 수 있도록 해주는(즉 문화적 교육으로 활용될 수 있도록 해주는) 예술 작품 자체 안의 원칙과 법칙들에 대한 성찰인 것이다. 바로 이와 같이 예술 작품의 내면에 집중할 것을 힘주어 요구하고 있는 것이 예술에 의한 교육에 관한 실러의 이론인 것이다. 그의 이 이론은 예술가의 자유의 전제 조건인 문학과 삶의 간격을 되풀이하고 되풀이해서 항상 새로이 명료하게 제시한다. 이런 관점에서 예술의 자립성 사상은 니클라스 루만(Niklas Luhmann)의 표현대로 "자기 성찰의 완성"[26]이요, 1800년 전후 등장한 '사회적 체제'로서의 예술 자체가 지니고 있는 역동성의 가치를 처음으로 논리적으로 인정해주려 시도한 이론적 단초였다 할 수 있을 것이다.[27]

따라서 탈목적미학은 낭대의 예술 경영이 처한 여러 조건의 산물임을 알 수 있다. 예술 경영이 세분화함으로써 외부의 조절 기관이나 학문 체제로부터의 해방이 가능해진 결과인 것이다. 그러나 역사적으로 볼 때 탈목적미학은 계몽주의의 역사적 유토피아가 좌절됨으로써 경험하게 된 환멸의 직접적인 결과로 생겨난 것이다. 현존하는 권력 구조의 정치적 변혁을 향한 희망까지 내포하고 있는 인간 내면세계의 완성을 목표로 하던 프로젝트가 프랑스 대혁명이라는 시대적 배경하에서 실패로 끝났다고 보지 않을 수 없게 되었을 때, 예술은 현대적 개인의 자립성 요구가 실제로 실현될 가능성과는 상관없이 그것을 가상의 세계에서라도 시험해보고 확신해볼 수 있는 영역을 제공해준 것이다. 이와 같이 바이마르 고전주의는, 때로는 초기 낭만주의 진영과 선명한 대립 관계를 천명하면서, 예술이 비록 사회적 현실을 변화 발전시킬 수는 없으나 예술 경험은 강제에서 해방된 개개인의 주체성 확립을 위한 매개체가 된다고 이해하고 있었던 것이다. 직접적인 사회적 영향력 행사를 포기한 이러한 예술관이 얼마나 강하게 현시대에 영향을 끼치는지를 우리는 자립성 미학이 아도르노와 후기의 마르쿠제 또는 하버마스에게서 차지하고 있는 위상에서 알 수 있다. 하버마스는 그의 저서 『소통 행위의 이론(*Theorie des kommunikativen Handelns*)』(1981)에서 예술 작품에 몰두함으로써 주체는 "일상적인 지각(知覺)과 합목적적인 행위의 관습에서, 그리고 노동과 이득의 강요에서 스스로를 해방한다"[28]고 자기의 생각을 정열적으로 강조하고 있는데, 그것은 괴테와 실러의 구상에 담긴 발상과 똑같은 것이다. 예술의 자립성 규정은 계속 경제적 재생산 과정만을 요구하는 행위와 이성의 자기 방위에 대항해서 그러한 것들과는 다른 예술 특유의 품성을 관철하고자 하는 시도인 것이다. 다른 한편 바로 이와 같은 규정이 예술의 사회적 기능을 제시해준다. 예술 작품은 그것이 취하는 항거의 태도로 인하여 현실 상황에 대한 대항으로 오해받기도 하지만, 예술 작품의 사회적 위상은 바로 그 항거의 태도에 근거하고 있는 것이다.

실러가 모델로서 제시한 예술에 의한 교육론에 반영되고 있는 자립 사상의 과격화는 이미 1790년대 중반에 비판적 반대의 소리를 불러일으킨다. 헤르더는 원래 칸트의 비판철학을 신랄하게 비난하기 위해 쓴 「칼리고네(Kalligone)」(1800)에서 어떠한 목적과도 관련되지 않은 예술 형식이란 감성적 경험을 매개로 한, 주기적인 자아 성찰의 파괴적 옹호와 같은 것이라 단정하고 그 대신에 국민 문화의 특수성을 기반으로 한 형이상학적 천재 미학 사상을 권장한다. 장 파울도 헤르더의 뒤를 따른다. 그는 근대의 "허무주의적 시인들"이 "오로지 허무 속에서 자유로운 놀이의 공간을 쏟아내기 위해서 사회적 현실과의 관계를 파괴해버렸다"[29]고 비난했다. 그뿐 아니라 프리드리히 니콜라스(Friedrich Nicolas)와 요한 프리드리히 라이하르트가 《호렌》에 게재한 서평들, 야코비(Jacobi)와 가르베(Garbe)의 서신에 나타나고 있는 발언들, 그리고 실러가 편찬한 《1797년 문예연감》의 광고문에 비치고 있는 빌란트의 회의적 발언 그 모두가 자율성 미학의 기본 원리들에 대해서 유보적 태도를 드러낸다. 그들의 논지가 무시 못할 비중을 지니고 있었음은 실러가 자기의 「인간의 미적 교육에 대한 편지」에 대한 그들의 비판적 소리에 매우 민감하게 반응하는 데서 알 수 있다. 그들의 논지들은 무엇보다도 괴테와 실러가 1790년대 중반부터 공동의 문학 전선을 펼침으로써 야기된 공개적인 저항을 분명하게 보여준다.

감각이 보장해주는 것들
이상적인 표현으로서의 객관성

바이마르 미학에서 결정적으로 중요한 것은 객관성 개념이다. 예술이 그 가능성을 완전히 발휘할 수 있게 하려면 가시적이고 구체적이어야 하며, 걷잡을 수 없이 주관주의에 빠지지 말고 외부의 현실을 승화시키는 기술과 결부해서 표현할 수 있어야 한다는 생각인 것이다. 예술적 창조란, 특히 괴테가 평소에 늘 강조하고 있듯이, 부자연스러운 것이 되어서도 안 되고 감각적 경험만을 생각한 것이 되어서도 안 되는 것이다. 현실에 직면해서 그것을 승화시키는, 현실과 승화 작용 간의 통일을 세부 사항에서 구체적으로 보여줌으로써 항상 새롭게 해주어야 하는 것이다. 그와 같은 예술관을 뒷받침해주는 모범적인 예가 고대 조형예술이다. 괴테와 헤르더는 자기들의 이론적 확신을 설명하기 위하여 늘 고대 조형예술 작품들을 예로 들곤 했다. 바이마르 고전주의 주변에서 생겨난 문학 관련 이론을 다룬 논문들의 수는 그에 비해 놀라운 정도로 적다. 이처럼 특별히 조형예술을 겨냥한 문화 의식을 이끌어낸 인물 중 결정적으로 중요한 사람은 요한 요아힘 빙켈만이다. 실러는 그의 저작물들을 이미 카를스슐레 학생 시절에 읽었다. 빙켈만은 『회화와 조형예술에서의 고대 그리스 작품의 모방에 관한 사색(*Gedanken über die Nachahmung der griechischen Werke in der Malerei und Bildhauerkunst*)』(1755)과 두 권짜리 책 『고대예술사(*Geschichte der Kunst des Altertums*)』(1764~1766)에서 다가오는 합리주의 시대에는 고대 문화가 이상적 인간에 대해, 즉 인간의 육체미와 정신적 위대함에 대해 새로운 감이 잡히도록 해줄 수 있을 것이라면서 고대를 정확히 연구할 것을 권한 것이다. 빙켈만이 지치지도 않고 계속 강조하는 것은 고대 그리스 예술이 지닌, 손에 잡힐 듯한 확고한 대상성이야말로 고대 그리스 예술의 품위의 근거가 된다는 것이다. 이러한 고대 그리스 예술관의 좋은 예가 될 수 있는 것이 그의 『모방에 관한 사색』에서 자주 인용되는 유명한 대목으로, 고대 조각 예술의 감각적 확실성과 객관성을 다음과 같이 포착하려고 하고 있다. "고대 그리스의 명작들에서 일반적으로 확인할 수 있는 특출한 징표는 고귀한 단순함과 조용한 위대함이다. 그 자세에서 그렇고 그 표정에서 그렇다. 바다의 표면이 아무리 노도와 같이 날뛰더라도 그 깊은 밑부분은 언제나 조용하듯이 고대 그리스의 조각상들은 모든 고통을 겪으면서도 위대하고 의젓한 표정을 짓고 있다."[30]

헤르더는 1778년에 발표한 「조형예술론(Plastik)」에서 빙켈만을 거명하면서 일종의 조형예술 현상학을 학계에 제출했는데 그 근본이 되는 것은 인간의 지각 작용에 관한 이론이다. 회화와 조형예술의 특별한 공로라 할 수 있는 것은 시각을 자극한다는 것이다. 시각은 예술적으로 포착된 대상물의 감각적 성격에 의하여 매혹되고 계속 자극을 받게 된다. "아름다움(Schönheit)"이란 단어는 "빛남 · 광휘(Schein)"에서 나온 것이다. "그리고 아름다움을 가장 쉽게 알아보고 그 가치를 소중하게 여기게 해주는 것은 바라봄(Schauen), 아름답게 비침(Schönen Schein)이다."[31] "회화"는 "예술가의 창조물이 꿈처럼 눈앞에 서 있는 병풍 그림으로 작용하기 때문에"[32] 촉각과 시각에 동시에 작용하는 조형물과 마찬가지로 예술적 표현력의 이상적인 모델이다. 문학 이외의 다른 예술들이 발휘하는 효율성은 감각의 정밀함이 최고 단계에 이르렀을 때의 엄밀함으로 대상을 다루는 데서 나온다. 헤르더는 레싱의『라오콘(*Laokoon*)』(1766)을 직접 언급하면서 예술 장르 간의 차이를 의심할 생각이 없음을 밝힌 바 있거니와, 그럼에도 불구하고 그는 조형예술과 회화 작품에 몰두하는 일을 통해 당연히 문학작품 창작자의 눈을 훈련할 수 있다고 보았다. 다루기 힘든 소재들도 대상물이 되도록 형성하라는 계명은 모든 예술 장르에 해당한다. "알레고리가 등장하는 서사시, 추상적인 것들이 출연하는 연극, 주상적인 것늘이 실용적으로 춤추는 이야기, 추상적인 것들이 이상적으로 배열되어 있는 국가, 이러한 것들이 멋진 명품들이다. 그러나 더 멋진 것은 이 세상에서 살지 않도록 바위에 새겨 만든 조형예술품이다."[33]

1797년 10월 제3차 스위스 여행 중에 괴테가 쓴 에세이「조형예술의 대상에 관하여(Über Gegenstände der bildenden Kunst)」는 빙켈만과 헤르더가 이미 밝혀준 '객관성'의 개념을 더 자세히 해설해준다. 괴테에 의하면 예술은 추상적인 것을 멀리하고 자연에 나타나 있는 감각적 형태를 눈으로 볼 수 있도록 표현할 수 있을 때에만 자유로운 경지에 이를 수 있는 것이다. 예술이 기본적으로 하는 일은, 이미 괴테가 빌란트가 주관하는 잡지《도이체 메르쿠어(*Teutschcer Merkur*)》에 기고한 한 논문에서 언급하고 있듯이 "단순한 모방(einfache Nachahmung)"일 텐데, 그것은 자연을 재생산하는 것이 아니라 예술적 수단으로 재현하는 것을 의미한다. 이러한 방식에 반하여 더 세련된 결과를 가져올 수 있는 표현 방식이 있는데, 그것은 그때그때 다루게 될 대상의 전형적인 특징들을 우연히 선발하거나 전형적으로 명백하게 해줌으로써 그 개성을 포착하게 될 표현 과정을 말한다〔양식(Manier)〕. 괴테는 마지막으로 예술 작품의 이상적인 경우로서 자연현상의 "특징적인 것(Charakteristische)"[34]을 함축적으로 포착하는 방식을 든다. '단순한 모방'과 '양식'의 차원을 넘어 그것은 현실의 현상이 상징적인 의미에서 형상화되는 차원이다. 즉 여기서는 눈앞에 있는 감각적 대상과 지적 의미가 하나로 융합될 수 있는 것이다. 그와 같이 융합된 현상을 센스 있는 관찰자는 자연에서도 만나게 될 것이다. 그와 같은 의미심장한 경지에 도달할 수 있는 것은 모방과 양식의 차원을 넘은 '문체(Stil)'뿐이다. 1793년 3월 1일 쾨르너에게 보낸 편지에서 실러는 다음과 같이 쓰고 있다. "표현의 순수한 객관성이야말로 좋은 문체의 본질이다. 그것이 모든 예술의 최고 원칙이다."(NA 26, 225)

괴테는 1798년에 《프로필래엔(*Propyläen*)》* 서문에서 다음과 같이 쓰고 있다. 결정적인 것은 "한 예술가가 자기 작품이 가벼운 것, 피상적인 것이 되지 않고, 자연과 경쟁하면서 어떤 정신적 생명체가 되게 하기 위해서는 자기 자신의 마음을 깊이 파고들 줄도 알아야 한다"[35]는 것이다. 그런데 괴테가 평상시에 강조해온 대상성(對象性) 요구는 초감각적 현상들에 대한 예술적 표현을 제외한다. 형이상학적 공식이라든가, 비합리적 억측 또는 낭만적 환상 같은 것은 신비적 망상이 병적으로 터져 나온 것들로 치부

* 《프로필래엔》은 괴테가 1798년에 창간한 예술 잡지 이름으로 (신전) 앞뜰의 문을 뜻함.

되는 것이다. 예술가가 상상의 날개를 달고 현실에서 멀리 떠나버린다면, 그의 지성은 외부 자연으로부터 자극을 받지 못하기 때문에 "마치 자기 자신의 내면으로 오그라든 것처럼"[36] 되고 우울증에 휩싸여 그 희생물이 되고 말 것이라고 괴테는 경고한다. 그와 같은 환상의 산물이 가져올 위험을 고쳐줄 수 있는 것은 괴테에 의하면 고대 그리스 문화가 예술품들을 통해 세워놓은 객관성의 기준밖에 없는 것이다. 프리드리히 슐레겔은 1795년에 발표한 논문 「고대 그리스의 시문학 연구에 관하여」에서 '객관성'을 고대 예술의 특성이라 선언하고 이에 반하여 '흥미로움'이라는 기준이 근대의 특성이라면서 양자를 구별하고 있다. 빌헬름 폰 훔볼트는 「미학 시론(Ästhetische Versuchen)」(1797/8)에서 성공적인 예술 작품을 서술하기 위해 그와 동일한 부가어를 사용한다. 장 파울은 「미학 예비 학교(Vorschule der Ästhetik)」(1804)에서 '객관적인 것'이야말로 고대 그리스 문학의 결정적인 징표로 여긴다. 이 점은 고대 그리스 문학이 신화 정신(神話精神)에서 유래한 것이라는 사실만으로도 수긍할 수 있다는 것이다. 셸링의 「예술철학(philosophie der Kunst)」(1802~1803)도 감각적 대상성을 고대 작품의 본질적인 특징으로 간주한다. 헤겔의 「미학 강의」(1817년 이후)도 셸링의 생각을 그대로 계승하면서, 객관성이라는 기준을 성공적인 작품의 특성으로 간주하고 그것의 전체적 효력을 증명하려 시도한다.

아름다운 것의 객관적 성격은 헤르더가 「조형예술론」에서 강조하고 있듯이 목적을 내세운다거나 또는 추상적으로 흐른다거나 하지 않고 자립성 원칙에 따라 독자적인 것으로 스스로를 지키도록 해야 한다는 것이다. 괴테가 1798년에 쓴 「라오콘」(1798) 논문에는 다음과 같은 대목이 있다. "모든 예술 작품은 스스로를 하나의 예술 작품으로 제시해야 한다. 그리고 그렇게 하는 것은 오로지 우리가 감각적 아름다움 또는 우아함이라 부르는 것을 통해서 가능해진다."[37] 이와 같은 프로그램은 물론 하인제(Heinse)의 서간체 소설 「아르딩겔로와 행복한 섬들(*Ardinghello und die glückseligen Inseln*)」(1786)에서 드러나는 것과 같은 일종의 쾌락주의 미학에 대한 유보적 입장도 포함하고 있다. 이 소설은 출간된 후 바이마르 궁정의 독자들에게서 열광적 반응을 불러일으켰거니와, 실러 또한 그러한 반응을 회의적으로 받아들였다.(NA 24, 172) 항상 강조돼온 예술의 감각성은 외적 자극에 국한된 것으로 머물러서는 안 되고, 지성을 고양하는 힘을 발휘하여야 하는 것이다. 아름다운 대상물이 지닌 감각적 자명성을 예술적으로 표현하는 과정에서 어떠한 수단을 써야 그것을 재현할 수 있을 것인가 하는 문제에 관하여 괴테와 실러는 합의에 이를 수 없었다. 즉 실러가 강조하듯이 대상을 이상적인 것이 되도록 높여야 할 것인지, 아니면 괴테의 견해에 따라 눈으로 볼 수 있게 대상을 모방하되, 대상을 경험한 작가의 개성이 포함되도록 해야 할 것인지에 관하여 그중 어느 하나로 합의하지 못한 것이다. 그러나 결정적인 것은 두 경우 다 예술의 대상으로서의 아름다움은 명백하게 드러나 있는 그 대상의 감각적 측면에서 포착되는 것이지 결코 추상적인 이상에서 재현할 수는 없다는 점이다.[38] 괴테와 실러가 각기 다른 방식으로 몰두한 예술 작품의 가시성(Anschaulichkeit)은 고전주의적 바이마르 미학의 본질적 요소들 중 하나인 것이다.

예술적 형식들의 에토스

균형의 미학

괴테와 실러의 미 개념은 조화의 이상을 빼놓고는 생각할 수 없을 것이다. 고전주의적 작품은 항상 조화의 이상을 추구해야 하는 것이다. 이 개념은 한 작품을 구성하는 서로 연관된 모든 요소들의 균형된 관계를, 작품 각 부분의 대층적 배열을, 어떠한 예술적 표현에도 빠질 수 없는 내면 구조의 법칙성과 가시적 형식의 실체를 만들어내는 균형 잡힌 조직을 뜻한다. 여기서 조화란 결코 기하학적이거나 수학적인, 결국 추상적인 특성을 말하는 것이 아니다. 그것은 오히려 미의 핵심적인 특성으로서, 괴테가 《프로필래엔》에 발표한 논문들에서 강조하고 있듯이, 아주 자연스러운 성격을 띤 것이어야 한다. 유기적으로 구성되어 있음이 입증되는 작품의 구조만이 예술적 가치를 지닐 수 있는 것이다. 예술적 표현은 여기서도 다음의 두 가지 어려운 과제를 충족하지 않으면 안 된다. 현상의 가시적 윤곽을 보전할 것을 항상 염두에 두는 한편, 다른 한편으로는 그때그때의 대상을 보여주는 데서 우연한 표징들은 다 없애버리고 그것의 개성적 특징이 드러나도록 해야 하는 것이다(이것은 하나의 추구해야 할 목표인바, 셸링과 헤겔의 미학에서도 이와 비슷한 내용이 발견된다). 이와 같은 구성 원리에서 보완적으로 등장하는 것이 예술가의 풍부한 주관적 경험이라는 보고(寶庫)이다. 예술가는 괴테가 1804년에 발표한 빙켈만 관련 논문에서 지적하고 있듯이 "외부 세계에서 대답을 제공해주는 대상들을"[39] 찾아내어 그것의 도움으로 자기의 내적 현실을 자극하기도 하고 정돈하기도 한다. 환상과 현실, 상상력과 경험에서 얻은 지식이 같은 비중으로 고전주의 작품의 개성적 품질을 결정하는 것이다.

자연에서 볼 수 있는 조화로운 질서 원칙은 자기 자신의 경험들로 무장한 예술가가 그 경험들의 중요한(괴테에 의하면 '상징적인') 특징들을 가려낼 수 있을 때에만 완전히 드러난다. 이 점에 관하여 괴테는 그가 창간한 잡지 《프로필래엔》의 서문에서 다음과 같이 더 정확하게 설명하고 있다. "예술가가 자연의 어느 한 대상을 파악하게 되면, 그 대상은 이미 자연에 속하지 않게 된다. 아니 우리는 예술가가 그 순간 그 대상을 창작해내는 것이라고까지 말할 수 있다. 그는 그 대상에서 중요한 것, 특징적인 것, 재미있는 것을 뽑아내기 때문이다. 아니 그렇다기보다는 오히려 그 대상에 더욱 높은 가치를 부여하기 때문이다. 이와 같이 해서 인간의 형상에 더욱 아름다운 균형이, 더욱 고귀한 형태가, 더욱 고상한 성품이 말하자면 덮여 씌워지는 것이다. 규칙적이고, 온전하며, 의미심장하고, 완성된 것, 이 네 관점이 다 갖추어져 있는 곳에 자연은 자기의 최상의 것을 즐겨 눕히는 것이다. 그렇지 않은 경우 넓은 범위에 걸쳐 추한 모습으로 나타나거나 어찌 되건 상관없다는 태도에 빠지고 마는 것이 보통인데 말이다."[40] 미학적 선발 행위에서 해내야 하는 과제는 대상이 되는 자연현상들에 내포된 특별한 가치인 조화와 힘의 균형을 알아볼 수 있게 해주는 특징들이 전면에 나타나도록 해주는 것이다. 이와 같은 작업 방식은 결과적으로 일련의 예술적 주제와 형식을 제외하게 된다. 특히 (괴테가 별로 높이 평가하지 않은 중세 미술에서, 해골들의 윤무 그림에서, 또는 비가시적 현상을 알레고리적 인물로 표현한 것들에서 볼 수 있는 것처럼) 추한 것, 일그러진 것, 그로테스크한 것 등은 말할 것도 없고, 갖가지 과격한 떠돌이 행위들, 과도한 긴장, 상규를 벗어난 기이한 행위, 끔직한 것, 병적인 것, 기형적인 것(그러나 또한 심령술에 관한 억측들, 감각적으로 표현한 갖가지 상상의 세계, 무절제한 에로틱한 장면들)이 모두 도외시되고 마는 것이다. 고전주의가 내세우는 조화의 준칙은 인간 본성의 어두운 면에 대하여 거리를 둘 것을 예술가에게 요구한다. 이 조화의 준칙과 관련된 것은 현실을 마음에 들도록 짜 맞춘 모델만이 아니다. 이와 동시에 예컨대 괴테의 소설 「수업 시대(Lehrjahren)」(1796)에 나타나는 정화된 삶의 공기에서처럼 바람직한 인간상을 관철하고자 하는 것도 조화의 준칙에서 유래한다. 여기서 바람직한 인간상이란 세상일에 능동적으로 대처하는 인간으로서, 중도적 현실감과 안정적 정서로 행동하는 온건한 성품의 인간을 말한다. 인간의 어두운 면을 소재로 한 문학적 작업에 관하여 고전주의 시절의 괴테 역시 물론 모르지는 않았음을 우리는 1815년에 그가 쓴 격언시(格言詩) 한 편을 통해 알 수 있다(그 시의 대강의 취지는 이미 「수업 시대」 제7장 서두에 적어놓고 있다).

섬세한 시는, 무지개 같은,
오로지 시커먼 땅 위에 펼쳐지노니
그래서 천재 시인 마음에 드는 것이로세
멜랑콜리한 것이.

Zart Gedicht, wie Regenbogen,
Wird nur auf dunklen Grund gezogen;
Darum behagt dem Dichtergenie
Das Element der Melancholie.[41)]

생산미학에서 조화의 준칙은 언제나 인간을 보는 한 방식과 직접적으로 연관되어 있게 마련이다. 조화는 아름다운 인간성의 이상에 의해 묘사되어 나타나기 때문이다. 그러한 시각의 시작점은 다시금 빙켈만의 그리스 숭배요 그것을 뒷받침해주는 다음과 같은 문화 교육적 주장이다. 빙켈만의 「그리스 미술과 조각예술 모방론」에 의하자면, 우리가 모범적인 양상을 얻는 것은 그리스인들의 예술에서이다. 특히 그들이 만들어낸 인간상의 모범적 성격에서이다. 그들이 빚어낸 인간상에는 육체적 매력과 품위 있는 혼이 어울려 나타나고 있는 것이다. 빙켈만에 의하면 근대의 성찰 문화가 전개되어가는 과정에서 상실되어버린 인간 개체 내의 육체적 욕구와 도덕적 노력의 조화를 고대 그리스의 문화를 본보기로 하여 다시 일구어내는 작업은, 적어도 그럴 수 있다는 가능성을 상기시키는 일은 예술이 담당해야 할 몫인 것이다. 헤르더의 미완성작인 『인류의 역사철학 이념(*Ideen zur Philosophie der Geschichte der Menschheit*)』(1784~1791)과 그것에 이어 나온 「인도주의 고취를 위한 편지(Briefe zur Beförderung der Humanität)」(1793~1797)는 인간이 어떻게 하면 온전하고 그 힘이 조화롭게 균형 잡힌 존재로 형성될 수 있느냐를 지속적으로 추구하고 있다. 여기서 역사란 헤르더가 쓰고 있듯이 "이성", "공정성", "선의" 등이 하나의 모범으로 전개되어가면서 도달한 수준, 즉 감정의 감각적 에너지가 이성의 문화가 낳은 추상적 사고와 결합됨으로써 이뤄진 수준에 인간 개체가 근접해가는 자연적이고 유기적으로(따라서 필연적으로 비약적으로) 진행되는 과정인 것이다.[42)]

실러는 서평 「뷔르거의 시에 대하여(Über Bürgers Gedichte)」(1791)에서 자기의 강령적인 생각을 다음과 같이 설명한다. 즉 우리의 정신력이 개별적인 것을 위해 분산되고 그 효력도 개별적인 것에 국한되는 작금의 현실에 맞서 문학은 현대인으로 하여금 본래의 통일성을 회복할 수 있도록 해주는 것을 과제로 삼아야 한다는 것이다.(NA 22, 245) 이것은 실러가 카를스슐레의 학생 시절 발표한 논문들에서 자주 발견되는 정신과 육체의 관계에 관한 생각들이 하나의 교육 이념과 결합된 것이라 하겠는데, 그것은 개인의 인격 형성에 절대적인 영향을 끼치게 될 노력이 분산되는 것을 예술에 의해 극복할 수 있다는 발상을 바탕으로 하고 있는 것이다. 일방적으로 이성의 기치하에 일사천리로 진행되어온 근대화 과정에서 발생한 손상들을 예술 경험을 매개로 하여 치유할 수 있다. 괴테는 전혀 다른 방식으로이기는 하나 비교적 같은 취지로 '전인간(全人間)'의 이상을 이탈리아 기행에서 돌아온 후 「에로티카 로마나(Erotica Romana)」라는 제목으로 쓰기 시작하여 1790년에 완성하고, 1795년에는 실러가 주간한 잡지 《호렌》에 발표한 연작시 「로마 비가(Römischen Elegien)」에서 요약 제시하고 있다. 괴테의 고전주의 미학이 보여주는 인간상이 그 어디서보다도 명백하면서도 유희적으로 등장하고 있는 곳은 유명한 다섯 번째 사랑 노래이다.

> 나 즐겨 느끼노라 이 고전의 땅에 매혹돼 있음을.
> 옛 세계와 지금의 세계 점점 더 큰 소리로, 점점 더 매력적으로 내게 말해주노니,
> 여기서 나 그 충고 따라 옛 현인들의 작품들 읽어 넘기노라
> 바삐 손 놀리며, 매일매일 새로운 즐거움으로.
> 그러나 밤이면 밤 밤새 내내 아모르는 다른 일로 나를 분주하게 만든다.
> 낮에 비해 배우는 건 반밖에 안 된다 해도, 나는 갑절로 행복하다.
> 사랑스러운 젖가슴 형태 훔쳐보고, 손이 허리 아래로
> 더듬어 내려갈 때 내 배우는 게 없을 수 있을쏜가?
> 그러할 때에 비로소 나는 대리석의 형태를 제대로 이해하는 것이다.
> 나는 비교하며 생각하고, 느끼는 눈으로 보고 보는 손으로 느낀다.

> Froh empfind ich mich nun auf dem klassischem Boden begeistert;
> Vor- und Mitwelt spricht lauter und reizender mir.
> Hier befolg ich den Rat, durchblättre die Werke der Alten
> Mit geschäftiger Hand, täglich mit neuem Genuß.
> Aber die Nächte hindurch hält Amor mich anders beschäftigt;
> Werd ich auch halb nur gelehrt, bin ich doch doppelt beglückt.

Und belehr ich mich nicht, indem ich des lieblichen Busens
Formen spähe, die Hand leite die Hüften hinab?
Dann versteh ich den Marmor erst recht; ich denk und vergleiche,
Sehe mit fühlendem Aug, fühle mit sehender Hand.[43)]

이 시행들은 실러가 뷔르거의 시에 대한 자신의 서평에서 드러내 보인 '온전한 인간'의 이상형을 자연스러운 방식으로 그려내고 있다.(NA 22, 245) 고전주의 미학에서 아름다움은 그 위력을, 다른 사람으로 바꿔놓을 수 없는 독특한 개체가 나타나는 데에서, 그의 경험 세계, 그의 삶의 문화에서 예시적으로 증명해 보이는 것이다. 괴테의 사랑 노래는 그 시대가 생각한 이상적 인간에서 빠질 수 없는 것이 무엇인가를 명백하게 보여주고 있다 하겠으니, 감정과 이성의 화해가 그것이다. 그것을 앞에 소개한 시행들이 사랑 행위와 고전 연구를, 동침과 예술 감상을 병치함으로써 밝혀주고 있는 것이다. 당시로서는 이런 것을 외설스럽게 여겼을 테니, 대담한 일이었다 하지 않을 수 없다. 촉각과 시각이라는 상이한 지각 작용들을 공감각적으로 융합하는 기법에 이르기까지 다양하게 표현된 감각성, 삐뚤어지지 않은 감수 능력, 행동성과 행복의 능력, 쾌활함과 내적 안정감, 이러한 것들은 관심을 고루 보이는 데서 생겨나는 것이요, 행동과 사색이 번갈아가며 일어나는 데서 성장하는 것이다. 깨어 있는 정신과 성찰 문화가 잘 균형 잡혀 있음으로써 경험을 통해 세계와 접촉하고 회상을 통해 기억 작업을 하는 것이 가능해지는 것이다.

괴테의 비가가 보여주고 있는 것은, 빌헬름 마이스터가 명심해야 할 것들을 적어놓은 '수업증서'의 내용과 비슷한 것으로서, 자기의 여러 힘들을 항상 통제하고 있는 완전한 존재로서의 인간이다. 자기의 여러 능력들 간에 내적 조화를 해치는 것은 괴테의 생각에 의하면 예술의 표현 영역에 속하지 않는다. 예컨대 상규를 벗어난 기이한 행위, 멜랑콜리, 추한 것, 병적인 것, 증오, 끔찍한 것, 냉소주의 등이다. 뷔르거에 대한 실러의 서평은 극단적인 감정들을 대상 밖으로 제외하는 식의 처리 방식을 예술가 심리에 관한 하나의 고전적 이론에 적용하고 있다. "오로지 명랑한 정신, 차분한 정신만이 완전한 것을 잉태할 수 있다. 극심한 처지에서 벗어나기 위한 싸움과 모든 정신력을 마비시키고 마는 우울증은 현재의 처지에서 벗어나 자유롭고 대담하게 이상의 세계로 솟아올라야 할 시인의 마음을 압박하는 짐이 되어서는 안 된다."(NA 22, 258) 1795년 11월 4일 헤르더에게 보낸 서한에서 실러는 이상화의 준칙을 더욱 결연하게, 즉 고대 그리스 세계의 문화를 받아들일 것을 약속해주는 땅으로 기꺼운 마음으로 망명해야 할 것이라는 생각과 결부하면서 천명한다. 이 서한은 후에 1796년 1월에 《호렌》에 인쇄되어 나온, 헤르더의 「이두나」-대화(Iduna-Dialog)에 대한 답변으로 쓴 것이었는데, 헤르더는 그 대화에서 "우리 삶"에 영향을 끼지는, 하나의 민족적인 신화를 발굴함으로써 문학 정신을 갱생할 것을 촉구한 것이다.[44] 헤르더의 글에 대한 실러의 논평은 헤르더가 그 글에서 클롭슈토크의 「바르덴 노래(Bardenlieder)」와 3부작 서사시 「헤르만의 전투」(1769)에서처럼 애국 병에 걸린 유행이 만들어낸 왜곡된 형상들에 따라 일종의 예술가 신화를 서술하고 있다는 근거 없는 판단에서 나온 것이다. 헤르더 글에 대한 답변에서 실러는 이상적인 작품의 무시간성(Zeitlosigkeit)을 다음과 같이 강조한다. 내 생각에 "우리의 사고와 행위는, 우리의 시민적, 정치적, 종교적, 학문적 삶과 활동은 산문이 시에 대치하고 있는 것과 같은 것이다. 우리가 처한 상황은 대체로 시에 대한 산문의 힘이 너무나 크고 결정적이어서 그대로 놓아두면 시 정신은 산문을 이겨내기는커녕 필연적으로 산문에 감염되어 결국엔 도리 없이 멸망하는 지경에 이르고야 말 것이다. 따라서 나는 시 정신이 살아날 수 있게 하기 위해서는 현실 세계의 영역에서 퇴거하여 위험한 것이 될 세력들과 공조할 것이 아니라 엄격하게 그들과 갈라서도록 노력하는 외에 다른 방도가 없다고 생각한다. 따라서 시 정신은 현실과 접하면 몸을 더럽힐 뿐이므로 자기 자신의 고유한 세계를 형성하고, 고대 그리스의 신화를 통하여 먼 과거의, 낯선 지역의, 이상적인 시대의 정신과 문화의 혈통을 이어받은 친척으로 남아 있는 것이야말로 스스로에겐 오히려 좋을 것이라는 생각이 드는 것이다."(NA 28, 98)

여기서 '퇴거'라는 말을 잘못 이해하여, 고전적 예술의 나라로 일종의 문화적 망명을 하려는 계획을 지칭하는 것이라고 여기면 안 될 것이다. 고대 그리스 문화를 목표로 삼고자 하는 것은 자기 자신의 시대에 새로운 교육의 전망을 보여주고 경험의 공간을 확대해줄 의도에서 나온 것이다. 그것은 고전 문화를 보존하고자 하는 것이 아니라, 미래 지향적인 프로젝트의 성격을 띠고 있는 것이다. 이 미래 지향적인 문화적 프로젝트는 정치적 계몽주의가 실패로 끝나고 말았다고 통찰한 결과에서 생겨난 것이다. 고전주의 미학은 스스로를 고대 그리스의 문화를 가능한 한 그와 같은 상태로 복원하려는 복고주의적 작업이라 여기지 않는다. 프로젝트의 초안이 바로 자기가 처한 결함투성이의 사회에 대한 균형 잡힌 성찰에서 유래하는 것이기 때문에 고전주의 미학 또한 자기 자신이 처한 사회적, 역사적 여건들을 대상으로 삼고 있는 것이다. 물론 시사성(時事性)의 우상을 섬기는 노예적 봉사는 예외로 해야 한다는 넓은 의미에서 말이다.

2. 병마에 시달리며: 예나, 루트비히스부르크, 슈투트가르트 (1791~1794)

어려운 상황에서

육체적 위기, 보장되지 않은 생계

1791년 1월 초에 실러는 생명을 위협하는 중병에 걸린다. 그 후유증으로 그는 죽기 전까지 14년간을 심한 고통을 겪으며 살게 된다. 이미 젊은 시절부터 그의 건강 상태는 매우 불안전했다. 일상생활에서 그는 고열을 동반하는 감기, 전염병, 염증, 종기, 폐렴, 두통, 치통 중 어느 하나도 그냥 지나치는 날이 없었다. 이미 1774년에 그는 영주에게 제출하기 위하여 쓴 자기반성문에서 가끔 학습 시간에 빠지게 된 것이 "육체적으로 병약했기 때문"(NA 23, 35)이었다고 사과하고 있다. 대학 생활 첫 두 해 동안 그는 학업을 정상적으로 지속할 수 없을 만큼의 중병을 일곱 차례나 겪어야 했다. 일시적으로 건강 상태가 좋아진 후에도 시험 때가 되기만 하면 주기적으로 병고에 시달리곤 했다. 특히 1779년 12월 이후가 심했다. 1780년에 실러는 여러 가지 병(대개의 경우 고열을 동반하는 전염병)에 걸려 작업 불능 상태에서 몇 주 동안이나 병실에서 지내게 된다. 첫 번째 졸업논문의 점수가 기대에 미치지 못한 데 대한 심리적 쇼크가 원인이 되어 육체적으로 타격을 받았다고 볼 수 있을 것이다.

대학을 졸업한 후에도 열병의 시기가 규칙적으로 반복되었다. 1782년 6월 4일 볼프강 폰 달베르크*에게 보낸 편지에서 실러는 만하임에서 돌아온 뒤로 열병에 걸려 활동할 수 없는 상태가 지속되고 있어 작품을 예정대로 진행하지 못하고 있다고 양해를 구하고 있다.(NA 23, 35) 1783년 9월 극장 전속 작가의 지위를 맡게 된 후 얼마 있지 않아 라인팔츠 지역에 창궐하던 말라리아에 걸리고 만다. 1783년 11월 13일 헨리에테 폰 볼초겐에게 보낸 편지에서는 벌써 몇 주일 전부터 (식은땀에다 고열이 나는) 전염병에 걸려 작업하고 싶은 마음이 줄어들었다고 불만을 털어놓고 있다.(NA 23, 117) 스스로 정한 식이요법을 지키면서 기나피를 과도하게 먹었는데, 그 덕분에 몇 달 후 말라리아는 완치되었으나 위장이 상하여 또 다른 고생을 하게 된다. 자기 몸을 마구 다루는 것은 벌써 어린 시절부터 실러가 살아가던 방식에서 볼 수 있는 특성 중 하나였다. 주기적으로 하게 되는 과도한 작업 말고도, 전혀 튼튼한 체질이라고 할 수 없는 육체를 시달리게 만드는 일이 많았다. 그러나 그 많은 병을 앓게 된 근본 원인은 무엇보다도 이 시기에 실러의 생활 형편이 너무나 어려웠던 점에 있다. 집필 중에 담배와 커피는 그에게 당연히 있어야 할 자극제여서 늘 가까이하였는데 이 또한 그의 건강에는 불리하게 작용했다. 얇은 복장을 한 채 강행된 장거리 도보 행각

* 1778년에서 1803년까지 만하임의 극장 총감독.

(특히 슈투트가르트에서 빠져나온 후 수 개월 동안), 여러 날을 밤새우고 지내기(만하임에서 실러는 이플란트, 뵈크와 함께 저녁에 대화를 나눈 후 새벽까지 글을 쓰곤 했다), 중간중간에 밖으로 산책 나가지 않고 환풍이 잘되지 않는 방에 계속 머물러 있기(대개의 경우 한 프로젝트의 마무리 작업을 할 때였다), 이러한 것들이 그가 병에 쉽사리 걸리게 하는 원인들이었다. 1791년 카를 아우구스트 뵈티거(Karl August Böttiger)는 실러의 몸을 망치는 삶의 방식에 관하여 다음과 같이 쓰고 있다. "그는 밤낮을 계속해서 지친 머리를 커피로 식혀가며 힘이 완전히 다할 때까지 작업하는 것을 주기적으로 한다. 그에게는 언제나 완전함의 이상이 눈앞에 떠돌고 있었으나 그것을 표현하는 작업은 매우 힘겨운 것이었다. 모든 것을 마치 자기 몸에서 펌프질하여 짜내듯이 하지 않으면 안 되었다."[45)]

말라리아를 치른 후로 비교적 큰 병을 앓지는 않았다. 1785년 가을부터 1787년 7월까지 실러는 잠정적으로나마 신체상의 건강을 유지했다. 그러나 정신적으로는 열광과 침울함 사이를 오고가는 불안정이 계속됐다. 이 시기에 그는 여러 날을 우울증에 시달리고 있다는 말을 전에 없이 자주 하고 있다. 바이마르로 이주한 후 생계 문제로 점점 커져간 불안감은 또다시 신체상의 건강까지 해치게 했다. 이미 1787년 가을에 친구인 쾨르너에게 보낸 편지들에는 산발적으로 들이닥치는 권태와 피로감이 계속 언급되고 있는 것이다. 1788년 여름 실러는 종류가 다른 질병들에 번갈아가며 감염되어 작업을 지속적으로 할 수 없다고 샤를로테 폰 렝게펠트에게 쓰고 있다.(NA 25, 64) 1788년 가을에 치통을 동반하는 류머티즘 열병을 앓게 된다. "나는 마지막에 언급한 것을 참고 견디느니 차라리 다른 무엇을 견디는 것이 좋을는지 모른다오. 나는 그로 인해 모든 기쁨을 잃었소, 살 의욕을 상실했소, 내 머리가 온통 황폐되고 말았소."(NA 25, 111) 『30년전쟁사』

의 집필 작업까지 포함된 예나대학 강의 준비 작업은 힘이 많이 들었고 이에 대해 그는 곧 대가를 치러야 했다. 이 시기에 자주 감기에 들고 신경통에 시달리고 있다는 내용의 편지들이 계속 발견되는 것이다. "내 머리는 코감기로 아주 엉망이 되고 말았소." 1790년 2월에 쓴 편지의 한 토막이다.(NA 25, 379)

실러가 견뎌내야 했던 가장 심각한 육체적 위기의 첫 번째 기간이 시작된 것은 1790년에서 1791년으로 해가 바뀌는 때이다. 그는 연말연시에 만하임 극장의 총감독 달베르크의 형인 카를 테오도어 폰 달베르크를 방문하기 위해 에르푸르트로 갔다. 1787년 이래로 마인츠 대교구 선제후의 대리인으로서 에르푸르트 교구를 통치하던 그에게 교구 소속 대학의 교수직 하나를 맡게 될 전망이 있는지 알아보기 위해서 1789년 11월 연락을 취한 바 있었다. 달베르크는 실러에게 자기에겐 그럴 권한이 없다면서 선제후에게 직접 부탁해야 할 것이라는 조언만 전하고 우선은 그 이상의 아무런 일도 취하지 않은 채 지냈다. 실러는 그로부터 몇 주일 지난 후 선제후의 대리인을 처음으로 직접 만나게 된다. 바이마르의 영주 카를 아우구스트가 1789년 12월 4일 예나대학 교수들을 영접하기 위해 마련한 사교적인 자리에서였다. 1790년 2월 결혼하기 직전에 실러는 약혼녀 샤를로테와 함께 에르푸르트로 가서 달베르크를 방문했다. 이때 카롤리네가 함께 가줬는데, 카롤리네는 그 무렵 보일비츠와 헤어진 뒤 선제후 대리인과의 밀애(오래가진 못했다)를 시작하고 있었던 것이다. 그들의 접촉은 매우 고무적으로 진행됐다. 예전에 비밀결사 '계몽 결사(illuminati)' 회원이기도 했던 달베르크는 신속하게 정치적 이력을 쌓게 되리라는 희망을 품으면서 실러에게 학계 진출을 위한 매력적 전망을 소개하고 힘껏 그를 밀어주겠다고 약속한다. 그러나 기대한 선제후 관청의 후원 소식은 1792년 10월 21일 마인츠 시가 프랑스 혁명군에 의해 점령당한 후로 끊기고 만다. 그럼에도 불구하고 기회주의적으로 처신하는 것이 몸에 밴 달베르크는 선심 잘 쓰는 후원자로 남게 된다. 그 후 여러 해 동안 지속된 위기의 시절에 생활의 근거 없이 자유롭게 허공에 떠돌고 있는 작가가 처한 어려운 사정을 달베르크는 잘 이해해주었다.[46] 정기적으로 재정 지원을 했을 뿐 아니라(1803년 1월과 10월에도 각각 거의 650탈러나 되는 액수가 지불됐다) 가정 살림에 보태라고 개인적인 선물을, 예컨대 값비싼 와인이나 샴페인 같은 것을 보냈다. 1790년 3월 1일 쾨르너에게 보낸 편지에서 실러는 선제후의 대리인을 신나는 생각들을 서로 나눌 수 있는 고무적인 두뇌라고 평하고 있다.(NA 26, 2) 그러나 여유 있게 대화를 나눌 시간이 없기 때문에 연말에 시간을 가지고 방문하겠노라고 1790년 2월에 약속했다는 것이다.

1791년 1월 초에 에르푸르트를 두 번째로 방문하였을 때 처음에는 운수가 좋아 보였다. 그는 사교적 모임에 참가할 수 있는 기회를 즐겼다. 애호가 극장에서 하인리히 초케의 비극 「모날데스키 백작(Graf Monaldeschi)」 공연도 관람하고 '선제후 설립 실용 학문 아카데미'에 참석하기도 했다. 그는 달베르크의 추천에 의해 이 아카데미의 회원으로 선출된다. 그런데 회의가 끝난 후 곧이어 시청 청사 내의 무도회장에서 열린 콘서트(대리인이 마인츠 선제후의 생일을 축하하기 위해 마련한 것이었다)가 진행되던 도중, 실러는 갑자기 강렬한 감기 기운에 휘말려 고열로 쓰러지고 들것에 실려 숙소로 옮겨져야 했다. 몇 주일 후 그는 몇몇 친구들과 가진 작은 모임 자리에서 갑자기 어지러워졌을 때 죽음의 공포를 느꼈다고 고백한다.[47] 그러나 그는 의사의 응급치료를 받고 며칠 만에 다시 건강을 되찾았다. 열이 내리고 난 후인 1월 9일 그는 습기 차고 안개가 심하게 낀 날씨임에도 불구하고 마차를 타고 바이마르로 향했다. 그곳에서 아내를 며칠간 그녀의 후원자인 샤를로테 폰 슈타인의 집에 머물도록 맡겨두고 혼자서 예나로 떠났다. 1월 12일 실러는 벌써 강의를 다시 시작했다. "정상적인 생활을 하면" 얼마 안 가서 "완전히 건강을 회복"하게 되리라고 생각했기 때문이다.(NA 26, 69) 그러나 큰 강의실에서 소리 내어 하는 강의는 폐를 다시금 긴장시켰고 그로 인하여 몸 전체의 건강 상태가 급격히 악화되고 말았다. 1월 13일부터 기침과 함께 피 섞인 가래가 나오기 시작하더니 고열이 나고 숨이 차고 토하고 위에 경련이 일어나고 하는 현상들이 함께 나타났다. 그것은 분명 심한 폐렴 증상들이었다. 얼마 전 걸린 심한 감기가 완전히 낫지 않은 결과였던 것이다.[48] 곤경에 처한 실러는 샤를로테에게 빨리 바이마르에서 돌아오라고 청한다. 1월 14일과 15일 의사는 다급한 호흡의 고통을 덜어주기 위해 사혈법(瀉血法)을 써서 피를 뽑아준다.

1791년 2월 22일 친구인 쾨르너에게 보낸 편지에서 실러는 무정한 의학 전문 용어를 써가며 병의 진행 과정을 보고하고 있다. 이 정밀한 자가 진단에서 그는 자신의 폐렴 증세가 "위험한 고비를 완전히 넘겼는지"(NA 26, 74) 의심스럽다는 말도 하고 있다. 주기적으로 숨이 막혀 고생하는 것이 늑막염의 여파로 일어난 현상임은 후에 병세의 진행 과정에서 밝혀진다. 그는 가족에게 이 사실을 알릴 용기가 나지 않음을 4월 10일에 쓴 편지에서 쾨르너에게 암시하고 있다. "이 고통을 혼자서 간직해야만 할 것 같은 심정이네."(NA 26, 81) 3월 중순 영주가 실러를 방문한다. 그리고 실러가 3월 2일에 제출한 청원, 즉 다음 학기에 강의해야 할 의무에서 벗어나게 해달라는 요청을 받아들인다. 게다가 그해에만 특별히 연봉을 50탈러 올려서 250탈러 지불해주겠다고 그 자리에서 결정한다. 이것은 다분히 샤를로테에 대한 동정에서 내린 결정이었다. 곧이어 영주는 실러가 강의료를 받지 못하는 데에 대한 보상책으로 연봉을 지속적으로 올리는 것을 보증해줄 수는 없다고 천명한다. 그런데 실러의 병세로 봐서 강의를 다시 시작하게 되리라고 생각할 수는 없었다. 환자는 체스를 두거나 독서를 하면서 시간을 보낸다. 글을 쓸 기력은 없었다.

튀링겐 지역의 혹독한 겨울엔 서리가 두텁게 깔린다. 실러는 산책하러 나가지도 못하고 평소에 즐기던 스케이트도 포기할 수밖에 없었다. 집 밖으로 나가야 할 일이 생기면 가마에 실려 갔다. 후에 바이마르로 이주해 온 다음에도 이러한 습관은 그대로 유지되어 괴테를 방문할 때는 늘 가마를 타고 갔다. 라이프치히에 있는 출판사 괴셴에는 겨울 털옷을 주문했다. 연약한 폐를 보호하기 위해 겨울에 털옷을 입고 다녀야 한다고 의사가 지시한 것이다. 3월 중순에 환자는 상태가 눈에 띄게 호전되어 다시 책상 앞에 돌아올 수 있게 된다. 1791년 4월 초에 실러와 샤를로테는 휴양차 루돌슈타트로 여행한다. 포근한 가정적 분위기가 처음에는 건강 회복에 유익할 것처럼 보였다. 실러는 말을 타고 도시 외각으로까지 나들이 다니기도 하고 예나 친구들의 방문을 받고 즐거운 시간을 누리기도 했다. 그러나 첫 번째 완치 단계가 진행되던 동안인 5월 8일 갑자기 병의 파도가 세 번째로 닥쳐와 거기에 휩쓸리게 된다. 심한 경련과 질식 발작증이 일어난 것이다. 졸도, 의식불명, 떨어지는 맥박, 고열 상태에서의 발작 등은 당장에 생명이 위협받고 있음을 알리는 증상들이었다. 그러나 정기적으로 아편을 섭취하게 하여 환자의 고통을 덜어줄 수는 있었다. 실러 자신이 자기의 심각한 건강 상태에 관하여 전혀 의심하고 있지 않은 듯했다. 환자의 병상 옆에 앉아 카롤리네 폰 보일비츠는 칸트의 『판단력비판』 중에서 "영원에 관련된"[49] 구절을 간헐적으로 정신이 드는 환자에게 읽어주어야 했던 것이다. 진단 과정에서 발견되지 않던 화농소가 횡격막을 뚫고 배 속으로 깊이 파고 들어갔는데 그것을 부분적으로밖에 제거하지 못한 것이 화가 되어 심각한 위기 상황을 초래한 것이다.[50] 주기적으로 터져 나오는 광범위하게 퍼진 염증을 당시의 의학 수준으로는 수술할 수도 없었을 것이지만, 실러도 자신의 치료를 담당했던 궁정 의사 요한 크리스티안 슈타르크(괴테와 영주가 높이 평가한 그는 실러가 죽을 때까지 그의 병 치료를 담당하게 된다)와 마찬가지로 자기 병을 진단해내지 못한 것이다. 1791년 5월 24일 쾨르너에게 보낸 편지에서 실러는 자기 몸의 상태에 관하여 잘못된 판단을 근거로 다음과 같이 쓰고 있다. 자기가 염려했던 종양은 형성되지 않았고 가슴을 누르는 압박감도 누그러졌으나 "가슴 오른쪽의 통증은 여전히 가시지 않고 남아 있다"(NA 26, 88)는 것이다. 이와 같은 사실은 화농소가 이동하고 있음을 알리는 것임에도 불구하고 슈타르크는 폐렴이 고열을 일으키는 상황으로 발전한 것이라는 추측을 고수했다. 실러가 두 번째 졸업논문에서 서술한 열병의 진행 과정이 후에 자기 자신이 걸린 병 증세와 정확히 일치하고 있음은 이 병의 역사적 아이러니라 하지 않을 수 없다. 뭉쳐진 핏덩어리에서 생겨난 고름이 흉곽 속으로 뚫고 들어가면 특별히 위험한 상태를 야기하는 원인이 된다고 논문은 쓰고 있다. 이 부분을 옮겨보면 다음과 같다. "그런 다음 염증은 치명적인 부위인 횡격막으로 옮겨 가고 피와 고름에 의해 폐가 막히고 그것을 밀어내지 못하면 사람은 질식사하든지 과열이 나서 죽게 된다."[51] 이 대목은 실러 자신의 병이 그 후 진행된 과정을 짧게 요약하고 있다. 참으로 섬뜩한 우연의 일치라 하지 않을 수 없다.

7월 9일 실러는 샤를로테와 카롤리네를 동반하고 한 달 동안 요양하기 위해 카를스바트로 여행을 떠난다. 에거 지역 지하 천연수의 치유력을 이용하기 위해서였다. 슈타르크는 실러에게 매일 천연수를 열여덟 잔 마실 것을 처방했다. 그리해야 소화 체증이 없어진다는 것이었다. 그 후 8월 23일부터 에르푸르트에서 5주간의 후속 요양 조치를 취했다. 여기서는 달베르크가 방문객들을 사무적으로 영접하는 시청 청사 바로 옆에 위치한 여관 '시민 논쟁 장터'에 머문다. 실러는 서서히 힘이 회복되어가자 『30년전쟁사』의 제3장을 쓰는 데 여가를 바친다. 가만있지 못하는 성품 때문이었다. 9월 초부터는 매일 네 시간씩 새로 준비한 텍스트를 읽어주면서 대필토록 한다. 그 밖의 기분 전환 방법은 극장 가기였다. 같은 달 말에 바이마르의 연극단이 원정 공연을 하러 에르푸르트에 왔다. 이때 공연한 작품은 실러의 「돈 카를로스」였는데 바로 며칠 전에 실러가 원작을 줄여서 개작한 대본을 사용했다. 9월 26일에는 「피에스코」를 관람했는데 별로 마음에 들지 않았다. 10월 초 예나로 돌아왔을 때 그는 역사 연구를 신속하게 계속해도 될 만큼 건강이 회복되었다고 느꼈다.

그런데 사실은 건강이 회복되고 있다는 주관적 인상 때문에 실제 상태를 제대로 보지 못한 것이다. 5월에 쓰러진 후로 횡격막의 염증으로 인해 다급히 나타난 통증이 가라앉기는 했으나 통증 자체는 남아 있어 주기적으로 계속 나타났다. 그 후 여러 해가 지나도록 호흡 장애, 위장 경련, 소화 기능 장애 등이 계속 없어졌다가는 다시 생기곤 했다. 화농소가 위기 상황에서 확대되기 때문에 나중에는 심장과 신장에까지 염증이 퍼지게 되었다. 치료 방법은 당시의 치료 수준에 따라 오로지 약을 복용하는 것으로 국한됐고 예외적으로 가끔 항문에 호스를 집어넣어 오물을 빼내는 방법을 쓰기도 했다. 아니면 더욱 공격적으로 작용하는 구토 약을 써보는 것이 고작이었다. 호흡 장애는 주기적으로 피를 뽑아줌으로써 일단은 문제를 해결할 수 있었다. 실러가 그와 같이 위험한 증세로 고통을 겪으면서도 14년이나 비교적 지속적으로 문필 작업을 할 수 있었다는 사실은 의학계 인사들이 항상 강조해서 반복하고 있듯이 그의 강철 같은 의지력을 증언해준다. 영주의 지시에 의해 행해진, 바이마르의 1805년 5월 19일부 시체 해부

보고서는 내장 전체(위장만 제외하고)의 부패가 상당한 수준으로 진행돼 있음을 진단한 다음에 다음과 같이 냉철하게 기록하고 있다. "이러한 상태에서 이 불쌍한 사람이 그토록 오래 살 수 있었다는 것은 이상한 일이라 여기지 않을 수 없다."[52] 실러가 남긴 문학적 업적은 엄격한 규율에 따라 노력하고 자기 자신의 육체를 가차 없이 착취한 결과 얻어진 것이다.

병은 실러를 악순환 속으로 몰아넣었다. 그는 죽을 때까지 거기서 빠져나오지 못했다. 얼마 살 수 없다는 의식하에서 그는 자기에게 남은 모든 힘을 비경제적으로 착취하는 행위를 가속화했고 그로 인해 그의 육체적 위기 상태는 더욱더 나빠졌다. 병을 얻은 후 계속해서 그토록 몸을 혹사한 것은 예술가의 삶은 계속되는 긴장 속에서만 유지될 수 있다고 생각했기 때문일 것이다. 그러한 생각은 1791년 3월 4일에 빌란트에게 보낸 편지에서 이미 나타나고 있다. "제게 아직 남은 힘이 어렴풋이 느껴집니다. 그 힘으로 이따금 용기를 내어 그것을, 그 이상적 모습을 당신이 제게 그 친설한 예언사 정신으로 보여준 바 있는 바로 그것을 생전에 이룰 수 있기를 간절히 원합니다. 적어도 그것에 다가가고 있음을 느끼기는 합니다. 그리고 만약 악한 마음을 먹은 운명이 저를 벌써 저승으로 불러낸다면, 그리하여 제가 할 일을 끝맺지 못하고 떠난 것을 후세가 나무란다면 저의 진심을 아주 몰라주는 일이 될 것입니다. 저의 병세가 위기 지경에 처한 이 순간에 그와 같은 생각이 저를 괴롭히고 있음을, 그리고 그 목표를 향해 걸음을 재촉하는 것이 제가 앞으로 해야 할 중요한 사안임을 솔직히 말씀드립니다."(NA 26, 79) 자기의 몸이 병약함을 분명하게 알고 있던 실러는 자기에게 가장 본질적인 작업 계획에 집중하지 않을 수 없었던 것이다. 1791년 이래로 그의 심리 상태에는 눈에 띌 정도로 큰 변화가 없었다. 날마다 의무적인 작업을 해야 하는 삶 안에는 정신적인 큰 모험을 한다거나 다른 여러 일에 몸 바쳐 관여할 여유가 전혀 없었던 것이다.

후원자의 입장과 정치
바게센과 슐레스비히-홀슈타인-아우구스텐부르크의 왕자

1791년 초 실러가 중병에 걸려 쓰러진 후 온 독일에는 그에 관해 온갖 상이한 소문들이 떠돌았다. 5월 12일 예나와 바이마르에서는 그가 중병을 이겨내지 못하고 타계했다는 소문이 퍼졌다. "독일 예술계의 귀동자, 궁정 참의 실러가 이곳에서 타계했다"고 1791년 6월 8일 수요일 《고지독일 문학 신문(*Oberdeutsche allgemeine Literaturzeitung*)》 제68호가 보도 기사를 썼다. 《최신 역사 잡사 단신(*Fragmente über verschie-dene Gegenstände der neuesten Geschichte*)》 제6호는 같은 시기에 감상 어린 추도문을 발표했다. "그의 강점은 열정이었다. 그것은 또 다른 열정을 불러오며 둑을 무너뜨리는 격류였다. 연극 활동은 그의 방법이었고, 그의 본래의 전문 분야는 역사였다. 그는 딱딱한 역사적 사실들을 꽃피우고 변화무쌍하게 펼쳐냄으로써 독자들에게 소설과 같은 매력을 느끼게 하고 역사에 흥미를 갖게 만들었다. 그는 타협에 의해 자신의 인생길을 제한하는 일을 하지 않았다. 열과 같은 그의 천재성이 터져 나온 것, 그것이 「도적 떼」란 이름의 연극이다. 네덜란드의 역사와 혁명의 역사를 다룬 그의 「돈 카를로스」에는 폭군에 대항해서, 상류계급의 제단에 대항해서, 그리고 억압된 인류 위에 군림하고 있는 왕관에 대항해서 싸우기 위해 떨쳐 일어난 폭풍이 숨 쉬고 있다."[53]

1791년 6월 말 작가 바게센(Baggesen)은 존경해 마지않던 실러를 찬양하기 위한 행사를 코펜하겐 근교인 헬레베크에서 마련했다. 행사장으로 선택한 장소는 시멜만 백작의 별장이었다. 시멜만 백작은 재정부와 상업부의 장관으로 세계 사정에 두루 밝고 지성적인 인물이었다. 그는 루소의 서적을 통해 알게 된 계몽주의적 개혁 사상에 호감을 갖고 있었다. 그런데 예정된 행사 날 직전에 실러가 타계했다는 소식이 당도했다. 바게센은 시멜만과 슈베르트 백작, 그리고 그 부인들과 함께 의논하여 실러 찬양 행사를 실러 추도 행사로 바꾸어 진행했다. 실러의 송시 「환희에 부쳐」를 애도가로 고쳐 낭송하는 것이 행사의 주요 프로그램이었다. 바게센은 라인홀트와 함께 1790년 여름에 예나로 가서 실러를 방문하고 그의 작업에 대해 존경심을 표명한 적이 있었다.(NA 42, 129 이하) 바게센과 연락을 계속 주고받던 라인홀트는 실러가 1791년 8월 카를스바트에서 돌아오자 그에게 헬레베크에 있는 덴마크 친구들이 즉흥적으로 그의 추도식을 치렀다는 이야기를 해준다.

한편 바게센은 엄숙하게 추도식을 치른 후 며칠 되지 않아 실제 사실을 알게 된다. 1791년 10월 17일부의 편지에서 라인홀트는 실러가 강의 활동을 중단하여 강의료를 받지 못해서 겪고 있던 생활고에 관하여 상세히 쓰고 있다. 영주가 보조금을 좀 주지만 그것만으로는 생활할 수 없는 처지라는 것이었다. "실러는 겨우 건강을 유지하고 있습니다. 만약에 그가 모든 본업을 얼마 동안이라도 중단할 수 있다면, 어쩌면 완전히 건강을 회복할 수도 있을 것입니다. 그러나 그의 사정이 그것을 허락지 않습니다. 실러는 내가 받는 고정 봉급보다 더 적게 받고 있습니다. 즉 200탈러를 생활 보조비로 영주에게서 받고 있는 것이지요. 그런데 우리가 병에 걸릴 경우 그 돈으로 약국으로 가야 할지 집안 살림살이에 내놓아야 할지 결정하기가 어려운 것입니다."(NA 26, 570) 바게센은 라인홀트의 이 편지를 지체 없이 시멜만에게 보낸다. 그러자 시멜만은 영향력이 많은 슐레스비히-홀슈타인-

존더부르크-아우구스텐부르크의 왕자 프리드리히 크리스티안에게 실러의 딱한 사정을 알렸다. 그들은 함께 의논한 후, 환자가 겪고 있는 물질적 어려움을 덜어주기 위하여 큰 액수의 기금을 마련하기로 결정한다. 그가 출판하기 위해 하는 작업을 계속할 수 있도록 재정적 근거를 확보해주기로 한 것이다.

1791년 12월 실러는 아우구스텐부르크의 왕자가 3년 기간 내에 3000탈러의 기금을 그에게 내놓기로 했다는 소식을 바게센으로부터 받는다. 그와 동시에 이 편지가 쓰인 것과 같은 날인 1791년 11월 27일에 왕자와 시멜만이 공동으로 작성한 편지도 그에게 도달한다. 공동의 명의로 보낸, 적잖이 비장한 색채를 띠고 있는 이 편지는 다음과 같이 시작한다. "세계시민 정신으로 서로 마음이 통하여 맺어진 두 친구가 이 서한을, 고귀하신 분이시여! 당신께 보냅니다. 이 두 사람이 누구인지 당신은 모르십니다. 그러나 이 두 사람은 당신을 존경하고 사랑합니다. 이 두 사람은 하늘 높이 날고 있는 당신의 천재성에 감탄하고 있습니다. 당신의 천재성은 당신이 최근에 발표한 여러 작품들을 인간이 추구하는 모든 목적들 가운데서 가장 숭고한 것으로 확인해주었습니다. 두 사람은 당신의 최근 작품들에서 자기네의 우정을 맺어준 사고방식을, 뜻을, 열광을 발견합니다. 그리고 그 작품들을 읽으면서 작품의 저자를 자기네 두 사람의 우정으로 맺어진 동맹체의 일원으로 생각하기에 이르렀고 그러한 생각에 점점 익숙해지고 있습니다."(NA 34/I, 113 이하) 중개자 역할을 한 바게센이 이와 같은 자청의 글에 대해서 주석을 달았는데, 그 주석 또한 두 사람의 글 못지않게 비장한 어투로 되어 있다. "나의 조국의 수호신이 코펜하겐으로 데려다 놓은, 당신께선 전혀 모르는 두 명의 세계시민은, 왕자와 백작이라는 칭호에 비해 정신적 품위가 더욱 높은 분들입니다. 당신의 정신적 품위가 궁정 참의라는 칭호보다 훨씬 높은 것처럼요. 그분들이 인류를 위해 불타는 심정을 모아 당신의 경제적 운명을 당신께서 이룩하신 업적에, 우리들의 세기에, 귀인다운 인간성에 다만 어느 정도(!)만이라도 부합하게 해드릴 수 있도록 당신께서 허락해주시길 청하기로 한 것입니다."(NA 34/I, 115)

그와 같은 큰 아량으로 후원금을 내놓겠다고 제안한 이 왕자란 사람은 도대체 누구인가? 이미 정치적으로 큰 영향력을 발휘하고 있는 이 젊은 남성의 나이는 그 편지를 쓸 당시 26세였다. 그는 덴마크의 왕실과 직접적으로 친척이 되는 가문에서 태어났다. (존더부르크의) 소위 소장계(少壯系) 출신이다. 세계 견문과 교양은 독일 유학 기간에 쌓았다. 1783년부터 1784년에 걸쳐 그는 라이프치히에서 법학과 철학 강의를 들었다. 그때 특별히 그에게 감명을 준 교수는 당시 그 학문적 명성이 최고에 다다라 있던 에른스트 플라트너(Ernst Platner)였다. 귀국 후 왕자는 1784년에 프리드리히 4세 치하에서 추밀원 국무장관이 된다. 프리드리히 4세는 친독파를 대표하는 인물로서 왕실의 동지자였다. 1788년 6월 그에게 대학 후원회장이라는 직책이 주어진다. 그것은 왕립 도서관장을 겸하는 자리로, 이 젊은 장관이 교수 임명 정책에 결정적 영향력을 발휘할 수 있게 해준다. 1790년 프리드리히 크리스티안 왕자는 대학과 교육기관을 계몽 교육 이념에 입각하여 개혁할 목적으로 조직된 위원회의 의장으로 임명된다.

왕자는 흔히 주장되고 있듯이 성격이 열광적인 사람이 아니다. 그는 문화적 감각과 지성적 재능을 갖춘, 무슨 일이건 성사시키고야 마는 의욕적인 정치가이다. 프랑스 혁명을 지지하는 활동적인 정당인이요 계명 결사의 적극적인 정식 회원이다. 요한 게오르크 치머만(Johann Georg Zimmermann)은 1791년 레오폴드 황제에게 바친 진정서에서 그를 선동적 재주를 갖춘 위험한 민주주의자로 규정하고 있다.[54] 코펜하겐대학의 신학 교수 다니엘

프리드리히 크리스티안 슐레스비히-홀슈타인-존더부르크-아우구스텐부르크 공작.
게르하르트 루트비히 라데의 동판화(1796). 안톤 그라프가 1791년 그린 회화에 따라서 작성.

고트헬프 몰덴하워(Daniel Gotthelf Moldenhawer)와, 1785년 이후 정식으로 금지된 계명 결사의 새 회원을 구하기 위해 전 유럽을 누비고 다닌 민첩한 프레데리크 뮌터(Frederik Münter)의 자극을 받아 프리드리히 크리스티안은 아담 바이스하웁트(Adam Weishaupt)의 글을 읽고 크게 동감한다. "계명 결사의 조직 체계는 내 마음을 불타게 만들었다"라고 그는 이 시기에 쓴 한 편지에서 고백한다. 그러나 동시에 다음과 같이 덧붙여 쓰고 있다. "다만 정치적인 일에 관여해서는 안 된다. 아직은 우선이 아니다."[55] 몇 년 후 독일 계명 결사 회원들과의 관계 망을 만들기 위해 그 연락 책임을 맡을 중요한 인물로 등장하는 사람이 옌스 바게센이란 작가이다.

1764년생인 바게센은 가난한 집안에서 태어났다. 그는 시급 개인 교사로 일하면서, 코펜하겐대학에서 철학 공부를 하기 위한 학비를 겨우 마련할 수 있었다. 실러의 어려운 사정이 어떠했는지를 그는 정확히 알았을 것이다. 물질적 궁핍이 무엇을 의미하는가를 그는 몸소 체험했을 테니 말이다. 1788년 그는 개인석인 인사들의 모임에서 책 읽어주는 일을 하다 시멜만 장관 주변 사람들이 모이는 데 접촉하게 되고 시멜만은 그를 왕자에게 소개하기에 이른다. 왕자는 그를 코펜하겐대학의 교수로 만들기 위해, 라이프치히와 드레스덴으로 유학 보내고 싶어한다. 이 무렵 이미 시를 여러 편 발표하여 사회에 이름이 나 있던 바게센은 독일 문학, 특히 클라이스트, 클롭슈토크, 빌란트의 작품에 심취한 터라 왕자의 의견에 따르는 대신 1789년 장기간 여행을 한다. 그의 여행 코스는 킬에서 시작하여 함부르크, 첼레, 하노버를 거쳐 바트 피르몬트로, 다시 그곳에서부터 괴팅겐, 프랑크푸르트를 거쳐 라인 강 지방으로 갔다가 마인츠, 만하임, 슈트라스부르크로까지 이어진다. 오이틴에서 그는 유명한 호메로스 번역가요, 전원문학 작가인 요한 하인리히 포스를 만나고, 함부르크에서는 존경하는 클롭슈토크와, 「우골리노(Ugolino)」의 저자인 게르스텐베르크를 만나며, 슈톨베르크 형제가 주관하는 모임에 참가한다. 마지막으로 하노버에서는 이전에 계명 결사 회원이었던 크니게(Knigge)와 상봉한다. 전체 여행 코스가 선망의 대상인 인사들과 친분을 맺고자 하는 의도에서 짠 것임이 분명하다. 그것은 로런스 스턴(Laurence Stern)을 문학적 모델로 삼은 것이었다. 1768년에 출판되고 같은 해에 보데(Bode)가 독일어로 번역한 그의 소설 「감상적 프랑스-이탈리아 기행(Sentimental Journey through France and Italy)」은 전 유럽에 모방 작품들이 생겨나게 만들었다(예컨대 모리츠 아우구스트 폰 튀멜의 소설 「프랑스 중부지방 기행」(1785/86)). 바게센이 독일 체류 중에 얻은 인상들을 담아 책으로 출판한 것이 『독일과 스위스, 프랑스를 누비며 다닌 여행(*Labyrinten eller Reise giennem Tydskland, Schweitz og Frankerig*)』(1792/93)이다. 그 제목부터가 벌써 스턴을 모방하고 있다.

1790년 여름 바게센은 바이마르와 예나를 방문한다. 그곳에서 빌란트를 만나고, 빌란트는 사위인 라인홀트를 그에게 소개한다. 예나대학의 철학 교수인 라인홀트와의 친구 관계가 급속하게 전개되고 그 과정에서 몇 년 후에는 왕자까지 끌어들이게 된다. 왕자는 라인홀트를 계명 결사가 지향하는 정치와 과격한 계몽주의의 대표 주자로 간주하고 높이 평가한다. 몇 달이 지난 후 왕자 프리드리히 크리스티안은 라인홀트에게 코펜하겐대학 교수 자리를 마련해주고자 했으나 성공하지 못한다. 그러나 바게센은 라인홀트를 통해 보데를 알게 되고 보데는 그를 1790년 고타에서 계명 결사의 창시자인 바이스하웁트에게 소개한다.[56] 8월 5일 예나에서, 이미 앞서 언급한 바와 같이 라인홀트의 알선으로 바게센과 실러의 만남이 이루어진다. 감격하기 잘하는 열혈 청년 바게센은 존경해오던 작가와의 만남에서 얻은 감동을 귀국 후 자기 자신의 후원자인 왕자에게 상세히 전한다.

옌스 바게센.
에드바르트 레만의 석판화.

그가 자발적으로 주선하지 않았더라면, 코펜하겐의 후원자가 그로부터 한 해 뒤에 병고에 시달리는 독일의 작가를 지원해주기로 결심하는 일은 없었을 것이다.

1796년 1월 여동생에게 보낸 한 편지에서 왕자는 자신이 신뢰하는 친구인 바게센을 정치적 감각과 지성적 자질이 없는 예술가로 규정하고 있다. "그는 큰 재능의 소유자일 수 있다. 큰일을 해낼 수 있다. 그러나 현명한 사람은 결코 되지 못할 것이다. 철학을 전공하는 학자는 되지 못할 것이다. 사업가도 되지 못할 것이다. 왜냐하면, 진정한 학자가 되기 위해서는, 본격적으로 학문을 하기 위해서는, 학문적으로 유용한 철학을 하기 위해서는, 진정한 도덕과 현명함이 가능하기 위해서는 질서와 강제가 없어서는 안 되는데 이와 같은 사람들에게는 질서와 강제란 도저히 견뎌낼 수 없는, 그 아래 눌려 지낼 수 없는 짐이기 때문이다."[57] 왕자가 자기의 심복을 이와 같이 평가하고 있었음에도 불구하고, 그로 하여금 계명 결사 회원들과의 비밀 연락망을 구축할 목적으로 탐사 여행을 하도록 한 것은 분명한 사실이다. 그는 그 후로도 여러 해에 걸쳐 바게센을 자주 독일로 보내어 새로운 접촉을 하게 했고 이미 인연 맺은 사람과의 관계를 계속 유지하는 데 힘쓰게 했다. 그가 자기의 비밀결사 프로젝트를 위해, 그리고 계몽주의 엘리트들의 세계시민 정신을 바탕으로 한 그 프로젝트의 정책을 위해 실러 또한 끌어들이려 시도했다는 데에는 의심의 여지가 없다.[58]

왕자의 자발적인 후원으로 실러는 물질적인 생활이 보장되어 안심하고 작업에 매진할 수 있었다. 36개월에 걸쳐 3000제국탈러를 지불받게 돼 있었다. 게다가 영주가 주는 200제국탈러의 생활 보조비도 계속 지불되었기 때문에, 강의료를 받지 못하고 집필 활동을 못하여 특별 사례금이 없어지는 것까지도 다 상쇄할 수 있었다. 그럼에도 불구하고 실러가 전처럼 규칙적으로 작업을 할 수 있게 되기까지는 적잖이 시간이 걸렸다. 방대한 역사 논문을 마무리하는 작업은 자꾸 지연되다 1792년 9월에 가서야 이루어진다. 1791년 말부터 집중적으로 하기 시작한 칸트 연구는 더디게 진척된다. 우선은 그로 인한 수입 없이 진행된 작업이었다. 이미 1789년 4월 바이마르를 방문하였을 때 고트프리트 아우구스트 뷔르거와 약속한 「아이네이스(Aeneis)」의 제2권과 4권(트로이의 파괴, 디도)의 번역 작업도 불안정한 건강 상태를 고려하여 자꾸 중단하지 않을 수 없었다. 1791년 11월 초에야 비로소 실러는 672행에 달하는 트로이 편 번역을 끝맺는다. 그 뒤를 이어 1792년 1월 1080행에 달하는 「디도」의 번역이 완성된다. 번역 텍스트들은 1792년 초에 출간된 그의 잡지 《신 탈리아》의 1, 2, 3호에 발표된다. 1790년 여름 학기에 한 강의를 토대로 하여 신속하게 집필한, 비극 이론에 관한 논문 두 편(「비극적 대상을 즐기게 되는 원인에 대하여」와 「비극적 예술에 대하여」)이 같은 잡지의 1호와 3호에 각기 발표되는데 그러한 작업은 그의 육체적 선상을 나시 악화시킨다. 실러는 주기적으로 나타나는 횡격막 염증으로 말미암아 하체에 경련이 지속되고 고열이 나는 증세에 여러 차례에 걸쳐 시달리고 그로 인하여 1792년 1월과 2월에는 작업을 할 수 없게 된다.

4월 초에 실러는 덴마크의 학생과 라인홀트의 제자 크리스티안 호르네만을 대동하고 라이프치히로 가서 괴셴을 만난 다음, 쾨르너를 만나러 드레스덴으로 간다. 드레스덴에 한 달 반 머무는 동안 4년 반 만에 다시 만난 두 친구의 우정이 다져진다. 실러는 자신이 앞으로 하고자 하는 작업 계획에 관하여, 특히 발렌슈타인을 소재로 한 연극 작품을 쓸 계획에 관하여 의견을 나눈다. 앞으로 낼 잡지 프로젝트를 위한 조정 역할 문제도 상의한다. 뷔르템베르크 출신의 의사인 에버하르트 그멜린이 메스머의 뒤를 이어 하고 있는 전자 실험에 관하여 쾨르너로부터 상세한 설명을 듣는다.

쾨르너는 오래전부터 이 실험에 매혹돼 있었던 것이다. 방문객의 건강 상태는 좋지 않았다. 밤만 되면 규칙적으로 경련이 일어나곤 했다. 그리하여 부족한 잠을 충분히 보충하려면 그는 오전 내내 침대에 누워 있어야 했다. 쾨르너 부부는 병자를 극진하게 보살핀다. 그들의 어린 아이들인 네 살 된 딸 엠마와 6개월 된 아들 테오도어는 자기들에게만 관심을 쏟아주길 요구하고 있음에도 불구하고 그를 위해 온 신경을 쓴다. 극진히 손님 대접을 하는 쾨르너 집안의 활기차면서도 영적인 분위기는 새로운 매력을 확산시키고 있었다. 실러는 1792년 5월 말 드레스덴에서 돌아온 후 다음과 같이 썼다. "우리가 떨어져 지내는 기간이 이제까지는 너무나 길었네. 앞으로는 우리가 다시 만나게 될 때까지 그처럼 오랜 기간이 흘러가게 해서는 안 되겠네."(NA 26, 142)

라이프치히에서 괴셴의 집으로 가서 그를 잠깐 만나보고는 드레스덴에 가 한 달가량 머물다 왔다. 그것이 실러에게는 작가 활동을 다시 시작하는 데 큰 자극제가 되었다. 6월에 들어서자 그는 역사 논문의 마지막 장을 신속하게 마무리한다. 그리고 크루시우스가 자기의 『단문집』 첫 번째 권을 출판하기 위해 준비하는 것을 지켜봐준다. 그의 『단문집』에는 오래된 이야기들뿐 아니라 이론적인 연구 논문들도 있었는데 1800년과 1802년 사이에 그 후속 편들이 계속 나오게 된다. 크루시우스와 함께 실러는 몇 달 후에 그의 시들을 출판할 계획을 한다. 그는 새로운 잡지를 만들고 싶다는 구상(이것이 첫 번째의 《호렌》 초안이다)을 괴셴에게 설명한다. 그러나 긍정적인 반응을 얻지는 못한다. 1792년 11월 5일 실러는 강의 활동을 다시 시작한다. 자기 자신의 집에서 25명의 청강생이 참가한 가운데 행해진 강좌는 미학에 관한 것이었다. 실러가 그 후 행한 대학 강의는 이와 같은 개인 좌담회 형태로 한정되었다. 1799/1800년의 겨울 학기까지 예나대학의 강의 목록에는 정상적인 강의 시간이 들어가 있다. 대개의 경우 미학에 관한 강의이다. 그러나 그것은 교수 자격을 유지하기 위한 형식적인 것에 불과했다. 실러는 위독한 병에 걸린 후 다시는 강단에 서지 않았다.[59]

1792년 늦가을에 이르기까지 실러는 달베르크가 가망성이 있다고 주선한 적 있는, 마인츠 선제후 프리드리히 카를 요제프의 후원금을 앞으로 받게 되리라 희망하고 있었다. 그러했기 때문에 그의 실망은 더욱 컸다. 그 해 말 몇 달 새에 전개되던 정치적 상황에 대한 그의 논평은 이런 관점에서 읽어야 할 것이다. 10월 21일 마인츠는 퀴스틴 장군이 이끄는 프랑스 혁명군에게 점령되었다. 선제후는 그보다 두 주일 전에 이미 그곳에서 가까운 뷔르츠부르크로 임지를 옮긴 상황이었다. 마인츠 시가 점령당한 후 불과 며칠 후에 게오르크 포르스터의 주도하에 독일 자코뱅 클럽이 결성되었고, 이 클럽은 프랑스와의 합방을 (후에는 공화국 선포를) 요구했다. 11월 26일 쾨르너에게 보낸 편지에서 실러는 현장에 있던 사람들이 전하는 보고들을 근거로 하여, 선제후로부터 후원금을 받게 되리라는 자기 자신의 믿음이 무산되고 점령군의 정책에 순응하지 않으면 안 되는 방향으로 상황이 급변하고 있는 데 대해서 다음과 같이 쓰고 있다. "마인츠의 전망은 내게 매우 회의적으로 되어가고 있네. 그러나 모든 게 하느님의 뜻이 아니겠나. 프랑스 사람들이 나의 희망을 없애버린다면 바로 그들 프랑스 사람들에게서 더 좋은 희망을 마련할 생각이 내게 떠오를 수도 있을 걸세."(NA 26, 170) 그러나 그 후 한 달도 채 지나지 않아 독일 자코뱅 클럽의 정치 노선에 대하여 비판적인 발언을 한다. 그들의 행보가 "그들과 달리 생각하는 사람들과 같은 식으로 살아가서는 안 된다는 건전한 원칙들이 아니라, 가소로운 욕심을 따라가고 있다는 증좌가 보인다"(NA 26, 171)는 것이다.

프랑스 군대에 의해 점령된 마인츠에서 활동할 수도 있을 것이라는 생각을 그가 계속하지 않은 것은 불안정한 건강 상태 때문이기도 하다. 어차피 건강 상태가 다시 악화됐기 때문에 긴 여행은 생각조차 할 수 없는 형편이었다. 1792년 6월 중순에 그는 가까운 거리에 있는 에르푸르트로 가기로 한다, 그리고 그곳에서 달베르크와 훔볼트, 카롤리네 폰 보일비츠를 만난다. 1792년 12월 말 슈투트가르트의 시립 극장에서 최초로 실러의 작품 「간계와 사랑」을 무대에 올리게 되자 작가의 여동생들인 루이제와 나네테는 관람을 하였으나 작가 자신은 그곳으로 가지 않았다. (사기를 당했다고 생각한 궁정의 귀족이 항의 신청을 하자 영주가 당장에 공연 금지령을 내린 것이다.) 1793년 봄 자주 병으로 눕게 되어 실러는 미학 연구를 중단하지 않을 수 없게 된다. "나는 다시 지병이 재발해 얼마 동안 꼼짝 못하고 지냈고 지금도 상황은 여전히 좋지 않다"고 3월 15일에 쓰고 있다. "봄이 되고부터 내 건강 상태가 다시 나빠졌네. 그리고 그 고약한 발작증이 되풀이되고 있네"라고 닷새 후에 피셰니히에게 보낸 한 편지에서 털어놓고 있다.(NA 26, 234)

1793년 한여름에 덴마크의 밀사 옌스 바게센이 예나로 실러를 방문했는데, 그것은 그에게 당혹감을 표시하기 위한 것이라 할 수 있었다. 후원금을 받고 책을 쓰기로 한 저자가 "일련의 서한문 형태"로 "미의 철학"을 쓰기 위한 연구를 시작하겠노라고 2월 초에 알리고 나서는(NA 26, 186) 다섯 달이 지나도록 침묵만 하고 있고 약속을 바꾸기 위한 어떠한 조처도 취하지 않은 것이다. 그러나 바게센과 실러의 의견 교환은 주로 세계관의 문제를 맴돈다. 그것은 덴마크 작가 바게센이 맡은 임무와 부합하는 것이었으니, 코펜하겐에서 이미 엔켈라두스(Enceladus)*라는 가칭으로 불리는 실러

* 라틴어 엔켈라두스는 토성(土星)의 위성 가운데 하나. 1789년에 영국의 천문학자 허셜이 발견했음.

가 '불사조'라는 이름을 가진 코펜하겐의 계명 결사에 들어올 의사가 있는지를 왕자의 지시대로 타진해보는 것이 그의 임무였던 것이다.[60] 바게센의 1793년 6월 27일 일기에 다음과 같은 메모가 적혀 있다. "아침, 아내와 함께 실러의 정원에 머물다. 그는 우리를 위해 자신의 새로운 시 「그리스의 신들」을 낭송했다. 우리는 자신의 신앙고백을 서로 내놓았다. 그는 신앙을 통한 A–를 나는 th–를 써 보였다."(NA 42, 162) 무엇을 뜻하는지 알기 어려운 약자가 사용되어 사람들은 이때 내보인 마음속 비밀에 대하여 여러 가지 추측을 하게 되었다. 실러의 의사 표시인 A–는 'Antike', 즉 '고대 그리스 로마 시대'를 뜻할 수도 있고 'Atheismus', 즉 '무신론'을 뜻할 수도 있다. 바게센은 'theistische', 즉 '인격신론적' 신념을 말한 듯하다. 정치적 문제들, 특히 계명 결사의 장래에 관하여도 토의했음을 대화에 관한 7월 16일의 일기 노트가 증명해주고 있다.[61] 실러는 렘프와 보데를 가입시키려던 경우와 비슷하게 계명 결사의 제안을 받아들이지 않은 듯하다. 바로 사흘일 전인 7월 13일에 실러는 이미 코펜하겐에 있는 후원사에게 상세한 편지를 보냈는데 그 편지에서 그는 계몽주의를 진정한 완성의 단계로 이끌어갈 길을 자기의 신념에 따라 제시한 것이다. 그것은 그 유명한 미적 경험의 길이지, 정치의 길이 아니었다.

낯익은 얼굴들, 새로운 자극들

슈바벤 여행

1793년 8월 초 실러는 만삭의 몸인 아내 샤를로테와 함께 예나에서 뷔르템베르크로 떠났다. 고향을 장기간 방문하기 위해서였다. 오랫동안 보지 못한 부모님, 누이동생들, 젊은 시절의 친구들과 만난다는 생각만으로도 예상 못했던 힘이 솟는 듯했다. 1794년 5월, 아홉 달 동안 옛 고향에 머물다 예나의 집으로 돌아왔을 때 그는 많은 자극과 계획, 일할 힘과 의욕들로 차 있었다. 주로 나빠진 건강을 다시 회복할 목적으로 떠났던 여행은 많은 영감을 얻는 원천이 된다. 특히 많은 사람들과 접촉하고, 중요한 개인적 관계를 맺는 계기가 된다. 이 여행은 실러가 예나에서 유력한 인사들의 도움으로 장차 하게 될 문학 정치 활동을 예고해준다.

뷔르템베르크로의 여행은 이미 1793년 봄에 계획된 것이었다. 다만 실러의 건강 상태가 악화되어 연기하지 않을 수 없었던 것이다. 4월 7일 슈라마이의 거처를 포기하고 라이스첸 정원(Leistschen Garten)에 있는 더 작은 집에 세를 내고 살기로 했다. 이곳에서는 독자적인 살림을 할 수 있어서, 점심에 밖에 나가 식사하지 않아도 되었다(5월 말 라바터가 이곳을 들렀다 갔다). 계획한 여행이 계속 늦어진 것은 여름이 중반에 들어서면서 샤를로테가 자주 탈진 상태에 빠졌기 때문이었다. 나중에 가서야 그 원인이 임신이었던 것으로 밝혀졌다. 6월 말에는 라인발트와 크리스토피네가 예나로 와서 몇 주일 동안 묵고 갔다. 그로 인하여 여행 계획은 또다시 연기되지 않을 수 없었다. 8월 1일이 돼서야 바게센은 실러 부부를 동반하여 길을 떠날 수 있었다. 만일의 경우를 생각하여 실러는 정기적인 우편 마차를 택했는데, 짐이 많아 우편 마차에 다 실을 수가 없었다. 그의 여정은 우선 뉘른베르크와 안스바흐를 거쳐 하일브론으로 이어졌다. 어느 영주에게도 소속되어 있지 않은 독자적인 제국 도시인 하일브론에서 그는 행동이 자유로움을 즐겼을 것이다. 처음에 그들은 '태양관(Zur Sonne)'에서 묵었다. 그러나 며칠 지나지 않아 그들은 '운터런 피어텔(Unteren Viertel)'에 있는 거상 빌헬름 고틀리프 루오프(Wilhelm Gottlieb Ruoff)의 집으로 옮겨 그들만이 사용할 수 있는 별채에 들었다. 8월 9일 아버지가 당시 27세인 실러의 누이동생 루이제를 데리고 루트비히스부르크에서 실러가 머물고 있는 곳까지 찾아왔다. 아직 미혼인 루이제는 그 후 몇 주일 동안 하일브론에 남아서 오빠와 새언니의 살림을 도와준다. 아버지의 소개로 실러는 제국 도시의 고등 의무관으로 있는 의사 에버하르트 그멜린과 알게 된다. 그는 그멜린과 더불어 동물의 자력(磁力)에 관한 문제를 놓고 의견을 나눈다. 그러나 카롤리네 폰 볼초겐(Caroline von Wolzogen)이 후에 기억하는 바에 따르면 실러는 전부터 갖고 있던 동물의 자력에 관한 회의를 극복하지 못했다.[62] 그멜린이 실러에게 전기치료를 받아보도록 권했으나 실러는 그 효력을 계속해서 믿으려 하지 않았다. 그러한 유보적 입장을 갖고 있었음에도 불구하고 실러는 그멜린이 의사로서 학문적으로 진지하다는 점을 의심치 않았다. 1794년 2월 2일 실러는 예나대학의 자연학 교수인 카를 바치에게 보낸 편지에서 그멜린을 "철저한 학자"요 "건전한 생각"을 가진 인사로 소개하면서, 그를 직접 만나면 그가 저술로 발표한 "좋은 생각"을 더 믿고 싶게 된다고 쓰고 있는 것이다.(NA 26, 341) 8월 초 실러는 만하임 시절 사랑했던 마가레타 슈반과도 예기치 않게 만나게 된다. 그녀는 바로 한 달 전에 명망 있는 변호사와 결혼하여 하일브론에서 살고 있었다(그녀에게서 실러는 더 이상 매력을 느끼지 못한 것 같다). 그 후 몇 주일에 걸쳐 실러는 법관인 크리스티안 루트비히 쉬블러(Christian Ludwig Schübler)의 도움으로, 이전의 도주자였던 자기가 어떠한 위험부담 없이 뷔르템베르크의 땅을 밟을 수 있을지 알아보려 했다. 8월 말 실러는 영주에게 루트비히스부르크로 이사 오는 것을 허용해달라는 편지를 썼다. 그러나 아무런 답변도 받지 못했다. 영주 카를 오이겐이 라인 지방으로 여행 가고 없었기 때문이다. 실러의 처형(妻兄)이 기억하는 바에 따르면, 실러는 얼마 후에 연락을 받게 되었는데, 영주가 실러의 계획을 전해 듣고서는 관심 없다는 말투로 예전 도주자

의 일은 "무시하겠다"고 말했다고 한다.[63]

9월 8일 실러는 아내 샤를로테와 함께 카롤리네 폰 보일비츠와 처형을 대동하고 영주의 주거 도시를 향해 여행길에 오른다. 그곳에 이르러 실러는 정기적으로 부모를 찾아보고 옛날 친구들도 만난다. 예컨대 카를 필리프 콘츠나 조각가 다네커를, 그리고 그의 라틴어 선생이던 요한 프리드리히 얀은 그의 교습 시간에 가서 만난다. 특별히 심도 있는 의견을 나눈 상대는 예전 동창생인 프리드리히 폰 호벤(Friedrich von Hoven)이다. 그는 실러가 루트비히스부르크에 머문 몇 달 동안 속마음을 서로 나눌 수 있는 대화 상대가 된다. 이 젊은 시절 친구는 실러의 달라진 풍모에 대해서 적잖이 놀란 듯했다. "그는 아주 딴사람이 되었다. 젊었을 때의 불같은 성미는 상당히 누그러졌다. 거동이 아주 점잖아졌다. 전에는 옷에 전혀 신경을 쓰지 않았는데 이젠 아주 세련된 옷차림을 하고 있다. 그리고 바짝 마른 몸매에다 창백한 병자 같은 모습만으로도, 나를 비롯해 그를 가까이 알고 지낸 모든 사람의 관심을 끌기에 충분했다."[64] 호벤이 의사로서 돌보는 가운데 샤를로테는 1793년 9월 14일 건강한 사내아이를 낳는다. 아이는 카를 프리드리히 루트비히라는 이름으로 세례를 받는다. 세 식구가 된 작은 가정은 후에 빌헬름이란 이름을 얻게 되는 거리에 위치한 '하우스 라이스'에 독자적인 거처를 마련한다. 출산 후 첫 일주일 동안에는 아기만을 돌봐야 하는 샤를로테를 위해, 16세 나이인 실러의 여동생 나네테와 카롤리네 폰 보일비츠가 일상적인 살림을 도맡아준다.

10월 24일 힘겨운 라인 지역 여행 탓에 건강이 나빠진 상태로 귀항한 영주는 호엔하임(Hohenheim)*에서 전염병에 걸려 죽는다. '늙은 헤로데스

* 영주 카를 오이겐이 관저로 쓰던 성(城). 1942년 슈투트가르트 시에 편입됨. 1967년 이래 슈

(Herodes)*'의 죽음은 호벤의 기억에 따르면 실러로 하여금 골똘한 생각에 잠기게 했다. 그러나 그 후 실러는 슈바벤 지역에서 더 안전하게 활동한다. 11월 초에 그는 아직도 현직에 있는 폰 제거 학장과 학과장급 장교들을 대동하고 카를스슐레를 방문한다. 그곳의 400명 학생들이 식당 홀에서 그를 열렬히 환영한다. 요한 크리스토프 프리드리히 마이어의 기억에 따르면 "50개의 식탁보로 덮인 긴 식탁들을 지날 때마다 감동적으로 그에게 경의를 표하는 힘찬 만세 소리가 크게 울렸다."(NA 42, 177) 이 시점에는 이 학교의 문이 불과 몇 달 후에 새로운 영주 루트비히 오이겐의 지시로 닫히고 말 것이라고는 아무도 예상할 수 없었다. 새 영주는 어려운 처지에 놓인 국가재정을 생각해서 그러한 조치를 내린 것이다.

처음에는 좋지 않던 실러의 건강 상태가 겨울이 되고부터 몇 달 사이에 눈에 띄게 좋아진다. 그런데 3월 초에 라인 지역에 있던 황제 직속 군대의 병원이 루트비히스부르크로 옮겨 오게 되었다는 공고가 발표된다. 그리되면 위험한 전염병이 돌게 될 것이라는 잘못된 소문 때문에 실러는 3월 11일 며칠 동안 호벤과 함께 튀빙겐으로 갔다가 슈투트가르트로 이사한다. 그곳에서 그는 사무관 요한 게오르크 하르트만의 주선으로 아우구스텐 거리에 있는 궁정 주방의 정원 딸린 집에 거처하게 된다. 튀빙겐에서 그는 아벨과 의과대학 교수인 빌헬름 고트프리트 플루크베트(저명한 철학 교수인 플루크베트의 아들), 그리고 옛 시절 동창생이던 프리드리히 하우크와 만난다. 실러는 대학의 장학생 기숙사 건물 안에 있는 아벨의 거처에서 숙식했다. 그리고 여러 번 그의 제자들과 함께 식사했다. 날개 돋친 듯 치솟

••

투트가르트대학 건물로 사용됨.

* 예수 생존 시 예루살렘의 통치자.

는 지성의 분위기에서 그에게는 새로운 강의 계획들이 솟아났다. 후에 자서전을 쓰기 위해 적어놓은 노트에서 아벨은 이날의 분위기에 관하여 다음과 같이 기억하고 있다. "그리하여 그에게는 갑자기 다음과 같은 생각이 떠오른 것이다. 만약에 내가 이곳에 있게 된다면 저녁 6시에서 8시까지 학생들을 모아놓고 그들과 함께 학문과 예술에 관하여 얘기 나누는 것이 큰 기쁨이 되리라. 그렇게 하게 되면 강의를 통해서 더 많이, 더 강하게 그들의 정신과 취향과 윤리적 삶에 영향을 미칠 수 있게 되리라. 건강 상태만 허락한다면 강의도 할 수 있을 것이다. 다만 지금은 일관된 강의를 하기엔 너무 힘이 달린다."(NA 42, 185) 이미 신년 초에 샤를로테 폰 슈타인은 바이마르에서 그에게 보낸 편지에서 새로운 영주 밑에서 전개되고 있는 정치적 기후변화 덕분에 좋은 활동 분야를 실러가 제공받을 수도 있을 것이라고 썼다.[65] 아벨은 자기의 제자인 실러를 튀빙겐대학에서 정식으로 교수로 초빙하도록 길을 마련해주고 싶었다. 그리하여 그와 같은 계획을 그 후 몇 달 동안 끈질기게 추진하려 했으나 결국은 성공하지 못했다. 1794년 여름 영주 루트비히 오이겐은 교수 임용 계획의 새로운 규정을 만들기 위한 위원회를 소집하고 그 조직을 이끌 위원장으로 국가법 교수인 요한 다니엘 호프만을 임명했다. 1795년 1월 29일 아벨은 남에게 말하지 말 것을 전제하고 자기의 옛 제자에게 문학 교수로 자리를 옮길 수 있는 조건들을 알려주었다. 실러가 바이마르의 영주와의 관계를 말하면서 아벨의 제안에 거부반응을 보이자 아벨은 3월 6일 그에게 유동성 있는 해결 방안을 한 가지 제안한다. 즉 역사과의 정교수로서 정기적인 급여를 받되, 미학과 이념의 역사에 관한 과외 과목도 맡게 할 수 있을 것이라는 것이었다. 그러나 이 제안도 환영받지 못했다. 건강 때문에 실러는 의무적으로 맡아야 할 강의 시간 수를 감당해낼 자신이 없었다. 게다가 고향인 슈바벤 지방으로 돌아가 있어야 한다는 생각이 계속 들어 겁이 났던 것이다. 뷔르템베르크의 정신적 풍토보다 그는 예나와 바이마르의 더 고무적인 분위기를 선호한 것이다.

그가 여행 중 마지막으로 머문 슈투트가르트에서는 3월 중순부터 활발한 사교적 접촉이 이루어진다. 실러는 옛날 카를스슐레의 학생이던 요한 하인리히 다네커를 규칙적으로 방문한다. 그새 그는 대학의 조각과 교수가 되어 있었다. 그리고 그의 소개로 은행가인 그의 처남 고틀로프 하인리히 라프와 알게 된다. 자산이 많은 이 은행가는 예술의 후원자로서, 그의 집은 구시가 안에 있는 재단 소속 교회와 가까웠는데 그곳은 당시 이름난 예술가들이 만나는 모임 장소였다. 화가 필리프 프리드리히 헤치, 조각가 필리프 야코프 셰파우어, 음악가 요한 루돌프 춤슈테크(그는 실러의 「도적 떼」가 상연되었을 때 음악 부분을 맡아 작곡했다) 등은 사교적인 분위기 속에서 예술적 문제들에 관하여 의견들을 나누곤 했다. 대학에 다녀본 적이 없는 집주인은 자신의 소박한 스타일로 내화가 추상적인, 알기 힘든 학술 용어투로 되지 않도록 조정 역할을 했다. 실러는 고전주의적 예술의 문제들을 논의하는 데 열정적으로 참여했다. 그는 후에 이 논의에 "가지각색의 두뇌들과 토의 방식이 함께 작용했다"고 만족스럽게 논평했다.(NA 26, 349)

슈투트가르트에 머무른 몇 달 동안에, 후세가 실러의 모습을 볼 수 있게 해주는 가장 중요한 작품 두 점이 탄생한다. 1793년에서 1794년으로 해가 바뀔 때 옛 시절의 동창생인 카를 루트비히 라이헨바흐의 누이동생 루도비케 시마노비츠가 유화로 실러의 초상화를 그리기 시작하여 6월 말에 완성했다. 벌써 1794년 봄에 실러는 여성 화가가 그린 바탕 그림을 보고 나서 크게 감동하여 같은 크기로 샤를로테의 초상화도 그려달라고 부탁하기에 이른다. 한편 다네커는 3월에 실러의 흉상 조각을 위해 구상도를 그려놓

프리드리히 실러.
흉상. 요한 하인리히 다네커 작(1794).

프리드리히 실러.
유화. 루도비케 시마노비츠 작(1793/94).

고 그 모델 작업에 관하여 자랑스럽게 3월 17일 쾨르너에게 편지로 보고한다. 예리한 얼굴의 윤곽과 고대 그리스의 흉상을 본뜬 선의 흐름이 포함된 그 흉상은 고전적 스타일을 분명하게 나타내고 있었다. 다네커는 11년 후에 두 번째로 실러의 흉상을 조각하게 된다. 그것은 실러가 죽고 몇 달이 지난 후에 처음의 작품을 모델로 하여 만든 것이다. 그것에는 작가를 기념하려는 굳은 의지가 깃들어 있고, 이미 신화화하기 시작한 작가의 모습을 반영하고 있다. 다네커는 1805년 5월 빌헬름 폰 볼초겐에게 보낸 편지에서 다음과 같이 쓰고 있다. "다음 날 아침 잠에서 깨어나자 신과 같은 나의 친구가 내 눈앞에 보였습니다. 그래서 생각했지요, '실러를 살려내자!'고 말입니다. 그런데 거대한 작품이 아니고는 실러를 살려낼 수 없습니다. 실러는 거대한 작품으로 조각 세계에 살아 있어야 합니다. 나는 그를 신격화하고자 합니다."[66)]

슈투트가르트에 체류하는 동안은 가끔 병마에 시달리기도 했지만 좋은 미래 전망을 가질 수 있어서 영감이 많이 떠오른 시기였다. 많은 결실을 가져올 두 사람과의 만남이 이른 봄 몇 주일의 간격을 두고 이루어졌는데 그 중요성을 실러도 짐작했을 것이다. 5월 3일 여행 중에 슈투트가르트에 들른 요한 고틀리프 피히테(Johann Gottlieb Fichte)가 인사차 실러를 잠깐 방문하였다. 1793년 말에 아우구스텐부르크 왕자의 알선으로 킬대학으로 자리를 옮겨간 라인홀트의 후임으로 그를 예나대학이 초빙한 것이다. 그는 여름 학기 초에 새 직책에 임하기로 돼 있었다. 실러는 앞으로 그와 공동으로 작업할 수 있는 가능성을 곧바로 알아차리고, 자기가 예나로 돌아가면 개인적으로 의견을 계속 주고받자고 피히테와 약속한다. 두 번째 만남은 이보다 훨씬 더 큰 열매를 맺게 해준다. 하우크의 소개로 실러는 연초에 출판인 요한 프리드리히 코타(Johann Friedrich Cotta)와 알게 되었던 것이다. 둘은 당장 다음 달부터 시작하여 몇 달 걸릴 작업에 대한 구체적인 이야기까지 나누게 된다. 5월 4일 실러가 슈투트가르트를 떠나기 며칠 전에 그들은 다시 한 번 만나 함께 마차를 타고 운터튀르크하임까지 나들이하면서 앞으로 할 프로젝트에 관하여 상의했다. 이로써 실러가 타계할 때까지 지속되는 두 사람의 협력 관계를 위한 초석이 놓인 것이다. 이전 출판사들과의 관계는 모두 그 그늘 밑으로 밀려나게 된다.

처음 계획한 것보다 좀 늦은 5월 6일에야 비로소 실러와 샤를로테는 귀로에 오른다. 아버지와 누이동생 나네테를 그는 앞으로 보지 못하게 된다. 둘 다 1796년에 죽었기 때문이다. 그리고 실러는 그들을 병상으로 찾아갈 수 없었다. 5월 15일 실러가 아홉 달 동안의 여정을 마치고 예나로 돌아왔을 때 새로운 활동을 위한 전제 조건들이 크게 호전되고 개인적인 대인 관계도 많이 달라져 있었다. 대학의 직책이 더 이상 짐이 되지 않았다. 실러의 교수 자리는 4월 중순부터 괴팅겐대학의 교수인 카를 루트비히 폰 볼트만(Karl Ludwig von Woltmann)이 맡고 있었다. 그 또한 후에 실러가 주관하게 될 《호렌》의 협조자 중 하나가 된다. 라인홀트는 킬대학의 교수 직을 맡기 위해 이미 3월에 예나를 떠나고 없었다. 5월 18일부터 피히테가 예나에 와 있었다. 빌헬름 폰 훔볼트가 몇 주일 전에 예나에 와 있었다. 그리고 식구가 늘어 운터른 마르크트에 전보다 큰 집을 세 들어놓았던 실러의 이웃으로 살게 된다. 새로운 동맹을 위한 초석이 놓여 있었던 것이다. 이미 1793년 11월 20일에 예나대학의 '자연연구학회'가 실러를 명예 회원으로 추천해놓고 있었다. 이 학회가 앞으로 실러의 인생에서 얼마나 중요한 의미를 지닐지를 그는 이 시점에 물론 짐작할 수 없었다.

친구가 된 출판인

코타의 초상

이미 1790년 1월에 당시 25세이던 요한 프리드리히 코타는 실러와의 접촉을 시도한 것 같다. 실러의 아버지 카스파르 실러를 통해 그는 자기 출판사의 새로운 기획을 위해 실러의 원고 하나를 기대해도 되겠는지 문의한 것이다. 이에 대한 답은 성공적인 작가의 자의식을 보여준다. "슈투트가르트의 젊은 출판업자와 무언가 할 수야 있겠지요. 그러나 기회가 되면 그에게 물어보세요, 내가 그에게 가치 있는 원고를 제안하면 인쇄 원고지 한 장당 3루이도르*를 지불할 수 있겠냐고요. 그 이하로는 하지 않습니다. 다른 출판업자들이 나의 중요한 작품에는 그만큼 지불하고 있으니까요."(NA 25, 408) 코타가 그 시점에 그와 같은 사례금 요구(그것은 독일 제국 화폐로 원고지당 15탈러에 상응하는 액수이다)를 충족해줄 수 있었을지는 의심스러워 보인다. 그는 출판 사업의 경력을 겨우 쌓기 시작한 단계에 있었기 때문이다. 법학과 수학을 공부하고 나서 그는 잠깐 변호사 일을 하다가 1787년에야 자기 아버지가 튀빙겐에서 운영하던 출판사를 물려받은 것이다. 그 출판사는 1659년에 설립된 후로 계속 가업으로 유지되어왔는데 그 시점에 이르러 사업이 잘되지 않아 경제적으로 허덕이던 상태였다. 운영 방식을 현대화하고 구조 조정을 하지 않으면 안 될 형편에 있었던 것이다(실러의 졸업논문은 이 출판사에서 인쇄되었다). 사업을 물려받고 나서 첫 몇 년간 코타는 조심스럽게 사업을 키워나가면서 젊은 예술가들과 지성인들을 목표로 삼아 적극적으로 그들과 접촉했다. 기본 자금이 건실했고, 가업으로 하

* 루이도르는 대혁명 때까지 통용된 프랑스의 금화로 20프랑의 값어치가 있음.

는 사업인데다 홍보 작업을 잘해나갔기 때문에 급속한 성공을 이룰 수 있었다. 짧은 기간 내에 그는 독일의 저명한 작가들을 자기의 출판사 밑으로 끌어들이는 데 성공한다. 그 출판사의 전속 작가 명단은 곧 실러와 괴테로 시작하여 훔볼트, 피히테, 헤겔을 거쳐 장 파울, 횔덜린, 아우구스트 빌헬름 슐레겔, 티크 등으로 이어진다. 이미 1800년경에 그 출판사는 현대적 면모를 띤 사업체가 되어 있었다. 단행본, 전집류, 일간신문, 정기적 학술 간행물, 잡지 등을 인쇄하고 배포 판매하기에 이른 것이다.

1793년 10월에 요한 크리스토프 프리드리히 하우크가 코타와 실러를 연계해주었다. 10월 30일 실러는 자기에게 젊은 출판인을 추천해준 옛 동창생에게 다음과 같이 편지에 쓰고 있다. "자네 때문에라도 나는 무슨 원고를 코타 씨가 원하든 그의 뜻에 응하고 싶네. 내가 비록 괴셴 출판사에 묶여 있는 것은 아니지만, 그는 나의 친구일세. 그러니 적어도 나에게서 제일 먼저 출판 문의를 받을 친구로서의 권리가 그에게 있다고 생각하네."(NA 26, 291 이하) 메클러, 슈반, 크루시우스 등의 출판사와는 사무적인 차원에서 관계가 진행되어왔으나, 실러와 괴셴의 굳건한 관계는 개인적인 신의를 바탕으로 해서 형성된 것이었다. 코타가 이와 같이 굳건한 실러와 괴셴의 동맹 관계에 파고들어 작가 실러를 자기 사람으로 만들 수 있었던 원인은 처음엔 상업적인 것이 전부였다. 젊은 사업가 코타는 출자를 많이 한 크리스티안 야코프 찬과 일종의 동업 관계를 맺고 있었다. 찬은 출판사 직속 서점을 건립하는 데 재정적으로 강력하게 뒷받침해주었고, 그 밖에도 모험적이고 야심 찬 사업 계획에도 재정보증을 해주었다. 새로운 실험을 하기 좋아하는 출판인과 알게 됨으로써 실러는, 이미 1792년 10월에 잡지를 하나 시작해볼 생각으로 괴셴에게 의사 타진한 바 있는 프로젝트를 다시 추진할 가능성이 열린 것이다. "독일의 가장 우수한 작가 30~40명이 참가하게 될, 두 주에 한 번씩 나오는 큰 잡지를 발행코자 하는 것이 오래전부터의 내 생각입니다. 당신은 그것으로 재미를 가장 많이 보게 될 것입니다. 그것은 또한 당신이 일생 동안 간직할 작품이 될 것입니다. 당신은 그것으로 독일에서 제일가는, 가장 존경받는 서적상이 될 것입니다."(NA 26, 159) 그러나 그러한 호의적 제안에도 불구하고 괴셴은 잡지 《탈리아》로 말미암은 재정적 손실을 감안할 때 새로운 잡지를 맡을 수가 없었다. 반면에 코타는 자신에게 제시된 잡지 발행의 콘셉트에 관심이 있음을 지체 없이 통지했다. 1794년 봄에 직접 만나보고 난 후에 실러는 우선 「그리스의 극장」이라는 제목으로 고대 그리스의 연극 작품들을 번역하여 출간할 것을, 더 상세한 내용 설명 없이 제안한다. 그 제안에서 강조점은 앞으로 협력해서 작업할 확고한 그의 의지를 표명하는 데 있었다. 5월 4일 코타는 슈투트가르트에서 실러를 방문하고, 운터튀르크하임으로 함께 마차를 타고 나들이 가는 동안 칸슈타트의 칼렌베르크에서 휴식을 취하면서 실러의 오래된 잡지 계획에 관하여 논의한다. 두 사람은 공동으로 정치적 일간지 하나와 미학 잡지 하나를 발간하되 두 경우 다 실러가 책임 있는 편집인 자리를 맡아야 한다는 데 합의한다.

예나로 돌아온 후 얼마 안 되어 실러는 건강상의 이유로 일간지 발행 계획은 없던 것으로 하고 그 대신 정치적 계간지를 발행하자고 코타에게 제안한다. 그러한 계간지의 발행이 그의 마음에 내키지 않더라도 경제적인 수익성을 생각하면 관심이 갈 것이라고 했다.(NA 27, 2) 한두 주일 지나 《유럽 국가 시국 통론(*Allgemeine Europäische Staatenzeitung*)》과 미학 잡지 《호렌(*Die Horen*)》 발간에 관한 계약서 초안이 각각 한 통씩 전달되고 5월 24일 서명하기에 이른다. 그러한 절차는 18세기 말까지만 해도 매우 이례적인 것이었다. 대개의 경우 합의 내용을 확인하는 절차는 얘기가 끝난 다음악수하는 것이 전부였고, 그렇게 할 수 없는 경우에는 편지로 동의를 표시하면 되었다. 계약서 형식은 아주 예외적인 것이었다. 오로지 수익적 타산에서 기획되던 정치적 계간지는 그 후 곧 그 가능성이 희박한 것으로 판단되어 기획 단계에 머물고 만다. 6월 14일 실러는 코타에게 자기는 정치 잡지를 편집할 전문적인 지식이 없어 그 일에 적합하지 않다는 느낌이 든다고 털어놓는다. "그와 같은 위험부담이 있는 일"에 매달리는 대신 자기의 힘을 전적으로 미학 잡지 발행에 집중하는 것이 나을 것이라고 했다. 왜냐하면 자기는 "이 전문 분야에서는 공인을 받고 있는 사람이요" 또한 "충분한 자료를 구비하고 있기" 때문이라 했다.(NA 27, 15) 코타는 후에 다른 사람을 편집인으로 하여 정치 잡지의 발행도 실행에 옮겼다.1795년 1월부터 역사가 에른스트 루트비히 포셀트(Ernst Ludwig Posselt)의 책임하에 월간지 《유럽 연대기(*Europäische Annalen*)》가 발행되었고, 그로부터 2년 후에 그 뒤를 이어 출판사 측이 직접 편집한 일간지도 발간되었는데 그 이름을 처음에는 《일반 세계 소식(*Allgemeine Weltkunde*)》이라 했다가 1799년부터는 《일반 신문(*Allgemeine Zeitung*)》으로 제목을 바꿨다. 1807년에 세상에 선을 보인 《교양인을 위한 아침 신문(*Morgenblatt für gebildete Stände*)》으로 코타는 드디어 예술적 공명심을 충족하면서 일상적 정치 상황에 관한 전망도 아우르는 잡지를 시장에 내놓는 데 성공한다.

코타는 경제적 수익성이 없는 것이 빤한 미학 잡지 《호렌》의 발행을 기꺼이 맡음으로써 새로운 동반자로부터 신임을 얻는다. 실러는 그 후로도 괴셴과 크루시우스에 대해 계약상의 의무를 계속 이행하지만 이 두 출판인들과 새로운 계약은 맺지 않는다. 1802년에 비로소 마무리한 『단문집』과 그것에 이어 출판된 두 권짜리 시 선집은 크루시우스 출판사에서, 그리고 《탈리아》의 편집은 계속해서 괴셴에서 맡아 하게 된다. 그러나 1794

년 이래로 실러는 새로 쓴 작품들은 주로 코타에게 맡긴다. 노이슈트렐리츠(Neustreliz, 베를린 근교의 소도시)의 궁정 서적 납품업자 미카엘리스의 비효율적인 운영 시스템에 대해 실망스러운 경험을 한 후 실러는 1795년에 그가 창안한 광범위한 보급망을 갖고 있는 《문예연감》의 발간을 코타에게 맡긴다. 이후 수 년간에 걸쳐 완성된 희곡 작품들도, 괴테의 단골 출판사인 웅거에서 맡은 「오를레앙의 처녀」 말고는 모두 코타 출판사에서 발간된다. 마찬가지로 실러가 1800년 이후로 마무리한 셰익스피어, 고치(Carlo Gozzi, 1720~1806), 라신 등 외국 작품들의 번역과, 무대 공연을 위한 작업들의 텍스트도 모두 코타가 맡아 인쇄한다. 이미 1795년 3월에 그는 새로운 사업의 동반자에게 돈벌이가 될 수 있는 자기의 희곡 선집 발행을 맡기고 싶다는 의사를 내비치고 있다. "나의 다른 작품들도 출판하실 의향이 있다면, 가능하면 내년에 나의 희곡 작품들의 개정판부터 시작하는 것이 어떻겠습니까. 다만 괴셴이 그 선집에 「돈 카를로스」가 포함되는 것에 대해 합의해준다는 것을 전제 조건으로 해서 말입니다."(NA 27, 161 이하) 코타가 이 계획을 지원하겠다고 기회 있을 때마다 강조하였음에도 불구하고 그것이 실행에 옮겨지는 것은 그 후 11년이 지나서이다. 1805년 실러가 이미 고인이 된 후 『실러의 연극(*Theater von Schiller*)』이란 제목을 붙인 그의 희곡 선집 첫째 권이 출간됐다.

괴셴은 실러와 코타 사이에 사업 관계가 견고해지기 시작하는 것을 걱정하면서 지켜보고 있었다. 1795년 봄 라이프치히 출판 박람회에서 두 출판인 사이에 언성을 높이는 사태가 벌어진다. 괴셴은 코타의 저열한 사업 태도를 비난하면서 "작가들을 이간질하는 추잡한 짓"을 하고 있다고 욕을 퍼부었다. 실러와 함께 일하는 것 자체뿐 아니라, 코타가 "두 친구 사이에 슬그머니 끼어든 것"이 고약한 짓이라는 것이다.(NA 35, 198)

그와 같이 욕을 먹은 코타는 괴셴에게 있는 「돈 카를로스」 판권을 얻기 위한 싸움에서 중개자를 통하여 어떤 해결책을 찾으려 애썼으나 격분하고 있는 경쟁 상대자에 대하여 어떤 일도 할 수 없었다. 그 후 몇 년간에 걸쳐 실러가 괴셴에게 보낸 편지들에는 냉랭한 기운이 역력했다.

코타와 만남으로써 실러는 재정이 튼튼한 후원자를 얻은 셈이다. 그는 실러 일생의 마지막 10년간에 사업적인 이해관계를 떠난 친구로서 그를 도왔다. 결정적인 단계에서 출판인 코타는 작가 실러에게 엄청나게 큰 선금을 대주었다. 이미 1795년 9월 11일에 코타는 실러에게 액수의 한계를 정하지 않고 필요한 돈을 언제라도 사례금으로 선불해줄 수 있다는 의사를 밝혔다. "나는 당신이 어느 경우에든 조금도 어려워하지 않고 내 돈을 갖다 쓸 수 있다는 것을 전제로 하고 있습니다. 그렇게 하는 것이야말로 내게 그처럼 소중한 당신과의 우정을 증명하는 것이 될 테니까요."(NA 35, 332) 그 후 여러 해에 걸쳐 실러는 정기적으로 출판사로부터 지급되는 큰 단위의 선금을 받으면서 직업을 하게 된다. 1801년 말 실러는 집을 사기로 마음을 정하고 코타에게 재정적 지원을 청한다. 그러자 코타는 지체 없이 바이마르 영주 소관 은행에서 2600굴덴(당시의 환율로 계산해서 1733탈러에 해당하는 액수)을 실러에게 대여해주도록 조치를 취한다. 그것은 실러가 사고자 하는 집의 가격인 4200탈러의 3분의 1에 가까운 액수로서 실러가 여러 곳에서 빚 내어 마련한 돈을 갚는 데 결정적인 도움이 되었다. 그러한 큰돈을 선불해준 데 대해 감사하기 위해 실러가 쓴 1802년 9월 10일 자 편지는 다음과 같은 열정적인 말투로 되어 있다. "진실로 나는 나의 친구를 찬양할 수 있네. 그러한 친구를 가진 사람은 이 세상에 별로 없을 것일세. 그는 나의 일을 완전히 자기 일처럼 여기고, 그의 손으로 하는 모든 것은 내가 잘되도록 하는 데에 활용되기 위한 것이네."(NA 31, 161)

요한 프리드리히 코타.
석판화. 작가 미상.

물론 코타의 그와 같은 처신에 이기적 요소가 전혀 없는 것은 아니었다. 실러에게 빌려준 돈 액수는 실러의 희곡 선집이 빨리 출판되기를 바라면서 그 사례금의 일부로 선불하는 것이요, 그렇게 함으로써 자기 작가를 더욱 굳게 자기에게 묶어두고 싶었던 것이다. 실러의 작품「오를레앙의 처녀」가 웅거 출판사에서 발간되고 나서 얼마 되지 않은 1801년 10월 27일에 이미 그는 앞으로 발간할 희곡 작품 한 편마다 300두카텐(950탈러에 상당)이라는 상당한 액수를 사례금으로 요구한 실러의 제안을 받아들이면서 자기의 기본 입장을 다음과 같이 천명했다. "당신과 같은 작가에게 사례금이란 그 액수가 아무리 많다 하더라도 그가 하는 작업을 결코 보상해줄 수 없습니다. 그 사실을 나는 잘 알고 있고, 따라서 작가가 성공을 거두어 더 많은 일을 할 수 있게 되는 경우에 특별 보너스를 아무리 많이 준다 해도 그것으로 출판인과의 관계가 보장받는 것이 결코 아니라는 것을 나는 잘 알고 있습니다. 또한 당신과의 친구 관계가 얼마나 소중한 것인지도 잘 알고 있습니다. 여기 마지막으로 언급한 점을 다시 반복해서 다음과 같이 표현하고 싶습니다. 즉 나는 내가 만약에 당신의 작품을 발행하는 유일한 출판인으로 계속 남지 않게 된다면, 나는 큰 슬픔에 빠질 것입니다. 그리고 당신이 이제껏 내게 응낙해준 것이 실현되는 것을 보게 된다면 나는 큰 기쁨을 만끽할 것입니다."(NA 39/I, 121)

이 편지의 말투는 출판인이 작가와 어떤 관계였는지를 잘 보여준다. 코타의 제일가는 관심사는 항상 위협적인 존재인 괴셴, 크루시우스 또는 웅거와 같은 경쟁적인 출판업자들의 위협에 대한 자기방어를 위해서 독점 출판권을 확보하는 것이었다. 이 목적을 달성하기 위하여 그는 재정적 희생을 감수하는 것이요, 그 희생이 실러로 하여금 그에게 신의를 지키게 하는 데에 기여하는 것이다. 따라서 사례금 요구는 복잡하게 따져보지 않고 그대로 받아들여졌고, 출판 계획은 끊임없이 추진되었으며, 책 장정에 관한 희망 사항들도 두말없이 다 뜻대로 되었다. 그리하여 실러와, 튀빙겐의 사업 동반자 코타 간의 편지 교환에는 괴테와 그 출판업자들의 경우와 달리 불쾌감이나 견해 차이 같은 것이 전혀 나타나지 않는다. 코타는 자기보다 연하인 출판사 전속 작가들에게는 별로 유화적이지 않았으나, 실러의 문학적 계획들은 항상 스스로 도맡아 옹호했다. 코타가 네 살 반 연상인 실러의 탁월한 예술에 탄복한 반면, 실러는 코타의 조직 능력과 사업가로서의 넓은 안목을 높이 평가했다. 1798년 5월 29일 자 편지에서 실러는 "서로 높이 사는 것을 바탕으로 한 신의"를 통해서 서로 결속되어 있음을 느낀다고 적고 있다. "신의, 그것이야말로 인간관계를 보장해주는 가장 큰 장치"라는 것이다.(NA 29, 240)

코타의 그와 같은 '보장 장치'가 얼마나 큰 재정적 뒷받침에 의해 규정된 것인가를 잘 보여주는 것이 그의 회계장부이다.[67] 1795년과 1805년 사이에 코타는 실러에게 도합 3만 2000굴덴을 지불한 것으로 되어 있다(죽을 때까지 괴테는 실러가 받은 액수의 여덟 배가 되는 돈을, 즉 27만 937굴덴을 코타에게서 받았다). 두 사람의 동맹 관계에서, 확장 일로에 있던 출판사의 상업적 이해관계가 무시되지 않았음에는 의심의 여지가 없다. 실러의 희곡 작품들은 「발렌슈타인」 이래로 판을 거듭하면서 팔려나갔고, 특히 그의 작품들은 무대를 석권하다시피 했다. 당시로서는 상당히 광범위한 관객을 확보하고 있었던 것이다. 실러가 1800년까지 편집한 《문예연감(*Musenalmanach*)》도 코타에게는 수지가 맞는 장사였다. 그러니 출판인 코타가 작가의 신상문제를 매우 염려한 것은 당연한 일이었다 할 수 있다. 코타가 1798년 5월 여행 도중에 뜻밖에도 궂은 날씨를 만나 예나에 있는 실러의 '정원의 집'으로 들렀을 때, 그 작은 집의 안정성 문제가 마음에 걸렸다. "나는 당신의 그 높은 곳에 위치한 외딴 집을, 그리고 당신과 당신의 가족들이 언제 닥칠지도 모를 벼락에 노출되어 있다는 사실을 생각할 때 잠시도 눈을 붙일 수 없었습니다. 그리하여 나는 시간의 짬이 나자 제일 먼저 당신의 처남에게 편지를 썼습니다. 그 편지에서 나는 그에게 부탁했습니다. 당신의 집에 피뢰침을 설치해달라고 말입니다. 그 비용은 내가 감당할 것입니다. 당신에 대한 영원한 감사를 표하기 위한 작은 정성의 뜻으로 그 기구를 즐겨 마련해드리고 싶은 것입니다."(NA 37/I, 297) 실러는 코타의 조언을 진지하게 여겼다. 그리하여 그의 '정원의 집'은 실제로 피뢰침 장치를 갖추게 되었다. 비용은 약속한 대로 출판업자가 맡았다.

3. 비극에 대한 사색

새로운 철학의 모험
칸트 연구를 통해 얻은 자극들

1791년 2월 말 아직 병상에 누워 있는 상태에서 실러는 한 해 전에 출판된 칸트의 『판단력비판』을 읽기 시작한다. 이 시점까지 그가 씨름한 칸트의 글이라고는 《베를린 모나츠슈리프트》에 발표된 역사와 관련된 글들뿐이었다. 그의 인식론[『순수이성비판』(1781)], 또는 윤리이론[『실천이성비판』(1788)]은 쾨르너와 라인홀트가 극구 추천하였음에도 불구하고 제쳐놓고 읽지 않았다. 그런데 이제 판단력의 이론을 바탕으로 하여 형성된 칸트 미학과 만남으로써 그에게 새로운 전망이 열리게 된 것이다. 칸트의 미학은 실러에게 미의 본질은 합목적적인 것이지만, 즉 미의 내부 조직은 합목적적으로 짜여 있으나, 원칙적으로 모든 외적 목적들로부터 자유롭다는 사

임마누엘 칸트.
카를 바트의 동판화. 요한 하인리히 슈토베의 회화에 따라 작성.

실을 터득하도록 해주었다. 미는 (예술미이든 자연미이든) 하나의 이상적인 모습과 관련돼 있으나 어떤 특정한 외적 역할을 위해 있는 것이 아니라 자기 자체가 목적인 독자적 존재인 것이다. 자기의 내적 조직 밖에서 설정해 놓은 어떠한 활용 가치에도 복종하지 않는 것이다. 칸트는 그의 미학 이론으로 아리스토텔레스와 호라티우스의 고대 문학 이론으로까지 거슬러 올라가고, 고트셰트와 레싱의 작용시학(Wirkungspoetik)으로 대표되는 계몽주의 시대에 이르기까지의 모든 이론을 체계적으로 비판하고 나선 것이다.

이와 같은 미학에서의 '코페르니쿠스적 전환'의 징조는 이미 예시한 바 있듯이 카를 필리프 모리츠의 논문 「미의 조형적 모방에 관하여」(1788)에 나타나 있었다. 그는 이 논문에서 잘된 작품은 오로지 자기 자신의 존재로서 작용할 뿐이지 다른 어떤 목적을 위해 있는 것이 아니라고 선언한 것이다. 작품의 생산과 수용은 각기 비슷한 조건하에 있는바, 이 조건들의 내적 연관에 관하여 모리츠는 다음과 같이 명확하게 말한다. "따라서 우리로 하여금 진정으로 미 그 자체만을 즐길 수 있도록 해주는 것은 미 자체를 생겨나게 만든 바로 그것이다. 자연을, 예술 작품을 하나의 독자적 대상으로 조용히 관조함으로써 비로소 즐거움이 생겨난다. 그것은 자기의 모든 부분에서 스스로를 자체적으로 반영하고 있고 모든 외부와의 관계가 단절되어 있는 곳에서 가장 순수한 자기 모습이 각인되도록 한다. 자기 자체로서 완성된, 자기 존재의 궁극적인 목적과 의도를 자기 내부 자체에 지니고 있는 진정한 예술 작품에서 그러하다."[68] 아름다운 존재는 자기 자신의 힘으로 작용하여야 한다며 모리츠가 글로 남긴 생각은 실러와 괴테에서, 프리드리히 슐레겔과 노발리스에서, 횔덜린과 셸링에서 아주 비슷한 형태로 반복된다. 근거 부여 작업에서만 약간 다른 형태로 나타날 뿐이다.

미를 독자적 힘으로 규정하는 칸트의 이론은 인간의 판단력에서 연역

해낸 것으로 수용미학적 견지에서 이루어진다. 미란 '목적 없는 합목적성(Zweckmäßigkeit ohne Zweck)'의 형태라는 많이 인용되는 관용구를 칸트는 취미와 취미의 다양한 규정 양식[69]에 관한 이론에서 얻어낸다. 『순수이성비판』이 인간의 인식능력을, 『실천이성비판』이 인간의 윤리적 행위능력을 선험적 원리에서 도출하였다면 이제 제3의 체계가 시도하려는 것은 판단력을 일반적 합목적성의 분석에 의하여 이론적으로 규정하려는 것이다. 라인홀트가 비판철학이 퍼짐으로써 "인간 정신의 내부에서 생겨날 수 있는" 가능성 중에서 "가장 보편적이고, 가장 기억할 만한 가치가 있고, 가장 큰 자선을 베푸는 하나의 혁명적 변화가 일어날 것"이라고 예언한 바 있거니와 이를 계기로[70] 칸트는 1787년 12월 28일 라인홀트에게 보낸 편지에서 칸트 자신이 이 세 책의 내적 연관성에 관하여 자신의 생각을 털어놓고 있다. (모든 경험 이전에 이미 존재하는) 선험적 인식 조건들을 자기가 논리 정연하게 체계화한 것이 인간의 능력에 관한 이론을 위해 어떠한 체계적 결과를 가져올 것인가를 취미판단을 분석하는 작업을 통하여 자기 자신이 더욱 분명히 알게 되었다는 것이다. 이 길로 들어선 작업의 방법론적 기초는 아주 광범위해서 "내가 지금 철학의 세 부분을 인식하고 있지만 그 세 부분이 각각 자기의 선험적 원리들을 갖고 있어, 그 가짓수를 셀 수 있고 그와 같은 방식으로 가능해진 인식의 범위를 확정지을 수 있으니, 이론철학, 목적론, 실천철학이 그것입니다. 그런데 이중의 가운데 것을 선험적으로 규정할 근거가 별로 밝혀지지 않고 있다 하겠습니다. 이것을 밝히는 작업을 나는 부활절 무렵까지 취미 비판(Kritik des Geschmacks)*이라는 제목

* 칸트에 있어서 'Kritik'는 오늘날의 '분석'에 해당함. 결국 '취미 비판'은 취미 개념(의) 분석 이라는 의미임.

으로 인쇄 단계까지는 못 가더라도 원고만이라도 마무리하기를 희망하고 있습니다."[71)]

1790년에 출판된 제3비판서에서 칸트는 미적 대상과 관련된 취미판단을, 자연현상과 그것의 기계적 변화를 알아보는 목적론적 판단과 원칙적으로 구별하고 있다. 쾌감 내지 불쾌감이라는 감정을 통하여 자극되고 직관에 의해 행해지는 취미판단(미적 판단이라고도 불린다)은 미의 주관적인 합목적성을 파악한다. 그럼으로써 취미판단은 자연현상의 객관적 합목적성을 알아내고 과학적 이해 행위의 기반을 조성해주는 합목적적 판단과 구별된다.[72)] 본질적인 것은 미에 대한 판단은 항상 주관적이고, 목적론적 판단은 객관적이라는 사실이다. 이러한 원칙적 구분에서 칸트의 제3비판서의 내용 목차가 짜였고 예술의 규정도 그러한 구분에서 도출된 것이다. 예술의 이중적 성격은 예술의 특성이라 할 수 있다. 예술 작품들은 오로지 주관적으로만 감지될 수 있는 것이지만, 또한 그와 동시에 그 작품에서 나오는 작용(즉 개인적인 취미판단을 하는 가운데서 이루어지는 대상의 미적 현실화)을 통하여 예술은 일반적으로 통용되는 보편성을 주장할 수 있는 것이다.

칸트는 취미판단을 『순수이성비판』에서 이미 시험해본 범주들인 "질(質)", "양(量)", "관계(關係)", "양태(樣態)"로 구분하여 다룬다.[73)] 이해관계 없이, 외적 목적과 전혀 상관없이 마음에 드는 것, 그것이 취미판단의 질적 특성이다. 미적 대상을 바라볼 때 바라보는 행위가 그 대상 외의 어떤 의도나 욕구와 상관없이 자유롭게 이루어질 때에만 취미판단은 가능한 것이다. 취미판단의 양적 특성은 그것이 보편적 성격을 띠고 있다는 것이다. 그것은 취미판단이 상상력과 오성의 힘에 똑같은 비율로 의지하고 있기 때문이다. 미적 대상은 상상과 오성에 의해 조정되는 인식의 도움을 받아야만 생각에 떠오를 수 있다. 이 두 기능이 함께 작용해야만 칸트가 말하고 있듯이 학술적 개념들로 쓰인 어떠한 지침서의 조정에도 복종하지 않는 "자유로운 유희"[74]의 풍모를 지니게 되는 것이다. '관계'의 범주로서 칸트가 취급하고 있는 것은 합목적적 존재인, 즉 합목적적으로 짜인 미적 대상의 내부 구조를 인지하는 취미판단의 능력이다. 바로 이러한 내부 구조로서 미적 존재는 예술 외적인 가지각색의 기능 발휘 요구들을 물리치고 자기의 독립성을 지킬 수 있는 것이다. 자기 형태의 특수한 조직 구조(개념으로는 파악할 수 없는 것이다)에 의하여 독자성을 보장할 수 있는 것이다. 마지막으로 취미판단의 양태를 이루는 것은 인식의 여러 힘들의 자유로운 유희에서 도출된 규범들에 상응하는 "공감(共感, Gemeinsinn)"이다. 여기서 말하는 예술 판단의 '양태'는 사회적 관습상의 실제적 힘을 의미하지 않는다. 칸트는 이것을 '공감'과 구별하여 "외감(外感, Äußere Sinn)"[75]이라 칭하고 있거니와, 공감은 모든 개개인에게 통용되는 법칙이 있음을 말해준다.

칸트는 판단력의 체질 분석으로부터 거꾸로 예술 현상을 밝혀낸다. 취미판단의 분석으로부터 미 자체의 해명으로 가는 것이 칸트의 방법인 것이다. 쾌감 내지 불쾌감에 근거한 취미판단이 필연적으로 주관적인 것이라면, 그것은 판단의 대상인 미 또한 객관적인 것이 아니라 관찰자의 개인적 생각의 영역 내에 존재한다는 의미에서 주관적인 것이다. 어느 문화 집단이든 소규모의 규범들이 '공감'의 근거가 되고 있다. 그러나 이 공감대라는 것도 일반적으로 통용되는 규범에 따른 판단 기준들과 대동소이한 것으로, 약간의 엉성한 차별성을 보여줄 뿐이다. 결정적인 것은 취미판단이 주관적이라는 것과, 미적 대상을 다른 목적으로부터 자유로운 현상으로 파악한다는 것이다. 즉 미적 대상의 특수한 본질은 목적론적 판단으로는 밝혀낼 수 없다고 보는 것이다. 『판단력비판』 제17절은 미를 다음과 같이 정의

하고 있다. “미란 한 대상물이 지니고 있는 합목적적 형식이다. (외부적) 목적을 생각지 않고 그 자체만이 지각되는 경우에 한해서 그러하다.”[76]

칸트의 미 분석은 미적 현상을 독자적인 것으로 규정한다. 미적 현상이 작용하는 분야를 학문적 인식이나 실천적 윤리의 영역과는 상관없는 것으로 보기 때문이다. “이해관계와 상관없는 호감”[77]은 외적 상황을 전혀 고려함이 없이, 어떠한 전제도 없는 비파당적이고 순수한 지각 작용을 바탕으로 하여 예술 생산품을 만들어낸다. 그러나 이해관계를 초월한 그러한 호감 자체가 어떠한 윤리적 가치를 지니고 있다고 할 수는 없다.[78] 또한 마찬가지로 취미판단을 조절하는 공감의 구속력도 이성의 일반적 개념과는 무관하다. 이성적 인식 범주의 차원 밖에서 오로지 쾌감 내지 불쾌감에 좌우되기 때문이다. 칸트의 철학 체계 내에서 미적 예술은 이성적 윤리성의 세계에 직접적으로 영향을 미칠 수 없는 것으로 되어 있는 것이다. 예술 경험은 외부적 목적에 저항한다는 조건이 바로 윤리 분야에서 예술을 분리함을 의미하기 때문이다. 칸트가 『실천이성비판』에서 말하고 있듯이, 인간은 자기의 행동 원칙이 보편타당한 윤리 원칙의 바탕이 되게 할 수 있는 경우에만 자유의 길로 나아갈 수 있는 것이다.[79] 자유로운 전개의 바탕이 되는 독자성은 예술에 의해서가 아니라, 합리적인 윤리 법칙에 합당한 태도 방식에 의해서 가능해질 수 있는 것이다. 바로 이 점에서 실러는 칸트의 미학을 재검토하여 고쳐 쓰고자 열을 올리게 된다. 칸트의 『판단력비판』에 열중하여 그 영향을 받아가면서 실러가 1791년에서 1796년 사이에 쓴 이론적 글들은 모두 미적 대상을 독자적인 것으로 생각하면서도 윤리의 세계와 격리하지 않으려는 시도라 할 수 있다. 실러는 미적 대상이 (『판단력비판』에서와 같이) 주로 주관적이 것이 아니라 객관적인 것이어야 함을 증명해 보려 했던 것이다. 그것은 미적 대상을 윤리적 자유가 가시적 형태로 나타난 것으로 간주해야만 가능해진다. 그런데 칸트에 있어서는 그의 철학 체계상 윤리적 자유는 예술의 세계와 분리되어 있는 것이다. 칸트가 『판단력비판』 제59절에서 미를 "도덕성의 상징"[80]이라고 정의하고 그렇게 함으로써 이 두 분야를 서로 나뉠 수밖에 없는 대립적인 것으로 못 박아 놓았다면, 그 후에 발표된 실러의 미학 논문들은 바로 그 두 분야를 생산적으로 합칠 수 있는 가능성을 강조하고 있는 것이다.

실러가 칸트의 책을 읽으면서 받은 첫인상은 매우 오래 남는다. 그는 1791년 3월 3일 쾨르너에게 다음과 같이 쓰고 있다. "내가 지금 무엇을 읽고 무엇을 연구하고 있는지 알아맞혀보겠나? 그보다 더 고약한 것은 없을 걸세, 칸트 말일세. 그의 『판단력비판』은 내가 직접 구입했는데 그 눈부시게 새롭고 정신적으로 풍부한 내용이 나를 사로잡고 있다네. 그래서 점점 그의 철학에 파고들어 연구하고 싶은 큰 욕구가 생겨났네. 나는 이제껏 체계적 철학 세계를 별로 모르고 지내왔기 때문에 『이성비판』이나 라인홀트의 몇몇 저술마저도 내게는 지금으로서는 너무 어렵고 시간이 너무 많이 걸릴 것이기에 엄두를 낼 수 없네. 그러나 미학에 관해서는 나 스스로 이미 많은 생각을 해왔고 또 그보다도 작품 활동을 통하여 더 많은 경험을 쌓았기 때문에 『판단력비판』은 읽기가 훨씬 수월하다네. 그리고 이 책을 읽으면서 칸트의 여러 가지 사고방식들도 차차 알아가고 있네. 칸트가 이 책에서 자기의 사고방식에 관하여 언급하고 있듯이, 『이성비판』의 많은 생각들을 『판단력비판』에 적용하고 있기 때문이네. 짧게 말해서 칸트는 내가 도저히 올라갈 수 없을 만큼 높은 산은 아니라는 감이 드네. 나는 분명 앞으로 더 정확하게 칸트를 파고들게 될 것일세."(NA 26, 77 이하) 실러는 1791년 내내 건강이 허락하는 한 계속해서 『판단력비판』을 연구했다. 슐레스비히-홀슈타인-아우구스텐부르크의 왕자로부터 예기치 않게 재정적 후원을 받게 되면서 실러는 대학에서 강의를 해야 하는 의무에서 벗어나 자기의 이론적 지식을 더욱 깊게 할 수 있었던 것이다. 하여튼 1795년 말까지 그가 예술 철학에 집중할 수 있는 시기가 5년이나 지속되었던 것이다. 그는 이 시기가 지나고 난 다음에야 비로소 다시 작품 활동을 시작한다. 특히 「발렌슈타인」 프로젝트를 비롯해서 시 작품을 다수 쓰게 된다(일련의 이념시들은 이론 연구의 시기가 끝나가고 있던 때인 1795년 여름부터 쓰기 시작했다).

실러는 자기 자신의 미학 이론에 손을 대기 전에 더욱 심도 있게 칸트 읽기를 계속한다. 1791년에서 1792년으로 넘어가는 겨울에 그는 드디어 두려워하던 『순수이성비판』도 읽는다. 1792년 1월 1일 그는 매우 흡족한 기분으로 쾨르너에게 다음과 같이 편지한다. "나는 지금 굉장히 열심히 칸트 철학을 읽고 있네. 그에 관하여 매일 저녁 자네와 이야기를 나눌 수 있으면 얼마나 좋겠나. 나는 칸트 철학을 완전히 이해할 때까지, 설사 그렇게 하기 위해 3년이 걸린다 해도 칸트를 손에서 떼지 않기로 마음을 굳혔네. 이 결심을 바꾸는 일은 결코 없을 것일세."(NA 26, 127) 처음으로 그가 칸트 연구를 중단한 것은 1월 말 지병이 재발하여 심한 경련과 고열에 시달리게 되었을 때이다. 에르푸르트에서 상연되었던 연출을 토대로 하여 2월 28일 「돈 카를로스」가 바이마르에서 상연되었을 때 실러는 몸이 쇠약하여 관람하지 못한다. 봄과 여름에 건강 상태가 약간 호전되자 실러는 방대한 역사 저술 작업을 마무리하는 데 시간을 활용한다. 9월 중순 어머니와 누이 나네테가 와서 여러 주일 머물게 된다. 9월 말 그는 여동생과 함께 루돌프슈타트에 가서 폰 렝게펠트 부인을 잠시 방문한다(그것은 10년 만의 재회이다). 1792년 10월 그는 겨울 학기에 자택에서 하게 될 미학 강의를 준비하기 위해 『판단력비판』을 두 번째로 정독하면서 연구한다. 실러가 자기 소유의 칸트 책에 방주를 단 것을 보면 그가 텍스트를 여러 번, 적어도 두 번은 정독했음을 알 수 있다. 마르바흐의 실러 문서 보관소에는 실러가 소지한 책이 보관되어 있는데, 실러가 그 책에 잉크와 연필로 방주를 단 것을 보면 그가 「예술판단비판」과 특히 그중에서도 「미의 분석」을 집중적으로 연구했음을 알 수 있다. 이에 반하여 목적론적인, 인과법칙 원리에 입각한 판단력을 다루고 있는 『판단력비판』의 제2부에는 방주가 단 한 군데만 있을 뿐이다.[81] 실러가 써 넣은 방주는 그가 칸트의 제3비판서 중에서 예술 문제를 다룬 부분을 중점적으로 연구했음을 증언하고 있는 것이다.

실러가 칸트에 대해서 점점 회의적으로 생각하게 되고, 심지어 후에 가서는 자기가 5년간이나 이론적 연구를 한 것을 자기 자신의 작가로서의 발전에 아무런 결실도 가져다주지 않은 시간 낭비였다고까지 자평하기에 이르지만 쾨니히스베르크의 철학자에 대한 존경심은 끝까지 남아 있게 된다. 1793년 2월 18일, 이번에도 쾨르너에게 보낸 편지에서 실러는 다음과 같이 쓰고 있다. "어느 인간도 칸트 철학의 전 내용을 담고 있는 그의 다음과 같은 말보다 더 위대한 말을 한 일이 없다. 너 자신에서 너를 규정하라. 이론적 철학에서도 그와 같다. 자연은 오성의 법칙하에 놓여 있다." 칸트의 이 말을 실러는 같은 편지에서 개인적으로 보완한다. 즉 미의 세계와 윤리의 세계는, 칸트가 생각하고 있는 것과는 달리, 갈라져 있는 것이 아니라 합쳐져 있다는 자기 자신의 관점에서 다음과 같은 설명을 덧붙이고 있다. "자기규정에 대한 이 위대한 생각은 우리가 자연의 특정한 현상들에서 터득한 것이다. 우리는 이러한 자연의 현상을 아름다움이라 칭한다."(NA 26, 191) 1797년 9월 22일 괴테에게 보낸 편지에서 실러는 《베를린 모나츠슈리프트》에 발표된 칸트의 글 「철학계의 영원한 평화를 위한 논문이 곧 완성될 것임을 예고함」을 찬양하면서도, 그의 생각의 신선함, "참으로 청년다운" 그 풍모가 "철학적인 공문 문체"로 말미암아 결정적으로 제한받고 있다는 점을 강조하고 있다.(NA 29, 137) 실러의 이러한 논평과 다른 견해를 라인홀트는 이미 1786/87년에 쓴 편지들에서 밝힌 바 있다. 그는 바로 칸트의 경우야말로 지적 자기 이해와 언어 형식을 서로 떼어놓을 수 없다면서, 인기 철학서들의 특성이라 할 수 있는 "설명적인 판타지"의 "장식적 표현들"로 가득한 문체는 "예리한 분석적 안목이 지닌 섬세함"이 논증 전개를 지배할수록 그 무게를 잃게 될 것이라고 썼던 것이다.[82)]

실러는 후에 칸트의 「실용적 측면에서 본 인간학(Anthropologie in prrgmatisher Hinsicht)」(1798)에 대하여 매우 회의적인 태도를 보이게 된다. 칸트의 방법론상의 순결주의는 아벨의 제자이던 실러로 하여금 이맛살을 찌푸리게 하지 않을 수 없었던 것이다. 무엇보다도 의학적 관심사와 철학적 관심사를 체계적으로 분리하고 있음은 잘못된 것이라고 하지 않을 수 없었다. 개별 전문 분야를 모두 갈라놓고, 따라서 경험 학문 분야에서의 학제 간 공동 작업을 비판하고 있는 것 또한 실러로서는 묵과할 수 없는 일이었다. 학제 간 공동 연구가 얼마나 중요한가를 실러는 이미 대학 시절 그의 스승에게서 배운 것이다. 1798년 12월 21일 괴테에게 보낸 편지에서 실러는 칸트의 지적 살림에 관하여 다음과 같이 쓰고 있다. "그에게는 어딘가 루터에게서처럼 예전에 수도승이었던 것을 생각하게 만드는 데가 있습니다. 수도원 문을 열어젖히고 밖으로 나오기는 했으나 아직도 수도원 생활의 습성을 완전히 떨쳐버리지는 못한 수도승 말입니다."(NA 30, 15) 이와 같은 발언들은 실러가 이론 연구의 시기를 벗어나 다시 시인과 희곡 작가로 차차 되돌아오면서 칸트에 대한 거리감이 커져가고 있었음을 말해준다. 칸트에게서 이렇게 멀어짐으로써 많은 문학작품이 결실을 맺게 되지만 그는 만약에 칸트와의 만남이 없었더라면 덜 성공적이었을 것이라는 것을 한 번도 부정하지 않았다.

비극적 대상의 즐거움

형식의 이론을 위한 시도(1792~1793)

바이마르 고전주의의 비극론은 그 시간적 폭이 빌란트가 비극을 운문으로 쓸 것을 권유한 때(「어느 젊은 시인에게 보내는 편지」(1782~1784))부터 괴테가 두 번째로 셰익스피어 논문(1815)을 발표한 때까지 이르는데 그 사이 다양하게 전개된 취향들의 영향을 받는다. 그중 중요한 것들을 열거해보면, 의고주의적 프랑스 연극을 본뜨려는 취향, 멜로드라마 같은 시민 비극의 사실주의를 기피하는 현상, 독자성 미학으로 준비된 이론으로 체계적 문학 장르를 비판 수정하려는 경향 등이다. 문학 장르 체계의 수정은 후에 (셸링과 헤겔이 세련되게) 문학 장르의 이념 내용을 규정하는 것으로 이어진다. 드라마에서 사실적 표현 방식을 의도적으로 차단한다든가, 코르네유와 라신으로 대표되는 프랑스 의고주의의 언어미학을 본뜬다든가, 괴테가 「연극배우를 위한 규칙들(Regeln für Schauspieler)」(1803)에서 요구하고 있듯이, 당대의 연극 문화 수준을 인위적으로 높이고자 하는 노력 등은 모두가 그러한 시대적 경향에서 유래하는 것이다. 이와 같은 시대적 배경하에 1797년에 쓴 논문 「현대 프랑스의 비극 무대에 관하여(Über die Gegenwärtige Französische Tragische Bühne)」에서 빌헬름 폰 훔볼트는 당시 파리의 무대연출 수준을 논하면서 그것이 당시 독일의 사정에 비추어 볼 때 질적인 모범이 될 것이라고 평가했다.[83] 여기에서 연극 이해의 본질적 전제는 연극, 특히 비극의 작용을 외부적 목적에 영향을 미치려는 것이 아니라, 연극 무대가 "아름다운 공공 사회를 찬미하는 자리"[84]로 격상되게 하는 연극 장르 자체의 이념적 성격인 것으로 파악하는 것이다.

1790년대 초에 실러가 쓴 '격정적 숭고'의 이론은 말할 것도 없이 고전주의 비극 미학의 극치이다. 그것은 칸트의 『판단력비판』에서 따온 합목적성의 개념을 비극에 적용한 것으로서, (누구에게도 양도할 수 없는 개인적 자유를 실례를 통해 보여주는 것을 비극의 작용이라 전제하고) 그러한 비극의 작용을 위해 합목적적으로 짜인 작품 구조에 이론적 근거를 부여하고자 시도한 논문이다. 레싱의 대외적 희곡 기능론과는 달리 합목적성이 비극 작품에 내재한다는 실러의 이 비극 이론은 비극 작품의 형태에 반영되고, 그 이론에 의해 비극은 작품 내재적 작용 법칙을 지닌 독자적 예술 구조물로 규정된다. 실러의 비극 이론은, 괴테와 함께 기술한 「서사문학과 극문학에 관하여」(1797)에 이미 그 윤곽이 드러나 있는, 장르 간의 차이점을 분명히 해야 한다는 요구를 바탕으로 하고 있다. 그러나 이와 동시에 그의 비극 이론은 이미 1791/92년도 겨울 학기 중에 쓴 논문 「비극 예술에 관하여」의 출발점인 문학 장르의 독자적 성격에 대한 통찰을 수미일관되게 관철하는데, 이는 규범시학을 역사철학적으로 조명하면서 확립하려는 시도의 시초였다고 할 수 있다. 문학 형식의 전범은 그것을 독일 관념주의 철학이 역사적으로 고찰함으로써 최종적으로 완성된다.[85)]

비극 예술에 관한 실러의 저술들은 그 중점이 이론에 있음에도 불구하고 실제의 희곡 연출 상황과 이론을 관련지으려고 한 시도를 명백하게 보여준다. 그의 비극 이론들은 문학과 기술상의 문제들이 얽혀 있는 상황을 해결하기 위해서 심리적 효과에 초점을 맞춘 것이라 할 수 있다. 그의 비극 이론을 끝까지 지배하는 것은 어떻게 하면 아테네 운명 비극의 모델을 역사적으로 달라진 여건하에 있는 현대 상황에 옮겨놓을 수 있는가 하는 것이다. 괴테가 「에그몬트」(1788)와 「자연의 딸(Die Natürliche Tochter)」(1803)에서, 그리고 실러가 3부작 「발렌슈타인」(1800)에서 시도한 해결 방안(고대 그리스 철학을 정치 분야에 옮겨놓기)은 그러나 실러의 논문에서 자세히 언급되고 있지 않다. 아테네 비극과 현대 비극 간의 관계를 규명하려는 첫 시도는 1815년에 발표된 괴테의 셰익스피어 논문에서 비로소 행해진다. 이 논문에서 괴테는 철학과 정치를 적절하게 대비해가며 상이한 두 가치 차원의 지평에서 아테네 비극과 현대 비극 간의 관계를 규명했다. 이와 같이 실러의 고전적 비극 이론은 당시의 무대 세계에 영향력을 행사하려던 강한 의욕에도 불구하고 예술의 내재적 체계 형성에 기여하는 데 그치고 있는 것이다. 그러나 그의 이론은 실제적인 활용 가능성 여부를 떠나 우선 높이 평가해야 할 것이다.

실러의 출판 활동은 칸트를 읽으면서 지낸 투병 기간이 끝난 후인 1791년 가을부터 활발해진다. 짧은 기간 내에 논문 두 편이 완성된다. 「비극적 대상을 즐기게 되는 원인에 대하여(Ueber den Grund des Vergnügens an tragischen Gegenständen)」와 「비극 예술에 대하여(Ueber die tragische Kunst)」가 그것이다. 이 논문들은 각기 1792년 1월과 3월에, 그가 주관한 잡지 《신 탈리아》에 실려 발표된다. 1793년 여름이 계속되는 동안 비극 이론 시도의 중간 결산으로서 「숭고론」이 완성되고 2회에 나뉘어 《신 탈리아》에 연재된다. 8년 후에 실러는 연구의 제2단락을 별도로 「격정에 관하여」라는 제목 아래 『단문집』 제3권에 싣는다. 비극에 관한 이 일련의 논문들은 1793년과 1797년 사이에 쓴 것이나 1801년에 가서야 발표된 「숭고한 것에 대하여」에서 일단락된다. 여기에 거명된 텍스트들은 모두 '격정적 숭고'라는 이중으로 된 상투어에 관련되어 있다. 실러가 비극을 어떻게 이해했는지가 이 두 개념 속에 요약되어 있는 것이다. 주인공의 고통(격정)은 주인공 자신의 숭고한 정신에서 직접 드러나는 도덕적 자유를 시험하기 위한 위급한 상황이 된다.

실러가 비극을 정의하기 위하여 처음으로 시도한 것은 1791년 가을에 쓴 논문 「비극적 대상을 즐기게 되는 원인에 대하여」에서이다. 이 논문은 1790년 여름 학기에 강의한 비극 이론을 바탕으로 하고 있다. 그 강의의 제목은 다음과 같이 라틴어로 되어 있었다. "Artis tragicae theoriam publicae illustrabit."[86] 이 논문은 불행을 연극으로 표현하는 것이 관객들을 즐겁게 해주는 작용을 할 수 있는 원인은 무엇인가라는 물음으로 시작한다. 인간이 하는 모든 행동의 목적은 되도록 고통을 멀리하자는 데 있으므로 고통받는 사람의 모습을 무대에 연출해내면 일반적으로 역겹게 보일 수밖에 없을 것이다. 그런데 비극도 즐거움을 불러일으킬 수 있음을 우리는 경험을 통해 확인할 수 있다. 아리스토텔레스가 『시학』 제6장에서 이미 그 개요를 요약한 바 있는 비극의 카타르시스 효과는 필연적으로 하나의 내적 모순에 기인하는 것이라 하지 않을 수 없고, 그 이율배반적 모순을 이론적으로 파악될 수 있게 하는 것이 이제는 문제였던 것이다. 비극의 작용은 대체로 인간 행위 목적에 역행하는 고통 제시와, 인간 행위 목적에 합당한 도덕성 고양이라는 특이한 대립적 요소가 서로 밀고 당기는 가운데서 생겨난다고 보는 것이다. 여기서 실러는 칸트가 목적론적 판단의 영역에 한정하여 사용한 객관적 합목적성의 개념을 미적 예술의 영역에 적용하고 있는 것이다. 비극이 '합목적적'으로 구성되어 있다고 보는 것은 인간이 고통 속에서도 흔들림 없이 자신의 도덕적 규범들을 굳게 지킬 수 있음을 관객들 눈앞에 여실히 보여줄 수 있기 때문이다. 비극이 관객들에게서 불러일으킬 수 있는 감동이 주는 작용에 의하여, 공감에서 자유의지로 옮겨가는 결정적 행위가 이루어진다. 비극 갈등 상황을 눈앞에서 보면서 느낀 육체적 · 정신적 불쾌감을 도덕적 행동으로 해소하고자 하는 욕구로 돌변하는 것이다. "그러나 이 목적에 반하는 역겨움으로 인한 가슴 아픔이야말로 우리의 이성적 본능 자체를 위해서 합목적적인 것이다. 그리고 그것

이 우리로 하여금 행동을 하도록 촉구한다면, 인간 사회를 위해서 합목적적인 것이다."(NA 20, 138)

비극적 장르의 합목적성이 드러나는 것은 주인공이 자기에게 덮친 고통에 대해 숭고한 모습으로 저항하는 장면에서이다. 실러는 숭고의 개념을 후에 아리스토텔레스의 '격정'의 범주(심한 고통)와 관련지으면서 자기의 비극 이론을 위해 별도로 정의하였다. 비극의 주인공이 겪는 운명을 통해 조명되는, 그의 도덕적 자유의 차원을 숭고의 개념을 활용하여 서술하려 한 것이다. 숭고의 개념은 우여곡절을 많이 겪은 전문용어 중 하나이다. 예수 그리스도 사후 100년이 지나기 전에 쓰인 것으로 추정되는 〔롱기누스(Longinus)가 쓴 것으로 잘못 알려져온〕「숭고에 관하여(Peri hypsous)」라는 글은 숭고의 개념을 수사학, 자연미와 관련지어 설명하고 있다. '숭고함'이란(genus grande, 즉 거대함에 속하는) 하나의 특별한 문체인데 풍부한 수식어와 장엄한 인상을 주는 것이 특성이고, 청중에게 격정을 불러일으켜 감동시키는 것을 목표로 삼는다는 것이다. 롱기누스의 저술로 잘못 알려져 있는 이 글에 의하면 산악 지대, 드넓은 하늘, 큰 강, 바다의 파노라마 등과 같은 자연현상이 주는 인상도 '숭고한 것'으로 간주된다.[87] 숭고의 개념을 자연미와 수사학이라는 두 영역과 관련짓는 전통은 가칭 롱기누스의 이 글을 1554년에 프란체스코 로보르텔로(Francesco Robortello)가 라틴어로 번역함으로써 근대 초기까지 전해진다. 그것은 니콜라 부알로의 「숭고에 관한 논고(Traite du sublime)」(1674)으로 이어지고 (애디슨, 보드머, 브라이트팅거 등으로부터 시작하여 멘델스존과 버크를 거쳐 칸트에까지 이르는) 유럽 계몽주의의 시학 내지는 미학에서 그 정점에 도달한다. 숭고라는 학술용어는 18세기에 이르러 점차 미의 보완적 개념이 되어간다. 그것은 인간의 정서에서 변동적 감정을 가능케 해주는 자연의 현상을 지칭하게 된다.

산악 지대의 웅장함, 밤의 그림자, 지평선의 광대함과 광활함 등은 영국인 작가 존 데니스(John Dennis)가 이미 1692년에 알프스 산맥 횡단기에서 'delightful horrour'라는 말로 인상 깊게 서술한 바 있는 복합적 감정을 불러일으킨다.[88] 이처럼 아름다움을 보완하는 숭고함의 개념은 계몽주의의 예술 이론에 의해 체계화된 근대 미학에서 두 번째로 중요한 범주로 자리잡는다.[89]

실러는 숭고의 개념을 프랑스의 의고주의 이래로 그에게 전해진 수사학과 자연미학적 의미에서 단호히 해방하고 그것을 인간의 정신적 태도에 적용했다. 이 점이 그의 숭고 이론의 새로운 단초이다. 그러한 의미 부여는 롱기누스가 자신의 논문에서 개인 스스로가 "위대한 뜻"[90]을 통하여 성품을 내보인다고 지적함으로써 이미 정당화된 것이다. 숭고란 실러에 의하면 외부로부터 생명을 위협받았을 때 상대를 능가하는 도덕적 힘으로 결연히 위협에 맞서는, 도덕적으로 월등한 인간의 마음가짐인 것이다. 실러는 그의 숭고론에서 다음과 같이 쓰고 있다. "숭고의 감정은 한 대상을 파악할 능력이 전혀 없거나 매우 제한되어 있음을 느낄 때 생긴다. 그러나 그것은 하나의 경우이고 또 하나의 경우에는 어떠한 한계상황 앞에서도 꿈쩍 않고 우리보다 육체적으로 강한 자를 정신적으로 제압하는 우월감을 느낄 때 생긴다."(NA 20, 137) 비극을 보고 나서 그에 대해 유쾌하게 얘기를 나누게 되는 것은 극심한 곤경에 처한 경우에도 도덕적 힘으로 끝까지 의연한 태도를 잃지 않는 주인공의 숭고한 성품을 즐기기 때문이다. 온갖 고통이 주는 역겨운 육체적 반목적성이 자행되는 가운데에서도, 주인공이 스스로 택한 삶의 태도에 의해 도덕적 합목적성의 항의 데모가 나타나는 것이다.

실러 논문의 약점은 비극의 작용을 예술 외적 범주에까지 미치는 것으로 규정하고 있다는 데 있다. 그렇게 함으로써, 칸트 신봉자로서는 건드려서는 안 될 예술 작품의 독자성에 관한 생각들을 포기한 결과가 되기 때문이다. 그러나 비극의 '합목적성'이 비극이 제시하는 도덕적 내용과 관련된 것임에는 변화가 없다. 실러의 분석적 방법을 총동원하더라도 비극을 즐길 수 있는 이유는 아직 비극의 예술적 형태 때문이라 할 수 없다. 그것은 오로지 예술 외적인, 즉 도덕적인 범주로서만 파악될 수 있는 것이다. 따라서 실러의 논문은 비극의 내적 모순에서 유래하는 일반적인 문제 상황을 기술하고 있을 뿐, 독자성의 미학을 방법론적으로 제시한다는 의미에서 문제 상황을 이미 극복할 수 있었던 것은 아니다.

칸트의 『판단력비판』에서 아직도 강하게 영향을 받고 있던 시기에 쓴 「비극 예술에 관하여」는 그의 데뷔작으로, 이 논문을 집필하면서 진행한 연구에서 이어져 나온 결과이다. 이 논문은 문학작품이 외부에 미치는 작용(고트셰트, 브라이팅거, 레싱 등까지만 해도 만나게 되는 것과 같은 목적 개념에서 도출해낸 비극 형태라는 의미에서의 작용)을 논하지 않고, 예술의 작용을 논하고 있는 것이다. 즉 예술적 희곡 작품 수용의 이론 차원에서 그리고 그 이론에서 얻어진 관객의 감성을 통찰하는 차원에서 논의를 진행하고 있는 것이다. 그렇게 함으로써 그는 일반적으로 지켜지고 있는, 무대 위에서의 연설과 관련된 규정들 또한 도외시하고 넘어간다. 그러한 규정들을 계몽주의적으로 물들이는 교육적 낙천주의를, 육체와 정신을 가진 인간 본성의 이중 구조를 중시하는 인간학적 접근을 근거로 하여 섬세한 비극적 동정 심리에 의해 지원하는 것으로 끝난다. 비극에서는 감성적 느낌과 도덕적 의식이 똑같은 정도로 작용한다고 실러는 확신한다. 따라서 비극에서 발산되는 예술적 작용을 서술하려면, 이 두 영역이 합치는 곳에 초점을 맞추어야 한다고 보는 것이다.

실러가 비극을 정의하는 핵심적인 부분은 이 논문의 중간쯤에 나오는 데 그것은 아리스토텔레스의 비극론을 따르고 있는 듯이 보인다.[91] 그러나 희곡 형태의 구성 요소에 관하여는 자세히 언급하지 않고 다만 비극이 발휘할 수 있을 이상적 작용만을 상세하게 다루고 있다. "이에 따르자면 비극이란 고통받고 있는 상황에 처한 인간을 우리에게 보여줌으로써 우리의 동정심을 불러일으킬 의도를 가진, 상호 관련된 일련의 사건들의 시적 모방인 것이다(하나의 완전한 줄거리)."(NA 20, 164) 비극에 대한 이러한 정의는 이 논문의 전반부와 후반부를 이어주는 돌쩌귀 역할을 하고 있다. 전반부에서는 동정심 유발을 위한 인간학적인 일반적 조건들이 서술되고 있는 반면, 후반부에서는 관객들을 감동시키기 위해 취해야 할 희곡 구성의 기술적 문제들을 다루고 있다. 이때에 추구되는 것은 비극 형태의 특성을 더 상세하게 서술하고 비극의 지성적 지평을 가늠해보는 것이다.

실러는 동정심의 분석부터 시작한다. 그것은 레싱이 1756년 멘델스존, 니콜라이 등과의 서신 교환에서, 그리고 평론집 『함부르크 희곡론(*Hamburgische Dramaturgie*)』(1767~1769)에서 제시한 동정심 개념에 관한 기본적인 여러 규정들을 훨씬 벗어나는 것이다. 레싱과 마찬가지로 실러에게 있어서 동정이란 우선 타인의 비참한 운명에 대한 감성적인 동참이다. 또한 비극적 작용 범주로서 이타주의, 박애주의 등과 같은 다른 덕성을 포함하는 도덕적 능력을 말한다. 실러의 논문은 이러한 규정들을 이어받고 있다. 그러나 그 규정들의 적용 범위를 획기적으로 확대한다. 무대 위의 주인공이 처하는 불행한 비극적 상황을 통하여 가시화되는 개인적 자유의 상실이 무엇을 의미하는가를 충분히 알 수 있는 사람만이 동정심을 갖게 된다는 것이다. 레싱과 달리 실러는 동정의 감정이 감각적 요소 외에 도덕적·이성적 요소를 갖고 있다는 가정에서 출발하는 것이다. (무대 위의 주인공이 불행에 빠진 상황에서 그의 도덕적 자유가 위험해지고 있다고 보일 때) 동정의 감정에는 감정적 충격과 도덕적 자유의 조건들에 관한 성찰이 생산적으로 혼합되어 있다고 여기기 때문이다. 동정의 감정이 행동의 충동을 발동시킬 때 그것의 특별한 예술적 효과를 동정심의 범주가 완전하게 지적해주는 것이다. 이상적인 경우 주인공이 처한 고통을 인지하는 순간 동정심만 생기는 것이 아니라 정신적인 저항심도 생긴다. 도덕심이 강한 관객은 불행한 처지에서 필연적으로 제한받게 된 자유를, 보호받을 가치가 있는 인간의 최고 자산으로 간주한다. 그리고 그 후로 계속해서 그의 가능한 모든 도덕적 수단으로 결연히 그것을 방어하게 될 것이다. 비극의 목표는 따라서 실러에게도 레싱의 경우와 비슷하게 도덕적 영향을 주고자 하는 데 있다 하겠다. 그러나 실러는 그러한 목표 달성의 폭을 명백히 더 넓게 잡고 있는 것이다. 비극이 미칠 수 있는 정신적 영향력의 지평을 확대한 것이다.

관객으로 하여금 도덕적 인식에 이르게 하기 위해서는 제일 먼저 관객을 감각적으로 흥분시켜야 한다는 것이 실러의 생각이었다. 실러의 논문은 이 점에서 이미 아리스토텔레스의 요구에, 즉 비극적인 주인공은 순교자(고통을 전혀 느끼지 않는 "순수한 지성"의 경지에 있는 사람)도 나약한 비겁한 인간(오로지 감각의 기능만 가진 인물)도 아닌, 그 중간쯤 되는 유형[92]의 사람이어야 한다는 요구에 따르고 있다. 그러한 중간형의 인물이 관객의 이중적 본능에 잘 먹혀들어간다는 것이다. 그 이유는 중간형의 인물은 온갖 고통을 예민하게 겪으면서도 자기의 도덕적 신념을 수미일관하게 지키는데, 바로 그러한 과정을 근거로 해서 그의 도덕적 우위가 유지되기 때문이라는 것이다.(NA 20, 168) 감각적으로 무감각한 인물은 고통을 당해도 끄떡없기 때문에 관객의 정서를 자극하지 못한다. 반면에 나약한 자가 자그마한 고통도 이겨내지 못하고 졸도하고 말 때 관객은 역겨움을 느낀다.

아픔을 느낄 수 있는 보통 사람이면서도 원칙을 고수하는 인물만이 이상적 주인공이 될 수 있는 것이다. 자기의 도덕적 지조 때문에 역경에 처하고, 그 역경의 전 과정을 고통스럽게 겪어가면서도 외부의 온갖 모략중상에 대항해서 자기를 합리적으로 방어할 수 없는 상황에 놓인 인물이어야 하는 것이다. 이 점에서, 실러가 '위대한 세기(grand siècle)'*의 전범과도 같은 작품인 코르네유의 「르시드(Le Cid)」(1636)에 등장하는 인물 돈 로드리고를 의무에 대한 충성심과 사랑의 고민이 공존하는 갈등 상황의 예로 들고 있다는 사실은 문학적 취향이 천재 시대에서 의고주의 시대로 완전히 변화하였음을 밝혀주는 신호라 할 수 있다.

실러는 논문의 종결 부분에서 여기에 서술된 시도의 실질적 결과들을 파악해보려 한다. 등장인물의 심리와 더불어 장면 구성의 문제가 등장하게 된다. 이 문제와 관련된 또 다른 문제는 긴장 관계를 늦추지 않으면서 수미일관 완전하게 종말에 이르게 하는 줄거리를, 가끔 휴식의 순간들로 숨을 고르게 하면서 진행되는 줄거리를 제공함에 있어서 동정심 효과를 어느 정도로 투입해야 하느냐이다. 이때 실러가 끝까지 고수한 생각은 다음과 같다. 비극은 그것이 선택한 소재를 근거로 해서가 아니라, 그 소재의 연극적 구성에 의해서 효과를 발휘한다는 것이다. 그 배후에는 비극의 합법칙성을 그것의 이상적 구조를 근거로 해서 서술하고, 그렇게 함으로써, 칸트와는 달리, 엄격히 실사하는 것과도 같은 미 분석의 가능성을 증명해보려는 시도가 있는 것이다. 소재보다도 형식의 문화를 더 높이 평가하는

* 위대한 세기란 프랑스 루이 14세 시대(Siècle de Louis XIV)를 가리킴. "나는 곧 국가(L'Etat, c'est moi)"라는 말로 상징되듯, 이 시대에 부르봉 가문 절대주의가 완숙해지며 유럽 내 지위가 상승하였음. 이때 왕은 화가, 건축가, 시인, 작가, 음악가들을 후원하여, 왕가의 영광을 부각하는 전통이 생겨나도록 했음.

것은 그의 「인간의 미적 교육에 대한 편지」에서도 강조된다. 여기서도 실러는 칸트 예술 이론에서의 주관주의를 미의 객관적 정의로 극복하려 노력한다.

도덕적 자립성의 희곡론

격정과 숭고(1793)

실러는 자신이 시도한 첫 단계의 비극 이론들에서, 예술적인 미를 체계적으로 항목별로 나누어 서술하는 문제를 납득 가능한 정도로 해결하지 못했다. 그는 논문 「격정에 관하여」에서야 비로소 이 문제의 해결에 좀 더 다가가게 된다. 이 논문은 원래 「숭고론」이라는 제목으로 1793년 9월과 1794년 8월에 《신 탈리아》에 발표하게 되는 좀 더 양이 많은 연구 논문의 제2부에 해당하는 것이었다. 이 연구 논문의 출발점이 되는 것은 1792년에서 1793년에 길친 겨울 학기의 재택 강좌에서 그가 시도한 이론들이다. 여기에 속하는 것들로 「예술에서의 비속(卑俗)과 저열(低劣)에 관한 고찰」과 1794년 《신 탈리아》에 실린 「다양한 예술 문제들에 관한 산발적 관찰들」이 있다. 이들은 칸트의 이론에 밀착하면서, 인간이 자연을 인지하는 문제를 예술론적 관점에서 다룬 소논문들이다. 1801년 실러는 『단문집』 제3권에 「숭고론」의 후반부만을 「격정에 관하여」라는 제목으로 실었다. 이것은 격정적인 숭고의 감정을 불러일으키는 장치를 가장 논리 정연하게 서술한 것으로 실러 비극 이론의 핵심을 이룬다.

격정과 숭고, 이 두 개념은 서로를 전제로 하고 있고 기능적으로 상호보완 관계에 있다. 비극적 효과를 가장 잘 나타낼 수 있으려면 극작가가 우선 관객에게 고도의 고통 체험을 보여주면서 그와 함께 작품의 주인공을 극심한 곤경 속에서도 자기의 도덕적 자유를 지키기 위한 저항력을 갖춘 인물로 만들어야 하는 것이다. 만약에 도덕의 독자성이 없다면 고통은 그저 반목적적인 역겨운 현상에 불과한 것으로 남을 것이고, 반대로 고통이 없다면 오로지 불행한 것에 대한 반응으로서만 강도 있게 드러나는 숭고함을 설득력 있게 보여줄 수 없을 것이다. 이와 같은 이중성은 두 가지 원리, 즉 "고통받는 인물에 대한 묘사"와 "그 고통에 저항하는 도덕적 힘에 대한 묘사"를 반드시 결합해야 함을 의미한다.(NA 20, 199) 말할 것도 없이 실러의 격정 개념은 레싱에 이르기까지 시학의 영역으로, 그리고 시학이 영향력을 발휘하도록 하기 위해 정해놓은 갖가지 세부 규정들 속으로 스며 들어와 작용하던 수사적 용어인 흥분의 범주와는 더 이상 일치하지 않는다.[93] 그와는 달리 실러의 격정 개념은 개인의 자유를 보장할 수 없는 극한상황으로까지 사람을 몰아세우는 위협의 격렬함을 오감으로 경험하는 것을 말하는 것이라 하겠다.

실러는 빙켈만의 『고대예술사』(1764~1766)를 모델로 하여 라오콘 작품군(作品群)에 관하여 상당히 긴 글을 썼다. 그것은 육체적 고통에 대한 숭고한 저항의 특징들을 그림 하나를 예로 들어 묘사한 글이다(실러는 1784년 5월 만하임 영주 관내의 '고대 그리스의 방'을 본 적이 있다). 이 글에서 실러는 레싱이 『라오콘』(1766)에서 주창한 조형예술과 문학예술 간의 차이를 그대로 받아들이고 있다. 레싱은 조형예술에서는 공간적 표현 방식이 강한 반면, 문학에서는 시간적 표현이 강하다는 명제를 제시한 것이다. 실러는 자기의 주도적 개념을 비극에 적용하면서 숭고의 두 가지 모델을 가려낸다. 그 하나는 수동적인 저항만으로 끝나는 경우이다. 즉 외부로부터의 고통이 주는 영향이 자기 마음에 한하도록 하는 것으로 끝나는 태도이다. 그리고 다른 하나는 고통 자체가 하나의 도덕적 법칙에 따르지 않고는 못 배기도록 적극적인 행동을 취하는 경우이다.(NA 20, 211 이하 계속 비교) 행동의 숭고함에도 두 가지 현상이 있다. 도덕적 연관에서 나타나거나 예술적 상태에서 나타나거나 둘 중의 하나다. 도덕적 연관에서 나타나는 경우에는 수미일관하게 의무를 수행하고자 하기 때문에 불행이 야기된다. 예술적 상태에서 나타나는 경우에는 그와 반대로 평소에 도덕적 하자가 없던 주인공이 의무를 불이행하기 때문에 고통을 받게 된다. 이 두 번째 경우가 특히 관객의 관심을 끌게 되는데, 그 이유는 하나의 보편타당한 도덕적 법칙의 필연성이 부정의 관점에서, 즉 누군가가 그 법칙을 어기는 순간에 강화되고 그 강도에 상응하여 관객의 상상력을 고도로 활성화하기 때문이다(이 문제는 레싱만 해도 아직 자세히 다루지 않았다). 여기서 배후에 놓인 기본 문제는 비극이 인간의 도덕적 자유의 이념을 표현하는 과제를 얼마만큼 감당할 수 있겠는가 하는 것이다. 이러한 과제를 이행하는 데 유익해 보이는 모델을 실러는 비극 이론에 관한 초기 논문들에서 이미 서술한 바 있다. 즉 가시적인 고통의 경험과 함께 초감각적인 저항력, 즉 이성적 이념에서 나온 저항력을 보여주는 모델이 그것이다. 강압의 상태에서 시험된 자립성을 관객에게 보여줌으로써 비극은 그 자립성에 속하는 이념이 무엇인지를 알게 해주는 것이다. 내외의 압박에 대한 저항을 증명함으로써 도덕적 자유의 가능성을 믿게 만드는 것이다. 실러가 이와 같은 관점에서 숭고 개념을 파악했을 때, 스승 아벨의 정신력 관련 이론을 상기함으로써 자극을 받았을 가능성을 완전히 배제할 수는 없다. 1777년 아벨이 카를스슐레의 졸업식 연설에서 인간 자립성의 가능성을 요약하여 발표한 것은 심리적 저항력의 이론을 위해 기여한 것으로 평가될 수 있다. 비극의 숭고 효과 이론과 유사한 점은 아벨이 흥분을 스스로 조절할 수 있어야 비로소 인간은 자유로울 수 있다고 규정하는 대목에서 드러난다. 그러나 실러는 아벨이 연설에서 키케로의 이론에 따라 전개한 의무 윤리론을 매우 세밀한 인간학으로 대치한다. 그렇게 함으로써 그의 비극 이론은 신 스토아학파의 사고 틀 속으로 다시 빠져 들어가지 않고 진행될 수 있었던 것이다.[94]

칸트의 이론에 반해서 예술미를 객관적으로 규정할 수 있다고 보는 것의 특별한 의미는 도덕적 관심과 예술적 관심을 구별했다는 데 있다. 비극의 고통 이론이 도덕적 판단 기준에 의해 조정되는 곳에서는, 실러의 견해에 따르자면, 코르네유의 로드리고처럼 자기의 도덕적 의리 때문에 불행한 처지에 빠지는 주인공을 내세우게 된다. 그러나 (이 경우에 더 중요한) 예술적 관심을 관철하려 한다면, 원래는 의무 의식이 뚜렷함에도 불구하고 잠시 의무를 망각함으로써 불행에 빠지고 이 불행에 도덕적 힘으로 맞서는 주인공을 내세우는 것이 좋다(이때 예로 들게 되는 것은 에우리피데스의 메데이아이다). 첫 번째 경우가 윤리적 원칙들을 관철하고자 하는 힘을 보여주려는 것이라면, 두 번째 경우는 윤리적 실천의 가능성을, 그러나 그러한 가능성을 일반적으로 실행에 옮길 수 없음을 보여주려는 것이다. 숭고함은 합리적으로 이성에 따라 행동하는 원래 자립성이 강한 바로 그러한 사람이 앞뒤가 맞지 않는 행동을 함으로써 받는 고통과 동시에 그를 억누르는 고통스러운 압박에 그가 저항하는 상황과 잘 맞는 것이다.[95]

실러는 논문의 초두에서 모든 숭고함은 "오로지 이성에서만"(NA 20, 201) 나온다고 선언했는데 이제는 생각이 좀 달라진 것이다. "생각과 행동의 숭고함이 우리를 감동하게 만드는 예술의 힘은 따라서 올바르게 행동하여야 한다는 이성적 관심에 근거하고 있는 것이 결코 아니다. 예술의 힘은 올바른 행동이 가능하다는, 즉 감정이 제아무리 강렬하다 하더라도 마음의 자유를 억제할 수는 없다는 상상력의 관심에 근거하는 것이다."(NA 20, 220) 여기서 비극미학의 예로서 예술미를 파악하는 데 도움이 되는 객관적인 범주가 발견된 것이다. 예술은 도덕적 자유를 제시해주는 일을 한다. 그러나 도덕적 현실을 만들어내지는 못한다. 그러나 도덕적 실정법보다도 더 큰 의미를 지니는 것은 독자적인 갈등 극복의 가능성을 신뢰하는 것이다. 실러는 자유와 도덕성의 차이를 강조함으로써 칸트와도 생각을 달리한다. 칸트는 『실천이성비판』에서 자유를 보편타당한 원칙들에 따른 행동의 결과라고 규정한 것이다. "결국 윤리 법칙은 순수실천이성, 즉 자유의 독자성을 표시할 따름이다. 그리고 이 자유 자체는 모든 규범들의 형식적 조건인 것이다. 오로지 그 조건하에서만 규범들은 최고의 실천법과 합치할 수 있는 것이다."[96]

숭고함을 인간이 아무 감정도 없는 기계가 아니라, 도덕적으로 약점이 있는 존재로 남게 되는 예술적 상태와 결부한 것은 에드먼드 버크의 「숭고와 아름다움의 이념의 기원에 대한 철학적 탐구(A Philosophical Enquiry into the Origin of Our Ideas of the Sublime and Beautiful)」(1757, 독일어 번역본 1773)와 칸트의 『판단력비판』에 의해 분리된 숭고와 미의 경계선을 지양하려 한 시도를 의미한다고 할 수 있을 것이다. 칸트는 숭고가 자연현상들이 보여주는 "무한성"의 "이념"에서 나온다고 설명했다. 그리고 그러한 무한성의 이념은 상상력과 이성이 자유로이 함께 작용하는 가운데서 생겨난다고 했다.[97] 이에 반해 실러는 숭고를 하나의 엄밀한 종합의 성과로 본다. 숭고의 개념에는 도덕적 기준과 감성적 관심이 모범적으로 함께 내재한다는 것이다. 숭고의 개념이 특별히 중요한 것은 바로 이 때문이라는 것이다. 비극의 숭고 효과는 고통의 여건하에도 주어져 있는 도덕적 자립의 가능성을 그려낼 뿐 아니라, 자유를 구체적으로 가시화하는 예술적 매개의 특수한 기능까지도 보여준다는 것이다. 여기에서 예술 경험을 높이 평가하고 있다는 사실이 드러난다. 그리고 바로 이러한 예술 경험을 높이 사는

것이야말로 실러의 고전주의적 예술론의 특성을 증명해주는 서명이라 할 것이다.[98)]

1790년대 중반 이후로 희곡 작품 작업에 몰두하게 되는 실러에게 도덕적 관심과 예술적 관심의 차이가 어떠한 의미를 지니고 있는가는 1796년 이후 완성되어 나오기 시작한 발렌슈타인 3부작에 관한 그의 발언들을 보면 알 수 있다. 「발렌슈타인의 죽음」 제2막 2장에서는 막스 피콜로미니의 시종여일한 도덕성과 대조가 되는 발렌슈타인의 배신과 무원칙이 드러나는데, 이에 관하여 1798년 2월 27일 편지는 다음과 같이 말하고 있다. "발렌슈타인의 범죄에 대하여 아주 저열한 판결을 입으로 말해야 하는, 그리고 그 자체로는 진부하고 시적이지도 못한 그와 같은 소재를 재치 있고 시적으로, 도덕적 성격을 없애버리지 않으면서 다루는 과제를 풀어야 했던 상황이 이제 끝나고 나니 특별히 마음이 후련하네. (……) 이참에 나는 아주 제대로 느끼게 되었지. 원래의 도덕이라는 것이 얼마나 공허한 것인가를. 그리고 시적인 경지에서 객관성을 유지하기 위해서는 얼마나 많은 일을 주관이 해내지 않으면 안 되는가를 말일세."(NA 29, 211)

실러가 비극 이론을 위해 마지막으로 쓴, 비교적 분량이 많은 논문인 「숭고한 것에 대하여」는 1793년과 1796년 사이에 집필한 것이라고 추정된다. 그러나 1801년에 가서야 비로소 『단문집』 제3권에 실리게 된다. 이 논문은 우선은 숭고의 개념을 비극과 직접적으로 관련짓지 않으면서 정확하게 정의하는 작업을 전개한다. 여기서 숭고 개념은 아직도 버크와 칸트의 이론에 밀착하면서, 미의 본질과는 다른 것으로서 거기에서 분리된다. 두 영역의 결정적 차이는 논문이 펼쳐 보이는 바에 의하면 감성과 이성의 관계를 근거로 해서 생겨난다. 미의 경우에는 감성과 이성이 조화롭게 나타나는 반면, 숭고의 경우에는 그 둘이 팽팽한 대립 관계에 있어서, 그 영향하에 경험과 도덕적 자유가 서로 분리되어 나타난다는 것이다. 논문은 끝부분에 가서야 두 개념의 중개 가능성을 시도한다. 즉 논문의 끝부분에서 숭고도 인간의 미적 교육 프로그램에 미를 보완하는 요소로서 확고한 자리를 차지하고 있어야 한다는 점이 강조되는 것이다(이 부분을 근거로 해서 이 논문이 「인간의 미적 교육에 대한 편지」가 완성된 후에 쓴 것이라고 추론하는 학자들이 많다). "미는 다만 인간을 위해 공헌하지만, 숭고는 인간 내부의 순수한 초자연적 힘을 위해 공헌한다. 온갖 감각적 제약을 받으면서도 순수한 정신적 법전을 지켜가며 살도록 되어 있는 것이 우리 인간에게는 어쩔 수 없이 타고난 규정이기 때문에 미적 교육을 하나의 완전한 전체로 만들기 위해서는, 그리고 인간 마음의 감수성을 인간 규정의 전 외연에, 즉 감각 세계의 테두리를 넘어서까지 확대하기 위해서는 숭고가 미에 가담하지 않으면 안 된다."(NA 21, 52)

비극 내에서 숭고의 기능은 육체적 고통의 여건하에서도 주어져 있는 도덕적 자유의 가능성을 관객의 눈앞에 모범 사례로 보여줌으로써 외부에서 닥쳐온 위급 상황에 저항할 힘을 발휘하는 데 도움이 되게 하는 것이다. 이러한 발상은 비극이 정신적 생존 전략을 훈련할 수 있게 해준다는 17세기에 일반화되어 있던 신스토아학파의 생각을 개인의 자립성 모델에 적용한 것이라 할 수 있다. 주인공이 겪는 허구적인 고통 상황에서 관객은, 비극에 관한 실러의 초기 논문들이 강조하였듯이, 몰아치는 운명적 고난에 대처할 면역성을 기르는 기술을 배우게 되고, 그럼으로써 자기 자신의 도덕적 자립성을 시험해보게 되고, 자립적 이성으로서 저항하는 전술을 익히는 것이다. "정신이 이와 같은 주체적 활동을 자주 행동으로 옮기면 옮길수록 그 행동은 더욱 숙달되고 감각적 충동보다 더 큰 힘을 발휘하게 된다. 그리하여 결국에는 무대 위에서 펼쳐졌던 허구적인, 인위적으로 만들어낸 것에 불과한 불행이 현실적인 것으로 되었을 경우에 그것을 인위적인 것으로 취급할 수 있게 되는 것이다. 그렇게 해서 실제의 고통을 숭고한 감동 속으로 풀어버리는 것이다. 인간 본성의 최고 발휘가 아니고 무엇이랴! 따라서 격정이란 피할 수 없는 운명에 대한 일종의 예방접종이라 할 수 있다. 격정에 의하여 운명의 악성적 요소가 제거되고, 운명의 공격은 인간의 강한 면모들이 포진한 곳으로 유인되는 것이다."(NA 21, 51) 실러의 숭고 이론은 통솔할 수 없는 듯 보이는 외부 현실의 세력들에 대한 저항의 미학을 요약한 것이라 할 수 있다. 의지를 가진 존재로서 개개인은 강제적 법칙에 맞서 싸우도록 되어 있는 것이다. "바로 그러하기 때문에 폭력을 당하고만 있는 것처럼 인간 품성에 어긋나는 것은 없다. 폭력은 그를 없애버리기 때문이다. 우리에게 폭력을 가하는 자는 우리를 인간으로 보지 않기 때문이다. 폭력을 비겁하게 감수하는 자는 자기의 인간성을 포기한 것이다."(NA 21, 38) 에른스트 블로흐는 『자연법과 인간의 존엄성(*Naturrecht und menschliche Würde*)』(1961)의 서문에서 도덕적 근거가 있는 저항 행위에 관한 실러의 구상을 "경청할 만한 장기 종합 계획"이라고 평가하고 있다.[99] 이때에 간과해서는 안 될 것은 숭고가 취해야 할 태도에는 양보 제안도 포함되어 있다는 사실이다. 사회 현실과의 갈등 대신에 고통을 완화하는 심리학이 이 지점에서 등장한다. 인간의 육감적 힘을 억제하는 것이 여기에 속한다. 그러나 오늘의 사회적 도전에 직접 대결하는 일을 포기하는 것 또한 그에 속한다. "누구나가 다 인간이기 때문에, 누구나가 다 위대한 주인이라는 사실을 아는 것,"[100] 이것을 우리는 숭고 정신을 조명함으로써 알게 된다. 이것을 알게 되는 것을 호프만슈탈은 실러가 품고 있던 인간학의 심리적 핵심이라고 간주했다. 그러나 이는 비정치적 휴머니스트로서 동면하는 것도 의미하는 것이다. 후에 실제로 문학작품을 씀으로써, 이론을 통해 사회적 자유를 추상화하는 경향이 다시 지양된다. 실러가 1800년 이후 바이마르 시절에 쓴 위대한 희곡 작품들은 시대의 사회적 갈등들을 외면하지 않고 그 뿌리 깊은 복잡한 유래를 역사적 조명하에서 해명한다.

숭고의 구상이 보여주는, 황제와도 같은 정신적 독자성의 태도에서 동시대인들은 실러의 인격을 다시 찾아보려 했다. 병과 맞서 싸운 그 용기, 계속해서 생산적으로 작품 활동을 할 수 있게 해준 그 엄격한 작업 규율, 학파나 분파에 대해 거리를 유지하게 한, 타협을 모르는 판단의 엄격성이 높이 평가되었다. 그러나 융통성이 없다는 평도 가끔 있었다. 1795년 여름 장 파울은 모리츠 슈라이어의 동판화(도라 슈토크가 그린 실러의 초상화를 본으로 삼아 만든 작품이다)가 니콜라이 출판사의 《문학과 미학 신 총서(*Neue Bibliothek der schönen Wissenschaften und der freyen Künste*)》에 인쇄되어 있는 것을 보고 나서, 그 그림에 그려진 실러의 얼굴에서 지성의 폭력성을 보았다고 했다.

이 그림에 대한 생각을 써서 샤를로테 폰 칼프에게 보낸 글에는 그의 불편한 심정이 섞여 있다. 그 심정을 그는 전체 인상이 주는 위압감 때문에 떨쳐버릴 수 없었던 것이다. "실러의 초상화, 아니 그 그림 속 그의 코가 벼락처럼 나를 쳤습니다. 게루빔 천사 모습 같았지요, 지옥으로 떨어질 씨앗을 품고서 말입니다. 그리고 모든 것 위에 군림하고 있는 듯했지요, 사람 위에, 불행 위에, 도덕 위에. 남의 피든, 자기 자신의 피든, 어떤 피가 흘러도 상관없다는 식의 그 숭고한 표정은 아무리 보아도 싫증이 나지 않더군요."[101]

장 파울의 대작 소설인 「거인(Titan)」(1800~1803)에는 바이마르의 문학 대가들을 비꼬는 장면도 들어 있는데, 우리는 바로 이 실러 초상화의 특색에 대해 언급하는 대목과 다시 만나게 된다. 실러의 모습을 지닌 인물로

프리드리히 실러.

동판화. 요한 프리드리히 모리츠 슈라이어 작. 도라 슈토크가 1787년 그린 은첨필화를 원본으로 함.

소설에 등장하는 알바노의 양부 가스파르에 관하여 소설의 화자는 다음과 같이 말한다. "시든 안색에다 메마른 얼굴에서는 눈두덩뼈 아래에서 두 눈이 반쯤 계속 빛을 내고 있었고, 거만스레 툭 튀어나온 코는 만물을 멸시하고 있는 듯했다. 타락의 씨앗을 품고 있는 게루빔을 생각게 하는 모습, 경멸하면서 명령을 내리는 정신, 어느 무엇도 사랑할 수 없었던, 자기 자신의 마음조차도, 더욱 높은 것을 사랑할 수 없었던 게루빔. 사람 위에 군림하는, 불행 위에, 지상 위에, 양심 위에 군림하는, 그리고 인간의 피가 아무리 흘러도, 그것이 남의 피든 자신의 피든 상관하지 않는 끔직한 인간들 중 하나였다."[102] 사람의 얼굴을 소개하고 있는 두 경우가 유사하다는 점은 명백하다. 숭고한 차가움, 타협을 모르는 엄격함, 서슴없이 자기 파괴도 마다하지 않는 태도, 이러한 것들은 모두 저 타락한 천사처럼 반항과 오만으로 차 있는 성격에 속하는 것이다. 많은 관점에서 장 파울의 스케치는 실러의 숭고 구상에 대한 개인적 반감에서 나온 언급이라고 이해할 수 있다. 그의 언급은 저항미학의 정체를 냉혹한 지성의 산물로 폭로하려는 저의가 숨어 있는 시도인 것이다. 후에 아도르노도 숭고한 주인공은 속으로 테러도 감행할 자세가 되어 있는 것 같다고 했다.[103] 이런 식으로 추론하는 사람은 「돈 카를로스에 대한 편지들」이 이미 밝혀놓은 것을, 즉 자기 자신이 쓴 텍스트나 초안들에 대해 스스로 비판적 거리를 둘 수 있는 실러의 능력을 간과하였음에 틀림없다. 실러는 자신의 비판자들이 그에게서 이상주의자와 폭력배 간의 유사성을 보게 된다고 주절주절 말하기 전에 이미 양자 간의 유사성을 훈련된 심리학자로서의 의연함을 가지고 스스로 인식하고 있었던 것이다.

4. 미의 이론

'자유의 현상'

「칼리아스 서한」(1793)과 칸트 수정

1792년 2월 말 실러는 아우구스텐부르크의 왕자가 주는 연구비 중 3분의 1을 수령하였다. 그것이 첫 번째 연구비 지출로서 그 액수는 1035탈러였다. 그로써 연구 재단은 근소한 수준에서 실러의 생계를 우선 보장해주었고, 그가 계획하고 있던 이론적 연구에 전념할 수 있게 해주었던 것이다. 1791년과 1792년에 실러는 주로 칸트의 저서를 읽는 데 시간을 보냈다. 물론 그러한 수용적 연구는 병마로 인하여 자주 중단될 수밖에 없긴 했으나 많은 성과가 있었다. 비극 이론으로 중간 결산을 하고 난 후인 1792년에서 1793년에 걸친 겨울 학기에 실러는 칸트 독서를 통해 얻은 미학적 견해들을 하나의 미학 총론으로 펴내려는 노력을 처음으로 하게 된다. 1792년

12월 21일 쾨르너에게 보낸 편지에서 그는 다음과 같이 쓰고 있다. "객관적 미 개념은 이 개념의 논리대로라면 취미의 객관적 기본 원리도 규정하게 될 것인데 그러한 객관적 미 개념을 칸트는 불가능하다고 여기고 있네. 그런데 내가 그것을 발견했다고 나는 생각하네. 나는 이에 대한 나의 생각을 정리하게 될 걸세. 하나의 대화 형식으로 말일세. '칼리아스(Kallisa),* 또는 미에 관하여'라는 제목으로 오는 부활절 무렵에 출간할 생각이네."(NA 26, 176 이하) 실러는 1793년 2월 11일 피셰니히에게 보낸 편지에서 자기의 미학 강의가 그로 하여금 어쩔 수 없이 칸트의 이론을 비판적으로 검토하지 않을 수 없게 만들었다고 고백한다. "실제로 나는 그의 이론을 행동으로 반박하는 길로 나섰네. 취미에는 객관적 원리가 있을 수 없다는 그의 주장을 나는 그러한 원리가 있다고 함으로써 공격하고자 하네."(NA 26, 188)

1793년 1월과 2월에 완성된, 쾨르너에게 보낸 「칼리아스 서한」(1847년에 가서야 실러 서한집에 포함되어 출판된다)에서 실러는 예고한 대로 미의 객관적 규정을 선험철학적으로 전개하되, 그와 동시에 경험적 원칙에 의해 주관주의의 굴레에서 벗어나게 하려고 한다. 칸트를 모범으로 삼아 실러는 대상을 수용미학적 관점에서 다루면서도 미를 감각적이며 객관적인 현상으로 정의할 수 있는 길을 터놓은 것이다. 그의 방식은, 1793년 1월 25일의 편지가 설명하고 있듯이, 취미 체험을 개인적이고 감정적인 것과 연관 짓는 것, 예컨대 에드먼드 버크와 같은, 감각미학 주창자들이 제시한 주관적 지각 작용의 기준에 입각해 미를 규정하는 것과 대조를 이룬다. 마찬가지로 칸트의 판단 이론에 입각하여 미를 이해관계를 떠나 마음에 드는 대

* 기원전 449년 아테네와 페르시아 왕 간의 타협으로 이른바 칼리아스의 평화를 성사시킨 아테네 외교관.

상으로 파악하는 것과도 다르다. 또한 알렉산더 고트프리트 바움가르텐(1750~1758)과 게오르크 프리드리히 마이어(1749)의 미학에서처럼 미의 현상을 주로 효과 기술적 견지에서 합리주의적·체계적으로 정의하는 것과도 다르다. 미는 감각적·객관적인 것으로 묘사될 수 있다고 가정하던 실러는 초기 계몽주의적 합리주의자 크리스티안 볼프에게서 자기와 비슷한 생각을 첫눈에 발견하고 그에게 다가간다. 볼프의 저서 『독일 형이상학』(1720)은 미적 대상을 완벽한 감각적 표현으로 간주했던 것이다. 그러나 실러와 볼프의 근본적 차이는 실러가 인간 내적 자유에 이르게 해주는 매개체가 미 경험이라고 설명하는 데 반해, 볼트는 형이상학적으로 신이 창조한 자연 질서와 일치하는 경우에만 미 경험이 가능하다.

미의 본질이 무엇인가는 미적 대상에 내려지는 판단에 따라 결정된다. 실러는 부분적으로 칸트에 의존하면서 네 범주를 구분한다. 즉 개념과 관련된 인식 판단(순수이성의 원리에 따른다), 관조 범주의 시각에 의한 목적론적 판단(칸트의 제3비판서가 합목적적인, 인과법칙에 종속된 현상들만을 위해서 예비해놓은 것이다), 개인의 능동적 행위에 대한 도덕적 판단(실천이성이 정해놓은 원칙에 따른다), 마지막으로 감각적 현상을 의지의 기준에 따라, 즉 도덕적으로 가치를 부여하는 미학적 판단(칸트의 주관적 취미판단의 이론을 일종의 객관적 요소들로 보완하려는 것이다)이다. 미는 「칼리아스 서한」의 주요 정의에 따르자면, 어느 무엇에 의해서도 강제되지 않은 그것이 지닌 가상(假像)의 성격으로 인하여 도덕적 자유의 독자적 작용에 상응하는 개념이다. 이와 같은 방식으로 실러는 미적인 것을 그것의 형식적 본질에서 규정하려 한다. 칸트와 비슷하게 그는 형식의 본질을, 개념으로 파악할 수 없는 힘들의 유희를 가시화한 그것의 모사(模寫)라 본다.(NA 26, 182 이하)

그러나 그의 쾨니히스베르크의 스승과는 달리 실러는 이 모사 기능을 대상을 지각하는 주체에 있는 것으로 보지 않고, 미적 대상 자체의 구조에 근거한 판단 기준이라 생각한다. 미적인 것은 가상으로 작용하고 그럼으로써 비로소 인간의 자유를 표현할 수 있게 되는데, 바로 그러한 것이 미의 특이점이라는 것이다. 실러는 가상을 매개로 한 미적 형식들의 자유분방한 놀이를 개인적 독자성과 한 쌍을 이루는 객관적 현상으로 보는 것이다. 실러에게 아름다움은 칸트의 견해와는 달리, 그리고 1793년 2월 8일 편지에 쓴 것과도 달리 인간의 자율성과 결합하는 것으로서[104] 자율성과 아름다움은 '닮은 것(Analogie, 類比)'이 아니라 '동일한 것(Identität, 同一性)'이다. 이와 같은 특별한 관계는 2년 후에 미적 교육에 관한 글에서 더욱 자세히 설명된다. 그때에 가서는 미의 객관성을 그의 가상의 성격에 의해서뿐 아니라, 감각적 영역과 이성의 자유 영역 사이를 연결해주는 작용이 미에 내재한다는 증거를 제시함으로써도 논증할 수 있다고까지 주장하게 된다.[105]

미는 자연 또는 예술을 매개로 한 "이성의 감각적 자기표현"[106]이라고 정의한다면, 이때의 이성이란 칸트에게서처럼 이론적 이성을 의미하는 것이 아니라 실천이성을 의미한다. 선험철학의 체계 내에서 판단력이 해야 할 방법론상의 기능은 바로 이론적 이성이 지닌 실천적 측면, 즉 감각적 경험 영역에 관련된 이성을 이성의 불가분성의 표시로 증명하는 데 있는 것이다. 그런데 실러가 바로 이러한 과제 설정을 고친 것이다. 즉 실러는 미가 도덕적인 것의 상징(즉 도덕과 유사한 것)일 뿐 아니라, 도덕적인 것이 나타나게 해주는 형식 자체라고 보는 것이다. 실러가 칸트와 마찬가지로 미를 모델로 하여 설명하고 있는 이성의 통일성은 미적 대상 내부의 통일성에 의해 주어진다. 1793년 2월 8일 쾨르너에게 보낸 편지에서 그는 다음과 같이 쓰고 있다. "자넨 아마 미의 개념이 이론적 이성의 관할구역에 들어 있지 않은 걸 알고는 놀랄 걸세, 그리고 당황하겠지. 그래도 어쩔 도리가 없지, 난 자네를 도와줄 수 없다네. 미가 이론적 이성에 속하지 않는 건 확실하네. 미는 어떤 개념에도 매여 있지 않으니까."(NA 26, 180 이하) 칸트가 이성의 통일성을 선험적으로 개념들에서 증명하려는 의도를 갖고 있었던 것과는 달리, 실러가 의도한 것은 미에 있어서는 감각적 나타남과 오성에 의한 인식이 동일한 것임을 보여주려는 것이었다. 실러는 칸트의 선험철학적 방법을 따랐다. 그러나 칸트의 엄격한 이원론을 폭파해버렸다. 미를 실천이성의 대상으로만 여긴 것이다. 실러는 후에 발표된 글들에서 선험철학적 방법과 경험적 방법이 동맹을 맺게 하여, 그 동맹의 도움으로 칸트의 생각을 자기 자신의 이론으로 수정하고자 시도하게 된다. 이러한 접근 방법이 지닌 전략적 양면성은 여기에 주어진 이해관계의 모순성을 반영한다.[107)]

실러의 편지들이 자유의 미학적 모델이 나타날 때 실제로 어떤 특성을 내보이는가를 정확하게 설명하려 애쓰고 있음은 역력하다. 이러한 노력은 처음에 이론적으로만 미를 규정한 것의 결과를 실천이성의 요소로 예를 들어 증명하려는 의도에서 나온 것이다. 본질적인 것은 예술미의 특징은 다른 목적을 위한 존재임을 거부하고(Autonomie, 자립성) 스스로를 독자적으로 조직한다(Heautonomie, 자체적 법 규정)는 데 있다는 것이다. 이것은 이미 1785년에 모리츠가 논문 「자기 자체로서 완성된 것이라는 개념으로 모든 예술과 학문을 통합하기 위한 시론」에서 제시한 것과 같은 생각이다. 1793년 2월 28일에 시작된 편지들 중 마지막 편지에서 실러는 자립적 예술작품에서의 형식과 소재의 관계 문제를 다루고 있다. 예술 작품은 자기의 소재를 적절한 미학적 구조 속에 담았을 경우에만 자유를 얻는다. 이미 그의 논문 「격정에 관하여」가 암시한 것처럼 형식의 이념이 자립성 미학의 중심을 이룬다. 이 형식의 이념은 미적 교육에 관한 글에서 말하고 있는 저 유명한 정의, 즉 묘사 작업은 소재의 '제거' 작업이라는 명제로 이르는 길을 제시해준다. 「칼리아스 서한」에서는 다음과 같이 말하고 있다. "예술 작품에서는 결국 소재(모방의 대상)가 형식(모방된 것) 속에서, 육체가 이념 속에서, 현실이 가상 속에서 사라지지 않을 수 없는 것이다."(NA 26, 224) 실러는 생성 과정에서 그 작품에 투입된 작가의 노력이 보이지 않는 작품만을 완전한 작품으로 여긴 것이다. 작품 생산의 여건들을 지배하고 있는 강제적 요소들을 예술이 이겨내는 경우에 한해서만 예술은 사회적 자립성의 모델일 수 있는 것이다.[108]

여기서도 이미 드러나고 있듯이 실러의 생각이 계속 맴돌고 있는 문제는 어떻게 하면 예술 작품이 지키지 않을 수 없는 규칙적인 것과 자유로운 생각을 하나로 묶을 수 있는가, 즉 예술적 질서의 틀 안에서 예술의 자율성이 어떻게 가능할 수 있는가이다. 그는 결국에 가서 다음과 같이 선언한다. "시적 표현의 아름다움은 '언어 사슬에 묶인 상태에서 본성이 자유로이 스스로 활동하는 데'에 있다."(NA 26, 229) 이 점에서 실러는 후기 계몽주의 시기에 전개되던 예술 이론 관련 토의를 계승하고 있는 것이다. 즉 레싱의 천재 개념〔열일곱 번째 문학 서신(1759)〕에 자극되어 시작된, 규율과 강제에서 벗어난 예술과 창조성 간의 관계를 둘러싼 토의에 참가하고 있는 것이다. 이와 같은 토의에서 실러가 「칼리아스 서한」을 통하여 기여한 것은 줄처, 멘델스존, 가르베 등과는 달리 칸트 철학의 장치를 활용하여 예술적 가상에 의한 자유와 질서의 융합 문제를 연구하기 위한 새로운 바탕을 마련했다는 데 있다.

「칼리아스 서한」이 처음부터 끝까지 시도한 것은 (실패로 끝나기는 했으나) 칸트가 미를 목적 없는 합목적성의 형식이라고 정의한 것을 '가시적으로 나타나 보인 자유'라는 사고의 틀로 바꿔보자는 것이었다. 미는 다른 어떤 목적에도 종사하지 않는다는, 모리츠와 칸트가 이미 가리켜 보인 미의 특성은 실러에게서도 예술 작품의 결정적 자질로 남는다. 예술 작품의 자질은 오로지 그 작품의 형식만으로서 충분히 파악되고 서술될 수 있는 것이다. 이에 반하여 예술 작품의 소재와 기능은 이차적인 것으로서 작품 하나하나가 지닌 개성적 구조를 형성하는 데 기여하는 바가 전혀 없는 것이다. 그런데 「칼리아스 서한」이 선험철학적 가상 개념의 정의를 독자적 예술 작품 자체의 특성에 대한 서술로 보완하지 않고 있는 것은 「칼리아스 서한」이 지닌 간과할 수 없는 방법론적 모순이라 아니할 수 없다.[109] 미리 획득한 원칙들로 논증을 해야 할 자리에서 미의 본질을 지배하는 경험적 특성들을 막연하게 서술하고 있는 것이다. 그러한 서술은 예술적 경험을 가능케 해주는 작품의 구조를 분석함으로써 예술 작품의 규칙성을 논증하려는 의도에서 행해진다. 빌헬름 폰 훔볼트는 1830년 실러의 면모를 논한 글에서 「칼리아스 서한」에서도 지배적으로 나타나고 있는, 감각적으로 지각한 것을 지적으로 통합하려는 시도야말로 실러의 전 사고 활동의 원동력이라고 매우 정확하게 갈파했다. "그가 모든 것을 몰고 간 종착점은 인간 본성의 다양한 힘들이 절대적 자유를 누리면서 함께 작용함으로써 나타나는 인간 본성의 총체였다."[110]

우아(優雅)함에 의한 아름다운 인간성

논문 「우아함과 품위에 대하여」(1793)

《신 탈리아》 6월호의 내용을 채우기 위해 실러는 1793년 5월 시간에 쫓기면서 에세이 「우아함과 품위에 대하여」를 쓴다. 이 에세이는 「칼리아스 서한」에 담은 생각들을 함축적으로 계속한다. 제목에 제시된 두 가지 중심 개념을 분석적으로 고찰하는 작업이 에세이의 중심을 차지한다. 그러한 작업으로 사람이 하는 행동에서의 감각적 충동과 도덕적 충동 간의 관계를 살펴보고자 한 것이다. 주로 자연 내지 육체의 아름다움과 이성 간의 관계를 파악하려 시도한 제1부에서는 미학적 문제들이 다루어진다. 우아함과 품위, 이 두 범주는 이미 마인하르트가 1763년과 1766년 사이에 번역 출판한 헨리 홈스(Henry Homes)의 『비평의 요소(*Elements of Criticism*)』(1762)에 나타나고 있다. 이 글을 실러는 카를스슐레의 수업 시간에 처음으로 알게 됐고, 늦어도 1782년에서 1783년에 걸친 겨울 바우어바흐에 머물던 시기에 정독했다.

두 개념 상호 간의 관계가 여기서는 체계적으로 하나의 더욱 넓은 관계망 속으로 편입되어 고찰되지 않고 그저 그 자체로서만 취급된다. 품위가 주로 정신적으로 초연한 성품을 표시하는 데 반하여 우아함은 상세히 정의되지 않은 도덕적인 어떤 것의 영향을 받아 아름다운 육체적 형태를 표시하는 것으로 되어 있다.[111] 홈스에게는 결국 이 두 범주가 감성과 이성이 대치하는 장내에서 서로 연결되지 않은 대립 개념으로 남아 있는 데 반하여, 《탈리아》에 발표된 실러의 에세이에서는 바로 이 두 범주 사이의 접근을 방법론적으로 완결짓는 작업이 시도된다. 더욱 큰 유사점은 빌란트의 미완성 소설인 「테아게스(Theages)」(1758)에서 발견된다. 실러가 이 소설을 읽은 것은 1788년이라 추정된다. 소설 텍스트는 예술 감각이 있는 도시인의 대표 격인 교양 있는 여성 아스파시아로 하여금 우아함의 본질은 육화된 도덕적 아름다움이라고 강의하듯 설명토록 한다. 우아함이란 "인간 내부의 선한 영혼이 표출된 것"[112]이라는 규정을 《탈리아》 논문은 시종일관 따르고 있다. 요한 게오르게 줄처의 『문학 개론(*Allgemeine Theorie der*

Schönen Künste)』(1771~1774)도 빌란트가 쓴 것으로 추정되는 '매력' 항목에서 우아함과 비교될 수 있는 범주를 설명해놓았다. 이 항목은 「일리아스」 제14장에 나오는 에피소드(XIV, 110 이하)를 활용하여 미의 본질을 강화해주는 우아함의 힘을 증명하려 했다. 즉 헤라가 아프로디테가 지니고 있는 우아함의 허리띠만 있으면 그 힘으로 제우스를 유혹할 수 있다고 여기고 아프로디테에게서 그 우아함의 허리띠를 빌리는 대목으로 우아함의 힘을 설명한 것이다.[113] 실러도 논문 서두에서 같은 에피소드를 예로 들어가면서 우아함과 미의 관계를 상세히 조명한다. 그러나 후에 실러는 빌란트로 대표되는 로코코-의고주의를 칸트에게서 훈련받은 방법대로 냉수 목욕시키듯 냉철하게 다루게 된다. 그렇게 함으로써 우아함의 본질을 감각적으로 나타난 자유의 표현으로 해명하려 한 것이다.

실러에 의하면 자유로이 움직일 수 있는, 미의 외부적 속성이 우아함의 특이한 본질이다. 그리고 우아함의 그러한 속성에서 우리는 인간의 도덕적 이성 문화가 미적 효과를 만들어낼 때 어떠한 영향을 취하는가를 알아볼 수 있다는 것이다. 특히 '건축물의 아름다움'(「건축 구조적 미」(NA 20, 225))이 물리적 성격의 결과물이요, 따라서 이성적 힘에서 벗어나 있는 것이라면 우아함은 도덕성의 비호하에 있는 것이다. 미를 발산하는 자연의 힘은 우아하게 움직일 때 이성의 작용에 의하여 뒷받침되는 것이다. 우아함은 한 현상이 지닌 오로지 감각적인 매력이 하나의 도덕적 자질로 보완되어 있는 경우에만 나타난다. 실러가 강조하고 있듯이 동물은 아름다울 수는 있으나 결코 우아한 모습을 띨 수는 없다. 우아함에는 규칙과 자유가 조화롭게 함께 작용할 수 있도록 육체의 움직임을 연출해주는 지적 힘이 필요한 것이다. 이러한 생각과 정확하게 일치하는 것이 빌란트가 시 「우아함의 여신들(Die Grazien)」(1769)에서 묘사하고 있는 춤추는 우아함의 여신이다.

실러는 1787년 늦여름에 빌란트의 이 시를 읽었을 것이다.[114)]

한 존재의 태생적 성격으로서의 미는 이성의 영향을 받지 않은 자연의 산물이다. 그런데 질서를 부여하는 힘이라는 의미에서의 이성이 작용하여 자연의 산물로서의 미에 우아함이라는 특별한 면모를 덧붙인다. 우아함의 효과를 이러한 관점에서 고찰하면 그것이 미적 현상에서 감각적 힘과 도덕적 힘을 결합하는 외교적 기능을 행사하고 있음을 곧 알게 된다. 우아함의 조화력에 관하여 실러는 다음과 같이 말한다. "미는 따라서 두 세계에 속한다 할 수 있을 것이다. 하나는 미가 태어난 세계이고, 다른 하나는 미가 양자로 입양된 세계이다. 미는 감각적 자연에서 태어났으나 이성 세계의 시민권을 갖게 된 것이다."(NA 20, 260) 미의 이와 같은 사정을 증명해주는 것이 우아함이라는 현상이라고 실러는 보는 것이다. 우아함이 미의 태생적인 자연 상태를 세련하고 확장하는 데 이성의 힘이 작용하고 있음을 우아함 현상이 증명하고 있다. 이와는 정반대되는 생각을 17년이 지난 후에 하인리히 폰 클라이스트가 「인형 극장론(Über das Marionettentheater)」(1810)에서 펼치게 된다. 그에 의하면 우아함은 의식의 힘이 완전히 제거되었을 때에만 나타난다. 그것의 제일 좋은 예가 인형이다. 인형은 고전적 인본주의 이상의 토대를 문제삼으면서 파괴하려는 미학을 뒷받침해주는 가장 중요한 증인이라 할 수 있다는 것이다.

실러는 (클라이스트의 대화체 에세이 「인형 극장론」과는 달리) 관능적 탐욕에 호응하려는 동기에서 육체 표현이 생겨나기 때문에 우아함이 설자리를 잃게 되는 바로 그러한 경우에 이성의 작용이 얼마나 중요한가를 알 수 있게 된다고 본다. '모방된 것이거나 배워서 익힌 우아함'을 실러는 자신의 에세이에서 레싱의 『함부르크 희곡론』에 나오는 개념 하나를 빌려 '무용 선생의 우아함(Tanzmeistergrazie)'이라 칭하면서 경멸받아 마땅한 분칠 행위의 산물로 치부한다.(NA 20, 269)[115] 그러한 '무용 선생의 우아함'에서는 허영심과 인위적 꾸밈으로 말미암아 기계적 강제가 나타나고, 그로 인하여 이성의 도움으로써만 가능한 규칙성과 자유로움의 조화는 필연적으로 설자리를 잃게 된다는 것이다. 여기에는 연지와 연백분, 고수머리 가발, 가짜 유방, 고래 갈비뼈로 된 코르셋 등에 의해 화장대 앞에서 꾸며지는 아름다움에 대한 거부감이 나타나 있다. 궁정 문화적 요소에 대한 반감이 뚜렷하다. 실러는 자기가 하는 말이 무엇을 뜻하는지 잘 알고 있었다. 드레스덴과 바이마르에서 그는 귀족들이 즐기는 무도회에 참가할 기회가 많았고 그럴 때에 인위적으로 연출된 로코코 미학을 가까이서 직접 체험할 수 있었던 것이다. 젊은 시절에 쓴 희곡 작품들은 이미 율리아 임페리알리 또는 레이디 밀퍼드와 같은 작중인물들이 일삼는 '화장대 앞에서 몸치장하기'의 인위성(NA 20, 269)과, 리어노어와 루이즈 밀러에게서 나타나는 자연스러운 불굴의 여성미의 이상을 대치시키고 있다. 그것은 노베르(Noverre)가 주창한 이상적인 몸동작 표현의 미학에서 직접 받은 영향이기도 하다. 노베르 미학 사상의 기본적인 내용은 그의 논문 「무용예술에 관한 서신(Lettres sur la danse, et sur le ballets)」에 실려 있는데, 이 논문은 1769년 레싱과 보데에 의해 번역되었고 실러도 그 내용을 잘 알고 있었다.[116] 궁정 문화에서는 볼 수 없는 우아함의 현상에 스며 있는 도덕적 성실성을 상징하는 것이 실러의 글에 담긴 고전적 인간관에서 나온 '아름다운 영혼(schöne Seele)'이다. 이 '아름다운 영혼'은 의무와 호감을, 도덕과 감성을 결부해주고, 천부적 자질과 이성적 문화의 합일을 표시하는 개념이다.〔이러한 명제에 대한 시적 주석이 1798년에 발표된 실러의 시 「행복(Das Glück)」이라 할 수 있다.〕

이 점에서 실러는 그의 스승과 견해를 달리한다. 그의 스승 격인 칸트의 『실천이성비판』에서는 의무와 호감 사이의 뛰어넘을 수 없는 차이가 하나의 확고한 신념으로 되어 있는 것이다. 칸트에 의하면 도덕적 의지를 스스로 발휘하여 행동하는 것은 자기의 충동적 열정에 따르지 않고 일반적으로 인정되는 도덕법칙을 잘 지키는 자만이 해낼 수 있는 일이다. 남을 도와주는 태도와 행위도 동정심을 베푸는 쾌감에서 생겨난 것이라면, 일종의 감정의 소산이라 할 수 있기 때문에, 칸트로서는 그것을 엄격한 의무 윤리의 범주에 합당한 것으로 여길 수 없었던 것이다.[117] 라인홀트는 선험철학의 윤리론에 대한 주석에서 좀 더 조심스럽게 설명한다. 감성적으로 주도된 행복감이 인간의 도덕적 실천 행위에 동반할 수는 있으나 이념적 동기가 될 수는 없다는 것이다.[118] 칸트와 라인홀트에 대항해서 실러는 좋아서 하는 행위가 도덕성의 잣대들과 부합할 수 있음을 강조한다. 그의 고전적 인간학에서 핵심을 이루는 범주가 이러한 부합에 해당하는 중심 개념을 형성한다. "관능과 이성이, 의무와 취향이 조화를 이루고 있는 곳을 우리는 하나의 아름다운 영혼이라 칭할 수 있을 것이다. 그리고 그것이 표현되어 나타난 것이 우아함인 것이다."(NA 20, 288) 윤리와 미학의 연결은 이보다 두 해 앞서 이미 그의 뷔르거 논평에 두드러지게 나타나 있는 바와 같이 하나의 인간학적 이상형 속에서 강령처럼 전개된다. 아름다운 영혼이 관능적 충동(취향)과 도덕적 수행(의무)을 아무 어려움 없이 하나로 만드는 것이다. 아름다운 영혼은 우아한 모습으로 독특한 방식에 따라 나타난다는 것이 실러의 신념이다. 그에 의하면 타고난 본성과 도덕적 의무의 자발적 이행이 부합하는 상태인 우아함은 규칙과 자유의 산물인 것이다. 이와는 다르게 괴테는 3년 후에 「수업 시대」의 제6장에서 '아름다운 영혼'이 지닌 더욱 어두운 면을 묘사하게 된다. 즉 아름다운 영혼이 세상을 피하여 은둔 생활을 하는 경우인데 이것은 아름다운 영혼이 지닌 자기 자신의 본성과 모순되는 면이라 할 것이다. 실러 자신은 1795년 8월 괴테에게 보낸

한 편지에서 상기 소설의 제6장과 관련하여 기독교는 '자유로운 취향'이라는 이상에 의해 유지되고 있고 그럼으로써 그 바탕은 미학적 특성을 지니고 있다는 점을 강조하고 있다.(NA 28, 28)

칸트는 실러가 자기의 윤리 이론에 대하여 비판적으로 언급한 것을 나쁘게 생각하지 않았다. 『이성의 한계 안에서의 종교』 제2판(1794)에서 그는 오히려 자기의 이론을 비판한 필자(실러)의 글에는 "대가의 솜씨가 묻어 있다고 칭찬하고, 자기와 그의 입장을 갈라서게 만드는 내용적 대립은 원론적인 성격의 것이 아니"라고 평가했다. 그러나 그러면서도 취향과 의무가 합치하는 것은 불가능하다는 자기의 지론을 재확인했다.[119] 1794년 6월 13일 편지에서 실러는 자기의 글을 칭찬해준 칸트에게 감사하고, 자기의 논문은 『실천이성비판』이 펼쳐낸 윤리 이론 체계의 "엄격함"을 좀 부드럽게 완화해 그것을 인간에 내재하는 품위 있는 부분과 어울리게 해보자는 시도였다고 자기를 방어했다.(NA 27, 13) 의무와 취향을 엄격히 분리하는 칸트에 대해 실러가 보인 유보적 태도는 그의 신념인 도덕과 감각의 철학(Moral-sense-Philosophie)에서 이론적 양식을 보급받고 있는데, 그의 지적 기반에 지대한 영향을 끼친 그 철학을 그는 이미 카를스슐레 시절에 습득했다. 실러는 허치슨(Hutcheson)과 퍼거슨(Ferguson)의 저서에서 인간 행위의 동기가 되는 것은 자기 보전의 본능일 뿐 아니라, 그에 못지않게 관능적 충동으로 나타나는 도덕적 욕구 능력이라는 것을 읽을 수 있었던 것이다. 동정심과 인간에 대한 따뜻한 마음이야말로 계몽된 도덕철학의 규정들에 의하면 개인을 도덕적 공동체로 묶어놓는 힘인 것이다. 1790년대에만 해도 실러는 칸트의 엄격한 의무 개념에 반대하면서 자기 나름대로 이에 대한 대안으로서 천부적으로 주어진 감정적 자질이 도덕적 행동으로 나타날 수 있다고 주장했는데 그것은 영국 도덕철학의 논법을 그대로 따른 것이라 할 수 있다. 그는 이 논법의 사변적 경향에 대해서는 회의적이었으나, 그럼에도 도덕과 감성이 하나로 합칠 수 있다는 가능성은 끝까지 신뢰했다. 이것은 칸트에 역행하는 태도로서 그의 우아함 개념뿐 아니라, 후에 전개하게 될 소박의 이론, 즉 자연상태가 도덕적일 수 있다는 발상의 토대이기도 하다.[120] 이러한 프로그램을 정확하게 표현하고 있는 것이 1796년에 쓴 「부드러운 크세니엔(Tabullae votivae)」의 네 번째 2행시이다.(NA 1, 291)

베풀라 선행을, 너는 인류라는 하느님의 나무를 키워주는 것이로다.
만들라 아름다운 것을, 너는 하느님의 씨를 뿌리는 것이로다.

Wirke Gutes, du nährst der Menschheit göttliche Pflanze,
Bilde Schönes, du streust Keime der göttlichen aus.

원래 《호렌》에 기고할 목적으로 썼으나 발표되지 않은, 우아함에 관한 실러의 글에서 감명을 받고 쓴 것이 분명한 어느 미완성 텍스트에서 괴테는 여기서 조명되는 입장들, 즉 아름다움은 오로지 도덕적 자율과 연관지어서만 생각할 수 있다는 입장을 견지하는 인간학의 미학적 원칙들을 되씹어보고 있다(아름다움은 자유와 함께일 때 완전한 아름다움이라 할 수 있다는 생각은 유기적 대상에 얼마만큼 적용될 수 있는가). "완전히 조직된 한 존재를 우리가 바라볼 때, 그것의 모든 부분을 자유자재로 다양하게 사용하려고만 하면 언제나 그렇게 하는 것이 가능하겠구나 여겨지면, 우리는 그것을 아름답다고 말한다."[121]

아름다움이 지닌 관능적인 면과 예의 바른 면이 조화를 이룬 것이 우아함이라면, 이에 반대되는 이성적인 힘이 우위를 차지하게 될 때 그것을 품위라 한다. 품위에서는 도덕성의 관점이 우위를 차지하는 것이다. 인간의 관능적 충동을 억제하는 힘으로서의 의지가 중요하게 되는 것이다. "아름다운 영혼이 표출된 것이 우아함이요, 숭고한 생각이 표출된 것이 품위이다."(NA 20, 289) 실러는 자기 논문의 (전반부에 비해 짧은) 후반부에서 이 두 개념을 체계적으로 상호 보완되게 한다. 우아함이 도덕적인 것으로 밑받침된 아름다움의 관능적 매력을 의미한다면, 품위는 떳떳한 태도가 지닌 도덕적 당당함이 발휘하는 힘의 매력이다. 〔실러는 이 대립을 후에 「인간의 미적 교육에 대한 편지」에서 (대립하는 갈등의 요소들이) '녹아 없어지는' 아름다움과 '힘차게 나타나는' 아름다움의 차이로 파악하려는 시도를 하게 된다.〕 우아함은 그 나타남이 매우 부드럽고 자연스러운데, 이에 반하여 품위의 경우에는 도덕적 원리가 지배적이다. 관능적인 느낌과 도덕적 율법 간의 모순은 비극 이론에 관한 글들에서도 자주 논의되는 주제인데, 우아한 인물의 경우에는 양자 간의 갈등이 화해하여 해소되는데, 품위 있는 인물들은 갈등을 짊어지고 간다. "우아함은 결국 마음 내키는 대로 자유로운 몸가짐에 있는 것이다. 품위는 하고 싶은 것이 억제되었을 때 나타난다. 본능이 정신의 명령을 이행하게 된 경우 우아함은 본능으로 하여금 (정신의 명령을 받아서가 아니라) 마치 자발적으로 하는 듯이 하게 한다. 이에 반하여 품위는 본능이 고개를 쳐들 때 본능으로 하여금 정신에 굴복하게 한다."(NA 20, 297)

우아함은 본능과 이성의 잣대가 조화를 이루는 가운데 여러 요소가 자유로이 노니듯 작용하여 생겨난 산물이다. 이에 반하여 품위는 의지가 본능을 지배함으로써 생겨난 결과이다. 관능이 겪는 고통에 굴복하지 않고 의연하게 맞서는 태도와 같다 하겠다. 실러는 여러 곳에서 우아함은 여성적 아름다움의 덕목인 데 반하여 품위는 남성적인 것이라 생각한다고 강조하고 있다. 1793년 11월 실러는 칸트가 계몽주의의 모토로 세운 'Sapere aude'를 "현명하기 위하여 사나이다워져라"(NA 26, 298)로 번역하였는데 그것이 그 한 예라 하겠다. 또한 《1797년 문예연감》에 실린 「여자의 힘」이라는 2행시는 남녀 두 성의 차이를 다음과 같이 강조하고 있는데 그 또한 그 예라 하겠다.

> 내가 남자에게서 기대하는 것은 힘이니, 남자에게는 법도의 품위가 있도다. 그러나 여자들은 오로지 우아함으로써 지배하노니, 그리하라 여자는.(NA 1, 286)

여기에서 우리는 남녀의 각기 다른 특성에 대한 전통적 생각이 굳어져 있음을 알 수 있다. 우리는 바로 이러한 고정관념을 실러의 시에서 자주 마주치게 된다(이 고정관념 하나만으로도 벌써 실러는 낭만주의 세대와 갈등을 빚고 있었다). 그러나 그의 논문에서 논거들을 자세히 검토해보면 그가 주장하고 있는 것들이 결국은 남성적인 것과 여성적인 것이라는 별개의 두 가지 미학을 관철하고자 하는 것이 결코 아님을 알게 된다. 이상적인 경우 이 두 속성은 그 작용을 서로 도와주는 상호 보완 관계에 있게 마련이다. 탁월한 도덕성을 지닌 사람의 강직한 윤리의식을 자유로움으로 채워주는 역할은 우아함의 몫이요, 관능적 매력에 도덕적 합리성을 부여하는 일은 품위가 맡게 된다. 이 두 자질을 조화롭게 한 몸에 지니고 있어, 이성의 자유와 관능적인 것을 연결하고, 도덕의 원리와 아름다움의 원리를 하나로 묶어주는 성품의 소유자가 존재할 수 있을 것이라고 실러는 결론짓고 있다. 실러의 논문이 이끌고 가려는 목표점은 결국 하나의 이상적 인간형이라 하겠다. 상반된 성향들을 한 몸에 받아들일 수 있는 사람, 그리하여 정치권력이나 사회적 명망을 추구하는 사람들이 발붙이기 힘든 "멋

(Geschmack, 취향)의 영역"에서의 통치자를 그리고 있는 것이다(NA 20, 300)

늦어도 이 시점에 이르면 실러의 미 이념을 칸트의 체계와 갈라지게 만드는 대립 요소들이 드러난다. 실러는 자기의 스승 격인 칸트의 원리들을 세 가지 점에서 문제 삼는데 그의 방법론적 토대까지 포기하지는 않는다(그러나 바로 그것이 또 다른 엄청난 모순이 된다). 그가 초안한 예술 이론에는 윤리 이론이 포함되어 있다. 미의 경험은 세밀한 도덕적 감정을 유발한다는 생각을 기초로 하고 있기 때문이다. 이로써 실러는 미학과 윤리학을 아우르는 새로운 길을 모색한 것이 된다. 그러한 것은 칸트에게는 생각할 수 없는 일이었을 것이다. 칸트의 체계 질서 내에서는 취미판단의 동인(動因)인 주관적 관심이 도덕 세계의 법칙들인 객관적 원리들과 자리를 함께 할 수 없기 때문이다.[122] 실러의 미 이론이 칸트 체계에서 벗어나는 두 번째 지점은 그가 미의 자율성을 강조하면서, 이에 대한 이론적 근거를 제공할 수 있는 자율론 미학을 확립하려 노력한 것이다. 칸트의 『판단력비판』에서 무목적성의 이념(Idee der Zweckfreiheit)은, 미 개념이 취미판단의 원천이라 할 수 있는 주관적 범주인 쾌락에서 나온 것이기는 하지만, 미에 하나의 객관적인 규칙, 즉 이성의 경우에 비견될 만한 규범적 규칙을 바탕으로 한 존립권(Geltungsrecht)이 보장된 한에서만 받아들여질 수 있는 것이다. 이에 반하여 실러는 미를 원칙이나 규칙들의 세계에서 벗어난 자율적인 것이라고 단언하고 싶었다. 따라서 「칼리아스 서한」에서나 「우아함과 품위에 대하여」에서나 미의 자율성은 자유자재의 개념과 함께 거론되고 있는 것이다. 그러나 이 논문들에는 그러한 자율성이 외부의 현실 세계에 부딪힐 때 어떠한 점에서 제약을 받느냐 하는 문제에 대해서는 아무런 설명도 없었다. 실러가 칸트의 이론 체계에서 벗어나는 세 번째 지점은 위에 언급된 문제 제기에 이어서 그가 미 개념을 생산미학적 관점에서 규정하는 작업을 함으로써 야기되었다. 그러한 작업은 예술적 형식의 이론을 『판단력비판』에 전개되어 있는 취미 이론의 테두리에서 벗어나게 해준 것이다. 그러나 이때에 규범시학(Regelpoetik)과 감각론(Sensualismus)을 만들어내기 일쑤인 체제 강요는 하지 않았다. 실러의 이와 같은 시도는 '격정적 숭고(Pathetisch-Erhabenen)'에 포함되어 있는 것과 같은 비극 형식 이론에서 특히 두드러지게 나타난다. 이 이론에는 어떠한 문학 장르이건 그 이념은 규범시학의 구속에서 벗어나 있다는 것이 실러의 원칙적 신념으로 되어 있다. 그러나 역사적 측면에서 고찰되고 그럼으로써 체제를 벗어나 더욱 큰 맥락에서 조명될 때 이 모델은 한계에 부딪히게 된다. 이념적인 장르론과 역사적 사고가 방법론상으로 설득력 있게 서로 관련되는 일은 헤겔 미학에 와서야 비로소 성공적으로 이루어진다.

프랑스 혁명에 대한 반응들

아우구스텐부르크 왕자에게 보내는 편지

1793년 2월 9일 실러는 「칼리아스 서한」을 집필하던 와중에 자신의 재정적 후원자인 아우구스텐부르크 왕자에게 일련의 편지를 쓰기 시작한다. 연초에 왕자가 라인홀트에게 보낸 편지에서 자기의 피후원자가 오래도록 침묵하고 있는 데 대해 우려를 표시했기 때문이다. 그의 후원자가 걱정하고 있다는 것을 라인홀트에게서 전해 들은 실러가 당장 반응을 보인 것이다. 이 2월 9일 편지에서 그는 건강 상태가 좋지 않아 매우 고생하고 있음을 알린 다음("우울증에 걸린 희생자"(NA 26, 184)), 그러나 이제부터는 예술철학에 관한 자기의 생각들을 자세하게 써나갈 것이라고 계획을 밝힌다. 지난 열두 달 동안 연구한 결과물을 써서 보내겠다는 것이다. 1793년 연말까지 실러는 왕자에게 도합 다섯 통의 편지를 더 보낸다(7월 13일, 11월 11일과 21일, 12월 3일과 10일경). 그것은 「칼리아스」 뭉치 글에서 시작한, 미적 교육의 가능성을 규정하는 작업의 계속이었다. 1794년 2월 26일 코펜하겐 도성(都城)에 화재가 발생하여 그 원고들은 소실되고 만다. 보낸 편지 원고들을 다시 필사하여 보내주기 바란다는 왕자의 부탁을 받자 실러는 이 기회에 원고 텍스트를 철저하게 검토하여 개작 작업에 착수하기로 결심한다. 그 결과물이 1795년 세 차례에 걸쳐 「인간의 미적 교육에 대하여」라는 제목으로 《호렌》에 발표된다. 12월 3일 편지에서 '우아함' 개념을 설명하기 위해 보충하는 식으로 전개한 취미 이론의 몇몇 부분은 「미적 풍습의 도덕적 활용에 관하여」라는 제목의 논문에 편집되어 2차 연도 《호렌》 제3호(1796)에 실린다.[123)]

1793년 화재로 소실된 도합 여섯 통의 편지 원고 내용을 살펴보면 그 방법론적 출발점이 예술 이론에 관한 출판물들 가운데서 시사성 있는 내용을 고찰하는 것임을 알 수 있다. 프랑스 혁명의 극적인 진행 과정에 직면하여 이들 출판물은 사회적 문제들을 외면해버리는 작전의 일환으로 당일의 요구 사항들을 눈앞에 두고 도주하는 문화를 만들어내고 있었던 것이다. "정치적 사건들이 그처럼 많은 관심을 불러일으키고 있는 마당에 미적 세계의 궁핍한 사정을 염려하는 것은 시대착오적인 일이 아닌가?"라고 실러는 수사적 질문을 던진다.(NA 26, 259) 실러가 여섯 통의 편지를 쓴 것은 1793년 2월과 12월 사이였다. 우리는 이 기간에 파리에서 야기된 혁명적 사건들이 얼마나 신속하게 전개되었으며, 그로 인한 사회적 혼란이 얼마나 컸는가를 상기해야 할 것이다. 1월 21일에는 루이 16세가, 10월 16일에는 마리 앙투아네트가 처형되었다. 1793년 4월 6일 국민의회가 봉쇄되고 로베스피에르, 생쥐스트, 데물랭, 에베르 등의 자코뱅파가 다수를 차지하는 복지위원회(Comité du salut public)의 통치 시대가 시작되었고 1794년 여름 그들의 집권이 와해되기까지 세상을 피바다로 물들게 한 대량 학살이 자행됐다. 1793년 6월 제정된 헌법은 민주주의적 국가 질서의 기본 틀을 갖추고 있었으나, 불안한 외교 정국을 고려하여 시행되지 않고 있었다. 신헌법에서조차 명시하고 있는 권력분립의 원칙도 실제로는 무시되며 일당독재 체제가 정착되고, 정부 기구뿐 아니라 행정과 사법 기구도 중앙으로 집중되어 시민들은 각종 비밀 위원회들에 의해 빈틈없이 감시받게 되었다. 이러한 일련의 조치들로, 지롱드파의 와해 이후 1793년 8월부터 인권 멸시 정책을 일삼은 자코뱅파의 일당독재가 가능해진 것이다. 1794년 여름까지 일반의지(volonté générale)*라는 것을 근거로 내세워 1250건의 처형이 이루어졌다. 신(新)노선은 신생 혁명에 대한 외국 세력들의 엄청난 압박의 결과이기도 했다. 1793년 8월 23일 국가 방위를 호소하는 가운데서 베르트랑 베르 드 뱅자크(Bertrand Baière de Vinzac)는 공화국을 사방이 포위된 도시로 비유했다.[124] 폭력 통치가 시작된 것은 의도적인 정치 강령에 의해서가 아니라, 외부로부터 외국 군대가 압박해왔고 내부적으로는 사회가 불안정했기 때문이다. 처음에 열네 명의 위원으로 구성되었던 복지위원회는 강경책을 씀으로써, 프랑스가 유럽 내에 고립되는 데서 야기된 문제들을 극복하고 혁명의 성과들을 양보 없이 지키려 한 것이다.

이때에 '이성숭배'의 기치하에 자행된 무신론적 '테러' 행위의 정치적 여파 때문에 실러는 가시적으로 드러나고 있는 잔인한 성향을 어떻게 극복할 것인가, 대중적인 히스테리의 형태로 표출되고 있으며, 민중의 분노에

* 루소의 저서 『사회계약론』(1769)에서 나타난 개념으로 공적 주체(公的主體)로서의 시민의 의지를 가리킴.

서 터져 나오는, 내용 자체는 정당한 외침들을 어떻게 하면 진정시킬 수 있겠는가 하는 문제에 부딪히게 된다. 처음에 실러는 혁명 초기의 상황에 관한 정보를 빌란트가 추천한 《파리 저널(*Journal de Paris*)》을 통하여 얻고 있었는데 다분히 거기에 공감하면서 진행 과정을 지켜보고 있었다. 1789년 10월 초에 데모대가 베르사유 감옥으로 향하고, 왕이 체포되어 연행되어 갔을 때는 이미 법질서를 벗어난 행위들을 막을 수 없는 상황이었다. 이에 대한 소식들을 보일비츠와 슐츠(Schulz)로부터 전해 들었을 때만 해도 실러는 그러한 행위들을 좋다고는 하지 않았으나, 1789년 6월 17일에 제헌국회가 결정한 사항들에 대해서는 기본적으로 찬성하였다. 그는 제헌국회의 토론 내용들을 파리 통신을 통해 알고 있었던 것이다. 교회의 재산을 경매에 부치기로 한다거나, 성직자들이 누리던 특전을 없애기로 하는 것 등에서 볼 수 있는, 이 모임의 반(反)성직자 계급 성향을 나쁘게 보지 않았다. 그리고 철저한 민주주의를 주장하는 시민계급 출신 의원들과 보수적 귀족 출신〔내지는 수도승(Feuillants)〕 의원들 간의 타협안으로 성사된, 입헌군주제를 토대로 한 헌법 초안이 1791년 9월에 선포됐을 때만 해도 혁명을 부정적으로 보지는 않았을 것이다. 상호 모순 관계에 있는 상이한 사회 계급과 계층을 대변하는 정치적 싸움꾼들이 저마다 다른 의도를 품고 있기 때문에 그들이 새로운 국가 질서를 형성하리라는 보장이 전혀 없음을 모를 리 없었겠으나, 고향 뷔르템베르크에서 전제군주의 괴롭힘을 경험한 터라 실러는 루이 16세의 절대 권력을 제한하는 조항이 헌법에 의해 확정된 것을 환영하지 않을 수 없었을 것이다. 1792년 9월에 선출된 국회의 반성직자적인, 특혜를 배척하는 정책을 긍정적으로 평가한 것, 그리고 그러한 국회의 바탕이 되는 헌법의 귀중함을 인정한 것 자체는 우선 염려되는 여러 사항에도 불구하고 혁명을 찬성한다는 기본 입장에서 나온 것이라 하겠다. 이 시기를 되돌아보면서 1793년 12월 6일 슈타인 부인은 복지위원회에 의해 자행되고 있는 공포정치의 실태를 염두에 두면서 보수적으로 사고하는 샤를로테(실러의 아내)에게 다음과 같은 편지를 쓴다. "이제는 아마 실러도 완전히 프랑스 혁명을 넘어서 제자리로 다시 돌아왔겠지요, 따라서 이제는 제가 국민의회를 도둑놈들의 집단이라 말할 수 있겠지요, 그렇게 말해도 이제는 실러가 전처럼 경악하지 않겠지요?"[125)]

1792년 말에 국민의회가 과격파인 자코뱅파의 지령에 의해 좌지우지되고 프랑스의 외교정책이 세력 확장의 성격을 띠게 되자 실러는 파리에서 진행되는 일에 거리를 두게 된다. (프랑스 혁명정부의 세력 확장 정책은 1797년까지 지속된 제1차 대불 동맹 전쟁을 유발했고, 바이마르의 아우구스트 공도 프로이센의 장군 자격으로 이 전쟁에 참여했다.) 1792년 8월 10일 튀일리 왕궁으로 데모대가 쳐들어가고 왕이 강압적으로 체포되고 공화국 선포 3주 전인 9월 초에 광분한 민중에 의해 대량 학살 행위가 자행되고 성직자와 귀족들을 비롯하여 수많은 희생자가 속출하자, 실러뿐 아니라 클롭슈토크, 빌란트, 헤르더 등도 당혹감과 거부감을 나타내는 발언을 하게 된다. 1793년 4월 복지위원회 지령 체제가 확립된 후, 이미 독일의 지성계에서는 이웃나라에서 일어나는 일들에 대한 저항의 기운이 광범위하게 일어나고 있었다. 향후 종식을 고할 단명의 자코뱅파가 1794년 7월에 공포정치를 시작해 개인숭배, 불법행위, 대량 처형 등이 일상다반사가 되기 전의 일이었다. 1792년 11월 6일 실러는 쾨르너에게 보낸 편지에서 30년전쟁에 관한 글에 이어 1649년의 영국 혁명을 서술해서 괴셴 출판사가 발행하는 《여성을 위한 역사 달력》에 실으면 어떻겠냐고 제안한다. 그런 제안을 하면서 그와 같은 주제가 현 시국에 시사하는 바가 많을 것임을 다음과 같이 구체적으로 쓰고 있다. "이건 아주 흥미로운 일이네. 바로 요즈음과 같은 시절에 혁명들에 관하여 건전한 신념 고백을 한다는 것 말이네. 그리하면 결국 혁명의 적들에게만 좋게 될 테니까. 따라서 사실들을 밝히는 작업을 하면 여러 형태의 정부들에 관한 사실들을 말하지 않을 수 없게 되고, 그러면서도 추한 인상을 남기지는 않게 될 걸세."(NA 26, 164) 실러는 여기서 역사적 시각에서 혁명의 폭력을 비판할 뿐 아니라, 그에 못지않게 작전상 가능한 한도에서 능숙하게 보장 장치를 마련해주면서 영주들을 교육하기까지 한다는 구상을 시도한다. 즉 자코뱅파의 자행과 천민들의 만행을 단연히 거부하는 소리가 대세를 이루고 있는 판에, 구체제로 하여금 헌법에 의해 보장된 새로운 정치체제를 확립할 수 있도록 해주는 하나의 중간노선을 시도하고 있는 것이다.[126)]

프랑스에서 일어난 혁명적 사건들은 독일의 작가와 지성인들 사이에서 복잡한 반응을 일으켰다. 처음에 지배적이던 현상은 바스티유 감옥으로 돌진하고, 왕을 구금하고 국민의회가 구성되었다는 소식을 접했을 때의 억제할 수 없는 열광이었다. 요아힘 하인리히 캄페, 게오르크 포르스터, 게오르크 프리드리히 레프만, 요한 프리드리히 라이하르트, 카를 프리드리히 라인하르트, 요한 하인리히 메르크, 게오르크 케르너는 파리를 향해 직접 떠났다. 그리고 1789년 7월 이후 그곳에서 야기된 맹렬한 정치적 변화의 목격자가 됐다. 바스티유 감옥 습격 사건을 전해 듣고 65세의 클롭슈토크는 즉흥적으로 "프랑스는 스스로를 해방했다"면서 이렇게 환호했다. "금세기 최대의 고귀한 행위가 일어났도다 / 올림푸스를 향해 떠올랐도다!"[127)] 프랑스 혁명이 터진 직후 바이마르에서 회의주의자 측에 속한 사람은 오로지 괴테뿐이었다. "프랑스에서 일어난 국가 전복 사건으로 말미암은 피해"를 그는 1823년에 가서도 "이 세상의 모든 사건들 중에서 가장 끔직한 사건"[128)]으로 간주한다. 그것은 자기에게 계속 싸움을 걸어왔고, 일일이

상대해주었더라면 자기를 "거의 쓸데없이 괴롭히기만 했을" 도전자라 말하고 있다.[129] 혁명 초기에 이미 그는 성공작이 되지 못한 희곡들인「위대한 고프타(Der Gross-Cophta)」(1791),「시민 장군(Bürgergeneral)」(1793),「흥분한 사람들(Die Aufgeregten)」(1793)에서 창궐하는 혁명의 열병을 병리 현상이라 야유한다. 만년에 가서도 그는 파리 혁명 때에 벌어진 사건들이 가장 큰 충격이었고, 예술 작품을 통하여 점차적으로 겨우 그 충격에 대응할 수 있었다고 술회하고 있다.[130]

괴테와는 달리 빌란트와 헤르더는 처음엔 대변혁에 동감하고 있음을 분명히 한다. 1790년 빌란트는 (자기가 주관하는 잡지) 《도이체 메르쿠어》에 논문「프랑스 국가 혁명에 관한 비당파적 고찰(Unparteiische Betrachtungen über die demalige Staatsrevolution in Frankreich)」을 싣는다. 그것은 당면 사건들을 균형 있게 평가한 것이었다. 빌란트는 "더 이상 참을 수 없는" 절대주의 체제에 대항하여 들고일어난 것을 "양식 있는 인사들"[131]이 해낸 일이라고 공개적으로 찬조하는 발언들에 대해 평가한다. 그렇기는 하나, 현재 준비되고 있는 국가 헌법이 구악을 신악으로 대치하는 것은 아닌지, "귀족과 왕권에 의한 전제정치"[132] 자리에 "민주적 전제정치"가 들어서는 것은 아닌지를 검토하는 일이 우리가 해야 할 과제로 남아 있다고 말한다. 빌란트는 국민의회가 합심해서 일을 처리해나감으로써 재정을 튼튼히 하고, 입헌적 국가형태를 만들어냄으로써 정밀하게 규정된 감시 기능을 제대로 발휘하는 의회의 반석 위에 정치 질서를 확립하는 것이야말로 바람직한 가치들이라고 말한다. "참을성 없는" "시민과 농부들"[133]의 심정을 이해할 수 있다고 하면서도 빌란트는 민중이 아무 제한도 받지 않고 권력을 휘두르는 것을 두려워한 것이다. 그러나 테러의 시기가 가져온 악영향으로 말미암아 그 또한 혁명에 대해 거리를 취하게 된다. 그의 거리감은

1791년에 이미 나타났다. 프랑스 민중은 정치 질서 의식이 없기 때문에 자유를 행사하기에는 아직 성숙하지 못하다고 말한 것이다.[134] 이와 비슷한 내용을 괴테는 1790년 그의 경구시집 『베네치아 에피그람(*Venezianische Epigramme*)』 제53번에서 다음과 같이 표현하고 있다.

프랑스의 슬픈 운명을, 대인(大人)들은 염려하는구나!
하지만 더 많이 염려해야 할 대상은 소인(小人)들이다.
대인들은 이제 망했다. 허니 누가 대중을 보호해주랴,
대중의 횡포에서? 대중을 억압하는 폭군이 대중 아니더냐?[135]

이와 같은 시구는 프랑스의 수도 한복판에서 전개되는 난동들을 정치적 후폭풍 없이 마무리될 수 있는 필요악쯤으로 여긴 사람들을 겨냥한 것이기도 했다. 캄페, 포르스터, 슐뢰처는 베르사유의 폭행을 낡은 국가의 암적 존재를 과격한 수단으로 만인에게 보여주려 한 것으로 평가한 것이다.[136]

헤르더는 혁명이 내세운 강령들에 대한 자기의 입장을 이론적으로 매우 정교하게 밝히고 있다. 그는 파리에서 전개된 사건들에는 인간의 개성을 활짝 피게 만드는 유기적 힘이 작용하고 있다고 본다. 그러한 관점을 가능케 하는 첫째 조건은 헤르더의 초기 사상에서 이미 다져진 발상이다. 이는 계몽주의 시대를 하나의 역동적인, 독특한 발전 법칙에 따른 역사적 과정의 산물로 보고, 진화 발전이 완결된 것으로는 보지 않는다는 것이다. 이와 같은 발상법 때문에 그는 새로운 정치적 사건에 선입관 없이 비운 마음으로 대응한다. 그리하여 그러한 정치적 사건들을, 잠에서 깨어난 인간의 지성을 처음으로 알리는 전령으로 보게 되는 것이다.[137] 헤르더는 (주저인) 『인류의 역사철학 이념』(1784)의 초두에서 이미 "revolutio"(변혁)라는 개념이 지닌 자연사적 배경을 지적하면서 이 개념에는 천문학적 의미가 있음을 상기시킨다.[138] 검열받게 될 것을 예상하여 나중에 수정한 후 1793년부터 발표하기 시작한 초기 논문인 「인도주의 고취를 위한 편지」에서 그는 "기독교가 도입된 이래로, 그리고 야만이 유럽에서 자리를 잡게 된 이래로" "문예부흥과 종교개혁을 제외한다면 프랑스 혁명과 비교될 만한 사건은 없었다"고 주장한다.[139] 헤르더는 자기 자신의 유기체적 발전 사관에 입각하여, 파리에서 전개된 사건들을 폭력적인 것으로는 보지 않고, 오히려 필연적인 진화 과정의 행동들로 해석하는 것이다. 이와 같은 해석을 천명하고 있는 논문이 1792년 자코뱅파의 공포정치를 눈앞에 두고 있던 시점에 발표된 그의 「티토노스와 오로라(Tithon und Aurore)」이다. 프랑스에서 전개된 국가 전복을 그와 같이 해석하면, 그것은 아무리 난폭한 양상을 띠었다 하더라도 되돌릴 수 없는 국가 질서에 무작정 달려든 난동이 아니라, 내적 인과법칙에 따른 자연의 변화 과정이 된다.[140] 헤르더가 후에 자코뱅파의 공포정치에 대해 취한 기본적 입장은 전체적으로 보아 그것을 이성해방을 약속해주는 여정에서 잠시 나타난 간막극으로 여기는 것이다. 헤르더가 「인도주의 고취를 위한 편지」의 모음집 제7권(1796)에서 천명하고 있는 다음과 같은 구절에도 그의 방법론적인 논리가 들어 있다. "나의 모토는 결국 모든 일들이 자연스럽게 이성적으로 점진적 변화를 계속한다는 것이다. 결코 혁명이 아니다. 점진적 변화가 방해받지 않고 지속된다면, 혁명을 가장 확실하게 예방하게 될 것이다. 점진적 변화로 인해 혁명은 무용지물이 될 것이요, 종국에 가서는 불가능한 것이 될 것이다."[141]

빌란트나 헤르더에 비해 피히테는 덜 온건했다. 그는 1793년 익명으로 발표한 「프랑스 혁명에 대한 공론을 정정하기 위한 기고문(Beitrag zur

Berichtigung der Urteile des Publikums über die französische Revolution)」에서 정치적 동기에서 나온 모든 형태의 폭력을 거부한다. 하지만 몽테스키외와 루소가 확립한 새로운 국가 이론을 내세워가며, 파리에서 전개된 일들을 예전에 맺은 계약관계를 말소하는 행위라며 정당화한다. 에드먼드 버크는 이미 1790년에 「프랑스 혁명론(Reflections on the Revolution in France)」에서 이성을 근거로 헌법 변경을 정당화하는 일을 냉철하게 비판하는 동시에, 개혁적 보수주의의 바탕에서 국가의 구조를 서서히 개조해나갈 것을 주창했다. 그의 생각들이 지닌 이론적 수준을 보면서 노발리스〔프리드리히 폰 하르덴베르크(Friedrich von Hardenberg)〕는 후에 버크를 "혁명에 반대하는 혁명적인 책"[142]을 쓰는 데 성공했다고 평한다. 이와는 달리 피히테는 〔홉스(Hobbes)와 로크(Locke)의 오래된 입장들보다 더 높은 차원에서〕 자연법에 근거하는 계약론의 논법과 같은 선상에서 정치적 혁명을 옹호한다. 현행 국가 제도라 해서 절대적인 구속력이 있는 것이 결코 아니라는 것이다. 오히려 법적으로 합의한 형식들이 달라졌음을 근거로 바뀔 수 있다는 것이다.[143] 피히테는 프랑스에서 일어난 일들을 현행의 계약조건들을 변경하는 과정으로 보는 것이다. 그러한 변경 과정의 정치적 근거는 공권력의 권력 독점에 손대지 않는 한, 법에 어긋나지 않는다는 것이다. 홉스의 『리바이어던(*Leviathan*)』(1651) 이래로 유럽의 절대주의를 뒷받침해준 질서 이념이 〔국가기관(status civilis)에 의해서만 조절되거나 감독될 수 있는〕 인간의 자연 상태를 부정적으로 보는 데서 출발했다면, 피히테가 굳게 다지는 신념은 모든 개인에게 생래적으로 부여된 자결권의 요구를 국가가 법률로 억지해서는 안 되고 헌법으로 충분히 보장해주어야 한다는 것이다. 혁명은 "그와는 비교가 안 되게 훨씬 중요한 다른 하나의 혁명이, 즉 칸트의 선험철학이 계기가 되어 생겨난 지성의 새로운 지향성이 보장해준 자료들로 시작된 변화의 과정"을 완성할 뿐이라는 것이다.[144] 옌스 바게센에게 보내려고 1795년 4월에 쓴 것으로 추측되는 편지 원고에서 피히테는 파리에서 전개된 일들과, 자기 자신의 주체 이론이 사변적으로 전개하는 원칙들 간의 직접적인 관련성을 다음과 같이 강조한다. "프랑스 국민이 인간을 외적인 사슬에서 해방했듯이, 나의 체계는 인간을 물자체(物自體, Ding an sich)의 사슬에서, 즉 외적인 영향에서 해방해 그를 그의 첫째 원리인 독립적 존재로 세웁니다."[145]

특히 독일 지성인들이 처음에는 경험과 무관하게 도출해낸 도덕적 원리들의 실현을 프랑스의 정치 변화에서 인식하고 싶어했다는 사실은, 칸트의 제자인 프리드리히 겐츠(Friedrich Genz)에서도 나타나고 있다. 겐츠는 1790년 12월 5일 크리스티안 가르베에게 보낸 편지에서 프랑스 혁명에 관하여 다음과 같이 쓰고 있다. "이 혁명은 실질적으로 철학의 첫 번째 승리입니다. (철학적) 원리들에 입각한, 수미일관된 (철학적) 체계를 근거로 하고 있는 정부 형태의 첫 번째 예인 것입니다."[146] 『헤겔 법철학 비판(*Kritik der Hegelschen Rechtsphilosophie*)』(1844)에서 청년 마르크스는 이와 같은 비교를 답습하면서 칸트의 사고 체계를 한마디로 "프랑스 혁명에 대한 독일의 이론"이라고 규정한다.[147] 겐츠 자신은 1790년대 초 이래로 경험을 바탕으로 한 개혁 보수주의적 국가론 저술에 몰두했다. 그로써 그는 복지위원회의 정책과 이 위원회가 선포한 극단적 도덕주의를 반대하는 입장에 서게 됐다. 자신의 국가론에서 그는 독일에서 전개되고 있는, 특히 버크의 제자인 에른스트 브란데스(Ernst Brandes)가 그의 저서 「프랑스 혁명에 관한 정치적 고찰(*Betrachtungen über die Französische Revolution*)」, 그리고 아우구스트 레베르크가 당대이 국가 이론에 관한 정치적 글들에 대해 내놓은 서평에서 닦아놓은 논증의 궤도를 따라가고 있었다. 크리스티안 펠릭스 바이세(Christian Felix Weisse)는 1793년 4월 초 아우구스텐부르크 왕자에게 보낸 편지에서 주로 괴팅겐대학의 지성인들 주변에서 나온 이 작업들을[148] "귀족들을 위한" 서적이라고 평하고 있다. 1793년에 출간된 레베르크의 『프랑스 혁명 연구(*Untersuchungen über die französische Revolution*)』는 자코뱅파의 공포정치가 진행되던 상황에서 헌법에 관한 토론을 총결산한 것이다. 그 밑바닥에는 루소의 사회계약론이 제시하고 있는 모델에 대한 유보적 입장이 깔려 있었다. 정치제도를 헌법으로 규정한다 해서 과연 그것이 사회 평등 실현을 위한 수단이 될 수 있겠냐는 것이다.[149] 영국인들의 이론들을 모델로 삼은 브란데스와 겐츠, 레베르크의 국가 이론서들에 나타나 있는 보수주의는 후에 메테르니히가 복고 정치를 위해 유용하게 활용했고, 늘 폰 슈타인 남작과 빌헬름 폰 훔볼트의 이름과 함께 거론되는 프로이센의 개혁적 자유주의에도 큰 영향을 미쳤다.

주목할 만한 것은 독일의 수많은 관찰자들이 파리의 사건들을 포괄적인 지적 변혁의 실질적 요소들로 파악했다는 사실이다. 이미 1786년에 라인홀트는 「칸트 철학에 대한 서신(Briefe über die Kantische Philosophie)」에서 우리 시대의 혁명은 독자적으로 사고하는 인간의 의식 속에서 완성된다고 선언했다.[150] 그것은 사회현상을 경시하는 것을 의미하는 것이었다. 진정한 계몽운동은 현실의 토대 위에서가 아니라 정신을 매개로 하여 완성되게 마련이라는 것이다. 그는 1794년 5월 말 킬대학의 정교수로 자리를 옮긴 후에도 예나대학 시절의 제자에게 보낸 인사 서한에서 새로운 철학의 발전이 "모든 폭력적" 국가 전복을 불필요하게 만들 것이라고 설명하고 있다.[151] 파리에서 현장을 목격한 카를 프리드리히 라인하르트는 1791년 11월 16일 실러에게 보낸 편지에서 다음과 같이 쓰고 있다. "내가 프랑스 혁명에서 본 것은 아마도 내가 결코 호감을 갖지 못할 한 국가에만 관련된 일이 아닙니다. 나는 그것에서 인간 정신 자체가 앞으로 나아가면서 내딛은 거보를 보았습니다. 그리고 인류의 전 운명을 고귀하게 만들어주리라는 복된 전망을 보았습니다."(NA 34/I, 107) 현존하는 국가 질서에 정치적인 동기에서 대드는 일을 법적으로나 윤리적으로나 용납할 수 없는 일이라고 거부하는 칸트조차도 정신을 동원하여 혁명에 영향력을 행사하는 것은 인정했다. 이 같은 사실은 1798년에 발표한 「학부 간의 싸움(Streit der Fakultäten)」 중의 한 격언에 명백히 드러나 있다. 프랑스의 변혁 과정을 바라보고 있는 시대에 사는 모든 사려 깊은 사람에게서 "거의 열광에 가까운", "심정적 동참"을 확인할 수 있다는 것이다.[152)]

1798년 '무신론 논쟁'에서 진보적 신념 때문에 예나대학의 교수 직을 상실한 진취적인 피히테에게 혁명은 시종일관 인간 해방의 교과서였다. 그러나 혁명은 개인이 국가의 강압에서 스스로를 지속적으로 해방한 곳에서 비로소 완성된다고 그는 생각했다. 아마도 셸링이 1796년에 쓴 것으로 보이는, 헤겔이 그 일부를 필사하여 전해지는 「가장 오래된 독일 이상주의 체계 강령(Älteste Systemprogramm des deutschen Idealismus)」은 이러한 의미에서 다음과 같이 선언하게 된다. "결국 우리는 국가를 넘어 밖으로 나아가야 한다! 어느 국가를 막론하고 자유로운 인간을 기계의 톱니바퀴로 취급하지 않을 수 없기 때문이다. 국가가 그렇게 하면 안 된다. 따라서 국가는 더 이상 존재해서는 안 된다."[153)] 헤겔은 혁명이 일어남으로써 인간의 자유가 역사 발전 과정의 최고 원리임이 드러났다는 신념을 만년까지 견지했다. 1822년에서 1823년에 걸친 겨울 학기에 베를린대학에서 정기적으로 행한 「역사철학 강의(*Vorlesungen über die Philosophie der Geschichte*)」에서도 그는 다음과 같이 강조하고 있다. "따라서 그것은 하나의 찬란한 일출이었다. 생각하는 모든 존재는 이 시기를 함께 축하했다. 일종의 숭고한 감동이 그 시대를 지배했다. 정신적 열광이 세상을 진동시켰다. 마치 신적인 것이 속세와 실제로 화해한 시대가 이제 바야흐로 오고 있기라도 한 듯이."[154] 바로 혁명의 정치적 완성이 실패했다는 사실 자체에서 헤겔은 그의 사고에 결정적 토대가 되는 역사철학적 신념을 이끌어낸다. 혁명의 정치적 전개 과정에서 아직도 작용하고 있던 분열의 법칙(Gesetz der Entzweiung)은 인간을 언젠가는 진정한 자유로 인도하는 정신 원리에 의해 극복되리라는 것이다. 피히테가 1793년에 발표한 「프랑스 혁명에 대한 공론을 정정하기 위한 기고문」에서 자기의 자연법 개념을 확대 적용하면서 사회적 반항을 이론적으로 합리화했다면, 이와는 달리 헤겔은 혁명을 궁극적으로는 형이상학적으로 해석한다. 그렇게 함으로써, 유물변증법이 출현하기에 앞서 신학적 성격을 띤 출중한 역사유심론(Geschichtsspiritualismus)을 확립한 것이다. 사회의 발전은 정신적 합목적성에 의해 조정되는 역사 발전의 논리로 생각될 수 있게 되고, 이러한 논리는 19세기 초에 보수적 국가철학의 주된 테마들이던 법체제, 사회질서 모델, 정치 윤리 등에 관한 토론을 뒤로 물러서게 만들었다.[155]

각기 상이한 동기에서 나온 피히테와 헤겔의 혁명 동정론에 실러는 어느 특정한 점에서만 동의할 수 있었다. 1792년 11월에 실러는 아직도 국민의회에서의 정치적 논의를 호의적 관심을 가지고 지켜보고 있었다. 그가 이 시기에 기본적인 정보의 출처로 삼고 있었던 것은 1789년에 창립된 정치적 일간지인 《국민일보(*Moniteur universel*)》였다. 이 신문은 그에게 국회의원들의 토의 내용과 왕의 헌법상 지위에 대한 논쟁을 상세하게 보고하는 역할을 했다. 그는 쾨르너에게 쓴 편지에서 다음과 같이 선언한다. "자네가 이 신문을 읽고 있지 않다면, 나는 자네에게 이 신문을 적극 추천하겠네. 이 신문으로 국민의회 내에서 전개되고 있는 모든 토의의 내용을 상세하게 알 수 있고 프랑스 사람들의 장단점들을 배울 수 있네." 파리에서 전개되고 있는 논쟁들을 자세히 분석해보면, 자코뱅의 과격한 주장에 맞설, 입헌군주제를 가능케 하는 중도적 해결을 어느 정도 기대할 수 있다고 실러는 강조한다.(NA 26, 170) 그 자신은 온건한 개혁주의 노선과 가까운 입장에 있음이 미라보(Mirabeau)의 논설 「국민교육론(Sur l'éducation nationale)」(1790)에 대한 그의 지대한 관심에서 드러난다. 그는 쾨르너에게 보낸 1792년 10월 15일 편지에서 미라보의 논설문을 번역해보는 것이 어떻겠냐는 제안까지 하고 있다. 미라보의 저술은 헌법으로 보장된, 의회의 감시하에 있게 될 국왕 제도를 설명한 것이었다. 그의 책은 또한 개인의 인권을 강화하는 기초로서, 교회에서 독립된 학교 제도를 요구하는 내용도 담고 있었다.[156] 미라보는 그러나 이미 1790년 2월에 국민의회가 헌법의 요소 조항으로 결의한 종교의 완전 자유와 교회 재산 몰수, 귀족 제도 폐지 등에는 반대함을 명백히 했다. 실러는 미라보의 논문을 먼 앞날을 생각하는 정치 구상이라고 칭찬하고, "프랑스의 헌법이 태동하는 혼란의 와중에서" 길을 터주리라 보았다. 제헌국회가 이룩한 성과물들에, 그것이 문서로 확정되기 전에 "합당한 교육제도를 만듦으로써 영원히 지속될 씨앗"을 보탤 수 있으리라는 것이었다.(NA 26, 160)

법무장관 당통의 책임하에 감행된 9월의 소탕 작전으로 3000명 이상의 왕당파 인사들이 희생되었다는 소식을 접한 후, 새 정부에 대한 실러의 회의는 더욱 커진다. 1792년 10월 15일 샤를로테 폰 슈타인은 "맙소사, 프랑스 사람들은 우스꽝스러운 일들로 흡족해하고 섬뜩한 장면들은 모른 체한단 말인가"라고 쓰고 있다.[157] 늦어도 생쥐스트가 왕에게 사형을 구형하는 논변을 공개적으로 행하고 1792년 12월 11일에 왕에 대한 심판이 시작된 후에는 국회의원들의 정치에 대해 실러는 호의적이던 처음의 입장을 바꾸어 단호하게 거부하게 된다. 1792년 12월 21일 쾨르너에게 보낸 편지에서 실러는 루이 16세를 위한 변론문을 작성하는 중이라고 고백한다. "왕의 생사 문제를 둘러싼 싸움에 끼어들고 싶은 유혹을 물리치기 힘든 지경이네. 이 문제에 관한 비망록이라도 쓰고 싶네. 그런 일은 이성의 붓대를 놀리기에 충분한 중요성을 지녔다고 생각되네. 자유로운 시각에서 설득력 있게 글 쓸 줄 아는 독일의 한 작가가, 쟁점이 되고 있는 이 문제에 대해 의견을 천명하면 아마도 갈팡질팡하는 논객들에게 얼마간의 인상은 주게 될 것일세."(NA 26, 171 이하) 실러는 이에 더하여 외국의 지성인들이 프랑스 사람들에게 상당히 영향력을 행사할 수 있을 것이라고까지 쓰고 있다. 그러나 이것은 오로지 이상의 나라에나 존재하는, 정신과 권력 간의 조화로운 관계에서 유래하는 순진한 추측이요, 틀린 판단이 아닐 수 없다. 아무튼 그는 1792년 12월에 자기가 직접 파리까지 가서 국민의회에 등장하여 왕의 입장을 강화해줄 생각까지 심각하게 한 듯하다.[158] 왕을 옹호하는 내용으로 그가 작성한 연설문의 초안이 지금은 상실된 것으로 볼 수밖에 없으나, 그것을 그는 우편으로 보내지 않고, 직접 국회에 등원하여 읽을 계획이었음을 우리는 빌헬름 훔볼트가 그에게 보낸 1792년 12월 7일 편지로 추리할 수 있다. 이 편지에서 훔볼트가 형편이 허락한다면 자기 아내와 함께, 프랑스의 수도로 여행하려는 실러의 계획에 동참할 용의가 있음을 밝히고 있는 것이다. "정세가 평온하면, 그리고 당신이 우리와 함께 가는 것을 마다하지 않는다면 우리는 당장에라도 함께 가겠습니다. 저는 가능하면 파리를 다시 보게 되기를 갈망해왔습니다. 혁명이 시작된 후로 나라가 어떻게 변했는지 보고 싶어서지요. 그리고 함께 여행한다면 우리 둘 모두 여행비용이 절감될 것입니다."(NA 34/I, 204)

실러는 왕을 변호하는 연설문 원고의 번역을, 1788년 루돌슈타트에서 렝게펠트 가족을 통해 만난 적이 있는 출판인 루돌프 차카리아스 베커(Rudolf Zacharias Becker)에게 맡기고 싶었다. 베커는 1780년대 초에 고타에서 비밀결사인 계명 결사에 가담한 인물인데, 그는 그러한 번역 작업을 위한 언어 관련 지식이 있었을 뿐 아니라 정치적 상황에 관하여도 상세한 정보를 갖고 있었다. 1792년 12월 30일에 쓴 편지에서 카롤리네 폰 보일비츠는 가능한 한 빨리 그를 도와주라고 부탁하고 있다. "실러는 지금 프랑스의 왕을 지켜주는 데 도움이 될 회고록을 쓰는 중입니다. 그것은 이 시점에 매우 중요한 글이에요. 신속하고도 원문에 충실하게 프랑스어로 번역해야 해요. 당신은 그럴 능력이 있고, 프랑스의 작가로도 알려져 있기 때문에 어쩌면 당신이 번역 일을 맡는 호의를 베풀 수도 있겠다는 생각을 해본 것이에요."(NA 26, 657) 세계주의 성향의 사고를 가진 계명 결사의 맹원이던 베커가 실러가 간여하려던 일의 내용에 찬성할 수 있었을지에는 의문의 여지가 많다. 그가 그러한 제안에 어떤 방식으로 응했는지는 알 도리가 없다.

1793년 1월에 실러는 자기의 계획이 환상이었음을 알게 된다. 그의 환상들은 모두 헛된 것이었음이 현실에 의해 드러난 것이다. 《국민일보》에 실린 기사들은 실러에게 국회의원들의 정치가 어느 방향으로 가고 있는지를 알려주었다. 왕의 입지는 회의를 거듭할수록 약해지고 있었다. 우선 두 파 사이의 견해 차이를 좁히기 위한 중재 기구를 두기로 한 계획이 있었는데 국회의원들의 분위기는 그러한 계획을 더 이상 허락하지 않는 쪽으로 기울었다. 《국민일보》는 국회에서 사형선고에 관해 토의한 것의 내용을 상세하게 보도했고 실러는 그것들을 주의 깊게 읽었다. 보도 기사들을 통하여 그는 국회가 1월 17일에 387표 대 334표로 처형을 가결했고, 처음에 처형 집행은 보류하기로 했는데 하루 지나 70표 차이로 번복되었다. 그로써

1월 21일 루이 16세에 대한 사형 집행의 길이 열린 것이다. 「칼리아스 서한」에 속하는 1793년 2월 8일 편지를 마치면서 실러는 체념하는 씁쓸한 말투로 국민의회의 결정에 대한 혐오감을 토로한다. 그의 눈이 보는 가운데서 국민의회가 정치적 자유를 횡포의 도구로 전락시켰다는 것이다. 실러는 쾨르너에게 심정을 털어놓는다. "나는 실제로 왕을 위한 글을 이미 시작했네. 그러나 그 문제로 마음이 상했지. 그 글이 지금도 내 앞에 놓여 있네. 나는 두 주 전부터 프랑스 신문을 읽을 수가 없네. 그 비열한 살인마 종놈들 때문에 구역질이 나서."(NA 26, 183) 여기서 실러는 이미 3년 전에 에드먼드 버크가 그의 「프랑스 혁명론」에서 취한 입지에 다가가고 있는 것이다. 실러는 일생 동안 버크의 감각주의 미학을 귀하게 여겼다. 그러한 버크가 혁명을 "기괴한 희비극"[159]이라 규정했고, 혁명의 법적 근거를 엄격한 준법정신을 내세우면서 근본적으로 부정했으며, 그리고 무엇보다도 먼저 혁명 과정에서 야기된 폭력 행위들을 비난한 것이다. 1789년 10월 6일 여자들이 난동을 부리면서 베르사유로 행진했을 때에 일어난 사건들을 실러는 그에 관한 구체적인 사례들을 목격한 사람 중 하나이던 빌헬름 보일비츠로부터 들어 알고 있었고, 그로부터 10년이 지난 후에도 그 사건을 또렷한 언어로 비난했다. 1799년 9월 중순에 쓴 시 「종의 노래(Lied von der Glocke)」에서는 혁명이 터진 후의 파괴적 진행 과정을 다음과 같이 읊고 있다.

그때 여자들은 승냥이 되어
놀라 자빠진 자들을 희롱한다.
숨 거두지 못하고 아직 꿈틀대는데, 표범의 이빨로
적의 심장을 찢어발긴다.(NA 2/I, 237)

프랑스 혁명 때에 가두에서 난동을 부린 여자들 문제는 기폭제를 품고 있었다. 이 민감한 주제를 다루고 있는 것이 이플란트의 비극 「휘장(Die Kokarden)」이다.[160] 그러나 실러를 격분시킨 것은 지난 몇 년간 가두에서 벌어진 난동들이 아니라 왕을 처형한 사건이었다. 글라임(Gleim)은 헤르더에게 이렇게 썼다. "얼마나 끔찍한 장면들을 더 보아야 한단 말인가! 좋은 것은 모두 뒷전으로 물러가는구나!"[161] 수많은 지성인은 이제 혁명에 대한 호의를 비판으로 돌려야 할 시점이 되었다고 본 것이다. 칸트는 그러한 비판의 토대가 되는 준법적 입장을, 대다수 동시대인의 정의감을 대표하여 1797년 『윤리형이상학(*Metaphiysik der Sitten*)』의 다음 대목에서 제공하고 있다. "한 제왕이 자기 백성들에 의해 공개적인 절차를 밟아 처형되었음을 생각할 때 전율을 금할 수 없게 되는 이유는, 살인 행위는 규칙이 정해놓은 예외 사항에 불과하지만, 제왕을 그의 백성들이 정식으로 처형하는 것은 군주와 백성 간의 원칙적인 관계를 완전히 뒤집는 것으로밖에는 생각할 수 없고 그리하여 뻔뻔스럽게도 그리고 원리상으로도 폭력 행위를 신성한 법 위로 높이기 때문이다. 그것은 모든 것을 되돌릴 수 없게 삼켜버리는 심연처럼, 국가가 그에게 행한 자살행위로, 속죄가 불가능한 범죄로 보이기 때문이다."[162]

폭력적인 거리의 정치에 대해 실러는 언제나 거부감을 느꼈다. 실러는 프랑스 혁명에 우호적이던 예나대학 학생 단체의 대표들이 1792년 어느 여름날 밤에 데모대를 이끌며 행진하는 와중에 유리창이 부서지고 보수적 교수로 알려진 부총장 울리히의 사택이 파괴됐다는 소식을 듣고 아연실색한다. 학생들의 파괴적인 데모 행진에 항의하고자 파울 교수가 초안한 성명서에는 이를 진압하기 위해 군대를 파견해줄 것을 영주에게 청원하는 내용도 담겨 있는데, (당시 예나대학 교수이던) 실러는 동료인 쉬츠, 후펠란트, 라인홀트, 바치, 메로, 괴틀링과 함께 그 항의서에 서명했다.[163] 실러는 1792년에서 1793년에 걸친 겨울의 파리 상황에 크게 실망하였으나, 그럼에도 불구하고 그가 시국 문제에 계속 관심을 쏟고 있었음은 여러 정황으로 드러난다. 1793년 6월 6일 쾨르너에게 보낸 편지에서 리트마이스터 폰 풍크(Rittmeister von Funck)는 자기가 예나를 방문하여 실러와 대화를 나누었을 때 실러는 정치 얘기만 했다고 쓰고 있다. 고향 친구인 호벤은 실러가 1793년 말 슈투트가르트에 왔을 때 프랑스 헌법에 관하여 그와 심도 있게 토론했음을 글로 남겼다.[164] 실러는 두 가지 관점에서 확고한 입장을 취하고 있다. 그 하나가 공화국은 실패로 돌아가리라는 것이다. 그가 보기에 민주적 의사 결정을 하기 위해서는 이를 해낼 수 있을 만큼 국민이 성숙해 있어야 하는데 그렇지 못하다는 것이다. 다음으로 그는 작가가 일상적인 정치 현안에 관여하는 것을 거부한다. 문학에 주어진 임무는 일반적인 주제만을 다루는 것이지 정치 현안을 직접 다루는 것이 아니라는 것이다. 베를린의 관현악 지휘자인 요한 프리드리히 라이하르트가 1795년 자신이 새로 낸 잡지인 《프랑스 1795년(*Frankreich im Jahr 1795*)》을 실러에게 보냈는데, 거기에 실린 글들은 5집정관정부(五執政官政府)의 자코뱅파를 소탕하기 위한 '백색 테러' 정책에 비판적인 거리를 두고 있었다. 이에 대해 실러는 다음과 같은 유보적인 답장을 쓰고 있다. "보내주신 당신의 잡지는 감사히 받았습니다. (오늘날과 같은 덧없는 세상에서 아직 유일하게 남아 있는 완전히 자유로운 존재인) 예술가가 새로운 세계 역사의 이처럼 서투른 정치적 행각에 끌려가는 것을 보고 처음엔 거의 불쾌하기까지 했지만, 당신의 잡지가 보여주는 그 풍성한 자료와 흥미 있는 편집을 보니 이러한 저술 작업이 당신에겐 천직처럼 보입니다. 그러나 제발이지 나에게 어떠한 판단이나 조언도 요구하지 않기를 바랍니다. 정말이지 그러한 일을 잘 못하기도 하지만, 나는 문자 그대로 내가 태어난 세기에 살고 있지 않기 때문이지요. 그리고 나는 프랑스에서 혁명이 일어났더라는 이야기를 듣기는 했지만, 그것이 대강 내가 알고 있는 것 중 가장 중요한 것이지요."(NA 28, 17 이하)

이와 같은 문장을 비정치적 태도의 증거로 보아서는 안 될 것이다. 그것은 다만 라이하르트, 포르스터, 레프만 같은 시대 비판적 언론인들이 즐겨하는 자기 이해에 거리를 두고 있음을 나타낼 뿐이다. 민감한 현실 문제에 참여하는 것이 문학적 작업의 동기가 되어서는 안 된다는 것이 실러의 신념인 것이다. 정치적 주제에 관한 토론은 작은 동아리 내에 국한되어야 한다. 예술은 공적으로 하는 작업을 규정하는 것이 되어서는 안 된다는 것이다. 이와 같은 견해를 염두에 둘 때 이미 1792년 8월 26일에 파리의 국민의회가 작가인 마리 요제프 셰니에(Marie Joseph Chénier)의 제안에 따라 실러를 열여섯 명의 다른 외국인들(그중에는 클롭슈토크, 캄프, 페스탈로치, 조지 워싱턴이 포함돼 있다)과 함께 명예시민으로 임명했다는 사실은 좀 씁쓸한 일이 아닐 수 없다. 국민의회가 실러에게 명예시민권을 준 것은 「도적떼」, 「피에스코」, 「돈 카를로스」의 작가가 프랑스 혁명을 지지하며 실제로 파리에서 전개되는 정치 현상에 호의적인 인사라고 전제할 수 있다고 여겼기 때문이다. 실러의 「도적 떼」가 1792년 알자스 지역 출신인 장 앙리 라마르텔리에르(Jean Henri Lamarteliere)에 의하여 「로베르, 도덕 대장(*Robert chef de Brigands*)」이라는 제목으로 번안되어 파리의 마레 극장(théâtre du Marais)에서 공연되었는데, 공연이 대성황을 이룸으로써 실러는 프랑스에 널리 알려져 있었다.[165] "위대한 인물(Gille)"에게 주어지는 명예시민증은 그를 "독일의 대기자(大記者)(Publiciste allemand)"라 칭하였으니, 위원회는 그를 "글과 용기로써 자유를 위한 투쟁에 공헌하면서 인민들의 해방을 위해 일해온 사람들(qui, par leurs écrits & par leur courage, ont servi la cause de la liberté, et préparé l'affranchissement des peuples)"에 속하는 인물로 간주한 것이다.(NA 37/II,316 이하) 국가 인장이 찍힌 이 문서는 당시의 재무장관 에티엔 클라비에르(Etienne Clavière)와 법무장관 조르주 당통(Georges Danton)이 서명한 것이었다. 여기에 1792년 10월 10일 자로 내무장관 롤랑 드 라 플라티에르(Roland de la Platière)의 친서가 동봉되었다. 실러는 자기가 명예시민으로 추대되었다는 사실을 국민의회의 명예시민 선정에 관한 기사가 실린 1792년 8월 28일 자 《국민일보》를 읽고 처음으로 알았다. 그러나 실러는 정치적 혼란 상황 때문에 1798년 3월 1일에야 요아힘 하인리히 캄프를 통해 자신의 명예시민 증서를 받게 된다. 1798년 3월 2일 캄프에게 보낸 그의 답서는 조심스러운 유보적 말투로 일관되어 있다. "프랑스의 시민권이 수여됨으로써 내게 주어지는 영예를 받을 자격이 내게 있다면 그것은 프랑스가 내건 모토를 진심으로 나의 것으로 삼는다는 나의 신념 이외에는 있을 수 없는 일입니다. 그리고 만약에 라인 강 너머에 사는 우리의 동료 시민들이 항상 이 모토에 맞는 행동을 한다면 그들의 한 사람이라는 것보다 더 멋진 명칭은 없다고 생각합니다."(NA 29, 212) 이미 1794년 7월에 (테르미도르 혁명 달력으로는 9일째나 10일째) 복지위원회의 지도부를 이루던 로베스피에르와 그 동지들이 그들 자신들로 대표되는 공포정치의 희생물이 되어 단두대에서 목숨을 잃었다. 명예시민으로 추대된 실러가 이에 대해 나타난 반응에는 곤혹스러움이 보인다. "내게 수여될 명예시민증이 발급된 후 지금에 이르기까지 긴 세월이 흘러 이에 대해 누구에게 감사를 표해야 할 것인지 당혹스럽습니다. 그 법을 만들고 그 증서에 서명한 인사들 모두가 이제는 이 세상 분들이 아니기 때문입니다."(NA 29, 212 이하) 1789년 8월 "프랑스 전제주의의 시체를 파묻는 장면을 직접 보기 위해"[166] 파리까지 갔던 진보적 성향의 캄페는 이와 같은 유보적 반응에 의아해했을 것이다. 그러나 실러가 명예시민증을 얼마나 진지하게 받아들였는가는 그가 귀족 반열에 오른 후 귀족 연감에 자기가 프랑스의 명예시민임을 명기함으로써 그를 귀족 반열에 오르도록 해준 영주의 심기를 매우 불편하게 한 일을 보면 알 수 있다. 실러의 귀족 연감(Adelskalender)에는 다음과 같이 쓰여 있다. "프리드리히 폰 실러 박사. 프랑스 시민, 마이닝 대영주 공국의 궁정 고문관."

혁명의 해인 1793년 아우구스텐부르크 왕자에게 보낸 편지들은 정치적 시국에 대한 평가로부터 시작하고 있다. 바로 파리 군중의 비인도적 난동이 인간 교육의 문제를 생각하지 않을 수 없게 만든다는 것이다. 인간은 계몽주의 시대에 높은 수준의 이론적 업적을 쌓아올리기는 했으나, 실천적 문화, 즉 아름다움을 알아보는 능력이 없다는 것이다. 그리고 그러한 미적 능력 없이는 도덕적 행위를 생각할 수 없고 바로 그러한 것을 소상하게 설명하려는 것이 자기의 계획이라는 것이다.(NA 26, 266) 따라서 편지들은 이와 같은 진단을 바탕으로 자신이 처한 현 사회와의 연관 속에서의 예술 행위에 대해 이론적으로 고찰하는 것으로 끝맺고 있다. "알려진 사실이 정말이라면, 그 비상한 사건이 실제로 있었다면, 정치적 법 제정이 이성에게 맡겨지는 것이라면 인간 그 자체가 목적으로 존중되고, 그러한 것으로 취급되는 것이라면, 법이 왕좌로 떠받치게 된 것이라면, 그리고 자유가 국가구조의 초석으로 되어 있다면, 나는 예술의 여신들에게 영원히 작별을 고하고, 모든 예술 중에서 가장 멋진 예술품인 이성의 왕국에 나의 모든 활동을 바치고자 할 것입니다."(NA 26, 261 이하) 실러는 아우구스텐부르크 왕자가 기본적으로 프랑스 혁명을 지지하고 있음을 잘 알고 있었지만, 파리에서 일어난 사건의 범죄적 측면들을 (자신의 편지에서) 왕자에게 제시하기를 주저하지 않았다.[167] "자기의 신성한 인권을 위해 몸을 바쳐 정치적 자유를 쟁취하려던 프랑스 민중의 시도는 무능력과 졸렬함만을 드러냈습니다. 그리고 이 불행한 국민뿐 아니라 상당수의 유럽인들을, 그것도 한 세기의 기간에 걸쳐 야만과 종복의 처지로 몰아넣었습니다."(NA 26, 262) 자유를 요구하며 시작한 것이 독재적 횡포로 바뀌게끔 한 정치 능력 결핍의 원인은 실러의 견해에 따르자면 미적 감각의 결여에 있는 것이다. 예술철학의 사고 전략이 사회적 효력을 발휘하려면, 바로 이 점에서 시작해야 한다는 것이다. 완성된 이론적 문화에 이르는 길(왕자와는 달리, 실러는 이 길이 이미 계몽주의에 의해 준비되었고 부분적으로는 완성되기까지 했다고 보았다)은 개인의 취미 성향이 꽃피게 하는 작업을 거쳐야 한다는 것이다. 《호렌》에 게재된 서한에서는 취미의 범주는 더 이상 언급되지 않았다. 4년 후 횔덜린은 그의 소설 「히페리온(Hyperion)」의 제1부에서, 실러가 자신의 글에서 그런 것처럼 정치적 교육에 대하여 너무나 높은 기대를 거는 일에 대해 매우 회의적인 입장을 취하고 있다. 그러한 교육에 대하여 큰 기대를 거는 것 자체가 그것이 실패로 돌아가도록 하는 원인일 수도 있다는 것이다. 소설의 주인공 히페리온으로 하여금 "인간이 국가를 자기의 하늘로 만들려 함으로써 국가를 지옥으로 만드는 결과를 가져온 것이 아닌가" 하는 생각을 품게 하고 있는 것이다.[168)]

실러의 가차 없는 시대 분석은 이중적 몰락 증상 하나를 지적하는 데서 출발한다. "인간은 자기가 하는 행위에서 자신을 그려낸다. 그런데 지금 시대의 거울에 비친 그림은 어떠한가? 한쪽은 격분하여 난동하는 모습이고, 다른 한쪽은 이와 정반대로 극도의 무기력이다. 인간의 성향이 빠져들 수 있는 이 두 종류의 처량하기 그지없는 탈선이 동시대에 공존하고 있다." 명백히 드러나 있는 이 사회적 현상에 대하여, 즉 "하층" 사회의 야만과 "문명화된 시민 계층의 무기력 증상"(NA 26, 263)에 대하여 그는 그 구제책으로 예술을, 즉 좋은 취향 교육을 내세운다. 이 처방은 계층에 따라 달리할 수밖에 없다. 아름다움에 대한 감수성이 없어 충동을 자제하지 못하는 경우에는 주로 아름다움을 느낄 수 있는 고상한 힘이 효과적일 것이고, 문화생활을 향유하는 계층의 퇴폐적 현상에는 숭고한 정신으로 맞서 싸우게 된다. 이와 같이 대상에 따라 작업을 달리하도록 짜인 모델 배후에는 통합적인 인간 교육 이념을 바탕으로 "이중 미학(doppelte Ästhetik)"이 계획되어 있다.[169] 그것이 추구하는 목표는 현대인이 겪고 있는 궁핍한 상태를 극복하는 것이다. 그러기 위해서, 개인의 자율성을 제한하는 사회적 강요들에서 인간을 해방하는 것이다. 자기 자신의 시대는 계몽되기는 하였으나("무기 창고는 꽉 차 있고 온 세계에 열려 있다"), 자기가 활용하도록 되어 있는 "지식들"을 충분히 사용하고 있지 않으며, 또한 자기 자신의 교양도 통합적으로 넓히지 않고 있다는 현장 파악에서 실러는 출발한다.(NA 26, 297) 미적 교육 이념은, 정치적 개혁은 다시 시도해봄직하지만 프랑스 혁명으로 야기된 고삐 풀린 공포정치가 남긴 끔찍한 인상들 또한 고려하지 않을 수 없다는 현실 진단과 맞물려 있는 것이다.[170]

실러가 (넉 달간 쉰 다음) 1793년 11월 11일 편지에서 스케치하고 있는 좋은 취향을 위한 교육은 인간 문화에 대한 이중적 영향력의 가능성을 활용하는 일종의 처방적 작전이라 할 수 있다. "이 처방은 아름다움을 매개로 해 야만적 성향에, 숭고한 정신을 매개로 해 나태한 성향에 맞서는 것이다. 그리고 이 종류의 감수성이 정밀하게 균형을 이룰 때만 좋은 취향은 완성되는 것이다."(NA 26, 305) 여기서 문화 경험을 조절하는 과제가 점점 커지고 영향력을 광범위하게 발휘하게 된다. 점진적 사회 발전을 위한 정치가 설 발판이 결여된 사회, 다만 제한적으로 계몽된 데 불과한 사회의 양극 현상인 궁핍과, 근대화로 인한 손실의 간격은 그렇게 해서 좁혀진다. 이러한 계획의 전제 조건은 우선 물질적 결핍 현상을 없애는 데 있다. "계몽 작업"은 한 국가의 "신체 상태"를 "회복"해주는 일에서부터 시작해야 한다고 실러는 말한다.(NA 26. 299) "따뜻하게 지낼 수 있고 배불리 먹을 수 있다는 것만으로는 인간은 별것이 아니다. 그러나 인간 안에 있는 더 나은 천성을 촉발하려면 우선은 따뜻하게 거처할 곳과 배불리 먹을 것이 있어야 한다."(NA 26, 299)

실러가 확신하는 것은 계몽된 시대가 개인의 한 측면만을 위험할 정도로 발달시켰다는 것이다. 궁핍만이 아니라 ('문명화된 계급'의 경우) 과도한 지적 세련마저도 결손 인간을 만들어내는 현 실태의 지경에까지 이르게 했다는 것이다[이 명제에 대해서 아우구스텐부르크 왕자는 1793년 9월 2일 편지에서, "우리 시대에는 이론적인 문화도 결여된 상태"라고 맞서고 있다(NA 34/1, 309)]. 실러가 자신의 후원자에게 제시하는 교육 프로그램은 여기서 거론한 불균형을 세분화된 취향 교육을 수단으로 하여 근본적으로 수정하려는 것이다. 이와 같은 처방적 목표 설정은 정치적 압박에서 벗어나게 해주고 내면성을 즐기는 문화의 활성화일 뿐이라는 비판적 의견이 있다. 이에 대해서는 다음과 같은 입장으로 맞설 수 있을 것이다. 즉 미적 교육은 강제에서 벗어난 예술의 공간에서 스스로 결정하고 스스로 법을 정하는 자유의 가능성을 제시함으로써 인간의 사회적 자율성을 길러주는 모범적 인격(Mustercharakter)을 만들어낼 수 있다는 것이다.[171] 따라서 실러의 구상을 비정치적 성향을 띤 "정치적 행동의 대용물"로 기술하는 것은 그릇된 일이 될 것이다.[172] 현대인이 사회적 역할을 수행하면서 겪는 갖가지 제한과 수모와 손상과는 반대로 미적 교육 프로그램은 도구화된 이성의 목적과 결부된 상태에서 벗어난 자유의 육성을 가능케 해준다. 예술적인 아름다움을 경험함으로써 인간은 자기 자신으로 돌아온다는 구상의 저변에는 광범위한 차원의 새로운 근거를 개인의 자율성에 부여하는 사상이 깔려 있는 것이다. 실러의 교육 구상을 사회적 무능을 상쇄하는 대용물로 이해하는 사람은 이 사상의 사회적 관점을 보지 못할 것이다.[173)]

아우구스텐부르크 왕자에게 보낸 편지들은 미적 교육이라는 프로젝트를 실질적으로 어떻게 실천할 것인가 하는 문제를 비껴간다. 미적 교육 프로젝트는 어떻게 개개의 인간을 더욱 높은 도덕적 수준으로 이르게 할 수 있느냐는 문제와 관련되는 것이다. 그런데 관능적 욕구가 행동의 도덕적 동기에 어떠한 영향도 미쳐서는 안 된다는 칸트의 명제에서 출발하고자 한다면 문제가 해결되지 않는다. 여기에 주어진 방법론적 난관을 피해 가기 위해 실러는 아름다움을 관능적인 것과 도덕적인 것의 중간적 현상으로 규정한다. 주체가 오로지 관능적인 충동에 의해서만 행동하는 경우 결코 도덕성이 있을 수 없음은 그에게도 문제가 되지 않는다. 그러나 다른 경우도 많은 것이다. 실러에 의하면 아름다움에 대한 직감이야말로 인간을 도덕적 행동으로 이끌어주는 결정적 심급인 것이다. 왜냐하면 그것이 비도덕적 태도의 역겨운 측면을 느끼게 해주기 때문이다. 의식은 인간으로 하여금 오로지 이성에 의한 도덕적 명령에 따라 행동하게 하는 데 반해, 아름다움에 대한 직감은 상상이라는 제어장치를 경과하여 도덕적 원칙들의 구속력을 알아차리게 해준다. "따라서 좋은 취향은 미적으로 세련된 감정으로 야만적인 본능에 맞설 뿐 아니라, 이성이 나타나서 격식에 맞게 심판을 내리기 전에 본능의 공격을 물러서게까지 만드는 첫 번째 투사인 것이다."(NA 26, 326)

칸트 철학에 심취했던 실러는 자기의 시도에 담긴 위험성을 너무나 잘 알고 있었다. 인간의 좋은 취향에는 고삐 풀린 향유의 욕구가 지배적인 경우가 너무나 흔함을 실러는 잘 알고 있는 것이다. 이 또한 관능적 욕구와 비슷한 방식으로 자유를 제한하기 때문에 위험한 속박인 것이다. 좋은 취향은 악의 추악함을 알아차리는 데는 도움이 되지만, 관능에 의한 새로운 부자유를 막아주지는 못한다. 실러의 구상은 바로 이 관능에 의한 부자유를 미적 경험의 가능성을 부여함으로써 배제하려는 것이다. 아우구스텐부르크 왕자에게 보낸 편지의 논지는 해결책을 제시하지 않은 채 바로 이 다급한 문제에 머물러 있다. 어떠한 방식으로 문화적 인간 육성이 균형 잡힌 인간상을 실질적으로 가능하게 해줄 것인가는 여기서 대략 소개한 것들을 새로이 서술하여 《호렌》에 발표한 것(「인간의 미적 교육에 대한 편지」)가 보여주게 될 것이다. 여기에서는 좋은 취향의 개념이 더 이상 사용되지 않고, 그 대신 유희의 범주가 등장한다. 그것은 논문 전체의 걸림돌이 되는 열쇠 개념 역할을 하게 된다. 그 저변에 깔린 이분법적 인간관이 이미 루소의 소설 「신 엘로이즈(Julie ou Nouvelle Heloise)」(1761)에서 따온 모토를 밝혀준다. 논문의 제1장 서두에 실러가 써놓은 이 모토는 다음과 같다. “인간을 인간이게 하는 것이 이성이라면, 인간을 이끄는 것은 감정이다(Si c'est la raison, qui fait l'homme, c'est le sentiment, qui le conduit).”[174]

예술의 자율성, 그에 대한 비전들
「인간의 미적 교육에 대하여」(1795)

아우구스텐부르크 서한들의 새로운 버전이 「인간의 미적 교육에 대하여」라는 제목으로 《호렌》에 3회에 걸쳐 발표된다. 몇몇 개념을 약간 수정한 그것의 제2판이 그의 『단문집』 제3권에 수록되어 1801년에 출판된다. 3회로 나누어 발표된 세 부분은 텍스트 내용상의 세 부분과 일치한다. 첫 번째 부분(1번 편지부터 9번 편지까지)은 일반적인 시대적 배경을 설명한다. 노동이 분업화함으로써 야기되는 소외(疎外) 현상을 분석하고, 계몽된 개인이 처한 사회 실태를 묘사한다. 그리고 새로운 문화 교육의 필요성을 요약한다. 미적 교육의 프로그램이 여기서 시작된다. 두 번째 부분(10번 편지부터 16번 편지까지)은 이 글의 핵심에 해당하는 인간론을 제공한다. 그것은 칸트의 방법론에 입각하여 인간의 욕망 구조를 서술한 것인데, 여기서 실러는 (칸트의 선험철학적 윤리 이론과는 달리) 개인의 내부에서 갈등하는 상반된 에너지들이 균형을 이루도록 매개해주는 힘으로서의 미라는 개념을 도출한다. 마지막의 세 번째 부분(17번 편지부터 27번 편지까지)은 미적 상황에 이른 주체를, 그의 조화 기능과 인류 발전사 내에서의 그의 역할을 조명한다.

실러는, 이미 아우구스텐부르크 편지에서도 그러했듯이, 현대사회의 현상에 관한 광범위한 진단에서 출발한다. 계몽된 사회에서의 노동 분업은 학문과 정신문화를 발전시킴으로써 미신과 선입견들을 제거하는 데 일조한 공은 있으나, 그에 못지않게 인간의 내면이 산산조각 나게 함으로써 인간을 불구로 만들었다.(NA 20, 323, 326) 실러의 인류 발전사 서술은 현대의 개성이 처한 소외 상황을 거시적 안목으로 분석하는 데서 절정을 이룬다. 현대인은 다방면에 걸친 자기의 재능을 오므라들게 하면서, 자발적으로 그 재능을 부분적인 것이 되게 제한한다는 것이다. "전체의 작은 파편에만 영원히 묶여 있음으로써 인간은 스스로를 파편으로 변하게 하고, 자기가 일하고 있는 기계의 톱니바퀴 소리만을 영원히 들음으로써 자기의 타고난 조화로운 본성을 영원히 발전시키지 못하고, 자기의 본성이 지닌 인간성을 발휘하는 것이 아니라 자기가 하는 작업이, 자기가 종사하는 학문이 찍어내는 붕어빵 같은 존재에 불과한 것으로 되어버린다."(NA 20, 323) 카를 마르크스의 사상을 선취하고 있는 듯한 이와 같이 예리한 사회 진단을 페터 바이스(Peter Weiss)는 그의 희곡 작품 「횔덜린」(1972)의 제2판에서 실러의 입을 벌려 다음과 같이 표현했다.

중상주의로 인한 정신적 빈곤
톱니바퀴 돌아가는 소리에
얼빠지고 갈기갈기 찢긴
잘려 나간 조각에 묶인
자신 또한 잘린
조각 인간.[175)]

인간이 만든 제도와 능력들이 계몽주의의 '이론 문화'로 말미암아 분해되는 현상에 대항해서 실러는 빙켈만과 모리츠에게서 영감을 얻어 개인의 "전체성"(NA 20, 328) 회복을 요구한다. 현 상태의 국가, 학계, 정계로부터는 고대 그리스의 도시국가가 길러낼 수 있었던 것과 같은, 적어도 의고주의적인 이상형과 같은, 개인의 전체성을 회복하는 데 필수적인 추진력이 나올 수 없다고 7번 편지는 강조한다. 현대사회에서는 주체의 능력이 이지적인 면에서나 감성적인 면에서나 특수한 분야에 집중적으로 제한되게 마련인 현상을 모리츠는 자신(그 또한 빙켈만에게서 자극을 받은 것이다)의 논문 「자연 가운데서 가장 고귀한 것(Das Edelste in der Natur)」(1786)에서 실러와 비슷하게 서술했다. 본래 인간은 "자기의 가치를 자기 자신 속에 지니고 있다"는 것이다. "얼마 동안은 국가가 그의 팔을, 그의 손을 마치 기계의 부속품인 톱니바퀴처럼 사용할 수 있다. 그러나 인간의 정신은 그 어떠한 것의 부속품도 될 수 없다. 그것은 그 자체로서 완성된 전체인 것이다."[176)]

이 전체성을 지속적으로 회복하는 길로 우리를 이끄는 것이 실천적 문화, 즉 여기서는 예술의 문화인 것이다. 이미 2번 편지가 "아름다움을 통해 우리는 유유자적한 자유로 이르게 된다"(NA 20, 312)고 역설한다. 예술가만이 개인의 감성을 교육하여 스스로를 느끼게 하는 동시에 생각하게 하는 수준까지 높여줄 수 있다고 실러는 9번 편지에서 쓰고 있다. 이때 그가 본질적으로 견지하는 신념은 시대에 영합하는 "지망생"이 되거나, 시대의 사랑을 만끽하는 "총아"로 남아 있어서는 안 되고(NA 20, 333), 관객의 취향이나 인기 계산에 한눈팔지 않고 자기에게 주어진 재주를 수미일관되게 지속적으로 갈고 닦는 길을 계속해야 한다는 것이다. 오로지 그렇게 함으로써만 예술 문화는 자기 시대에 소외된 외톨이 신세인 현대인에게 스승이 되어 이상적이면서도 모범적인 인간상을 비춰줄 수 있게 될 것이다. 예술가에 관하여는 다음과 같이 쓰고 있다. "수입 효과를 올릴 수 있겠다는 허황된 생각에 순간적으로 빠지지 말아야 하고, 참을성 없는 망상으로 궁핍한 시대에 절대적인 잣대를 들이대려 하지도 말아야 하며, 예술가는 현실의 영역을 자기 집 안처럼 잘 알고 있는 이성에게 판단을 맡겨야 한다. 그러나 (그에 머물지 말고 그것을 토대로) 예술가는 가능성과 필연성을 결부해 이상적인 것을 생산해내도록 노력해야 한다. 이것을 허상과 진상에서 만들어내야 한다. 상상력의 유희와 행동의 진지성으로 만들어내야 한다. 모든 감각적인, 그리고 정신적인 형식들로 만들어내야 한다. 그리고 그것을 무한한 시간 속으로 말없이 내던져야 한다."(NA 20, 334) 실러의 예술가 심리 분석은 지성의 자율성을 갈망하는 꿈으로 채워져 있다. 바로 이와 같은 갈망을 괴테 또한 후에 자기가 발행하는 잡지 《프로필래엔》에 발표한 논문들에서 이어가게 된다. 예술은 오로지 당일의 요구를 외면함으로써만 자기에게 주어진 교육의 비전을 실질적으로 펼칠 수 있는 것이다.

그렇기는 하나 미적 교육의 기획 또한 사회적 관점을 매개로 하고 있다는 것을 첫 네 편의 편지에서 전개되는 논거들이 밝혀준다. 이상적인 국가는 개인의 거울이어야 하고 또한 그에 못지않게 인류의 거울이라는 것이다. 이 생각은 간접적으로 빌란트의 「관찰(Betrachtungen)」(1790)에서 따온 것이다.(NA 20, 313 이하 계속) 그러나 이와 같은 이상성의 전제는 만사를 합리주의로 처리하는 시대 풍조가 빚어낸 현대인의 편파성을 극복하는 것이다. 국가는 그 국가를 구성하는 시민들의 수준만큼만 완전할 수 있는 것이다. 4년 전에 쓴 솔론(Solon)과 리쿠르크(Lykurg)에 관한 에세이에서는 이상적인 정부는 시민을 정치의 도구로 전락시키지 않으면서 시민에 봉사해야 한다는 요구만으로도 만족하고 있었다. 그러나 이제는 사회질서를 유지하는 요소로서 인간의 육체문화를 정신문화와 조화시키는 일이 필수적인 일이 된 것이다. 사회질서는 도덕의 원리로만 정해지는 것이 되어서는 안 되고 경제적 안정과 개인적 행복을 추구하는 개인의 관능적 욕구도 만족시켜주어야 하는 것이다(이 점에서 실러는 평소 적대적인 입장에 있던 헬베티우스(Helvetius)의 견해를 취하고 있다). 도덕적이면서도 실천적으로 세련된 사람이라야 비로소 시대가 그에게 준 사회적 문제들을 성공적으로 해결할 수 있는 것이다. 광신적인 지적 인간 로베스피에르도, 쾌락을 너무나 좋아한 당통도 그러한 조건을 충족할 수 없었다. 이와 관련하여 실러는 피히테가 예나대학의 정교수로 초빙되고 난 후 처음으로 행한 「학자를 규정하는 것에 관한 강의(Vorlesungen über die Bestimmung des Gelehrten)」가 그의 강의의 첫 열매로서 1794년 여름에 출판되었음을 지적한다.(NA 20, 316) 실러는 피히테의 강의에 비슷한 신념들이 실려 있음을 발견한 것이다. '절대적 정체성(正體性)의 양육(Bildung absoluter Identität)'을 피히테 또한 인간의 감성적 측면을 길러주어야 한다는 생각과 결부시키고 있는 것이다. "완전한 사회를 건설하는 일"[177]은 자연법에 근거한 개인의 자유만 있으면 성사되리라 생각되었다. 토머스 홉스의 『리바이어던』(1651)의 뒤를 이은 왕정복고 체제에 적합한 지배 구조는 더 이상 현대인의 욕구를 공적 영역에서 펼치게 해줄 적합한 모델이 될 수 없었다. 피히테의 기획은 정체성 철학의 시각에서 생겨난 것이요, 따라서 인간의 개성을 규정함에 있어서 선험적 방법과 심리 실험적 방법을 근거로 한 제3의 방법을 취하고 있는 실러의 서한과는 결정적으로 다르다. 이 점을 실러 자신이 인식한 것은 나중 일이다.

실러의 서한을 세상 물정을 모르는 이상주의자의 산물로 여기는 사람은 서한에 나타나 있는 메타포들에 주의해야 할 것이다. '국가', '공화국', '헌법', '정치적 예술가'(NA 20, 317), 공동체, 실천적 '세계 목표' 등은 자주 등장하는 메타포들이다. 아름다움에 관한 것을, 당대의 현실적인 사회적 변혁 과정을 배경으로 하여 거기에 맞서는 비중 있는 문제로 다루고 있는 것이다. 프랑스에서 일어난 혁명적 사건들이 무대요, 그 위에서 현대인과 그의 행동반경에 관한 재판이 전개되는 것이다. 매우 효율적인 수사술(修辭術)은 실러의 글이 잘 팔릴 수 있게 하는 기능까지 갖추고 있음을 말해준다. 복지위원회의 정치적 요구들이 좌절된 해에 실러가 쓴 글은 당시의 긴급한 사건들과 그것의 법리적 내지는 국가철학적 배경에 대한 일반적인 주석의 성격을 적잖게 띠고 있고, 그 형식과 내용 면에서 볼 때 비판적 참여의식의 산물이다. 사회적 현실을 외면하고 도주하는 입장을 대변한 것이 결코 아니다. 방법론적으로 계몽주의적 사고의 틀을 벗어나 있지 않지만 실로 현대에 관한 최초의 이론이라 하겠다.[178]

교육에 관한 실러 글의 두 번째 부분은 인간의 욕구 구조를 심리적 측면에서 논한 것이다. 미적 교육 이념을 펼치기 전에 해야 할 작업으로서, 인간학적 지평에 대한 개관인 것이다. 개인의 다양한 지향성을 정리해주는 두 개의 기본 개념은 "인격(Person)"과 "상태(Zustand)"이다. "인격"이 정체성, 안정성, 무시간성, 평온 등의 영역에 해당하는 개념이라면 "상태"는 시간성, 활력, 변모 등을, 끊임없는 변화를, 시간 내에서의 활동을 표시한다(이것은 실러가 칸트의 『순수이성비판』의 제7장을 설명하면서 취한 정의이다).(NA 20, 341) 이 두 범주는 개개 인간의 개성을 지배하고 있는 일정한 욕구 구조에 상응한다. 실러는 라인홀트의 「칸트 철학에 대한 서한」에서 개념 체계를 취하여, "감성 충동"(소재 충동)(《호렌》에 실린 텍스트에서는 "사물 충동(Sachtrieb)")과 "형식 충동(Formtrieb)"을 구분한다. 감성 충동이 개인에게 태생적으로 주어진 자질을 실현하려 노력하는 것이라면, 형식 충동은 외부의 현실을 내면화하려 노력하는 것이다. 소재 충동은 인간의 타고난 원초적 가능성들에서 나오는 것으로, 이 가능성들을 시간의 제약을 받는 역동적인 형식으로 옮기고 그것에서 확충되면서 물질적 현실 경험의 다양성을 만들어낸다. 형식 충동은 즉흥적인 체험의 인상에서 작동하여 그 경험의 대상을 모아서 주체의 의식에 전달하고, 외부에서 받은 현실의 복잡한 내용을 사색의 도움을 받아 통합한다. 실러는 이 두 충동이 따르는 논리를 "감성과 이성을 지닌 본성의 기본 법칙"이라 부른다. 감성 충동의 원리와 형식 충동의 원리는 각기 다른 목표를 인간에게 제시한다. "전자는 절대적 현실화를 지향한다. 즉 형식뿐인 모든 것을 세계로 만드는 것이 그의 목표인 것이다. 후자는 절대적 형식화를 지향한다. 즉 세계에 불과한 모든 것을 자기 안에서 말살해버리고 그것의 모든 변화에 조화를 가져다준다. 다른 말로 하면 형식 충동이 목표로 삼는 것은 내적인 모든 것을 밖으로 드러내고, 외적인 모든 것을 형식화하는 것이다."(NA 20, 344)

실러의 충동론은 1786/87년 《도이체 메르쿠어》에 실린 라인홀트의 「칸트 철학에 대한 서한」과 그에 이어 발표된 「인간의 표상 능력에 관한 새로운 이론의 시도(Versuch einer neuen Theorie des menschlichen Vorstellungsvermögen)』(1789)의 영향을 받은 것이다. 《도이체 메르쿠어》의 철저한 독자이던 실러가 칸트 자신이 칭송한 라인홀트의 서한을 숙독했음은 실러가 쾨르너에게 보낸 1789년 6월 24일 편지에 잘 드러나 있다. 이 편지에서 실러는 후펠란트가 알선해준다면, 빌란트가 주간하는 잡지(《도이체 메르쿠어》) 최근 3년치에 대한 총평을 쓸 생각이 있음을 친구(쾨르너)에게 제안하는 동시에 라인홀트의 기여를 높이 평가해주어야 할 것임을 말하고 있다.(NA 25, 311) 카롤리네 폰 볼초겐도 실러가 라인홀트의 서한을 읽고 예나의 친구들 서클에서 그에 관해 토론을 벌였다고 보고하고 있다.[179] 라인홀트의 두 번째 논문인 「인간의 표상 능력에 관한 새로운 이론의 시도」는 실러가 1789년 10월에 라인홀트에게서 직접 받은 것으로 알려져 있다. 실러는 자기의 교수 취임 강의에 쓴 텍스트가 인쇄되자 그것을 라인홀트에게 보냈는데 그 답례로 이 텍스트를 받은 것이다.(NA 25, 311) 실러는 처음에는 이 텍스트에 별로 관심을 보이지 않은 것 같다. 그러나 1792년 초에 칸트의 『순수이성비판』을 읽으면서부터 이에 대한 주석용으로 라인홀트의 텍스트를 계속 함께 읽었음을 1792년 1월 9일 바게센에게 쓴 편지로 알 수 있다. 이 편지에서 실러는 수 개월간 병마에 시달린 후에 다시금 절실히 필요하다 느끼게 된 지적 자극을 "칸트와 라인홀트의 철학"이 자기에게 "넉넉하게" 제공해준다고 보고하고 있는 것이다.(NA 26, 130) 이 어려운 텍스트를 실러 쪽에서 철저히 연구할 수 없도록 하는 텍스트의 저항에 관하여 라인홀트 자신은 어떠한 환상에도 빠져 있지 않았다. 1792년 1월 2일 바게센에게 보낸 편지에서 그는 더 가까운 개인적 관계를 방해하는 사고방식 차이를 열거하는 동시에 다음과 같이 자기와 실러의 차이를 설명한다. "나는 실러를 잘 압니다. 그가 어째서 나를 모르는가를 말입니다. 나는 그의 글을 즐깁니다. 그러나 나의 글은 너무나 딱딱하여, 설사 그가 그 것을 읽게 된다 하더라도, 전혀 즐길 수 없을 것입니다."(NA 26, 640) 실제로 실러는 1794년 7월 4일 쾨르너에게 보낸 편지에서 "라인홀트와 그의 동아리"는 지성적 "개성"에서 "철학적 이성"을 뽑아내는 성향이 강한 것이 마음에 들지 않는다고 털어놓고 있다.(NA 27, 19) 그러나 실러가, 비록 추상적인 사상 체계를 끝까지 파고들지는 못하였으나, 라인홀트의 칸트 주석에서 이념적 발상을 얻었다는 사실만큼은 그의 교육 관련 글의 충동론에서 입증된다.

「칸트 철학에 대한 서한」에서 라인홀트는 인간을 지배하는 동력들을 구분하는 문제에 관하여 다음과 같이 설명하고 있다. "1. 인간의 욕구 능력(넓은 의미에서)에는 원초적이고 본질적으로 상이한, 그러면서도 본질적으로 통합된 두 가지 충동이 있다. 그 하나는 감각에 기초를 둔 것으로서 외부의 것을 즐기는 것이 주요 업무이고, 다른 하나는 개인적인 자체 활동 속에 있는 것으로서 오로지 자기 자신을 통하여 필수적인 법칙을 만들어 낸다."[180] 이미 여기서 라인홀트가 구별하는 두 가지 충동, 즉 감각적 욕구를 기초로 하며 상황 변화에 적응해가는 소재 충동과, 독자성과 정체성을 유지하려는 형식 충동이 실러의 이원적 사고의 모델이 되고 있음이 드러난다. 그러나 또한 여기서 간과해서는 안 될 점은 라인홀트의 충동론은 실러가 교육론을 쓰게 된 동기와 방법론상으로 다르다는 것이다. 실러가 그 두 가지 충동을 동등한 권리를 가진 힘으로 간주하고 둘 사이의 관계를 조화롭게 매개하는 일이 가능할 것으로 보는 반면에, 칸트를 신봉하는 라인홀트는 도덕적(비이기적) 충동을 실천이성에게만 주어진 특권적 요소로 간주함으로써 인간의 감각적 경험은 필연적으로 인간을 조종하는 행동 요인들의 총체 내에서 저급한 자리로 밀려날 수밖에 없게 하고 있는 것이다. 이런 식으로 이원론적 충동론은 상하의 여러 단계를 구별하는 계단식 질서 구조 밑에 놓이게 되고 칸트가 주장하는 도덕론의 특권에 상응하게 되는 것이다.

라인홀트와 칸트의 공통점들은 라인홀트의 「인간의 표상 능력에 관한 새로운 이론의 시도」까지 검토하면 더욱 분명하게 드러난다. 이 논문에서 라인홀트는 칸트의 인간 인식능력 규정을 이론적 인식뿐 아니라 실천적·윤리적 문제까지 다루는 더 광범위하게 설정된 의식론으로 보완하고 있다. 라인홀트는 의식구조 면에서 '수용성'과 '자발성'을 기초로 한 표상 능력에 관한 이론을 수립하는데, 이는 철학적 담론에 직관과 개념을 하나로 통합해서 인식하는 능력에 상응하는 것이라 할 수 있다. 이 표상 능력은 상위의 범주로서 감각(직관), 오성(판단), 이성(인식) 등의 능력과 욕구 능력(윤리적 행위 분야)의 선험적 분석을 위한 토대인 것이다. 이중에서 후자, 즉 욕구 능력에 대한 라인홀트의 결론적 주석은 실로 실러의 「인간의 미적 교육에 대한 편지」에서 본질적인 내용이라 할 수 있다. 다만 다음의 두 가지 변형에서 다른 점이 보일 뿐이다. 팽창적인 욕구 활동 행위에서 이루어지는 경험 세계의 역동적 쟁취(소재 충동)라는 방식이 그 하나이고, 또 하나는 외적 경험을 이성적으로 도덕적 원리에 입각하여 사려 깊게 판단하는 능력(형식 충동)이다.[181]

칸트의 윤리학 체계에서 벗어나는 이 차이를 실러의 충동 모델과 비교해보면 접촉점들이 뚜렷하게 드러난다. 이 두 경우에서 소재 충동은 감각 차원에 머문다. 따라서 현실 영역에 속하게 된다. 다른 한편 형식 충동은 인간의 도덕적 법칙을 요구한다. 현실을 의식 내용으로 옮기는 행위를 이성을 근거로 정리하는 것이기 때문이다. 실러가 놀이 이론으로 말한 것과 같이, 충동들을 조화롭게 매개할 수 있다는 이상적인 생각도 이미 라인홀트에서 만나게 된다. "그리하여 행복을 추구하는 충동과, 도덕성을 추구하는 충동이 하나로 합치면 인간의 최고 선을 이룬다."[182] 라인홀트에게는 이 두 충동을 합치도록 하는 작업이 오로지 형식 충동의 지배하에서만, 즉 도덕률의 나라에서만 이뤄질 수 있다는 것에 의심의 여지가 없었다. 이에 반하여 실러는 선험철학에 바탕을 둔 라인홀트의 충동 이론을 미학의 영역으로 옮긴 것이다. 그리고 여기서는 실러의 독자적인 방법론적 계획에 따라 인간을 규명하는 문제가 인식론보다 중요해진다.

실러의 '교육 서한'에 들어 있는 충동 이론의 또 다른 철학적 원천은 피히테의 『총체적 학문론의 토대(*Grundlage der gesamten Wissensschaftslehre*)』이다. 이 책에서 영향을 받았다는 것을 실러 자신이 13번 서한의 주석에서 밝히고 있다.(NA 20, 347 이하) 이 책에서 두 항목으로 구성된 이론 부분은 1794년 6월 중순부터 피히테가 예나대학에서 한 강의에 대한 주석으로 여러 차례에 걸쳐 공개된 바 있는데 같은 해 가을에 라이프치히의 출판인 크리스티안 에른스트 가블러가 책으로 출판했다. 실러는 교육 서한 집필 시에 피히테의 이 책을 심도 있게 읽었다. 1795년 여름에 실용 편의 내용을 요약한 것이 강의의 청강자들을 위해 인쇄되었는데 실러는 이것도 얻어서 보았으나 깊게 연구하지는 않았다. 실러가 피히테의 사고 세계를 처음으로 들여다본 것은 1794년 5월 말 훔볼트와 함께 호기심에서 그의 강의를 참관했을 때였다. 그의 강의 텍스트는 인쇄 전지 각 장에 나뉘어 하나씩 연이어 공표되었는데, 그것이 한 묶음으로 모아져 「학자를 규정하는 것에 관한 강의」라는 제목으로 가을 출판 박람회에 나오자 실러는 그것을 주의 깊게 읽었다.[183] 실러는 1794년 7월 4일 쾨르너에게 보낸 편지에서 "칸트 체계에 대한 피히테의 새로운 견해"가 자신이 사변철학을 더욱 깊이 이해하는 데 도움이 되고 있다고 쓰고 있다.(NA 27, 20) 실러가 여기서 말하고자 한 것은 예나대학에서 한 여름 학기 강의가 암시한 내용, 즉 선험적으로 파악된 인간 자유사상의 과격화를 의미한다. 가을 출판 박람회에 등장한 『총체적 학문론의 토대』는 이러한 단초를 정체성 철학적 사고(identitätsphilosophisches Denken)의 차원에서 계속 이어가게 된다. 피히테는 주체를 천부적으로 주어진 자율성으로, 그와 동시에 종속성과 대립되는 것으로 규정하려고 한다.[184] 그러나 그에게 결정적인 것은 이 두 형식이 서로 영향을 끼침으로써 두 힘이 균형을 이룬다고 전제하는 것이다. "자아는 행위를 통하여 자기의 고통을 규정한다. 또는 고통을 통하여 자기의 행위를 규정한다. 그렇다면 하나의 동일한 상태에서 행해지고 그와 동시에 고통을 받게 되는 셈이다."[185] 상호 보완 관계에 있는 상반된 두 충동을 구별하는 것을 실러는 1794년 말에 정밀하게 연구한 피히테의 『총체적 학문론의 토대』의 이론 부분에서 배워 그대로 수용했다. 주체의 세계는 전적으로 주체의 활동에 의해 형성되기 때문에 절대적으로나 제한적으로나 자기주장을 자율적으로 하게 된다는 피히테의 생각은 실러에게 기본적인 것으로 남게 된다. 실러가 피히테와는 달리 주체성에 대한 철학적 체계를 세우고자 한 것이 아니라 다만 미의 이론을 확립하고자 했다는 것은 사실이지만, 피히테의 『총체적 학문론의 토대』를 기초로 한 정체성 이념의 내용상 전제들이 실러의 이론에 흘러 들어가 있는 것이다. 자기 자신과 자기 주변 세계에 대하여 자유로이 활동하는 주체야말로 그에게는 (추구해야 할) 이상이었고, 이러한 이상을 그는 미학의 영역에 적용한 것이다.

결정적으로 실러가 피히테와 갈리는 것은 그(실러)가 주체 범주에 객관적으로 타당한 경험의 세계를 대치시키고 자아와 현실 간의 관계를 이원론적으로 파악하는 부분에서이다. 이 이원론은 미에 대한 이론적 근거 부여의 조건인 것이다. 인간이 (자기와) 다른 것을 체험할 때 자기 정체성을 잃지 않기 위해서 불가결한 것이 바로 매개 역할을 해주는 힘으로서의 이원론인 것이다. 이에 반하여 피히테는 주체와 객체의 관계를 상호 규정 과정에 있는 변증법적 관계로 본다. 그러나 그 바탕은 자아의 절대적인 자유인데, 이 절대적 자아는 자기 자신의 독자성뿐 아니라, 자기를 둘러싸고 있는 저항물들을 설정함으로써 타율성도 거침없이 갖게 된다고 생각한다. 그런데 실러에게 (자아에 대해 외부적인 세계인) '상태'는 객관적으로 존재하는 대상이요, 미의 화해(和解) 작용을 가능케 해주는 근거인 것이다. 만일 이러한 '상태'를 항상 마음대로 처리할 능력이 인간에게 있다면, 미 문제에 대한 독자성 미학은 그 중개적 기능을 상실할 것이다. "우리는 우리가 존재하기 때문에 존재하는 것이다. 우리가 느끼고, 생각하고, 의욕하는 것은, 우리의 밖에 무언가 다른 것이 있기 때문이다"라고 그는 11번 편지에서 말하고 있다.(NA 20, 342)

결국 실러의 미학은 피히테의 『총체적 학문론의 토대』와 그에 앞서 진행된 「학자를 규정하는 것에 관한 강의」와 결별하여, 방법론적인 면에서 자기 이해를 달리하고 그와 더불어 주도적 이론 용어의 설계도 달라지게 된다. 피히테의 체계는 자아와 현실 간의 관계를 변증법적인 것으로 설정한 틀 안에서 주체의 자유가 가능하다는 근거를 정체성 철학으로 제시하고자 한 시도이다. 이에 반하여 실러가 생각한 모델은 체계적 양상을 갖추었다 할 수는 없으나, 인간의 이중적 본성에 미치는 미의 작용을 경험적으로 '그리고' 선험철학적으로 설명한다는 주장을 충실히 지킨다. 그 결과로 교육 기술 프로그램을, 실질적으로 그 효과를 측정할 수 있는 프로그램을 이끌어내려 한 것이다. 피히테의 체계가 이론적 차원에 머물고 있는 반면에, 실러는 항상 심미적 경험이라는 개념의 적용 대상이 되는 객관적 현실을 염두에 두면서 생각한다. 선험철학적 처리 방식이 실러에게서는 경험적 방식으로 보완되고 있는 것이다. 그럼으로써 학술적인 전문용어들은 (객관적으로) 주어져 있는 (현실 세계의) 관계들을 더욱 잘 이해할 수 있게 봉사하는 도구로 파악되는 것이다. 이때에 시종일관 가장 중요한 것은 스스로 결정하고자 하는 욕구와, 타자에 종속된 상태 사이의 긴장 속에 있는 개인과 그의 이중적 본질에 대한 실제적 관심이다.[186)]

라인홀트와 피히테의 뒤를 이어 나온 실러의 충동 이론은 추상적 용어들로 짜여 있으나 그 바탕에는 포괄적인 인간학이 자리하고 있다. 주된 두 가지 충동의 작용에서 행동을 규정하는 여러 요소를 엮어내는 복잡한 과정이 생겨난다. 그것은 주로 내적 · 외적 경험들의 긴장 관계 속에서 작용하는 의식의 생산적 힘이라 하겠다. 소재 충동은 외부적 현실의 지시에 따른다. 따라서 필연적으로 우연의 법칙에, 그리고 우연에 의해 조종되는 감각적 경험 능력에 좌우된다. 소재 충동은 의사소통을 통하여 시대 흐름을 파악하고, 세계와의 관계 맺음을 통하여 행복감을 추구한다. 이에 반하여 형식 충동이 끝까지 지키고자 하는 것은 합법칙성의 나라요, 완전성을 이루려는 노력이요, 주체가 자주적으로 결정할 수 있게 하는 자유의 원칙이다. 그때그때 발동하는 충동은 인간이 태어날 때 대여받은 가능성을, 즉 외부로 확장해 외부적 경험을 쌓아서 자아실현을 하든가, 또는 외부 세계를 (내부에서) 소화하고 집중시킴으로써 자기 정체성을 만들어가든가 하는 가능성을 구체적으로 보여준다.[187)]

두 충동 사이에 있는 것이 아름다움의 본질이다. 외부 세계의 물질 차원과 그것의 내면화가, 생산과 수용이, 확장과 집약이, 능동과 수동이 똑같은 비중으로 함께 자리하고 있는 것이 아름다움의 특성인 것이다. 아름다움은 두 가지 기본 충동들의 특별한 기능을 포착하여 서로 관계 맺어주는 놀이 충동(Spieltrieb)을 매개로 하여 만들어진다. 따라서 이 놀이 충동은 인간을 현실과 내면성을 매개해주는 길로 이끌어줌으로써 그가 태생적 자질의 총체성에 이르게 해주는 매체인 것이다. '물질'만도 아니요, '오로지 정신'인 것도 아니며, 인간 개인이 추구하는 것은 중간 지대이다. 그것은 '법칙'과 '욕구'가 합치된 곳이다. 피히테의 주체철학적 사고 논리와 완연히 다른 인간관인 것이다.(NA 20, 356) 이 중간 지대에는 인간의 자기 치유 능력을 활성화함으로써 자기 자체 내에서만 맴도는 개별적 충동들의 폐쇄적 구조로 인해 치료 행위가 방해받지 않도록 해주는 어려운 역할이 주어져 있다. 이 심미적 단계에 이르러야 실러 자신이 루소의 「과학과 예술론(Discours sur les sciences et les arts)」(1750)에 자극을 받아 방법론상의 문제로 서술한 것, 즉 소외적 여건하에서 자연이 부여한 자질을 가꾸는 것이 가능하다는 것이다. 루소의 글을 세밀하게 성찰한 흔적은 보이지 않아도 그의 글을 배경으로 하고 있고, 칸트와 라인홀트의 사고 체계를 본받고 있는, 충동론에 관한 실러의 생각들은 교육적 측면을 띠고 있다. 개인이 자연으로부터 부여받은 자기의 자유를 다시 소생시키는 과정에서 활용할 수 있는 여러 가지 지성적 기법들을 밝혀주고 있기 때문이다.

미(美)의 경험을 통해 생겨나는 (후에 가서 '심미적'이라고 불리는) 중간 상태에서 인간은 이상적으로는 그를 지배하는 극단들(소재 충동과 형식 충동) 간에 균형을 잡아줄 놀이 상태를 얻게 된다. 오로지 여기서, 감각적 현실계를 능동적으로 획득하는 일과 외부적 자극을 수동적으로 지각하는 일이 함께 만나는 바로 여기서 실러는 개인을 격리하는, 직접적 삶의 전체성에서 떼어내는 분별지(分別智, Partialtrieb)들의 화해를 도모할 수 있는 것이다. 그는 단적으로 이렇게 말한다. 인간은 "노는 상태에서만 완전한 인간이다."(NA 20, 359) 피히테가 『총체적 학문론의 토대』에서 선험적으로 인간에게 주어진 것으로 간주하는 자아실현 내지 자아 정체성을 추구하는 충동을 마련해주는 것이 실러에게서는 조화의 기능을 지닌 예술을 경험함으로써 이루어진다. 무제한적 자유의 매개체로서 놀이 충동이란 상이한 활동을 하는 형식 충동과 소재 충동 사이에 나타나서 관계를 맺어주려는 감각(Beziehungssinn)인 것이다.[188] 이 놀이 충동의 기능은 이미 칸트도 중요하게 다루었거니와, 그는 미에 대한 취미판단을 다양한 지적 능력들(상상력과 오성)이 균형을 이루면서 펼쳐내는 '자유로운 놀이'의 생산물이라고 서술한다.[189] 그러나 실러와는 달리 칸트는 놀이의 범주를 오로지 이해관계의 차원을 떠나 마음에 드는 것에 국한된, 판단력에 의해 확인되는 에너지를 가시화하기 위해서만 사용한다. 칸트는 이 에너지를 미학적 지각 행위의 특별한 증표로 간주한다. 여기서 이 개념은 어떤 창조적 힘을 말하지 않고, 인간학적 토대를 표시하지도 않는다[니클라스 루만(Niklas Luhmann)의 체계 이론에 자주 등장하는 마법적 문구. 이에 따르면 예술이란 '유희적으로 현실을 배가하는 행위'[190]이다. 그의 이론은 전통적인 모방론과 거리를 두는 점에서 칸트의 시각을 아직도 근본으로 삼고 있는 듯 보인다].

17번 편지로 시작되는 「인간의 미적 교육에 대한 편지」의 마지막 부분은 놀이 충동의 매개 작업을 더욱 자세하게 서술하고자 노력한다. 그렇게 함으로써 서로 경쟁하는 힘들을 화해시켜주는 매개 역할로서의 미 경험 또한 묘사하게 된다. 이제 제시되는 것은 인간이 지닌 충동들의 구조에 영향을 끼치는 아름다운 형태들의 기능에 대한 분석이다. (이때 우선) 구별해야 할 것은 누그러뜨리는(해소하는) 기능과 힘을 실어주는(돋우어주는) 기능이다. 첫 번째 경우는 두 개의 기본 충동을 각기 '도가 지나치지 않게' 해주는 것이고(NA 20, 360), 두 번째 경우는 기본 충동들이 각기 '자기의 힘을 유지하도록' 해주는 것이다.(NA 20, 361) 가장 이상적인 것은 아름다움의 이 두 기능이 하나가 되어 함께 작용하는 것이다. 그러나 헤르더와 장 파울 같은 비판자들은 이러한 실러의 규정을 현실에 맞지 않는 것으로 간주하여 무시했다.

아름다움이 가져다주는 결합의 결과는 실러가 추구하는(칸트의 철학 체계에 반하면서 실러 미학이 관철시킨 인간관이다) 개인의 전체성을 만들어내는 기능이 가져다주는 극단들 간의 이중적 화해이다. 그 하나는 두 기본 충동 자체 간의 화해이다. 그것은 이 두 충동이 서로 관련된 것이 됨으로써 이루어진다. 외면화와 내면화, 질료와 형식, 다양성과 동일성이 미적 경험에서는 상호 보완적인 것으로 작용한다. 그것들은 대립적인 것이 아니라 보이지는 않지만 하나인 것으로 나타난다. 아름다움만이 소재와 형식을, 외부 세계와 관련됨과 내면에 머무름을 유희적으로 결합한다. 그 두 번째는 각기 충동들 자체의 상이한 강도들 사이를 매개하는 행위이다. 아름다움은 너무나 강렬한 극단들을 누그러뜨린다. 무조건적으로 실현하고자 하는 추진력을 막는 한편, 세상을 등지고 사는 내면 일변도의 생활 태도 또한 완화한다. 그리하여 소재 충동이나 형식 충동이나 그 자체가 조화롭고 균형 잡힌 것이 되게 한다(이것은 실러가 라인홀트에게서 만날 수 없었던 생각이다).

「인간의 미적 교육에 대한 편지」는 아름다움의 누그러뜨리는 기능과 힘을 돋우어주는 기능이라는 두 개념을 가지고 미 경험의 두 번째 역할도 분석한다. 여기서도 우리는 아름다움의 조화 기능, 즉 균형을 잡아주는 기능이 드러나게 해주는 서술과 만나게 된다. 아름다움의 누그러뜨리는 기능에 주어진 역할은 경색된 것들을 극복하고, 교양이 없는 사람들에게 감성을 불어넣어주고, 형식과 취미에 대한 감각을 심어주는 일 등이다. 숭고 내지는 품위의 개념에 관련된 힘을 돋우어주는 아름다움의 기능에 주어진 역할은 지친 사람을 일으켜주고 더욱 강한 활동을 하도록 격려하는 일이다. 여기서도 실러의 출발점이 되고 있는 것은, 현대사회에서 노동의 분화 현상이 인간의 능력을 부분들로 쪼개지게 함으로써 개인이 소유하고 있는 전 에너지는 긴장과 이완 상태의 교환을 반복하게 되고 그 교환의 진폭은 극도로 커져 중간상태가 사라지고 만다는, 루소에게서 배운 진단이다.(이와 완전히 같은 내용을 1784년에 쓴 그의 연극 무대론이 이미 서술하고 있다) 아름다움이 하는 역할은 그러한 큰 진폭의 흔들림을 완화하는 것이다. "두 가지 상반된 장벽들은, 앞으로 증명하겠지만, 긴장된 상태에 있는 사람에게는 조화를, 이완된 상태에 있는 사람에게는 에너지를 심어준다. 그럼으로써 인간 본성에 합당하게 장벽 속의 상태를 절대적 상태로, 그리하여 인간을 자기 자신 내에서 완성된 하나의 전체로 되돌아가게 해주는 아름다움에 의하여 제거된다."(NA 20, 364)

실러의 그다음 추론은 아름다움의 누그러뜨리는 기능의 방식을 심도 있게 분석하는 것으로 옮겨간다. 이때에 추상적인 방법이 다시 지배적이게 되고, 아름다움이 끼치는 심리적 영향력이 중점을 차지한다. 그러나 실제적인 예들은 거론되지 않는다. 후에 가서 니콜라이, 가르베, 헤르더를 비롯한 수많은 실러 서한 비평가들은 이와 같은 전략을 책망했다. 실러는 여기서 "예술 작품 구조에 대한 분석이 아니라 작품의 생성과 영향력에 대한 분석을"[191] 목표로 삼고 있다는 것이다. 그러나 이와는 달리 발터 베냐민은 실러의 방법을 적극적으로 옹호했다. 아름다움의 누그러뜨리는 기능과 힘을 실어주는 기능은 각기 특수한 기능들이기는 하지만 더욱 광범위하게 작용할 수 있는 것이다. 아름다움의 누그러뜨리는 기능은 야만인의 폭력적 행위뿐 아니라, 이론적 두뇌의 추상 정신을 실제와 관련된 현실적 행동으로 옮기는 역할도 할 수 있다.(NA 20, 365 이하) 텍스트가 자세하게 서술하고 있지 않은, 아름다움이 지닌 '균형이 잡히도록 힘을 실어주는 기능'

도 이와 비슷하다고 하겠다. 충동적으로 행동하는 사람에게는 도덕적 힘을 굳히게 해주고, 지적인 사람에게는 외부에 대한 저항력을 강화하게 해주는 것이다(칸트의 윤리학은 이러한 역할을 오로지 이성에게만 부여하고 있다). 가장 이상적인 경우는 아름다움의 이 두 기능이 함께 나타나서 서로 보완적으로 작용하면서 긴장을 풀어 균형을 이루도록 해주는 것이라는 게 실러의 생각이다. 그러한 균형은 오로지 심미적 경험만이 가져다줄 수 있다는 것이다.

서한의 셋째 부분은 「칼리아스 서한」에서 칸트의 주장에 반하면서 관철한 아름다움의 객관적 규정과, '우아함과 품위'에 관한 연구가 보여준 것과 같은 문화인류학적 상태를 체계적으로 결합하려는 의도를 따르고 있다. 여기서 실러의 의도는 놀이 충동에 주어진 매개의 힘을 서술한 다음, 아름다움의 변증법적 힘을 명백히 하려는 것이다. 셋째 부분이 해낸 과제는 그러한 의도를 이중으로 고려한 것이다. 이 부분은 우선 아름다움에 내재하는 자유를 배경으로 하여 아름다움을 인간학의 시각에서 정의한다. 그런 다음 역사철학적으로 원인을 규명하게 되는데 여기에는 마지막 두 서한에서 볼 수 있는 예술적 가상의 정의와 미학적 국가의 비전이 포함된다. 이때 논증은 실러 특유의 방식에 따라 이중으로 행해진다. 즉 우선 선험철학적으로 논증을 전개한 다음 실제적 경험으로 뒷받침해주는 것이다. 그럼으로써 다시금 칸트의 방법과 대치된다.

처음에는 칸트의 선험철학과 피히테의 주체 이론을 토대로 작업을 진행한 실러의 서술은 마지막에 이르러서는 여러 가지 추측들로 종착점을 구성하게 된다. 그가 10번에서 16번 편지에서 충동의 개념들을 논한 끝에 하는, 인간의 정서 상태에 관한 추측들이다. 우선 수용과 생산이라는 인간 심리의 두 가지 형식이 구별된다. 그것은 발전 이론에 대한 논증 과정의 일환으로 나타난다. 어떠한 경험도 해본 일이 없는 경험 이전의 인간은 '수동적으로 규정될 수 있는 것'이 그 특징이라고 19번 편지는 말한다. 경험 이전의 인간은 자체 내에 무한한 가능성을 지니고 있다. 그러나 그러한 가능성들은 현실과 아직 맞부딪치지 않았기 때문에 공허하고 속이 채워지지 않은 것으로 나타난다.(NA 20, 368 이하) 경험 세계로 진입함으로써 마음은 수동적으로 규정된 상태가 된다. 마음은 감각을 매개로 하여 자신을 현실에 내맡기는 것이다. 그러나 직접적 활동으로 전개되지는 않는다. 직접적 활동은, 피히테의 학문론도 강조하고 있듯이, 능동적 결단의 형식으로 있게 된다. 구체적인 경험의 내용을 분별력에 의지하여 자기 것으로 받아들이도록 해주는 사고의 과정을 거쳐 비로소 이루어지는 것이다.[192] 감정과 이성적 행위를 중개하는 일은 불가능하다. 이 둘은 절대적 대립 관계에 있기 때문이다. 이 대립 관계를 더욱 높은 차원에서 해소해줄 심급을 찾고자 한다면, 수동적으로 규정될 수 있는 단계로 되돌아가지 않으면 안 된다. 그러나 이 단계는 경험의 내용으로 채워진 것이어야 한다. 실러가 말하는 '미적' 상태는 이러한 방식으로 생겨난다(그런데 라인홀트는 이러한 미적 상태는 오로지 의식 행위에 의해서만 생겨난다고 보았다). '능동적으로' (경험으로 채워진) 규정될 수 있는 한 형태인 이 미적 상태는 인간 정서에 대한 이론의 네 번째 유형으로서 감정과 사고 행위를 연결한다.(NA 20, 375)

미적 상태의 작용은 인간이 완성될 수 있게 하여 어떠한 조건에도 매이지 않은 자유로운 존재가 되도록 한다. 그것은 인간의 관능적 힘과 정신적 힘이, 피히테가 『총체적 학문론의 토대』에서 주체의 지속적 생산성을 생각하며 서술한 것과 같이, 아무런 제한을 받지 않고 펼쳐지게 해주기 때문이다. 놀이 개념과 한 쌍을 이루고 있는 이 범주는 아름다움의 역할 법칙을 다룬 것인데, 그다음으로 이어지는 서한들에서 상세하게 설명된다. 미적 상태는 자유로운 것이라는 생각에서 예술은 편파적으로 되어서는 안 되고, 예술 속에 작용하는 여러 힘이 조화를 이루도록 해야 하고 특정한 목적에서 벗어나 있어야 한다는 요구가 생겨난다(그 결과 비극 예술에 대해 예상치 못할 정도로 신중한 주석을 달게 된다).(NA 20, 382) 처음에는 피히테의 사고 체계에서 훈련을 쌓아 방법론상으로는 그를 이어받았다는 주장을 하다가 예술 이론을 전개하는 데서는 『총체적 학문론의 토대』를 비판하는 가설을 세우고 있음이 23번 편지에 가서 드러난다. 인간을 이중적 구조로 되어 있는 존재로 규정하는 가설, 혹은 그렇게 규정할 수 있는 존재라는 가설이 바로 그것이다. 변증법적으로 논지를 전개하고 있는 이 편지는 미적 상태가 현대인의 관능과 정신문화 사이에서 필수적인 가교 역할을 이상적으로 해낼 수 있게 한다. 현대인은 이 양 영역을 서로 겹쳐진 것이라는 시각에서 본다. 그럼으로써 양자의 대결은 지양되고 극복되지만 양자가 각기 지니고 있는 힘은 유지될 수 있다고 기대한다. 아름다움에 이르게 하는 교육은 이러한 기대를 전제 조건으로 하고 있는 것이다. 미적 상태의 하위 개념인, 강요받지 않은 힘들의 균형이 펼쳐내는 메커니즘인 놀이 개념과는 달리 미적 상태는 타고난 자질을 마음껏 펼쳐볼 수 있는 벌판을 인간에게 마련해주며 그를 이상적인 전체성으로 이끌어주는 자유의 매개체인 것이다. 여기서도(이미 헤르더의 「조형예술론」(1778)이 분석한 것과 유사하게) 아름다움의 중개 기능이 드러난다. 이 중개 기능의 본질적 역할은 자연이 부여한 유기적 충동의 분리할 수 없는 에너지와, 정신의 분별력을 서로 조화롭게 연결해주는 것이다.[193] "육체적이거나 도덕적인 강요를 받지 않으면서도 마음이 이 두 방식을 바탕으로 해서 활동하는 이 중간적인 경우는 자유로운 마음 상태라 불러도 좋을 것이다. 육감의 지배하에 있는 상태를 육체적 상태라 하고 이성의 지배하에 있는 것을 논리적이고 도덕적인 상태라 이름 붙일 수 있다면, 우리가 실제로 그리고 능동적으로 지배하는 마음 상태인 이 후자의 경우를 미적 상태라 불러야 할 것이다."(NA 20, 375)

예술이 가장 큰 성과를 올리게 되는 것은 소재가 요구하는 것에 대항해서 형식의 지배권을 실현해줄 때이다. 후에 셸링과 헤겔의 이론들이 요구하는 것도 미적 작품은 소재 선택에 의해서가 아니라 관람자에게 끼치는 그 독특한 구성을 근거로 해서 완전한 작품이 될 수 있다는 것이다. 예술은 관찰자를 덮치고 있는 육감의 올가미에서 그를 차례차례 벗어나게 해주려 하는데, 그를 바로 그러한 관능적인 세계로 되돌아가게 하는 것이 주제에 대한 집착이라면, 이상적인 작품의 형식은 그를 자유에 대한 생각과 친숙하게 해준다. 창조적인 인간은 자기가 힘을 기울여 완성해낸 작품에서 자기가 선택한 소재와 싸워 이겼다는 승리감을 느낀다. 그리고 그럼으로써 외부의 강제에 얽매이지 않음을 증명하게 된다. 22번 편지는 「칼리아스」 원고 뭉치에 서술되어 있는 것을 토대로 다음과 같이 적고 있다. "진실로 아름다운 예술 작품에서는 내용이 하는 것은 아무것도 없고 형식이 모든 것을 다 해내야 한다. 오로지 형식을 통해서만 인간의 전체성이 나타나게 할 수 있기 때문이다. 이에 반하여 내용에 의해서는 개별적인 힘들만이 드러나는 것이다. 내용은 아무리 숭고하고 광대한 것이라 하더라도 그것이 정신에 미치는 영향은 제한적일 수밖에 없다. 오로지 형식으로부터만 진정한 예술적 자유를 기대할 수 있는 것이다. 결국 대가의 손에서 탄생한 예술 작품의 비밀은 그가 소재를 통하여 형식의 흔적을 보이지 않게 했다는 데 있는 것이다. 그리고 소재 자체가 위풍당당 위세를 떨칠수록, 매혹적일수록, 자체의 힘을 발하면서 덮쳐올수록, 또는 관찰자가 소재를 직접 받아들이려는 성향을 띠고 있는 경우일수록, 소재를 물리치고, 그에 대한 지배를 구가하는 예술은 더욱더 승리감을 맛보게 될 것이다."(NA 20, 382) 실러가 이와 같은 신념을 가지고 멘델스존이나 엥겔, 가르베와 같은 이론가들의 후기 계몽주의 예술론에서 중심권으로 들어선 것은 당연하다 하겠다. 이들은 한 작품의 바탕을 이루는 소재를 주로 다루면서, 작품의 형식이 이루어내는 성과는 고려 대상으로 삼지 않는 일을 일삼아온 것이다.

실러가 편지들의 마지막에서 제시하는 미적 상태에 대한 분석은 예술미의 경험이 인간에 대한 폭넓은 교육이라는 목적을 위해 그의 글이 요구하던 하나의 고양된 이론 문화에 대한 형식상의 전제 조건만이 아님을 충분히 명시해준다. 아름다움은 오히려 확대된 도덕적 가치들을 포함하고 있다는 것이다. 그와 동시에 미적 상태는 어디까지나 무조건적으로 자유로운, 도덕적으로 완벽한 상태이다. 그런데 칸트는 감각적 행위 충동을 떨쳐버려야만 이러한 상태가 가능하다고 보았다. 『실천이성비판』이 요구하는 윤리적 명령에 철저히 따르는 경우와는 반대로 아름다움은 인간에게 도덕적 참여의 필연성을 유희적인 방식으로, 그럼으로써 그와 동시에 더 강력한 방식으로 전달하는 것이다. 실러에 의하면 개인이 예술과 씨름하며 갈고 닦아 자기의 감성 문화를 세련해가는 과정을 완성했을 때, 그리하여 아름다움의 체험을 거쳐 그 아름다움에 내재하는 도덕적 가치성을 인식하기에 이르렀을 때 비로소 이성의 자유는 최고 형식에 다다르게 된다.[194)]

이러한 시각은 실러가 자신의 논문 서두에서 자유에 이르는 노정은 아름다움을 거쳐서 가게 된다고 천명한 것과 모순된다고 즐겨 주장하는 이들이 있으나 전혀 그렇지가 않다. 칸트와 모리츠에 의해 고무되어 미적 상태의 자립성을 즐겨 말하지만, 그것은 자유에 이르는 노정은 아름다움을 거쳐서 가게 된다는 생각을 뒷받침할 따름이다. 미적 상태가 노정과 목표점이 하나임을 보여주기 때문이다. 논문 서두의 이 비유는 그러한 배경을 염두에 두어야 이해할 수 있는 것이다. 즉 자유에 이르는 '길'이 아름다움을 거쳐서 가는 길이라면, 그것은 실러의 사고 체계와 연관지어볼 때 오로지 다음의 사실, 즉 예술을 경험하는 과정에서 이미 자유를 예감하게 된다는 사실을 의미할 뿐이다(이와 비교할 만한 논지를 후에 횔덜린과 노발리스가 펼치게 된다). 아름다운 것이 자유로운 것은 주로 그것에 각인된 형식, 즉 놀이의 구조와 그것이 발휘하는 빛의 무한성에 의해서이다. 이러한 정의의 사회적 의미를 인식하고 있는 사람만이 실러가 한 구상의 진폭을 가늠할 수 있을 것이다. 「칼리아스 서한」에서 이미 인간이 지닌 이성의 자율성에 관한 칸트의 지론을 미의 형식에 적용해보고자 했던 실러의 시도는 프랑스 혁명의 정치적 전개 과정을 지켜보면서 얻은 통찰, 즉 자유로운 사회는 자유로운 예술에 의해서 가능해진다는 생각의 결과라 할 것이다.[195)]

3번 편지에서는 절대주의적인 '자연 국가'를 폐지하는 작업을 계속 움직이는 상태에서 '(마차) 바퀴 바꾸기'에 비유하고 있는데(NA 20, 314), 이 인상적인 비유는 실러가 구상한 점진적 사회 개혁 모델에서 예술 경험이 담당하는 임무가 어떠한 것인가를 매우 적절하게 설명해준다. 예술에 의해 세련된 사람은 정치적 행위를 하는 데 있어서, 이론적으로는 잘 훈련되었으나 상상력이 부족한 지식인과는 다른 전제 조건들을 갖추고 있는 것이다. 세련된 예술가는 현존하는 사회질서의 변혁 작업을 그 근본이 되는 문화적 변천 작업으로 뒷받침해줄 능력이 있는 것이다. 횔덜린은 1790년대 중반에 그와 같은 일을 해보고자 했다. 물론 돌연한 시대적 변화가 그 배경을 이루고 있기는 했지만 말이다.[196)] 실러에게 예술은 정치적 이상을 꿈꾸는 지성인이 실망하여 찾게 되는 도피처가 아니라 사회의 변혁을 요구할 능력이 있는 법정이다. 편지에 담긴 교육적 복안을 미성숙한 시민들의 심리적 불안을 덜어주기 위한 기여 중 하나로 여기는 사람이 있다면, 그러한

자가 누구일지라도 편지가 다루고 있는 이론적 수준에 미치지 못하는 인물이라 하지 않을 수 없다.[197)]

실러는 23번 편지에서 미적 상태에서 최고도의 도덕적 상태로 넘어가는 것이 어떻게 가능한가를 서술한다. 미개인의 육체적 삶의 방식에서 벗어나는 과정은 관능적 경험을 쌓아가는 가운데서 한 발자국씩 점차로 이루어지지만, 그다음 단계인 미적 상태에서 도덕적 상태로 넘어가는 길은 미끄러지듯 진행되는 유희적 성격을 띠고 있다 할 것이다. 실러의 구상에 의하면 인간의 발달단계는 세 단계로 되어 있는데, 그것을 다루고 있는 것이 24번 편지이다. "인간은 생리적으로는 자연의 힘을 견딜 뿐이다. 인간이 이 자연의 힘에서 벗어나는 것은 미적 상태에서이다. 그리고 자연의 힘을 지배하게 되는 것은 도덕적 상태에서이다."(NA 20, 388) 이러한 생각의 배후에는 고대 그리스의 이상적 개인상이 자리하고 있고, 빙켈만의 소개로 알게 된 고대 그리스의 이 이상적 개인상은 관능성과 이성적 자유가 하나로 조화를 이룬 인간을 대표하는 것으로 이미 6번 편지에서 다룬 것이다. 그런데 인간 발달의 세 단계를 다루는 24번 편지에서 실러는 요한 베냐민 에르하르트의 1794년 10월 31일 그에게 보낸 편지에서 제시한 간략한 초안의 발자취를 따르고 있다. 에르하르트의 이 초안은 당시에 실러가 《호렌》에 게재하려던 원고의 내용을 전혀 모르는 상태에서 작성한 것이다. 에르하르트의 생각에는 교육은 오로지 미적 경험을 매개로 해서만 가능한데, 이 미적 경험이란 개인적인 것이 일반적인 인간성이 되도록 노력하게 마련이라는 것이다. 미적 경험의 특징은 자유를 중히 여긴다는 것이다. "도덕성은 억지로 하는 것이 아니라 좋아서 하는 것이고, 학문은 함께 즐기는 놀이요, 예술은 다른 목적이 없는 즐김"인 것이다.(NA 35, 82 이하) 공교롭게도 자타가 인정하는 칸트 제자 중 하나가 쓴, 칸트의 학설과 대치되는 성격을 띤 이 초안이 실러의 교육론 구상에 영향을 끼친 것은 분명한 사실이다. 선험적 원리에서 도출된 도덕론의 명증성에 대하여 단연코 회의를 제기하고 있는 에르하르트가 미적 경험이 지닌 갖가지 능력들을 근거로 삼아 전개한 교육 이론의 이 초안과 실러는 방법론상의 전제 조건들에서나 역사적 관점에서나 뜻을 같이하고 있는 것이다. 1795년 겨울 실러는 현실의 정치적 불평등과 사회적 압박으로 야기된 저항 행위들을 낱낱이 드러내는, 에르하르트가 쓴 「혁명에 나설 국민의 권리에 대하여(Über das Recht des Volks zu einer Revolution)」라는 글을 큰 관심을 갖고 읽게 된다.

도덕적으로 자유로운 인간을 육성하기 위한 교육론의 초안은 이미 1780년 카를스슐레에 제출한 세 번째 졸업논문에서와 같이(NA 20, 50 이하 계속), 개체와 종의 발전 단계(Onto- und Phylogenese)를 상호 조명하는 인간의 발전사 연구를 기초로 하고 있다. 개개의 인간이 육체적 세계의 포로 상태에서 벗어나 미적 경험의 상태로, 그리고 더 나아가서는 도덕적 자유에 이르는 과정은 인류가 미개한 원시시대에서 계몽된 이론의 시대를 거쳐 문화적 자주권을 행사하게 되기까지의 노정에 상응한다는 것이다. 이와 같은 발전 단계는 직관 능력의 전개 과정으로도 이해할 수 있을 것이다. 즉 예술 교육을 받는 과정에서 개인의 상상과 표상력이 형성되고 감수성이 세련된다. 그리하여 아름다운 예술 작품과의 만남에 의해서, 도덕적 완결성의 전제 조건인 정서의 순화가 이루어지는 것이다. 이와 관련하여 실러는 예술 작품이 만들어내는 형상을 허구의 개념과 동일시해서는 안 된다고 강조한다. 예술 작품이 보여주는 형상은 허구가 아니라 인간으로 하여금 미적 경험을 할 수 있게 해주는 상상력 문화의 요소라는 것이다. 실러는 여기서 루소와도 선을 긋는다. 루소는 「달랑베르 씨에게 보내는 연극에 대한 서신(Lettre à M. d'Alembert sur les spectacles)」(1758)에서 극장 비평을 하고 있는데 그 근저에는 예술의 향유가 정신적 긴장 해소를 가능케 해주는 매개 역할을 할 뿐, 어떠한 교육적 의미도 없고 따라서 사회적 이기주의가 어떠한 제한도 받지 않고 지속할 수 있는 전제 조건을 마련해준다는 명제가 자리하고 있다. 10번 편지에서 실러는 루소의 '예술의 긴장 해소 기능론'을 "존중할 가치 있는"(NA 20, 338) 발언이라고 평가하면서도, 선험철학적 방법으로 순수한 "미의 이성 개념"(NA 20, 340)을 도입하는 것이 가능하다는 확신으로 비판자들에게 맞선다. 선험철학적 방법이 예술 경험을 긴장 해소의 형식으로서가 아니라 개개인의 특수화(Spezialisierung)를 극복하는 교육적 실천의 원동력으로서 파악할 수 있게 해준다는 것이다.[198)]

23번과 24번 편지의 방법론적 단초는 칸트와 더불어 루소에 대항해서 예술적 가상의 통합 기능을 증명하려는 시도이다. 예술적 가상(der Schein)이 바로 인간이 만들어낸 산물이요, 자연의 산물이 아니기 때문에 상상력을 발휘해서 이루어지는 가상의 예술적 생산은 직접적 관능의 세계로부터 해방되는 것을 가능케 해주는 것이다. 육체적 상태의 개인은 자연에 지배되는데, 예술적 희열을 맛보게 해주는 현상에 접하는 순간 개인은 자기도 모르는 사이에 자연의 속박에서 벗어나게 되는 것이다. 스스로를 자연의 요소로서가 아니라, 자연의 현상을 밖에서 바라보는 관찰자로서 이해하게 되는 것이다. 개인이 드디어 상상의 경지에 이르게 되어 구체적 현상들을 실제로 경험하지 않고도 표상할 수 있게 되면 주체는 육체적 세계에 매이지 않은 미적 상태에 이른 것이다. 다만 이러한 미적 상태에서 본질적인 것 중 하나는 그것이 언제나 잠시 동안의 상태이고 결코 지속적이지 않다는 것이다. 이와 같은 제한성은 놀이 충동의 경우도 마찬가지이다. 놀이 충동의 매개 역할은 시간적으로 매우 제한된 것일 수밖에 없다. 피히테 철학에서는 주체가 지속적 행위를 통하여 자유를 획득하는데, 이런 지속적인 자립의 주체와는 달리 실러의 미적 경험 이론에서의 개인은 언제나 일시적인 자립의 주체인 것이다. 즉 예술은 사회적 자립성을 가능케 해준다는 보장은 하지 않으면서도 자립성의 가능성을 자기 안에 담고 있는 것이다.

가상이라는 범주의 가치를 높이 평가하는 배경에는 미적 상태라는 구상이 자리하고 있다. 아름다움의 영역은 관능의 세계와 지적 세계에서 분리되어 있으나 이 두 영역의 특징들을 지니고 있으면서 그들 두 세계와는 독립된 독자적 입장에서 자기의 법칙에 따라 중개 역할을 할 수 있는 것이다. 이때에 예술 작품의 순수한 영향력이 발휘되는 데 결정적인 것은 예술가가 현실과 이념 사이의 경계선을 받아들인다는 것이다(이것은 이미 칸트가 『판단력비판』 제49절에서 명시해놓은 요구 사항이다). 아름다움은 가상의 차원에 머물면서 관능과 정신 사이의 분리선을 다치지 않고 인정하는 경우에만 자기의 매개 역할을 해낼 수 있다. 두 영역에 관여할 수 있는 여유로운 권리를 예술가는 오로지 "실체가 없는 상상력의 나라에서만 갖고 있다. 그리고 예술가가 그렇게 할 수 있는 것은 그가 이론적으로 그러한 나라의 존재에 관하여 발언하지 않는 한에서인 것이요, 또한 실천의 차원에서도 그러한 존재에 관한 언급을 포기하는 경우에 한한 것이다."(NA 20, 401) 이와 같이 가상 개념을 신중하게 방어하는 것은 실러가 예전에 「강신술사」에서 서술한 것과 같은, 이 개념에 대한 비판을 원칙적으로 폐기하는 것이 된다.[199] 그러나 그렇게 방어하는 것은 실러 이론의 근간이 되는 이원론적인 바탕 자체를 수정하는 것이 결코 아니다. 궁극적으로는 이를 오히려 확인할 따름이다. 예술적 아름다움은 헤겔에 와서야 비로소 〔그의 『미학 강의』 제1부에서〕 "이념이 관능적으로 드러난 것(sinnliches Scheinen der Idee)"으로 정의되고, 그럼으로써 실러가 세운 단초가 새로운 바탕 위에서, 즉 그의 이원론적인 개념 구조를 변증법적으로 삼투시키는 방식으로 계속 이어지게 된다.[200] 헤겔에 의하면 특별히 예술만이 해낼 수 있는 업적은 이념을 드러냄으로써 이념을 보존해주는 동시에 파괴한다는 것이다. 따라서 이념의 정체성을 다른 여러 조건하에서 확립한다는 것이다. 미적 현상을 그와 같이 완벽하게 정의하는 것은 실러의 이론적 관망이 미치는 영역 내에서는 이루어지지 않은 것이다. 칸트의 방법론을 포기하지 않으면서 칸트 미학에서의 관능과 이성이라는 이원론에 맞선 실러의 이론이 기획한 프로그램은 구체적인 경험의 계기들을 서술하는, 미학의 근거가 되는 경험론에 의지하고 있는 것이다.[201]

헤겔 미학이 보여주는 미에 대한 규정을 살펴보면 실러가 초안한 이론과 헤겔의 관념철학적 구조 체계 간의 본질적인 방법론상 차이는 역사철학적 시각 차이에 근거하고 있음이 또한 보인다. 실러는 인간의 발전이 자기의 관능적 자질을 합목적적으로 순화하는 과정을 통하여 이루어진 생각에 젖어 있는데, 이에 반하여 헤겔은 인간의 지성이 절대적 자기 인식의 길로 나아가는 노정에서 진실의 모멘트를 가상을 매개로 하여 짧은 시간 동안이나마 지성의 목전에 보여주는 것이 예술이 이행할 유일의 목표가 되어야 한다고 여긴다. 예술 작품이란 헤겔의 『미학 강의』 제1부에 의하면 이상적인 새로운 정신적 현실을 준비하는 작업의 산물이지만 이상적 현실 자체는 될 수도 없고 되어서도 안 되는 것이다.[202] 헤겔의 변증법적인 발전 모델을 통하여 보면 예술 작품은 인간 의식의 전개 과정에 동반하면서 이에 주석을 다는 반주 음악과 같은 것이지, 전개 과정의 종착점을 묘사하지는 않는 것으로 보인다. 헤겔의 미학은 이와 관련하여 다음과 같이 단호하게 선언한다. "우리는 진리가 자기 존재를 부여하는 최상의 방식이 예술이라고 더 이상 인정할 수 없다."[203] 예술 문화가 제아무리 완성되어도 그것이 인간 해방을 가져다주지는 않는다. 예술 문화는 절대적 자의식이 성공을 이루게 되는 역사철학의 현장과 동떨어진 단절된 영역에서 진행된다. 즉 "우리는 예술이 계속 발전하여 완성에 이르게 되기를 희망할 수는 있다. 그러나 예술의 형식은 최고의 정신적 욕구이기를 멈추었다."[204]

바로 이와 같이 예술미의 효력을 애초부터 제한해 도움 역할에 국한했기 때문에 독일의 관념론은 자기의 사고 논리에 체계적인 완결성을 부여할 수 있었던 것이다. 이와 달리 다른 관점들을 중시하는 것이 실러 미학의 특성이라 하겠다. 실러 미학은 방법론상 일정치 않으나 바로 그러하기 때문에 아름다움을 여러 각도에서 분석할 수 있는 길을 얻게 되는 것이다. 심리적 분석 내지 경험적 분석에서 시작할 수도 있고, 또한 역사철학적 관점 내지는 체계적 관점에서 출발할 수도 있는 것이다.[205] 이와 같은 방법론상의 가변성을 실러 예술 이론의 취약점으로 간주하는 것은 실러의 이론을 제대로 이해하지 못했기 때문이다. 실러의 예술 이론은 이론 전개 과정에 개념의 통일성이 없는 것이 특성이기 때문에 파악의 대상이 되는 현상 자체에 다가가기가 어렵다. 논증 전개의 완결성이 없다는 것이 바로 실러에 의해 서술된 사고 모델의 기능인 것이다. 그에게 맞는 서술 형식은 에세이이지 체계적인 논문이 아니다.

실러의 예술교육론은 예술교육을 바탕으로 하여 얻게 되는 모든 인간의 평등과 절대 자유라는 이상적인 그림에 빠진 예술 국가(ästhetischer Staat)에 관한 비전으로 끝맺고 있다. 주체가 스스로에게 부여하는 도덕적 의무가 핵심 사상으로 되어 있는, 몽테스키외, 루소, 칸트의 이론에 의해서 규정된 계몽적 '윤리' 국가와는 달리 예술 국가는 정치적 기획물이 아니라, 현실적 실체가 없는 인간학적 기획물인 것이다. 즉 '자유, 평등, 박애'라는 혁명 구호들이 단지 예술교육의 프로그램에 의해서 실현된 것으로 보여주는, 멋진 생각을 그린 그림에 불과한 것이다. 즉 "좋은 취향이 다스리는 한, 그리고 아름다운 가상의 나라가 확장되어가는 한, 어떠한 우선권도, 어떠한 독재권도 용납되지 않는다."(NA 20, 411) 실러는 자기가 여기서 환상을 서술했음을 알고 있었다. 실러의 예술 국가란 것이 명확하게 서술된 사회적 모델이 아니라, 예술 이론에 관한 사색 작업을 하는 과정에서 대강 설정하게 된 바람직한 지향점에 불과하기 때문에, 모루스(Morus)나 캄파넬라(Campanella), 안드레애(Andreae), 베이컨(Bacon) 등과 같은 근대 초기 사상가들의 유토피아들과 비교해서는 안 될 것이다. 실러의 예술교육론은 인간학에 바탕을 둔 바람직한 목표를 달성하려는 프로그램으로서, 전체적 이상을 지향하는 것이다.[206] 정치의 세계가 보여주는 작태에 실망한 나머지 실러는 미적 경험의 나라로 망명하는 것이 현대인에게는 유일한 길이라 생각했을 것이다. 현대인을 그의 소외된 삶의 현장에서 해방하고, 그가 생존하는 사회의 난맥상을 치유하고, 그를 지배하는 온갖 갈등을 극복할 수 있게 해주는 저 능소능대한 보편적 교양 이념의 실현 욕구에 응해 현대인은 미적 경험의 나라로 망명하는 수밖에 없다고 본 것이다.

1798년 노발리스가 집필한 논문「신앙과 사랑(Glauben und Liebe)」에 나타나 있는 이상적 군주 국가의 모델은 실러가 생각한 예술 국가 그림의 매우 독특한 보완물이 될 것이다. 노발리스가 스케치한 사회의 비전은 정신적 평등이 아니라 견실한 위계질서이고, 공화주의가 아니라 전통적 권위를 근간으로 하는 지배 구조이다. 실러의 기획물과 노발리스의 단상(斷想) 모음이 공유하는 것은 오로지 예술의 힘에 대한 신뢰이다. 노발리스도 실러와 마찬가지로 예술 작품에는 현실의 질서를 현실을 대변하는 상징의 질서로 옮겨주는 힘이 있다고 생각하는 것이다. "진실로 영주다운 영주는 예술가들의 예술가이다. 즉 예술가들의 지배인인 것이다. 모든 인간이 예술가가 되어야 할 것이다. 모든 것이 예술 작품이 될 수 있다. 영주가 다루는 소재는 예술가들이다. 영주의 의지는 그가 사용하는 끌이다. 그는 예술가를 교육하고 채용하고 지도한다. 그만이 그림 전체를 올바른 관점에서 관망할 수 있기 때문이다. 합쳐진 힘과 이념들에 의해 표현되고 시행될 위대한 이념이 오직 그에게만 완전하게 나타나 있기 때문이다."[207] 노발리스 역사철학의 목표점인 보수 혁명은 예술 군주국에서 완성되는데, 이것은 예술이 지닌 총체적 기능을 공적으로 활성화한다는 점에서만 실러가 구상한 나라와 함께한다. 초기 낭만주의적 유토피아에서는 실러 모델에서의 자유에 대한 희망의 자리에 상하위의 위계질서 국가가 등장하는데, 바로 그러한 연출이 예술 찬양의 표현으로 이해되는 것이다. 그와 같은 종교적 파토스를 실러의 서한에서는 찾아보기 힘들 것이다.

실러의 논문에는 여러 사람의 사상들을 혼합하여 수용한 흔적들이 보인다. 아우구스텐부르크 왕자는 1795년 3월 19일 편지에서 논문의 첫 3분의 1에 해당하는 내용에 관하여 불만스러운 심정을 토로했다. 문체상 "많은 부분이 너무 어렵게 되어 있어" 해독하기가 힘들다는 것이다. 미적 교육의 이념만 해도 그것을 주창하고 나서 곧 이 이념의 핵심을 다시 의심스럽게 만드는 다음과 같은 부연 설명을 하고 있다는 것이다. "인류가 처해 있는 상태를 개선하는 일은 인간 내부로부터 나오지 않으면 안 된다. 그렇지 않으면 모든 정치적 누각은 제아무리 멋지다 하여도 얼마 가지 않아 무너지고 말 것이다. 그리고 어쩌면 아무런 제약도 받지 않은 욕정만으로 충만한 야만인들을 위해 더욱 편안한 주거 시설로 봉사하게 될 것이다. 형식은 거의 문제가 되지 않는다. 모든 게 정신에 달려 있는 것이다. 정신을 통하여 형식도 생명을 얻는 것이다. 이러한 정신, 즉 인도주의의 정신이 있으면, 바라는 개선이 따르게 될 것이다. 형식이 어떻게 되었든 상관없는 것이다."(NA 35, 174) 세계시민적 사고를 하는 왕자는 실러에게서 정치적 발언들을 기대한 터라 계몽주의의 이론 문화에 대한 실러의 비판에서 뚜렷한 거리감을 느끼지 않을 수 없었을 것이다. 가장 신뢰하는 인물들만의 작은 모임에서 아우구스텐부르크 왕자는 자기에게 바친 실러의 서한들에 대해 숨김없이 불만을 토로했다 한다.

어렵다고 여겨지고 있는 실러의 문체 때문에 골치가 아프다는 불만의 소리는 도처에서 발견된다. 크리스티안 가르베는 크리스티안 펠릭스 바이세에게 보낸 편지에서 실러의 글은 "좋은 생각이기는 하나 심오한 이념이 아닌 것에 심오한 옷을 입혀 내놓았다. 일이 그 반대로 되었더라면 더 좋았을 것이다(Suaviter in modo, sed fortiter in re)."[208] 그 스스로가 실러의 「인간의 미적 교육에 대한 편지」를 극구 칭찬했을 뿐 아니라 충실한 주석가이기도 한 빌헬름 폰 훔볼트 또한 실러의 글에 나타나는 비틀거리는 비유법과 불분명한 논증 전개에 대해 불만의 소리가 많았다는 보고가 있다.(NA 35, 282 이하) 비판적 독자들에 속하는 사람들 중에는 헤르더도 있다. 그는 평소부터 실러가 칸트를 숭상하는 것을 탐탁지 않게 여기기도 했다. 두 사람을 갈라서게 만드는 간격은 신화와 시에 관한 헤르더의 비전을 놓고 시비가 붙으면서 더욱 커지게 된다. 신화와 시에 관한 헤르더의 비전은 헤르더가 실러의 잡지 《호렌》에 기고한 「이두나(Iduna)」 논문의 내용이었다. 그런데 실러가 헤르더의 비전을 시대정신에 영합하는 것이요, 국민문학적 관점에 매여 있다고 낮추어 평가한 것이다. 한편 헤르더는 실러의 서한이 취하는 자립적 미학의 입장이 마음에 들지 않았다. 헤르더는 항상 예술에 철학적 기능이 있다고 믿고 있었는데 이 점이 실러의 서한에서는 충분히 인정되지 않았기 때문이다. 1800년에 발표된 글 「칼리고네」에서 헤르더는 단호하고도 간략하게 말한다. "해이한, 또는 성숙하지 못하고 혼란에 빠져 있는 국민의 취향을 해롭게 하는 것 중에서는 그러한 국민의 취향에 대해 모든 것을 놀이라 하고, 그리고 그 취향 놀이를 심지어 마땅히 있어야 할 놀이의 기본 원리로, 한마디로 말놀이로 뒷받침해주려는 것보다 더한 것이 없다."[209] 헤르더는 「칼리고네」에서 칸트의 미 규정을 비판하고 있거니와, 실러의 중심 개념을 자기 자신의 기교에 대해 아무런 책임도 지지 않으려는 부도덕한 짓을 정당화해주는 상투어로 이해한다. 그는 "개념과 감정이 없는" 놀이는 원숭이의 놀이이지, 인간이 하는 놀이는 아니지 않느냐는 신랄한 말로 「칼리고네」의 제3부를 끝맺고 있다. 「칼리고네」는 원래 실러의 논문 수준을 낮추어 평가하기로 작심한 글인 것이다.[210]

헤르더의 동조자인 장 파울 또한 실러의 놀이 개념을 예술가가 작업하면서 스스로 지켜야 할 도덕적 의무를 부정하는 일종의 쾌락주의의 산물로 간주했다. 그의 이와 같은 견해는 이미 「크빈투스 픽슬라인(Quintus Fixlein)」(1796)의 머리말에 암시되고 있거니와 「미학 예비 학교」[211]에서는 표면화되어 있다. 실러의 중심 개념을 이런 식으로 보는 것은 분명 온당치 못한 일이다. 헤르더와 장 파울은 무엇보다도 예술과 의식 이론의 동맹 관계가 방법론적으로 숙고된 것으로서 실러의 글 전체에서 주도적 역할을 유지하고 있음을 간과한 것이다. 실러 자신은 일생 동안 예술과 의식 이론의 동맹을 자기 예술철학의 핵심으로 간주했다. 그럼으로써 그는 후세대에 가서 그것의 가치가 인정받게 되리라는 높은 평가를 스스로 한 셈이었다. 그는 물론 자기의 예술론이 지닌 한계를 알 수 있었다. 그는 자신이 1795년에 시작하게 된 추상적 사변의 전투장에서 후퇴하는데, 이는 자기의 이론이 실패했음을 인정하는 것이기도 하다. 실러의 예술철학적 논문들은 체계상으로나 개념상으로나 완전한 설득력을 발휘하지 못하고 있다고 피히테 또한 비난했다.(NA 35, 229 이하 계속) 실러는 아름다움을 객관적으로 정의하려 계획했으나 성공하지 못한 것이다. 칸트보다 더 나은 이론을 설립하고자 애쓰고 생산미학적 예술론을 전개하려 한 실러의 시도는 성공하지 못했다. 칸트 체계의 개선을 위한 기여로서 실러의 모델은 방법론상의 통일성을 가질 수 없었던 것이다. 칸트 체계의 내적 통일성(인식론과 윤리, 취미론 간의 원리상 차이를 포함한다)을 건드리지 않기 때문이다. 다른 한편 예술론 기획물로서 실러의 모델은 자체 내에 많은 모순적 양상을 지니고 있었다. 예술에 부여된 매개 역할이, 사고 논리적으로 해체될 수 없는 개인과 사회라는 이원적 기본 구조에 얽매여 있기 때문이다. 자주 강조되는 미의 보편적 성격에 관해서도 실러의 경우에는 후에 헤겔이 역사철학적 미학에서 시도하게 되는 것과 같은 변증법적 근거 부여가 없다.[212] 인간이 사회 현실과 화해할 수 있도록 해주는 역할이 예술에 주어졌다면, 예술 이론은 인간을 완성된 자기 규정과 구별짓는 차이를 분명히 해주는 한편, 또한 이에 못지않게 인간이 예술의 향유를 통하여 이르게 되는 자기 정체성도 인식시켜야 할 것이고, 나아가서는 이 둘을, 즉 차이와 정체성을, 변증법적으로 통합하여 하나로 의식하는 단계로까지 이끌어주어야 할 것이다. 그런데 실러는 다만 사회적 소외 현상을 치유하기 위한 예술의 역할을 요약하여 윤곽을 보여줄 뿐, 논리적으로 만족스러운 설명을 하지는 못한 것이다. 그것은 그의 글이 처음부터 방법론적으로 엄격한 근거 제시 없이 기획된 것이기 때문이라 하겠다.

이와 같이 논리적 설명이 결여된 결정적 원인은 여러 차원의 이원론적 현상이 해결되어 있지 않기 때문이다. 즉 아름다움과 숭고함, 화해와 싸움, 자율성과 타율성 등의 이원적 개념들이 '이중적 미학' 체계 내에서 아무런 예비적 설명 없이 함께 쓰이고 있는 것이다.[213] 실러가 자기의 이론적 모델에 이와 같이 이중적 성격을 부여한 사실은 그가 주창한 예술철학에서 고전주의적 조화를 넘어선 현대적 조망을 열어준다. 다시 말해 그가 정체성과 차이를 예술을 통한 교육론의 핵심적 요소로 명시하고 있음은 체계적인 역사철학적 사고의 차원에서 볼 때 그가 헤겔 철학의 선구자임을 말하는 것이다.[214] 슐레겔이 《아테네움(*Athenäum*)》*에 기고한 글들이나 노발리스의 단장들이 스케치하고 있는 것과 같은 초기 낭만주의의 미학과 함께, 미에 대한 실러의 이론은 미학 이론이 종결될 수 없는 성질의 것이라는 의식을 공유하고 있다. 이상(理想)에 근접한다는 것은 무한한 과정이라는 논리에서 벗어날 수 없음을 실러 또한 예감하고 있는 것이다. 다른 한편 그가 개인의 미 경험이야말로 사회적 자유를 획득하는 전제라고 선언함으로써, 예술의 자율성을 무력화하는 곳에서 그의 미 이론은 낭만주의자들의 전체성 요구와 갈라서게 된다. 인간이 처해 있는 사회적 여건에 대한 사색이 실러의 이론에 반복적으로 동반하는 것이다. 국가철학적 비유가 그의 미 이론의 표현을 뒷받침해주고 있듯이, 그의 미 이론은 아름다움은 다른 어떤 목적을 위해 존재하는 것이 아니기는 하나 사회적으로 자리를 잡고 있음을 증언한다. 1795년 1월 25일에 크리스티안 가르베에게 보낸 편지에서 실러는 「인간의 미적 교육에 대한 편지」가 자기의 "정치적 신앙고백"이라고 쓰고 있다. 이것은 그의 예술교육 프로그램에서의 사회적 목표 설정을 충분히 밝혀주는 것이다.[215]

예술미의 종합 기능을 밝혀내기 위해 실러가 방법론적 일관성이 희생되는 것을 감수했음이 분명하다. 그의 이론이 성취한 본질적인 장점은 인간이 자기규정을 하는 프로젝트에 인간의 감성 문화를 끌어들이려 시도했다는 데 있다. 칸트에 의해 확정된 이원론을 극복하기 위한 노력이 결과적으로 두 영역의 대립성을 심화했을 뿐, 그것을 극복하는 데에는 별로 기여

* 아테네움은 아테네의 신전을 뜻하며, 독일 초기 낭만주의 문예지의 이름으로 사용됨.

하지 못했다는 사실은, 실러가 의도한 것은 아니지만 그의 미학의 현대성을 입증하는 것이다. 이론 문화와 예술 문화를 접근시키려는 노력이 아무런 보상도 받지 못한 프로그램에 그치고 만 것은 실러의 경우만이 아니다. 셸링도 「선험적 관념론 체계(System des transcendentalen Idealismus)」(1800)에서 "학문의 유년기에 시에서 탄생되고 시에 의해 양육된 철학과 더불어, 그러한 철학에 의해 완전성을 향해 발전되어온 다른 모든 학문들 또한 완성된 후에는 그들이 이룩한 개개의 강줄기들이 그들 모두의 모체인 시의 바다로 되돌아가리라"는 희망을 말하고 있다.[216] 분리된 두 문화 영역을 역사철학적 관점에서 접근시키려 한 이와 같은 기획은 실러의 선구적 작업이 없었더라면 생각할 수 없었을 것이다. 경험을 개인의 기본 요소로 사고하고 자유의 가능성을 비판적으로 생각하기를 인간에게 가르쳐준 칸트의 인식론을 사변적으로 능가하려는 작업이 칸트 이원론의 기초 위에서 진행된 것이다. 이와 같은 해결 방식을 제시한 지적 유산을 이어받아 헤겔은 실러가 뚜렷한 자의식을 가지고 칸트를 연구한 점을 잊지 않고 인정하고 『판단력비판』의 주관적 미학을 교정한 실러의 업적을 호의적인 말로 평가했다. 그러나 헤겔에게는 이론가 실러가 제안한 것보다는 작가 실러의 작품이 이루어낸 것이 더 설득력 있어 보였다. 실러의 작품이 비체계적인 예술이론에 내포된 모순들을 해결해주지는 않지만, 그 모순들을 관망할 수 있게는 해줌으로써 비판적 검토를 받을 수 있게 해주기 때문이다. "칸트에게서 볼 수 있는 사고의 주관성과 추상성의 벽을 돌파하여 그를 지양하는 통일성과 화해를 진정한 진리로 파악하고 또한 예술 작품으로 구체화하려 시도한 크나큰 공로가 실러에게 있음을 인정하지 않을 수 없다."[217] 실러에 의해 제시된 미적 화해의 비전이 헤겔에게는 역사에 나타난 절대 자의식의 진정한 이상이 출현한 것이었다. 이는 헤겔의 다음과 같은 발언에서 드러난다. 18세기 말의 예술 이론이 이룬 본질적인 업적은 “보편과 특수, 자유와 필연의 통일을” 철학적 학문이 체계적으로 제시할 수 있게 되기 전에 “실질적 삶 속으로 불러냈다”[218]는 데에 있다.

5. 튼튼한 동맹을 찾아 나서다: 예나(1794~1799)

뜻을 같이하는 동아리

괴테와 더불어 새로운 과제로

실러는 고향 뷔르템베르크로 가기 위해 1793년에서 1794년에 걸친 시기에 여행길에 올랐고, 그리하여 마지막으로 튀링겐 지역의 경계선을 넘어 비교적 오랜 기간 머물러 있게 된다. 그 밖에 이 영주국 밖에 가 있었던 것은 1801년 드레스덴으로 쾨르너를 방문했을 때와 1804년 초에 베를린에서 보낸 몇 주간이 전부이다. 1794년 5월 이후로 실러는 주로 예나와 바이마르에서 살게 된다. 활동 범위도 좁아진다. 친구 관계가 굳어지고 그와 동시에 분파들이 더 분명하게 드러나고 대립적인 이해관계도 느낄 수 있게 된다. 괴테와 훔볼트 간의 동맹 관계가 형성되는 것과 때를 같이하여 슐레겔, 장 파울, 셸링 등 젊은 세대와의 긴장도 깊어갔다. 1794년 이후 전개된 실러의 작가 활동을 제대로 파악하고자 한다면 누구나 이 시기에 형성된 개인적인 인간관계와 협동 관계를 관찰하지 않을 수 없다.

여기서 첫 번째로 거론해야 할 것은 세부 사항을 어떻게 평가하든 상관없이 괴테와의 동맹이 바이마르 고전주의가 탄생하는 외부적 전제 조건이었다는 사실이다. 두 작가에 의해서 실행된 문학 정책, 독자의 예술 취향을 교육할 목적으로 함께 작업한 잡지, 1795년 이래로 거의 매일 교환한 편지(1800년부터는 직접 대화가 가능해져 서신 교환이 약간 뜸해진다), 작품 구상에 관한 토의, 읽은 책이나 원고에 관한 논쟁 등은 두 작가가 예술에 관한 의견을 얼마나 심도 있게 교환했는가를 인상 깊게 보여주는 것으로 독일 문학사상 그 유례를 찾아볼 수 없다. 보트머와 브라이팅거, 레싱과 멘델스존, 하게도른과 우츠, 헤르더와 하만, 슐레겔과 노발리스, 횔덜린과 헤겔 등의 제휴에서는 우정 어린 대화조로 진행된 소통 관계가 눈에 띄는 현상이라 말할 수 있다. 그러나 여기서 언급한 것과 같은 (실러와 괴테의) 심도 깊은 창의력 교환과는, 그 집중의 정도 면에서 볼 때 전혀 비교가 될 수 없는 것이다.

실러와 괴테 간의 동맹 관계의 성격은 매우 다양한 관점에서 규정되어 왔다. 인간적으로 서로 관용하고 존중하는 조화로운 관계로, 또는 연장자가 구술하면 그 권위에 순응하는 불평등의 관계로, 출판 시장의 법칙에 따른 경제성을 고려하는 차원이나 시국의 요청에 응하는 차원을 초월한 작업의 협력자 관계로, 신화적 성격을 띤 두 사람의 인생 항로가 엮인 예술품으로, 또는 독일 문학의 발전에 방해가 되는 결과를 가져온 우발적 에피소드로 등등 그 규정은 실로 가지각색이다.[219] 두 작가가 상봉한 후 1794년 8월에서 1799년 12월에 이르는 몇 년 동안 거의 매일 그들이 교환한 1000통 이상에 달하는 서신들을 아무런 선지식 없이 읽는다면 누구든 이들이 상호 조절하면서 평가해주는 최고 수준의 입장들이었음을 알게 될 것이다.[220] 어렵게 진행된 상호 접근 시도의 첫 단계에서 관계가 수평적이지 않았음은 어렵지 않게 확인할 수 있다. 아우구스트 빌헬름 슐레겔은 심지어 두 사람에게서 파우스트와 바그너의 관계를 보고 있다. 실제로 그는 1830년에 이와 같은 매우 악의적인 주석을 글로 써냈다.[221] 실러가 먼저 괴테를 만나고 싶어한 것은 사실이고, 괴테가 세상사에 경험 많은 조언자로서 격려의 말을 해주는 태도를 취한 것 또한 사실이다. 1794년 6월 외교적 기본 입장에서 시작된 편지 교환에는 실러가 취한 공손한 태도가 뚜렷하게 드러나 있다. 그러나 개인적 관계는 곧 수평을 이루고 어떠한 상하 관계도 허용되지 않는다. 늦어도 실러가 《호렌》을 창간하고 괴테의 협조를 청했을 때 이래로는, 그리고 괴테의 작품 「빌헬름 마이스터의 수업 시대」 작업의 진척 상황에 관한 토론과 관련해서는 두 힘의 균형이 뚜렷해지고 그러한 그 상태는 지속된다.

두 사람의 관계를 더 세밀하게 관찰해보면 두 사람의 대조적인 외적 여건 또한 그 의미가 점차 사라져갔음을 알게 된다. 열 살 연상의 괴테는 인생 경험이 더 풍부했을 뿐 아니라 바이마르에서 가장 많은 연금을 받고 있는 장관으로, 정확하게 규정된 일이 있는 것도 아니면서 경제적으로는 최상의 생활을 누리고 있었다(그의 연봉은 2000탈러로 당시 바이마르에서 최고 수입자 중 한 사람이었다). 그러나 바로 실러와 가까워지기 시작했을 무렵 사회적으로는 몹시 고독한 처지에 있었다. 1788년 이탈리아 여행에서 돌아왔을 때 자신을 맞이하던 냉랭한 분위기에 대해 실망한 심정에서 여전히 벗어나지 못하고 있었던 것이다. 크리스티아네 불피우스(Christiane Vulpius)와의 동거로 큰 물의를 일으켰고, 그러한 사생활 때문에 그는 1790년대 초에 사회적인 따돌림을 당하고 있었던 것이다. 그것은 당시 실러의 입장과는 정반대의 상황이었으니, 실러는 귀족 출신 여자를 아내로 맞은 것을 계기로 쾨르너, 빌란트, 라인홀트, 보데와 같은 영향력 있는 인사들과 교류하게 된 것이다. 1790년대 초에 괴테는 일반적으로 작가로서는 불씨가 사라진, 이미 끝난 인물로 치부되고 있었다. 이 또한 그에게는 심각한 일이 아닐 수 없었을 것이다. 그의 희곡 작품들은 더 이상 공연되지 않았고, 1787년 이래로 나오기 시작한 그의 작품집에는 과거에 출판된 작품들만이 실리고 있었다. 그의 출세작으로 평가받고 있는 희곡 「괴츠 폰 베를리힝겐」(1773)과, 비판적 자기 성찰에서 겪게 되는 심리적 병리 현상을 다룬 모범적 소설로서 한 세기에 걸쳐 환호의 대상이던 「젊은 베르테르의 슬픔」(1774)에 비할 만한 대작은 거의 10년 동안에 한 편도 없었다. 1775년 5월 괴테는 자기의 인생 항로에는 아무런 목표가 없다고 헤르더에게 불만을 털어놓은 적이 있는데("나는 줄에 매달린 꼭두각시와 같네. 말하자면 내 인생은 그렇게 사라졌어."),[222] 그로부터 불과 몇 달 후에 그는 바이마르 영주국의 정치에 관여하게 되고, 벌써 1776년 6월에는 정치권력의 핵심인 추밀원에서 의결권 행사를 할 수 있는 보직인 참사관에 임명된다. 그로써 그전까지 일정하지 않던, 흔히 마음 내키는 대로 제멋대로 살아오던 그의 성격에 일정한 질서와 안정성이 생기게 된다. 그 후 불과 몇 년 안에 괴테는 젊은 영주의 희망에 따라(대개의 경우 프리치(Fritsch)와 슈나우스(Schnauß) 등 노대신들의 반대에도 불구하고) 국가행정의 중요 부서들을 떠맡는다. 군사위원회 의장, 세금 징수권이 부여된 도로 공사의 최고 감독으로 임명되고, 1782년부터는 카를 알렉산더 폰 칼프(Carl Alexander von Kalb)의 후임으로 영주의 관방장관 자리까지 맡게 된다. 이 자리는 재정을 조율, 관리하고 집행하는 곳이기도 했다.

이와 같이 다양한 직책을 맡게 되고 1782년에는 귀족의 반열에까지 오르게 되어 사회적 지위가 높아졌으나 그로 인하여 작가로서의 활동이 제약된 것은 어쩔 수 없는 일이었다. 또한 그전까지 모르고 지내던 궁정 세계에 들어옴으로써 새로운 독자층의 관심사에 마음을 쓸 시간이 필요하기도 했을 것이다.[223] 이탈리아로 향한 여행은 매일의 집무에 시달리는 삶에서의 도피이기도 했거니와, 작가로서의 활동 범위를 넓히는 데 도움이 되었고, 매일의 집무 생활로 눌려 있던 창조적 역량을 다시 솟아나게 했다. 그에게는 무엇보다도 자기 자신이 지닌 능력들의 개성을 심도 있게 통찰하는 일이 중요했다. 1786년 12월 29일 로마에서 샤를로테 폰 슈타인 부인에게 보낸 편지에서 그는 다음과 같이 쓰고 있다. “나는 탑을 세우려 하면서 초석을 잘못 놓은 설계사와 같습니다. 그는 그것을 제때에 발견하고는 기초를 더욱 다지기 위해 이미 쌓아 올린 탑을 다시 허물지요. 그러고는 이제는 자기의 탑이 제대로 될 것이라 확신하면서 미리 흐뭇해하지요.”[224] 바이마르를 떠나 지낸 21개월간 수많은 문학작품 작업을 한 외에도 괴테는 거의 850장에 달하는 그림을 그렸다. 사실은 이 시기에 괴테가 스스로를 화가로 자처할 만큼 자기의 창조력을 언어적 매체에 제한하려 하지는 않았음을 알 수 있게 해준다.

괴테는 자기가 작가로서 ‘다시 태어났음’(헤르더, 크네벨, 샤를로테 폰 슈타인에게 보낸 편지들에서 괴테가 자기 자신을 이렇게 표현하고 있다)을 강렬하게 느끼고 있었다. 이를 앙겔리카 카우프만(Angelica Kauffmann)이나 그녀 주변의 화가들과 자주 접촉한 것과 관련지으려는 시각도 있으나 그와는 상관없는 현상이다. 1788년 6월 바이마르에 귀환했을 때 그는 ‘다시 태어난’ 작가로서 그에 상응하는 외형상의 대접은 전혀 받지 못하였다. 귀환 후 첫 여름을 지내면서 그는 두문불출한 채로 「로마 비가(Römischen Elegien)」를 썼다. 오랜 시일이 지난 후 1813년에 가서야 출간되기 시작한 그의 여행

기록문도 그와 같은 상황에서 생겨났다. 이미 이탈리아 기행 중에 완성된 희곡들은 처음엔 널리 알려지지 않았다. 괴테에게는 힘겹게 태어난 "고통의 아기"[225]인, 운문으로 고쳐 쓴 「이피게니(Iphigenie)」를 바이마르의 친구들은 이해하지 못했다. 몇 해가 지나서야 「에그몬트」와 마찬가지로 실러의 손으로 개작되어 비로소 무대에서 상연되었다. 예술가가 겪는 사회적 갈등을 주제로 한 희곡인 「토르콰토 타소」도 1790년에 완성되었으나 한참 망설여지다 1807년 2월에 가서야 겨우 첫 상연이 성사되었다. 1791년 1월 이래로 괴테는 모든 공적 사무의 짐에서 벗어나 바이마르의 궁정 극장만을 이끌고 있었다. 그러나 실질적인 운영 면을 고려해야 하는 극장장의 입장에서, 관객을 많이 끌어모을 수 없을 것 같은 자기의 완성작들을 제쳐놓고 인기 있는 이플란트나 코체부의 희곡들을 상연시켰다. 1800년에 그는 글루크(Gluck)의 「타우리스 섬의 이피게니」를 상연 계획에 포함시켰으나, 같은 소재를 다룬 자기 자신의 작품은 무대에서 성공할 것 같지 않아 제외했다.

괴테는 이탈리아에서 돌아온 후, 1790년 7월 9일에 크네벨(괴테는 그를 바이마르에 처음 왔을 때의 친구라는 뜻에서 "첫날부터의 친구"라 부른다)에게 보낸 편지에서 고백하고 있듯이 온 힘을 기울여 자연 연구에 몰두하다시피 했으나, 그러한 자연 연구도 처음에는 별 반응을 일으키지 못했다.[226] 식물의 다양한 형태가 비롯한 기원을 원초적인 조직체, 즉 잠재적으로 모든 현상 세계의 구조를 내포하는 조직체의 존재에서 찾으려 한 논문인 「식물의 변태를 설명하기 위한 시도(Der Versuch die Metamorphose der Pflanzen zu erklären)」는 괴셴 출판사에 출판을 의뢰했으나 거절당했고, 그 후 1790년 고타 시에 있는 에팅거 출판사에서 출판되기는 하였으나 독자의 반응은 신통치 않았다. 그 이듬해에 출간된 「광학 연구(Beiträge zur Optik)」는 그

요한 볼프강 폰 괴테.
동판화. 요한 하인리히 립스가 1791년에 그린 그림을 바탕으로 제작.

후속편이 후에 「색채론(Farbenlehre)」(1810)을 이루게 되는 논문인데, 전문적 학술지에서는 긍정적인 평가를 받았으나 일반 독자층에는 알려지지도 않았다. 자기가 하는 일들이 환영받지 못하고 있다는 실망스러운 사실에 더하여 이 무렵 괴테는 매우 곤혹스러운 처지에 놓여 있었다. 1788년 7월부터 열여섯 살 연하인 크리스티아네 불피우스와 동거함으로써 얻은 개인적 행복에도 불구하고 정신적 여자 친구인 샤를로테 폰 슈타인과의 불화는 어쩔 수 없는 일이었다. 소시민 계층 출신인 자기 인생의 동반자가 사회에서 노골적으로 거부당해야 하는 것이 그에게는 견디기 힘든 일이었다. 바이마르 밖으로 발길을 옮길 일이 생기기도 했으나 행운이 따라주지 않았다. 1790년 괴테는 이탈리아 여행에서 돌아오는 영주의 모후 아나 아말리아를 베네치아에서부터 대동하기 위하여 두 번째로 이탈리아 여행길에 올랐는데, 로마에 머물렀을 때처럼 강렬한 인상을 다시 얻지는 못했다. 같은 해에 쓰인 에피그람들은 그의 냉랭한 심정을 시적으로 반영한 것이거니와, 1790년 4월 3일 그의 영주 카를 아우구스트에게 보낸 편지에 "이번 여행으로 이탈리아에 대한 나의 사랑은 죽음의 칼침을 맞게 되었다"고 썼듯이, 자기의 심사를 다음과 같이 총결산하고 있다. "흩어진 유골 하나 발견하고 우리는 그걸 진짜로 믿고 기뻐합니다."[227] 1792년 가을 영주의 의뢰로 어쩔 수 없이 발미(Valmy)의 전투 상황을 관찰해야 했는데, 그 임무를 수행함에 있어서 그는 마음이 편치 않았다. 그로부터 반년 후에 영주국들의 연합군이 마인츠 시 포위 작전을 전개하는 동안에도 사정은 비슷했다. 매일 목도하게 되는 보기도 싫은 광경들을 피하기 위해 그는 해부학과 광학 연구에 잠입하곤 했다(1824년에 출간된, 이 시기와 관련된 자전적 보고문에는 당시에 그가 겪어야 했던 많은 내적 갈등이 드러나 있지 않다). 이 시기에 괴테의 사회생활과 작가로서의 자화상을 지배한 기본 체험은, 따돌림을 당하고 이를 극복하기 힘든 데서 오는 외로움이었다. 이 외로움은 헤르더와 샤를로테 폰 슈타인 부인 같은 지인들마저 자신을 이해해주지 못한다는 인상 때문에 더욱 깊어만 갔다.

이와는 정반대로 1790년대 초에 실러는 작가로서의 영향력을 최고로 발휘하고 있었다. 그것은 「돈 카를로스」 공연이 대성황을 이루었기 때문만이 아니다. 그의 단편소설 「강신술사」와 역사를 다룬 글들도 여러 판으로 계속 출간되고 있었다. 교수 직에 오르고 결혼해 가정도 이루었기 때문에 그는 질병에 시달리는 여건하에서도 기분 좋게 사회생활을 할 수 있었다. 실러는 예나에서 자신이 주관하는 잡지에 동참한 대학 동료와 작가들이 늘 주위에 있어서 수준 높은 대화를 나눌 기회가 많았다. 고향 뷔르템베르크로의 여행은 많은 사람들과 새로운 관계를 맺게 되는 계기가 되었고, 그가 구상하고 있던 프로젝트들을 유리한 조건으로 출판할 수 있는 사업적 성과도 가져왔다. 열 살 연상의 괴테가 실러보다 월등히 많은 경험을 한 것은 사실이나 그 차이도 그 무렵의 사정 변화로 충분히 상쇄되었다고 볼 수 있다. 1794년 6월에 괴테와 직접 가까이하게 되었을 때에 실러는 여유 있는 자신감을 가지고 괴테를 대할 수 있을 만큼 당당한 근거가 있었던 것이다.

괴테와 실러의 첫 번째 만남은 두 사람이 직접 대화를 할 수 없는 상황에서 이루어졌다. 1775년 9월 3일 이래로 작센-바이마르-아이제나흐 영주국의 정무를 공식적으로 이끌게 된 젊은 영주 카를 아우구스트는 1779년 12월, 석 달 전에 추밀원의 이사로 임명된 30세 나이의 괴테를 대동하고 신분을 밝히지 않은 복색으로 스위스에서 튀링겐으로 돌아오는 여행길에서 뷔르템베르크 지역을 지나가고 있었다. 12월 12일 그는 카를스슐레에서 실행하고 있는 학습 제도를 알아보기 위해 그곳을 둘러보았다. 이틀 후에 영주와 괴테는 학생들에 대한 시상을 참관하게 되었는데, 그 시상식에서 실러는 실용의학, 약품론, 외과술 분야에서 우수상을 받았다. 학생들은 괴테가 그 자리에 와 있는 것을 전혀 알 수 없었을 것이다. 그들은 제복을 입고 대학의 축하 행사를 위해 규정된 엄격한 행렬에 맞추어 움직이는 익명의 무리를 이루고 있을 뿐, 개성적 면모는 전혀 드러나지 않았다.

많은 열매를 맺는 대화를 두 작가가 서로 나누게 되는 때는 이로부터 거의 15년의 세월이 흐른 뒤였다. 그동안에 여러 번 접근 시도가 있었지만 번번이 이루어지지 않았다. 실러가 1787년 7월 바이마르에 처음 당도했을 때 괴테는 이미 열 달 전부터 이탈리아에 머물고 있었다. 이 무렵 실러가 쓴 여러 편지들에서 엿볼 수 있듯이, 당시에 괴테가 바이마르에 없는 것이 실러에게는 싫지 않았던 것 같다. 1787년 8월 29일 쾨르너에게 보낸 편지에서 실러는 하루 전날 당사자인 추밀원 이사가 없는 상황에서 그의 생일을 축하하는 모임에 헤르더, 크네벨, 포크트, 샤를로테 폰 칼프 등이 참석한 가운데 자기도 그 자리에 있었던 일을 다음과 같이 반어적 말투로 보고하고 있다. "우리는 신나게 먹어 치웠지. 그리고 나는 괴테의 건강을 라인 포도주로 흠뻑 적시게 해주었지. 이탈리아에서 그는 내가 가객들 사이에 끼어 있으리라고는 짐작도 못했을 거야. 그러나 운명은 우리의 만남을 실로 멋지게 마련하고 있다고."(NA 24, 149) 높은 자리를 누리고 있는 바이마르의 장관 괴테에 대한 미묘한 거리감은 부러움의 감정이 적잖이 작용한 결과일 것이다. 경제적으로 불안정한 자신의 삶과는 대조적으로 괴테의 생활양식은 사치스러운 것으로 비쳤을 것이다. 이탈리아에서 여행을 즐기는 동안에도 괴테가 추밀원 이사의 봉급을 고스란히 받는다는 사실에 실러는 울화가 터진 것이다(그리하여 그는 다음과 같은 실수를 하게 된다). "그가 이탈리아에서 그림을 그리는 동안 포크트와 슈미트 밑에 있는 관리들은 그를 위해 짐 나르는 짐승처럼 땀을 흘려야 했지. 그는 아무 일도 안하는 대가로 1만 8000탈러(실제로는 1800탈러!)나 받아 탕진하고 있는데 그를 위해 땀 흘려 일하는 사람들은 모두 합쳐 그 반도 안 되는 임금을 받으면서 배나 되는 짐을 실어 날라야 한단 말이다."(NA 24, 185 이하)

거의 한 해가 지난 후인 1788년 9월 7일 루돌슈타트에서 처음으로 두 작가가 접촉하게 된다. 렝게펠트 자매가 긴장을 덜어주기 위해 두 사람의 만남을 더욱 많은 사람이 모이는 기회를 이용하여 주선한 것이다. 서로 기대한 일은 그러나 이루어지지 않았다. 떠들썩한 모임에서 조용히 대화할 수 있는 기회는 오지 않고 그저 의례적인 인사를 나누는 일로 끝나고 말았다. 첫인상 때문에 실러는 회의적인 예측을 하게 된다. "우리가 서로 가까워질 날이 있을 것 같지 않네. 내가 지금 아직도 흥미롭게 여기는 것들을, 내가 아직도 바라고 희망하는 것들을 그는 자기가 살아온 각 시대에 이미 대부분 다 체험했겠지. 나이 차라기보다도 풍부한 인생 체험을 통해 자기 발전을 성취해온 점에서 그는 나보다 훨씬 앞서 있으니 우리가 앞으로 서로 마주칠 일은 없을 걸세. 아니 그는 처음부터 나와는 이미 본질적으로 다른 데가 있다고. 그의 세계는 나의 세계가 아닌 것 같네. 우리는 생각하는 방식이 본질적으로 다르네."(NA 25, 107) 반년 후, 이번에도 쾨르너에게 보낸 편지에서 실러는 잠재적으로 굴복하고 싶은, 거의 에로틱한 감정으로 괴테의 자기중심 병에 대하여 다음과 같이 쓰고 있다. "그와 같은 사람은 다른 사람들을 자기 주위에 몰려오도록 해서는 안 될 것이네. 그래서 나는 그가 밉다네. 내가 그의 정신을 온 마음으로 사랑하고 있고 그를 큰 인물이라 생각하고 있는데도 말이네. 내가 보기에 그는 거만한 새침 덩어리지. 그처럼 얌전 빼는 새침데기는 세상 앞에 겸손하도록 하기 위해서라도 아이를 배게 해줘야 할 것이네."(NA 25, 193)

괴테도 1824년경에 쓴 자서전적 기록에서 실러와의 첫 만남에서 비슷한 인상을 받았음을 기억하고 있다. 그 또한 서로 기질도 다르고, 기획하는 작품 구상들도 대조적임을 인식하고 있는 것이다. 이탈리아에 체류하는 동안 자기의 취향을 천재 시대의 과장성에서 벗어나게 하기 위해 고전적 형식미 문화의 찬물로 말끔히 씻어내려 노력하던 그는 당시 아직 30세가 되지 않은 실러에게서 자기 자신은 이미 벗어던져버렸다고 생각하는 젊은 시절의 그 격렬한 예술적 자기과시욕을 본 것이다. "그의 힘찬, 그러나 설익은 재량이 바로 내가 씻어내려던 도덕성과 과장성을 홍수 때의 강물처럼 조국의 땅 위에 퍼부어댔기" 때문에 「도적 떼」의 작가가 내게는 아주 "밉살스러웠다"는 것이다.[228] 이미 고전적 형평 미학에 심취해 있던 괴테는 실러의 초기 작품이 발산하는 길들여지지 않은 억센 기질에 별로 매력을 느낄 수 없었던 것이다. 「돈 카를로스」에서도 아직 역력하게 나타나는, 구속에서 벗어난 욕정의 정열적 발산, 제지당하지 않은 파토스, 정교하지 못한 어법 등이 마음에 들지 않았다. 그것들이 모두 괴테 자신에게는 이미 마감된 시기의 잔재로만 보인 것이다. 괴테는 자신의 이 시기를 후에 「시와 진실」 제15장에서 다루면서 "천재적 자만"의 시기라고 부르게 된다.[229]

그럼에도 불구하고 괴테는 실러가 더욱 높은 과제를 수행할 수 있도록 그를 자기의 영주에게 천거한다. 그리고 실러는 1788년 12월 초에 예나대학 교수로 초빙된다.[230] 괴테가 이와 같이 자발적으로 자기의 관직을 활용해 실러를 돕기로 나서게 된 외적 계기에 대해서는 알려진 것이 없다. 9월 20일 《종합 문학 신문(*Allgemeine Literaturzeitung*)》*에 공개된 누그러진 논조의 「에그몬트」 연극평에서 괴테는 세부에 몇 가지 거슬리는 점이 있긴 하지만

* 1785년 바이카르에서 창간된 문학평론지.

"매우 만족해하면서 높이 평가"(NA 25, 121)하였다. 그러나 당시에는 익명으로 발표된 그 연극평의 필자가 누군지 몰랐다. 실러가 쓴 네덜란드 시민 봉기의 역사를 읽고 그것이 자기가 연극으로 만든 「에그몬트」의 내용과 중요한 부분에서 같은 내용을 담고 있다는 것을 확인했을 것이라고 추측은 해볼 수 있다. 교수 임명 절차가 다 끝난 후 실러는 응분의 감사를 표하기 위하여 12월 15일 괴테를 방문하지만 만나지 못한다. 예나대학에서 강의를 시작하기 전까지 바이마르에 머무른 마지막 몇 달 동안에도 실러는 괴테와 거리를 두고 지낸다. 자기와 괴테의 삶과 활동 세계가 서로 맞지 않는다는 인상을 갖게 되었기 때문이다. 1789년 2월 2일 그는 자신이 사흘 후에 카롤리네 폰 보일비츠에게 보낸 편지에서 반복하게 될 내용을 쾨르너에게 보낸 편지에서 다음과 같은 결연한 말투로 선언한다. "내가 괴테 주변에 자주 있으면 나는 불행해질 것이네. 그는 자기와 가장 친한 친구에게도 단 한 순간이나마 마음을 쏟는 법이 없지. 참말이지 나는 실제로 그가 비상한 정도의 이기주의자라고 생각하네. 그에게는 사람을 묶어놓는 재주가 있네. 관심을 약간 내보이거나 매우 주의 깊게 귀 기울여주기도 하면서 말일세. 그러나 자기 자신은 항상 자유를 즐길 줄 알지."(NA 25, 193) 이로부터 7년 후 바이마르의 낯선 방문객 장 파울은 친구인 크리스티안 오토(Christian Otto)에게 자기 스스로를 숭앙의 대상으로 여기는 괴테의 엄격한 위엄에 관하여 이와 비슷한 투로 편지를 쓰게 된다.[231]

1789년 3월 9일 쾨르너에게 보낸 편지에는 개인적 삶의 처지가 달라 느끼는 거리감에서 비롯한 유보적 태도가 더 뚜렷하게 표현되고 있다. 괴테는 행복을 타고난 운명의 총아로 보이는 한편, 자신은 생활환경이 열악해서 갖고 싶은 것 하나하나를 온 힘을 다해 쟁취하지 않으면 안 되는 처지를 타고났다는 것이다. "이 사람이, 이 괴테라는 사람이 여하간에 내 가는 길을 막고 서 있단 말이네. 그리고 그를 볼 때마다 운명이 내 인생을 힘들게 하고 있음을 느끼게 되네. 그는 자신의 천재성을 운명 덕분에 얼마나 손쉽게 발휘하고 있는가, 그리고 나는 이 순간까지도 계속 허덕이고 있지 않은가!"(NA 25, 222) 톤을 상당히 낮추기는 했으나 그와 같은 생각은 1794년 8월 23일에 실러가 괴테에게 보낸 편지에도 나타나 있다. 또한 그의 논문 「소박문학과 감상문학에 대하여」에서는 체계적인 사고로까지 펼쳐진다. 위의 편지에는 운수 좋은 뮤즈의 아들로서의 괴테의 윤곽이 그려져 있다. 그의 타고난 자질이 새 시대의 역겨운 경향들에 맞서 자기 자신의 예술적 재능을 유리한 외적 여건하에서 긴장감 없이 유유히 발전할 수 있게 해준다는 것이다. 쾨르너에게 보낸 편지에는 무엇보다도 자기의 경쟁자가 향유하는 물질적 안정과 사회적 명망을 포함한 보장된 삶에 대한 부러움이 서술되어 있다. 그렇게 괴테가 향유하던 경제적 보장은 숨 막힐 정도로 수없이 많은 공무상 회의에 참석하고 지루한 공문 서류를 검토하는 대가로 얻어진 것이었으나, 이 점을 실러가 완전히 의식하지는 못했을 것이다. 괴테가 자기의 작품을 구상할 때 시장성이나 관객의 취향에 신경을 쓸 필요가 없다는 사실이 예나대학의 정원 외 교수로서 쥐꼬리만 한 연금밖에 받지 못하던 실러로서는 부럽기만 했을 것이다.

1790년 10월 31일 괴테는 화가인 요한 하인리히 립스와 일주일 동안 함께 지내기 위해 예나로 왔다가 슈라마이에 살고 있는 실러를 잠시 방문한다. 칸트 비판주의 철학의 최신 경향에 관하여 의견을 교환하였는데 견해의 일치를 이루지는 못했다. 실러는 사변적 사고 형식들에 대해 대화 상대자가 보이는 비판적인 유보적 태도를 이해하기 힘들었다. 9월 말 드레스덴에서 괴테와 만났던 쾨르너에게 실러는 괴테가 다녀간 후 며칠이 지났을 때 편지를 써서, 불편한 심정을 다음과 같이 토로하고 있다. "나는 그의 철학 또한 전적으로 좋아할 수가 없네. 그의 철학은 너무나 많은 것을 관능의 세계에서 끄집어내네. 나는 영혼에서 끄집어낸다는 말일세. 그의 사고방식은 도대체가 너무나 관능적이라 내게는 너무 거슬리네."(NA 26, 55) 두 사람이 개인적으로 다시 만나는 것은 그로부터 거의 4년이 지나서이다. 그 외적 계기는 식물학자 카를 바치(Karl Batsch)가 설립한 '자연연구학회'가 창립 1주년 기념 총회를 7월 20일에서 23일까지 예나에서 개최한 것이었다. 바치는 이 모임의 참석자들을 자신의 개인 숙소로 초대했는데 괴테와 실러는 명예 회원으로 참석하고 있었다. 7월 20일 오후에 시작된 첫 번째 토론이 끝난 저녁 무렵, 짓누르는 여름 더위가 최고조에 이르자 두 사람은 함께 산책하기 위해 밖으로 나온다. 그들은 시청 건물을 끼고 돌아 실러의 거처가 있는 '운터른 마르크트'까지 산책한 뒤, 2층에 있는 어두워진 실러의 서재에서 흥미진진한 대화를 계속한다. 대화에서는 주로 괴테가 자기의 식물 원형론을 설명한다. 식물계의 모든 형태는 수많은 상이한 자질을 내포하고 있는 하나의 원초적 기관의 변형일 따름이라는 것이 식물 원형론의 요지다. 칸트의 철학으로 훈련된 실러와, 경험론적 시각에서 출발하는 괴테가 각기 자명하다고 이해하고 있는 방법론이 서로 달랐기 때문에 합의된 결론에 이를 수는 없었으나 앞으로 토론을 계속하기로 하고 대화를 마감했다. 괴테는 1794년 7월 20일에 실러와 만난 일을 1817년에 쓴 자서전적인 메모에서 떠올리고 있거니와, 이 메모에는 그날을 가리키는 말로 "운 좋은 사건(Glückliches Ereignis)"이라는 제목이 달려 있다. 그날 실러와 대화를 나눈 일을 돌이켜보면서 괴테는 그날의 만남을 "끊임없이 지속되어 우리 자신과 다른 이들에게도 좋은 영향을 많이 끼치게 된" 동맹의 확인으로 간주하고 있는 것이다.[232)]

이 '운 좋은 사건'이 있은 지 며칠 뒤 훔볼트의 집에서 저녁 식사를 함께

하면서 계속된 대화에서는 상호 대립적인 지적 기질이 드러나기는 하였으나 긴장감도, 신중한 유보적 태도도 나타나지 않았다. 얼음 장벽이 무너진 것이다. 이제는 상대방의 낯선 견해를 이해하기 위해 세세히 캐묻기를 주저하지 않게 된 것이다. 그런데 두 작가를 갈라놓는, 절벽 사이의 폭은 실로 대단한 것이었다. 즉 실제로 실험을 하는 자연 연구자인 괴테는 귀납법적으로 사고하는 경험론자로서 삶과 동떨어진 사변을 싫어한 반면, 칸트 학자 실러는 칸트의 선험철학[233]으로 훈련된 두뇌의 소유자로서, 그에게는 직접적인 경험 자체보다도 경험에 의해 구성된 이념이 더 중요하였으니, 그들의 정신세계나 큰 차이가 있는 생활 여건을 고려할 때 그들은 서로 어울리기 힘든 상대였다. 그러나 바로 이와 같은 지적 자질의 대립적인 차이로써 유례를 찾아볼 수 없는 커다란 생산적 열매를 맺게 되니, 그것은 1794년 8월부터 두 사람이 시작한 서신 교환에서 역력히 드러난다. 여기서 장벽을 허물고 길을 트는 역할을 맡은 것은 실러였다. 6월 말 괴테가 실러의 잡지 《호렌》에 기고 청탁을 받고 쓴 긍정적인 답장 편지는 매우 친절하기는 하였으나 격식을 차린 공식적 문서의 성격을 띠고 있었는데, 실러는 그를 지속적인 잡지의 동인으로 삼고 싶었다(괴테가 실러의 청탁에 긍정적으로 응하게 된 데는 정치적 성향을 알 수 없는 예나의 지성계에 직접적인 영향을 끼치고 싶어하던 영주의 뜻이 작용했을 수도 있다).[234] 1794년 8월 23일 실러는 괴테에게 상세한 생일 축하 편지를 보낸다. 그것은 실러가 그때까지 괴테가 작가로서 발전해온 과정을 분석한 것들에서 절정을 이루는 글이다. 실러가 보기에 괴테가 위대한 작가로 성공하게 된 것은 자기의 힘을 기획하지 않고 직관적으로 쏟아붓는 능력에서 비롯한다. 이러한 능력과 결부된 것은 자연을 포괄적으로 알려고 하는 성향이다. 그것은 자연 "전체(Allheit)"〔이것은 실러의 표현이다(NA 27, 25)〕의 근본이 되는 것을 완전히 알아차린 다음 그곳으로부터 되돌아오면서 개체를 찾아 나서는 길이다. 그리하면 개체를 사회적 질서와의 관계에서 파악하기 때문에 그 가치를 더 잘 판단할 수 있게 된다는 것이다. 그러한 경우 자연과 인간, 사회적 주변 세계는 당대의 미학에서 하려 했듯이 미리 짜인 체계를 통해서가 아니라 감각적 경험을 매개로 해서 현상 자체를 직접 다루는 가운데서 파악되는 것이다. 그러나 이와 같은 성향에서의 문제는 실러가 보기에 이런 것이었다. 아무런 선입관 없이 현상 자체를 다룬다든가, 예술적 직관 내지 자발성을 발휘하는 데 기여하는 바가 크기는 하나, 분석적 이성의 명령에 따르는 추상성이 일반화되어 있는 현대에는 맞지 않는, 낯선 혼자만의 생각에 머물 수밖에 없었다. 감각의 인간인 괴테는 자기가 선입관 없이 외부 세계에서 지각한 인상들을 우선 시대를 "이끌고 있는 개념들"(NA 27, 26)에 맞추고 나서 그것으로부터 다시 구체적 개별 사항을 서술하는 길을 찾아 나서는 것이 자기가 해야 할 일이라고 본다는 것이다. "만약 당신이 고대 그리스인으로 태어나셨다면, 아니 이탈리아 사람으로라도 태어나셨더라면, 갓난아기 시절부터 가장 쾌적한 자연과 이상적 예술에 둘러싸여 자라나게 됐을 것이고, 그랬더라면 당신께서 걸어온 길은 한없이 짧아졌을 것입니다. 어쩌면 전혀 불필요했을지도 모르지요."(NA 27, 25) 실러의 편지가 서술하는, 자신을 위한 미적 교육의 어려운 과정은 한 해 뒤에 쓰기 시작한 논문 「소박문학과 감상문학에 대하여」에서 더욱 상세한 분석을 통해 개념화된다.

이렇게 구상된 그림에, 괴테에 대한 존경심을 강조하는 모습과 함께 비판하는 자기 자신의 모습을 그려 넣지 않았더라면 그것은 완전한 그림이 될 수 없었을 것이다. 실러는 무엇보다도 먼저 자기에게는 문학적으로 다루게 될 대상들을 순수한 관조의 시각으로 얻어내는 능력이 없다고 말한다. 그런데 이보다 불과 얼마 전에 완성된 마티손(Matthisson) 논평에서만 해도 그는 그와 같은 순수 관조 방식을 비예술적이라고 낮추어 평가했다. 그래서 자기는 사변의 세계로, 자기에게 결핍된 감각적 경험을 대신해줄 이념과 오성의 추상 영역으로 도피할 수밖에 없었다는 것이다. 실러를 '사상시인(Gedankendichter, 思想詩人)'으로 보는 견해가 널리 퍼져 있는데, 이 견해는 실러의 이와 같은 자기 평가로 무게가 실리는 것 같다. 그러나 실러의 논리 전개가 전략적 계산을 따르고 있다는 사실 또한 간과될 수 없다. 8월 23일 편지는 무엇보다도 괴테를 자기가 만든 잡지의 동인으로, 대화의 상대로 확보하기 위한 구애의 편지였다. 따라서 자신의 문학적 가능성에 관한 자아비판은 한 차원 높은 서술 전략적 요소이고, 여하튼 실러의 자아비판을 오로지 고백의 성격을 지닌 것으로만 볼 것은 아닌 것이다.

1794년 8월 31일에 쓴 편지에서 실러는 8월 23일 편지에서와는 대조적인 자화상을 더 분명하고 상세하게 전개하고 있다. "저의 오성은 원래 상징적으로 작용하는 편입니다. 그래서 저는 일종의 양성자(兩性者)로서 개념과 관조 사이를, 규칙과 감정 사이를, 기계적 머리와 천재성 사이를 왕래하며 떠돕니다. 바로 이런 이유로 해서 저의 모습은, 특히 젊은 시절에는, 사색가로서도 시인으로서도 상당히 어색했습니다. 왜냐하면 철학적 사색을 전개하면서 시적 발상이 튀어나오고 시를 쓰려 할 때 철학적 사고가 발목을 잡곤 했기 때문이지요."(NA 27, 32) 상반되는 대립성이 부딪치는 자리는 이로써 충분히 조명된 셈이다. 이제 자기 자리에 차분히 눌러앉아서, 명확하게 그어진 사고방식 차이의 경계선에서 상호 교류를 시작할 수 있을 것이다. 이 점에 초점을 맞추어 실러가 자아비판적인 글을 쓴 목적은 명백히 드러나 있다. 대립적인 기질 차이가 있음을 일찌감치 인정하고 예술적 작업 방식 차이도 분명히 해놓으면 비생산적인 경쟁적 사고를 갖게 될 위험은 미리 배제할 수 있는 것이다. 역할 분담이 가능할 것 같았다. 한쪽에는 '늦게 태어난 그리스인' 괴테가 있다. 그는 경험을 중시하는 사람으로서 폭넓게 세계를 투시하는 감각을 지녔으며 예술가 기질을 타고난 인물이지만 현대적 추세에 적응하지 않으면 안 되는 처지에 있다. 다른 한쪽에는 성찰과 관조 사이를 왕래하는 양성적 존재인 실러가 있다. 그는 현대인의 분열병 증세가 있는데 스스로 그것을 극복할 힘이 없다. 개인적 기질의 차이에 관한 다음의 언급도 다분히 전략적 계산에 의한 것이라는 의심에서 자유롭지 못할 것이다. "얼른 보기에는 하나의 원리에서 출발하는 사변적 정신과, 다양성에서 출발하는 직관적 정신 간의 대립보다 더 큰 대립은 없을 것이라 여겨집니다. 그러나 전자가 순결하고 성실한 마음 자세로 경험을 찾고, 후자는 독자적으로 활동하는 자유로운 사고력으로 법칙을 찾는다면, 이 양자는 각기 자기의 길을 반도 못 가서 서로 만날 수밖에 없게 될 것입니다."(NA 27, 26) 이와 같은 사고방식의 차이와 그것이 미적 판단에 미칠 결과들에 관하여 프리드리히 슐레겔은 《1796년 문예연감》의 서평에서 다음과 같이 정확하게 예언하고 있다. "실러와 괴테를 나란히 세워놓고 이 두 사람의 대립적인 차이만을 찾아내려 하지 말고 한쪽 인물의 위대함을 더 확실하게 평가해주기 위해서라도 다른 쪽에 힘을 실어주기만 한다면, 우리는 많은 것을 배우게 되고 유익한 화제를 즐기게 될 것이다."[235]

예술 작업 방식에서 드러나는 성격 차이를 밝혀준 1794년 8월 23일 자 실러의 편지로, 두 작가의 접근을 수 년간 방해해온 지속적 긴장이 풀리게 된다. 그의 편지는 상호 존중과 폭넓은 관용성을 바탕으로 한 지적 교환이라는 생산적 협력 관계의 시작을 위한 점화였음이 입증된다. 두 사람은 각자 자기의 계획을 상대방에게 알리고 비판적 검토를 하며 문학계와 출판계의 동향을 함께 지켜보기로 신속하게 합의한다. 벌써 8월 30일에 괴테는 자연철학과 미학의 결합에 관한 원고를 보낸다("아름다움이란 자유를 바탕으로 한 완전함이다"라는 명제를 유기적 자연 대상에 어느 정도까지 적용할 수 있는가). 괴테가 스케치한 논문 초안은 1952년에야 비로소 출판되었는데, 그 논조를 보면 당시 예나에서 그들의 의견 교환이 자연과학적 문제에 국한되지 않았음을 알 수 있다. 괴테의 이 논문에는 당시에 아직 출판되지 않았던 실러의 「칼리아스 서한」의 발자취가 뚜렷하게 나타나 있다. 괴테는 그 논문을 쓰기 열흘 전 실러와 나눈 대화에서 직접적인 영향을 받은 것으로 추정된다.[236)]

실러 또한 자기의 이론적 작업을 보여줌으로써 괴테에게 보답한다. 그는 「칼리아스 서한」 원고에서 발췌한 것들과 《탈리아》에 실린 논문 「숭고론」의 제2부를, 그리고 나중에는 「인간의 미적 교육에 대한 편지」 첫 아홉 편의 수기(手記)를 괴테에게 보낸다. 9월 14일부터 27일까지 실러는 바이마르에서 괴테의 저택에 기거한다. 이 기간에 궁정의 요인들이 아이제나흐에 모임이 있어 모두 떠나고 없었기에 어떠한 방해도 받지 않았고, 의견 교환에 필요한 안정도 누릴 수 있었다. 샤를로테가 한 살 된 아들을 데리고 친모를 만나러 루돌슈타트로 여행을 떠났기 때문에 실러는 자기 시간을 마음대로 쓸 수 있었던 것이다. 실러는 병약하여 오전 내내 잠을 자야 했는데, 그로 인해 혹시라도 손님을 맞고 있는 괴테가 놀라지 않을까 하는 우려는 기우였음이 드러난다.(NA 27, 38 이하) 프라우엔플란(Frauenplan)*에 위치한 괴테의 저택은 규모가 커서, 실러는 오전 내내 잠자야 하는 자신의 생활 리듬을 그대로 유지하면서도 괴테의 일과를 방해하지 않을 수 있었다. 흥미진진한 문학 "콘퍼런스"에 때때로 빌헬름 폰 훔볼트도 끼어들었

* 괴테의 저택(바이마르) 앞 광장의 명칭.

는데, 그 즐거움을 괴테는 "우리의 감정과 생각과 영향력이 때로는 일치하고 때로는 서로 통했다"는 말로 표현하고 있다.(NA 35, 67) 곧 실러가 고향 뷔르템베르크로 여행 갔다 돌아온 후에는 결연히 추진해오던 출판 계획을 함께 성사시키자는 합의가 이루어진다. 괴테는 《호렌》의 첫 호부터 계속 기고한다. 특히 로마 여행에서 돌아온 후 얼마 되지 않아 완성한 「로마 비가」와 「독일 피난민들의 대화(Unterhaltungen deutscher Ausgewanderten)」가 눈에 띈다. 그 밖에도 계획 중인 《문예연감》을 위해 에피그람을 썼다. 이것은 괴테가 베네치아에 체류하는 동안 느낀 불편한 경험들을 시적으로 표현한 것이다. 실러는 자신에게 온 원고들을 거리낌 없이 비판적으로 점검했다. 그는 「독일 피난민들의 대화」가 마음에 들지 않았다. 11월 29일 편지에서 그가 지적하듯이 이 소설은 정치적 시국에 관하여 많은 성찰을 하고 있는데 정치적 시국에 관한 주제는 배제한다는 것이 《호렌》이 창간 때 공포한 잡지 편집상의 기본 방침이었기 때문이다. 이에 대해 괴테는 전혀 기분 나빠하지 않았다. 그는 난처한 대목들은 표현을 누그러뜨리겠고, 프랑스 사태에 관해 추밀원에서 대내적으로 한 발언들을 연상시키는 말투는 충분히 약화될 것이라고 약속한다.

「독일 피난민들의 대화」를 다루면서 실러는 비판적이면서도 충성스러운 기본 입장을 잃지 않았다. 평소 자기 작품에 관하여 말하기를 좋아하지 않는 괴테는 실러의 이런 태도를 보고, 새로이 얻게 된 대화 상대에게 말로써 설명할 수 없는 작품 세계의 생성 과정에 대해 터놓고 얘기하려는 생각을 갖게 한다.[237] 1794년 12월 그는 「수업 시대」의 원고 일부를 보낸다. "드디어 빌헬름 쉴러(Schüler)의 제1장을 보냅니다. 어찌 된 일인지 나도 모르게 그의 이름이 쉴러에서 마이스터(Meister)로 바뀌었습니다."(NA 35, 101) 그 후 실러는 이 소설의 비판적 독자 역할을 떠맡는다. 이 소설은 1795년

1월부터 1796년 10월 사이에 두 장씩 한 묶음이 되어 네 권으로 출간된다. 1794년 12월부터 실러는 괴테로부터 정기적으로 원고를 받고, 이에 대한 자기의 의견을 곧바로 써서 편지로 보낸다. 때로는 원고를 고쳐 쓸 것을 제안하기도 한다. 12월 5일 제1장의 친필 원고가 그에게 도달한다. 나흘 후 실러는 "기쁜 마음으로 단숨에 끝까지 읽었습니다"(NA 27, 102)라는 말로 그 가치를 높이 평가해준다. 제2장은 1월 초에 출간된 제1권에 인쇄된 것으로 처음 읽는다. 벌써 1795년 1월 7일에 제3장이, 그리고 2월 11일에 제4장이 원고 형태로 실러에게 보내진다. 실러는 원고를 철저하게 검토한 다음, (백작 부인에 대한 빌헬름의) 심리에서 보이는 모순이라든가, 줄거리 구성에서의 불균형(「햄릿」 상연을 묘사하는 대목)에 관한 비판적 주석을 써서 보낸다. 괴테는 실러의 의견을 기꺼이 받아들이고 곧 실천에 옮긴다(제2권이 4월에 출간된다). 1795년 2월부터는 원고 생산과 검토가 거의 동시에 진행된다. 괴테는 제5장이 거의 끝나간다고 실러에게 알린다. 6월11일 실러는 5장의 절반 분량의 원고를 받고는 "이는 신기원을 이룰 것"(NA 35, 218)이라며 좋아한다. 나흘 후의 반응은 거의 열광적인 것이었으나 조심스러운 질책도 포함하고 있었다. 「연극적 사명」에서 따온, 배우가 처한 상황을 너무 장황하게 부연 설명하고 있다는 것이다. 이것을 계기로 괴테는 "몇 군데 가위질을 하게 된다."(NA 35, 222) 8월에 실러는 제6부의 원고를 받고는 상세하게 논평하면서, 아름다운 영혼의 자화상을 서술함에 있어서 그것을 주도하는 이념이 너무나 "조용히" 암시되고만 있음을 비판적으로 지적한다.(NA 28, 27)

11월 제3권이 아직 출판되지 않았을 때만 해도 괴테는 작업에서 일종의 위기 상황에 빠져 있었다. 그런데 겨울이 되자 강렬한 "시적 기운"이 그를 위기 상황에서 해방한다. 실러는 그것을 다음과 같은 표현으로 부러워

한다. "오랫동안 주워서 한곳에 쌓아놓은 장작더미에 드디어 불이 붙기 시작했다."(NA 28, 132; 36/I, 50) 2월에 그는 이제 막 구술하여 필사를 마친 제7장의 원고를 보낸다고 기별한다. 그렇게 하기로 두 사람은 구두로 합의한 것이다. 1796년 7월 25일 실러는 완성된 제8장의 원고를 받는다. 며칠 지나지 않아 괴테는 작품의 구조를 더 잘 검토해주기를 바라면서 제7장의 원고를 다시 보낸다. 7월 2일과 3일, 5일 세 번에 걸친 편지에서 실러는 괴테의 소설을 총괄적으로 평가한다. 복잡하게 섞여 있는 줄거리 구성과, 이론적으로 뒷받침되지 않은 교육 관련 생각들에는 거부감을 느끼면서도 원고에 들어 있는 뛰어난 문학적 창의성에 대해서는 열광적인 찬사를 아끼지 않는다. "안녕히 계세요, 나의 친애하는, 나의 존경하는 벗님이여. 우리가 그 먼 고대 문화에서 찾고자 애쓰면서도 찾아내기 그토록 어렵기만 한 것이 이처럼 가까이 당신에게 있음을 생각하면 그저 감개가 무량할 따름입니다."(NA 28, 239) 위의 편지 세 편에 이어 7월 8일의 네 번째 편지에서 실러는 일종의 총평을 한다. 여기서 그는 소설 마지막에 가서 주인공이 받는 도제 자격증의 이념적 내용이 매우 의심스럽다고 말한다. 이 말을 듣고 괴테는 예리한 독자(실러)의 질책들을 수용하겠다는 신호로 일곱 가지 종목을 나열하면서 지체 없이 회답한다. 그러나 이 답신이 실러에게 당도하기 전에 괴테는 이 소설에 대한 실러의 마지막 평가인 7월 11일 자 편지를 받게 된다. 이 편지에서 실러는 저절로 생겨난 작가의 "사실적 성향"에 대하여 이야기한다. 빌헬름이 체득한 경험들을 더욱 예리하게 서술해줌으로써 이 소설에 스며 있는 철학적 내용이 더 분명하게 나타나도록 해주는 것이 바람직하다는 것이다. "문제는 이렇습니다. 작가는 순수이성에 의지할 필요가 결코 없을 정도로 사실주의자인가? 만약 그렇지 않다면, 이념주의자의 욕구를 충족해주기 위해 어느 정도는 마음을 써야 할 것 아닌가?”(NA 28, 259) 이제까지 교정 제안을 기꺼이 받아들이던 괴테는 이와 같은 글을 대하는 순간 멈칫한다. 실러의 명령조에 놀랐을 수도 있다. 비판적 독자로서 실러가 편지에서 요구하는 것은 주인공 빌헬름이 자기 인격의 완성을 위하여 철학적 방황의 길을 걸어야 한다는 것이다. 이에 대한 좋은 예는 상이한 여러 지성적 선택의 갈림길에 놓여 있는 개인의 타고난 자질, 성향, 삶의 체험 등을 문학적으로 조명한 경우인 「철학 서신(Philosophische Briefe)」의 율리우스(Julius), 「강신술사」의 왕자, 또는 모리츠의 「안톤 라이저(Anton Reiser)」라는 것이다. 어쩔 수 없이 성찰을 하게 되더라도 인격의 순박한 통일성은 잃지 않게 하는 이상적인 성찰 교육의 윤곽이 이렇게 해서 그려진 셈이다. 10월 19일 편지에서 아직도 실러는 도제 자격증에 “핵심적 이념의 천명”(NA 28, 314)이 있어야 하는데 그것이 빠지고 불충분한 언급으로 처리되었음을 아쉬워하고 있다.[238)]

괴테는 7월 중순에 쓴 편지에서 밝히고 있듯이 자기 작품에 대한 더 이상의 논의는 직접 만나 구두로 하는 것이 좋겠다고 생각한다. 7월 말 실러와 만나 대화를 나눈 후 사소한 지적 사항들을 고치기만 하고 작품에 대해 또다시 논의하길 기다리지 않고 원고를 인쇄에 넘기기로 결정한다.(“당신의 이념들에 어울리는 몸체를 나 나름대로 발견했다고 보는데, 내가 형성한 지상적인 형체에서 당신의 정신적인 본체를 당신께서 알아보시게 될지는 모르겠습니다.”) “나의 작품은 결코 당신이 바라시는 요구 사항을 전부 만족스럽게 받아들일 수는 없습니다. 그것은 우리의 기질이 서로 너무 다르기 때문입니다.”(NA 36/I, 300) 1796년 8월 26일 괴테는 소설 마지막 두 장(章)의 원고를 베를린에 있는 웅거 출판사로 보낸다. 같은 해 11월에 소설의 제4권이 출간된다. 이것은 1792년 발간되기 시작한 그의 새로운 작품 전집 제6권에 해당한다. 원고에 대한 논의 과정에서 자기주장의 경계선을 분명하게 지키는 두 사람의 자유로움이야말로 독자성의 증좌라 아니할 수 없다. 이러한 독자성은 어느 경우에도 견지되고 있는 것이다. 「수업 시대」에 대한 실러의 비판이 활발한 분석적 정신을 보여주고 있는 반면, 자기의 원고를 고칠 자세가 되어 있는 괴테에게서는 연하의 친구가 지닌 높은 판단력에 대한 존경심이 감지된다. 비판과 인정을 주고받는 놀이는 두 예술가의 우정이 지닌 특별한 가치를 말해준다. 상대방의 지적 독자성을 존중하는 기본 자세야말로 이 우정의 토양이라 할 것이다.

괴테에 대한 충성심과 저항 정신 사이의 균형은 1797년 초가을에 시작된 서사시 「헤르만과 도로테아(Hermann und Dorothea)」에 관한 토론에서도 견지되지만, 무엇보다도 힘겨운 「파우스트」 작업 과정에서도 견지된다. 바로 이 「파우스트」 프로젝트를 추진할 것을 실러는 괴테에게 계속 권했다. 처음에는, 즉 1794년 12월 초만 해도 그의 말은 먹혀들지 않았다("나는 그 파우스트를 가둬놓고 있는 원고 뭉치의 끈을 풀 용기가 나지 않습니다"(NA 35, 97)). 그러다가 1797년 6월 괴테는 전형적인 비유법을 써가면서, 동조의 정신에서 판단해줄 것을 실러에게 청한다. "이제 저는 당신께서 잠 못 이루는 밤에 파우스트 건을 한번 두루 생각해주셨으면 합니다. 그리고 제게 하실 말씀을 모두 털어놓아주시기를 부탁드립니다. 그리하여 진정한 예언자로서 이야기하고 예고하고 싶은 저 자신의 꿈을 제게 보여주시면 고맙겠습니다."(NA 37/I, 45)

괴테와 깊은 친구 관계를 맺게 된 시기에 실러 자신은 그전까지는 거의 활용되지 않던 문학적 잠재 에너지가 피어난다. 1795년 여름 이래로 중요한 시 작업이 전개된다. 1796년 장기간 걸리게 될 「발렌슈타인」 프로젝트 작업이 시작된다. 1797년 담시 장르를 개척하여 그 성과물들이 속속 나타난다. 거의 중단되지 않고 지속된 괴테와의 서신 교환에서 우리는 작품의 생산 과정, 여러 단계에 걸친 텍스트 교정 작업, 문학 작업 과정에서 내용의 부분적 변경이나 삭제 등을 알게 된다. 실러가 괴테의 지적 능력을 모범으로 삼을 수 없었더라면 예술의 최고 경지에 이르는 길을 그토록 신속하게 찾지는 못했을 것이라는 주장이 있는데, 이는 국민국가의 문화사를 서술하는 데서 종종 생겨나는 신화들 중 하나이다. 그런 주장과는 달리 두 작가의 문학 활동을 촉진해준 경쟁 상황이 더 중요한 역할을 했다고 보아야 할 것이다. 그들은 생산적으로 작품 구상과 기획 등을 서로 교환함으로써 좋은 결과를 얻을 수 있었다. 경쟁 관계는 두 사람이 지속적으로 창조 작업을 하도록 부드러운 강제력을 발휘한 것이다. 그런 강제력이 없었더라면 그처럼 많은 성과를 가져다준 문학 활동은 불가능했을 것이다. 이와 같이 우호적인 관계가 지속되는 가운데서 작업을 했다는 특수한 조건으로 말미암아, 실러가 1797년 7월 21일 편지에서 쓰고 있듯이, "서로 완전함을 추구하는 관계"가 형성되었던 것이다. 그들은 작업상 생기는 모든 문제를 "서로 교환하여 그것에서 얻게 된 것"을 각기 자기의 특수한 작업에 "생산적으로" 활용한 것이다.(NA 29, 104) 그것은 일종의 작업 현장 대화로서 엄청난 예술적 활력을 두 작가에게 불어넣었다.

상반된 성향이 두드러지는 경우에도 상대편의 예술적 개성을 존중했다. 실러는 「수업 시대」의 마지막 대목을 읽고서 받은 감명을 1796년 7월 2일 편지에서 "탁월한 것에 대해서는 그것을 사랑할 수 있을 뿐, 그 외의 어떠한 자유도 행사할 수 없다"(NA 28, 235)고 쓰고 있다. 예술적인 관점에서 드러나는 차이들에도 불구하고 개인적으로 서로 통한다는 것이 어떠한 의미를 지니는가는 1796년 1월 12일 편지에서 괴테가 쓴 명구를 보면 알 수 있다. 그것은 「크세니엔(Xenien)」에 대해 사람들이 할 것으로 예상되는 비판을 염두에 두고 한 말로서, 신뢰할 수 있는 사람들만의 작은 동아리 속으로 물러나 있자는 입장을 다짐하는 것이다. "우리는 결과에 대해서 공동의 관심을 갖고 그것을 우리와 성향이 같고 뜻을 같이하는 사람들과 함께 조용히 즐길 수밖에 없습니다. 저는 당신 덕분에 쾨르너, 훔볼트와 가까운 사이가 되어 매우 즐거운 처지에 있습니다."(NA 36/I, 380) 이로부터 꼭 두 해 뒤에 괴테는 생산적인 친구 관계를 중간 결산하게 된다. 여기에도 상이한 기질과 관심사들의 상호 보완적 성격에 대한 통찰이 포함되어 있다. "우리 두 사람의 만남은 유익한 것들을 우리에게 이미 많이 가져다주었습니다. 이러한 좋은 관계가 지속되기를 바라마지 않습니다. 여러 경우 대상들을 표현하는 문제에서 제가 당신에게 도움이 되었다면 당신은 외부의 사물과 그들의 상호 관계를 관찰하는 데만 열을 쏟고 있던 저를 저 자신에게로 돌아오도록 해주었지요. 당신은 저로 하여금 인간 내면의 다양한 면모를 더욱 공정하게 들여다보도록 가르쳐주었습니다. 당신은 내게 두 번째 청춘을 마련해주신 겁니다. 저를 다시 시인으로 만드셨다고요. 저는 시인이기를 거의 중단하고 있었던 상태였으니까요."(NA 37/I, 213) 괴테는 머리가 아홉 개 달린 괴물인 물뱀 히드라보다 "수백만 배나 되는 머리가 달린 경험이라는 히드라"(NA 37/I, 103)와 옥신각신하고 있던 자기에게 현실을 더욱 엄격하게 정돈하고 파악할 수 있는 길을 제시해준 것을 실러의 공으로 보는 한편, 자기 자신은 감각으로 사물을 파악하고 판단하는 문화의 영역인 "객관적 경험의 세계"에 관심을 갖도록 격려해주는 역할을 했다는 것이다. 1794년 7월 실러와 처음으로 진지하게 서로 생각을 교환한 "운 좋은 사건"을 자연스럽게 진행되었던 것으로 기억하면서 1817년에 그가 쓴 회상문 가운데 다음의 구절들 또한 비슷한 내용을 담고 있다. "그리하여 우리는 가장 격렬한, 어쩌면 결코 완전하게 결판이 날 수 없는 객관과 주관의 경쟁을 통하여 끊임없이 지속되고, 우리 둘과 다른 이들을 위해서 많은 좋은 열매를 안겨주게 될 동맹을 서약한 것이다. 그것은 특히 나에게는 새로운 봄을 가져다주었다. 그 안에서 모든 것이 씨앗과 가지를 하나하나 열어젖혔고, 거기서 우리는 나란히 즐겁게 싹튼 것이다. 우리가 교환한 편지들이 이에 관하여 가장 직접적이고 가장 순수하고 가장 완벽한 증언을 해줄 것이다."[239]

실러가 타계한 지 3주 후인 1805년 6월 1일에 괴테는 첼터에게 보낸 편지에서 자기 인생의 "절반"[240]을 상실했다고 쓰고 있는데, 이것은 상이한 예술가 기질 둘이 실제에서는 상호 보완적인 일체를 이루어 좋은 성과를 가능케 했다는 것을 의미한다. 괴테와 실러의 동맹이 얼마나 큰 역할을 했는가를 이해하는 것은 그러한 동맹 관계에서 개인적 주체성과 그 실질적 역량이 어떠했는가를 알아야만 가능한 일이다. 실러가 이 두 관점을 염두에 두고 있었음은 1800년 11월 23일 샤를로테 폰 시멜만(Charlotte von Schimmelmann)에게 보낸 편지에서 괴테와의 만남을 자기 "전 생애에서 가장 고마운 사건"(NA 30, 213)이라고 규정하고 있는 것을 보면 알 수 있다. 사적인 친구 관계 안에 전략적 목적이 항상 함께하고 있었던 것이다. 그것은 관객의 취미를 고상한 것으로 교육함에 있어서 경제적 계산도 해야 하는 문제라든가, 문학 시장을 조직하는 문제, 잡지 성격을 새로 짜야 하는 문제, 궁정 극장 운영을 효율화하는 문제 등에서 상대방의 도움이 절실함을 알고 있다는 것을 의미한다. 실질적인 예술 추구와 개인적 추진력이 합쳐져 상반된 관심들을 하나의 연결 고리로 모음으로써 한 시대를 풍미하게 만든 대업이 성사된 것이다.

학문적 대화의 문화
빌헬름 폰 훔볼트

예나대학 교수 직을 맡고 또 급성질환의 시기도 넘긴 후에 실러는 젊은 세대의 대표적인 인물들과의 접촉을 강력히 추진한다. 괴테와의 관계를 일단 예외로 친다면 나이 어린 사람들과의 관계는 화평하게 넓어진 반면에 동년배들과의 관계는 갈수록 순조롭지 않게 되어간 듯하다. 빌란트, 헤르더, 라인홀트, 모리츠 등과의 교제에서 그는 자극을 받는 것으로 만족하지 않고, 예나 시절 자기가 예술에 관한 여러 글에서 표명한 자기의 독특한 기본적 입장들을 그들이 인정해주기를 바랐다. 이때 드러나는 그의 성향은 자기가 관망할 수 있는 삶의 범위를 벗어나지 않으려는 것이다. 그는 여행을 좋아하지 않았다. 이사를 한 것은 대부분 어쩔 수 없어서 한 것이고 스스로 하고 싶어서 한 경우는 거의 없었다. 예나대학 교수가 된 후 건강 상태도 호전되어 스위스나 이탈리아 여행쯤은 건강상 가능했을 테지만 외국은 그에게 그다지 매력적이지 않았던 것 같다. 그 대신 그의 삶은 신뢰하는 사람들과 가족적인 분위기에서 규칙적으로 모이는 데 초점을 맞추고 있었다. 그러한 모임에서는 여행에서 겪은 불쾌했던 체험담 같은 것은 끼어들 여지가 없었다. 그의 친밀한 모임에 속한 사람들은 렝게펠트 자매와 샤를로테 폰 슈타인 다음으로는 그 누구보다도 빌헬름 폰 볼초겐이다. 그는 1794년 9월 24일 이혼한 지 얼마 되지 않은 실러의 처형 카롤리네와 결혼했다. 갓 결혼한 그들의 가족은 1795년 아들 아돌프를 낳음으로써 인원이 늘자 가문의 저택으로 이사하여 정착하게 되었고 그곳을 여러 사교적 모임을 위한 장소로 개방하였다. 그들과의 긴밀한 관계는 카롤리네가 이따금 연상 남자들과의 열렬한 외도 풍문에 휘말렸음에도 불구하고(예컨대 그녀는 1802년 파리에서 구스타프 폰 슐라브렌도르프 백작과 정열적으로 사랑에 빠졌다) 1809년 볼초겐이 이른 나이에 타계할 때까지 견실하게 지속되었다. 카롤리네가 이혼하고 나서 예의상 지켰어야 할 기간도 기다리지 않고 재혼했을 때 이에 대해 질투심에서 마음이 불편했던 실러는 그러한 감정을 신속히 극복했다. 1797년 12월 바이마르의 시종관으로서 외교 업무를 맡게 된 볼초겐과는 견실한 친구 관계가 지속되고 있었다. 두 사람의 개인적 교류가 오랜 기간 중단된 것은 1788년 가을에서 1791년 봄까지 볼초겐이 뷔르템베르크 영주로부터 임무를 받아 파리에 머물게 되었을 때뿐이다. 볼초겐은 이 기간에 파리에서 건축 공부를 계속하는 동시에 불안한 정치 현장을 관찰했다. 두 사람의 친밀한 관계는 수 년이 지나는 동안에도 지속됐고 어떠한 위기 상황에도 빠지지 않았다. 실러 부부는 그를 "옛 친구"라 불렀다. 그는 예술 작품에 탄복하는 능력은 없었으나 그 대신 언제나 신뢰할 수 있는 성품을 지닌 데다 실러가 늘 부러워하는 실용적 생활 감각이 뛰어난 인물이었다.

실러가 주관하는 모임에서 젊은 세대 중 가장 중요한 인물은 빌헬름 폰 훔볼트였다. 1767년 귀족 반열에 오른 지 얼마 되지 않은 가문(1738년에 그의 조부가 프리드리히 1세에 의해 귀족으로 봉해졌다)의 후예로 태어난 그는 베를린에서 요아힘 하인리히 캄페, 요한 야코프 엥겔과 같은 훌륭한 가정교사 밑에서 개인 교습을 받고 성장한 수재로 무엇보다도 고전 언어들을 철저히 습득했다. 그것은 후에 그가 해박한 학자가 되는 데 기초가 된다. 그는 1788년 프랑크푸르트 암 오데르(Frankfurt am Oder)에서 법학 공부를 시작해 1790년에 괴팅겐대학에서 마친다. 그다음으로 칸트의 『순수이성비판』, 『실천이성비판』과 같은 철학서를 읽고 고대 그리스어의 대가인 크리스티안 고틀로프 하이네(Christian Gottlob Heyne)의 권고로 고대 문학에도 관심을 기울인다. 하이네를 거쳐 훔볼트는 괴팅겐에서 게오르크 포르스터를 알게 되고 포르스터는 그를 1788년 여름 뒤셀도르프에서 프리드리히 하인리히 야코비와 만나게 해준다. 가정교사 캄프와 두 살 어린 동생 알렉산더와 함께 그는 1789년 8월 파리에 머물면서 구체제에 항거하는 거리의 폭동 현장을 목도하게 된다. 그러나 독일의 다른 관찰자들이 보여준 열광적 반응을 그에게서는 찾아볼 수 없다. "아니 이 더럽고 지저분한 거리에서 우글거리는 사람들 틈바구니에서 난 도대체 무얼 해야 할 건가?" 파리에 당도한 직후에 쓴 편지에 보이는 대목이다.[241] 그는 공론의 장에서 진행되는 정치적 토론보다는 거리의 창녀들과, 귀족들의 고급 창부들에 더 신경을 쓴다. 이들의 몸값이 얼마나 싼가에 관하여 그는 여행기에 꼼꼼하게 하나하나 기록하고 있는 것이다.

혁명과 그 법적 문제점들에 대한 훔볼트의 입장은 일정하지가 않다. 1792년 《베를린 모나츠슈리프트》에 발표한 글 「프랑스의 신헌법의 등장으로 야기된 국가기구에 관한 구상(Ideen über Staatsverfassung, durch die neue französische Constitution veranlasst)」에서 그는 오로지 원리에만 입각한 정치사상들, 선험적으로 확정지어놓은 원칙들에서 이끌어낸 정치사상들에 반대하는 입장을 밝히면서 그 대안으로 경험을 토대로 한 공적 행동의 전략을 제시한다. 그러한 전략은 "강렬한 우연과, 거기에 맞서고 있는 이성과의 싸움에서 생겨난다"[242]는 것이다. 그가 후에 메테르니히 체제를 옹호하는 반동의 대표자라고 공격하게 될 프리드리히 겐츠와, 버크의 이론에 바탕을 둔 논문 「프랑스 혁명 연구」(1793)를 쓴 아우구스트 레베르크와 유사하게 젊은 훔볼트는 당시 시대적 흐름이던 경험주의의 입장을 취하고 있다. 그것은 이미 괴테가 높이 평가하던 유스투스 뫼저가 근대적 국가 관료주의에 관한 비판적 연구에서 밝힌 이론이었다.(「모든 지역에 균일하게 시행될 일반 법령과 지침들을 도입하려는 요즘의 경향은 공동체의 자유를 위태롭게 한다」(1772); 「개개의 소도시마다 특수한 정치제도를 갖게 해야 하지 않겠는가?」(1777)] 1813년과 1819년에 인쇄된, 폰 슈타인 남작에게 보낸 헌법 이론에 관한 의견서에서 여전히 드러나는 훔볼트 특유의 신념에는 강력한 국가에 대한 자유주의적 회의가 포함되어 있다. 강력한 국가는 그것이 절대주의의 소산이건, 혁명 원리에서 유래하건 간에 항상 인간의 개인적 자유를 무자비하게 제약한다는 것이다. 뫼저가 이와 유사한 생각을 이미 말하고 있다. "우리 시대의 일률적인 철학 이론들이 오늘날의 법 제정에 악영향을 끼쳐, 아무런 방해도 받지 않고 자기의 자질을 펼쳐보고자 하는 개인들의 노력을 인위적으로 제한한다"는 것이다.[243] 훔볼트 또한 1792년에 썼으나 사후 1851년에 가서야 출간된 논문 「국가의 영향력에 한계 규정을 설치하기 위한 시론(Ideen zu einem Versuch, die Gränzen der Wirksamkeit des Staats zu bestimmen)」에서 뫼저와 같은 생각을 전개하고 있다. 정부와 관료들이 져야 할 보호 의무는 홉스(Hobbes)의 말대로 시민전쟁과 "외부로부터의 적들"로부터 "안전보장"을 해주는 데 있지, 결코 신민의 "복지를 보장하는 것"이 아니라는 것이다. 국민의 복지는 국민 개개인이 자유롭게 활동해 스스로 마련해야 한다는 것이다.[244]

짧은 기간 프로이센의 공사관 시보로 근무한 후 풍요한 가산 덕택에 생활비 걱정을 할 필요가 없던 훔볼트는 카롤리네 폰 다허뢰덴(Caroline von Dacheröden)과 결혼하기 직전인 1791년 6월에 공직에서 물러나 사인(私人) 신분으로 남게 된다. 실러와의 첫 만남은 이미 1789년 성탄절에 바이마르에 있는 렝게펠트 자매의 저택에서 이루어졌다. 이듬해 초에 실러는 렝게펠트 자매들과 함께, 훔볼트가 며칠간 머물던 예나로 나들이 여행을 한다. 훔볼트가 부관 시절 친했던 폰 달베르크를 만나러 에르푸르트로 떠나기 전에 그를 만나기 위해서였다.

"실러에게서 나는 아주 많은 것을 발견했습니다. 하지만 우리의 대화는 대개 농담조였지요. 그러나 그게 빈 농담들이 아니고 매우 냉철한 이해관계에 얽힌 내용들이었습니다."[245] 1790년 1월에 훔볼트가 쓴 편지에 있는 말이다. 일반적으로 차갑다고들 하는 훔볼트의 태도 때문이기도 했겠지만, 상당히 거리를 둔 말투로 여기서 언급하는 대화는 우선 그렇게 끝나고 더 이상 이어지지 않았다. 1792년 6월 초에 에르푸르트에 있는 달베르크 그룹에서 잠깐 다시 만나지만 깊이 파고드는 대화는 이루어지지 않는다. 1793년 3월 실러는 할레대학의 고대 그리스 문학 교수 프리드리히 아우구스트 볼프(Friedrich August Wolf. 후에 그는 헤르더의 대척자가 된다)의 입김이 다분히 스며 있는 논문인 「고대와 특히 그리스 문학 연구에 관하여(Ueber das Studium des Alterthums und des Griechischen insbesondere)」를 받는다. 이 논문은 훔볼트가 공인 생활을 청산하고 사인 신분이 되고 나서 쓴 것이다. 고대 그리스 도시국가가 인류 문화사의 유년기를 반영하는 것으로 본, 관습적인 논조의 이 논문을 그는 비판적인 방주(傍註)를 달면서 읽는다. 이 논문에서 얻은 수확을 2년 반 후 그는 '순박함(Naiven)'의 이론에 활용한다. 1793년 4월 초 예술철학상의 여러 문제와 동시대인들의 고대 예술 이해에 관한 논의를 위해 예나에 사람들이 모인다. 실러는 고대 문명에 관한 견실한 지식을 갖춘, 자기보다 연하인 훔볼트가 자신의 미학적 문제 제기에 자극제로서 중요한 역할을 할 수도 있으리라는 예감을 하게 된다. 그는 지적인 면에서 신뢰할 수 있는 대화 상대를 찾고 있었다. 그 몇 주일 전에 실러는 며칠간 예나에 머물던 루트비히 페르디난트 후버와 재회했는데 그는 자기가 신뢰하던 옛날의 그가 아니어서 소외감을 느끼지 않을 수 없었다. 예전 친구인 후버는 작센 영주국의 외교 참사로서 마인츠에 파견되

빌헬름 폰 훔볼트.
석고 부조. 고틀리프 마르틴 클라우어 작(1796).

어 근무하고 있었는데 출판 사업에 투신하기 위해 그 자리에서 물러나려는 참이었다. 후버의 아내 도라 슈토크는 쾨르너의 처제인데 그들 부부 문제에 쾨르너가 끼어들어(이에 대해 쾨르너의 아내 미나(Minna)는 몹시 화가 났다) 1792년 9월 그들 후버 부부는 급작스레 헤어진 터였다. 그런데 헤어진 후 후버는 기혼인 테레제 포르스터(Therese Forster)를 열렬히 사랑하게 되었는데, 그녀는 훔볼트의 괴팅겐대학 스승인 하이네(Heyne) 교수의 딸이었다. 그 무렵 후버는 프랑스 혁명 찬성자로 알려져 새로운 공직에 진출할 길이 막혀 있었다. 재정적 지원자도 없었기 때문에 그는 자유로운 작가로서 출판 시장에서 살아남기 위해 일해야 하는 처지에 놓인 것이다. 실러는 3월에 예나에서 불안감이 역력한 후버를 다시 만났을 때 역겨움을 느꼈다. 좌충우돌하는 변덕스러운 태도는 테레제 포르스터의 부정적인 영향을 받은 결과라고 실러는 생각했다. 이 여자를 실러는 쾨르너와 마찬가지로 남자들을 삼켜버리는 팜파탈(Femme Fatale)로 여겼다(게오르크 포르스터가 1794년에 타계하자 그들은 곧 결혼했는데 실러는 그들을 처음부터 서로 어울리지 않는 부부로 치부했다). 후버와의 친구 관계가 무너진 것을 계기로 실러는 1793년 초에 자기 친구들의 모임을 새로이 짜야겠다는 생각을 하게 된다.

매우 고무적인 대화를 서로 나누었다고 생각한 실러는 훔볼트에게 예나로 이사 오는 게 어떻겠냐고 제안한다. 그렇게 제안한 것이 4월이었는데 훔볼트는 해를 넘겨 1794년 초에야 이사 온다. 실러가 고향인 루트비히스부르크에 머물러 있을 때였다. 1794년 5월부터 두 사람의 왕래가 잦아지고 그사이 서로 친구가 된 부인들도 함께 모임에 가담한다. 슈투트가르트에서 돌아온 지 얼마 되지 않아 실러는 훔볼트와 매일같이 만나며, 이에 관하여 쾨르너에게 다음과 같이 쓰고 있다. "내게 훔볼트(!)는 한없이 맘에 드는 동시에 유익한 친구라네. 그와 대화하면 나의 모든 생각이 성공적으로, 신속히 전개되니 말일세. 그의 본질에는, 그것을 알아보는 사람이 극히 드물지만, 하나의 전체성이 있네. 그와 같은 전체성을 나는 그 말고는 오직 자네에게서만 발견했네."(NA 27, 1) 실러는 1794년 7월 이래로 정기적으로 함께 식사하기 위해 예나로 초대하던 괴테에게 훔볼트를 소개한다. 그 무렵 실러가 공들여 접촉하던 인물들은 다음과 같다. 두루 평판이 좋은 파울루스(Paulus), 실러의 후계자가 될 역사학자 볼트, 의학 교수 크리스토프 빌헬름 후펠란트(Christoph Wilhelm Hufeland), 그리고 예나대학 내에서 칸트 철학으로 무장한 법학자로 이름이 나 있을 뿐 아니라 《종합 문학 신문》의 발행인으로서 중요한 역할을 하던, 또 다른 후펠란트인 고틀리프 후펠란트(Gottlieb Hufeland) 등이다. 1794년 10월 2일 훔볼트 부부는 운터른 마르크트에 살고 있는 실러 부부의 집 바로 건너편에 위치한 헬펠트 건물 내에 거처를 얻어 이사 온다. 더 쉽게 매일 왕래하기 위해서임은 물론이다. 무엇보다도 저녁 8시에서 10시 사이에 그들은 실러의 작업실에서 규칙적으로 만나 작업 중인 프로젝트에 관해 상의한다.

훔볼트는 1795년 7월 1일까지는 우선 예나에 머무른다. 그러나 모친의 병환(결국에는 돌아가시게 된다)으로 어쩔 수 없이 오랜 기간 베를린에 가 있다가 1796년 11월 1일 동생인 알렉산더와 함께 대학 도시 예나로 돌아온다. 1797년 4월 말 그는 예나 시절에 종지부를 찍고 베를린, 드레스덴, 빈을 거쳐 파리로 여행한다. 실러에게 그는 곧 시론상의, 특히 운율상의 문제들에 관하여 논의하고 조언해주는, 포기할 수 없는 대화 상대로 격상된다. 1795년에 쓰인 실러의 교훈시들과 1797년에 생산된 담시들에 훔볼트가 끼친 영향은 매우 크다. 이들 시에는 훔볼트의 곡예사 몸놀림처럼 세심한 방주들, 비판적인 각주들 그리고 외교적 예의를 갖춘 우회적인 교정 제안들이 수없이 붙어 있는 것이다. 여기서 훔볼트의 역할이 얼마나 중차대한가를 그의 아내 카롤리네 폰 훔볼트가 쓴, 격언과도 같은 편지 한 구절이 말해준다. 그 편지에 따르면 실러는 변함없는 신뢰를 바탕으로 교제하기를 즐겼고 규칙적인 생활을 좋아했는데, 이는 매일의 작업을 안정적으로 할 수 있게 해주는 고정적 요소였다.(NA 42, 201)

훔볼트는 예술가적 기질이 아니었다. 그리고 표현력도 매우 부족했다. 《호렌》에 기고한 그의 글들은 후에 발표한 논문들과 마찬가지로 메마른 법률 조항들처럼 딱딱했고 가시적인 구체성이 없었다. 1796년 6월 11일에 쓴 편지에서 그는 일반 독자들을 위해 글을 써야 하는 작업이 너무 힘들다고 토로한다. 실러는 7월 22일 친구인 훔볼트에게 보낸 답서에서 친구의 지적 자질이 일방적으로 기울어 있기 때문일 것이라면서 다음과 같이 쓰고 있다. "나는 확신합니다. 당신이 저술가로서 성공하는 길을 멋지게 가로막고 있는 것은 다만 당신의 자유로이 묘사하는 능력보다 판단 능력이 분명 월등한 비중을 차지하고 있기 때문이요, 허구에 대해 가차 없는 비판을 퍼붓기 때문인데, 그러한 성향은 허구에게는 언제나 파괴적으로 작용할 수밖에 없는 것이지요."(NA 28, 268) 실러의 이러한 코멘트를 통하여 우리는 훔볼트와 관계가 조화로웠던 이유를 짐작해볼 수 있다. 훔볼트는 작품을 쓸 능력이 없고 이론적인 관심만이 지배적이었기 때문에 경쟁심에서 벗어나 가까워질 수 있었던 것이다. 그렇지 않았더라면 그와 같은 긴밀한 관계는 생각할 수도 없었을 것이다. 실러는 훔볼트의 "개인적인 완벽함"을 오로지 "판단과 즐김의 영역(des Urteils und des Genusses)"에서만 인정하고 있었고(NA 28, 268), 훔볼트는 예나에서 좀 더 커다란 작업을 완결하지는 못했다. 그는 아이스킬로스의 「아가멤논(Agamemenon)」 번역 작업에 몰두하는가 하면, 야코비(Jacobi)의 소설 「볼데마르(Woldemar)」에 대한 서평을 1794년 문학평론지 《종합 문학 신문》에 발표하고, 1795년 2월과

3월 두 차례에 걸쳐 《호렌》에 이성과의 관계에 관한 에세이 두 편을 기고한다.〔「이성의 차이와 그 차이가 유기적 자연에 미치는 영향에 관하여(Ueber den Geschlechtsunterschied und dessen Einfluß auf die organische Natur)」; 「남성적 형식과 여성적 형식에 관하여(Ueber die männliche und weibliche Form)」〕(NA 35, 181) 그런데 이 에세이는 둘 다 그 논지가 불분명한 탓에 반응이 거의 없거나 있다 해도 칸트의 경우처럼 비판적인 반응까지 받게 된다. 1793년에 시작된 「인간 교육의 이론(Theorie der Bildung des Menschen)」에 관한 글은 미완성의 글이 되고, 핀다로스 번역 또한 끝맺지 못한다.

훔볼트는 실러의 지도 역할을 무조건 받아들이는 한편 자기는 판단자의 역할만 한다. 시작(詩作) 활동이 왕성하던 1795년에서 1797년에 이르는 동안 실러는 훔볼트가 고대 언어에 관해 판단자로서 해준 조언을 크게 반겼다. 시 텍스트의 형식상 오류에 대한 훔볼트의 비판은 매우 신중했다. 그는 언어 교사가 학생의 실수를 나무라는 차원을 넘는 일이 없었다. 고칠 점들을 건의할 때 그는 검토해주길 청하면서, 실러가 보내온 원고의 일반적인 예술적 가치에 대해 동의하는 예의를 잊지 않았다. 충성을 바치는 기본 태도와 감탄은 형식적인 경우, 대개 율격상의 오류를 지적하는 경우에도 변함이 없었다. 예나를 떠나 베를린에 머물던 1795년 7월부터 1796년 11월까지 열다섯 달 동안에 훔볼트는 실러에게 쉰 통의 편지를 보내는데, 대개의 경우 장문이다. 그러나 실러에게서 받은 답신은 열여섯 통에 불과하다. 이것은 두 사람의 관계가 좌우동형의 균형적인 것이 아님을 단적으로 말해준다. 1796년 10월 야코비에게 보낸 편지에서 훔볼트는 실러의 인격이 자기가 하는 "연구"의 이상적인 대상이라고 말한다. 그의 인격이 이론적 이성과 예술적 상상력의 '천재적' 통합을 이루고 있기 때문이라는 것이다.[246)]

1797년 4월 25일 서로 작별 인사를 나누었을 때 실러는 작별 기간이 오래 지속될 것임을 예감한다. 같은 날 괴테에게 보낸 편지에서 그는 애상(哀想) 어린 말투로 다음과 같이 쓰고 있다. "훔볼트가 오늘 떠났습니다. 나는 그를 여러 해 동안 못 보게 될 것입니다. 또한 우리가 지금 헤어질 때의 관계 그대로 다시 만나게 될지는 기대하기 어렵습니다."(NA 29, 69) 이 예상은 들어맞았다. 훔볼트의 활동 범위가 넓어져갔다. 드레스덴과 베를린을 거쳐 그는 빈과 로마로 여행하는가 하면 외교관이 되어 파리에 당도한다. 외교관 생활은 1802년 9월부터 이탈리아에서 계속된다. 외국에 머무는 동안 「미학 시론」(1798)과 같은 저술 작업이 간헐적으로 이루어진다. 이것은 괴테의 「헤르만과 도로테아」에 관한 논문인데 신통치 못한 이 글을 실러는 탐탁지 않게 여긴다. "고귀한 작가 정신은 평시에 기피하고자 노력하던 천박함과 아마추어적인 경박함에, 그것도 메마른 문체로 빠져버렸다. 도무지 이해할 수 없는 기이한 현상이 아닐 수 없다."(NA 30, 32) 1801년 8월 실러가 드레스덴으로 여행 떠날 채비를 하고 있을 때 그들은 예나에서 재회한다. 넓은 세계에서 활동하는 외교관 훔볼트가 파리를 떠나 귀국 길에 오른 참에 예나에 들른 것이다. 1802년 9월 말 훔볼트는 바이마르로 이사 가서 살고 있는 실러를 넓은 광장(Esplanade)에 면한 그의 집으로 방문하여 며칠간 머무른다. 그 후로는 개인적인 접촉이 끊긴다. 대화를 나누던 옛 친구 둘의 인생 항로가 서로 맞지 않게 된 것이다. 프랑스로, 오스트리아로, 이탈리아로 계속 활동 범위를 넓혀가려는 훔볼트의 의욕은 말년기 실러와 어울리지 않았던 것이다. 실러는 하루도 거르지 않고 내면세계로 파고들려고 끊임없이 노력했다. 죽기 몇 주일 전 실러는 훔볼트와 함께한 예나 시절을 회상하면서 연하의 친구에게 경의를 표하는 다음과 같은 글을 보냈다. "당신은 실제로 내게 자주 조언을 많이 해주었고 잘못된 곳을 고쳐주곤 했지요. 당신은 지금도 내게는 여전히 조언자요, 저의 글을 교열해 주는 고마운 분으로 생각됩니다. 그리하여 내가 나 자신의 주체에서 벗어나 스스로를 객관적으로 바라보려 노력할 때면 나는 즐겨 당신이 되어 당신의 입장에서, 당신의 정신으로 나를 바라보곤 합니다."(NA 32, 206)

실러는 오래도록 훔볼트와의 접촉을 통해 예나의 정신적 분위기를 느껴왔고, 이를 매우 중요하게 생각했다. 이 점을 우리는 1795년 1월 29일 튀빙겐대학의 정교수 직에 임하지 않겠냐고 옛 스승 아벨이 물었을 때 그가 보인 반응으로 알 수 있다. 실러는 재정적으로 매우 유리한 이 제안을 거절했는데, 그것은 유약한 건강상의 이유에서만이 아니었다. 그의 고향인 뷔르템베르크에서는 예나에서처럼 집중적인 지성의 분위기를 만들 수 없으리라는 생각 때문이기도 했던 것이다. 1795년 3월 25일 튀빙겐대학의 정교수 직 수락 여부를 묻는 편지가 다시 오자 실러는 예나대학의 제 조건이 좋다는 것을 근거로 제안을 거부한다.(NA 27, 169) 이보다 한 해 전 샤를로테 실러에게 보낸 편지에서 샤를로테 폰 슈타인은 영주의 인사 정책을 염두에 두고 생각하면 슈바벤의 영주 카를 오이겐이 사망한 후 그 지역이 경제적인 관점에서도 더욱 유익하게 되었다는 것을 상기시키고 있다.[247)]그럼에도 불구하고 튀빙겐대학의 제안에 담긴 유리한 경제적 조건들이 1795년 3월 말 실러를 유인하지는 못한다. 다만 튀빙겐대학의 제안 수락 여부에 관한 문의를 계기로 실러는 추밀원 참사 포크트의 도움을 받아 바이마르 영주에게서 재정 지원을 허락받는다. 실러 자신이 지속적인 작업을 할 수 없는 경우, 1790년 이래로 영주로부터 고정적으로 받던 연금인 200탈러를 두 배로 올려 지불받게 해준다는 내용이었다. 튀빙겐대학의 정교수 자리는 그로부터 4개월 후에 다비트 크리스토프 자이볼트가 차지한다. 1797년 3월 실러는 예나의 로이트라 강가에 위치한, 큰 정원 달린 다층 저택을 1150탈러를 주고 구입하게 되자 카를 아우구스트 영주에게 새로이 충성을 다짐하는 글을 보낸다. 그 후 두 달이 지나자마자 그는 새 저택으로 이사한다. 풍치 좋은 곳에 위치한 이 건물은 1792년에 작고한 법학 교수 요한 루트비히 슈미트(Johann Ludwig Schmidt)가 전 주인이었는데, 1795년 4월 중순 이래로 (실러의 가족이) 세 들어 살던 슐로스가세(궁전 골목길) 17번지에 있는 신학 교수 그리스바흐의 화려한 시내 저택과는 정반대되는 시외 저택의 전형이었다. 후일 실러 가족이 바이마르로 이사하게 됨으로써 조용한 생활의 리듬에 마지막 큰 변화가 있게 될 때까지 3년 반 동안 이 저택은 실러 가정의 여름 별장이 된다.

불협화음
피히테, 셸링과의 어려운 관계

1794년 5월 라인홀트의 후임으로 객원교수 직을 위임받은 피히테와의 만남 또한 처음에는 좋은 관계가 전개되리라는 전망을 약속하는 듯했다. 연봉 200탈러의 조건으로 예나대학으로 자리를 옮기게 된 것은 32세의 철학자 피히테에게는 급상승하는 경력에서 중간 봉우리에 해당하는 것이었다. 취리히와 바르샤바에서 가정교사로 일한 후 피히테는 1792년 부활절 출판 박람회 때 익명으로 발표한 논문 「모든 계명 비판 시론(Versuch einer Kritik aller Offenbarung)」으로 두각을 나타내기 시작한다. 그것은 라이프치히대학 시절에 칸트를 연구한 결과물이었다. 이신론(理神論)에 입각한 세속화된 윤리를 다룬 이 논문은 학계에서 호평을 받았는데, 칸트가 1792년 8월 《종합 문학 신문》의 소식지에 논문의 실제 저자가 누구인지를 밝히기 전까지는 칸트 자신의 글일 것이라고 여겨졌을 정도였다. 칸트 자신은 피히테

논문의 존재를 그저 피상적으로 알고 있을 뿐이었다. 그러나 실러는 같은 해 가을에 피히테의 논문을 철저히 검토했다. 그리고 신학적 도그마들을 가차 없이 분석하는 점을 긍정적으로 받아들였다.

슈투트가르트에서 피히테를 처음 만난 실러는 그가 자기가 기획하는 잡지에 매력적으로 기여할 수 있을 것이라는 인상을 받는다. 그리하여《호렌》의 동인이 되어줄 것을 청한다. 대학 강단에서 활동한 첫 석 달 동안 그는 학자의 정의(定義)를 논한 참신한 강의로 학생들의 열광적인 반응을 얻는다. 이 강의는 후에 그가 저술한 방대한『총체적 학문론의 토대』의 핵심 명제들을 다룬 것인데 그때까지만 해도 근대적 자연법 사상을 기초로 한 것이었다. 1794년 5월 23일 그리스바흐 대강당에서 시행된 그의 취임 강연에는 5년 전 실러가 취임 강연을 했을 때와 같이 열광하는 수많은 학생이 모여든다. 1794년 11월 노이퍼(Neuffer)에게 보낸 편지에서 횔덜린은 "지금 피히테는 예나의 혼이다!"라고 말한다.[248] 1794년 9월 8일 실러는 요한 베냐민 에르하르트에게 보낸 편지에서 다음과 같이 쓰고 있다. "그와 같은 시각에 피히테를 읽고 있는 독자들에게 피히테는 자신의 최고 원리들을 인간 사회생활에 적용하는 방도를 담은 멋진 생각들을 뿌려놓았다."(NA 27, 41) 빌헬름 폰 훔볼트는 학기 말까지 피히테의 강의를 듣는 학생들 사이에 앉아 있었다. 한편 실러는 첫 두 번의 강의만 직접 청강하고 나서 그다음부터는 매주 인쇄되어 나오는 강의록을 읽는 것으로 대신한다. 하지만 피히테가 제시하는 생산적이며 절대로 자유로운 존재라는 주체 이론이라는 것이 어디에 가 닿을지 모를 사변적 표류물이 아닌가 하는 회의 또한 곧 등장한다. "확신하건대, 철학에서 일종의 입법적 역할을 하겠다는 것은, 그것도 상당히 빠른 템포로 밀고 나가겠다는 것은, 그만이 하는 주장이다. 그러나 그렇게 앞으로만 나아가다가는 결국 심연에 다다를 것이다.

심연에 떨어지지 않도록 정신 바짝 차리지 않으면 안 될 처지에 이를 것이다. 순수한 사변은 공허한 사변과 아주 가까이 맞닿아 있다. 그리고 예리한 분석은 괴변이 되기 쉬운 법이다. 내가 이제껏 그의 사고 체계에서 이해한 내용들에 관한 한 나는 전적으로 찬사를 보낸다. 그러나 내게 이해되지 않는 애매한 부분들이 많다. 내게만 그런 것이 아니라, 이에 대해 내가 물어본 사람들 모두에게도 그렇다는 것이다."(NA 27, 41) 1794년 11월 호벤에게 보낸 편지에서 실러는 피히테가 매우 매력적인 존재임을 인정하고 있다. 그의 "월등한 천재성"이 "모든 것을 쳐 내려 땅에 떨어뜨린다. 분명 그는 우리 세기에서 칸트 다음으로 위대한 사변적 두뇌인 것이다."(NA 27, 92 이하)

1795년 1월 피히테는 학생들과 심각한 갈등을 겪게 된다. 1764년 이래로 공식적으로 금지되었음에도 불구하고 비밀 조직으로 계속 존속해온 교단 소속 학생회의 활동을 중지시켜야 한다는 운동에 피히테가 적극적으로 참여했기 때문이다. 이 조직에는 현대적 정치의식이 결여된, 제도적 신분차별에 따른 사고의 잔재들이 보존되던 터였다.[249] "검은 옷의 수사들"과 급진적인 자코뱅파의 의식을 가진 학생들도 끼어 있는 진보적 헌법 옹호자들은 자진 해산한다고 했으나, 통합론자들은 그와 같은 해산 움직임에 항의하고 나선 것이다. 분노한 교단 추종자들이 야밤중에 몇 차례에 걸쳐 피히테 집 창문에 돌을 던지자, 그는 잠시 예나를 떠나 피하지 않을 수 없게 되었다고 판단하고, 우선 인접한 오스만슈테트(Oßmannstedt)로 간다. 그러고는 점점 심해지는 학생 단체들의 공격에서 자기를 보호해줄 것을 청한다.

피히테의 강의가 큰 인기를 끄는 현상에 평소부터 심기가 불편하던 대학 원로회의 대표들은 어떠한 공적 보호 조치도 취하기를 거부한다. 폭력적인 학생들을 향해 이성으로 되돌아올 것을 호소하지는 않고 개인적인 위협을 당하는 객원교수에게 기껏 하는 제안이라는 것이 대학의 담당 직원에게 보호를 청해보라는 것이었다. 진보적 정치 성향을 가진 피히테를 교수로 초빙하는 것 자체를 못마땅하게 여겼던 영주는 전혀 개입하지 않고 방관만 한다. 1795년 4월 10일 괴테는 최고 행정부의 동료인 포크트에게 다음과 같이 비웃는 투의 편지를 보낸다. "당신은 그러니까 절대 주체가 큰 곤경에 처한 것을 알게 되었단 말씀이군요. 그야 절대 주체는 자기가 설정한 비주체에 의해 매우 불손한 방식으로 깨진 창문 유리 때문에 도망쳐야 했지요."[250]

《호렌》 제1호를 위해 피히테는 짤막한 논문인 「진리에 대한 순수한 관심을 활성화하고 고조하는 일에 관하여(Ueber Belebung und Erhöhung des reinen Interesse für Wahrheit)」를 보냈다. 그러나 실러는 그가 두 번째로 보내온 논문인 「철학에서 문자와 정신의 문제(Ueber Geist und Buchstab in der Philosophie)」는 결연히 거부하고 출판하지 않았다. 실러가 발행인으로서 이 글에 비판적이었던 것은 학계에서 자주 주장되고 있듯이 논문 텍스트에 가독성이 결여되었기 때문만은 아니다. 미학적 문제 제기들을 제대로 평가하고 있지 않기 때문이었다. 서한 세 편으로 구성된 논문은 (실러의) 충동 이론의 문제점들을 다시 거론하고 있거니와, 변증법적 매개에 근거하고 있기는 하나 그의 『총체적 학문론의 토대』의 관점을 그대로 채택하고 있는 듯 보이는 이원론적 시각을 확대하는 것이었고, 바로 이 점이 실러의 심사를 건드리지 않을 수 없었던 것이다. 선험적으로 고정된 정의의 원리들이라는 잣대로 현실을 파악하는, "인식 충동"에, 감각 세계로의 몰입에 지배된 "실천 충동"이, 그리고 궁극적으로 대상이 없는 것을 추구하기 때문에 현실성이 없는 것으로 간주되는 "미적 충동"이 가담한다는 것이

요한 고틀리프 피히테.
분필화. 프리드리히 부리(Friedrich Bury) 작.

다.[251] 이처럼 제한적인 미적 충동으로는 미가 무엇인가를 직접 설명할 수 없으므로, 자기가 제시하고자 하는 예술 생산 이론을 스케치하기 위해 피히테는 할 수 없이 자기 논문의 제3서한에서 새로운 이론을 펼친다. 예술 작품이 보여주는 현상의 형식적이고 기술적인 바탕에 불과한 작품 속 "문자(Buchstabe)"를 영감과 관용적 형식을 초월한 상상력의 소산인 작품, 즉 그것의 "정신(Geist)"과 구별해야 한다는 것이다.[252]

여기서 분명한 것은 괴테가 6년 전에 발표한 논문에서 예술적 표현 기술의 등급을 설명하기 위하여 하나의 모델을 설정해서 보여준 모방(Nachahmung)과 방식(Manier), 스타일(Stil)의 차이를 피히테가 반복하고 있다는 사실이다.[253] 1795년 6월 24일 피히테의 원고를 거부하면서 그에게 보낸 실러의 편지는 냉혹했다. 세 부분으로 된 충동론의 "곁눈질해가며 불안함을 내보이는" 구조부터가 잘못되었다고 지적하고는 정신 개념을 정의함에 있어서도 미에 대한 관심과 인식 이론이 혼합되어 여러 의미를 갖게 되었다는 것이다. 그뿐 아니라 텍스트의 서술 방식이 복잡하여 도저히 즐길 수가 없다는 것이다. "극도로 난해한 추상적 표현들"과 구체적인 대상을 거론하며 늘어놓는 상스러운 "수다들"(NA 27, 202 이하) 사이에서 계속 우왕좌왕하고 있는 글을 독자에게 내놓는다는 것은 부당한 처사라는 것이다. 실러는 피히테의 원고를 갖고 많은 시간을 보냈다. 자신이 만족하는 형태를 찾을 때까지 이 거절의 답장을 세 번이나 고쳐가며 썼으니 말이다.

6월 27일 실러에게 보낸 응답 편지에서 피히테는 우선 자기의 표현 방식에 대한 비난을 능숙하게 물리친다. 정신 개념은 경험 세계에서 자유롭기 때문에 필연적으로 종합적인 것으로 나타난다는 것이다(실러의 사고방식을 지배하는 것은 언제나 경험 세계와 연관하면서 생각하는 것이다. 그가 칸트주의자로 행세하는 경우에도 그러하다). 비판자(실러)는 미적 충동을 순수 욕구 능력에 제한된 것으로 간주하여 미적 충동의 활동 영역을 매우 축소하고 있지만, 미적 충동의 활동 영역은 적절한 방식으로 아름다움의 현상을 인지하는 개인적 가능성들을 포용하고 있다는 것이다. 그러면서 피히테는 지나가는 말투로 실러의 충동 이론은 미적 경험상의 문제만을 다루고 있기 때문에 판단력을 총체적으로 다루는 자기의 삼위일체적 이론 체계와는 원래부터 비교할 수 없는 성질의 것이라고 말한다.(NA 35, 231) 피히테의 응답은 내용상 견해 차이의 차원 외에 표현의 문제에 대해서도 언급하고 있는데, 바로 이 표현상의 차이점에 대한 지적은 많은 것을 시사한다. 피히테는 자기의 체계적 사고를 위해 개념적 질서 체계가 절대적 선도 역할을 하고 있음을 강조하면서 실러의 표현 방식이 불충분함을 지적한다. 추상적 성격을 띤 논문에다 비유적 표현 수단을 동원하는 것은 부차적인 문제라는 것이다. 우선 신뢰할 수 있는 개념의 장치를 설정하고 난 다음에 이 장치를 구성하는 요소들을 구체적 예를 들어 설명해야 할 터인데, 실러는 개념이 있어야 할 곳에 구체적 비유를 등장시킴으로써 일을 엉망으로 만든다는 것이다. 그리하여 그의 글은 "엄청난 수량으로 비축되어 있는 비유들"을 섭취하면서 "인기"있는 문장들을 만들어내지만 수긍할 수 있는 논증으로 뒷받침되어 있는 것이 아니라 암시만을 늘어놓고 있는 결과물이 되고 만다는 것이다. "당신은 오직 자유로운 존재일 수밖에 없는 상상력을 오랏줄로 묶어 그로 하여금 사고하도록 강요하고자 하십니다. 그러나 상상력은 사고하는 일을 못하지요. 그렇기 때문에 저는 당신의 철학적 글을 읽으면 지칠 정도로 애를 쓰게 됩니다. 많은 사람들에게도 그와 같은 어려움이 생겨나는 겁니다."(NA 35, 231 이하)

우리가 여기서 보게 되는 것은 상이한 작업 방식에 의해 각기 굳어버린 사고를 하게 된 두 지식인의 싸움이다. 피히테의 《호렌》 기고 논문에 관한 논쟁은 두 사람의 미묘한 갈등이 왜 생겨났는지를 해명하는 데 많은 도움이 된다. 이 논쟁을 오로지 철학적인 시각에서 해결하려는 입장들과는 대조적으로 실러의 관심은 예술 이론에 있었음이 드러나기 때문이다. 원칙을 굳게 지키는 피히테는 실러가 추상적 개념과 구체적 가시성 사이를 넘나들어 정확성이 떨어진다고 힐책한다. 그런데 바로 그렇게 넘나드는 것을 실러 자신은 모범적으로 정확하게 표현하려고 노력한 결과라고 여기는 것이다. 반대로 실러는 피히테의 사고방식은 추상적인 개념의 망으로만 짜여 있고 예술적 문제에 대한 감각이 결여되어 있음을 지적한다. 결국 논쟁에 불을 붙인 것은 철학적 내용을 서술하는 언어문화의 생산성에 관한 견해 차이인 것이다. 피히테는 학술적 전문용어들을 주로 이론적 체계를 설립하기 위하여 동원하는 데 반하여 실러는 전문용어들을 경험적 실상을 해명하기 위한 도구로 간주하는 것이다. 이와 같은 개념 실용주의는 그가 인식능력의 원리들을 경험과 무관하게 설명하기 위하여 선험적 추리 방식을 취하는 경우에도 그의 작업을 조율한다. 이미 1789년 1월 초에 실러는 모리츠의 모방 이론이 "확고한 언어"로 되어 있지 않다고 비판한 바 있다. 추상적 전문용어들을 구체적인 그림으로 수미일관 옮겨놓지 못하고 있기 때문이라는 것이다.(NA 25, 177)

실러는 피히테의 단호한 반응에서 심한 모욕을 느끼고 그와 단교한다. 《호렌》에 기고하기 위해 작성한 피히테의 논문을 실러가 비판하게 된 배후에는 개인적인 동기 또한 작용했으리라는 시각을 아주 배제할 수는 없다. (실러의) 「인간의 미적 교육에 대한 편지」를 모델로 삼아 예술의 철학적 근거를 논술하려는 피히테의 시도를 실러는 필연적으로 자기 논문의 영향력을 감소시키고 자기와 경쟁하려는 기획으로 평가하지 않을 수 없었을 테니 말이다. 또한 자신이 오래 애써 접근하여 이제 겨우 자기가 주관하는 잡지의 협력자로 만드는 데 성공한 괴테의 호의를 얻으려고 애쓰는 피히테의 모습이 실러에게 못마땅했을 수도 있다.[254] 그러나 오로지 그와 같은 개인적 동기들만이 1795년 여름에 발생한 단교의 원인이었다고 주장한다면, 그것은 분명 잘못일 것이다. 단교하게 된 계기는 역시 두 지성의 근본적인 사고방식의 차이라 하지 않을 수 없다. 두 사람의 개인적 관계가 원만하지 못했던 것 또한 그로 말미암은 것이라 할 것이다.

1795년 늦여름 실러는 피히테와의 논쟁을 생산적으로 극복하기 위하여 비교적 짧은 글을 쓰기 시작한다. 그것이 완성되어 「아름다움의 필연적인 한계에 관하여, 특히 철학적 진실들을 말함에 있어서(Von den nothwendigen Grenzen des Schönen besonders im Vortrag philosophischer Wahrheiten)」라는 제목으로 1795년 9월 《호렌》 제9호에 실린다. 두 달 후인 11월에 이 논문의 후속편「미적 풍습의 위험성에 관하여(Ueber die Gefahr ästhetischer Sitten)」이 발표된다. 실러는 이 논문 두 편을 1800년 『단문집』 제2권에 「미적 형식을 사용함에 있어서의 필연적인 한계에 관하여(Ueber die nothwendigen Grenzen beim Gebrauch schöner Formen)」라는 새로운 제목으로 출판한다. 피히테의 글에 대항하는 이 논문은 철학적 서술 양식상의 문제를 조명하고, 딜레탕트적 미학의 문제점들을 논한 다음, 마지막으로 도덕적 존엄성과 아름다움의 상호 연관성으로 화두를 옮긴다. 논문의 첫 부분은 피히테와의 논쟁 내용을 반영한다. 그것은 실러 자신이 선호하고 있는 혼합된 서술 방식을 조심스럽게 옹호하는 것이라고도 볼 수 있다. 철학적 어법과 문학적 어법은 분리되어야 한다는 원칙적 필연성에 대해서 실러는 조금도 의심하지 않는다. 그러나 이론적 논문에서도 영향력을 발휘하기 위해서는 구체적 가시성과 추상적 개념성 사이를 넘나드는 섬세한 균형 감각이 바람직한 가치라는 것이다. 지적 이해 작용 과정에서 상상력이 관여하지 않는 것이 사실이지만, 독자가 추상적 논증의 긴 연결 고리들을 오랫동안 따라가도록 하려면 때때로 독자가 상상력을 발휘하도록 해줄 필요가 있다고 보았다.(NA 21, 8 이하) 철학적 문체를 분석하는 작업을 하는 데서 가시적 요소들은 어떤 특수한 기능도 하지 않는다고 실러는 의식적으로 말한다. 피히테는 1795년 6월 27일 편지에서 비유적(tropisch) 언어 수단들이 개념 작업에서 가시화하는 임무를 수행토록 한 데 반해, 실러는 구상적(具象的) 어법의 역할을 오로지 심리적 차원에서만 논의하고 있는 것이다. 독자의 주의력이 중도에 탕진되지 않게 하기 위해 추상적 논문을 읽는 독자에게도 "상상력의 자유"(NA 21, 9)가 허용되어야 하지만, 이상적인 이론 서술의 연출에 관해서는 어떤 상세한 규정도 없다는 것이다. 여기서 실러는 유희적인 개념 구사가 철학적 논증의 차원에서 실질적으로 어떠한 기여를 하는가에 대해서는 언급하지 않으면서, 다만 그와 같은 유희적 개념 구사의 정당성이 독자에게 효과적으로 영향을 미치려는 실용적 의도에 있다고 주장하는 것이다.[255]

1798년 8월 말 실러의 정원 집 개조 작업이 마무리된 직후에 피히테가 그곳으로 실러를 방문한 다음에야 비로소 두 사람의 개인 접근이 다시 가능해진다. 두 친구가 다시 화해하도록 쾨르너는 벌써 여러 차례 촉구해온 터였다. 1798년 8월 29일 괴테는 실러에게 보낸 편지에서 다음과 같이 외교적인 권유를 하고 있다. "피히테와 새로 관계 맺게 된 것을 당신 자신을 위해 가능한 한 많이 활용하십시오, 그리고 그에게도 유익한 일이 되도록 해주세요. 그와 친밀해질 수는 없겠지요. 그러나 그를 가까이 두고 있으면 언제나 재미있는 일이 아주 많습니다."(NA 37/I, 345) 그러나 그해 말에 피히테가 영주와 크게 충돌하게 되자, 난처해진 피히테를 옹호해주기 위해 괴테도, 실러도 나서지 않는다. 예나대학의 신학 교수 이마누엘 니트하머(Immanuel Niethammer)와 함께 피히테가 1795년 이래로 자신이 편집하던 잡지 《철학 저널(*Philosophisches Journal*)》에 프리드리히 카를 포르베르크(Friedrich Karl Forberg)의 논문 「종교 개념의 변천사(Entwicklung des Begriffs der Religion)」를 게재한 후 또다시 자기 자신의 논문인 「신이 세계를 지배한다는 우리 신념의 근거에 관하여(Ueber den Grund unsers Glaubens an eine göttliche WeltRegierung)」를 발표한 것이 논쟁의 출발점이다. 이 논쟁은 후세에 온당치 않게도 '무신론 논쟁'으로 일컬어졌다. 이 두 논문은 계시 사상을 세속화된 윤리철학에 종속시킬 것을 주장하는 입장을 옹호하는 것으로 읽힐 수도 있었고, 따라서 기존의 규범적인 신학 해석이 지닌 도덕적 권위에 비판을 가하는 것으로도 볼 수 있었다. 두 논문에 대해 신랄하게 반박하는 여론이 나타난 후 작센 선제후 프리드리히 아우구스트는 드레스덴의 주교구 최고재판소로 하여금 이 문제에 개입하여 두 논문이 게재된 《철학 저널》을 압수토록 하는 한편, 수많은 영주들에게 공문을 돌려 이 조치를 알리는 동시에 바이마르의 영주에게는 두 논문의 저자들을 정식으로 문책할 것을 요구했다. 예나대학은 주로 작센 지역 출신 학생들이 지불하는 강의 청강료에 의해 운영되었으므로 이러한 조치는 위협적인 신호가 아닐 수 없었다.

항상 논쟁을 즐기는 피히테는 두 가지 반론으로 이에 대응했다(「독자층에 향한 호소문(Appellation an das Publikum)」과 「무신론 고발에 대해 《철학 저널》 발행자들이 법정에 보내는 답변서(Der Herausgeber des philosophischen Journals gerichtliche Verantwortungsschriften gegen die Anklage des Atheismus)」). 이 반론 글 두 편을 실러는 이 글들이 "글 내용을 이해 못하는 독자들마저도" 입을 닫게 만들었을 것이라고 평가했다.(NA 30, 26) 계시 종교와 윤리의 관계에 대해 자기가 거론한 문제들을 놓고 공개적으로 논쟁하고자 했던 피히테는 그러나 공격적으로 항의하는 편지(1799년 3월 22일)를 포크트에게 보냄으로써 자신의 유리했던 입장을 망치고 만다. 그는 이 편지에서, 만약 자기가 공개적으로 문책을 당하는 경우에는 덕망 있는 많은 동료들과 함께 즉각적으로 교수 직에서 물러나겠다고 선언한 것이다. 그는 이와 같은 위협을 헤르더에 대한 신랄한 공격과 연결하기도 했다. 행정부의 수석 장관인 포크트는 그러한 형태의 항의를 받아들일 수 없었다. "무신론 강의를 하는 입장과는 먼 거리에 있는 철학 교수에게 무신론에 대한 책임을 지라 하면서 이 영주국 교회의 총감독(헤르더)에게는 어찌하여 책임을 묻지 않는 것인가, 신에 관한 그의 철학적 논문들 또한 마치 한 달걀이 다른 달걀과 닮았듯 무신론과 너무나 비슷해 보이지 않는가"(NA 30, 252 이하)라고 하면서 피히테는 당국의 처사를 도저히 이해할 수 없다고 대들었던 것이다. 3월 말에 열린 국무회의 석상에서 괴테는 행정장관에 대한 부당한 협박을 근거로 피히테의 파면을 건의한다. 영주가 이미 3월 29일에 서명한 국무회의의 의결 문서는 4월 1일 피히테에게 전달된다. 기대했던 동료들의 연대 행동은 일어나지 않는다. 대학의 원로 교수회는 아무런 반응도 하지 않는다. 피히테와 가까운 파울루스와 니트하머 역시 어떠한 개인적 조치도 취하지 않는다. 피히테는 예나대학 교수들이 시민으로서의 용기가 자신이 처음에 기대한 것보다 적음을 알고 체념하는 수밖에 없었다. 피히테는 다음 학기에 베를린대학 교수로 취임한다. 그곳에서 그는 곧 자부심 넘치게, 뜻한 바대로 학문적 영향력을 성취한다.

짐작건대 실러는 괴테가 피히테의 파면 결의에 찬성하는 데 동의했을 것이다. 국무장관을 위협하는 처사를 용납하지 않는 국가이성(Staatsraison) 때문이기도 하다. (35년 후 하이네는 당시 추밀원의 입장을 이해할 수 있다고 다음과 같이 말한다. 만약 곤경에 처해 있던 피히테를 공개적으로 지지했더라면 공직에서 물러나야만 하는 위험이 있는데, 피히테의 글은 그러한 위험을 감내해야 할 만큼 가치 있는 것이 아니었다는 것이다.)[256)]

이 논쟁 전체에 대한 실러의 이중적 태도가 이미 1월 26일 편지에서 드러난다. 실러는 피히테의 반론이 논쟁점들을 밝혀준다며 그에 대해 찬사를 아끼지 않는다. 그러나 철학적 분쟁을 학자로서의 개인적 자기이해 문제와 의도적으로 결부하고 있음을 비판한다. 만약에 논쟁이 "일반적인 장소"로 옮겨져 진행되었더라면 피히테는 자기의 신념에 대해 더 광범위하게 이해할 수 있었으리라는 것이 실러의 견해였다. 실러는 무슨 권리로 "이론상의 견해를"(NA 30, 26) 금지하고, 남의 대학 내사에 간섭하냐면서 작센 주정부를 비난한다. 그러나 그와 동시에, 피히테가 공적인 논쟁을 자기의 개인적 명예 감정과 결부하고 있는 것은 문제라고 지적한다. 피히테의 파직을 권고한 괴테의 입장을 실러가 적절하다고 여기게 된 것은 논쟁의 대상과 자기의 역할을 결부한 피히테의 교만한 진술이 못마땅했기 때문이다.

피히테와 관계가 끊긴 후에는 예나에서의 마지막 몇 년 동안 실러는 셸링하고만 더디게 관계를 맺어갔다. 젊은 수재인 철학도 셸링은 1795년 튀빙겐대학의 재단 장학생으로 학업을 마친 후 처음에는 리더젤(Riedesel) 남작의 아들들을 가르치는 가정교사가 되기 위해 라이프치히로 갔다. 1796년 4월 말 며칠간 예나를 들르는 기회에 실러도 방문했는데 별로 감동받을 만한 대화를 나누지는 못했다. 이 첫 만남에서 실망한 셸링은 4월 24일 부모에게 보낸 편지에서 다음과 같이 쓰고 있다. "어떻게 이 유명한 작가가 대화를 나눌 때 겁먹은 사람처럼 되어버릴 수 있는지 놀랐습니다. 몹시 수줍어하며 눈을 아래로 떨구고 있으니 그 옆에 앉아 어찌해야 할지 몰랐습니다. 그의 겁먹은 태도는 그와 이야기를 나누는 사람을 더 두렵게 만듭니다. 글을 쓸 때에는 문장을 가지고 폭군처럼 후려치고 갈기는 바로 그 사람이 말을 할 때에는 아주 사소한 단어 하나 때문에도 쩔쩔매고 독일어 단어가 생각이 안 나 슬그머니 프랑스어 단어의 도움을 청하지 않을 수 없게 됩니다."[257] 실러가 셸링에게서 받은 첫인상은 이에 반해 긍정적이었던 것 같다. 그로부터 2년 후 그들이 다시 만났을 때 실러는 셸링과 얘기가 잘 통하고 그에게서 많은 자극을 받는다고 생각한다["아주 비상한 두뇌"라는 표현이 1798년 8월에 쓴 편지에 보인다(NA 29, 270)]. 실러는 이 젊은이를 예나대학에 붙들어놓으려는 괴테의 계획에 찬성한다. 1798년 가을 23세에 불과한 셸링이 예나대학 정원 외 철학 정교수로 초빙된다. "셸링은 진지함과 의욕을 지니고 돌아왔다"고 실러는 1798년 겨울 학기 초에 기록한다. "그는 이곳에 당도하자 곧 나를 방문했다. 그리고 따뜻한 태도를 내게 매우 많이 보였다."(NA 29, 285) 그러나 실러는 더 긴밀한 관계를 맺을 수 있는 바탕이 없어 보이는 것을 곧 확인하지 않을 수 없게 된다. 1798년 12월 21일 편지에 다음과 같은 기록이 보인다. "나는 그를 일주일에 한 번밖에 만나지 못한다. 그것도, 철학의 수치가 아닐 수 없지만, 말하건대, 대개의 경우 그와 카드놀이를 하기 위해서다." 실러는 열다섯 살 연하인 셸링을 "할 말이 별로 없는, 문젯거리"(NA 30, 15)로 느낀다. 이러한 실토에 접하게 된 괴테는 다음과 같이 체념하는 입장을 취하기에 이른다. "상대방에게서 서로 배우면서 자기 발전을 하는 것은 참으로 드문 경우입니다. 그런고로 셸링과 더 긴밀한 대화를 할 거라 기대했으나 희망한 대로 되지 않았다 해서 이상한 일이라고 생각하지 않습니다."(NA 38/I, 20)

괴테가 두 사람 사이에 협력 관계가 이루어지도록 주선했으나 그리되지 않은 데에는 객관적인 원인이 있었다. 비술적(秘術的) 사고와 현대적 학문의 조류를 접목하려는 셸링의 자연철학에 내재된 유기체적·범신론적 요소가 칸트주의자인 실러의 취향에 맞을 수가 없었던 것이다. 실러는 셸

프리드리히 빌헬름 요제프 셸링.
파스텔화(개인 소장). 프리드리히 티크 작(1801).

링이 예나대학으로 초빙된 후 우선 그의 논문 「세계 혼에 관하여(Von der Weltseele)」(1798)를 심도 있게 연구했다. 그리고 그 안에서 억측의 단서들을 발견했다. 셸링의 자연철학에 의하면 자연이 지닌 힘의 작용 구조는 양극으로 나뉘어 있으나 궁극적으로는 하나의 원천에서 흘러나오는 것으로 되어 있는데, 이것은 괴테의 물리학 이론, 특히 색채론과 매우 유사하다. 그러나 감각적 현상세계의 지속적 균형을 추구하는 실러 자신의 이상과는 맞지 않는다. 셸링의 논문은 주관과 객관이 상호 견제하면서 전체를 만들어가는 자연의 지속적 생산성을 주장한다. 그런데 논문에 나타나 있는 셸링의 이와 같은 자연관을 실러는 칸트의 이원론적 자연관에 대한 선제공격으로 간주한다. 실러는 칸트를 비판적으로 조명하는 경우에도 칸트의 이 이원론적 자연관을 철학적 인식을 위해서는 건드릴 수 없는 법적 근거로 전제하고 있는 것이다. 셸링의 「자연철학의 체계를 확립하기 위한 초안의 서론(Einleitung zu dem Entwurf eines Systems der Naturphilosophie)」은 "물리학에서의 스피노자주의"를 칸트 철학에 등장하는 이율배반 현상을 극복하기 위한 방법상의 왕도(王道)로 간주하는데, 이것을 실러는 회의적 시각으로 본다. 1780년대 이래로 실러는 비술적(秘術的) 기본 색채를 띤 사변적 사고 일반에 대해 일반적으로 회의적이었다.[258)]

1800년을 전후해서 셸링 외에 노발리스와 물리학자 요한 빌헬름 리터(Johann Wilhelm Ritter) 등도 자연과학 연구에서 이론과 실험을 접근시키려고 했지만, 이와 같은 접근에 대해 실러는 괴테와는 달리 별로 관심을 보이지 않는다. 자연과학적 사고는 실러에게 낯선 것이다. 따라서 괴테와 셸링이 긴밀하게 개인적 의견을 나눌 때에 전제로 삼은 주제가 그에게는 매력적일 수 없었던 것이다. 그는 동전기학(Galvanismus), 전류, 자력, 색채론, 식물 변태론 등에 관한 토론에 참여하지 않는다. 실러는 「선험적 관념론 체계」(1800)에 관해서도, 셸링의 작품을 극구 찬양한 괴테와 합의에 이르지 못한다. 예술의 생산성을 한계를 벗어나는 행위로 규정하는 것에 대해 그는 회의적일 수밖에 없었던 것이다. 그러한 규정은 그 자신의 이원론적 사고방식을 뿌리째 부정하기 때문이다. 그리하여 셸링이 1803년에 뷔르츠부르크로 옮겨갈 때까지 최소한의 사교적 형식 수준에서 벗어나지 않는 느슨한 관계가 지속된다. 1801년 실러는 예나에 있는 자기의 외딴 정원집으로 돌아와 「오를레앙의 처녀」의 마무리 작업을 서두른다. 이 무렵 그가 셸링에게 특별히 관심을 보인 것은 셸링에게서 대학에서 벌어지는 음모들에 관해 보고를 받았을 때이다. 철학부에서 프리드리히 슐레겔의 교수자격 논문이 갖가지 음모 때문에 통과되지 않았다는 것이다. 그런 말을 들으면서 실러는 고소하다는 생각이 없지 않았다. 이론적 문제를 실사적(實事的)으로 규명함에 있어서 그처럼 고차적인 수다가 끼어들 자리는 없어야 하는 법이다. 1790년대 후반에 들어서면서 실러는 자기 활동 범위의 경계선을 정확히 정해놓는다. 그리하여 관념론 대가들의 이상한 견해나 생각들과 스스럼없이 논쟁하는 일은 더 이상 불가능해지고 만다.

6. 고전주의적 주제를 다루는 잡지들

취미 형성

《신 탈리아》(1792~1795)

자기의 출판 활동에 관하여 회의적으로 회고하면서 실러는 1799년 8월 24일 씁쓸한 심사를 횔덜린에게 다음과 같이 털어놓는다. "주기적으로 발간되는 잡지의 편집자로서 내가 16년간 하게 된 경험들로 돌이켜 보건대, 수많은 암초가 깔린 문학의 바다에서 내가 다섯 척 이상의 배를 운영하였으니 짐작이 될 테지만, 마음에 위안이 되는 일이 너무나 적었습니다. 따라서 나는 친구로서 당신에게 그와 비슷한 일을 하지 말라고 조언할 수 있습니다."(NA 30, 89) 환상에서 벗어나 출판 시장의 실태를 통찰하여 득실을 따져본 결과는 참담했다. 결국 실러는 1790년대 말에 잡지 편집자로서의 활동을 접고 자기 자신의 작품 생산에 총력을 집중한다.

몇 년 전까지만 해도, 즉 덴마크의 왕자에게서 연구비를 받게 되어 당분간 생활이 안정적으로 보장되기 전까지만 해도, 그는 매일같이 출판 사업에 왕성한 관심을 기울이고 있었다. 병마에 시달리던 1791년 가을, 1785년 이래로 출간되어온 잡지 《탈리아》를 1792년 1월부터 새로운 형태로 바꿀 계획이 진행된다. 그것은 수지타산을 맞추기 위해서이기도 했다. 실러는 일정 독자층을 확보한 이 정기간행물의 면모를 바꾸기로 괴셴과 합의한다. 그 후 잡지는 일반적으로 활용되는 독일 문자체 대신 라틴 문자체로 출간되어 고전적 취향을 띠게 된다. 그것은 이 잡지가 독특한 예술성을 지녔음을 간접적으로 뒷받침하기 위해서였다. 실러는 이제껏 넓은 독자층에 이름을 알릴 수 없던 젊은 인재들을 발굴하는 것을 편집 기획의 원칙으로 삼는다. 그것은 재정상의 이유에서 내린 결정이기도 했다. 1792년 6월 29일 괴셴에게 보낸 편지에서 실러는 "신인의 글은 원고료를 주지 않는 것이 상례"라고 설명하고 있는 것이다.(NA 26, 146) 기고자의 동아리는 예전의 《탈리아》 시절처럼 한눈에 다 들어올 만큼 작았다. 새로운 협조자로서 실러는 여성 작가 둘을 얻게 된다. 카롤리네 폰 볼초겐과, 아직 안면이 없는 조피 슈베르트(Sophie Schubert)가 그들이다. 많은 남자들의 연모의 대상이던 슈베르트는 후에 예나대학의 법학 교수인 카를 메로(Carl Mereau)가 클레멘스 브렌타노(Clemens Brentano)와 이혼한 후 그와 결혼하는데, 실러는 그녀의 재능을 특별히 높이 샀다. 실러는 그녀에게 재능을 발휘해 보도록 권하는 편지들을 보냈는데, 그 편지들에 드러나 있는 그의 열린 마음이 그 점을 잘 보여준다. 1796년 10월 중순 그녀가 부부 사이에 위기가 감돌고 있음을 감지하고 실러에게 조언을 구하자, 그는 내밀한 사적 문제에 관해 터놓고 얘기할 수 있도록 그녀를 예나로 초대한다. 그로부터 몇 년이 지난 후까지도 그녀와의 관계는 완전히 끊기는 일이 없이 지속됐다.

피히테의 예나 시절 강의 원고를 연구한, 철학적 성향이 짙은 이 여성 작가의 소설들에 실러는 언제나 경의를 표하면서 높은 점수를 주었다. 프리드리히 슐레겔과 같이 여성 작가를 오로지 재능 시험의 대상으로만 취급하는 남성 우월주의 태도는 실러에게서 찾아볼 수 없다.[259)] 이 두 여성 작가와 합세하여 《신 탈리아》의 협력자가 된 인물들을 열거하면 아래와 같다. 예나대학의 신학대학생 카를 그라스(Karl Graß)〔"많은 천재성"(NA 26, 82)이 엿보이는 자연 풍경화가〕, 쾨르너의 친구 동아리에 속해 있던 인물로 주문을 받아 작업하는 문필가인 카를 빌헬름 페르디난트 폰 풍크(Karl Wilhelm Ferdinand von Funck), 역사가 볼트만(Woltmann), 시인 마티손(Matthisson), 젊은 횔덜린(Hölderlin), 그의 튀빙겐대학 시절 동창들인 노이퍼(Neuffer), 요한 베냐민 에르하르트〔"내가 알던 사람 중 가장 많은 것을 포용하고 있는 두뇌"(NA 26, 82)〕, 당시까지만 해도 작가로서는 알려지지 않은 훔볼트, 마지막으로 실러의 젊은 시절 친구 콘츠(Conz). 그리고 시 분야에서는 라이프치히 출신인 요한 고트프리트 조이메(Johann Gottfried Seume)가 서른이 채 되지 않은 나이에 벌써 모험 같은 여행 생활을 회상하면서 감상적인 「작별의 글(Abschiedsschreiben)」을 써 보낸다. 예술 평론가요, 후에 빙켈만의 글들을 모아 출판하는 카를 루트비히 페르노프(Carl Ludwig Fernow)는 클롭슈토크 취향의 비가를 한 편 썼다.

여기에 모아놓은 문학적 작업들의 특징은 패기이다. 주문을 받아서 쓰는 틀에 박힌 시라든가, 기인의 넋두리 같은 자화상이라든가, 또는 점잖은 설교 같은 글들은 모두 제외된다. 작품의 취향을 결정하는 것은 고전의 모범과 고전주의적 형식들이다. 이들은 발췌 번역한 문장들로 소개돼 있다. 여백에서 만나게 되는 것은 예컨대 마티아스 클라우디우스(Mattias Claudius)를 연상시키는 조피 슈베르트의 시들이나, 또는 카롤리네 폰 볼초겐의 장면 스케치에 나타나 있는 감상적 요소들이다. 어쩌다가 등장하는 것은 공예가 같은 태도이다. 때때로 신화 투의 고급 교양 언어를 억지로 구사하면서 고전 작품을 흉내 내려는 부자연스러움이 나타난다(그것은 특히 출판 2년째에 기고된 시들에서 그러하다). 그러나 바로 첫해에 수록된 수준 높은 문학작품이나 이론적 글들로 인하여 그의 잡지는 좋은 인상을 주게 된다. 더구나 수록된 글들은 문체가 상이해서, 잡지라면 꼭 갖추어야 할 다양성까지 제공하고 있다. 실러는 후에 잡지 《호렌》을 시작할 때 편집 방침을 미리 공고했지만, 《신 탈리아》의 경우에는 그와 같은 프로그램 공고가 없다. 비록 그렇기는 하나 《신 탈리아》에 게재된 글들이 고대 미술에 대한 미학적 이해를 바탕으로 하여 고전주의적 문체 기준들을 유포하는 데 현저하게 기여하고자 함을 우리는 알 수 있다.

《신 탈리아》는 정기적으로 출간되지 않았다. 이 잡지는 1차 연도와 2차 연도까지만 지속되었는데, 이 양차 연도에 출간된 글들은 48개월에 걸쳐 있다. 실러의 원래 구상은 격월간 잡지였는데 1792년 1월부터 1795년 1월 사이에 12호가 출간된 것이다. 1차 연도인 1792년에는 그래도 예정되었던 6호 중 11월까지 5호가 출간되었고 제6호는 해를 넘겨 1793년 1월에 시판되었다. 2차 연도인 1793년에 가서는 3호까지 나온 후 9월에 실러가 고향을 방문하기 위해 뷔르템베르크로 여행하는 바람에 정기적인 출간이 중단된다. 나머지 3호는 한참 뒤늦게 1794년 8월과 11월, 그리고 1795년 1월에 가서야 서점에 나온다. 편집 작업은 거의 실러 혼자서 해냈다. 그는 원고 선택을 하고, 인쇄에 넘기기 전에 교정 작업을 하고, 그것을 라이프치히에 있는 출판사 괴셴으로 보내는 일까지 한다. 이와 같은 작업에 도움을 받게 되었으나 결과가 항상 만족스러운 것은 아니었다. 1792년부터 예나대학 철학부에서 강의를 맡게 된 이마누엘 니트하머가 원고 교정도 보고 인쇄

후 제본하기 전에 마지막 교정 일까지 보았다. 이 일을 위해 그가 괴셴 출판사로부터 받은 사례금이 1년에 8루이도르였는데, 그것은 생계를 위해서는 참으로 보잘것없는 부수입에 불과했다. 그러나 청강생들의 강의 등록비에 생계를 의지해야만 했던 시간강사 니트하머는 후에 비전임 교수가 되었지만, 원고 작업 사례금을 감사히 받는다(그는 1803년에 가서야 셸링과 파울루스, 후펠란트의 뒤를 이어 뷔르츠부르크대학의 전임 교수가 된다).

1790년대 초에 문학잡지들은 매우 어려운 처지에 놓여 있었다. 관심 있는 독자들이 상당히 많기는 하였으나 잡지 시장에는 새로운 잡지가 끼어들 틈새가 없었다. 이미 수많은 정기간행물들이 서로 강렬한 경쟁을 하고 있는 판이었다. 보수적 성향의 인기 철학 교수인 동시에 의과 교수이기도 한 요한 게오르크 치머만(Johann Georg Zimmermann)의 계산에 의하면 1791년에 500종 이상의 상이한 잡지들이 독자를 확보하기 위해 경쟁하고 있었다.[260] 거기다 사정을 더 어렵게 만든 것은 프랑스 혁명의 물결을 방어하기 위해 수많은 영주국이 검열 제도를 강화하였고, 그 결과 프리드리히 대왕이나 요제프 황제 시절 계몽주의 기치 아래 획득한 출판 자유의 권리들이 점차 줄어든 것이다. 그와 같은 출판 자유의 제한은 무엇보다도 자코뱅파에 우호적이던 레프만의 잡지들을 겨냥했다. 진보적 성향을 띤 그의 잡지들은 오스트리아와 프로이센의 연합 정책을 맹공격하는 논설들을 눈에 띄게 많이 게재한 것이다[「아르고스(Argos)」(1792~1794), 「파트리오트(Patriot)」(1792~1793), 「새로 등장한 늙은 괴물(Das Neue Graue Ungeheuer)」(1795~1797), 「보초병(Schildwache)」(1796~1797)]. 포르스터가 발간한 《노이에 마인츠 차이퉁(*Neue Mainzer Zeitung*)》(1793)과 뷔르처(Würzer)의 《애국적 민중 논설가(*Der patriotische Volksredner*)》(1796)도 프랑스 혁명의 공화국 사상을 퍼뜨리는 일을 주로 하던 터라 살아남기 위해 싸우지 않을 수 없었다. 여기서 우리의 주의를 끄는 것은 실러가 자신의 잡지 《탈리아》를 다시 발간하기로 결정한 바로 그 시점에 다른 작가들의 수많은 정기간행물들이 좌절을 겪게 되었다는 사실이다. 괴팅겐에서는 결코 과격한 인물이 아닌 슐뢰처가 1793년 자신이 운영하던 잡지 《국가 홍보(*Staats-Anzeigen*)》를 폐간해야 했다. 캄페의 《브라운슈바이크 저널(*Braunschweigisches Journal*)》은 발간된 지 4년밖에 되지 않았는데 1792년 행정 당국으로부터 폐간 조치를 당했고, 레프만의 《작센 주 통감(*Allgemeinem Sächsischem Annalisten*)》 또한 서점에서 사라졌다. 작센 주의 이런 엄격한 출판 규정을 감안할 때 우리는 실러가 새로 나오게 될 정기간행물 《탈리아》를 (전에 기획된 3회분과 마찬가지로) 자유가 허용된 튀링겐 주에서 출간할 것을 권하는 내용으로 괴셴에게 보낸 1791년 11월 7일 편지를 이해하게 된다. "《탈리아》 제1호에는 라이프치히 당국의 검열을 두려워해야 할 내용이 전혀 없습니다. 그러나 벌써 제2호와 그 후에 나올 호들은 걱정할 일이 자주 있게 될 것입니다. 따라서 앞으로는 이곳에서 인쇄되길 바라고 있습니다. 그리되면 다른 많은 목적들도 달성될 것입니다."(NA 26, 109) 이와 같은 실러의 제안에도 불구하고 라이프치히에서 인쇄 제본하기로 되어 있는 것을 변경하고 어쩌고 할 필요가 없다는 것이 괴셴의 입장이었다. 아마도 실러의 잡지는 예술 문제를 집중적으로 다루고 있기 때문에 그의 우려는 지나친 것이라 여겼기 때문일 것이다.

그로부터 두 해가 지나도록 검열 당국과는 아무런 충돌도 없었다. 얼마 지나지 않아 피히테를 둘러싼 무신론 논쟁이 벌어졌을 때조차도, 종교 문제에서는 관용성을 보이지 않던 작센 주 당국과 아무런 마찰이 생기지 않았다. 작센 주에서 주 교회가 국가기관에 미치는 영향력은 엄청났다. 튀링겐 주나 뷔르템베르크 주에서보다 더 강했다. 1792년 8월에 출간된, 첫해를 마감하는 제4호에 예언가 사무엘에 관한 익명의 글이 게재되었을 때 벌써 이교적 요소를 찾아내려고 귀 밝은 검열관들이 달려들어 텍스트를 샅샅이 검토했다. 저자가 서문에서 자기는 "성인의 눈부신 후광 없이, 역사에 드러난 사무엘의 정신을 고찰하고자 한다"고 미리 천명한 것이다.[261] 이로써 그는 계시에 입각한 해석을 포기하고 텍스트 비판 방식을 취하겠음을 선언한 것이었고, 그것이 교회 지도자들 눈에는 영감적 언어 해석의 교리에 대한 공격으로 보인 것이다. 1792년 11월 괴셴 출판사의 지분을 가진 쾨르너는 이 잡지가 드레스덴에서 "평판이 좋지 않다"면서 사무엘에 관한 글이 염려스럽다고 괴셴에게 다음과 같은 편지를 보냈다. "계속 이런 식으로 나가시다가는 머지않아 몰수 명령이 떨어져도 놀라운 일이 아닐 겁니다."(NA 26, 551) 그런데 《신 탈리아》는 그 후 논란의 소지가 있는 주제를 다루기를 포기한다. 그리하여 더 이상 분쟁은 일어나지 않는다. 시사성이 강한 주제는 후에 《호렌》에서도 그랬지만, 체계적으로 제외된다. 정치적 문제들은 철저히 무시된다. 이때 예외적으로 사회복지사업에 대한 국가의 의무를 다룬 훔볼트의 글이 게재(1792년 제5호)되지만 실러가 보기에 그 글은 "철학적 기초 위에 전개되고" 있어 검열에 걸릴 위험이 없을 것이라고 여겼기 때문이었다("저자가 언제나 일반적인 원론의 차원에 머물러 있기 때문에 귀족들이 염려할 게 없다"(NA 26, 166)).

잡지에 수록된 문학작품들은 장르의 다양성으로 호평을 받았다. 각 호에서 다룬 주제나 대상들은 (성급하게 편집된 1793년의 마지막 호들을 제외한다면) 누가 보아도 균형이 잡혀 있었다. 잡지에는 역사와 관련된 논문들(풍크가 구스타브 아돌프 스웨덴 왕(Gustav Adolf von Schweden)에 관해, 볼트만이 오토 3세에 관해, 칼흐베르크가 하인리히 4세에 관해 쓴 글들)과 번역물(실러의 「아이네이스(Aeneis)」 2장과 3장 번역, 4장부터는 횔덜린의 젊은 시절 친구 노이퍼의 번역, 실러가 한 플라톤「향연」의 발췌 번역, 페트라르카의 소네트, 아리오스토의 서사시「광란의 오를란도(Orlando furioso)」, 리처드 글러버(Richard Glover)의 「레오니다스 서사시(Leonidas-Epos)」(1737) 등〕 그리고 예술 이론에 관한 논문들〔실러의 비극에 관한 논문들「우아함과 품위에 대하여」, 「다양한 예술 문제에 관한 산발적 관찰들」, 쾨르너의「작품 낭송에 관한 생각(Ideen über Deklamation)」, 상기한 훔볼트의 국가철학 논문〕, 그 밖에 다양한 종류의 시 텍스트들도 수록돼 있다. 즉 소네트, 교훈시, 송시(頌詩)(조피 슈베르트, 횔덜린, 콘츠, 핑크, 마티손, 베르팅), 카롤리네 폰 볼초겐의 감상적인 고전극(「레프카다의 바위(Der leukadische Fels)」,* 〔파울 프리드리히 힌체(Paul Friedrich Hinze)와 요제프 슈라이포겔(Joseph Schreyvogel)과 같은 별로 알려지지 않은 작가들(poetae minores)이 쓴〕 연극 장면들, 천재적 정열의 기운이 묻어나는 문체로 번역된 아이스킬로스의「프로메테우스(Prometheus)」("큰 주제를 다루는 이 연극의 기막히게 멋진 줄거리는 위대한 성격의 인물, 담대한 묘사를 요구한다"),[262] 단편소설 시안들〔그중 대표적인 것이 횔덜린의「히페리온」단장(斷章)이다〕, 마지막으로 이야기체의 철학적 대화들〔요한 베냐민 에르하르트〕 등이다.

《신 탈리아》의 첫해분은 실러 자신이 갖가지 어려움을 끈기 있게 견뎌가면서 일일이 챙긴다. 그것은 자기 자신을 위해서이기도 했다. 자기의 비극 이론들을 공론의 장소에 내놓으려고 전부터 애써왔으니 말이다. 그러나 고향인 뷔르템베르크로 먼 여행을 다녀오느라 오랫동안 잡지 발행이 중단된 후에는 다시 편집 일을 맡기는 했으나 그저 할 수 없이 할 뿐, 전처럼 열의가 생기지 않는다. 출판업자 코타와 알게 된 후 새로운 잡지《호렌》을 만들려는 생각이 눈앞에 해야 할 일들을 밀어제친 것이다. 1794년 8월과

* '레프카다'는 그리스의 어느 섬 이름. 그곳 바위에서 여류 시인 사포(Sappho)가 투신자살했음.

1795년 1월 사이에 가서야 출간된 1793년도분의 3개 호 중에서, 자연에 대한 숭고한 감정을 다룬 칸트의 이론에서 많은 영감을 받아 실러 자신이 쓴 논문인「다양한 예술 문제에 관한 산발적 관찰들」만을 직접 교정했다는 사실은 시사하는 바가 크다. 잡지의 마지막 3호는 대체로 편집 작업이 전보다 수준 이하라는 인상을 주는데, 이러한 인상을 오로지 횔덜린의 글들만이, 특히 소설「히페리온」이 상쇄해준다. 잡지가 출간된 첫해인 1792년도분의 6호까지는 내용 면에서도 다양한 주제들이 균형을 이루었고, 문학 형식에서도 여러 장르가 골고루 서로 조화롭게 편집되어 있었지만, 이제는 누가 봐도 글들을 성심껏 편집하려는 사람이 없었음을 느낄 수 있다.

이미 1794년 6월 16일 실러는 잡지를 계속할 뜻이 없음을 괴셴에게 알렸다. 그러나 코타와 새로운 잡지를 계획하고 있다는 것은 말하지 않았다. 그런데 바로 그 이틀 전에, 새로 창간할 잡지《호렌》에 기고할 능력이 있다고 생각되는 많은 필자들에게는 새 잡지에 협조해줄 것을 청하는 인쇄본 초청장이 발송되었다. 엄청난 작업을 의미하는 새로운 기획을 추진해나가면서 괴셴과의 관계를 되도록 빨리 정리해야겠다고 생각한 것은 당연하다 하겠다. "몇 호까지《탈리아》가 나오게 될 것이냐고요? 내 생각에는 지금 작업 중인 것(전해의 네 번째 호) 외에 최고로 기대한다 해도 2호 이상은 되지 않으리라 봅니다. 그러고 난 다음에《탈리아》는 묻어버려야 합니다. 이와 같은 종말은 당신이 더 해보려 해도 어쩔 수 없는 성질의 것입니다. 그리고 이 잡지는 내게 도움이 되지 못합니다. 특히 들어온 원고마다 나 자신이 고료도 지불해야 하고 편집 작업도 거의 나 혼자 해야 하니까요."(NA 27, 17) 이러한 제안을 괴셴이 반박할 수 없음이 드러나자 실러는 1794년 가을부터《탈리아》작업을 그만둔다. 잡지《탈리아》가 정기 간행물로서 창간 이래로 높은 평가를 받아왔다는 사실은 크리스티안 가르베의 아래와 같은 언급이 증명해준다. 즉 그는 실러로부터 새로 기획되고 있는 잡지를 소개받은 다음, 1794년 6월 28일 《탈리아》라는 잡지 이름은 계속 유지할 것을 권한 것이다. 이 이름이 "잡지에 실린 훌륭한 글들로 인해 독자층에 존경의 대상으로 알려져 있다"(NA 35, 24)는 것이다. 결국 새로운 잡지 발간을 위해 힘을 집중할 수 있는 토양은 이제까지 잡지가 얻은 좋은 평판 덕분에 훌륭하게 준비되어 있었던 셈이다.

'신뢰할 수 있는 동아리'
바이마르 고전주의의 이론적 기관인 《호렌》(1795~1797)

《신 탈리아》의 다섯 번째 호가 출간되기 직전인 1792년 10월에 이미 실러는 자기가 계획하고 있는, "독일의 가장 훌륭한 작가들 30~40명이 참가하게 될"(NA 26, 159) 새 잡지를 맡아 출판해줄 것을 괴셴에게 제안한다. 경제난에 빠져 있던 괴셴이 이를 거부한 후, 기획된 새 잡지 작업은 일단 한 해 반 동안 정체되었다가 1794년 초에 코타와 만남으로써 다시 추진된다. 5월 4일 비교적 길게 대화를 나누는 가운데 새 잡지 발간에 관한 합의가 이루어지고, 5월 말에 벌써 《호렌(*Die Horen*)》(하늘 문을 지키는 제우스의 세 딸들)이라는 표제로 "월간 문학잡지"를 발간하기로 하는 계약서가 법적 효능을 갖춘 형식으로 완성된다. 실러가 얻어낸 합의 조건들은 그에게 유리했다. 필자들에게 주는 사례금은 편당 3~5루이도르(15~25탈러에 해당하는 액수)였다. 그리고 필자들의 권익을 보장해주기 위해 사례금의 하한선을 확정했다.(NA 27, 208 이하) 괴테는 전지(全紙) 한 장당 40탈러라는 특별 대우를 받게 됐다. 그로 하여금 의무적으로 새 잡지의 필자가 되도록 하기 위해서였다("이 액수가 너무 많다고 생각될지 모르나, 액수가 얼마이든 간에 괴테를 놓칠 수는 없는 일이다”(NA 27, 118)]. 발행인 자신(실러)에게는 편집 업무에 대한 사례로 연봉 300탈러를 지불하도록 합의했다. 원고 채택 여부는 다섯 명으로 구성된 편집회의로 하여금 결정토록 했다. 이 편집회의에는 실러 자신 외에 처음에는 피히테, 훔볼트, 볼트만이, 나중에는 괴테가 속했다. 그러나 실제로는 이 편집회의가 하는 역할이 없었다. 보내온 원고의 질적 가치를 판단하는 일에 대해 실러는 개인적 대화나 서신 교환을 통하여 쾨르너와 토의하기를 선호했기 때문이다. 몇 달이 채 지나지 않아 실러는 대개의 경우 먼저 편집위원들과 상의하는 일 없이, 잡지에 실을 원고를 혼자서 결정했다. 피히테는 이미 1795년 6월에 편집위원을 그만두었고, 볼트만은 원고를 별로 제출하지 않아 스스로 자격을 상실한 상태에 있었던 탓이기도 했다.

계약 성사 후 새로운 잡지의 공고문을 발행할 때(1794년 12월 10일)까지 일곱 달 동안 실러는 자기의 기획물이 성공하리라는 자신에 차 있었다. 7월부터 그는 협조해주기를 희망하는 집필자들을 확보하기 위하여 인쇄본 초청장을 보낸다. 나중에 지성 잡지인 《종합 문학 신문》에 실린 통보문에도 협조 가능한 희망자 명단이 실렸는데, 이 명단에는 엥겔, 가르베, 글라임, 페펠(Pfeffel) 같은 높은 연령층의 인사들과, 계몽주의 이후 독일 문단에서 확고하게 자리를 굳힌 대표적 기성작가들[그중에는 헤르더, 괴테, 야코비, 히르트(Hirt)도 포함돼 있음], 시사평론가, 역사가들[예컨대 아르헨홀츠(Archenholtz), 에르하르트, 후펠란트, 쉬츠, 볼트만 등등]도 있었지만, 피히테, 겐츠, 훔볼트 형제, 마티손, 아우구스트 빌헬름 슐레겔 같은 비교적 젊은 작가들도 들어 있었다. 협조를 구하는 이러한 청탁을 거부하는 인사는 많지 않았다. 그 많지 않은 인사 중의 한 사람이 칸트이다. 1795년 3월 그는 “고령으로 몸이 불편하여” 발표할 수 있을 정도의 글을 쓰기 위한 활동은 더 이상 할 수 없는 처지라는 답장을 보냈다.(NA 35, 182) 리히텐베르크(Lichtenberg)도 코타가 의사를 타진한 결과 협조 요청에 응할 수 없다고 했다. 빌란트는 그 자신이 운영하는 잡지가 있었기 때문에 그에게 처음부터 적극적으로 청하지도 않았다.〔"그가 우리 잡지에 관여하게 되면 훨씬 더 많은 고생을 하지 않는 한 그의 잡지 《도이체 메르쿠어》가 그에게 안겨주는 수입만큼의 수익성을 기대할 수는 없을 것이다"(NA 27, 21)〕. 클롭슈토크는 훔볼트의 일기 메모에 따르자면 원래부터 실러를 "꺼렸"으니("미적 교육에 대한 편지는 난센스요, 그의 제시 방식은 끔찍하다")[263] 실러의 잡지를 멀리했고, 장 파울 또한 후에 가서 협조하겠다고 내락은 하였으나 실제로는 전혀 기여하지 않았다. 킬대학으로 옮겨간 라인홀트도 실제로 참여하지 못했고 아이히호른의 후계자로 부임한 파울루스도 『회고록(*Historische Memoires*)』의 편집 일로 분주해서 참여하지 못했다. 잡지 발간 예고문에서 거명된 집필진 스물다섯 명 중 단 한 편도 쓰지 않은 인사는 모두 여섯 명이다(중병 상태에 있던 가르베, 스스로 내세운 요구 조건들을 이행하지 않은 겐츠, 더 이상 생산적인 작업을 하지 못하는 글라임, 《종합 문학 신문》 편집자로서의 자기 역할과 이해관계가 맞지 않게 될 것임을 우려한 쉬츠 등이 그들이다). 여하간에 실러가 작성한 필진 명단을 보면, 세대 간의 균형을 이룸으로써 상이한 신념들이 함께 자리하는 잡지임을 내세우고자 한 전략이 드러나 있다 하겠다.

실러 자신이 작성하여 500부를 발송한 《호렌》 창간 예고문은 참으로 수려한 명문이라 아니할 수 없다. 코타가 광고비를 지불하여 이 예고문의 요약본이 12월 10일 《종합 문학 신문》의 부록인 광고 신문에 실렸고, 12월 말경에는 다른 여러 신문들에도 나타났다. 이 글이 내세우는 강령은 정치판에 대해 초연하라는 것이다. 토마스 만이 말한 바와 같이 이 "멋진 산문"[264]은 "요즈음 세상 돌아가는 것"과 "인류가 다음 세대들에서 겪을 일들"에 대한 염려에서 나온 것이다. 편집위원회의 토론을 거쳐 나온 성명서에 의하면 이 잡지는 엄선한 작가들로 구성된, 상호 간의 "신뢰를 바탕으로 한 작은 동아리"로서 "과거 세계에 관한 역사를 탐구하고 미래 세계에 관한 철학적 성찰을 하기 위해서" 현실 정치 문제에 관한 논의를 포기한다는 것이다.(NA 22, 106) 실러가 아우구스텐부르크 왕자에게 보낸 편지에서 이미 피력한 구상, 즉 예술 이론으로 확장한 계몽주의적 기획에 따라 "더욱 좋은 개념들과 더욱 순수한 원리들과 더욱 고귀한 풍습들을 소란 피우지 않고 조용히 힘닿는 데까지 쌓아 올리는 작업을 하겠다는 것이다. 사회적 현실을 진정으로 개선하는 모든 일은 궁극적으로 그러한 작업에 달려 있다고 보는 것이다."(NA 22, 106 이하) 잡지의 필진으로 선정된 작가들에게 보낸, 1794년 6월에 인쇄된 초청장에서는 앞으로 창간될 이 잡지는 "국가가 공인한 종교, 정치적 기본 질서와 관련된 내용"을 모두 거부할 것임을 이미 명시했다.(NA 22, 103) 이처럼 매우 제한적인 성향을 강조하는 초청장을 받고 어리둥절해진 야코비에게 실러는 1795년 1월 25일 편지에서 정치 상황에는 거리를 두어야 하지만 그렇다고 해서 사회생활 전반에 관심을 갖지 말라는 것은 아니라고 설명한다. "우리가 철학 정신에게 이와 같은 소재를 건드려서는 안 된다고 금지령을 내리는 것은 결코 아닙니다. 다만 현재 정치판에서 벌어지는 행동들에서 어느 편도 들지 말라는 것입니다. 어떤 특정한 국가에 대해서나 어떤 특정한 시대적 사건에 대해서 특정한 관계를 갖지 말라는 것입니다. 안내문의 취지가 이러함을 이해하리라 믿습니다." 집필자들이 그들이 속한 시대의 "시민"인 것은 다만 육체적으로 그러할 뿐, "정신적으로는"(NA 27, 129) 다양한 세계사적 시대에 속한 존재들이라는 것이 실러의 신념인 것이다. 하지만 이러한 신념이 잡지에 관여한 집필자들 모두의 견해라 볼 수는 없을 것이다.

실러가 정치 문제에 직접 관여하기를 꺼리게 된 것은 그 자신의 신념이 그러했기 때문만이 아니라 이웃 나라들에서 벌어지는 정치적 사건들을 봤기 때문이기도 하다. 1788년 프리드리히 빌헬름 2세가 내린 종교 칙령에 의해 검열 규정이 강화됨으로써 프로이센에서 간행되던 정기간행물들은 정치, 사회, 종교 등의 문제에 대해 입장을 표명하기가 어렵게 되었다. 특히 《베를린 모나츠슈리프트》는 창간 후 첫 몇 해 동안 사회적 제한 조치를 별로 받지 않았는데, 이제는 강한 압박을 받게 되었다. 1795년 3월 30일에 쓴 편지에서 칸트는 "국가기관 종교 문제와 관련된 소재들은 지금 상당한 제한 조치에 묶여 있다"[265]고 적고 있다. "정치적 기후변화"를 정확히 "관찰하여" "현명하게 시대 상황에 대응"(NA 35, 182)하지 않으면 안 된다고 칸트는 권고한다. 이보다 한 해 전에 왕이 주재하는 내각회의에서 내린 결정에 의해 칸트 자신은 "성서와 기독교의 주된 가르침들과 기본 사상을 왜곡하고 훼손했다"는 죄목으로 견책 조치를 받았다. 칸트는 『이성의 한계 안에서의 종교』(1793)라는 논문을 써냄으로써 공권력에 도전한 것을 이제는 위험한 짓이었다고 여겼다. 사회적 분위기가 비교적 자유롭다는 것이 튀링겐 지역의 특징이었음에도 잡지 편집인으로서 실러는 될수록 검열 당국과의 마찰을 피했다. 《호렌》 예고문이 시종일관 조심스러운 논조를 유지하는 것은 비정치적인 입장에만 기인하는 것이 아니라 검열 당국의 권력을 의식한 결과일 수도 있었다.[266]

새 잡지의 특별한 점 한 가지는 기고문들을 저자의 이름을 밝히지 않고 출간한다는 것이다. 그것은 독자들이 글의 내용 자체를 중요시하고 누구의 글인가에는 관심을 두지 않게 하기 위해서였다.(NA 22, 109) 그러나 작가들의 이름을 매년 말 마지막 호에 밝히는 방식은 문제가 있다는 비판을 받게 된다. 예컨대 칸트가 말했듯이 잡지의 영향력이 "꺾일 수 있다"는 것이다.(NA 35, 182) 함부르크대학의 역사학 교수 아르헨홀츠는 판매 부수가 상당히 줄까 봐 걱정하기까지 했다. 독자들은 일반적으로 글 내용에 대한 호기심보다 작가에 대한 관심이 더 크기 때문이라는 것이다.(NA 35, 120) 이런 염려에도 불구하고 첫해에 사전 예약 주문이 1743건이나 있었다. 최종 인쇄본은 2300부에 달했다. 이것은 빌란트의 《도이체 메르쿠어》가 1774년 창간된 해에는 매호 2000부가 팔렸으나 1798년에는 매호 800부가 겨우 소화되었음을 감안할 때 상당한 판매 수량이었다.[267)]

실러는 우선 잡지 편집과 관련된 일들을 닥치는 대로 성심껏 해낸다. 인쇄 과정을 감독하고, 종이의 질과 제목들을 결정하고, 예약자를 모집하고, 투고된 원고를 검토하거나 교정하고, 쇄도하는 우편물에 답장을 쓰는 등 그의 온 활동은 잡지를 위한 봉사에 집중된다.[268)] 1795년 1월 30일 실러는 코타에게 보낸 편지에 다음과 같이 썼다. "다른 일들 때문에 내가 《호렌》 잡지를 그만두리라는 걱정은 하지 마십시오. 1년 중 6주 정도만 제외하고는 내 모든 시간을 잡지를 위해 바치고 있습니다."(NA 27, 133) 이 정기간행물은 매호 '켄타우로스'의 양태를 띠고 있는 것이 특징이다.(NA 27, 129) 지성계 엘리트들의 글을 싣는다는 방침 때문이기도 하지만, 주제나 장르, 형식들이 고루 섞여 있기 때문이기도 하다. 샤를로테 폰 슈타인은 1795년 7월 27일 실러의 아내 샤를로테 실러에게 보낸 편지에서, 실러의 연재물인 「인간의 미적 교육에 대한 편지」의 마지막 회와 괴테의 「에로티카 로마나(Erotica romana」(「로마 비가」)가 함께 실린 동년 제6호를 염두에 두면서, 이와 같은 섞어 싣기에 관해 다음과 같이 평하고 있다. "실러의 진지한 서한들과 경쾌한 연가가 특이한 대조를 이루고 있습니다."[269)]

잡지 창간 예고문에서 강조한 조화의 균형이 세 명의 호렌 여신 에우노미아(Eunomia, 질서), 디케(Dike, 정의), 이레네(Irene, 평화)에 호소하는 잡지 제목에도 불구하고 항상 성사된 것은 아니다. 실러에게는 주제가 상이한 기고문들이 서로 내적 조화를 이루도록 편집하는 일이 가장 어려운 과제였다. 이 어려운 과제를 그는 첫해에만 기고된 글들의 수준을 유지하면서 해냈다. 이때 편집에 선택된 기고문들은 주로 이론적인 논문들이다. 여기에 속하는 것은 편집자인 실러 자신의 논문 외에, 피히테의 시론 「진리에 대한 순수한 관심을 활성화하고 고조하는 일에 관하여(Ueber Belebung und Erhöhung des reinen Interesses für Wahrheit)」와, 헤르더의 글 「자신의 운명(Das eigene Schicksal)」 및 고전에 관한 그의 글인 「호메로스, 그의 시대의 총아(Homer, ein Günstling seiner Zeit)」(프리드리히 아우구스트 볼프는 이 글이 《종합 문학 신문》에 자신이 발표한 글 「호메로스 문학 서설(Prolegomena ad Homerum)」을 표절한 것에 불과하다면서 폄하하는 글을 발표했다), 야코비의 「어느 고독한 사색가의 우연한 감정 토로(Zufällige Ergießungen eines einsamen Denkers)」, 훔볼트의 남녀 성격 분석, 그리고 칸트 철학으로 훈련된 에르하르트의 논문인 「정의의 이념(Idee der Gerechtigkeit)」 등이었다. 추상적으로 논증을 전개하는 이들 이론적 기고문들과 대조적으로 괴테의 논쟁적인 글 「문학적 과격주의」나, 요한 하인리히 마이어의 예술사 관련 논문들은 논조가 비교적 구체적이었고 지적 필법을 덜 내세웠다. 주제 면에서 서로 대조되는 글들은 역사를 다룬 에세이들(1584/85년의 안트베르펜(Antwerpen) 포위에 관해 실러가 쓴 짤막한 글과 볼트만의 프랑스 국민 성격론), 슐레겔의 번역물(단테의 「연옥(Inferno)」 중에서), 그리고 무엇보다도 괴테의 소설 「독일 피난민들의 대화」와 동화, 연가, 실러의 시적 텍스트들(「명부」를 위시하여), 헤르더의 시들, 그리고 독자에게 많이 읽힌 엥겔의 소설 「로렌츠 슈타르크 씨(Herr Lorenz Stark)」에서 발췌한 것, 이보다 어쩔 수 없이 비중이 좀 떨어진 것이기는 하나 페펠의 우화, 포스의 시적인 글 등이었다.

창간 2년 후에 내용의 중점이 바뀐다. 잡지 《호렌》의 부피가 얇아진다(첫해에 88종의 텍스트이던 것이 1796년에는 58종으로 줄었다가 1797년에는 다시 67종이 된다). 번역물과 문학작품들이 주종을 이룬다. 1796년도에 잡지에 실린 글들 중 실러의 「소박문학과 감상문학에 대하여」의 마지막 장과, 그의 논문 「미적 풍습의 도덕적 활용에 관하여」, 헤르더의 문제작인 「이두나」 대화, 그리고 슐레겔의 「시와 운율과 언어에 관한 편지(Ueber Poesie, Sylbenmaaß und Sprache)」만이 엄격한 의미에서 이론적 텍스트였다. 주종을 이루는 것은 르네상스 시대의 이탈리아 조각가 벤베누토 첼리니(Benvenuto Cellini)의 자서전을 번역한 괴테의 장기 작업을 필두로, 테오크리토스(포스가 번역), 프로페르티우스(크네벨이 번역) 그리고 셰익스피어(슐레겔이 번역) 등 외국어 작품을 번역한 글들이다. 역사적 주제를 연구한 글들이 종전과 다름없이 계속 연재되기는 하였으나〔고트족의 왕 테오도리크(Theodoric)를 서술한 볼트만의 애매모호한 글과, 1605년 영국에서 발생한 음모사건을 다룬 라인발트의 논문〕, 이제는 문학작품들이 중심을 차지하게 된 것이다. 잡지에 등장한 작품들은 특출하다 할 수는 없어도 모두 수준급이었다. 헤르더의 시 텍스트나 마티손의 비가도 동시대 시 작품들의 평균 수준에서 벗어난 것은 아니다. 카롤리네 폰 볼초겐의 소설 「아그네스 폰 릴리엔(Agnes von Lilien)」은 저자에 대한 온갖 억측들을 낳은 야심작이었다. 에스토니아의 레발(Reval)이 고향인 법원 사무관 게르버(Gerber)가 애써 노력한 기사(騎士) 소설은 자신이 시도한 수준에 이르지 못했다〔그러나 그의 소설은 그가 원래 코체부(August Friedrich Ferdinand von Kotzebue)*의 친목 동아리 출신이었기 때문에 성공적인 연재소설이 되었다〕.

* 1761~1819. 독일의 극작가.

잡지가 창간된 첫해에 편집 작업 일은 계속 늘어만 갔다. 실러는 개별 호를 편집하는 작업을 점차 코타의 협력자인 크리스티안 야코프 찬에게 맡긴다. 찬이 두 번째 해에 나온 잡지들을 주의를 기울이지 않고 교열했다는 사실은 동고트족 왕 테오도리크의 통치 시기에 관한 볼트만의 논문이 발간된 것을 보면 알 수 있다. 프리드리히 슐레겔의 서평이 반어적으로 지적하고 있듯이,[270] 볼트만의 텍스트는 에드워드 기번(Edward Gibbon)의 기념비적인 대작 『로마 제국 흥망사(*History of the Decline and Fall of the Roman Empire*)』(1776~1788) 중에서 상기한 시기의 서술을 표절한 것인데 편집자가 그것을 알아차리지 못한 것이다. 실러는 자기의 역사 교수 직을 이어받은 후계자가 편집 발간한 잡지들의 교열 작업이 엉망인 것을 후에 가서 회의적으로 평가하고 있지만〔볼트만의 「역사적 개관」(1797)에 대해 그는 "이런 역사서는 만행"(NA 29, 64)이라 말한다〕 여기서 실러는 편집자로서 마땅히 지켜야 할 세심한 주의의 의무를 다하지 못했다고 하지 않을 수 없다. 더구나 해당 대목이 자기 자신의 전문 지식에 속한 내용이라는 것의 증거를 그 스스로 제시하기까지 했다. 기번의 책에서 가져온 부분을 실러 자신이 예나대학 취임 강연을 준비하기 위해 활용했던 것이다. 따라서 볼트만이 그 부분을 표절했다는 사실을 알아차렸어야 마땅한 것이다.[271]

잡지의 마지막 해에는 젊은 여성들의 글이 주로 실렸다. 루이제 브라흐만(Louise Brachmann), 프리데리케 브룬(Friederike Brun), 아말리에 폰 임호프(Amalie von Imhoff), 조피 메로(Sophie Mereau), 엘리사 폰 데어 레케(Elisa von der Recke), 카롤리네 폰 볼초겐 등이 그들이다. 주종을 이루는 것은 시지만 메로가 우아한 필체로 보여주는 것과 같이 편지 형식의 픽션 또한 그들이 선호한 장르이다. 메로의 감상적인 픽션 「아만다와 에두아르드(Amanda und Eduard)」는 1803년에 가서야 단행본으로 출판되지만 잡지에 발췌 연재된 것만으로도 좋은 반향을 일으켰고, 실러로 하여금 호의적인 찬사까지 하게 했다. 이들 여성 작가들의 텍스트는 그 대다수가 잡지의 예고문에서 천명한 독보적 수준급에 속하기에 충분치는 않았지만, 널리 퍼져 있는 선입견들과는 달리 예술성을 지닌 작품들이다. 당시 유명했던 문학작품 모음들인 문예연감(Musenalmanachen), 일기 수첩(Taschenkalender), 연감(Jahrbücher) 등에 실린 작품들에 비해 결코 뒤떨어지지 않는 수준이었던 것이다. 편집자로서 자신이 생각하는 잡지 분량을 채우기가 점점 어려워지자 실러는 렌츠와 고터(Gotter, 만하임 시절의 앙숙)의 유고 텍스트들까지 잡지에 싣지 않을 수 없게 된다. 렌츠의 소설「숲 속의 형제(Der Waldbruder)」는 괴테의 베르테르(『젊은 베르테르의 슬픔』의 약칭) 소설을 모방한 것인데, 횔덜린의 시들(「방랑자(Der Wanderer)」, 「떡갈나무(Die Eichbäume)」)과 함께 마지막 호에서 예술적으로 가장 뛰어난 작품이다. 이 마지막 호에는 상기한 작품들 말고는 실러 작품으로서 영감이 부족한 즉흥시(Gelegenheitsprodukte) 두 편(「희망」, 「만남」)만이 실렸을 뿐이다. 이는 좋은 원고를 찾아내는 힘이 이제는 쇠했다는 뚜렷한 증거라 하겠다.

실러는 출판계에서 좋은 반응을 얻기 위해 잡지가 발행되기 전에 미리 강력한 영향력을 발휘하려 애를 쓴다. 1794년 9월 30일 쉬츠에게 보낸 편지에서 그는 2400명의 정기 구독자를 갖고 있는, 영향력이 매우 큰 《종합 문학 신문》에 우리 잡지 집필자 중의 한 사람으로 하여금 우리 잡지에 대한 서평을 개별 호 단위로 싣도록 해줬으면 좋겠다는 제안을 한다. 그에 대한 유일한 조건은 서평자가 자기가 서평을 쓴 호에는 "자기의 글을 싣지 않는다"는 것뿐이라고 덧붙여 말한다(슐레겔의 경우 이 조건은 거침없이 무시되었다).(NA 27, 55) 이와 같은 서평 쓰기를 통해서 심도 있는 여론 조작을 시도했음은 서평에 대한 사례금 지불을 코타가 떠맡았다는 사실로 짐작할 수 있다. 얼마나 자주 그러한 서평을 실을 것인가도 작전참모 회의에서 하듯이 정해주었고 공식적으로는 아니지만 실질적으로는 예상외로 호의적인 쉬츠와 상의해서 결정했다. 1794년 12월 6일 괴테에게 보낸 편지에서 실러는 자기의 만족스러운 심정을 다음과 같이 쓰고 있다. "《종합 문학 신문》에 잡지에 관한 서평을 쓰게 하는 일은 이제 매듭지었습니다. 석 달마다 한 번씩 상세한 서평을 싣기로 합의했습니다. 그러나 첫 번째 서평은 매년 1월 첫 주일에 광범위하게 광고될 것입니다. 코타가 서평의 비용을 지불할 것이고 서평을 맡을 필자들은 우리 모임의 회원들이 될 것입니다."(NA 27, 100)

이와 같은 세밀한 광고 작전에도 불구하고 잡지 판매는 성공적이라 할 수 없었다. 실러는 쉬츠 외에 아우구스트 빌헬름 슐레겔을 《종합 문학 신문》에 실릴 서평의 집필자로 삼을 수 있었으나, 1795년도의 첫 10호에 대한 그의 서평은 너무나 맥 빠진 글이어서 광고 효과를 거둘 수 없었다. 이와는 달리 예고문에서는 잡지에 최고 수준의 글들만 실릴 것이라고 선전했음에도 불구하고 그저 그런 중간 수준의 것들뿐이라며 질책하는 회의적인 비판의 소리가 더 먹혀들었다. 예컨대 요한 프리드리히 만소(Johann Fridrich Manso)는 1795년 9월 요한 고트프리트 디크(Johann Gottfried Dyck)가 운영하는 《문학과 미학 신 총서》에 실러의 「인간의 미적 교육에 대한 편지」를 맹렬히 비판하는 글을 올렸다. 실러의 글이 알기 힘든 전문용어투성이에다 추상적인 개념들과 구체적인 표현들이 섞여 있어 도통 뭐가 뭔지 모르겠으니 이 논문을 제대로 된 "독일어로" 번역하라고 요구한 것이다.[272] 이와 같은 비판이 있은 지 한 달 후에 실러의 서한을 비판하는 비슷한 글이 또다시 나타났다. 킬대학의 빌헬름 프리드리히 아우구스트 마켄센(Wilhelm Friedrich August Mackensen)이 루트비히 하인리히 폰 야코프(Ludwig Heinrich von Jakob)가 발행인으로 있는 《철학과 철학 정신 연감

(*Annalen der Philosophie und des philosophischen Geistes*)》에 올린 글에서 실러의 미적 교육에 관한 논문이 철학적 방법론상으로 일관성이 없고 전문 용어 구사에서도 정확성이 미흡하다고 비판한 것이다. 그는 잡지 첫해에 실린 다른 글들, 예컨대 슐레겔의 단테 번역과, 훔볼트의 논문 「남성적 형식과 여성적 형식에 관하여」에도 날선 비판을 가했다. 마켄센은 잡지 《호렌》이 "독일 독자들의 교양을 위하여" 긍정적인 작용을 할 수 있을지를, 스스로 기획하고 있는 취미 교육 프로그램을 최고 수준의 것으로 만들어 낼 수 있을지를 근본적으로 믿지 못하겠다는 것이었다.[273] 프리드리히 라이하르트는 잡지의 첫해분에 대한 서평을 쓰면서 잡지가 정치적 보수주의 성향을 띠고 있다고 공격했다. 현실 정치 문제는 다루지 않겠다는 예고문의 선언과는 달리 실제로는 현실 문제에 관여하고 있음이 분명하고, 주로 프랑스 혁명에 대한 비판적 논조가 그 저변에 깔려 있다는 것이다.[274] 마지막으로 프리드리히 니콜라이(Friedrich Nicolai)의 비판마저 언급해야 할 것이다. 그는 1796년에 방대한 저서인 『독일과 스위스 지역 여행기(*Reise durch Deutschland und die Schweiz*)』 제11권을 출간했는데, 그 책에서 《호렌》에 실린 수많은 글이 사변적 논조로 흐르고 있고 이론에 치우치고 있다고 일괄적으로 꼬집는다. 그러고는 특별히 실러의 「인간의 미적 교육에 대한 편지」를 한마디로 미학적 문제를 제대로 이해 못하면서 칸트 철학을 피상적으로 모방하며 수다를 떨어놓은 산물이라고 깔아뭉갠다. 억지로 이론적 품격을 내세우고자 하는 《호렌》의 야심을 배척하면서 니콜라이는 《도이체 메르쿠어》의 지성적 우아함과 보이에(Boie)가 발행하고 있는 《도이체스 무제움》에 찬사를 보낸다. 이들 두 잡지는 개별적인 유파들이 강요하는 취미 독재를 하지 않기 때문에 광범위한 독자층을 확보할 수 있게 되었다는 것이다. "좋은 모임에서 행해지는 대화는 일방적이지 않고 교조적이지

않으며 명령조가 아니다. 오만불손한 태도를 갖지 않으려, 다시 말하면 훈장 말투 같은 실수를 저지르지 않으려 노력한다. 전 독일의 교양 있는 독서 계층에서, 그리고 좋은 모임에서 읽히기를 요구하는 잡지에 실릴 논문들은 그래야만 할 것이다."[275)]

다양한 잡지들에서 들려오는 이와 같은 불친절한 혹평들에 대해 실러는 화가 났다. 1795년 11월 1일 그는 괴테에게 보낸 편지에서 불편한 심사를 다음과 같이 털어놓는다. "우리는 지금 심각한 반목의 시대에 살고 있습니다. 실로 투쟁하는 교회(Ecclesia militans)라 아니할 수 없습니다. 제 말은 《호렌》이 그렇다는 것입니다. 야코프 씨가 지휘하는, 그리고 만소 씨가 예술 과학 총서에서 출정시키고 있는 민중들 외에도, 그리고 볼프의 중무장한 기병대 외에도 제일 먼저 우리는 베를린에 있는 니콜라이의 조잡한 공격을 받게 될 것입니다."(NA 28, 93) '투쟁하는 교회'라는 표현은 횔덜린이 1799년 6월 4일 동생에게 쓴 편지에도 약간 변형된 형태로 나온다. 시대가 "모든 인간적 공동체의 이상을, 미를 추구하는 교회의 이상을 철학적으로 서술할 것을"[276)] 요구하고 있다는 것이다. 실러에게 이 'ecclesia'(하느님의 소명을 받은 공동체, 즉 교회)는 잡지의 판매 부수를 늘려주는 실용적인 힘을 의미하는 것이 아니다. 자기의 잡지가 이상적인 예술론을 펼치는 일을 하는 공동체임을 뜻한다. 격심한 《호렌》 비판에 대해 실러가 보인 반응들은 그가 받은 충격이 괴테의 경우보다 훨씬 컸음을 말해준다. 괴테는 성급한 반응을 자제하고 우선은 조용히 있으면서 경우에 따라서는 부정적인 평까지 관용적으로 수용하는 것이 좋을 것이라고 조언했다. 괴테의 이처럼 여유 있는 태도는 경제적으로 삶이 보장돼 있는 작가로서 그가 누리고 있는 특권의 결과이다. 사회적 여론에 좌우되지 않고 독자적 입장을 취할 수 있는 것이다. 이에 반해 실러는 자기의 잡지가 얼마나 팔릴까를 계산해보면서 늘 수지 타산을 걱정하지 않을 수 없었다.[277] 따라서 첫해에 2000부이던 평균 발행 부수가 해를 거듭하면서 1500부가 되고 마지막에는 1000부로 줄어든 것은 그에게 큰 타격이 아닐 수 없었다. 특히 「크세니엔」이 발간된 후에는 수많은 정기 구독자들이 정기 구독을 취소하는 사태까지 겪어야 했다.(NA 27, 273)

잡지를 준비하는 과정에서 나타났던 열정은 편집 작업을 1년 하고 난 다음부터 점차 사라져갔다. 1797년 1월 18일 쾨르너에게 보낸 편지에 벌써 다음과 같은 대목이 보인다. "앞으로는 상당 기간 이론적 글은 쓰지 않고 《호렌》에 대해서도 내가 해야 할 일을 최소한도로 줄이기로 결심했습니다. 그러고 나니 지금은 마음이 한결 자유롭고 앞으로 몇 달 동안 더 생산적인 작업을 할 수 있을 것 같습니다."(NA 28, 167) 처음에는 매일 해야 하는 잡지 편집 작업이 즐거웠는데, 즐거운 동기가 급속히 식어버린 것이다. 새로운 일에 대한 구상은 멈추지 않았다. 틀에 박힌 같은 일을 계속하게 되는 편집 작업이 그는 지겨워진 것이다. "착실하게 작업해야 하는 기계적인 일"에 자기는 단기적으로만 "매달릴 수" 있음을 그는 역사 연구에 몰두하던 시절에 이미 알게 되었다.(NA 25, 16) 1798년 1월 5일 그는 적이 가벼워진 마음으로 고타에게 쓴 편지에서 다음과 같이 털어놓는다. "이제 《호렌》이 더 이상 발행되지 않게 되어 저는 매우 만족스럽게 생각합니다." 1798년 1월 26일 괴테에게 보낸 편지에서도 "제발 《호렌》을 치켜세우는 말은 무엇이든 하지 말기를!" 하고 바라는 의사를 내비치고 있다.(NA 29, 181) "이제 막 세 여신, 즉 에우노미아, 디케, 이레네의 사형선고 판결문에 공식적으로 서명했습니다. 이 고귀한 죽은 여신들을 위해 기독교인다운 경건한 눈물을 흘리세요. 그러나 애도하는 일은 금하겠습니다."(NA 29, 195) 서점들에는 아무런 설명 없이 그저 잡지 발행이 종결된 것을 양해해달라는 짧은 통고문만을 보냈다. 출판계에서는 잡지 폐간에 대해 아무런 언급도 하지 않았다. 《호렌》을 이은 다른 기획물의 가능성을 예상하는 일도 하지 않았았다.

《호렌》은 "상호 대조적인 위대한 두 정신이 협력하여 이루어낸 고전주의적 사고의 위풍 있는 기록문"[278]이라는 총평도, "편협성"[279]의 명령하에 자행된 '독자층에 대한 모반 행위'〔베르톨트 브레히트(Bertolt Brecht)의 말〕가 동원된 것이라는 혹평도 《호렌》의 실상에는 합당하지 않다. 이러한 극단적 평가들보다는 오히려 처음에는 다양한 재능들에 집중하는 것을 시도했으나 그것이 실러의 개인적인 문학 정책상의 이해관계로 말미암아 불가능해지고 만 결과로 보는 것이 실상에 더 부합할 것이다. 젊은 세대와의 교류에서, 특히 나중에 가서는 슐레겔 동아리와의 관계라든가, 피히테나 장 파울과의 관계에서 외교적 노력을 하지 않은 것이 당시 지성계의 전위들과 일찌감치 동맹 관계를 맺는 일을 가로막은 것이다. 괴테와의 협력은 끝까지 생산적인 역할을 했다. 그러나 실러는 그의 원고를 모두 확보할 수는 없었다. 「수업 시대」 원고는 이미 웅거 출판사에 넘어갔고, 서사시 「헤르만과 도로테아」는 분할해서 출판할 수 없다는 것이 작가의 생각이었기 때문이다. 헤르더의 협조를 얻기에는 문제가 있었다. 「이두나」 논쟁(Iduna-Streit)에서 드러났듯이 원고 내용에서 실질적인 견해 차이가 있었던 것이다. 훔볼트와 볼트만의 원고들은 발행인인 실러로서는 수용할 수 없는 수준 미달의 것들이었다. 횔덜린의 재능을 적극적으로 활용할 기회가 있었는데 실러는 예술가로서의 기질 차이 때문에 그의 재능을 알아보지 못했다. 그리하여 높은 정신적 수준에 대한 야심 찬 욕구는 첫해 후반기까지는 채워질 수 있었으나, 부담이 되어 잡지를 압박했고, 결국 잡지가 지속적으로 존재할 수 없게 만든 것이다.

《호렌》이 실패로 돌아간 후로 실러는 종일 걸리는 출판 관련 작업들과 서평 쓰기를 가능한 한 피한다. 1798년부터 1800년까지 괴테가 편집한 잡지 《프로필래엔》을 실러는 능동적으로는 거의 돕지 않았다. 그것은 괴테의 잡지가 주로 다룬 미술과 조형예술의 주제들이 그에게는 낯설었기 때문일 수도 있다. 실러가 괴테의 잡지에 유일하게 기여한 것은 제3권의 첫 번째 책자에서 극찬을 받은 응모 작품에 대해 보낸 글들이다.[280] 작품 응모에서 요구한 것은 『일리아스(*Ilias*)』 중의 두 장면〔VI, 395 이하 계속: 헥토르가 안드로마케와 이별하는 장면. X, 377 이하 계속: 율리시스와 디오메데스가 트로이 진영을 기습하는 장면〕을 그림으로 묘사하는 것이었다. 그 그림의 질에 관하여 실러는 전문적인 등급을 매기지 않고 자기의 기본적인 생각들을 써서 보냈다. 그에게 감정을 의뢰한 괴테에게 실러는 9월 29일 자기의 기고문이 짧은 것을 이해해달라고 하면서 다음과 같이 쓰고 있다. "이 영역은 저의 분야가 아닙니다. 여기서 중요한 전문성을 저에게서 기대하지 마십시오."(NA 30, 202) 잡지의 편집자 괴테는 그럼에도 불구하고 실러의 텍스트를 "훌륭한, 좋은, 유용한"(NA 38/I, 355) 글이라면서 인쇄하여 제3권 두 번째 책자에 실었다.

실러는 자신이 받은 그림들을 주제 선택과 동기의 관점에서 논평한다. 그것은 작별의 장면에서 고통을 묘사한 것에 대한 논평을 말하는데, 이 점에 관한 한 실러는 말할 것도 없이 전문가인 것이다. 일단 그림 전체를 살피고 난 다음 실러는 조형예술 작품 한 편의 미학적 가치를 판단하는 기준에 대하여 자기의 생각을 피력한다. 눈과 상상력과 정신과 가슴에 동시적으로 감동을 주는 작품이 가장 이상적인 작품이라는 것이다.(NA 22, 308) 「인간의 미적 교육에 대하여」에 관해 이야기하는 15번 편지에서도 실러는 로마에 있는 루도비시(Ludovisi) 주교(1595~1631)의 궁전에서 발견된 여자 흉상 조각의 아름다움을 같은 관점에서 찬양한 바 있다〔괴테는 후년에 가서 같은 이 여인의 흉상을 모조케 하여 프라우엔플란의 저택에서 간직했다. 당시에는 이 흉상을 베누스 여신을 묘사한 것으로 간주했지만, 실제로는 로마 황제 시대의 어느 귀족 부인의 얼굴을 묘사한 것이다). 여기서도 핵심은 지성미와 육체미가 합쳐진 것을 조형예술의 이상으로 삼는 기준이다. 조형예술의 기본적인 기능은 예로 든 작품 중심으로 논하고 있는 《프로필래엔》 기고문이 보여주듯이 개념적 성격묘사의 틀 차원을 벗어나서, 관상할 수 있는 자료를 제시해주는 데 있는 것이다.(NA 20, 359 이하) 이와 같은 인식이 조형예술 작품 또는 미술 작품을 평가할 때 느끼게 되는 불확실성을 완전히 없애주지는 않는다. 1803년 3월 실러는 로마로 가버린 라이프치히 출신의 옛 친구 요한 크리스티안 라인하르트(Johann Christian Reinhart)에게 보낸 편지에서 조형예술에 관한 한 자기는 "야만인"에 불과하다고 고백한다.(NA 32, 22) 그러나 이 분야에 관한 경험의 부족을 극복하는 데 도움이 될 이탈리아 여행을 할 의사는 없다고 말한다. 이탈리아 여행에서는 문학을 위해 얻을 것이 전혀 없는데, 자기의 관심을 끄는 것은 오로지 문학뿐이기 때문이라는 것이다. 조형예술 작품은 이상적인 미적 작용을 연구하는 데 도움이 되는 가시적인 예일 뿐이라고 생각하는 것이다. 만하임 시절에도 조형예술 작품들은 그를 사로잡거나 감동시킨 적이 없었다. 릴케의 시 「고대 아폴론의 토르소(Archaïscher Torso Apollos)」(1907)에서 관찰자의 시각, 즉 고대의 조형물을 보면서 신경중추에서 새로운 생명감을 느끼는 환상적인 시각 같은 것은 실러에겐 낯설기만 했을 것이다.

1790년대 말 이래로 실러는 잡지를 통한 계몽 사업의 가능성에 대해 유보적 태도를 계속 굳혀간다. 1799년 8월 24일 횔덜린에게 보낸 편지에서 알 수 있듯이 실러는 몇 년 전에 시작한 잡지 사업이 실패했음을 시인한다.(NA 30, 89) 괴테와 함께 작성한 딜레탕트적 예술론은 문화 내지 지적 수준이 낮은 광범위한 관객 대중에 대한 불만을 토로한 것이다. 15년 전에 《라이니셰 탈리아》 창간을 알리는 도도한 예고문에서는 그러한 관객 대중을 '주체적이고' '신뢰할 수 있는' 존재라 부른 바 있다. 그런데 1799년 6월 25일 괴테에게 보낸 편지에서는 다음과 같이 불편한 심사를 토로하고 있다. "독자층에 대해 후회하지 않을 유일한 관계는 전쟁입니다. 딜레탕트적 문학에 대해서도 모든 무기를 다 동원하여 싸워야 한다는 생각에 저는 전적으로 찬성합니다."(NA 30, 64) 《라이니셰 탈리아》의 예고문에서는 독서 대중을 '재판석'으로 간주했으나 이제는 배타적 예술의 이성으로 무장하여 타도해야 할 적대적 세력이라 칭하고 있는 것이다. 고전주의 미학은 독자들을 널리 교육하겠다는 계몽사상에서 나온 희망의 차원과는 달리 냉혹한 시대에서 발전해나간 것이다.

7. 고대와 현대

역사철학적 장르론

「소박문학과 감상문학에 대하여」(1795~1796)

실러는 예술 이론 문제들에 관한 자신의 마지막 큰 논문을 1795년 11월과 1796년 1월 사이에 세 차례에 나누어 《호렌(*Horen*)》에 싣는다. 그리고 1800년 8월 말 그것을 함께 모아 「소박문학과 감상문학에 대하여」라는 제목으로 『단문집(*Kleineren Prosaischen Schriften*)』 제2권에 담아 출판한다. 그 기회에 교정을 보았으나 내용상 별로 달라진 것은 없다. 이 에세이는 고대문학과 현대문학의 결정적인 차이를 세 갈래 역사철학적 도식의 지평에 담아내는 한편, 그 도식으로 예술적 기질에 관련한 개개인의 성향을 뚜렷하게 드러내려고 쓴 것이다. 이 논문 내용과 관련된 최초의 생각들이 1794년 8월 23일의 생일 편지*에 나타나 있다. 이 서한에서 실러는 괴테의 문학적 성장 과정을 현대에 살아 있는 직관적인 사람의 표본으로 스케치한다.(NA 27, 25 이하)[281] 이 편지에서는 아직 소박문학이라는 개념을 직접 사용하지는 않았으나, 새로운 동맹 파트너로 얻은 괴테를 소박한 기질의 작가로 상정하고 있다. 그러나 괴테는 천성이 소박한 기질의 작가이기는 하나 고대 그리스의 맑은 하늘 아래가 아니라 추상과 소외의 세계에서 태어난 까닭에 현대의 성찰 형식에 내맡겨진 상태에 있다고 한다. 미학적 견지에서 괴테의 독창성을 단적으로 드러내는 것은 그가 지닌 시적 직관인데 이 시적 직관이 추상과 소외의 시대정신에 맞서 스스로를 어떻게 쇄신하는가 하는 문제에 관한 언급이 편지에는 없다. 시적 직관의 쇄신은 어떻게 가능한가? 직관의 쇄신이 이성에 의해 이루어지는가, 즉 현대적 의식의 산물일 수 있는가, 또는 그렇지 아니한가? 편지에서 논의하지 않은 이 문제를 실러는 (이제 이 논문에서) 문화사적 관점의 맥락에 따라 설명하려는 것이다. 아마도 괴테는 실러의 이러한 문제 설정에 포함된 높은 이론적 수준을 알아보지 못한 것 같다. 다만 소박미의 작가로 특징지어진 것에 대해서 '좋은 대접을 받았다'고 만족을 표했고, 또 자기는 "고대문학을 더할 나위 없이 선호"하는 사람인데 이 또한 인정받은 셈이라고 기뻐했다.(NA 36/I, 38)

이 에세이의 바탕에는 문학적 개성의 유형 체계를 파악하려는 실러의 의도가 깔려 있다. 이 유형 체계는 그를 괴테와 갈라놓는 예술가적 기질의 차이와, 미학적 처리 방식의 차이를 특징짓는 데도 적합하다고 실러는 말한다. 따라서 이 글의 두 핵심 개념인 소박과 감상〔헤르더(Herder)는 이 개념들이 지닌 "고귀한 정확성"을 찬양했다(NA 35, 390)〕은 다양한 의미 내용상의

* 괴테의 생일은 8월 28일임.

색깔과 뉘앙스에서 차이가 있지만, 바로 그러하기 때문에 이에 대한 분석적 접근이 오히려 쉽지 않은 것이다. 페터 손디(Peter Szondi)는 '이율배반과 다의적 내용들은 당시에도 악명이 높았다'면서 용어상의 명확성 부족을 비판한다. 손디의 지적이 헤르더의 판단보다 정확하다고 해야 할 것이다.[282) 실러는 한 쌍으로 되어 있는 자신의 핵심 개념을 세 가지 상이한 성찰 분야에 배치했다. 그중에서 바탕이 되는 것이 시대 유형의 분야인 고대와 현대의 대립이다. 예전 주석가들은 이 대립이 소박과 감상의 대립과 완전히 일치한다고 주장들 했지만, 그러나 실제에서는 그렇지가 않다.[283) 실러 스스로 분명하게 설명하고 있다시피, 고대에도 이미 감상적 작가들(이를테면 호라티우스, 프로페르티우스, 베르길리우스)이 있었던 것이다.(NA 20, 432, 437 이하) 둘째로 이 두 개념은 시적 "감수성 방식"(NA 20, 473 이하)을 지칭하는 두 형식으로서 만난다. 상이한 이 두 감수성 방식들은 문학 장르를 분류하는 하나의 체계 안에 포함할 수 있을 것이다. 그러나 실러의 글은 당대에 통용되던 그와 같은 이론적 접근 방법들로부터 벗어나 있다. 형식적 기준에 따라 구분하는 것이 아니라 이념상의 장르 개념에 관한 토론이 등장한다. 셋째로 이 논문은 인간학 분야로 논의를 확대한다. 즉 논문 제목의 주도 개념들에 따라 지성인의 여러 유형과 입장들을 문제 삼는다. 논문의 결론에서 세분하고 있는 현실주의적 세계관은 소박한 유형에 해당하고, 이상주의적 전망은 감상적 성격에 상응한다.[284)]

실러 논문의 특별한 독창성은 소박한 것과 감상적인 것을 따로 고립시켜 다루는 것이 아니라 서로에 대한 관계 속에서 고찰하는 데에 있다. 그러한 고찰은 시학 내지 미학적 대상을 고대와 현대라는 시대적 조망(Zeitperspektive) 속에서 성찰할 뿐 아니라 이 시대적 조망 자체를 예리하고도 깊은 역사철학적 고찰의 대상으로까지 만든다. 현대문학의 자기 이해가 창조적인 고대 모방이라는 조건하에서 서술되는 것이다. 즉 과거 그리스 사람들의 문화를 의고주의적으로 되풀이하는 것이 아니라 질적 도약과 같은 것을 통해 새롭게 창조하겠다는 의식을 갖고 수용하는 것이다. 이론가 실러로 하여금 고대를 배워 이런 식으로 자기 것으로 삼겠다는 생각을 하게 한 방법론적 토대는 일종의 변증법적 방법이라 하겠다. 그러나 그러한 변증법적 방법이 철저하게 적용되고 있지는 않다.

따라서 이 논문은 샤를 페로(Charles Perrault)의 네 권짜리 책 『고대와 현대의 병행(*Parallèle des Anciens et des Modernes*)』(1688~1697)에 의해 발동이 걸려 18세기 중반부터 점점 심화되어간 저 유명한 '신구 문학 논쟁(Querelle des Anciens et des Modernes, 新舊文學論爭)에 독자적인 기여를 하고 있다 볼 수 있다. 그러나 이 논문의 역할은 의고주의식의 그리스 열광〔절대적 미(beau absolue)〕과 현대의 미학적 다원주의〔상대적 미(beau relatif)〕 사이의 긴장을 해소하는 중재적 입장을 취함으로써 고대와 현대를 고찰할 수 있는 제각각의 관점들을 조명하는 데 있다고 하겠다. 실러의 이 논문이 나온 뒤로 그리스·로마 문학의 아름다움이란 언제나 당대의 의식이 수용한 문화적 산물이기도 하다는 의식이 형성되었다. 그렇다고 볼 때 이미 빌헬름 폰 훔볼트는 1795년 늦가을 실러의 논문을 꼼꼼하게 비판적으로 읽은 다음 역사적 구분 능력의 결핍을 지적하지 않을 수 없다고 여긴 바 있지만, 그러한 비난은 잘못이라 해야 할 것이다. 무엇보다도 실러의 연구가 사람들을 고무하는 근본적인 힘은 바로 현대의 문화적 의식에 대한 분석에 있는 것이다. 실러의 연구는 고전적 화해의 미학을 제시하고 있는 것이 아니라, 자기가 살고 있는 현재에 자기 분열과 내적 긴장이 어느 정도 있음을 인정하는 글인 것이다. 물려받은 유산이 지닌 엄청난 힘을, 일일이 연구해서 자기 것으로 만들어내야 하는 (그리스 문화) 유산의 그 엄청난 짐을 분산하려

는 것이다.[285)]

실러의 글은 소박한 것을 명확히 규정하는 것에서 시작한다. 소박함은 사람의 손이 닿지 않은 순수한 자연의 아름다움이라 정의한다. 이 자연미의 순수함은 보는 사람으로 하여금 그 매력에 빠져들게 만든다. "우리 인생에는 식물, 광물, 동물, 경치 내지는 어린이들의 인간적 본성, 농민과 원시 세계의 풍속 등에서 보게 되는 자연스러움에 대해, 일종의 사랑과 감동 어린 존경을 바치게 되는 순간들이 있다. 그것이 우리 감각에 좋게 다가오기 때문이 아니라, 우리 이성이나 취향을 만족시키기 때문도 아니라(이 두 경우 자주 그 정반대가 될 수 있다), 오로지 그것이 자연이기 때문이다."(NA 20, 413) 논문의 이 첫 문장을 얼마 지나지 않아 실러는 '천진난만한 자연'을 특징짓기 위해 소박의 개념을 끌어온다. 이 개념은 18세기 수많은 시학 내지 미학 서적에 나오는 개념이다. 특히 프랑스 계몽주의의 비교적 오래된 문체론에 나오는 것으로서 간결하고 꾸밈이 없는, 그래서 궁정의 기교적인 묘사법과 확연하게 구분되는 서술 형식을 특징짓는 데 쓰였다. 달랑베르(d'Alembert)와 디드로(Diderot)의 『백과사전(*Encyclopédie*)』(1751~1780)에서 루이 슈발리에 드 조쿠르(Louis Chevalier de Jaucourt)가 집필한 "naïveté"라는 항목에서는 자연스러운 정서 상태의 고귀한 단순함이 지성적 단순성과 분명하게 구분된다. 그와 같은 개념 정의들에서는 좋은 취미를 교육하려는 정책적 성향이 드러나는데, 그것은 실생활과 거리가 먼 의고주의적 궁정의 꾸밈 문화를 비판의 표적으로 삼고 있는 것이었다.[286)]

실러가 거의 다 알고 있던, 독일어로 된 개념 규정들도 비인위적인 자연스러움이 소박함의 특징임을 강조한다. 그것의 방법론적 토대가 되는 것은 대체로 미학적 감각주의이다. 이때에 감각주의의 반의고주의적 성향은 취미 교육의 성격을 띤 것이다. 젊은 빌란트가 1753년에 썼으나 처음에는 인쇄되지 않은 채로 남아 있던 글인 「소박론(Abhandlung vom Naiven)」에서는 꾸밈없고 자연스러운 문체를 우선적으로 이 범주에 귀속시키고 있다. 실러가 빌란트의 글을 알게 된 것은 요한 게오르게 줄처의 책 『문학 개론』(1771~1774)을 통해서이다. 줄처는 이 책의 '소박함'에 관한 항목에 빌란트의 글을 실은 것이다. 줄처는 소박함이란 작위적인 것의 반대 개념이라는 자기 나름의 설명으로 시작한다. 줄처가 "현재 유명한 저자"라고 두루뭉술하게 소개한 빌란트의 글도 똑같은 해석을 하고 있다. 여기서는 소박함을 프랑스 의고주의 시학들에서 정의하듯 문체상의 특수한 현상으로 보는 데 그치지 않고, 그와는 달리 개인적인, 궁극적으로는 이상적인 유형의 사고방식이라고 말한다. 세련된 취미와 품행(conduite)이라는 독단적 척도로 아름다움을 규정하는 것에 반대한다는 점에서 여기서 말하는 소박은 반궁정적 성격을 띠고 있다. 소박은 "아름다운 마음이 드러난 것"[287]으로서 천진난만하고 꾸밈없는 순수함의 모습을 띠고 있다는 것이다. 소박한 문체가 격정적이거나 기교적인 언어 수단을 필연적으로 포기하는 것은 빌란트나 줄처로서는 너무나도 당연한 것이다. 모제스 멘델스존은 「숭고한 것과 소박한 것에 대한 고찰(Betrachtungen über das Erhabene und das Naive)」(1758, 1771)이란 글에서 이 개념의 도덕적 잠재력을 더 단호하게 강조한다. 이 글은 바움가르텐(Baumgarten)의 표현을 활용하면서, 숭고란 감각적 완벽함의 표현으로 고찰자의 감탄을 자아내는 것이라고 정의한다.[288] 소박함은 까다롭지 않은 모습으로 자족하고 '순박함'을 잃지 않는다는 점에서 숭고한 현상들을 꾸밈없이 뒷받침해준다.[289] 이로써 멘델스존 또한 비타율적인 자아의 표현으로서의 소박함이 문체론의 차원을 벗어난 범주임을 강조하고 있는 셈이다.

조쿠르, 빌란트, 멘델스존 외에 실러가 파악하는 소박의 개념에는 특히 칸트가 영향을 크게 끼쳤다. 칸트의 『판단력비판』 54절은 희극적인 것의 형식들을 자연스러운 '솔직함'[290]의 예기치 않은 분출로 해설하는 맥락에서 소박함을 논한다. 자연스러운 솔직함은 멋부림이나 점잔 빼는 것과 대조를 이루며, 그리하여 놀라움의 반응을 불러일으킨다는 것이다. 중요한 점은 칸트가 소박함을 실러가 후에 정의한 것과 같이 시적 감수성의 양식으로, 또는 시대의 개념이나 예술적 기질에 대한 일관된 표현으로 다루지 않았다는 사실이다. 그와 달리 칸트는 소박함을 오로지 타고난 자질로 보는 것이다. 단 그것은 영속성을 지닌 것이 아니라 짧은 동안만 성격에 드러난다. 그런데 실러는 '예기치 않게 나타나는 소박함'을 '기본적 성향의 소박함'과 구분한다. 이것은 칸트에게서 영감을 얻은 게 분명하다. 첫 번째 개념은 칸트가 『판단력비판』 54절, 즉 예기치 않게 드러난 자연의 힘인 소박함이 웃음을 유발한다는 대목에서 규정하고 있는 개념이다. 소박함을 순수한 도덕적 의지가 나타난 것으로 규정하는 둘째 유형인 '기본적 성향의 소박함'에 관해서 칸트는 언급하고 있지 않다. 여기서 중요한 것은 고의성 없는 성격이 아니라, 어떠한 목적과도 관계없이 오로지 자유로운 정서에 따라서만 행동하는 개인의 마음 자세이다.(NA 20, 418 이하 계속). 실러에게 근본이 되는 것은 소박한 현상에서는 자연이 예술(인위적 꾸밈)을 이기고 있다는 규정이다.(NA 20, 417 이하) 이로써 이 개념은 조작될 수 없는 순수함과 전략적인 행동 유형을 벗어나는 순진무구함을 의미하는 것이 된다. 이것은 동경의 모티브(Sehnsuchtsmotiv)로서, 「도적 떼」 이래로 실러의 전 작품에서 중요한 역할을 하는 모티브이다. 이 기본적 개념 정의의 특징은 이 개념이 소박하지 않은, 성찰하는 관찰자의 입장에서 얻어낸 것이란 점이다. 소박함이 자기의 특별한 성격의 면모를 펼쳐내 보이도록 하려면 그 반대 극이 필요한 것이다. 장 파울은 비록 실러의 교조적 성향에 대해서는 비판적 반감을 갖고 있었지만, 실러의 글이 전개하는 내용들은 '현대의 주관성'의 상황적 사고(Verhältnisdenken)에 대한 표현이라고 평가했다.[291)]

실러가 논문 초두에서 쓰고 있듯이, 사람의 손이 닿지 않은, 무조건적인 통일성과 완결성 속에 있는 순수한 자연이야말로 소박한 것의 '이념'을 체현하는 것이요, 그 이념에서 우리는 소박하지 않은 관찰자로서 매력을 느끼는 것이다. 이와 같은 무의식과 의식의 대립, 유아와 성인의 대립에 고대와 현대성의 대립이라는 제2의 규정 영역이 추가된다. 이미 《탈리아》에 실린 논문 「모세의 문서를 통해 살펴본 최초의 인간 사회」가 문명화 이전의 자연 경험을 호모사피엔스(생각하는 사람)의 '요람시대'(NA 17, 399)에 귀속시키면서 문화사와 계통학의 상관관계를 주장한다. 개념 규정 전체는 유형학적 성격을 띠고 있다. 그러나 개별적 차이를 전적으로 무시하지는 않는다. 비록 고대의 예술형식이 하나같이 다 소박한 것은 아니고, 현대의 예술형식 또한 모조리 감상적인 것은 아니지만, 그럼에도 이런 분류가 개연성이 대체로 높아서 유효하다고 보아야 할 것이다. 따라서 실러가 소박한 자연 대상물들의 형식들로 꼽은 것은 고대 예술 작품들에 대해서도 거의 아무 제한 없이 적용될 수 있다 하겠다. "그것들은 과거의 우리 모습이요, 다시 우리가 되어야 할 모습이다. 우리는 자연이었고 자연과 같았으며 우리 문명은 이성과 자유의 길을 통해 다시 자연으로 되돌아가야 할 것이다."(NA 20, 414)

자연에서 드러나는 소박함은 비록 현대의 관찰자에게는 직접 전해지지 않고 오로지 이념으로만 전달되지만, 우리는 '이성과 자유'의 힘으로 소박함이 어떠한 것인가를 생각할 수는 있는 것이다. 이 두 개념은 루소의 몽상적 자연 동경과 소박함을 구분짓는 데 기여한다. 루소의 몽상적 자연 동경은 후에 돌바크 남작(Baron d'Holbach)에 의해 "자연으로 돌아가라

(Retour à la nature)!"는 저 유명한 표제어의 근거로 정착하게 된다. 한편 루소의 철학은 문명 이전의 상태에 있던 소박함으로 돌아감은 개개인이 문화 의식을 스스로 제한하는 자발적 후퇴를 의미한다는 비판적인 견해들을 유발했다.(NA 20, 451 이하) 실러는 이와 같은 비판들과는 다른 입장이었다. 소박함을 다시 얻는 것은 근대의 업적을 불가피하게 포함하지 않을 수 없는 한 오직 이념을 창조적으로 실현하는 행위로서만 생각해볼 수 있는 일이라는 것이 실러의 신념이었던 것이다.

소박함을 지각하는 것은 현대적 의식과 맞물려 있는 것이다. 사람에게 마법과도 같은 매력을 행사하는 것은 자기가 소유한 낯익은 것이 아니라, 자기가 상실하여 낯선 것이 되어버린 것이다. 따라서 자연의 순수함이 지닌 애초의 형식들을 문화로 말미암아 상실한 것은 소박함을 향유하기 위한 조건이 된다. 그리스 사람들이 자연현상들을 비감상적으로 받아들이며 살았다면(1795년 11월 6일 편지에서 보이는 훔볼트의 소견도 그렇다), 현대를 사는 동시대 사람들은 자연현상들에서 정서적 감동을 받는다고 여긴다. 왜냐하면 자연현상은 현대인에게 자기가 소박한 순수함을 상실했음을 상기시켜주기 때문이다. "그들은 자연스럽게 느꼈다. 우리는 자연스러운 것을 느낀다."(NA 20, 431) 이와 비슷한 취지로 크리스티안 가르베는 이미 1770년에 「고대와 현대 작가들의 작품에 나타나는 약간의 차이점 고찰(Betrachtung einiger Verschiedenheiten in den Werken der ältesten und neuern Schriftsteller)」이라는 논문에서 현대문학에서 자연을 묘사한 작가들이 자연을 보는 방식을 고대 작가들의 방식과 구별했다. "옛날 작가는 자연을 바라볼 때 그것이 자기가 의도한 관찰이거나 어떤 의도를 위한 수단이라고 생각하지 않았다. 즉 작가가 단 한 번의 붓질을 보태지 않고도, 또는 그림을 그리지 않고도 자연이 그 작가의 영혼 속에 제 모습을 그려놓은 것이다. 이와 달리 우리 시대의 작가들은 자연을 관찰할 때면 언제나 그것을 묘사하겠다는 의도가 이미 있게 마련이다. 자연의 아름다움을 보고 싶어하거나, 적어도 자연을 어떻게 하면 아름답게 표현할 수 있을까를 생각한다. 그런 연유로 그들의 그림은 작가 스스로가 받은 인상뿐 아니라, 그들의 상상력이 상상한 모습들과, 교육과 전통을 통해 갖게 된 추상적 개념들이 뒤섞인 혼합물인 것이다."[292] 그리스 사람들은 축적된 감각적 경험에 전적으로 의지하는 반면에, 현대의 작가들은 자신들이 그린 풍경화를 구체적 관찰과 상상력으로 만들어낸 인공적 산물로서 제시한다는 것이다. 실러가 가르베의 발자취를 따라가고 있음이 분명하다. 실러 또한 고대와 현대의 관계를, 자연을 지각함에 있어서 서로 거리가 멀어지게 된 대립적인 지각 방식들을 통해 규정하고 있기 때문이다.

실러는 자연의 대상에 대한 각기 다른 관계를 근거로 하여, 자연에 대한 시적 수용의 종류들 사이에서 근본적 차이를 추론해낸다. 이때에 호메로스의「일리아스」와 아리오스토의「광란의 오를란도」(1516)를 예로 든다. 소박한 유형은 자연을 미학적으로 보전한다. 감상적 유형은 잃어버린 자연의 소박함을 되찾고 그 순수성을 새롭게 할 것을 요구한다.(NA 20, 432 이하) 소박문학에 속하는 작품의 특징이 고대의 작품들 대부분에서 전형적인 현상인, 사람의 손이 닿지 않은 순수 자연과의 근접성이라면, 감상적 문학은 그와 같은 원초성 상실의 의식과 더불어 황금시대가 낳은 탈목적적 아름다움을 이성 문화의 조건들 아래에서 새로이 획득하려는 열망에 불탄다. 이런 행위는 반복되는 과정이 아니라 질적 도약을 뜻한다. 질적 도약이란 소박한 관점과 감상적 관점이 궁극적으로 같아짐을 말하는 것이 아니라(사실상 그것은 불가능하다), 대립적인 두 관점의 상호 보완을 변증법적으로 촉진함을 뜻한다(대립하는 범주들을 방법론적으로 어떻게 하면 중재할 수 있느냐를 후에 횔덜린과 셸링의 예술철학도 다루게 된다).

실러 자신은 이 두 중심 개념을 하나의 역사적 도식 원리에 따라 분명하게 가려 나누는 것은 그 자체로 불가능하다는 점을 강조한다. 그 본보기로 실러는 호라티우스의 풍자극들, 그리고 프로페르티우스와 베르길리우스의 작품들을 든다. 그 작품들이 고대의 정신에 지배되고 있기는 하지만, 이미 "감상적 문학 양식"(NA 20, 432)의 대표적 경향들을 보여준다는 것이다. 그리스·로마 문학은 자연을 소박하게 묘사하는 경향을 띠고는 있지만, 그렇다고 해서 전반적으로 다 그런 것은 아니다. 이 점에 대해 실러보다 더 멀리까지 생각을 전개한 것은 노발리스였다. 그는 1798년에 썼지만 출간되지 않은 「괴테에 관하여(Über Goethe)」라는 인물론에서 다음과 같이 쓰고 있다. "이제야 비로소 고대 예술이 생겨나기 시작한다. 예술가 괴테의 눈과 영혼 아래에서 생성된다. 고대의 유물들은 다만 고대 예술 형성을 위한 특별한 자극물에 지나지 않는다."[293] 실러는 거꾸로 새로운 시대의 탁월한 극작가인 셰익스피어의 전체 예술 작품이 형식적으로는 고대 예술과 거리가 멀리 떨어져 있음에도 불구하고 그를 소박한 천재로 분류한다. 현대의 의식이 이미 고전 시대에 가능했고, 다른 한편 소박한 기질이 현대에서도 가능하다면, 이는 규범적인 시대 구분에 대해 거리를 두는 것이 된다.

1800년경의 미학이 강도 높게 기준으로 삼고 있는 고대 예술은 이미 빙켈만에서 볼 수 있듯이 하나의 이상화 과정을 거쳐 생겨난 산물이다. 현대인들에게 고대는 이상적인 인간성(휴머니즘)이 완성된 시대로 보인 것이다. 현대인의 예술철학은 고대를 체계적인 출발점으로 삼는다. 그리스 사람들의 문화적 업적들을 역사의식을 바탕으로 이해하는 것이 아니라, 그보다는 미학적 이상향, 즉 이미 괴테의 "이피게니에"가 '영혼을 다해 찾던'

미학적 이상향 아르카디아가 전면에 부각되는 것이다. 그런 식의 이상화에도 불구하고 실러는 현대인들이 고대시에 있다고 생각하는 소박함이 고대시 모두에 빠짐없이 있는 것은 아님을 파악한 것이다. 실러는 어느 주석에서 다음과 같이 쓰고 있다. "여기서 새 시대의 작가들을 옛 시대의 작가들과 대비해보면, 시대의 차이에 맞추어 작품 양식의 차이도 나타나는 것이 아님을 알게 된다. 이 사실을 상기시키는 것이 불필요한 일만은 아닐 것이다."(NA 20, 437 이하) 이미 가르베도 여기에 제시된 논거와 관련하여 다음과 같이 강조하여 설명한 바 있다. "우리 시대의 작품들은 인간 정신이 의도에 따라, 의식적으로 그리고 자기 손으로 만들어낼 수 있는 것의 기념비들이다."[294]

논문의 제2부에서는 세련된 문화적 특징들을 지닌 감상적 작가 유형을 설명한다. 실러는 인간을 도덕적으로 키우고 인간의 행동 원칙들을 벼르며 인간에게 자기 성찰의 길을 닦아주는 이성적 질서가 널리 펼쳐진 곳에서야 감상적 작가를 만나게 된다고 생각한다. 이것은 실러가 묘사한 자기 시대의 초상을, 이미 「인간의 미적 교육에 대한 편지」에서 펼쳤던 논거에서 다시 꺼낸 것이다. 이성적 질서에 의해 현대의 인간은 한편으로 자연과의 직접적인 만남을 (그리고 그와 더불어 소박함을) 상실한다. 그러나 다른 한편으로는 이상적인 것을 검증할 수 있게 된다. 그럼으로써 자연과의 새로운 합일로 되돌아가는 길이 열린다. 그것은 물론 고대 그리스인들의 소박함과는 수준이 질적으로 다른 자연과의 합일이라 할 것이다. 교수 취임 연설에서 발표한 테제들을 변용해가면서 실러는 그와 같은 3박자의 발전은 개인과 인류의 진화 과정에 상응한다고 강조한다(이로써 실러는 자기의 이중적 관점을 동시에 서술하고 있는 것이다. 즉 '소박한', '감상적'이란 개념들을 통해 특별한 예술가 유형들과 시대적 성향의 성격을 규정하고 있는 것이다). "그런데 새로운 작가들이 걸어가는 이 길은 인간이 개인으로서나 인류 전체로서도 필연적으로 걸어가게 되는 길인 것이다. 자연은 인간을 자기와 하나가 되게 하고, 예술은 인간을 가르고 분열시킨다. 이상을 통해 인간은 다시 자연과의 합일로 돌아간다."(NA 20, 438) 여기서 비치고 있는 3단계 사고 형식은 1800년 전후에 역사철학적 근거를 바탕으로 하고 있던 독일 관념주의의 특징이라 하겠다. 노발리스와 횔덜린, 셸링과 헤겔이 다 같이 이 3단계 논리에 의지하고 있다. 이 논리에 따르자면 (고대 또는 중세와 같이) 완결된 예술 질서에 이어 힘들이 분산되고 그와 동시에 이성 능력이 심화되어가는 시대가 뒤따르고, 그러한 시대를 이어 또다시 미학적 현대성이라는 달라진 조건 아래에서 (기대할 만한) 순수성을 새로이 쟁취하는 시대가 따르게 된다. 감상적 작가들이 추구하는 목표가 결국 현실에서 밀려날 수밖에 없다는 것은 실러에게도 의심의 여지가 없는 현실이었다. "자연인은 자기 방식대로 완전해질 수 있지만, 감상적 작가가 추구하는 이상은 결코 다다를 수 없는 무한한 것인 까닭에, 그는 결코 완전해질 수가 없는 것이다."(NA 20, 438) 현대문학은 자연의 소박함을 추구하지만 그것을 되찾을 길이 없다는 사실이야말로 현대문학의 바탕을 이루는 특징인 것이다. 지양되지 못한 긴장, 힘들 간의 불균형, 가능한 것의 단계를 벗어나지 못한 상태 등의 특징들로 인해 감상적 작가의 작업들은 끝낼 수 없는 예술적 노력의 산물일 수밖에 없게 된다. 초기 낭만주의 미학은 바로 이 끝낼 수 없는 예술적 노력의 모멘트를, 문학적 강령들을 담은 단상들을 통하여 의식적으로 고취하게 된다.

이상과 현실 사이의 해소되지 않은 긴장이 감상문학의 세 가지 중심 장르 중 둘을 지배한다. 실러는 이 세 가지 중심 장르들을 구식 규범시학의 수단들로 설명하지 않고, 그 바탕에 놓인 이념들을 스케치한다. 그럼으로써 계몽주의 문학 이론의 좁은 테두리에서 벗어난다.[295] 실러가 장르들을 정의하는 방식은 형식상의 기준에 따르는 것이 아니다. 시적 "수용 방식"(NA 20, 449), 즉 독특한 예술적 사고방식의 성격을 규명하는 것이다. 풍자, 비가, 목가는 감상문학에 모범이 되는 장르들이다. 이들 세 장르의 더 자세한 윤곽은 바람직한 세상과 현실 사이의 각기 다른 관계를 통해 드러난다. 풍자는 궁핍한 현실을 지적하는 것에서 출발하여 이상적인 것이 결여된 현실을 한탄하며 불평한다(반은 농담으로, 반은 격렬한 저주로). 비가는 이상에 대한 묘사로 시작하여 그 모습이 없는 현실을 슬퍼한다. 목가는 희망에 찬 목소리가 울리는 화해의 극적 장면 속에서 세상사와는 거리가 먼, 현실과 이상이 하나가 된 세계를 구가한다.

감상문학을 이해하는 데에서 특히 의미심장한 것이 비가 장르이다. 슬픈 기분 상태를 연출하는 비가는 이상적인 세계의 본질이 결여된 현실을 통찰하는 것에서 생겨난다. "비가의 작가가 자연을 찾는 것은 자연의 아름다움 때문이다. 그저 편안한 만족감을 얻기 때문이 아니다. 이념과 일치를 이루는 자연이지, 그저 필요에 양보하는 자연이 아니다. 잃어버린 기쁨, 세상으로부터 사라져버린 황금시대, 달아나버린 젊음, 사랑의 행복 등등에 대한 슬픔은 그것들이 육신의 평화로움과 함께 도덕적으로 조화로운 대상들을 떠오를 수 있게 하는 경우에만 비로소 비가 문학의 소재가 될 수 있는 것이다."(NA 20, 450) 순수 무구한 이상에 대한 채워지지 않은 동경이 아로새겨져 있는 것이 현대인의 의식이요, 이런 의식을 조직한 것이 비가라 생각되는데, 다른 한편 이 장르의 본보기 작품들에서는 감상문학의 특별한 문제점 또한 드러나 보인다. 즉 감상문학에서는 자연에 대한 감정이 주로 성찰을 매개로 하여 표현되고, 감각적 방식으로(따라서 상상력을 자극하는 방식으로) 묘사하는 경우는 매우 드물다는 것이다.

실러는 특징적인 비가의 작가들로 알브레히트 폰 할러, 에발트 크리스티안 폰 클라이스트, 프리드리히 고틀리프 클롭슈토크와 멀게는 루소까지 들고 있다. 이 작가들의 작품에서 우리는 감상문학 텍스트들의 특징인 자기 분열상을 어렵지 않게 알아볼 수 있다. 감정과 추상 사이에서 짓눌려, 독자의 마음을 직접적으로 감동시킬 능력이 없는 것이다. 할러의 교훈적인 자연시와 클롭슈토크의 이상화 솜씨는 바로 이 딜레마를 비춰준다. 실러는 할러 텍스트들이 교훈적 의도를 지니고 있고, 그와 맞물려 추상적인 사상 내용들을 선호한다고 설명한다.(NA 20, 454) 그런데 바로 이러한 설명은 실러 자신의 서정시 작품들에도 해당한다. 실러 자신이 1794년 8월 31일 괴테에게 쓴 편지에서 인정하고 있듯이, 그의 서정시들은 '개념'과 '직관'(NA 27, 32) 사이를 오간다. 논문은 제3부에서 이런 기질이 초래할 위험의 특징을 몽상적인 '과도한 긴장'(NA 20, 481)이라 부르게 될 것이다. 자연과 분리된 채 자연의 단순함을 갈망하는 현대적 정서를 고양하는 것, 실러는 이런 점이 클롭슈토크와 루소에게서 분명하게 나타나 있음을 간파한다. 이 작가들에게서는 소박함을 다루는 경우 거칢과 '통속성'으로 기우는 경향이 대조적으로 나타나는데, 그러한 경향은 이미 고대의 희극 작가들도, 그중에서도 아리스토파네스(Aristophanes)와 플라우투스(Plautus)마저도 충분히 제어하지는 못했을 것이라는 것이다.(NA 20, 479)

손상되지 않은 자연을 다시 얻고자 하는 감상적 갈망을 어떤 식으로 의미 있게 정제하고 또한 생산적 능력으로 바꿀 수 있느냐 하는 문제를 실러는 루소를 비판하는 맥락에서 처음으로 자세히 설명한다. 스위스 태생인 루소가 감상적 작가가 되는 것은, 자기의 시 작품들에서 언제나 아름다운 단순함 단계의 자연을 회복시키기 위해 노력하는, 자연을 위한 '복수자'로 등장하기 때문이다. 다만 문제는 루소가 감정과 추상 사이의 중도를 찾아낼 때가 매우 드물다는 것이다. 루소 텍스트의 여러 곳에서 보이는 시적 조야함은 그가 가고자 하는 목표 지점 설정에 일관성이 없기 때문이라는 것이 실러의 비판적 시각이다. 루소는 순수 무애의 시대로 돌아감을 단순한 원상 복귀로, 현대의 압박들로부터 도망가는 것으로 생각하는 경향이 있다. 애초의 원 상태를 재생하는 일은 오직 현재의 뭇 조건들을 고려하여 시도할 때에만 성공할 수 있다는 사실을 고려하지 않는다는 것이다. 이성적 존재로서의 우리의 정체성을 지양할 것이 아니라, 우리는 소박한 생활 형식의 이상을 실현하기 위해 우리 정체성을 탈바꿈할 생각을 해야 한다는 것이다. "자연으로 돌아가라!"는 변증법적이지 못한 루소의 프로그램에 대해 실러는 다음과 같이 단호히 말한다. "루소가 인류로 하여금 인류 안의 다툼으로부터 되도록 빨리 벗어나게만 하고, 완전하게 이루어진 교육에 따른 생각이 가득 찬 조화 속에서 인류의 다툼을 끝낼 수 있다고 보는 대신에 차라리 제1단계의 생각이 없는 단조로움으로 돌아가려고 하는 것은, 예술의 완성을 기대하기보다 차라리 아예 시작조차 이루어지지 않게 하려는 것은, 그의 정열적인 정서 탓이라고 하겠다."(NA 20, 452)

자연과 예술 사이의 화해가 이루어지지 못한 것이 특징인 처음 두 장르와 달리 목가는 시적 희망의 모습을 본질로 하여 살아간다. 게스너(Geßner)나 포스 같은 작가들의 목가는 이 장르의 계몽적인 모범이라 할 수 있는데, 그들의 대주제는 양치기들의 삶에 대한 묘사의 테두리 안에 건재하는 자연 상태를 불러내는 것이다. 즉 제한된 공간에서 인간과 창조 세계 간의 합일에 대한 묘사가 전개되는 것이다. 그런데 목가가 해결하지 못한 채 내포하고 있는 문제성은 전통적인 주제들(Topoi)을 가공하여 마련한 목가의 모티브 세계가 조화로운 장면을 그려내기는 하나, 그것이 현재의 현실과 아무 관계가 없다는 사실에 있다. 실러의 생각으로는 고민 없는 미화 작업의 위험성을 극복하려면 고대의 자연과 현재의 이성 문화 사이의 간격을 묘사해낼 능력이 있는 현대적 의식의 요소들을 목가에 구조적으로 끼워 넣어야만 하는 것이다.(NA20, 472 이하) 바로 이 고대의 자연과, 현대의 이성 문화 간의 차이로부터 실러는 다음과 같은 요구를 이끌어낸다. 즉 감상적 목가는 자연 묘사에 있어서 회의적인 자아 성찰적 요소가 함유되도록 새로운 길을 찾아나서야만 한다는 것이다. 고대의 아르카디아로 가는 길이 없기 때문에, 시가 새로운 수단들을 동원하여 그것을 불러내는 일에 착수해야 한다는 것이다. 아무런 생각 없이 그저 과거로 돌아감을 찬미하는 것은 "반동적 자기기만"[296]과 다름없는 것이다. 현대의 목가 서정시인이라면 마땅히 과거로의 회귀를 자기 시대를 위한 작업에 활용해야 할 것이다. 소박한 자연을 현재의 성찰 문화로 조명하여 새로운 낙원으로 나타나게 하는 어려운 일을 해내야만 한다. "현대적 목가시인은 양치기의 순수함이 현대 문화의 주체들에게도 와 닿는 그런 목가를 써야 하는 것이다. 그것도 활발하게 불똥이 튀는 삶 속에서, 더할 나위 없이 확장된 생각의, 더할 나위 없이 세련된 예술의, 더할 나위 없이 세련된 사회의 뭇 조건들 아래에서 해내야 하는 것이다. 한마디로 이젠 더 이상 아르카디아로 돌아갈 수 없는 현대인을 엘리시움의 황홀경으로 이끌어가는 목가를 만들어내야 하는 것이다."(NA 20, 472)

'아르카디아에서 엘리시움으로'라는 표어는 감상적 목가가 목표로 삼는 프로그램이다. 아르카디아가 펠로폰네소스 반도에 있는 지역으로 모범적인 자연미의 세계인 데 반해, 엘리시움은 고대 신화에 나오는 사후 세계로서 죽은 이들의 섬이다. 감상적 목가가 보여주는 이상향은 고대인들이 향유한 자연 체험의 지양을 전제로 하고 있는 것이다. 비평화의 경험을 전제로 한 평화의 그림인 것이다. 이와 같은 감상적 목가에서 드러나는 것은 아우구스트 빌헬름 슐레겔이 실러의 논문을 비판적으로 검토하는 중에 목가의 '관계 개념'에 관해 진술한 의견, 즉 글의 핵심 카테고리들은 그 본질적 내용을 결국에는 오직 현대적 의식이 기대하는 것들에서만 얻지, 역사적인 객관적 시각을 통해서 얻지는 않는다는 사실이다.[297)]

그 논문을 쓰던 해에 실러는 논문에서 목가에 관하여 자기가 서술한 것을 스스로 시로 쓰려고 노력했다. 1975년 11월 29일 빌헬름 폰 훔볼트에게 쓴 편지에서 드러나듯「명부」라는 교훈시를 비록 실현하지는 못했지만 계획한 적은 있다. 그는 이 시에서 이 장르 개념의 핵심인 "객관화된 아름다움의 이상"을 모범적으로 묘사할 계획이었던 것이다. 실러는 나중에 괴테의「헤르만과 도로테아」(1797)를 특별히 순수한 목가 형식의 서사시라고 평가했다. 이 서사시에서 그는 목가시적 승화의 기법으로 시민적 생활 세계 또한 이상적인 것으로 연출해낼 수 있음을 발견한 것이다. 물론 그 대가로 시민적 생활 세계의 긴장 넘치는 모습들이 사라진 것을 감수해야 하긴 했지만 말이다. 훔볼트는 1797/98년에 나온「미학 시론」에서 세속적인 대상들을 문학적으로 구성해낸 것은 괴테 목가의 특별한 업적이요, 궁극적으로는 그것의 감상적 기반에 의한 결과라고 하였다.

현대의 이론

실러와 신구논쟁 문제

논문의 마무리 부분인 제3부는 독자에게 두 가지 새로운 시각을 제시한다. 첫째로 실러는 이제까지 그가 말한 핵심 개념 두 가지의 관계를 설명하려 노력한다. 둘째로 실러는 고찰 영역을 지성적 기질의 영역으로 확장하려 한다. 소박한 것과 감상적인 것 사이의 대립으로부터 현실주의와 이상주의 사이의 대립이 나타난다. 실러는 더 이상 시적 태도들을 말하지 않고 인간을 둘러싼 주변 현실에 대한 인간의 특별한 관계들을 말한다. 괴테에게 보낸 생일 축하 편지에서 실러는 소박한 수용 태도와 현대적 수용 태도 사이에 성립 가능한 관계를 분석하면서 나중에 논문에 나오는 범주를 명시적으로 사용하진 않았다. 그는 (괴테가 타고난) '그리스적 정신'과 '북방적인 것' 사이의 근본적인 대치 관계를 추측했을 뿐이다. 이러한 대치 관계에서 실러는 고대 그리스의 소박한 기질과, 현대의 감상적 기질 간의 차이를 다시금 인식했다. 실러에 따르면 괴테의 교육과정은 이런 배경에서 두 개의 단계로 이루어졌다. 괴테는 자기 본성에 맞지 않는 낯선 현대적 오성의 세계로 들어옴으로써 성찰 능력을 얻었으나 다른 한편으로는 구체적인 직관력을 상실했다. 따라서 그는 현대 문화가 그에게 전해준 "개념들"을 "도로 직관으로 바꿔야 했고 사상을 감정으로 전환해야만 했다. 왜냐하면 그렇게 함으로써만 천재가 나올 수 있기 때문이다."(NA 27, 26) 실러는 여기서 감상적 의식구조('북방적인 것')를 중간 단계로 간주한다. 소박한 정서('그리스 정신')를 타고난 예술가 괴테는, 종국에는 이성에 바탕을 둔 추상화 단계를 극복하고 질적으로 그와 전혀 다른 틀, 즉 직관을 바탕으로 한 문학 교양을 성취하기 위해서 이 중간 단계를 거쳐 가지 않을 수 없다는 것이다.

이러한 견해에 대한 수정이 논문의 결론에서 분명하게 드러나게 된다. 감상적인 것이 높게 평가된 것이다. 페터 손디가 실러가 어느 한 주석에서 소박한 기질과 감상적 기질의 관계에 대해 언급한 것을 최초로 철저하게 분석하였거니와,[298] 실러는 이 주석에서 칸트의 『순수이성비판』 2절에 대한 주석을 참고할 것을 권한다. 그곳에서 칸트는 범주의 목록을 자세하게 해설하면서, 인간의 오성 행위를 선험적으로 규명하기 위해서는 3단계 체계에 맞춰진 개념들을 찾아낼 수밖에 없는데, 이때에 "셋째 범주는 둘째와 첫째 범주의 결합에서 나온다"[299]는 원론적인 설명을 하고 있다. 이런 보편적 질서 모델에 대한 사고 논리 차원의 근거는, 인간 행동 방식의 전체성은 오로지 서로 다른 여러 행동 방식의 지향 방향들이 그 모두를 포괄하는 하나의 범주 안에서 변증법적으로 합쳐질 수 있을 때에만 설명할 수 있다는 사실이다(칸트가 지적하다시피 그와 같은 종합명제는 단순한 이원론으로는 얻어낼 수 없다).

실러는 소박한 것과 감상적인 것의 관계를 설명하려 할 때 칸트의 범주 목록에 의지한다. "소박한 정서의 반대가 다름 아닌 성찰하는 오성이요, 성찰의 조건들에 처해 있으면서도 내용상으로는 소박한 정서를 다시 찾고자 하는 노력의 결과가 감상적 정서인 것이다." 여기에 요약된 소박과 감상의 차이는 한 해 전 괴테에게 보낸 생일 축하 편지에서 설명한 것과는 명백히 다르다. 소박한 것(그리스적 특성을 띤 기질)이 계속 출발점이 되고 있지만, 그에 맞서 현대적 사고의 문화가 ('성찰의 조건들 아래') 대치하게 되는 것이다. 한편 감상적인 것은 개념 삼각형의 꼭짓점 위치에 오르면서, 현재의 의식 상태에서 "내용상으로 소박한 것을 다시 찾고자 하는 노력의 결과"(NA 20, 473)를 이룬다. "결과(Resultat)"를 손디처럼 '성과(Ergebnis)'의 동의어로 읽는다면, 현대에서 만나게 되는 소박한 것은 현대의 추상적 세계가 만들어놓은 장애들을 극복하고 성취한 감상적 문화의 산물로 드러난다. 이제 감상적인 것은 더 이상 뛰어넘어야 할 제2의 요소가 아니라 현대의 특징을 띠는 이성의 영역을 이룬다. 괴테의 소박한 예술 세계도 저 주석의 시각에 비추어 본다면 오직 감상적 경향의 결과로 생긴 것이 된다.[300] 이와 같은 평가가 감상적 의식구조를 결정적으로 높게 평가하는 것을 의미한다는 점은 자명하다. 게다가 실러의 새로운 시각에서는 이 감상적 의식구조야말로 구속력 있는 모델이며, 현대문학은 오로지 이 모델 안에서만 전개될 수 있는 것이다.

그럼에도 불구하고 감상적인 것은 실러의 연구 논문에서 요약되고 있는 발전 사상의 최종 상태를 이루지 않는다. 궁핍의 시대에 아르카디아를 실현하기 위한, 종결될 수 없는 길 위에 놓인 정거장일 뿐이다.[301] 이 프로젝트가 완성될 수 없다는 점을 실러 또한 주석에서 강조하고 있다. 소박한 지각의 구조를 "성찰의 조건들 아래에서 다시 찾고자 하는 노력(Bestreben)"이라 쓰고 있는 것이다. 1790년에 발표한 《탈리아》 논문 세 편에 드러나 있는 문명사적 낙관주의는 이제 현대 의식 문화의 제한된 자기보완 능력에 대한 통찰에 자리를 내준다. 그러나 이 점에서 이 글은 몇 년 지나지 않아 셸링이 예나와 뷔르츠부르크에서의 강의를 바탕으로 해서 쓴 『예술철학(*Philosophie der Kunst*)』(1802~1803)과는 다른 노선을 걷는다. 셸링의 『예술철학』이 고대와 현대의 접근을 통한 제3의 것을 모색하고 있는 데 반하여, 실러가 요약한 시대들의 관계는 변증법적 모습을 띠고 있다. 고대와 현대의 차이가 지양되어 제3의 것으로 합일되는 것이 아니다. 자연과의 융합은 실현될 수 없고 지속적으로 충족될 수 없는 갈망에 불과하다고 여기는 것이다. 이것이야말로 오히려 감상적 사고 행위가 남긴 특별하면서도 부담스러운 유산인 것이다. 바로 여기서 실러 연구의 독창성이 드러난다. 실러는 현대 문화에서 파생되는 불안을 이론적으로 멈추게 하지는 못했지만 현대적 의식을 서술함으로써 현대 문화의 개념을 규정하는 데 자기 나름의 기여를 한 것이다. 헤겔의 역사철학이 모순들 간의 화해를 성찰하게 되지만, 실러의 미학은 오로지 그러기 위해 치러야 할 대가를 서술하는 과정에서만 이 문제를 생각한다. 즉 현대 예술이 힘겹게 중재 역할을 할 경우 입을 손실을 지적할 때만 생각하는 것이다.

실러의 미학적 사고에 변증법적 방법이 얼마나 중요한가를 증명하는 것이 1793년 초에 발표된 빌헬름 폰 훔볼트의 논문「고대 연구에 관하여(Ueber das Studium des Alterthums)」에 실러가 단 방주이다. 훔볼트는 1793년 3월 31일 프리드리히 아우구스트 볼프에게 보내는 편지에서 실러의 이 주석들을 상세하게 인용하고 있다. 실러가 여기서 인간 문화의 역사에 관하여 간략하게 서술한 짤막한 이론은 후에 그가 쓰는 논문들에서 하게 될 여러 규정들을 앞당겨 보여준다. 그에 따르면 개인은 그의 문화가 발달하는 가운데 두 단계를 거치는데, 그 두 단계가 지양되는 세 번째 단계는 아직 오지 않았다. 첫 단계는 감각적으로 파악 가능한 현실의 통합이라는 특징을 띠는 소박한 지각 활동에 해당한다. "대상은 온전히 우리 앞에 있으나 혼란스럽고 서로 뒤엉킨 상태다." 두 번째 단계는 성찰 능력의 획득을 특징으로 하는데, 이는 전체성을 띤 경험적 시각의 상실을 수반한다. "우리는 저마다의 특징들을 가르고 나누고 구분한다. 우리 인식은 뚜렷하지만 파편화되고 편협하다." 추구하는 대상인 마지막 단계가 마침내 종합명제를 가능하게 한다. "우리는 나뉜 것들을 엮어서, 전체가 다시 우리 앞에 놓이게 된다. 그러나 이젠 더 이상 혼란스러운 게 아니라 모든 면에서 빛을 받는다."(NA 21, 63) 훔볼트의 글에 대한 주석에서 실러는 이미 자신의 미학적 원칙들을, 진보를 변증법적으로 파악할 수 있는 발달 모델로 바꾸려는 야심을 드러내고 있는 것이다. 결국 실러에게서는 목적론적 사고의 낙관주의와, 이론적으로 논리 정연하지만 경험에는 맞지 않는 예측에 대한 회의가 맞물려 있는 것이다.

실러는「소박문학과 감상문학에 대하여」에서 고대와 현대 간의 관계 규정을 위한 기준들을 제시하고, 구식의 규범시학에 대해 엄격한 비판을 가하면서, 문학 장르에 대한 자기 나름의 이론을 제시한다. 그의 이론은 문학 장르들을 그것을 지배하는 미학적 이념으로 규정하는 것이다. 「인간의 미적 교육에 대한 편지」의 경우에서와 마찬가지로 동시대 독자들은 이 논문에서도 명확하지 않은 구성과 명료하지 않은 용어, 그리고 지나치게 많은 비유와 추상적 언어에 대해 불평하면서 이러한 현상들은 개념 작업이 깨끗하지 못한 증거라고 했다. 피히테는 이미 1795년 6월 27일 자신의 근본 신조를 담은 편지에서 실러에게 상처가 될 정도로 강도 높게 다음과 같이 썼다. "당신의 철학적인 글들이 팔리고 또 감탄을 사고 호기심을 자아내기도 하지만, 내가 아는 한 읽히는 일은 별로 없고 이해되는 일은 아예 없습니다. 그리고 꽤 넓은 독자층에서 당신의 글 중 어떤 생각이나 구절이나 성과를 인용하는 소리를 들어본 적이 없습니다. 저마다 할 수 있는 한 한껏 찬양하지만, '도대체 그 속에 뭐가 들었소?'라는 질문을 받을까 봐 조심들 합니다."(NA 35, 232)

1796년이 흘러가는 중에 실러는 문학 작업으로 돌아오긴 하나, 그 전에 들인 노력의 강도에 비교될 수 있을 정도로 이론 연구에 다시 매달리지는 않는다. 1794년 8월에 이미 그는 자기의 철학적 노력들이 낳을 결실에 대한 심정을 다음과 같이 조심스럽게 털어놓았다. "하나의 거창하고 보편적인 정신 혁명을 쓸 시간을 마련하긴 어렵겠지만, 내 힘닿는 데까지 내 안에서 완성해보리라. 그리고 마침내 그 건물이 무너져버린다 해도, 잿더미에서 보존 가치가 있는 것들을 건져낼 수는 있을 것이다."(NA 27, 32) 1795년 12월 17일 실러는 괴테에게 보낸 편지에서 다음과 같이 쓰고 있다. "이젠 한동안 철학의 골방 문을 닫을 때가 된 것 같습니다. 마음은 손에 닿을 수 있는 구체적인 대상을 애타게 찾고 있습니다."(NA 28, 132) 이러한 대상을 그다음 해인 1796년에 발렌슈타인 소재에서 얻는다. 이 3부작의 생성은 실러 자신의 비극미학을 통해 도달한, 높은 수준의 성찰이 없었더라면 생각할 수도 없었을 것이다. 그것은 괴테에게 보낸 편지들에서 확인된다. 이 편지들에서 실러는 극작 과정에서 실제로 겪는 어려움들에 관해 장르 이론의 시각에서 계속 주석을 달면서 괴테의 의견을 청하고 있는 것이다. 그럼에도 불구하고 실러가 자신의 미학을 다룬 글들에 대해 얼마나 유보적이었는지를 1801년 11월 라이프치히의 음악 평론가 요한 프리드리히 로흘리츠(Johann Friedrich Rochlitz)에게 보낸 편지에서 엿볼 수 있다. "우리들이 걸어가는 정신의 길은 흔히 우연한 얽힘에 의해 결정됩니다. 특히 예나를 지배하고 있던 형이상학적, 비판적 시대 흐름에 나 또한 사로잡혀, 예술의 궁극적 원리들을 찾아내고자 하는 욕망이 들끓었지요. 그래서 생겨난 것이 나의 시론들인데, 나로서는 그것에 높은 가치를 매길 수도 없고 또 그럴 마음도 없습니다. 그저 내가 깊이 생각하며 연구한 것의 한 조각일 따름이고, 어쩌면 한때 분출해버려야 했던 형이상학적 소재들이라 할 수도 있겠지요. 그것들이 천연두의 독처럼 우리 모두의 몸 안에 박혀 있는 겁니다. 그러니 뽑아내야죠."(NA 31, 72) 이것은 결국 이상주의 예술론에 대한 평가에서 노출되는 심적 갈등이라 하겠는데, 그러한 분열상이 실러가 죽기 6주 전인 1805년 4월 2일 빌헬름 폰 훔볼트에게 쓴 마지막 편지에서도 드러난다. "사변적 철학이 나를 붙잡은 적이 있었다면, 그 공허한 공식들이 나를 쫓아내고 말았습니다. 나는 이 삭막한 분야에서 생기 있는 원천도, 나를 위한 양식도 찾아내지 못했습니다. 그러나 이상주의 철학의 심오한 근본 이념들은 영원한 보물로 남아서, 그 철학 하나 때문에라도 이 시기에 살았던 것을 행복으로 찬양해야겠습니다."(NA 32, 208)

정반대의 그림들

고전주의와 다르게 되어가는, 초기 낭만주의 미학의 구상들

실러의 대논문이 마지막으로 연재되고 열두 달 뒤인 1797년 1월에, 한 해 반쯤 전에 이미 완성된 슐레겔의 논문「고대 그리스의 시문학 연구에 관하여(Über das Studium der griechischen Poesie)」가『그리스인과 로마인(*Die Griechen und Römer*)』에 게재되면서 세상에 알려진다. 그 후 1년이 채 지나지 않아 슐레겔 스스로가 자신의 글을 가리켜 "산문으로 꾸며낸 송시"[302]라 한다. 이 비판적 지적은 그의 에세이가, 무조건적으로 모방할 가치가 있는 고대 문화의 그림을 여전히 깨지지 않은 열광을 품고 그렸음을 말해주는 것이다. 실러가 페로 이래 대체로 정적(靜的)으로 생각되어온 고대와 현대 간의 대립에 대해 변증법을 바탕으로 한 체계를 제공한 반면에, 슐레겔은 자기 논문의 머리말에서 실러의《호렌》논문을 자신의 논문을 완성하고 난 다음에야 알게 되었다고 미리 밝힌다.[303] 젊은 슐레겔은 유형화 성격이 훨씬 더 강한 시대구분을 고수하는 한편, 그러한 구분을 역사적 뉘앙스에 대한 의식으로 다소 유연하게 처리하기도 한다. 고대 문화와 현대 문화 사이의 엄격한 구분은 실러의 유연한 변증법에 비해 방법론적으로는 밀리게 되지만, 다른 한편 고대 그리스 시문학 연구에 관한 그의 논문은 뛰어난 역사적 판단 능력과 탄탄한 문헌학 지식으로 사람들을 매료한다. 그의 문헌학적 지식은 이미 1794년《베를린 모나츠슈리프트》에 실린 논문「그리스 시 학파들에 대하여(Von den Schulen der griechischen Poesie)」에서 인상적으로 증명된 바 있다.

실러의 비역사적인 의고주의(Klassizismus)와는 달리 슐레겔의 논문은 역사적 단계의 구분, 사회적 교육 조건, 지역적 특수성 등 그리스 예술이 발생한 전제 조건들에 대한 연구를 바탕으로 하고 있다. 이와 같은 방법론상의 차이들 말고도 현대를 해석하는 이론에서 엄청난 차이가 나타난다. 슐레겔의 시각에서 볼 때 현재는 교양 몰락이 진전된 단계이다.[304] 그것은 '퇴화 현상'의 증후요, 따라서 질병에 걸린 결과라는 생각이 든다는 것이다. 다른 한편으로 이와 같은 암울한 초상화는 현대가 고대 예술의 질적 수준들을 제 안에 담아낼 수 있는 길을 개척할 미학적 혁명에 대한 기대와 연결되어 있다. 현대시의 경향에 대한 지나치게 비판적인 설명과 마찬가지로, 기습적인 방식에 의해 혁명적인 변화를 이룰 수 있을 것이라는 기대에 실러가 공감할 수 없었음은 당연하다 하겠다.

슐레겔의 경우 시대 개념들의 구분에는 분명한 가치 평가가 포함되며, 그와 아울러 현저한 문화적 차이에 대한 생각 또한 들어 있다. 현대의 문학은 아름다운 효과를 주지 않는다. 오로지 흥미로울 뿐이다. 현대문학의 기반을 이루는 것은 인공적인 것이다. 여기에는 추한 것은 물론 상궤를 벗어나는 극단적인 것으로까지 흐르는 경향이 깃들 수 있다(이는 놀랍게도 감상적 의식 태도의 위험성에 대한 실러의 견해와 부합한다). 현대의 "미학적 형사법전"[305]은 그리스 문학과 날카롭게 대비된다. 고대 그리스의 문학작품들은 구체적인 대상이 발휘하는 힘을 지녔고 그리스 문학의 미적 이상에는 객관성이 있다는 것이다. 젊은 슐레겔이 생각한 그리스인들의 모습은 결정적으로 빙켈만의 예술론적 범주들에서 영향을 받아 얻은 것이다. 그러나 그것은 그가 스스로 판단한 현대의 경향들과는 어울릴 수가 없는 것이다. 슐레겔은 자기 논문을 위해 1797년에 쓴 머리말에서 기회를 놓치지 않고 다음의 사실을 강조한다. 즉 실러는 "이상주의적인 것의 사실성(Realität)에 대한 흥미(Interesse)"를 포함하는 것이 감상적 장르의 특징이라고 설명하는데, 이 특징은 자기 자신의 흥미 개념과 궤를 같이한다는 것이다. 고대

시와는 달리 현대의 시는 의도적 충동에 의해 만들어진다는 것이다. 그 의도적 충동이 현대시가 요구하는 효력에 표현을 부여한다는 것이다.[306] 그러나 실러의 범주는 이미 최종적 산물의 성격을 띠고 있어서, 슐레겔의 '연구' 논문이 말하는 현대의 특징적 긴장들을 더 높은 차원에서 극복하려 한다는 사실을 슐레겔 자신도 간과하지는 않았을 것이다. 즉 감상적인 것이란 결국 흥미로운 것과 같은 것인데, 다만 흥미로운 것에 추월당해 시대에 뒤떨어진 것이나 마찬가지인 것이다.[307]

슐레겔은 하나의 "미적 혁명(ästhetishce Revolution)"[308]이 필요하다고 여긴다. 그로써 고대 그리스 사람들의 객관성으로 가는 통로가 다시 열리고, 인간의 '인공적' 교육이 촉진되며, 고대의 감각적 경험 세계를 지향하게 되고, '상이성'의 형식인 '흥미로운 것의 지배'를 극복하여 아름다운 예술의 조건인 "더 높은 차원의 도덕성"[309]이 펼쳐지도록 도우리라는 것이다. "실제로 미의 혁명을 이룰 수 있는 순간이 무르익은 듯이 보인다. 미적 혁명을 통해서 현대의 미적 교육에서 객관적인 것이 지배적인 것이 될 수도 있을 것이다."[310] 슐레겔은 고대와 현대 예술의 이러한 접근 과정이 괴테의 작품에서 완수되었다고 본다. 괴테를 칭송하며 이렇게 말한다. "그는 흥미로운 것과 아름다운 것 사이에, 기교적인 것과 객관적인 것 사이에 서 있다."[311] 그러나 추구하던 대로 고대와 현대 사이의 중재를 되찾아낸 괴테의 예술적 개성은 유일무이한 특성을 띤 특별한 경우인 것이다. 그것으로 일반적 결론들을 도출해서는 안 될 것이다.

고대와 현대의 예술을 겹쳐놓는 것은 슐레겔의 생각에서도 유혹적인 목표로 남는다. 물론 슐레겔은, 교육 이론을 바탕으로 사람에게 부여된 미적 능력의 진화에 기대를 걸었던 실러와는 달랐다. 그는 프리드리히 횔덜린이 1797년 1월 요한 고트프리트 에벨(Johann Gottfried Ebel)에게 보낸 편지에서 말한 바 있는 "신념과 생각 방식의 혁명"[312]에 기대를 걸었다. 슐레겔이 생각하기에 잃어버린 온전한 인간성을 다시 얻는 과정은 오직 위력적인 호랑이의 도약 같은 방식으로만 생각할 수 있지, 실러의 주장대로 아름다운 교육 이념의 기치하에 이성에 바탕을 둔 과정은 아니었다. 같은 시기에 헤르더 또한 순환적 역사 개념을 바탕으로 한 것이기는 하나, 「인도주의 고취를 위한 편지」에서 실러와 같은 생각을 펼치고 있었다.

슐레겔이 생각한 미학 혁명이라는 프로그램은 고대 그리스 정신과의 관계에서 현대의 특성을 이론적으로 새로이 규명하는 일에 기여하는 것으로서, 매우 진보적인 느낌을 주는 것은 사실이다. 하지만 그에 반해 현재를 지배하고 있는 흥미로운 것을 극복하려면 그리스 예술의 객관적 특성을 다시 획득해야 한다는 주장은 보수적이라 하지 않을 수 없고, 게다가 독창적인 생각도 아니다. 여기서 슐레겔은 실러가 감상적인 것을 통해 소박한 것을 보존하자는 생각에서 정리한 변증법적 중재라는 이념과는 멀리 떨어져 있는 듯 보인다. '연구' 논문과 《호렌》 논문의 구별 근거인 방법론적 대립보다 양자의 차이를 더 잘 설명하기는 어려울 것이다. 실러의 체계는 대체로 논리적으로 구성되어 있다 하겠는데, 이에 비해 슐레겔의 서술 방식은 그 어투부터가 비약이 심하다. 진화 개념의 시각에서 제시되는 교육 사상과 대조되는 것이 예나의 초기 낭만주의의 이론적 두뇌에 박힌 혁명적 조바심이라 하겠다. 이와 같이 먼 목표를 놓고 두 입장이 변함없이 만들어내는 긴장은 상이한 입장들을 만들어낸다. 노발리스가 역사철학적 논문 「기독교 또는 유럽(Die Christenheit oder Europa)」(1799)에서 펼친 전략적 성찰 또한 실러의 접근 방법과 노선을 달리하는 것이다. 노발리스의 논문에서는 전체 논거가 천년설에 입각한 기다림의 사상에 의해 전개된다. 이보다 한 해 전 《아테네움》의 기고 논문으로 발표된 「신앙과 사랑」에서는 역시 유토피아적 전망의 테두리 안에서 감정의 세계의 언어를 기반으로 하는 새로운 국가 문화에 대한 비전이 그려진다. 셸링의 『예술철학』도 이러한 선택 범위에서 벗어나지 않는다 하겠다. 새로운 신화의 이념으로 아름다운 형식의 실질적(그리스-고대) 의미와 이상적(기독교적) 의미의 합일을 가능하게 하고, 그럼으로써 이론적 추상보다 지적 직관을 매개로 하는 미학적 경험이 우월함을 입증하려는 것이 그의 철학이기 때문이다.

슐레겔은 《아테네움》 단상(斷想)들을 비롯하여 포르스터, 레싱, 야코비 등에 관한 방대한 평전을 쓰게 되는데, 이러한 일을 할 때마다 그는 1795년에 자기가 집필한 「고대 그리스의 시문학 연구에 관하여」가 제시하고 있는 미학적 가치 체계 내에서 그저 글 주제를 향해 몸을 돌리기만 하면 되었다. 그 모두가 자신의 (낭만주의적) 현대성 이론의 근거가 되는 흥미로움-범주의 가치를 높이는 작업이었다. 실러의 감상적 성찰 예술 개념의 자리에 이상주의의 추진력이 없는 미학적 주관성 모델이 들어선 것이다. 즉 예술적 서술 행위에서 '흥미로운' 것에 대한 예술가적 감각만을 요구하는 것이다.[313] 슐레겔은 1797년에 발표한 단상에서 다음과 같이 쓰고 있다. 실러에 있어서 감상적인 것의 범주에서 두드러지게 나타나고 있는 의고주의를 극복하기 위해서는 감상적 범주가 역동적인 면을 띠지 않으면 안 될 것이다. "오직 절대적 진보성(무한에 대한 추구)을 통해서만 감상적인 것이 감상적으로 그리고 미학적으로 흥미로운 것이 된다. 그렇지 않으면 그것은 품위 있는 개성의 일부분으로서 심리학적으로 흥미 있는 것이거나 아니면 도덕적인 것에 불과하다."[314] 실러가 현대에 대한 결연한 신앙고백을 의고주의 예술 프로그램을 통해 보완하고 있다면, 슐레겔은 진보적인 미학 구상을 당대의 예술 상황에 대한 보수적인 분석과 연결한다. 예술 이론으로 교육을 하겠다는 생각은 궁극적으로 계몽주의의 발전 사상으로까지 소급되는 것인데, 고전주의 예술 이론이 주장하고 있는 그러한 교육적 기능 대신에 목적과 결부된 역사관을 거부하고 문학적 변화 과정은 예측 불능임을 인정해야 한다는 것이다.

실러의 예술 이론과 초기 낭만주의의 구상은 먼 미래에 대한 기대(Fernerwartung)를 두고 역사철학적으로 상반된 모습을 보일 뿐 아니라 미적 경험을 정의하는 데서도 서로 다르다. 셸링은 「선험적 관념론 체계」(1800)에서 아름다운 것의 효력에는 한계가 없다고 강령적으로 주장한다. 여기서 아름다운 것은 실러의 경우와는 달리 모델 기능이 아니라 존재론적 성격을 띤다. "철학자들에게는 예술이 최고이다. 그 이유는 다름 아니라 예술이 철학자에게 가장 신성한 것을 볼 수 있도록 눈을 열어주기 때문이다. 영원하고 원초적인 합일 속에서 활활 타고 있는 불꽃을 보여주기 때문이다. 자연과 역사에서는 분리되어 있고 또 삶과 행동에서는 물론 이요 생각에서도 영원히 달아나버리고 마는 불꽃을."[315] 슐레겔과 노발리스의 이론적 구상들 또한 아름다운 것의 보편 형식에서 출발한다. 이 보편 형식으로 문학과 역사·사회적 현실 사이의 경계선을 사라지게 하려는 것이다. 이와 같은 희망 사항은 이미 1795년 빌란트의 《도이체 메르쿠어》에 실린 슐레겔의 글 「아름다운 것의 경계에 관하여(Über die Grenzen des Schönen)」에 드러나 있다. 그는 미학적 경험이 사회적 경험으로부터 분리된 현상을 현대 위기 상황의 증후로 진단한 다음, 이러한 위기 상황은 진보적인 예술교육의 이념이 전개되는 가운데서 극복될 수 있다고 쓰고 있다. "우리 앞에는 절망적이고 무시무시한 틈바귀가 놓여 있다. 예술과 생활이 따로 분리되어 있는 것이다." 현시대의 몰락 현상과는 대조적으로 고대 그리스 문화는 조화로운 문화가 실현된 것으로 부각된다. "생명의 부드러운 불씨의 기운이 혼 깃든 몸뚱이에 스며들듯이 예술의 거룩한 불꽃이 대하를 이루고, 약동하는 인류의 우주를 뚫고 넘쳐흐르는 그런 시대, 그런 민족이 있었던 것이다."[316]

실러는 사회적 질서와 미적 질서의 경계를 허문다는, 새로운 "삶의 예술"[317]이 제시하는 미래 전망이 담긴 계획을 단호하게 거부했다. 젊은 작가인 슐레겔을 후원하는 쾨르너에게 보낸 편지에서 실러는 그를 나무라면서 다음과 같이 쓰고 있다. "얼마 전에 《도이체 메르쿠어》에서 자네의 그 슐레겔이 쓴 논문을 읽었네. 아름다운 것의 경계에 관한 논문 말이네. 그 안에 나오는 개념은 왜 그리도 모호하며 혼란스러운지, 서술은 또 왜 그리 딱딱한지 도무지 읽을 수가 없었네. 자네가 그에게 진실을 말할 처지에 있다면 그런 것을 그냥 보아 넘겨서는 안 되네."(NA 28, 2) 예술의 경험과 사회 경험의 합일이라는 사상에 반하여 「인간의 미적 교육에 대한 편지」 중 26번 편지에서 실러는 그 두 경험 간의 엄격한 분리야말로 현대 문화에서 불가피한 법칙이라고 주장한다. 실러는 그 둘 사이에 굳게 놓인 경계를 넘어설 경우 현실에 의한 예술 오염(Verunreinigung), 허상에 의한 사실 오염이라는 위험천만한 일이 벌어지리라고 보는 것이다. 실러가 보기에 미학적 경험이 육감적 요구와 이론적 요구들을 화해시켜 아우르는 사회적 현실의 실천 모델이 될 수 있는 것은, 미적 경험이 사회 영역으로부터 원칙적으로 떨어져서 아무 제한 없이 그만의 자율적 성격을 보장받을 수 있어야 가능하다.[318] 이와 같은 중재적 전략의 대가는 바로 그러한 중재를 추구하는 실러 미학의 방법론적 모순이다. 실러는 칸트에 반대하여 아름다운 것 안에서 감각적인 것과 이성의 동일성을 주장하지만, 미학의 독립성을 포기하려 하지 않는 점에서는 칸트와 궤를 같이하는 것이다.

노발리스도 슐레겔과 마찬가지로 문학적 담론과 학문적 담론 간의 접근을 현대의 결정적인 프로젝트로 선언했다. 성찰과 직관이 서로 스며들게 해야 한다는 것은 셸링 또한 예술 형식의 이상적 특징으로 보았거니와,[319] 그것이 슐레겔의 단상(Fragmente)에서는 이론적 사상운동의 목표점이 된다. 초기 낭만파의 성찰 문화가 실현하고자 한 이와 같은 상호 접근 내지 통합의 과정을 1798년의 「언어논리학 단상(Logologischen Fragmenten)」은 방법론적으로 다음의 문구로 표현하고 있다.[320] "학문들의 완성된 형식은 시적일 수밖에 없다." 비예술적인 현실을 예술로 만들겠다는 이론의 토대는 '시'가 '사회의 토대'[321]를 이룬다는 가정에서 나오는 것이다. 이러한 가정의 당연한 귀결이겠지만 따라서 정치 관계에 대한 설명도 예술품에 대한 설명으로 대신하게 되고, 정치가 나타나는 형태들은 배열된 문학 장르들에 상응하게 되는 것이다. 예컨대 슐레겔은 《아테네움》 단상 제424번에서 프랑스 혁명은 "매우 의미심장한 편견들과, 편견이 낳은 엄청난 예감들이 무시무시한 혼돈 속에 뒤섞여 되도록 기괴하게 직조된 인류의 끔찍한 희비극"[322]이라고 쓰고 있다. 노발리스는 『신앙과 사랑』에 나오는 격언들에서, 이와 비견될 만한 문학적 비유로 이상적인 봉건국가를 설명한다. "소설"이 하나의 "인생" 전체를 그저 이야기할 뿐 아니라, 「테플리츠 단상(Teplitzer Fragmente)」(1798)이 요구하는 것처럼, 그 자체를 소개하는 곳에서는 외적 현실이 "정신의 보편적 비유(Tropus)"로, 예술의 상징적 모습으로 변화한다.[323]

이런 사고 모델을 지탱해주는 것은 여기서 그려진 경계 이탈(Entgrenzung) 프로그램의 사변적 차원을 담당하는 유심주의(spiritualistisch) 자연관이다. 노발리스는 실러처럼 자연을 그저 감각적 지각을 매개로 하는 미적 경험의 모델로만 파악하지 않고, 지성 능력들이 에너지론적 작용을 전개하는 아우라의 공간으로 보는 것이다. 여기에 지대한 영향을 끼친 것은 플로티노스(Plotinos)에서 유래하는 물질적인 힘과 비물질적 힘 사이의 유사성 이론을 바탕으로 한 프란츠 폰 바더(Franz von Baader)의 『기초생리학에 대한 기고(*Beiträge zur Elementar-Physiologie*)』(1797)와, 셸링이 논문 「세계 혼에 관하여」(1798)에서 펼친 범신론에 바탕을 둔 자연 개념이다. 노발리스는 1797년 가을부터 1799년 겨울 사이에 이 두 글을 집중적으로 연구했고 자세하게 발췌하였다. 두 글이 노발리스의 자연관 형성에 얼마나 중요한 의미가 있는가를 우리는 자연철학과 유기체 문제와 관련하여 두 작가의 정신세계에서 나온 생각들이 반영된 수많은 메모들에서 알 수 있다. 이를테면 전체 자연의 힘들의 상보성 이론, 플로티노스를 떠올리게 하는 비물질적 에너지의 감각적 발산 이론, 인간의 심신 합일 모델, 스피노자의 영향을 받은 '능산적(能産的) 자연(natura naturans)' 사상 같은 것들이다. 노발리스의 경우, 환상과 자연사(自然史)가 하나가 되게 하겠다는 탈경계미학에 대한 이론적 성찰에 결정적 배경이 된 사상은 당대의 사변적·구조적 철학이다.[324] 노발리스에 있어서 창의적 역동력을 지닌 예술형식이 '능산적 자연'의 현실성에 접근하는 매개를 체현하는 것이라면, 실러는 시적 작품의 아름다운 형태를 그 현실성의 유일한 모델로 이해했다. 그리고 시적 작품은 현실과의 거리를 포기할 수 없기 때문에, 자기의 모델인 현실과는 필연적으로 다를 수밖에 없다고 보았다. 자연과 예술품 사이에, 삶의 현실 세계와 예술 사이에 불가침 경계선이 있기 때문에 비로소 미적 교육의 가능성이 주어지는 것이고 인간의 사회적 여건이 완성될 전망이 보장된다고 본 것이다.

슐레겔과 노발리스의 예술 개념이 추진한, 현실과 가상에 대한 체계적 접근에 반대하여 실러는 미적 경험을 이와 분리된 것으로 간주되는 사회적 현실의 모델로 삼아야 한다고 주장한다. 실러가 생각하기에는 그렇게 해야만 비로소 정치와 사회적 행동이 예술의 모델을 통해 교정될 수 있는 것이다. 즉 정치적, 사회적 행동이 독자적 영역으로 유지될 때에만 보편적 계몽의 길로 들어서게 할 수 있다. 아름다움에 의한 현실의 찬탈은 현실의 문화적 빈곤화와 마찬가지로 강령적으로 작성된 미적 교육의 실패를 알려주는 증후이다. 그래서 실러는 초기 낭만주의 예술 이론의 경계를 넘나드는 기획들을 메두사의 머리처럼 보지 않을 수 없는 것이다. 아름다워졌으나 그로 인해 생명이 돌로 굳어버리고 만 초상화에서 낭만주의 예술 이론의 계획들은 자기 자신의 끔찍한 정신적 관상을 보여주고 있는 것이다.

제7장

차갑게 식은 불:
고전주의 시대의 서정시와 풍자시
(1788~1804)

1. 실러의 고전적 서정시의 지평

이상적으로 만드는 예술

뷔르거(1791)와 마티손(1794)에 대한 논평

실러의 문학 작업에는 미학적 목표 설정과 구상에 대해 끊임없이 설명하는 것도 포함된다. 비극 분야에서만이 아니라 서정시 분야에서도 자기 자신의 활동을 결정적으로 규정하는 것들을 강령적으로 설명하려는 경향이 두드러진다. 여기서는 예술적 신앙고백과 수공예 작업에 관한 관심을 거의 구분하기 힘들다. 실러가 비판적으로 다룬 시들 중 가장 주목할 가치가 있는 것은 고트프리트 아우구스트 뷔르거와 프리드리히 마티손의 시에 대한 논평이다. 이 논평들은 1791년 1월과 1794년 9월에 《종합 문학 신문》에 실렸는데 이들 글에서 실러는 서정시 작품에 들어 있는 자기 이해와 형식의 중요성에 대한 생각들을 독자 대중에게 전해준다. 그런데 실러의 그러한 생각들은 1795년에서 1800년 사이에 나온 그 자신의 시 작품들에도 어느 정도 적용할 수 있을 것이다.

두 편의 논평은 원칙적인 의도는 같으나, 시 묘사의 기술에서는 여러 가지 상이한 관점을 강조한다. 뷔르거 논평이 주로 서정시인의 예술가적 역할에 대한 이해를 주제로 삼고 있다면, 마티손 논평에서는 자연과 풍경을 문학적으로 연출해내는 기본적 본보기를 보여준다. 앞의 경우에서는 의고주의적인 예술가 심리학을, 뒤의 경우에서는 의고주의적인 서정시 형식 이론을 전개한다. 이 둘에 다 해당하는 방법론적 토대는 문학작품을 비평적으로 평가하는 과정을 통하여 시 이론의 척도를 확립한다는 것이다. 이와 같은 접근 방법은 규범적인 것에 의해 운신의 폭이 작아진 서정 개념에 거리를 두고 있음을 말한다. 그러한 서정 개념은 당시 샤를 바퇴(Charles Batteux)의 신아리스토텔레스적 시학 이론(1746), 멘델스존의 논문 「서정시에 대하여」(1777), 또는 요한 야코프 엥겔스의 「문학 장르 이론의 원초적 근거」(1783) 등에서 사용되고 있었다. 이 점에서 실러의 논평들이 장르 시학의 문제들을 다루지 않고 일반적인 미학 문제들을 다루는 것으로 읽어야 될 것이라고 비판하는 것은[1] 실러의 논평에 담긴 강령적 독창성을 오해하는 것이다. 즉 문학 이론이 의고주의에 입각한, 예술에 대한 기본적 이해를 받쳐주는 요소임을 입증하려는 의도를 간과하는 것이다.

뷔르거의 시는 1789년에 전집이 출판되었는데 이에 대한 실러의 논평은 1791년 1월 15일과 17일 두 차례로 나뉘어서 《종합 문학 신문》에 실렸다. 익명으로 실린 이 논평을 읽은 독자들이 곧바로 알게 된 것은, 이 글이 개별 작가를 평가하기 위한 것이 아니라, 오히려 서정시 묘사 기술의 성취 능력에 관한 기본 문제들을 주로 다루고 있다는 사실이다. 자기 시집의 머리말에서 "분에 넘치는 관용"은 사양하겠다고 쓴 뷔르거였지만[2] 익명으로 된 실러의 논평을 읽고는 모욕을 느낀 나머지 3월 5일 자 같은 신문에 논평에 대한 반론을 발표했다. 대중이 이해하기 쉽도록 애써서 쓴 자기의 텍스트들에 대해 그와 같은 논평을 쓴 평론가를 향해 항의하면서 자기로서는 그가 누구인지 알 길조차 없으니 공개적으로 나서서 다시 반론을 펴보라고 요구한 것이다. 이에 실러는 이름을 밝히라는 뷔르거의 요구에도 불구하고 여전히 익명으로 4월 6일 자에 「위의 반박 논평에 대한 평론가의 변론」이라는 글로 화답했다. 이 글에서 실러는 다시 한번 미학의 척도들을 자세하게 설명한 다음, 그 척도에 따라 전집에 나오는 많은 시들이 대중의 환심을 사려는, 좋은 취미가 결여된 그리고 지나치게 개인적인 어조로 되어 있다고 평가했다. 그러고는 덧붙여 말하기를 뷔르거의 텍스트 전부가 여기서 기초로 삼은 준거들에 따라 비판받아 마땅한 것인지 하는 문제는 토론해볼 수 있겠지만, 준거의 목록 자체에 관해서는 그럴 수 없다고 했다.

나중에 가서야 실러가 논평을 썼다는 사실을 전해 들은 뷔르거는 그 자신 평소 개인적으로 알던 실러가 그러한 태도를 취한 것에 실망감을 감추지 않았다. 그들은 1789년 4월 말 바이마르에서 처음으로 만났다. 실러가 예나로 이사 갈 준비를 하던 중이었다. 실러는 쾨르너에게 보낸 편지에서 그때 자신을 방문한 뷔르거에게서 곧은 성품이지만 '깊은 데가 없고', '저속한' 인물이라는 인상을 받았다고 썼다.(NA 25, 252) 샤를로테 폰 렝게펠트에게 보낸 보고에서도 뷔르거에 대해 유보적인 태도가 역력하게 드러난다. "그의 시들을 지배하는 대중적 성격은 그 자신의 개인적인 대인 관계에서도 부정하기 어렵습니다. 이따금 여기저기서 저속한 행동에 빠지기도 합니다. 감격의 불길이 그에게서는 일하기 위한 조용한 등잔불로 잦아든 모양입니다."(NA 25, 251) 뷔르거가 평소 존경하던 실러에게 1789년 5월에 자신의 시집 한 권을 보내면서 경의의 표시로 "내 영혼에 새로운 날개와 비상한 현기증을 만들어준 분께"(NA 22, 410)라는 헌사를 보냈다는 사실은 흥미로운 일이다. 타협을 모르는 논평에서 작가가 받은 개인적 모욕감은 나중에 다른 문제로 인해 벌어진 논쟁에서도 중요한 역할을 했다. 그는 실러가 자기 시의 핵심을 제대로 파악하지 못했다는 점을 계속 물고 늘어졌다. 실러가 자기 자신의 야심 찬 강령적 척도를 높이 휘둘렀지만 자기(뷔르거)의 시가 지닌 형식적 단순성을 제대로 파악하지 못했다는 것이다. 이와 같은 평가에 대해 우선은 두 작가가 원칙적으로 시를 다르게 이해한다는 점을 강조하지 않을 수 없다. 또한 그들이 기본적인 문제들에 대해 합의한다는 것은 일반적인 의미의 문학적 변화 과정을 반영하는 것이기 때문에 불가능한 일이다.[3]

실러는 논평을 자신을 이끄는 예술 이론의 범주들, 즉 비판적 시대 진단을 배경으로 얻어낸 범주들에 대한 자세한 설명으로부터 시작한다. 원칙적으로 (4년 뒤 생겨날 「인간의 미적 교육에 대한 편지」에서 요구하는 것들을 앞당겨 보여주는 셈이 되는 것인데) 분업과 소외의 조건 아래에서 다양해진 인간의 능력들을 하나로 묶고 서로 흩어지려는 개인들을 화해시킴으로써 개인과 사회의 합일을 미실현 상태에서 실현 상태로 바꾸어주는 일이 시의 역할이라 말한다. "아직도 그처럼 갈라져가기만 하는 노선들로부터 정신은 시 예술에서 다시 제 갈 길을 찾을 것이요, 다시 젊음을 쏟아붓는 시의 빛 속에서 조로의 경직을 모면할 것이다. 시는 유피테르의 신전에서 불사의 신들을 섬기는 젊게 피어나는 청춘의 여신 헤베인 것이다."(NA 22, 245 이하) 여기에 서술된 이상적인 효과의 야심 찬 목표가 되는 것이 바로 서정시의 개성 개념이며, 이 개념은 다시 문학적 예술가 기질의 세련된 심리학을 내포한다. 뷔르거가 자부심을 가지고 자신의 것이라고 주장하고 있지만 진정한 대중성은 시적 소재를 탁월하게 휘어잡아 다루는 데서 생겨난다는 것이다. 그 이면에는 소재를 이상화하고 주제를 세련되게 다루는 데서 얻는 독창성이 숨어 있고, 그러한 독창성의 전제가 되는 것이 그 "다루는 방식"이 지닌 "최고의 단순성"이라는 것이다.(NA 22, 248)

실러가 요구하는 서정시의 고전적 단순성은 표현에서 내밀한 개인적 색채를 절제하고 일반화를 고도로 지향함으로써 가능해질 수 있는 것이다. 여기서 일반화란 대중의 관심을 지속적으로 묶어주는 종(種) 차원의 서술을 말한다. '대중성', '개성', '정신교육' 등의 개념은 상이한 여러 방식으로 객관적으로 타당한 예술형식의 모델을 만드는 작업을 통해 주관적 경험을 시적으로 승화시킨 이상적 결과를 보여주는 프로그램과 같은 가치들인 것이다. 진정한 서정적 개성의 비밀은 주제와 소재의 선택에서 드러나는 뚜렷한 개성과 사람 마음속의 이상형에 호소하고 집중하면서 그것을 구상적으로 묘사해내는 기술을 결합하는 데에 있다. 실러에 따르자면 이러한 결합이 이루어져야 비로소 앞서 언급한 참다운 대중성의 근거가 될 수 있는 저 고전적 '단순성'을 얻게 되는 것이다.(NA 22, 248) 뷔르거는 자신의 머리말에서 '민중시인'은 "모든 걸 가리지 않고 벌거벗은 맨 모습으로, 뒤죽박죽 섞는 일 없이 환상의 눈 속으로 뛰어들게 한다"[4]고 주장한다. 이에 반해 그의 비판자인 실러는 누구나 이해하기 쉬운 처방의 차원을 넘은 다층적 형식 개념을 가지고 작업한다. 이 형식 개념에 영향을 끼친 것은 무엇보다 빌란트류의 비판 시대 이전에 성행하던 의고주의이다. 실러는 빌란트의 모범이 계기가 되어 1788년 여름 고대에 대한 연구에 몰두했다. 뷔르거 비판에서 실러가 섬세한 언어문화를 요구하고 나선 데는 고대 그리스 고전의 엄격한 형식을 본보기로 삼는 쪽으로 미학의 방향을 새로이 정립해야 한다고 주장한 빌란트의 흔적이 뚜렷한 것이다.[5]

서정시 텍스트가 넓은 층의 독자를 사로잡아야 한다는 것은 뷔르거의 담시 스타일에 영향을 끼친 후기 계몽주의가, 특히 헤르더가 요구한 사항이다. 실러에 따르자면 서정시가 넓은 독자층에 영향력을 끼치는 길은 오로지 오락에 대한 요구와 교육에 대한 요구 사이에 놓인 왕도가 있을 뿐이다. "결국 우리 시대의 민중시인이 할 수 있는 것은 그저 더없이 쉬운 일과 더없이 어려운 일, 둘 중 하나를 선택하는 것뿐이다. 즉 오로지 무식한 산더미인 대중의 이해력에만 따르고 교양 있는 계층의 박수갈채는 포기하든가, 아니면 저 둘 사이에 놓인 어마어마한 간격을 자기 예술의 위대성으로 지양하고 양쪽 목표가 하나로 합쳐지도록 노력하든가"(NA 22, 248)[6]의 둘 중 하나인 것이다. 그런데 뷔르거는 교양 있는 대중성이라는 이 이상적 기준에 다다르지 못했다는 것이 실러 논평의 결론인 것이다. (그러나 사람들에게서 인정받던 담시 작품을 직접 비판적으로 분석하는 작업은 하지 않았다.) 노골적인 표현들, 무미건조한 문장들, "육감적인, 많은 경우 파렴치할 정도로 육감적인"(NA 22, 253) 환상적 표현들, 대중 심리에 아첨하는 비유들, 진부한 감탄사들, 판에 박힌 의성어들, 이들 모두가 지나치게 주관적으로 작성된 것으로서 표현의 직접적 계기에서 충분히 벗어나지 않고 있다는 것이다. 이러한 증상들을 가진 뷔르거의 서정시는 실러에 따르자면 실로 걱정스럽기 이를 데 없는 작품인 것이다. 뷔르거에게는 소재를 승화시키는 기술이 없다는 것이다. 소재의 승화, 이것은 실러의 논평이 원칙적인 의도에서 요구하고 있는 사항이다. 이 승화 기술 습득의 전제 조건은 작가의 엄격한 자기교육이다. 이것은 의문의 여지가 없는 사실이라는 것 또한 실러의 생각이다. "이런 방식으로 해서 개개인 내부에 형성되는 이상적인 것 모두는 작가의 혼 속에 있는 온전한 내적 이상이 흘러나온 결과라 할 것이다."(NA 22, 253) 이 점에서 미학적 내용에 대한 비판은 작가의 개인적 성향에 대한 비판과 맞물리고 있다. 뷔르거의 작품에 예술성이 부족한 것은 이

제 낮은 수준의 지적 요구가 겉으로 드러난 것이요 결여된 교양 의지에서 비롯한 것으로 간주되는 것이다.

실러에 따르자면 서정적 개성은 오직 이상화한 것의 전달 과정을 통해서만 이끌어낼 수 있는 것이다. 이 전달 과정에는 선택한 주제에 대해 내적 거리를 두는 것이 포함된다. 개인적인 것을 유보하고 전기적 요소들을 제거해야 한다. 주관적 경험은 세련되게 정제하여 오직 심미적으로 조직된 소재로서만 시적 텍스트에 들어가도록 해야 한다. 멘델스존은 논문 「서정시에 대하여」(1777)에서 문학적 분위기 생산에 주축이 되는 요소는 자기를 이해시키는 과정에서 작가가 감정을 바탕으로 '참여'하는 것이라고 선언하였지만,[7] 그런 것이 아니라 글을 쓰는 주체가 시가 연출하는 모델 뒤로 물러서는 것이야말로 작가의 심미적 수준을 좌우하는 결정적 조건이라고 하였다. 이때에 실러는 나중에 가서 '체험의 서정시(Erlebnislyrik)'라는 이름으로 불리게 될 꾸며낸 직접성에 반대한다. 동시에 소재를 다룸에 있어서 주관적인 감정의 찌꺼기들을 깨끗이 떨쳐버리지 못한 채 계속 지님으로써 지향해야 할 "이상적인 일반화의 수준에서 불완전한 개성으로"(NA 22, 256) 타락을 재촉하는 미숙함에도 반대한다. 서정적 열광의 불도, 우울증에 걸려 기가 죽은 정서도 시적 독자성을 위한 효소의 구실을 하지 못한다. 시의 독자성은 의식적 성찰 과정을 통해 정제되어 객관적이게 되어야, 한 작품의 효과를 최종적으로 판단하게 될 종국의 심급에서 결정적인 시금석이 될 이상적 상태라는 척도를 비로소 만족시킬 수 있는 것이다. 뷔르거 논평은 여기서 분명히 열광적인 분위기와 감정들을 시의 무대로 연출하는 것에 대해 반대 입장을 취하고 있다. 그런데 헤르더는 초기작 「송가에 대한 단장들(Fragment über die Ode)」(1764/65) 이래로 발표한, 뷔르거에게 중요한 영향을 미친 시론 관련 논문들에서 감정의 연출이야말로 서정적 문체와 그것이 지닌 "흥분의 논리(Logik des Affekts)"[8]의 특징이라고 거듭하여 강조해온 것이다.

실러의 논평은 시의 형식을 짜내는 작업과, 자기 수양을 위한 서정시인의 노력을 옹호한다. 모름지기 서정시인은 그릇된 대중영합주의라는 의심을 받지 않으려면 진부한 독자의 흥미와 타협해서는 안 되는 것이다. 이상으로의 승화라는 개념은 흔히 아름다운 가상이라는 값싼 나라로 이민 가기 위한 이론적 허가증쯤으로 오해되곤 하지만, 이 개념은 거기에 담긴 영향미학의 차원과 형식의 차원에서 이해되어야 한다. 분위기와 독자의 욕구에 대해 취하는 거리가 큰가 작은가를 시적 생산을 평가하는 중심 원리로 선포하는 곳에서는 이상으로의 승화란 엘리트에 속하는 예술가들의 심리적 요소임에 틀림없다. 사회문제나 현실 정치의 주제들을 다루는 것을 단념하는 것은 이러한 관점에서 유래한다 하겠다. 『앤솔러지』에 들어 있는 시들에서는 그와 같은 경향이 보이지만, 그것은 몇 년 뒤에 실러가 발전시킨 《호렌》 구상에도 부합한다. (1789년 프랑스 혁명 전을 가리키는) 구체제의 온갖 부당한 일들과 억압적 제도를 포함하여 주어진 현실을 문제 삼는 것이 아니라, 서정시인이 하는 작업의 대상은 고대 그리스·로마 문화의 세계인 것이다. 그와 동시에 이상으로의 승화라는 개념은 이미 젊은 시절의 실러가 높이 평가한 선별된 문학적 대상들을 예술적으로 정교하게 이상화하는 절차를 말한다. 다른 게 아니라 서정적 형식의 역동성, 정교한 작업에 대한 의지, 일반화하는 역량 등이 똑같은 추진력으로서 여기에 포함된다. 이 논평에서 설명하는 고전적인 예술가 심리학은 매끄러운 이상화 작업이 진행되는 희박한 공기 속에서 번성한다. 이 논평에서는 주관적으로 채색된 감정 문화와, 대중 작가의 노골적인 자기과시에 대항하는 문학 정치적 프로그램이 제시되고 있거니와, 매끄러운 이상화 작업은 바로 이러한 프로그램을 위해 치르는 대가인 것이다.

실러는 1791년 3월 3일 쾨르너에게 보낸 편지에서 겨울의 심한 병치레 기색이 아직 완연한 가운데 자기의 논평이 거둔 효과에 대해 만족한 기분을 다음과 같이 털어놓고 있다. "뷔르거에 대한 내 논평으로 말미암아 바이마르에서 나에 대한 이야기가 많아졌네. 모임들마다 모두 내 논평을 낭독하는데, 괴테가 공개적으로 자기가 그 글의 작가였으면 좋겠다고 말하고 난 후로는 다들 그 글을 훌륭하게 여기는 것이 기품 있는 일로 됐지." (NA 26, 77) 실러의 논평은 이론적인 내용과 관련되는 한 타협을 허용치 않는다. 이러한 타협의 여지를 허락지 않는 실러의 논평에 대한 반론에서 뷔르거는 비판자가 전개하고 있는 예술성 판단의 척도들보다는 그의 엄격한 미학을 자신의 텍스트에 적용하는 것이 타당한 일인가 하는 것을 문제 삼는다. 뷔르거는 자기의 비판자를 "별나라 사람", "형이상학도"(NA 22, 419 이하)라 칭하면서, 그의 과도한 요구들은 시 작업의 실천 상황을 충분히 알지 못하는, 그와 동떨어진 것들이고 따라서 예술과는 거리가 멀고 추상적인 것에 지나지 않는다고 했다. 한 달 뒤 실러는 이에 대해 회답하는 글에서 논평에서 펼친 원칙들은 여전히 고수하면서도, 그것을 뷔르거의 시들에 적용할 수 있느냐에 대해서는 논의할 수 있다며 한 발 물러선다. 그러나 그릇된 대중성에 대한 비난은 여기서도 되풀이된다. 이로써 이론적 훈련이 부족한 현실주의자 뷔르거와, 철학적으로 논증을 전개하는 미학자 실러 사이의 차이가 다시금 뚜렷해진다. 넓은 독자층에 호소하는 시라야 한다는 시에 대한 뷔르거의 확고한 개념은 헤르더의 세분화된 대중문화 개념(정신사와 문화사, 자연사의 긴장 관계 속에서 시류에 매인 정신의 표현으로서의 대중문화)에 기반을 두고 있는 것인데, 이에 대해 실러는 예술가가 지성적으로 자기 책임을 다할 것과, 간략하게 스케치한 것이긴 하나, 미학적 교육 이념의 강령을 내세운다.[9] 그러나 도덕 세계의 척도들이 예술 세계에서도 적용되어야 할 것이라는(NA 22, 262 이하) 요구에 부합하는 형식 이론, 즉 두 영역을 구조 면에서 중재할 방법을 파악해낼 실러 자신의 형식 이론은 아직 없다. 실러는 이 형식 이론을 1791년 늦겨울에 시작한 칸트 미학 공부를 하고 난 다음에야 완성할 수 있게 된다.

실러는 칸트 연구에서 얻은 지식들을 3년 뒤에, 1791년에 처음으로 출판된 클롭슈토크의 아류 시인 프리드리히 마티손의 시들에 대한 논평에서 활용했다. 1794년 여름 뷔르템베르크에서 돌아오고 난 뒤 쓴 이 논평은 9월 11/12일 자 《종합 문학 신문》에 실렸다. 남에게 인정받길 좋아하는 마티손은 2월 2일 루트비히스부르크에서, 그리고 5월 26일에는 다시 한 번 예나에서 실러를 방문했다. 자기를 내세워 보이려는 우쭐한 태도가 역력히 드러났지만 실러의 눈에는 그다지 밉진 않았다. 실러는 두 살 연하인 이 작가의 작품들을 현대 풍경시(Landschaftsdichtung)의 모범적 귀감이라 선언한다. 그러나 이것은 아무래도 비평가로서의 실러가 마티손의 시적 재능을 과대평가한 것이라고 여겨진다. 예술적 효력의 가능성들을 가늠할 시금석이라 생각되는, 서정시의 효력에 대한 이해가 다시금 특별한 의미를 띠게 된다. 실러에 따르면 서정시는 특정한 대상들을 통해 자유로운 상상을 불러일으키기 때문에 독자들은 특별한 갈등에 사로잡힌다는 것이다. 아무 거리낌 없이 무절제한 상상력들을 자극하려 하는데, 다른 한편으로는 그와 반대로 조망 가능한 주제와 소재를 벗어나면 안 되는 것이다. 이와 같은 대립에는 특별한 폭발력이 내재한다고 실러는 말한다. 풍경시에서는 작가가 임의로 선택하여 묘사한 자연의 요소들이 작가가 통제할 수 없는 방식으로 독자의 상상력에 영향을 끼칠 위험이 있는 것이다. 그러나 서정시 작품으로 말미암아 야기된 상상력들은 자의적이고 주관적이어서는 안 되고, 도덕적 척도와 조화를 이루어야 하는 것이다. 즉 객관적으로 다시 검증할 수 있어야 하는 것이다. 문학적으로 묘사된 자연이 독자에게 미치는 작용을 조종하는 것은 오로지 소재를 예술적으로 다루는 방식에 의해서만 가능하다. 즉 소재를 가시적인 모습에서 파악하되 그와 동시에 그것의 전형적인 특성이 드러나는 형식으로까지 승화시켜야 한다는 것이다.

대상 파악과 형식 작업, 이 두 가지가 함께 해내야 하는 일은 자연 묘사가 사실적인 동시에 이상적인 것이 되도록 하는 것이다. 실러의 개념 규정은 이 이중 전략의 윤곽을 더 자세하게 제시하려 한다. "시 안에서는 모든 것이 자연이어야만 한다. 상상력은 사물의 자연이 시키는 대로 따를 뿐, 다른 어떤 법칙도, 어떤 강제도 받아들이지 않기 때문이다. 시 안에는 그러나 어떠한 실제의 (역사적인) 자연도 있어서는 안 된다. 모든 실제적인 것은 저 보편적인 참자연을 많든 적든 훼손하기 때문이다."(NA 22, 269) 마티손의 작품이 보여주듯이 풍경시의 경우 여기서 기술한 양자의 접근을 유도해야 할 것이다. 즉 경험 세계의 대상을 파악하는 일과 구체적인 현상을 이상적인 것으로 승화시키는 일에 "상징 활용의 작전"(NA 22, 271)을 통해 접근해야 하는 것이다. 이 상징 활용 작전이 해야 할 것은 감각적 설득력만 있는 게 아니라 귀감이 되는 모델의 성격까지 지닌 자연의 모습을 보여주는 것이다. 오로지 경험적 자연현상만을 그려내게 되는 우연한 계기들을 피하고, 시적으로 포착한 실제인 것에 보편적 품격을 부여해야 한다. 그러지 않고는 시적 효력을 발휘할 수 없기 때문이다.

실러는 이러한 목표를 실행에 옮기는 방식에 두 가지가 있을 수 있다고 생각한다. 그 하나는 풍경시인이 자연 체험에서 얻은 느낌을 묘사하는 것이고, 다른 하나는 풍경시인이 자연 체험의 자극으로 얻게 된 이념을 서술하는 것이다. 첫째 방식은 아주 간단하다. 묘사해놓은 느낌을 추체험할 수 있다. 자연의 지각은 어느 것이든 사람에게 일정한 정서 반응을 불러일으키기 때문에, 풍경의 매력이 야기할 수 있는 느낌들 자체를 관찰의 대상으로 삼을 수 있는 것이며, 바로 그렇게 하는 데에 상징적 자연묘사의 가능성이 있는 것이다. 이와 같이 느낌 자체가 관찰의 대상이 되게 함으로써 외적 자연 요소들은 자연을 지배하는 우연성을 잃고 저마다의 특별한 의미에서 개체로 특징지어질 수 있는 것이다. 1795년 작성된 "리라(Lyra)"에 관한 논문(「서정적 시 창작의 속성과 영향에 대하여」)에서 헤르더는 이와 비교할 만한 접근 방법으로 시로 매개된 자연 향유의 격정적인 면을 다루었거니와, 이 논문은 그가 1760년대 후반에 쓴 송가 이론에서도 이미 그렇게 했듯이 서정시의 감정적 측면만을 설명하는 데 그치고 있다.[10] 1775년 『문학 개론』의 제2판 개정본에 실린 "서정적인 것"의 형식과 기능에 대한 줄처의 글에도 "적절한 대상"과 관련시켜 "감정을 표현"하는 것이 시의 본질적 특징이라고 정의되어 있었다.[11] 수사학의 전통에서 나온 이와 같은 일반론적 공식들과는 확연히 다르게 실러의 이론이 돋보이는 것은 시적 묘사 행위와 심리적 지각을 가르는 차이에 대한 그의 통찰력에 있다 하겠다.

'상징을 활용하는 작전(symbolische Operation)'이라 할 수 있는 두 번째 방식은 첫 번째 방식보다 복잡하다. 자연현상을 시적으로 묘사하는 일에서 이념으로 전이하는 작전인 것이다. 이와 같은 전이 작전의 전제가 되는 것은 감각으로 인지하게 되는 현상의 세계는 인간의 내면적 감정의 세계뿐 아니라 사고의 세계와도 확고한 관계를 유지한다는 생각이다. 그런데 생산적으로 작용하는 이성은 훈련된 상상력의 도움으로 경험적 현상을 저마다 "고유한 행동의 상징으로 만들어냄으로써, 자연의 죽은 문자가 살아 숨쉬는 정신 언어가 되고, 외향적인 눈과 내향적인 눈이 현상에서 나타나는 똑같은 문자를 전혀 다른 방식으로 읽게 된다"(NA 22, 273)는 것이다. 이상적인 것으로 승화되어야 한다고 하던, 뷔르거 논평에서 나온 명제가 기억날 것이다. 이 이상화 계명이 이제는 객관적인 것이 되기 위해서 더욱 세밀한 이론적 뒷받침을 얻게 된다. 여기서 이상화란 자연에 자극되어 느낌을 얻었든지 또는 그 느낌이 관념으로 이동했든지 간에 자연의 자극에서 얻은 것들을 상징적으로 묘사함을 뜻한다. 시 속에서 자연은 보편적 질서의 모범을 담은 상징으로서, 조화, 연민, 균형 또는 차이 등으로 나타난다. 오직 대상적인 현상이 제3의 다른 것을 지칭하는 성격을 띠게 되는 경우에 한해서 풍경시는 자기의 고유한 시적 힘을 얻게 된다.

실러는 신지학(Theosophie)의 신조들에 대해 회의를 느끼고 이들과 결별했음을 이미 8년 전에 「철학 서신」(1786)의 테두리 안에서 밝힌 바 있거니와, 그는 여기서 신지학에 대한 자기의 신념을 되풀이하고 있는 것이다. 우리는 신지학에서도 전체 자연이란 정신 언어의 알파벳을 대신하는 것이요, 그 의미는 오직 신지학에 대한 전문적 소양이 있는 관찰자의 시선에만 열린다는 생각과 만나게 된다. 이런 생각에서 그 형이상학적 뉘앙스를 벗겨내면, 마티손 논평의 입장과 가깝다는 사실이 확인된다. 그래서 지적 관심하에서 가꾸어진 상상력의 놀이가 작동해서 지각 가능한 현상들의 이념적 신호들을 드러내며 또한 '자연의 죽은 문자들을' 짜 맞추어서 초월적 인식의 매개 역할을 하는 '살아 있는 정신 언어'로 만들게 된다는 것이 1790년대 실러가 하는 설명이다. 몽상가 율리우스(Julius)가 존재 전체를 하나로 묶어주는 감정의 힘을 경험적 현실의 기본 원칙으로 내세웠는데, 그러한 감정을 대신하여 이제는 이상적인 모델들의 체계화된 사상이 대상들에서 구체적으로 나타나는 것이다. 시적으로 재구성된 풍경은 그와 같은 방식으로 '상징 작업'이 연출하는 정신의 무대가 된다. 이 무대에서 외부 세계의 대상들은 오로지 정신적 산물의 성격을 띠고 있을 뿐이다. 그리고 이 정신적 산물에 내재하는 이념은 은밀하게 현상의 자명성과 결합한다. 이러한 방식의 시 쓰기가 바로 현대문학을 특징짓는 기법이라는 사실을 실러는 한 해 뒤 방대한 분량으로 《호렌》에 쓴 자신의 논문에서 확인하게 된다. 이 논문에서 실러는 마티손 논평에서 '상징적'이라 부른 것을 소재의 이상적인 승화 방식을 염두에 두면서 '감상적 작업(sentimentalische Operation)'으로 고치게 된다.(NA 20, 478)

이 논평의 상징 개념은 오직 문학적 전이 과정을 설명하는 것일 뿐, 추상성의 특별한 형식 그 자체를 논하는 것은 아니다. 이는 칸트에서 범주를 이용하는 것에 상응한다. 실러 자신은 풍경 서정시의 묘사 기술을 설명하기 위해 음악적인 방식을, 즉 "정서의 내적 움직임을 그와 유사한 외적 움직임을 통해 청각으로 지각할 수 있도록 하는" 방식을 떠올리면서(NA 22, 272) 칸트의 범주를 간접적으로 참조하게 한다. 이런 규정과 비교할 수 있는 것으로, 칸트의 『판단력비판』에서는 경험 현상과 그것이 나타내는 이념 사이의 유사성(Analogie)에 대한 언어 표현을 이루는 것이 상징이다. 여기서는 오로지 구체적인 현상과 사상의 추상화를 관련짓는 하나의 언어 행위만을 다룬다는 사실을 칸트가 든 다음 예에서 알 수 있다. "왕정 국가가 그 국가의 민법에 따라 통치되면 영혼이 깃든 하나의 기관을 통해 통치되는 것이고, 단 하나의 절대 의지에 의해 지배될 경우에는 하나의 기계장치(이를테면 손절구 같은 것)를 통해 지배되는 것이다. 그러나 두 경우 모두 그저 상징적으로 설명한 것에 지나지 않는다."[12] 칸트의 이런 설명에 상응하게 실러는 '상징적인 것'의 개념을 유사성의 관계를 바탕으로 하는 전이 기술로 파악한다. 다만 논평에서 설명되는 전이 방식의 방향이 칸트의 경우와 다를 뿐이다. 칸트가 추상적인 것을 구체적인 것으로 옮기는 행위를 말하는 반면, 실러는 현상을 지적으로 인식되는 이념의 세계로 전환하는 것을 말하는 것이다.

마티손 논평은 경험의 질료들을 직접 시적으로 전환하는 것에 대해 분명한 반대 의사를 표명한다. 자연현상은 오직 임의성을 벗어나 인간 감정을 모범적 차원으로 승화시키거나 또는 이념을 드러내는 성격을 띠게 됨으로써 객관적인 것으로 전이될 경우에 한해서, 서정시에 어울리는 묘사 대상이라 할 수 있는 것이다. 실러는 마티손의 풍경시에서 '상징 작업'의 두 가지 형식이 모두 설득력 있게 나타난다고 보았다. 마티손의 시들은 실러가 보기에 '자연의 단순성'(NA 22, 281)을 시를 통해 향유하는 것이 간접적으로(느낌이나 관념의 서술을 통해) 연출될 때에만 심미적 프로필을 얻는다는 사실을 보여주는 모범적 예들인 것이다(실러는 한 해 뒤에 조피 메로의 작품들에 대해서도 이와 비슷한 칭찬을 했다(NA 27, 199)). 이러한 판단은 실러 자신의 서정시 작업을 평가하는 데도 적용된다. 이 사실은 몇 년 지나지 않아서 실러가 작성한 고전적 풍경시들, 그 가운데에서도 1795년의 「비가(elegie)」에서 매우 뚜렷하게 드러난다.

실러의 마티손 논평이 제시하는 중요한 개념 중 하나가 시적 상상력이다. 이 개념은 특히 독일에서, 애디슨의 「상상의 즐거움에 관한 에세이」(1712)에서 자극받아, 보드머와 브라이팅거의 이론에서, 그리고 그들에 이어 바움가르텐과 게오르크 프리드리히 마이어와 같은 감각론적 미학자들의 이론에서(물론 아직은 합리주의의 엄격한 연출 아래에서지만) 다룬 개념인데, 실러는 그들의 이론을 이어받은 것이다. 실러의 업적이 있다면 '상징 작업' 방식과 맞물린 시적 모델 만들기의 기술들을 선배들보다 더 자세하게 기술하고, 그러면서 상상의 중재 역할을 잘 설명했다는 점이다. 상상의 중재 능력은 이미 칸트가 『순수이성비판』에서 선험철학의 바탕 위에서 해명한 바 있다.[13] 실러는 칸트와 비슷하게 상상력의 생산적 능력과 재생산

능력을 강조한다. 상상력은 수동적으로 지각하는 기능과 함께 능동적으로 산출해내는 기능이 있어서 경험 세계와 상상의 세계 사이를 매개하는 중재의 심급 노릇을 한다. 그러나 칸트는 나중에 실러로부터 비판적인 평가를 받은 논문 「실용적 측면에서 본 인간학」(1798)에서 현실에서 벗어나려는 상상력의 성향들을 예전의 신학이 의구심을 가지고 취급한 것과 마찬가지로 회의적으로 조명하면서 그의 한계성을 다루었다. 실러는 후에 칸트의 논문을 비판하였거니와[14] 칸트의 논문과는 달리 실러의 마티손 논평은 오로지 상징 작업의 실천을 통해 발현되는 상상력의 시적 성취 능력만을 문제 삼는다.

실러는 훔볼트에게 보낸 1798년 6월 27일의 편지에서 괴테의 서사시 「헤르만과 도로테아」를 다룬 훔볼트의 논문을 논평하는 가운데서 자기 자신을 비판하고 있다. 이전 여러 해 동안 추상적인 예술철학을 지나치게 휘둘러대면서 낯선 작품들을 그 철학에 비추어 재고 그렇게 함으로써 잘못 판단해왔다는 것이다. "우리 둘은 함께 미학의 기본 개념들을 추구했는데 우리 둘 모두가 실로 지나치게 예술의 형이상학을 여러 대상들에 직접적으로 적용했지요, 전혀 어울리지 않게도 실용적 연장으로 말입니다. 내 경우 뷔르거와 마티손을 향해 그렇게 했지만, 《호렌》의 논문들에서는 더 자주 그런 일을 하게 됐지요. 우리의 확고한 이념들은 이로 말미암아 전달 가능성과 확산의 힘을 잃고 말았습니다."(NA 29, 248) 실러가 이와 같이 자기비판을 한 것은 문학 이론에서 손을 떼고 다시 창작의 길로 들어선 지 겨우 몇 년밖에 지나지 않아서였다. 이 새로운 경험으로 그는 보편적인 미학적 신념들을 바탕으로 한 판단이 예술 문제를 판결하는 법관 노릇을 제대로 할 수 있을까 하는 의구심이 든 것이다. 그러나 실러 미학의 강령적인 내용을 이루는 본질에는 전혀 달라진 것이 없다.

"정복된 지방"과 금전적 타산

1788년 이후의 서정시 작품과 그 기본 노선

실러는 논문 「소박문학과 감상문학에 대하여」를 끝으로 이론적 저술을 마무리한다. 1795년은 여러 관점에서 예술가로서의 그의 삶에서 전환점이 되는 해이다. 1788년과 1794년 사이에 역사, 연극 이론, 미학이 그의 관심을 황제의 권력으로 명하듯 지배하고 난 후 강조점이 다시 시작(詩作) 활동 분야로 점차 옮겨가기 시작한 것이다. 「돈 카를로스(Don Karlos)」 이후로 완성한 희곡이 하나도 없고, 서정시 한 편 완결한 게 없다. 1780년대에 그토록 집중한 소설 작업도 1789년 미완성작 「강신술사」를 마지막으로 정지되었다.

1795년 여름 시작(詩作)에 대한 실러의 관심이 다시 깨어난다. 그렇게 보이는 것이다. 논문 「소박문학과 감상문학에 대하여」와 병행하여 몇 달 동안에 중요한 서정시 작품들이 생겨난다. 예컨대 다음과 같은 것들이다. 「춤」, 「이상적 여인」, 「여인들의 기품」, 「명부」, 「자이스에 있는 가려진 초상화」, 「비가」. 실러는 이런 시들을 《호렌》이나 새로 등장한 《문예연감》에 싣는다. 《문예연감》이 처음으로 출간된 것은 1795년 12월 15일이다(이어서 1799년 10월까지 네 권이 더 간행되었다). 문학 창작 활동이 늘어나면서 그와 동시에 실러가 이론 작업에서 손을 떼게 된 데에는 괴테의 영향이 크다는 명제가 널리 퍼져 있으나 그것은 신화 만들기에서 비롯한 주장에 불과하고, 그로 인하여 더 결정적인 배경들이 드러나지 않게 되었다. 실러가 시 창작 활동으로 돌아가게 된 계기는 경제적으로 어쩔 수 없는 사정에 있었다. 끊이지 않는 병으로 정기적인 학술 활동에 지장을 초래하는 상황에서 그사이 넷으로 늘어난 식구를 부양하기 위해서는 소득이 더 나은 작가적 저술 작업의 도움이 필요했던 것이다.[15] 1795년 10월 30일 카를 아우구스트는 그를 예나대학교의 객원교수로 추천한다. 그렇지만 이 자리는 보수를 요구할 수 없는 자리였다. 게다가 나머지 책임 기관들의 동의가 지연된 탓에 1798년 3월 3일에 가서야 임명되었다. 그러나 이 임명은 실제로는 아무 의미도 없었다. 실러는 한 번도 강의를 해본 적이 없고, 급여를 한 푼 타본 적도 없기 때문이다. 1796년 1월 30일 아우구스텐부르크 공작이 기한이 만료되어가던 장학금을 단기간 연장하여 다시금 667제국탈러를 송금하도록 했고, 여기에다 같은 해 11월 23일 마지막으로 100두카텐(333제국탈러)이 송금되었다. 바이마르의 공작이 연간 봉급으로 고작 200제국탈러를 보조하던 것을 고려한다면, 1790년대 실러가 처한 재정적 곤경을 알 만하다 하겠다. 실러가 시장성이 있는 출판을 통해 추가 소득을 얻고자 한 것은, 병으로 강의를 못하게 되면 청강료가 적어지기 때문에 이를 보충해야만 하는 안전책에서 나온 것이었다.

1790년대 중반 여러 가지 출판 활동으로 실러는 소득이 많은 시작 활동에 힘을 보태는데, 이런 출판 활동들은 재정적 계산에서 나온 것이다. 식구는 늘어난 상태였다. 큰아들 카를 프리드리히 루트비히에 이어 1796년 7월 11일에 에른스트 프리드리히 빌헬름이 태어났다. 부인과 아이들, 하인들을 위한 생활비가 곧 상당한 수준에 이르렀다. 부인 샤를로테의 시녀와 실러의 심부름꾼 외에도 이제는 부엌살림까지 맡으면서 아이들을 돌볼 보모까지 고용해야 했다. 실러는 그 자신의 편의를 위해 1797년 여름에 19세의 게오르크 고트프리트 루돌프를 고용하는데, 그는 1805년 실러가 타계할 때까지 곁에 머물렀다. 실러가 일상생활(방 정리, 심부름, 사소한 일들의 처리와 장보기)에서 젊은이의 도움을 받은 것은 당시로 보면 관례로 당연한 일에 해당했다. 재정적 상황이 불안하던 슈투트가르트 시절과 만하임 시절에도 그런 시중은 포기하고 싶어하지 않았다. 실러가 세상을 떠난 뒤 믿음직한 루돌프를 마리아 파블로브나(Maria Paulowna)가 공작령의 시중으로 받아들였고, 그다음 바이마르 시에서 그가 세상을 떠나기 전(1827)까지 기록 보관 담당자로 고용했다. 루돌프는 실러의 집안에서 심부름꾼(Leibbursche) 노릇만 한 것이 아니라, 비서에 필서가로서의 책임도 다했다. 또 출판업자들이나 극장 간부진들을 위해 사본을 만드는 일도 자주 시간적 압박을 받아가며 했다. 실러는 시녀와, 부엌일을 보는 보모의 급여를 위해 해마다 40탈러가 더 필요했다. 그의 심부름 비서가 똑같은 금액을 받았다. 1802년 실러가 달력에 메모해놓은 것에 따르면 담배, 포도주, 맥주, 커피와 차를 위한 지출은 230탈러에 근접했다(특히 포도주 창고에는 대체로 100병 이상을 갖추어 두었는데, 실러 자신이 그런 일에 큰 가치를 두었다). 샤를로테의 옷과, 축일에 입을 실러의 정장을 포함하여 재단사에게 들어가는 돈이 225탈러에 달했다. 아이들 과외는 대부분 신학부 지망생들이 맡아서 했는데, 그 비용이 20탈러였다. 종이며 필기구, 우편료, 세탁비, 비누, 양초, 약국 비용 등으로 다시 140탈러가 들었다. 달력의 메모에 장서 구입에 대해서는 따로 기록해두지 않았다. 개인용 도서 규모는 800권을 넘지 않았는데, 책은 해에 따라 팔기도 하고 사기도 하면서 그 규모를 안정적으로 유지하였다.[16] 실러는 열두 달 고정적으로 들어가는 가사 비용으로 1525탈러를 지출했다.[17] 1795년 즈음한 시기에 지출한 가장 적은 금액(1000탈러가 채 못된다)을 잡더라도, 공작령에서 주는 200탈러의 봉급은 꼭 필요한 금액의 아주 작은 토막에 불과했음이 명백해진다. 이 시기에 변화된 생활 형편 때문에 물질적 어려움이 더욱 커졌다. 1795년 4월 중순 실러 가족은 슐로스가세 17번지의 그리스바흐 저택으로 이사했다. 쾌적하고 널따란 집은 임대료 부담이 상당히 컸다. (새 작업실은 6년 전에 역사에 남을 취임 강의를 하던 대강의실 지척에 있었다.) 1796년 가을 실러는 9월 7일 돌아가신 아버지가 그에게 남긴 유산을 모친을 위해 포기했다. 따라서 다급해져가는 재정적 난국은 스스로의 힘으로 극복해내야만 했다. 따라서 1796년 박차를 가하여 새로 시작한 문학 창작 활동은 결코 괴테와 맺은 우정으로 함께 작업하기 시작해서 하게 된 것이 결코 아니다. 그것은 자유로운 작가가 상업적 이해에 굴복한 결과였던 것이다. 실러의 고전주의 서정시 작품을 제한하는 근본적 전제가 되는 동시에 그의 문학 활동을 촉진해주는 역할을 하게 된 것은 역시 문학 시장의 법칙이었다.[18]

사업상의 실패임이 금방 드러난 《호렌》 외에 1795년 12월부터 《문예연감》이 등장하였는데, 처음에는 미하엘리스(Michaelis)가 출판을 맡았다가 나중에는 코타가 맡았다. 실러는 《문예연감》과 《호렌》에 실을 서정시들을 모았는데,〔계약서에는 '시적인 시화집'(NA 27, 211)으로 되어 있다〕 자기가 손수 쓴 시들만이 아니라 다른 시들도 포함시켰다. 다양한 문학 취향들을 가진 폭넓은 독자층을 겨냥했고, 특히 여성 독자들의 흥미를 감안하였다. 이 사업이 커다란 모범으로 삼은 것이 《괴팅겐 문예연감(*Göttinger Musenalmanach*)》일 것이다. 1770년부터 1804년까지 발행되는 동안 발행인은 보이에에서 포스를 거쳐 괴킹(Goeckingk), 뷔르거, 라인하르트(Reinhard)까지 자주 바뀌었지만, 발행 부수는 많았다. 《괴팅겐 문예연감》은 1765년 파리에서 출판된 《문예연감 또는 시 선집(*Almanach des Muses ou Choix de Poésie fugitives*)》을 모델로 삼은, 12절판 형의 서정시 핸드북으로 신속하게 독자들 사이에서 받아들여졌다. 독일에서는 발행 부수가 많은 《괴팅겐 문예연감》에 이어 1776년부터 그에 비견될 만한 시집들이 많이 등장했다. 무엇보다 슈바벤, 헤센, 바이에른 같은 곳에서 이 새로운 장르는 문학의 성공적인 유형으로 자리 잡았고, 독자층이 확대되면서 발행자와 작가들에게 상당한 소득을 가져다주었다.

따라서 무엇보다 재정적 이유에서 실러가 연감 사업에 자체 지분을 가지려 노력한 것은 당연했다. 실러는 1794년 7월 출판업자 요한 크리스티안 디테리히(Dieterich)에게, 몇 주 전에 뷔르거가 타계하여 공석이 되었을 괴팅겐의 편집자 자리를 자신이 이어받을 수 있을지 타진했다. 그 자리는 돈벌이가 되는 자리였던 것이다. 1749년부터 출판계에 몸담고 있던 연로한 디테리히는 실러가 자리에 관심을 보인 것을 영광으로 여겼지만 이미 외교관인 카를 프리드리히 라인하르트(그는 3년 전에 "프랑스 국가 변화의 원인들"에 관한 글을 《탈리아》에 발표하여 실러도 알고 있던 인물이다)와 계약한 상태라 이유 없이 해약할 수는 없다고 통지해야만 했다.(NA 35, 36)[19] 친절한 어조의 거절이긴 하였지만, 실러에 대해서는 원칙적으로 유보적 입장에 있었을 가능성을 배제할 수는 없다. 그는 실러가 그토록 신랄하게 혹평한 뷔르거의 시들을 출판했고, 겨우 3년밖에 지나지 않은 당시의 논쟁에도 적어도 간접적으로는 관여했을 테니 말이다.

괴팅겐 계획이 실패한 후 실러에게는 스스로 연감을 창간하는 것 말고 다른 방도가 없었다. 훔볼트의 중재로 실러는 노이슈트렐리츠의 출판업자로 26세인 잘로몬 미하엘리스를 만난다. 그는 시작한 지 얼마 안 된 자기 사업을 우수한 프로젝트를 통해 진작하려던 참이었다. 1794년 8월 15일에 벌써 실러에게 유리한 조건을 보장하는 계약이 예나에서 성사된다. 이 계획이 무엇보다도 재정적 이유에서 진행되었다는 것이 10월 20일 괴테에게 쓴 편지에서 드러난다. 여기서 실러는 깎아내리는 말투로 미하엘리스를 "'유대인 출판업자"라 부르면서 다음과 같이 설명한다. "이 사업은, 해야 할 일 차원에서 보면 제게 더 많은 짐이 되는 것은 아닙니다. 그러나 저의 경제적 목적을 위해서는 그만큼 더 다행한 것은 없을 겁니다. 허약한 건강 상태에서도 계속할 수 있는 일이고 또 그것으로 저의 독립성을 보장할 수 있기 때문입니다."(NA 27, 68) '편집자'로서 실러는 책이 나올 때마다 300제국탈러를 보수로 받게 된다. 공작령에서 받는 연간 급여와 비교해보면 상당한 액수라 하지 않을 수 없다. 더구나 이 계약은 실러에게 연감에서 일하는 사람들을 위한 전체 비용으로 연간 150제국탈러를 지불할 수 있음을 보장했다. 그리하여 저명한 기고가들의 모집에 보탬이 되게 하라는 것이었다. 독일 작가들 사이에서 이 연감은 작품을 발표할 수 있는 매력적인 자리로 알려져 순식간에 큰 인기를 끌었다. 이 사실을 우리는 1797년 8월에 빌헬름 슐레겔에게 쓴 편지로 알 수 있다. 이 편지에서 실러는 청하지도 않았는데 관심을 가진 사람들이 들이닥쳐 "연감에 매달린다"(NA 29, 121)고 불평하고 있는 것이다. 독자들의 관심이 대단히 클 것이라 계산하여 첫해 연감으로 1795년 12월에 3000부를 인쇄한다. 그러나 이처럼 많은 부수가 모두 팔린 경우는 1797년의 성공작 《크세니엔 연감(*Xenien Almanach*)》 하나뿐이다. 폭넓은 독자층을 겨냥하여 연감은 다루기 편한 12절판 판형에다 많아야 열두 장 정도의 훑어보기 쉬운 규모로 만들었다. 악보 부록은 첫해에는 요한 프리드리히 라이하르트가 맡아 해줬고 나중에는 베를린의 작곡가인(괴테의 친구이기도 하다) 카를 프리드리히 첼터가 담당했다. 문학만이 아니라 음악에도 관심이 있는 독자들까지 겨냥한 것이다. 실러가 얼마나 사업상의 계산을 잘하는 사람인가를 우리는 그가 한 해가 지난 뒤 별다른 이유도 설명하지 않은 채 미하엘리스와 결별하고 코타에게 일을 맡긴 것으로 알 수 있다. 코타의 판매 조직이 더 효과적이고 광고효과도 더 클 것으로 예상했기 때문이다. 미하엘리스의 지불 능력이 한 동료의 사기성 횡령으로 인하여 심각하게 약화되었다는 말을 훔볼트에게서 전해 들었기 때문에, 실러는 부담감을 갖지 않아도 되었을 것이다. 예상한 것보다 약간 못하기는 했어도 실러가 한 재정적 투기 판단들은 옳은 것으로 입증되었다. 연감의 판매량이 높아진 덕에 실러는 괴셴의 《여성을 위한 역사 달력》의 성공 이후 독일 작가들 가운데 몇 안 되는 정상급 소득자로 격상되었다.

《문예연감》을 위해서나 《호렌》을 위해서나 실러 자신이 글을 여러 편 써야만 했다. 연감은 규모가 크기 때문에 실러는 자기의 서정시 생산성을 높일 필요를 느끼게 된다. 이 장르는 형식과 주제의 다양성으로 인하여 되도록 넓은 독자층에 도달할 수 있으면서 한눈에 조망할 수 있는 시 작품들을 요구했다. 편집자 실러는 제일 먼저 헤르더에게서 지원을 얻는다. 헤르더가 1795년 출판된 제1집에 스물다섯 편의 시를 보낸 것이다. 실러 자신은 스물네 편의 글을 냈고, 괴테는 (총 규모가 260쪽에 달하는) 『베네치아 에피그람』을 제공했다. 사업적 측면에서도 특별한 성공을 거둘 수 있었던 것은, 1797년도의 연감이었다. 무엇보다 독자들의 호기심을 불러일으키고 판매 부수를 세 배로 늘려 3000부 가까이나 되게 만든 것은 「크세니엔」이었다. 이를 이어 1797년에 출간된, 담시들을 모은 연감의 판매고는 시원치 않았다. 그 후로 정기간행물에 대한 실러의 관심은 갈수록 식어갔다. 실러는 1798년 8월 15일 쾨르너에게 보낸 편지에서 1799년도 연감을 위한 텍스트들을 편집하느라고 "발렌슈타인을 위한 귀중한 작업을 못하고 있다"고 불만을 토로하면서 "연감은 이번 호 외에 딱 하나만 더 내고 그만두기로 한 것은 서정적인 것에 흥미가 없어졌기 때문"이라고 그 이유를 댄다.(NA 29, 262) 1799년 10월 실러는 실제로 마지막 호를 냈다. 여기에는 자신의 작품 세 편(그중에는 「종의 노래」도 있다) 외에 어중간한 작가들이 지은 대체로 별로 만족스럽지 못한 작품들이 포함돼 있다. 1800년을 전후해서 연감들이며 포켓형 캘린더 시, 사화집, 편람 등이 대량으로 생산되어 예술적 수준이 떨어질 수밖에 없었던 것이다. 1799년 봄에 괴테와 함께 작업한 딜레탕티슴 관련 방안에서는 "문예연감"이니 "저널"이니 하는 것들이 설쳐대는 현상이야말로 문학적 평범성의 특징이라고 비판한다.[20] 1800년 9월 25일 코타에게 쓴 편지에는 이런 말이 나온다. "이따위 캘린더 만들어내기가 지나칠 정도로 높이 솟아올랐기 때문에 이제는 추락할 수밖에 없게 됐습니다. 그래서 나는 어느 정도 내적인 만족감을 가지고 이 분야를 벗어나고 있다는 사실을 부인하지 않겠습니다."(NA 30, 200) 여기서도 예술적 가치판단을 결정하는 것은 다시금 경제적 상황이다. 편집상의 어려움들뿐 아니라 연감이 직면한, 갈수록 힘들어지는 경영난 때문에 실러는 돈벌이가 더 나은 연극 분야로 방향을 돌려야겠다는 결단을 쉽게 내릴 수 있었다.

1795년 서정시 장르가 제기한 형식 문제들을 실러는 다시 새로 다루지 않을 수 없었다. 그는 드레스덴 시절 이래로 전적으로 산문에 몰두했던 것이다. 중요한 예외가 되는 것은 1788년 빌란트의 《도이체 메르쿠어》에 발표된 방대한 교훈시인 「그리스의 신들」과 1년 뒤 같은 곳에 실린 「예술가들」인데, 둘 다 칸트를 읽기 전에 미에 대한 실러의 철학이 어떠했는지를 모범적으로 보여준다. 그러나 둘 다 지적 수준이 높은 강령적인 텍스트이지만, 역시 창작의 중간기에 속하는 예외적 성격을 띤 작품들이다. 1780년대 말경 자신의 문학 기술적 가능성을 얼마나 능숙하지 못하게 활용했는가를 우리는 1789년 2월 25일 쾨르너에게 보낸 편지에 나오는, 다음과 같은 즐겨 인용되는 낱말들에서 알 수 있다. 그는 서정시 분야를 "유배지"라 생각한다. "정복된 지방"으로 생각한 적은 거의 없다.(NA 25, 211)

'유배지'로 돌아가게 만든 초기의 불안감은 이론 작업의 단계가 끝나고 나서야 극복된다. 실러는 무엇보다 1795년과 1799년 사이에 인상적인 작업 속도로 후에 그를 유명하게 만든 중요한 서정시 작품들을 쓴다. 여기서 우선 이념시들(Ideengedichte)을 꼽아야 할 것이다. 넓은 의미에서 성찰의 경향이 강하게 드러나는 송가와 비가도 여기에 포함할 수 있을 것이다. 「노래의 힘」, 「춤」, 「이상적 여인」, 「명부」, 「삶의 시」, 「자연과 학교」, 「비가」, 「신구 세계의 시인」(여기까지 1795년 작), 「케레스의 비탄」, 「폼페이와 헤르쿨라네움」, 「남과 여」(1796), 「믿음의 말씀」(1797), 「행복」(1798), 「망상의 말」, 「만가」(1799). 이 시들은 모두 편집자 자신의 것으로 《호렌》과 《문예연감》에만 실렸다.

실러는 이념시들 작업 외에 담시 생산도 하는데, 담시의 경우 괴테와의 다소 긴장감 있는 경쟁 관계에서 전개된다. 특히 긴 담시들은 1797년과 1798년 사이에 생겨났다. 「폴리크라테스의 반지」, 「장갑」, 「토겐부르크의 기사」, 「잠수부」, 「이비쿠스의 두루미」, 「쇠망치 일터로 가는 길」, 「용과의 싸움」, 「담보」. 실러는 1804년에 담시와 유사한 장르의 「합스푸르크의 백작」(1803)과, 마찬가지로 소재가 「빌헬름 텔」을 위한 연구와 궤를 같이하는 「알프스의 사냥꾼」으로 담시 작업을 종결한다. 그로써 작가의 사후에 명성의 기틀이 될 담시 연작의 대단원이 마무리된다. 그 뒤에 나온 것으로 담시는 아니지만 적어도 담시풍의 시라고 할 수는 것들이 더러 있는데 일반적으로 이른바 '철학적 서정시'로 분류된다. 「세상의 분할」, 「다시 날게 된 페가수스」 그리고 1790년 고대 이집트에 대한 사색과 관련하여 「자이스에 있는 가려진 초상화」(1795) 같은 시들은 이념 작업에 이야기 식의 옷을 입혀 역동적인 과정에 편입한 경우다.

이념시와 담시 외에 세 번째 분야를 대표하는 것이 두드러진 성찰의 경향을 서정적 · 음악적 기본 구조(절 형식의 변형과 후렴 기술 또는 독자에 대한 호소)와 결합하려는 장르인 노래시(Lied)이다. 이 장르에 속하는 것으로 다음과 같은 시들이 있다. 「여인들의 기품」(1795), 「외국에서 온 처녀」, 「방문」

(1796), 「비밀」(1707), 「시민의 노래」, 「처녀의 탄식」(1798) 그리고 유명한 「종의 노래」(1799), 여기에다 행사를 계기로 생겨난 사교적인 노래인 「벗들에게」(1802), 「펀치의 노래」, 「승리의 축제」(1803) 또는 「산의 노래」(1803/4). 넓은 의미의 기회시(機會詩, Gelegenheitsdichtung)로 꼽히는 것으로는 실러가 고치(Gozzi)의 「투란도트」(1762)를 현대화하여 극작으로 만드는 일을 하는 동안 1802년 1월 30일 바이마르 공연을 앞두고 이 드라마에 나오는 우화들과 수수께끼 등을 쓴 것들이 있다. 이 작품이 재연될 때마다 실러는 투란도트가 자신에게 청혼하는 남자들에게 풀어보라고 내미는 수수께끼를 계속 새로 만들어냈다. 실러의 펜에서 나온 그런 식의 수수께끼는 모두 열세 개이다(이외에 고치가 쓴 것이 하나 있고, 괴테도 짧은 텍스트 하나를 보탰다). 이런 수수께끼들은 구미에 맞는 에피그람의 성격을 띤 것인데, 그 매력은 시적인 함축성이나 엄격한 지적 구성에 있다기보다는 여기에 연출된 생각의 유희와 암시들에서 나온다. 이러한 기법은 실러가 특히 1795년과 1797년 사이에 《호렌》과 《문예연감》에 기고한 간결한 격언구들에서도 발견된다.

실러는 자신의 서정시 원고들을 눈에 띄게 빠른 속도로 출판 단계로까지 완성한다. 「만가」, 「여인들의 기품」, 「잠수하는 사람」 또는 「담보」 같은 시들의 경우 사흘 이상이 걸리지 않았다. 초고를 자주 가까운 친구들(쾨르너, 빌헬름 폰 훔볼트 또는 괴테)에게 보내 운율이나 경우에 따라서는 테마와 관련한 관점들까지도 토론에 부치곤 했다. 실러는 교정 제안들을 자주 받아들이는 편이었으며, 특히 형식 차원의 것일 때는 더 그러했다. 스스럼없이 몇 개 연을 통째로 지워버리기도 하고, 순서를 바꾸거나 개별 성구들을 바꾸어놓음으로써 새로운 경향을 띠게 하기도 했다. 1793년에 개정한 「그리스의 신들」의 경우처럼 광범위하게 개작을 한다거나, 고치는 과정에서 전에 써놓은 다른 텍스트에서 몇 개 연들을 그대로 가져오는 것(예컨대 「노래의 힘」)도 실용적 사고를 하는 서정시인 실러에게는 일상적인 작업이었다. 그는 시가 완성되면 특별히 낭송 재주가 없으면서도 친구들 모임에서 소리 내어 낭송하길 좋아했다. 만하임 시절만 해도 치욕스러운 좌절을 안겨다준 격정적인 경향을 나중에 가서 누그러뜨리기는 했지만, 근엄한 낭독 태도를 여전히 선호했다. 1790년대 초 루트비히 프리드리히 괴리츠(Göritz)는 실러의 낭송 스타일을 두고 "역겹게 노래 부르는 학생의 목소리"[21]라고 질책했다. 실러는 조용한 어조의 예술적 가치를 바이마르에서 무대연출과 관련된 실용적인 작업을 하면서 비로소 분명하게 깨달은 것으로 보인다.

실러는 시가 완성되면 매번 서둘러 인쇄에 넘기고, 그 텍스트가 생겨난 과정의 기록이 될 수도 있을 완성 이전 단계의 텍스트들은 모두 폐기해버렸다(따라서 실러 시의 생성에 대한 언급들은 대부분 추측에 불과한 것이다). 주목할 만한 가치가 있는 것은 자기 시에 대한 실러의 겸손한 태도이다. 그는 자기 시에 대해 원칙적으로 호감이 있는 비판만을 받아들였지만, 세부 사항에서는 차분하고 유연한 모습을 보인다. 실러는 자신의 서정시 작업을 공장에서 물건을 생산하는 것으로 이해했다. 동기로서의 '서정적인 것에 대한 흥미'가 제아무리 컸다 하더라도 그의 시들은 실용적 차원의 전략적 계산에서 만들어진 것이다. 문학적 작품의 생산과정은 그 자체의 독자적인 메커니즘을 갖고 있음을 실러는 알고 있었다. 그의 이러한 인식이 1792년 5월 25일 쾨르너에게 보낸 편지에서 보인다. 자기의 시는 그 준비 과정에서 흔히 갖가지 연상과 막연한 생각을 내용으로 하고 있다는 것이다. 어떤 주제를 다루기 시작하는 것은 그 주제와 관련된 맥락을 정교하게 전개하는 일이 아니라 리듬과 언어적 억양법에 대한 예감이라는 것이다. "그렇다면 그토록 시적이지 못한 과정인데도 탁월한 시가 생겨나는 게 어떻게 가능할까? 내 생각에 감격적인 작품을 만들어내는 것은 언제나 그 소재에 대한 활발한 상상이 아니라, 소재에 대한 일종의 욕구, 뭐라고 규정할 수 없는 일종의 충동, 쏟아내고 싶은 감정들뿐일 때가 많다고 보네. 시 한 편을 쓰려고 앉았노라면, 내용에 대한 분명한 개념보다는 어떤 음악적인 것이 내 영혼 앞에서 떠돌 때가 훨씬 더 많지. 내용에 대한 개념이 내게 뚜렷한 경우는 거의 없네."(NA 26, 142)

괴테의 경우와 같이 작품 계획을 실행에 옮기기까지 수십 년에 걸친 잠복기가 실러는 필요하지 않았다(유일한 예외는 「돈 카를로스」 작업이고 그와 비교될 만큼 오래 걸린 경우는 「발렌슈타인」 프로젝트다). 실러는 자신의 허약한 몸 상태에 관해서 괜찮을 것이라는 환상에 빠져 있지 않다는 점을 여러 편지들에서 거듭 암시하곤 했거니와, 오래 살지 못하리라는 걱정이 일찍부터 싹튼 탓에 신속한 속도로 작업해야 한다는 결론을 냈을 것이다. 그러나 자기 몸을 혹사한 것이 원인이 되어 체력이 떨어지게 되었다는 사실도 부정할 수 없을 것이다. 건강 상태가 웬만큼 허락하기만 하면 그는 끊임없이 책상 앞에 앉아 있었기 때문에 건강이 회복되지 않았고, 멈췄다 하면 다시 발생하곤 하던 병적인 발작을 감수해야만 했던 것이다. 그런 식으로 그는 자기의 비경제적인 생활 방식의 대가를 치른 것이다.[22] 「발렌슈타인」에 매달려 일하던 중인 1797년 12월 8일 괴테에게 보낸 편지에서 그는 다음과 같이 설명한다. "보통 행복한 기분으로 하루를 보내면 닷새 또는 엿새 동안 압력과 시달림을 겪어야만 합니다."(NA 29, 165) 이미 1796년 1월에 폰 풍크 기병대장은 예나로 실러를 방문하고 난 다음에 다음과 같이 예언했다. "책상에서 마침내 마지막 기름방울이 소진되고, 그러고 나서 불빛처럼 꺼져버리고 말 때까지 그는 자기 생활 방식대로 계속해서 일할 것이다."[23]

실러가 괴테와 함께 써서 만든 「크세니엔」을 언급하지 않는다면 넓은 의

미에서의 고전주의 시대 서정시 생산에 대해 완전하게 설명하지 못한 것이 될 것이다. 1795년 12월 말부터 마르티알리스(Martialis)의 모범에 따라 생산된 풍자시는 900수에 근접한다. 그중 실러가 작업한 분량이 더 많다. 시를 출간할 때마다 개별적으로 저작권을 알릴 수는 없는 노릇이요, 또한 원래부터 「크세니엔」 텍스트들은 공동으로 상의하여 생겨난 것이라고 두 작가가 각기 여러 번 확인하기도 했다. 당대의 문학인들 전체를 비판의 대상으로 겨냥한 「크세니엔」에서는 1796년 말에 414수가 선발되어, 《1797년 문예연감》에 실렸다. 여기에 「부드러운 크세니엔(Tabulae Votivae, 착한 격언)」 103구가 보태졌다. 실러는 자신의 서정시 작품들을 모은 전집을 출간할 때 이 경구들을, 내용을 더 부각해 변형한 다른 시들과 엄격하게 구분하였다.

풍자시들이 취미 교육이라는 정책적 의도의 맥락에서만 읽혀야 되는 것이 아님은 분명하다. 시대사적 상황이나 사건들에 관한 에피그람도 많은 것이다. 특히 1792년 4월부터 혁명을 한 프랑스와의 전쟁 기운이 치솟고 있던 상황 앞에서 온통 분열되어 있는 독일 민족의 정신 상태를 겨냥한 것들이 많다. 프랑스 혁명의 변화무쌍한 진행 과정은 물론 괴테와 실러가 정치 문제에 관해 토론할 때면 이야기 소재가 되었다. 1792년 늦여름 직업군인들로 구성된 오스트리아와 프로이센의 동맹군은 처음엔 별다른 저항도 받지 않고 진격했다. 자원병들로 조잡하게 조직된 프랑스 혁명군이 형편없었던 것이다. 1792년 9월 2일 베르됭(Verdun)이 무너졌고, 9월 8일에 동맹군은 아르덴의 숲에 이르러 파리로 가는 길이 다 열린 듯싶었다. 발미에서의 포격 공세가 수포로 돌아가면서 프랑스 군대는 한 뼘의 땅도 포기하지 않았다. 그것이 결정적인 전기가 된다. (의기소침한 프로이센의 장교들을 마주 지켜보던 괴테는 이 사건으로부터 세계사의 새로운 시대가 열렸다고 메모했다.)[24] 이젠 프랑스 군대 쪽에서 공세로 전환하여 몇 주 걸리지 않아 슈파이어,

보름스, 마인츠, 프랑크푸르트를 차지했다. 이런 추세하에서, 프로이센과 동맹을 맺은 오스트리아는 밀려오는 프랑스 군대에 계속 군사적으로 맞설 태세를 보이지 않았다. 프랑스의 외교 정책은 공격적인 면모를 신속하게 분명히 드러냈다. 1792년 10월 말과 11월 초에 혁명군은 마인츠와 브뤼셀을 점령하고, 네덜란드에까지 영향력을 발휘하여, 1793년 3월 네덜란드를 프랑스에 합병하는 것을 국민회의를 거쳐 결의했다. 1793년 봄에 결성된 제1차 반프랑스 연합이 이에 대한 대응이었다. 독일제국 외에도 스페인, 영국, 네덜란드 및 분열 상태인 이탈리아의 개별 국가들이 이에 가담했다. 그러나 연합군이 이끄는 군사 작전은 정통이나 틀에 박히지 않고 움직이는 혁명군의 성공적인 진군을 막아내지 못했다. 1797년 10월 17일에 성사된 캄포포르미오(Campo Formio)의 평화협정은 서유럽의 현존 상태로 국가 간의 경계를 확정하면서 라인 강 왼쪽 지역이 프랑스령인 것을 승인하고 독일의 영주들에게는 만족스러울 정도의 조정을 통해 손실을 메워주기로 했다. 이 협정에 앞서 1795년 4월 5일에 이미 바젤 협약이 있었지만, 합의된 것이 지켜지지 않았다. 나폴레옹 시대를 앞둔 전야의 이러한 정치적 변화의 지평에서 「크세니엔」은 19세기 독일-프랑스 갈등의 특별한 증표의 하나가 될 터져 나오기 시작하는 애국적 경향들도 멀리 내다보는 안목으로 다루었다. 그러나 실러는 당대에 벌어지고 있는 정치적인 사건들에 대해 직접 공개적으로 평가하기를 언제나 거부했다. 1794년 11월에 실러는 바젤에 평화가 임박했음을 찬양하는 시를 써달라는 코타의 간절한 부탁을 거절했다. 3년 뒤에 캄포포르미오 평화협정의 가치를 홍보해달라는 부탁도 거절했다. 1801년 2월 16일 괴셴이 뤼네빌 조약에 대한 송가를 작성해주기를 청하자, 라인 강 왼쪽 지역의 상실이 제국에 가져올 불행한 결과들을 언급하면서(NA 31, 10), 또다시 그 요구에 응하지 않았다.

실러 시 선집의 제1권이 1800년 8월 말에 1790년대 초부터 그의 『단편집』을 담당해오던 라이프치히에 있는 크루시우스 출판사에서 나왔다. 그 뒤에 같은 출판사에서 시집도 나왔다. 크루시우스는 실러가 평소에 선호하던 코타보다도 더 오래된 권리를 갖고 있었다. 1789년 봄에 이미 실러와 서정시 텍스트의 출판을 약속했기 때문이다. 애초 1797년 부활절 미사에 즈음하여 이미 나왔어야 할 제1권에는 1795년과 1800년 사이에 쓴 이념시들과 담시들이 들어 있다. 요한 하인리히 마이어의 그림을 토대로 하여 동판으로 새겨 만든 표지 삽화는 이미 당시에 실러의 가장 유명한 서정시 중 하나이던 「장갑」을 그린 것이다. 많은 텍스트들이 근본적으로 개작되었다. 짧아지고 '정화'됐다. 어조도 완화됐다. 특히 눈에 띄는 것은 「그리스의 신들」의 경우에서 보이는, 조화를 추구하는 경향이다. 초판본에 비해 아홉 개 연을 뺐고, 다루어진 주제들의 표현도 부드러워졌다. 1803년 5월에 제2권이 출간됐다. 그것의 우선적인 과제는 프랑크푸르트의 출판업자 프란츠 베렌스(Franz Behrens)가 1800/01년에 실러의 서정시들을 해적판으로 낸 것을 시장에서 추방하는 일이었다.[25] 이 해적판에는 빼어난 시들의 부족함이 역력했다. 먼저 개정하여 낸 시들의 개정 이전 버전들도 몇 수 있었고 또 이전에 쓴 작품들도 다수 있었다. "여기에는 젊은 딜레탕티슴이 빚어낸 거친 산물들"(NA 22, 112)이 "성숙한 통찰"이 있는 작품들과 섞여 있다고 실러는(제2권의) 서문에서 적고 있다. 언제나 호의적인 쾨르너는 "자네가 자네의 이전 것들을 고치지 않고 그대로 놔둔 것일 너무 나쁘게만 생각하지 말라고 위로한다."(NA 40/1, 79) 요한 프리드리히 라이하르트처럼, 출판에 어울리지 않는 실러의 "어린애 습작"[26]이라 선언하고 싶어하던 평론가들이 많았다. 그럼에도 이 시집의 판매는 양호했다. 두 권 모두 이미 1804년 내지 1805년에 2쇄가 나왔다. 1803년부터 크루시우스와 함께 계획한 한 권짜리 합본 장정본은 이미 삽화까지 골라놓은 상태였지만, 실러 살아생전에는 실현되지 못하고 말았다. 그다음 출판권을 코타에게 독점으로 주려는 샤를로테 실러와 법정 다툼을 벌이고 난 뒤 크루시우스는 사후 출판을 포기하였다.

아름다운 형식에 깃든 정신
언어의 해부

헤겔은 실러가 생산한 서정시의 예술적 개성을 이미 간파하고 있었다. "그의 시들에는 추상적 성찰의 의도성과 철학 개념에 대한 흥미까지도 느낄 수 있는 것들이 많다." 그러나 이에 덧붙여 헤겔은 실러의 서정시를 "언제나 변함없이 꾸준하며 개념에 의해 흐려지지 않은 괴테의 자연스러움에 견주는 것은 부당하다"고 말한다.[27] 이 말로 헤겔은 실러와 괴테 사이의 결정적인 차이를 짚어낸 셈인데, 이 차이점은 두 사람의 영향사를 고찰하는 과정에서 대개의 경우 태만 때문에 간과되었다. 실러의 서정시 텍스트에 담긴 미학적 수준은 그 안에 미리 투자된 생각의 작업에 달려 있다. 사실 실러 시의 많은 것이 오늘날 우리에게 낯선, 때로는 심지어 언짢은 인상을 준다(「종의 노래」는 여기서 가장 잘 알려진 예일 뿐이다). 예술적 내용이 모자라서가 아니라, 진부해빠진 듯 들리는 진리들을 표현하려는 경향 때문이다. 그의 수많은 담시에 담긴, 시민적 인생을 위한 평범한 가르침은 역사적으로 프랑스 혁명에 대한 거부감에서 나온 것으로 설명될 수도 있을 것이다. 그렇다고 하더라도 그런 내용을 중재하는 방식에는 여전히 만족할 수가 없다. 실러가 다른 시들에서 이를테면 고대와 현대의 관계 또는 예술적 묘사 행위의 심리학 같은 것을 밝히는 데에서 사용한 성찰의 힘이 결여되었기 때문이다. 이런 의미에서 '사상시(思想詩)라는 말이 적확한 개념인데, 이 개념은 실러 텍스트의 지적 포부를 나타낼 뿐 아니라, 텍스트의 성공 조건이기도 하다. 흔히 정신적 독창성의 척도가 미적 내용을 결정하는 것이다.

괴테의 시를 규범적 척도로 삼으려 한다면, 설사 드러내지 않고 하더라도, 그보다 치명적인 일은 없을 것이다. 그럼에도 실러의 발달 과정을 괴테의 문학적 비유의 언어에 다가가는 과정으로 파악하는 논문들에서 그런 일이 자주 일어난다.[28] 그렇지만 실러의 서정시는 괴테가 1790년대 예술에 관한 글들에서 정의하고 있는 것과 같은 상징적 묘사 기법과는 통하는 것이 별로 없다. 그의 서정시 텍스트들의 본질을 간파하고 싶다면, 반드시 알아두어야 하는 것이 있다. 그의 서정시들에게 명망을 안겨주는 시적 작업은 바로 알레고리(우의)이고, 알레고리는 형상과 개념의 상호 조명에 의해 결정된다. 추상적인 것을 구체적으로 표현하는 것이 실러에게서는 이성의 원칙들에 의해 도출된 자기 이해에서 이루어진다. 따라서 엄격히 칸트적인 의미에서 비판적이다. 그의 고전적 서정시 구조는 담론적 모델로 되어 있는데, 그 윤곽이 미리부터 정해져 있지는 않다. 따라서 작가 실러가 언제라도 시의 초안들을 (『춤』의 경우에서처럼) 달리 가공한다든가 아니면 애초의 의미를 더 이상 알아보기 어려울 정도로 대규모로 변형할 태세가 되어 있는 것은 당연하다. 소재 교환이 가능한 것은 소재가 시적 목적을 달성하기 위한 부차적인 수단에 불과하기 때문이다. 실러 서정시 텍스트가 지닌 독특한 소재가 아니라 담론적 작업에 의해 결정되는 것이다.[29]

실러는 오로지 대상성과 추상성의 성공적인 상호 작용만을 중요하게 여긴 것 같다. 그런데 그러한 상호작용은 시 한 편 쓸 때마다 새로이 성사되도록 하지 않으면 안 되는 것이다. 이와 같이 우리는 고전주의 텍스트들도 알레고리적 모델로 읽을 수 있다. 고전주의 텍스트는 괴테의 지각 문화의 경우와는 달리 직접적인 현상이 아니다. 대개의 경우 하나의 명제가 시 쓰기의 출발점이 되고 있는 것이다. 그러나 그 명제를 가시적으로 표현하는 행위에서 시의 구조도 달라질 수 있고, 내용적 본질에 새로운 강세점이 더해지기도 하는 것이다. 실러가 자신의 생각을 무대 위로 연출해내기 위해 펼쳐놓는 비유의 홍수들은 텍스트의 지적 수준을 말해준다. 따라서 메타포와 알레고리를 오로지 정해놓은 생각을 가시화하는 수단으로만 보면 안 될 것이다. 가시화된 그림과 개념은 서로 맞물려 있고 서로를 조명한다. 그러면서도 둘 사이에는 구조적 서열이 없다. 빌헬름 폰 훔볼트는 이와 같은 기법의 특징을 다음과 같이 매우 적절하게 지적했다. "내가 실러의 문체에 대해 말한 것은 훨씬 더 심각한 의미에서 그의 시들 가운데서도 철학적 이념에 펼치기 위해 쓴 시들에 해당한다. 그러한 시들은 이념에 다만 시적 장식이라는 옷만 갈아입히는 것이 아니라, 이념을 생산해내는 것이다."[30]

이와 같은 처리 방식의 결과는 실러에게서도 확인되지만 그것은 미묘한 유동성을 지닌 매우 현대적인 알레고리의 형식인 것이다. 이것을 이론적으로 조명한 것은 낭만주의자들, 특히 프리드리히 크로이처(Friedrich Creuzer)가 처음이다. 규범과 전통을 통해 규정되는 중세나 근대 초의 알레고리 기법과는 달리 실러 시에서의 예술적 긴장은 가시적인 그림과 생각의 내용 간의 조정 과정이 완결될 수 없는 것이라는 데서 온다. 크로이처는 논문 「고대 민족들의, 특히 그리스의 상징체계와 신화」(1810)의 제2판, 제1부에서 상징적 표현형식과 알레고리의 표현형식의 차이를 다음과 같이 설명한다. "알레고리의 표현형식은 하나의 일반적인 개념을, 알레고리의 표현형식 자체와는 다른 어떤 이념만을 뜻한다. 상징적 표현형식은 가시화된, 구체화된 이념 자체이다. 전자(알레고리)에서는 하나의 대행 현상이 일어난다. 우리가 보게 되는 하나의 그림이 우리가 찾아내고자 하는 하나의 개념이 무엇인가를 우리에게 알려주는 것이다. 후자(상징)에서는 이 개념 자체가 구상 세계 안으로 내려와 있다. 그리하여 우리는 그림 속에서 개념 자체를 직접 보게 된다."[31] 바로 이와 같은 직관과 추상의 상호 접근으로 상징 예술의 기법을, 알레고리 기법의 논리 과정과 대비하면서 이루었다고 그는 1825년 실러와 주고받은 편지들의 제1권에 대한 머리말에서 언급했다. 한편 자신과 실러를 이끄는 예술적 기질의 '섬세한 차이'를 다음과 같이 분명히 했다. "시인이 일반화를 위해 특별한 것을 찾느냐, 아니면 특별한 것 속에서 일반적인 것을 보느냐 하는 것은 커다란 차이다. 전자에서 생겨나는 것이 알레고리인데, 여기서는 특별한 것이 일반적인 것의 본보기요, 모범으로 통한다. 그러나 그에 반해 후자야말로 시의 본질적 속성이라 할 수 있는 것으로서, 일반적인 것을 생각하거나 그것에 대해 지시하거나 하지 않는다. 특별한 것은 특별한 것 그 자체일 뿐인 것이다. 이 특별한 것을 생생하게 포착하는 사람은 그와 동시에 보편적인 것을 함께 얻는다. 이에 대한 의식은 그러나 나중 가서야 비로소 하게 된다."[32]

서신 교환을 편집하면서 괴테가 실러와의 차이를 상기하다가 느끼게 된 이 '섬세한 차이'를 우리는 1797년 늦여름 두 작가 사이에 오간 토론과 관련지어 생각해볼 수 있을 것이다. 그 토론에 시에 대한 두 작가의 기본 개념이 다르다는 것이 드러나 있는 것이다. 1797년 괴테는 스위스로 여행 가는 도중에 머물게 된 고향 도시 프랑크푸르트에서 8월 16일 실러에게 보낸 편지에서 자기의 마음을 설레게 하면서도 행복하게 만드는 지각(知覺) 현상을 경험했다고 쓰고 있다. 로스마르크트(Roßmarkt, 말 시장) 이웃에 있는, 어머니가 살고 계신 생가 집의 창문에서 내다보니 하웁트바헤(Hauptwache, 수비대*) 주변에서 분주하게 오가는 사람들이 보이는데, 특정 "대상들"이 그의 마음에 "시적 분위기"를 불러일으킨다는 사실을 알게 되었다는 것이다. 그것은 자기의 상상력이 불러일으킨 게 아니라 대상 자체에 의해 야기되었다는 것이다. 이런 대상들이 관찰자 마음에 기분 좋은 느낌을 불러일으키는 것은 "그 대상들이 다른 많은 것들의 대리자로서 그곳에 있는 것인데, 어떤 일정한 총체성을 지니고 있고, 어떤 일련의 순서를 요구하며, 내 정신 속에 비슷한 것과 낯선 것을 자극하면서 안팎으로부터 하나의 통일성을, 전체성을 요구하고 있기"(NA 37/I, 101) 때문이라는 것이다. 괴테가 '기분 좋은' 것으로 표현한 이 발견에 대해 실러가 하는 대답은 괴테의 장황한 설명에 비해 매우 간결하다. 1797년 9월 7/8일 괴테에게 보낸 편지에서 이르기를, 여기서 강조된 상징적인 성격은 결코 그 대상 자체의 속성이 아니라 환상의 재능을 가진 머리의 산물이요, 감상적 상상력이 작용하여 얻어진 결과라고 하면서 다음과 같이 쓰고 있다. "개체로서의 대상이 텅 비어 있다면, 그래서 시적 관점에서 볼 때 내용이 없는 것이라면, 이념 능력이 일을 시도하게 됩니다." 현상 자체의 질이 아니라 감상적 "지각 방식"(NA 29, 127)이 괴테가 '상징적'이라고 한 예술적 효과를 만들어낸다는 것이다.

지각 형식과 판단 형식의 차이로 인하여 시적 처리 방식에도 현저한 차이가 생기는 것은 불가피한 일이 아닐 수 없다. 괴테는 세 번째로 스위스를 여행하면서 앞서 프랑크푸르트 편지에서 거론한 취지를 살려 하인리히 마이어)와 함께 「조형예술의 대상에 관하여」(1797)라는 글의 초안을 잡는다. 여기서도 괴테의 상징 개념에서 결정적인 것으로 남는 것은 자연현상들이 "깊은 의미를 지니고 있다"는 생각이다.[33] 1790년대에 발표된 괴

* 수비대 본부 건물에 유래한 지명. 프랑크푸르트 시 번화가의 하나.

테의 비가들(「알렉시스와 도라(Alexis und Dora)」(1796), 「아민타스(Amyntas)」, 「우미의 여신(Euphrosyne)」(둘다 1797년), 「식물의 변형(Die Metamorphose der Pflanzen)」(1798))은 경험적 현상이란 형상화한 의미 구조라는 가설을 실제로 뒤집는다. 상징이 세련된 지각 문화에서 생겨나는 것이라면, 알레고리는 현상들에게 지적 의미를 우선 부여하려는 상상력의 활동에서 생겨나는 것이다. 괴테의 상징 개념에 담긴 이러한 자연철학적 차원에 실러의 상상력에서 비롯한 알레고리가 대치하고 있는 것이다.

감성과 지성의 상호 침투가 실러의 알레고리적인 서정시에서는 있을 수 없다. 그의 시는 그 두 영역이 서로 어울리려 하는 곳에서조차 그 둘을 따로 분리해 두려고 하니 말이다. 고전주의 시대 알레고리 시들의 목표는 개념과 직관의 상호 접근이 아니라 상호 조명인 것이다. 고전주의적 알레고리 시들은 바로 이 두 영역 사이의 해소되지 않은 긴장에서 시의 질적 수준과 그 표현 기술의 지적 에너지를 이끌어낸다. 여기서 근간이 되는 것은 상상력에 의한 의미 부여 행위이며, 이러한 행위가 없다면 (실러의 말처럼) '대상들은 공허하고 내용이 없는' 것이 될수밖에 없는 것이다.

실러의 알레고리 기법을 이끌어가는 근본적인 추동력은 이미 그의 초기 작품들에서 시험해본 고대 그리스 신화이다. 고대 신화의 소재와 인물들과 모티브들을 다루는 일에는 그것들의 전통적 의미들을 주관적으로 변형하는 과정이 포함된다. 고대 문화의 전통들을 소재로 삼고 있는 실러의 문학 작업 방식은 당시의 신화학 연구 경향과 맥을 같이한다. 이러한 연구 경향은 1800년경의 역사철학적 시대정신과 연관되는 현상이기도 하다. 즉 미학에 영향력을 끼칠 수 있는 "새로운" 신화 연구가 당시의 일반적인 경향이었던 것이다. 헤겔과 셸링의 「체계 기획(Systemprogramm)」(1776), 노발리스의 「꽃가루」 단장들(1798), 횔덜린의 소논문 「종교에 관하여(Über

Religion)」(1798), 슐레겔의 「시에 관한 대화(Gespräch über Poesie)」(1799) 등이 그 좋은 예들이다. 이 시도들에 공통된 신념은 시대의 혼란상에 직면하여, 또는 실패한 혁명의 희망들의 지평 앞에서 충분히 복합적인 미학적 의미의 제공을 위해 신화학을 "자연의 예술 작품",[34] 시적 내지 철학적 정신의 산물로[35] 일종의 "상상력의 다신론"[36]을 통해 새로이 만들어내야 한다는 것이다.[37] 합일을 뒷받침하는 신화야말로 전체 시대를 열광시키고, 신화의 예술적 활용을 체계적으로 궁리하게 만든 원천이었던 것이다.

실러의 고전주의 서정시를 자세히 관찰하면 고대 신화를 여러 차원에서 미학적으로 활용한 흔적을 보게 된다. 그런데 이때 주제의 역사철학적 의미는 다만 정신적 배경으로 나타난다. 「그리스의 신들」(1788), 「케레스의 비탄」(1796), 「엘레우시스의 축제」(1798), 또는 「만가」(1799) 같은 시들에서 신화의 시적 잠재력을 두 가지 관점에서 이용하려는 기법이 나타난다. 그 하나는 신화의 인물들과 토포스들을 서사적 맥락에서 등장시키기를 선호한다는 것이다. 이 경우 박학다식하게 고대 신들의 이름을 끌어들여(쾨르너는 이를 독자에게 적대적이라고 여러 차례 나무랐다) 거명된 신화 인물과 관련된 서사적 내용들을 예술적으로 중개하면서 그것의 의미가 집약적으로 조명된다.[38] 그 두 번째는 전승된 소재들을 개인적으로 변형하여 단순화하거나 낯설게 만들어 그때그때 의도한 지배적 효과를 위해 활용하는 선택의 기법이다. 이리하여 신화의 텍스트는 팰림프세스트(palimpsest)*가 된다. 즉 시적으로 연출된 표피 밑에 신화적 배경이 깔려 있음을 감지할 수 있는 것이다. 이런 식으로 실러는 계몽주의 시절에 아나크레온파의 시들에서 성행했던, 현학적 고대 수용이라는 흔한 메커니즘으로 떨어지는 것을 피한다. 신

* 원래의 글자가 지워지고 그 위에 다른 것을 새로 쓴, 양피지로 된 옛 문서.

화의 개성적 활용은 신화 고유의 문화적 구속성을 완전히 잃어버리지 않으면서 시적 자유를 얻을 수 있게 해주는 것이다.

이 두 가지 기법의 결합을 보여주는 모범적인 사례가 「케레스의 비탄」이다. 괴테는 이 시에서 "상상력과 감정"(NA 36/I, 230)의 접근이 텍스트의 알레고리적 구조를 충분히 이해하는 데 도움이 된다면서 그 점을 높이 샀다. 이 비가는 플루톤에게 납치되어 명부로 끌려간 딸 페르세포네를 생각하며 슬퍼하는 여신 케레스의 우수를 서술한다. 이 여신에게 위안이 되는 것은 오로지 자연의 순환 하나뿐이다. 자연의 순환에 담긴 법칙적 성격에서 이 여신은 우수와 희망의 끊임없는 운동을 읽어내는데, 그것이 그대로 이 여신의 기분을 결정하기도 한다. 경작의 여신으로서 케레스는 씨뿌리기를 하는데 대지 깊숙이 가라앉히는 이 행위는 딸 페르세포네의 새 정착지인 지하세계를 바로 떠올리게 한다. 뿌린 씨는 또 딸에 대한 여신의 그리움을 상징하기도 하는데, 그 씨앗으로부터 봄에 새싹이 터 오른다. 이런 식으로 자연의 과정은 그대로 마음 상태를 반영하는 거울이 되고, 그 마음 상태의 변화는 곧 계절에 상응한다. "봄의 쾌청한 광휘에서 / 저마다 부드러운 젖가슴 / 가을에는 시든 화환 / 내 아픔과 내 즐거움."(NA 1, 282, v. 129 이하 계속) 이 텍스트가 해내는 일의 특별한 점은 신화를 불완전하게, 따라서 선택적으로 활용한다는 것이다. 실러는 이교적인 신들과 관련된 문제를 다룰 때면, 괴테와 횔덜린도 높이 평가한 베냐민 헤데리히(Benjamin Hederich)의 상세한 『신화 사전』(초판 1724년, 제2판 1770년)에 의지하곤 했다. 그러나 실러는 케레스 신화의 경우 헤데리히가 제공하는 상세한 정보에 의지하지 않고 자기의 상상력에 따른다. 헤데리히가 제공해주는 전래된 신화에 의하면 유피테르가 플루톤과 케레스로 하여금 페르세포네에게 한 해의 봄과 여름에는 지상으로 올라와 어머니 케레스와 함께 살 수 있도록 허용하는 계약을 맺게 했다는 것이다. 이러한 신화에 의하면 자연의 순환이 약속해주는 구체적인 의미는 봄이 되면 자기의 딸이 돌아오리라는 어머니 케레스의 희망인 것이다. 그러나 실러의 비가에서는 이러한 케레스의 희망은 상상력이 만들어낸 것에 불과한 것으로서 실제적인 현실이 아닌 것으로 나타난다. 실러는 신화의 원본에서 벗어나면서 신화를 알레고리적 잠재력으로 장식한다. 신화는 자연의 순환 현상에서 상상력이 불러내는 문학적 처리 과정의 요소가 되는 것이다. 신화의 서사적 내용이 바탕으로 되어 있지만, 신화의 조절 기능에서 독자적으로 벗어나고 있는 이 비가는 신화시학적(mythospoetisch) 연출 예술의 본보기로서 고전주의 시대의 다른 시들에도 해당하는 특징을 보여준다.[39)]

퀴르너, 샤를로테 폰 렝게펠트, 빌헬름 폰 훔볼트 등에게 보낸 편지에서 실러는 언어가 감정을 정확히 표현할 만큼 믿음직한 매체가 되지 않는다고 여러 차례에 걸쳐 탄식을 하고 있다. 1796년 2월 1일 훔볼트에게 보낸 편지는 감정("가슴")과 언어예술 사이의 간격(NA 28, 179; NA 24, 44와 NA 25, 270 비교)에 관해 쓰고 있다. 이와 같이 회의적인 언급에도 불구하고 실러의 서정시는 언어에 대한 일반적인 신뢰에 의해 지탱된다. 그 원인은 문학 담론이 모방의 기능을 하는 것이 아니라, 모방 충동의 차원을 넘어선 피안의 질서를 세우는 역할을 한다는 의식에 있는 것이다. 이로써 개인이 받아들인 감각들을 그 본래의 진정성을 상실하지 않고 표현할 수 있는 언어 표현의 가능성에 대한 회의는 언어의 창의적 성취 능력에 대한 통찰에 자리를 내주는 것이다. 흔히 언어에 대한 회의를 증언하는 시로 오해되곤 하는, 1796년에 쓴 6운각 2행시 한 편「언어(sprach)」이 이러한 통찰을 복잡한 방식으로 표현하고 있다. "어찌하여 살아 있는 정신은 정신에게 나타나지 않는가! / 라고 말하는 영혼, 아! 그 순간 영혼은 이미 말하지 않는다."(NA 1, 302) 클라이스트를 비롯해 19세기에 그릴파르처(Grillparzer)로부터 젊은 호프만슈탈에 이르기까지 수많은 작가가 문학적 자기 연출의 요소를 규정하는 특징으로 여긴, 언어에 대한 위기감의 전조를 이 2행시에서 읽게 된다고 여긴다면 그것은 잘못된 판단이다. 실러의 예술 세계에서 언어 위기는 결코 결정적인 역할을 하지 않는다.[40] 언어의 전달 기능에 대한 회의는 그의 경우 과도할 정도로 강조되었고 그럼으로써 예리하게 규정해 놓은 본질 속에 갇혀버린 것이다. 실러가 철학적 개념 언어의 가능성들을 제한적이고 저마다 보충될 필요가 있다고 여겼을지는 모르겠지만, 시적인 언어가 사람의 이중적 속성인 감각적 · 지적인 면을 온전히 묘사하고 파악할 수 있다는 사실만큼은 그에게 의심의 여지가 없었다. 「소박문학과 감상문학에 대하여」에서 그는 상상력과 추상의 자유로운 상호작용의 결과를 체현한 어법을 가리켜 "천재적이고 기지에 넘친다"(NA 20, 426)고까지 말하고 있는 것이다.[41] 이 어법이야말로 번거로운 비유를 쓰지 않고 사상 또는 현상의 본질을 직관하게 하고, 그럼으로써 언어로부터 성찰적 판단력과 아울러 감각적 충만함까지 요구하는 인간의 이중 욕구를 만족시키는 것이다.

1795년 8월 3일 피히테에게 보낸 편지의 첫 번째 초안에서 실러는 자신의 언어관에 관하여 다음과 같이 쓰고 있다. "내가 바라는 것은 그저 내 생각을 다른 사람에게 분명하게 전해주는 것만이 아니라, 아울러 그 사람에게 내 영혼 전체를 전해주는 것이다. 그리하여 그의 감각적 힘들뿐 아니라 그의 정신적인 힘에도 영향을 주는 것이다."(NA 28, 359) 언어의 전달 기능을 그런 식으로 규명하는 것이 다만 철학적 담론에 한정되는 것일 수 없다는 것은 자명하다. 실러는 시에서도 직관적 표현형식과 지적 표현형식의 상호작용을 추구한다. 이는 곧 언어의 고유한 창의력을 그가 깊이 신뢰한다는 것을 말해준다. 여기에는 표현의 행위가 표현 대상을 재생산하는 것이 아니라, 표현할 대상을 독자적으로 창작하는 것이라는 의식이 포함된다. 언어로 표현된 영혼이 더 이상 이야기를 하지 못하기는 하나, 그러나 여기서 이야기되는 것 역시 더 이상 영혼이 아니라, 언어화 과정에서 생겨난, 질적으로 새로운 어떤 것이다. 언어는 하나의 표현 매체이고 매체의 진정성은 오직 예술적 질서 안에서만 창출될 수 있다는 사실을 알고 있어야, 문학적 표현이란 텍스트 자체에는 나타나 있을 수 없을 것을 표현해내는 것이라는 문학의 현대적 이해가 가능해진다.[42]

실러의 서정시 언어에는 신비적인 면도, 분위기도 없다. 이러한 사실은 언어가 담고 있는 실용적인 효과에 대한 계산에 부합한다. 원천적으로 계몽적이다. 사상 내용을 일목요연하게 표현하려는 의도에 의해 규정된다. 그리하여 설정해놓은 지적 목표가 모든 것을 주도한다. 실러의 시는 낭만주의 자연시에서처럼 암시적으로 연출된 어둠의 분위기와는 아무런 공통성도 없다. 실러의 시에서 죽음의 매혹, 감각적 욕망, 극단적인 것의 경험 등은 오직 교육적 요구들의 맥락에서만 주제로 다루어진다. 담시들이 독자들을 위해 유지하고 있는 스릴은 엄격한 효과 질서의 체계에서 하위에 머무는 요소에 지나지 않는다. 주로 교육적으로 보여주기 위한 목적에 충실한, 예리하게 조명된 장면 배열 안에 있는 극적 구성 성분 중 하나일 뿐인 것이다. 비가들이 다루는 자연 향유의 주제에서 시적인 것 역시 인류의 발달사 이론에 대한 토론과 연관해서 나온 것이다. 남녀 간의 관계는 이상형적 관계 모델의 테두리 안에서 조명된다. 긴장이 없는, 그리고 심리적 뉘앙스도 포기한 묘사를 통해 조건 없이 받아들여야만 하는 역할 분담에 봉사할 뿐이다. 실러의 시가 보여주는 자연과 인간들이 구체적인 특징을 갖는 경우는 오직 문화사적 고찰을 위한 본보기일 때뿐이다. 그리하여 외적 현실은 논리 정연한 모델에 따라 고전적 문화인류학이 그 모습을 펼치는 무대의 배경이 될 뿐이다. 경험의 대상들에 등을 돌리는 이와 같은 경향을 아무런 생각 없이 확인만 하는 사람은 실러의 시를 무시하는 게 아니다. 오히려 역사에서 그의 시가 놓일 위치를 정하는 일에 기여하는 것이다.

실러의 시는 주제상의 통일성이 아니라 주로 형식적 통일성을 보여준다.[43] 따라서 실러의 시를 규정하는 핵심 범주들을 현대 독자들이 따라갈 수 있을 만한 개념으로 옮겨놓는 것만으로 그의 시를 읽을 수 있는 조건이 마련됐다고 볼 수는 없다. 그보다는 오히려 논증적 형식의 성취에 대한 통찰까지 해야 한다. 실러의 사상을 지배하는 계몽주의적 동기가 그의 시 작품의 구조에서 모든 모순이 배제된 상태로 표현되는 것은 아니다. 할러로부터 클롭슈토크에 이르기까지 18세기 중반을 풍미하던 교훈시의 특징인 조망 가능한 관계들의 자리에 해소되지 않은 대립들이 등장하게 된 것이다. 이원론적인 인간의 속성에서 기인하는 근본적인 긴장, 감각적 경험과 도덕적 명령 사이의 분열, 어두운 시대의 조건들 아래서 먼 이상에 대한 작업 등과 같은 모순들이 전면에 들어선 것이다. 실러의 긴장이 넘치는 사고 구조를 펼칠 수 있는 형식은 결정하는 힘을 서정시 장르에서 가장 똑똑하게 볼 수 있다.[44] 실러 서정시의 수사학적 모델들(교차 배열과 확장, 막강한 경구와 서정시 텍스트들을 관통하는 격정의 줄기들)이 실러의 사상에 담긴 모순들의 엄청난 긴장을 정확하게 반영하고 있는 것이다. 이 지적 예술가 기질의 출발점을 동시대 비평가들 가운데서 프리드리히 슐레겔만큼 날카롭게 알아차린 사람은 없다. 라이하르트가 주재하는 잡지 《독일 극장 저널》에 《1796년 문예연감》에 대한 슐레겔의 서평이 실렸는데, 그는 여기서 「여인들의 기품」, 「춤」 같은 실러의 시들에 대한 회의적인 논평들을 아끼지 않으면서, 실러의 근본 성향에 대해 다음과 같이 쓰고 있다. “실러의 시들에서 확인되는 미완성의 특성은 부분적으로 그의 목표의 무한성에서 비롯한다. 그에게는 스스로를 제한하는 일이 불가능하다. 제정신으로 유한한 목표에 접근하는 것은 그로서는 있을 수 없는 일이다. 쉬지 않고 계속 투쟁하는 그의 정신은 일종의 숭고한 무절제(erhabnen Unmäßigkeit)라 표현하고 싶다. 항상 앞으로만 나아간다. 그는 결코 완성할 수 없다. 그러나 그러한 이탈의 모습에서도 그는 위대하다."[45] 실러 정신의 실상을 이처럼 예리하게 표출해낸 사람이 바로 슐레겔이란 사실은 미묘한 일이 아닐 수 없다. 나중에 가서 그토록 타협도 모르고 실러를 비판하게 될 그가 여기서는 스스로 인정할 수밖에 없을 정도로 실러와 가까웠던 것이다.

목표가 아니라 과정(피히테, 프리드리히 슐레겔, 횔덜린, 헤겔 등을 위시하여 1800년 전후 지성인들이 숙지하고 있던[46] 자기 이해의 메타포이다)이 실러의 이론적 야망뿐 아니라 그 야망을 실천에 옮기는 예술 작업까지도 규정한다. 여기서 지배적인 것은 자기가 하고 있는 성찰 작업이 마무리될 수 없는 잠정적인 것이라는 점을 의식하고 있다는 것이다. 실러 서정시 작품의 주축을 이루는 강령의 내용들만 분석하는 사람은 실러의 미학적 자기 이해는 물론이요, 그걸 전제로 하는 지각 형식들에 담긴 지적 특징 역시 놓치게 된다. 이 지각 형식들에 담긴 정신적 기질의 팽팽한 긴장이야말로 실러의 시가 현대 독자들로서는 이해하기 힘들 것이라는 짐작에도 불구하고 아직도 현대인들의 관심을 끌고 있는 요인이라 할 것이다. 초기 작품에서 보이는 정서에서도, 고전주의 텍스트에서 나타나는 조화로운 경향에서도 원래 완성될 수 없는 예술적 요구에 대한 형식적 자기 연출이 들어선다. 천재 시대의 발작과 고전주의 대리석의 광채 뒤에는 충족되지 못한 이상을 실현하고자 하는 의지의 폭발성이 잠복하고 있는 것이다. 무엇보다도 이 의지가, 역사의 테러에 의해 그의 낙관적인 메시지가 부정된 지 이미 오래인 곳에서도 실러의 시에 관심이 쏠리게 하는 것이다.

2. 철학적 서정시(1788~1800)

이상을 만들어가는 작업

「그리스의 신들」(1788)에서 「만가(Nänie)」(1799)까지

실러의 서정시에서 고전주의 시대로 접어드는 서막을 이루는 것이 「그리스의 신들」이다. 비가의 울림을 주는 이 텍스트는 1788년 3월 빌란트의 《도이체 메르쿠어》에 발표되었다. 인쇄되고 며칠 뒤에 실러는 쾨르너에게 그 시가 생겨난 것에 관하여 이렇게 쓰고 있다. "빌란트는 《메르쿠어》 새 호에 내가 기고할 것을 계산하고 있었고, 그래서 두려운 마음으로 시 한 편을 지었지. 《메르쿠어》 3월호에 실렸는데 자네도 보면 그것에서 즐거움을 느낄 걸세. 최근에 내가 쓴 것들 가운데 꽤 최상급이니까."(NA 25, 29) 대칭적인 구조를 이루며 (도합 25연이며, 모든 연이 8행으로 구성됨) 예술적 균형미를 갖춘 이 비가의 특별한 특징은 따라가기 쉬운 리듬과, 호감이 가는 언어의 멜로디다. 신화의 모티브와 인물들을 중점적으로 다룬 것이 눈에 띄는데, 바로 이 점이 마음에 걸려 쾨르너는 1788년 4월 25일 편지에서 그 "박식한 (신화에 등장하는) 이름들"이 독서에 방해가 된다면서 비판조로 항의를 한다. 이 시의 형식적 장점들에 대해 적절히 찬사를 늘어놓은 다음에, 평소 유화적인 이 친구는 논쟁적인 말투로 다음과 같이 나무란다. "단지 진부한 도그마에는 해당하겠지만, 정화된 기독교 문화에는 맞지 않는 몇 가지 비방들은 뺐으면 하는 바람이네. 그 시의 가치에 보탬이 되질 않아."(NA 33/I, 180)

실러의 비가는 고대 그리스의 온전한 세계를 냉정함과 차가움으로 각인된 현대와 갈라놓는 대립을 오성의 추상(抽象) 작업을 통해 묘사한다. 고대 그리스의 신들은 직관적으로 경험할 수 있는 생생하고 완결된 현실의 상징적 그림들로 나타난다. 이것은 루터교의 '숨어 계신 하느님(Deus absconditus)'의 교리가 선언하는 우상 금지와 첨예하게 대립하는 것이 아닐 수 없다. 신화의 모티브와 전통들을 계속 변화시켜가며 보여주는 본보기들로 실러의 시는 고대 그리스 세계의 아름다움과 조화를 보여준다. 고대 그리스 세계의 속성은 자연의 통일성, 감정의 진실성, 단아함, 삶의 기쁨, 행복, 죽음의 탈마성화(엘리시움, 즉 선경에서의 삶에 대한 전망을 가진다는 의미에서), 명예와 우정 등인데, 끝으로 특기할 것은 신들과 인간의 가까운 사이가 그 본질적 국면을 이루고 있다는 것이다. 이 시의 마지막에서 두 번째 연은 다음과 같이 이해하기 쉽게 그 맥락을 조명해준다. "신들이 아직은 더욱 인간적이었기에, / 인간들 또한 더 신들 같았지."(NA I, 195, V. 191 이하) 이 비가는 이로써 그보다 3년 전 「어느 덴마크 여행객의 편지」에서 소개된 불투명한 고대의 상과는 현저하게 대조된다. 이 논문은 고대 그리스 철학과의 거리를 빙켈만과 헤르더가 지향하는 아테네 예술에 대한 찬미와 연결하고자 한 것인데, 신시대의 형이상학과 의고주의 미학으로의 접근 사이에서 짜깁기하여 만든, 1785년까지만 해도 실러의 사상을 규정하던 세계관을 반영하고 있다. 그런데 1780년대 말 쾨르너와의 편지 교환과, 빌란트 주변에서 얻은 바이마르 경험들을 통해 사변적인 자연철학에서 벗어나면서 실러는 새로운 문화사적 방향을 모색하는 것에 대한 욕구가 커진다. 이런 새로운 지향은 당시 읽기 시작한 학술적 저술들에 담긴 세계사적 안목의 사회구조 모델에서도 발견되거니와 「그리스의 신들」에서 보이는 고대 개념에서도 의미심장하게 표현되고 있다.[47)]

빌란트의 의고주의에 익숙한 실러는 자신의 텍스트에서 고대 세계의 온전함을 불러낼 수 있는 본보기들을 고대 그리스 신화들에서 선택하여 활용한다. 디오니소스와 그의 사티로스(반인반수)들은 깨지지 않은 세계 향유의 기쁨을 나타내고, 데메테르〔농업 · 결혼 · 사회질서의 여신, 로마 신화의 케레스(Ceres)〕는 슬퍼하는 어머니의 아픔을, 태양신 헬리오스는 빛으로 가득한 창조의 질서를, 숲의 요정 드라이어드와 샘터의 요정들은 그들의 자연미를 상징하고, 사랑의 신 아모르는 하늘과 인간 사이의 연결을 나타내고, (테살리아의 왕 아드메토스의 아내로 남편 대신 죽은) 알케스티스는 덕을 보여주고, 오레스테스는 신의를, 베누스는 순수한 아름다움의 원리를 표현한다. 여기서 뚜렷이 드러나고 있는 것이 빌란트의 시 「우아함의 여신들」(1769)의 영향이다. 이 빌란트의 시에도 다음과 같은 비슷한 설명이 있는 것이다. "신들이 앞다투어 내기들 하네. / 누가 자연이 준 재능에 / 가장 많이 기여했는가를."[48)] 실러는 알레고리적으로 해석된 천상의 인물들 가운데서 비도덕적인 것과 비난받을 만한 것들은 의도적으로 모두 배제하고, 그 나머지 인물들로 하여금 앞서 언급한 이념에서(즉 고대에는 상존했으나 현대의 조건들 속에서 사라져버린 세계 총체성의 표상에서) 제각기 자기에게 해당하는 국면을 체현하게 한다. 그럼으로써 이 비가는 나중에 감상문학을 위해 요구되는 성찰에, 즉 감각적으로 경험할 수 있는 창조물이 지닌 전범(典範)적 기능에 대한 성찰에 가까이 다가간다. 실러의 대논문에서는 이에 대해 "세상 전체가 조화롭게 함께 작용하는 것이 이제 한낱 관념이 되고 만 문화적 상황에서 현실을 이상으로 고양하기 위해서는 시인이 될 수밖에 없다"(NA 20, 437)"고 설명하게 된다. 비가의 텍스트는 신화의 소재들만이 아니라 거기에 나오는 인물들에 의해 알레고리적으로 표현된 의미들까지도 일목요연하게 담아내는 가운데, 감상문학의 특징이 되는 이상화 작업을 수행하고 있는 것이다. 고대 객관성의 상실이 현대 의식시(Bewußtseinspoesie)의 전제인 것이다.

고도로 승화된 고대 그리스가 실러 시의 독자에게 다가온다. 실러가 고대 그리스에 관하여 윤곽을 그릴 수 있게 된 것은 1755년 이미 출판된 『회화와 조형예술에서의 고대 그리스 예술 작품 모방에 관한 사색(*Gedanken über die Nachahmung der griechischen werke in der Malerei und Bildhauerkunst*)』에 나타나 있는, 고대에 대한 빙켈만의 이해에서 자극을 받은 결과라고 생각된다. 실러의 고대 숭배가 빙켈만의 글에서 비롯했다는 것은 널리 알려진 사실이다. 빙켈만의 글에 담긴 광범위한 예술사적 탐구가 없었더라면, 실러의 시가 보여주는 고대 그리스 숭배는 생각하기 어려울 것이다. 『모방에 관한 사색』에 다음과 같은 강령적인 내용이 나온다. "우리가 위대하게 되는, 아니 가능하다면 타의 추종을 불가능하게 만드는 유일한 길은 고대를 모방하는 것이다. 그리고 누가 호메로스에 대해, 그를 잘 이해하게 된 사람은 그를 경탄하게 되리라고 말했다면, 이 말은 또한 고대, 특히 고대 그리스의 예술 작품들에도 해당한다."[49] 빙켈만은 그러나 고대 예술 작품들이 미학적 방향을 정립하는 기능이 있다면서 그것을 설명하는 것으로 그친다. 그런데 실러의 비가는 한 걸음 더 나아가 고대와 현대를 갈라놓는 간격을 묘사하는 데서 긴장감을 이끌어낸다. 이것은 그의 친구인 후버가 1786년《탈리아》제2권에 발표한 글인「근대의 위대성에 대하여(Ueber moderne Größe)」에서 힌트를 얻은 것인지도 모른다. 후버의 논문 또한 고대 예술의 위대성과 근대의 소외 현상 간의 대립이라는 가설을 전제로 하고 있고, 그의 생각들에서는 수미일관 천재 시대에서 강조되던 이성비판의 시각이 그 기조를 이루고 있는 것이다. 사람을 감격하게 하고 영웅적 행위에 열광하게 만든다는 것이 고대 그리스 세계의 특징인 반면, 현재는 오성에 의한 추상화 작업의 차가운 정신이 지배한다는 것이다. "영원한 프로메테우스의 불은 이제 쓰이지 않은 채로 놓여 있다. 계몽주의가 각자의 조그만 등불에 점화하여 삶의 작은 부분을 약간 볼 수 있게 도와주고 있기 때문이다."[50)]

실러의 시는 이 논거를 받아들인다. 독단론적으로 일그러진, 몰감성적인 기독교와 계몽주의의 이론 문화가 현재 비판의 핵심 대상들로 등장하고, 이를 배경으로 하여 고대 그리스에 대한 찬양이 전개된다. 고대의 신들이 필멸의 인간들을 "가벼운 걸음마의 끈"(v. 2 이하)으로 이끌어주던 "더 행복한 시대"가 강렬한 감각적 경험도 알지 못하고 고대 그리스 사람들처럼 신들의 힘을 직접 체험하지도 못하는 지금 시대와 대립각을 이룬다. "창조주는 피조물 가슴에 흐르는 / 즐거움에 가까이 있었어라. / 나의 창조주 내 오성에 자기 이름 알려줄 것이뇨? / 뭉게구름 천막 속에 숨어 있는 것이뇨? / 나 관념의 나라에서 찾아내려 애쓰노라, / 감각의 세계에선 헛된 일을."(v. 83 이하 계속) 제2판에서는 빠진 이 시구들은 분명 계몽된 이성(理性) 종교의 개신교적 순수주의를 비판하고 있다. 이러한 비판을 실러는 기회 있을 때마다 거듭해서(가장 명확한 곳은「메리 스튜어트」에서이다) 하게 된다. 천상의 것과 인간을 서로 화해시켜주는, 그 자체로 통일된 하나의 창조적 힘이 가시적으로 나타나는 것이 아니라 "신들이 없는 자연"(v. 168)이 현대를 지배한다는 것이다. 이와 비슷한 진단이 7년 뒤에 그의 시 「자연과 학교」에서도 나타난다. 쾨르너는 이 시를 특별히 높이 평가했다("괴테도 이와 비슷한 것을 성공한 적은 드물다").(NA 35, 323) 고대 그리스인들이 창조 신화의 기원에 가까웠기에 알고 있던, 인간 세계를 초월하는 높은 곳의 힘들의 축복으로 얻은 지식(이 지식이 그러하다는 것을 우리는 발굴된 유물들에 대한 감정 결과를 통해 알고 있다)이 현대에서는 회복 불가능한 지경으로 사라져버리고 말았다는 것이다.

실러의 텍스트는 고대의 다신론과 기독교 신앙을 첨예하게 구분하면서 이 두 영역을 접근시키려는 그 어떠한 시도도 허용하지 않는다. 불과 몇 년 지나지 않아 이교도적 신들의 세계와 현대의 기독교 사이의 관계를 신화시학적(mythopoetisch)으로 조명하고 역사철학적 근거를 내세우면서 성찰하려는 시도를 헤겔이〔「엘레우시스(Eleusis)」(1796)〕, 셸링이 〔논문 「자연철학에 대한 이념(Ideen zu einer Philosophie der Natur)」(1797)에서〕, 노발리스가 〔수기(手記) 「자이스의 도제들(Die Lehlinge zu Sais)」(1798)에서〕, 횔덜린이 〔비가 「빵과 포도주(Brod und Wein)」(1800)에서〕 하게 된다. 출발점이 된 것은 헤겔의 「엘레우시스」와 횔덜린의 유명한 비가에서 강조되고 있듯이 술의 신 디오니소스와 그리스도가 유형학적으로 밀접한 관계에 있다는 것이다. 「엘레우시스」의 신비 의식에서는 이미 기독교적 계시의 발상이 암시적으로 나타나 있고, 데메트리우스와 그녀의 아들 디오니소스를 기리는 이교도의 축제에서는 상징적 기호로서의 빵과 포도주가 마련된 성찬식이 이미 선취되어 있다. 실러 시의 영향이 두드러진 헤겔의 시도 이교도적 자연종교의 상실을 진단하는 데에서 출발한다("신들의 무리 올림포스 산 속으로 되돌아 도주했도다").[51] 그러나 이 또한 다만 역사철학적 스케치라는 테두리 안에서 기독교 종교가 한결 뛰어나다는 점을 강조하기 위한 것이었다. 이교도 의식의 성스러운 말을 들을 수 없게 되었다는 것은 예수의 계시라는 독특한 방식이 그를 대신하여 등장했음을 말한다. 사제가 말씀이나 형상에 의하지 않고 예수의 계시를 경험한다는 것이다. "봉헌을 드리는 신도에게 고결한 가르침의 충만함이, / 또 형언할 수 없는 감정들의 심오함이 정녕 너무나도 거룩하였기에, / 메마른 기호들은 그것에 부합하지 못했어라."[52] 헤겔 텍스트의 중심에 서 있는 것은 기독교 교리의 추상성에 대한 한탄이 아니라, 언어로 표현할 수 없는 이교도적 다신론의 웅변적 상징들을 통해 암시된 의미의 계시에 대한 유형학에 근거한 신뢰감인 것이다. 헤겔 텍스트의 입장은 나중에 『정신현상학』(1807)에서 예술 종교론을 배경으로 하여 더 체계적으로 설명된다.[53] 1800년을 즈음하여 나온 횔덜린의 비가와 송가(「빵과 포도주」 외에 특히 명확하게 표현된 것이 「슈투트가르트」와 「유일자」이다)도 비슷한 경향을 띠면서, 다신론과 기독교를 신화시학적으로 접근시키려고 한다.

실러의 시는 고대 그리스 세계의 징표라고 여겨지던, 신화론적으로 보장된 조화의 상실에 대한 슬픔의 시각을 통해 비가적 성격을 얻는다. 텍스트는 그 조화에 대한 기억을 확고히 하면서 현재와의 대비로 그 매력을 부각한다. "아름다운 세계여, 그대 어디 있느뇨?—돌아오라, / 꽃 만발하는 자연의 성스러움이여! / 아, 노래 속 요정의 나라에만 겨우 / 아직 남아 있는가, / 황홀한 그대의 자취여."(v. 145 이하 계속) 신들과 인간의 가까운 관계에 근거하는 고대의 아름다움은 오직 예술 세계에만 존재한다는 것이다. 또한 시의 비가 형식은 잃어버린 고대 그리스와 그 신비의 세계가 현재화될 수 있게 하는 유일한 가능성이 된다. 텍스트가 슬픔을 연출해내는 가운데 고대가 새로 태어난 듯 등장하지만, 그것은 순전히 문학적으로 만들어진 작품이다. 그러한 연출이 효력을 발휘하려면, 1796년에 만들어진 텍스트 「폼페이와 헤르쿨라네움」이 바닷속으로 가라앉은 도시들을 허구적으로 재구성할 때 더 예술적으로 더 조형적으로 표현하게 되듯이 미학적 조율이 필요한 것이다.

거꾸로 진술해보자면, 먼저 온전하고 상처받지 않은 고대의 모습을 제시하고, 그것이 돌이킬 수 없는 과거로 사라지고 만 것을 문학적으로 비탄함으로써 비가로 하여금 고대 세계의 상실을 슬픔의 몸짓으로 노래할 수 있게 해주는 고대 그리스상이 생겨나는 것이다. 비가는 완전하고도 조화로운 세계를 묘사하고 있는데 그러한 시적인 그림 뒤에 역사적으로 객관화할 수 있는 밑그림은 없다. 고대 그리스의 신들과 그들로써 체현된 우정과 행복과 아름다움의 영역들은 예술적 연출로 미화된 산물인 것이다. 그리고 그러한 연출에는 서로 다른 문화사적 세부 사항들에서 선별해 활용하는 방식이 내포돼 있는 것이다.[54] 그럼으로써 신화적 인물들 상호 간의 관계에 대한 시적 성찰이 문학적 표현의 중심을 이루게 되는데, 그 성찰의 기능들에 관한 언급은 별로 없다. 쾨르너는 이에 대한 아쉬움을 이미 1788년 4월 25일 편지에서 다음과 같이 털어놓고 있다. "예술에 끼친 신화의 영향에 대해 난 좀 더 많은 걸 기대했는데 아쉽네."(NA 33/I, 181)

실러의 시는 나오자마자 격렬한 논쟁을 불러일으켰다. 시 텍스트에 나오는, 기독교에 대한 비판적 묘사가 화근이었다.[55] 프리드리히 레오폴트 슈톨베르크 백작은 1788년 8월에 출간된 크리스티안 보이에의 《도이체스 무제움》에 평론 한 편을 기고하여 실러의 시를 맹렬히 비판했다. 이교도적인 다신론에 동조하고, 고대의 비인간적인 특징들을 감싸주고 있으며, 반기독교적 성향을 띠면서 신을 모독하는 무신론적인 데가 있다는 것이다.[56]

이 시는 "하늘나라를 붕괴하려" 작심한 것 같다는 것이다. 이 시에서 거론되는 신앙과 이성, 고대와 현대 중의 양자택일은 미심쩍을 수밖에 없는, 계몽주의 신학에서 일구어낸 성과에 훨씬 못 미치는, 실로 이교도적 '우상숭배'에 가까운 낡은 발상임이 드러나고 있는데도 이런 수준급 작가가 그런 발상을 한다는 것은 매우 우려스러운 일이 아닐 수 없다는 것이다.[57)]

빌란트의 부탁에도 불구하고 실러는 슈톨베르크의 비난에 대해 자기방어를 하지 않았다. 그 대신 실러를 위해 쾨르너는 1789년 3월에 《탈리아》에 논문을 발표하여, 종교에 기반을 둔 〔슈톨베르크의〕 비판에 대해 비가에 예술적으로 표현돼 있는 실러의 꿈을 방어했다. 노발리스의 유고에서도 이 시에 대한 비슷한 논거의 '변론'이 발견되었다. 게오르크 포르스터는 1789년 5월 초에 나온 아르헨홀츠의 잡지 《새 문학과 민속학(*Neue Literatur und Völkerkunde*)》에서 이 시를 또다시 강렬히 변론했다. 실러는 자신의 관심사가 쾨르너의 회답으로 부분적으로만 대변되었다고 보고, 1788년 12월 25일에 쓴 편지에서 쾨르너의 글을 논평하면서 다음과 같이 설명했다. "내가 「그리스의 신들」에서 무색하게 한 신은 철학자들의 신이 아니다. 또한 무식한 대중들이 갖고 있는 자선적 환상도 아니다. 그것은 허약하고 왜곡된 갖가지 생각들에서 흘러나온 많은 것들이 함께 합쳐져 생겨난 기형아인 것이다. 내가 조명한 고대 그리스 사람들의 신들은 하나같이 고대 그리스 신화 가운데서도 사랑스러운 인물들뿐이다. 그들만을 가려 뽑아 하나의 사고방식 속에 집약한 것이다." 그 밖에 또 덧붙여 말할 것이 있다면 시는 예술 작품으로 읽어야지, 특정 종교적 세계관에 찬성하거나 반대하는 팸플릿으로 읽어선 안 된다는 것이다. 시를 예술 작품으로 읽는다는 것에는 어느 문학작품이나 다 그러하지만 이 시의 텍스트가 취하고 있는 '이상주의적' 관점의 진가를 인정하는 일도 포함된다.(NA 25, 167) 실러는 이로써 감상적 장르로서 비가가 겨냥하는 목적을 강조한다. 이 시의 중심에 놓인 것은 여기서 두루 조명된 고대 그리스 세계의 현실이 아니라 고대 그리스 세계의 아름다움에 대한 생생한 묘사와 맞물리는 환상적 차원인 것이다. 의고주의 미학이 추구하는 고대 모습은 그에 선행된 선별 과정의 결과를 체현한다. 이 선별 과정에서 피에 물든 고대 그리스 신화들의 끔찍함과 비인간성이 제거된다. 이러한 사실은 한 세기가 지나서야 비로소 요한 야코프 바흐오펜(Johann Jakob Bachofen)과 니체에 의해 절실하게 감지된다.

1793년 실러는 이 비가를 다시 한번 개작했다. 스물다섯 개 연에서 아홉 개 연을 줄여 열여섯 개 연으로 만들고, 대립 구조를 더 뚜렷하게 강조하고 결말도 새로 만들었다. 그리하여 그가 이교적 다신론을 찬양하는 게 아니라 온전한 고대 세계에 대한 미학적 비전을 제시하려는 것이라는 사실이 한결 분명하게 드러나게 되었다. 비가가 탄식하는 것은 그의 대상이 존재하지 않는다는 사실, 즉 고대 신들이 사라지고 없다는 사실이다. 이 점을 개정된 비가의 마지막 연이 다음과 같이 말하고 있다. "시간의 급류에 휩쓸려 떠내려가다 / 구출되어 산 핀두스 위에서 떠돌도다. / 노래 속에서 영원히 살아남을 것은 / 삶에선 몰락할 수밖에 없단 말인가."(NA 2/I, 367, v. 124 이하 계속) 고대 그리스 세계를 상실해야 비로소, 다만 서정적 예술 작품의 맥락에서나 그림자처럼 연명하는 신화 세계를 성찰할 수 있는 것이다. 괴테는 『파우스트』 제2부(1831)에서 의젓한 반어조 이러한 탄식의 자세를 극복했다. 고대의 신화 세계는 "현대의 가면을 쓰고 있더라도 그 성격이나 매력을 잃지 않는다"는 것이다.[58]

절대적인 것의 이념을 감각적 형상으로 체현한 것인 고대 신들의 공동체는 오직 미학적 묘사를 매개로 해서만 존재한다는 것을, 실러의 텍스트가 발표된 몇 해 뒤에 셸링이 자신의 『예술철학』(1802/03)에서 명시적으로 강조했다.[59] 그런데 셸링은 신들 자신에게 충만한 활력이 나타나 있기 때문에 신들을 시적으로 활용할 수 있다고 여긴 것이다. 이에 반하여 헤겔의 간결한 (실러) 시 해석은 오로지 작품에 내재하는 고찰만을, 즉 고대의 몰락에 대한 애가적(哀歌的) 비탄만을 추적하면서 이 시가 〔장 파울이 이미 지적한 바 있는〕 이교도적 다신론이 지닌 활력의 결여를 나타내는 징표임을 증명해 보이고자 한다. 전체적으로 보아 우호적 실러상(像)을 그리고 있는 (헤겔의) 『미학 강의』는 개정판의 결론에서 (초판에 있었던 고대의 개인이 지닌 신적인 위상에 관한 발랄한 표현을 삭제해버리고) 고대 신화의 세계는 오직 예술의 영역 안에서만 살아남을 수 있다는 『미학 강의』 본래의 입장이 입증되었다면서 다음과 같이 쓰고 있다. "고대 그리스 신들은 오직 표상과 환상 속에서만 자신의 자리를 갖게 된다. 그들은 삶의 현실에서 자신의 입지를 주장할 수도 없거니와 유한한 정신에게 궁극적인 만족을 줄 수도 없다."[60] 하긴 헤겔의 미학적 다신론에 대한 이와 같은 적절한 생각도 몇 년 지나지 않아 더 이상 받아들여지지 않게 된다. 하이네는 「노래의 책(Buch der Lieder)」(1827)에서 자기는 고대 그리스 올림포스 신들을 좋아해본 적이 없고, 그렇다고 다른 한편으로 "지배적이고 황량한 새로운 신들"을 더 좋아했기 때문도 아니라고 선언했다. 이는 더 이상 거주자가 없는 천상에 직면하여 이제는 변함없는 자연만을 경험하게 되는 세속화된 시대에 대한 회의(懷疑)를 증언하는 것이라 하겠다. 하이네의 경우 "영원한 별들"이 미학적으로 망가진 신화학의 자리에 대신 들어선 것이다. 경험적으로 직관할 수 있는 것이 위로 치솟는 이념의 건축을 축출해버린 것이다.[61]

「그리스의 신들」은 이상화된 고대의 모습과 명료한 대조를 이루는 현재의 회의적 모습을 그리고 있다. 이와 대조적으로 이듬해에 발표된 시 「예술가들」은 “세기말에 즈음하여” “이성”과 “법칙”을 통해, 문화와 인식능력을 통해 계몽된 세상에 대해 경의를 표한다.(NA I, 201 이하 계속, v. 2 이하 계속) 또한 이는 인류가 자기완성을 향해 나아가는 길에서 진일보한 시점(時點)을 이룩하고 있는 근대에 대한 찬사의 노래이기도 하다. 이 시는 1788년 10월과 1789년 2월 사이 여러 단계에 걸친 작업 과정을 거치면서 매우 어려운 상황 속에서 생겨났다. 실러가 쓴 서정시 텍스트 가운데 이와 비교될 만큼 오랜 숙고 기간을 거친 것은 없을 것이다. 초안은 이미 루돌슈타트에서 썼으나, 수정된 마무리 본은 바이마르에 와서 늦가을에 시작해 해를 넘겨 겨울을 지내서야 겨우 완성되었다. (후에 아내가 된 샤를로테 폰 렝게펠트의 생가가 있는 루돌슈타트의) 목가적인 풍경을 떠난 뒤 실러는 평소에 경험한 적이 거의 없는 암울한 기분에 젖어 있었다. 렝게펠트 자매들과의 이별을 이겨내기 위해서 도움이 되는 길이라고는 오직 일밖에 없었다. 실러는 날마다 열 시간씩 억지로라도 책상 앞에 앉아 있으면서 사교 모임을 접고 은자의 삶을 살았다. 몇 주일 동안 자기 방을 떠나지 않았다. 이 시의 초판본은 빌란트에게 비판을 받게 된다. 그 비판의 논거를 실러는 쾨르너에게 보낸 1789년 2월 25일 편지에서 다음과 같이 정리하고 있다. “그는 이걸 시로 보려고 하지 않고 철학적 포에지로 보려고 하네. 영(Young)의 「야상(夜想)」이나 그와 비슷한 종류의 것 말이네. 알레고리가 일관성 있게 지켜지지 않고 매 순간 새로운 알레고리로 넘어가 소실되거나, 아니면, 철학적 진리로까지 넘어가고 만다는 거네. 시적으로 참되고 언어적으로도 참된 구절들의 뒤엉킴이 그에게는 귀찮기만 한 걸세. 전체를 아우르는 형식의 통일성을 아쉬워하더군.”(NA 25, 211) 빌란트가 지적한 문제점들은 철학적 작업과 직관적인 관조 사이의 긴장감 넘치는 대결 구도를 겨냥하고 있는데, 그것은 바로 실러의 서정시가 의식적으로 추구하는 알레고리적 구조의 특징이다.[62] 의도적으로 견지되는 형상과 개념의 차이를 알레고리적 처리 방식의 특징으로 본 것은 프리드리히 크로이처의 신화론이 처음이다. 알레고리적 처리 방식은 바로 이 두 영역(형상과 개념)이 매끄럽게 융합되는 것을 의도적으로 방해한다는 것이다. 그런데 이러한 것을 감지하지 못한 빌란트는 오히려 매끄럽게 융합되지 못한 것을 아쉬워하며 그것을 촉구하고 있는 것이다.

실러는 1789년 빌란트의 충고에 따라 「예술가들」의 개작 작업에 들어갔지만, 정작 그 자신은 그의 안목으로도 서정시 텍스트에 없어서는 안 되는 "가벼움"(NA 25, 211)의 경지에 다다를 수 있으리라는 자신이 없었다. 서정시의 '유배지'에서 일하면서 힘겨운 나머지 다음과 같은 회의적인 예측을 한다. "때때로 나는 시 하나에 빠져드네. 「예술가들」에 내가 들인 시간과 수고를 생각하면 앞으로 수 년 동안은 그런 작업을 할 엄두도 내지 못하겠지만."(NA 25, 212) 완성된 (「예술가들」의) 텍스트는 1789년 빌란트의 《메르쿠어》 3월호에 실린다. 481행으로 이루어진 이 교훈시의 높은 음조는 철학적 · 미학적 소재의 품격에 어울린다. 진리로 가는 길에 있는 인간에게 예술이 갖는 의미와 기능이 작품 전체를 끌고 가는 주제이다. "오직 아름다움의 아침 성문을 통해서 / 너 인식의 나라에 들어가려 애썼나니."(v. 34 이하) 이러한 내용은 각각 진리와 아름다움을 체현하는 베누스 우라니아와 베누스와 사이프리아(=아프로디테)라는 알레고리로 가시화된다. 이 시의 도입부에서는 둘의 연관관계에 대해 다음과 같이 이야기한다. "끔찍이도 화사한 우라니아, / 불의 꽃관 벗어 들고 / 서 있구나—우리 앞에 아름다움의 화신으로."(v. 59 이하 계속) 그런데 결말에서는 관계가 뒤바뀐다. 처음엔 진리가 아름다움으로 그 정체를 드러냈는데, 이제는 그 관계가 뒤집어지는 것이다. "우아한 사이프리아, 그녀 자신이 / 불꽃 화관의 후광 받으며

/ 성년이 된 아들 앞에 나서는구나 / 베일 벗어던지고—우라니아의 모습으로"(v. 433 이하 계속) 진리와 아름다움이 이상적으로 서로 긴밀하게 연결되어 있는 것이다. 지속적인 연합의 형태로서 이루어질 둘의 궁극적인 화해는 물론 먼 훗날의 몫으로 남게 된다. 그것은 예술가가 스스로 만들어낸 작품들의 도움으로 절대 진리의 세계에 도달하는 시대다. "하여 그는 감춰진 길 따라 이끌어지나니 / 점점 더 순수해지는 형식으로, 점점 더 순수해지는 음조로 / 점점 더 높아지는 높이로, 점점 더 아름다운 아름다움으로 / 시의 꽃 사다리 타고 조용히 위로 위로— / 마침내 때가 무르익어 목표에 다다르니, / 또다시 젊은 시절의 영감 떠올라 / 또 한 번 행복한 열광 맛본다 / 그리하여—살며시 진리의 팔에 안긴다."(v. 425 이하 계속) 카롤리네 폰 볼초겐은 실러의 시 「예술가들」의 이와 같은 시각을 포착하여 1792년 11월 《신 탈리아》에 발표한 고전극 「레프카다의 바위(Der leukadische Fels)」의 합창 시작부에서 아프로디테의 통합을 이끌어내는 힘을 다음과 같이 노래했다. "영원한 조화의 어머니여, / 당신께선 커다란 아치를 넓게 드리워주셨습니다! / 모든 야성의 힘이 그 안에서 화음으로 노래합니다. / 영원한 유대의 아름다움 속에서."[63]

실러의 시는 인간의 문화적 진화(이것은 그의 이론적 저술들에서도 핵심적인 주제에 속한다)를 상세하게 다루고 있다. 이미 실러는 이 주제를 세 번째 졸업논문 중 인류 발달사와 관련된 대목에서 크리스티안 가르베와 루소의 견해에 따르면서 전개한 바 있다. 「예술가들」을 완성하고 난 후 몇 주 지나지 않아서 한 예나대학 교수 취임 강연에서도 같은 주제가 계속해 전개되었다. 이 강연은 헤르더의 『인류의 역사철학 이념』(1784년 이후)과 《베를린 모나츠슈리프트》에 발표된 칸트의 역사철학적 글들에서 자극을 받은 것이었다. 여기서 강조되어야 할 것은 개인은 먼저 자연의 아름다움에 눈을 뜨고 예술 작품에서 그것을 모방하고 새로운 법칙들로 파악하고 나서야 비로소 지적 인식능력을 얻는다는 확신이다. 인류는 발달 과정의 모든 단계에서 미의 경험을 통하여 더욱 높은 인식의 차원으로 이끌어진다. 개개인의 운명을 결정하는 보편적 문제들은 철학적 성찰에 의해 엄격한 논리적 방법론을 바탕으로 체계적으로 전개되기 전에 먼저 감각을 매개로 하여 제시된다. 예나대학 취임 강연에서는 사람이 타고난 자연 충동을 문화사적 전개 과정에서 세련하는 도구로서의 예술과 학문이 동일한 비중으로 중요하게 고찰된다.[64]

형이상학과 우주론, 격렬한 감정들과 정치-예술은 이 주제들을 받아들일 수 있는 담론 질서들의 첫 번째로서, 그것들을 다룬다. 인간의 발전을 더 위대한 완성의 길로 촉진하는 것이 바로 예술이다. 예술은 개인이 추상 작업의 토대 위에서 자연을 체계적으로 정리하려고 노력하기 전에 먼저 예술 작품들 속에서 감각적으로 감지할 수 있는 방식으로 자연을 개인에게 전달함으로써 자연에 대한 인식을 확장한다. "진보한 인간은 나래를 치켜 펼쳐서 / 고마워하며 예술을 자기와 함께 끌어올리니 / 새로운 아름다움의 세계들이 / 한결 풍요로워진 자연으로부터 솟구쳐 나오네. // 지식의 길막이는 사라지고"(v. 270 이하 계속) 1789년 3월 30일 쾨르너에게 보낸 편지에서 실러는 이 대목에서 이야기되고 있는 기대를, 즉 문화가 사람을 자유로 이끌어주리라는 기대를 인류 발달사의 개요를 전개하면서 설명했다. 그것은 그가 몇 주 지나지 않아 행한 예나대학 취임 강연의 논지를 미리 선보인 것이었다.

「그리스의 신들」에서 윤곽이 그려진 현대 비판과는 반대로 「예술가들」은 예술론적으로 확장된 계몽주의 프로그램을 묘사한다.[65] 계몽주의의 더 높은 문화가 실러가 나중에 '미적 교육'이라고 부르게 되는 것을 준비하고 있었던 것이다. 이 시의 발전사적 스케치는 기독교의 중세에서 근대로 연결되는 과정에 대한 설명으로 이어진다. 이 과정은 인간의 자유와 자결권으로의 도약을 약속하는 미학적 이성의 기치 아래 고대가 질적으로 새로이 반복되는 과정이다. “위대한 빛의 여신”(v. 374)(선입견 없는 정신력의 상징)이 예술미의 지휘 아래 개선 행렬을 시작한다(v. 363 이하 계속) 6년 뒤에 집필된 「인생의 시」는 관점이 바뀌기는 하였으나 이와 비교될 만한 경향을 띠고 있다. 즉 미적 경험의 가능성을 빼앗긴 상황에서 사람이 시련으로 겪어야 하는 손실인 ‘석화(石化) 현상(Versteinerung)’을 추적하고 있는 것이다.(NA I, 433, v. 35)

프랑스 혁명 전야, 정확히 말해 1789년 7월의 사건들이 일어나기 넉 달 전에 「예술가들」은 지성과 예술미의 연합을 형상화하였다. 그 강령적 본질은 그 뒤 여러 해에 걸쳐 일어난 정치적 사건들로 말미암아 회의의 대상이 된다. 실러 탄생 100주년인 1859년의 전 국민적인 실러 신드롬을 청산하는 계기가 된 빌헬름 라베(Wilhelm Raabe)의 풍자소설 「드로임링(Der Dräumling)」(1871)이 인류 발전에 대한 시민적 낙관주의 또한 비판적 시각으로 조명하고 있는 것은 우연이 아니다. 실러의 시 「예술가들」은 현실을 보지 못하면서 미래에 큰 희망을 품는 시민적 낙관주의의 기념비 격이 되고 만다. 1795년에 이미 옌스 바게센은 자신이 썼다는 사실을 밝히지 않은 채 실러의 텍스트에 대한 암울한 어조의 풍자시를 「전사들(Die Kriegen)」이란 제목으로 파울 우스터리(Paul Usteri)의 『프랑스 혁명사에 대한 기고문들(*Beiträgen zur Geschichte der französischen Revolution*)』을 통해 세상에 내놓았다. 그 시는 서두를 이렇게 시작한다. “세상에, 어쩜 그토록 잔인할 수가. 대검을 들고 넌 살인자들 대오에 끼어 있구나. / 오만방자하게”(NA 37/II, 248) (실러의) ‘교훈시’〔이것은 실러 자신이 만든 용어이다(NA 28, 118)〕의 계몽주의적 기대는 완전함에 이르는 인간의 능력에 대한 것인데 바게센은 이에 대해 회의적이었던 것이다. 후에 미적 교육에 대한 편지들에서 실러 역시 정치적 발전에서 받은 인상으로 그러한 능력을 의문시했다. 그래도 아직 이 편지들에서는 「예술가들」에서 규정한 아름다움의 성격을 밑받침하는 낙관주의를 여전히 유지하려고 했다. "시의 성스러운 마술 / 현명한 세계 계획에 보탬이 되나니 / 조용히 인도하라 인간의 존엄성을 / 위대한 조화의 대양으로!"(v. 446 이하 계속) 1796년에 나온 「가장 오래된 독일 이상주의 체계 강령」의 저자들은 실러의 "시 예술"의 교육 개념을 수미일관되게 확대하면서, 시 예술이 "인류의 스승으로 (……) 모든 나머지 학문들과 예술들보다 더 오래 살아남으리라"[66]고 예측했다. 그러나 이와 같은 과격한 열광에 실러 자신은 동조하지 않았을 것이다.

각기 다른 방법으로 아름다움의 마술적인 힘을 조명하는 「그리스의 신들」과 「예술가들」에 나란히 설 수 있는 시가 「명부」이다. 1795년 9월 《호렌》에 발표된 이 시의 텍스트는 매우 좋지 않은 생활 여건들에 시달리던 7월과 8월 사이에 생겨났다. 이미 5월 말에 그는 종일토록 책상을 가까이할 수 없게 한 열병에 여러 차례나 시달려야 했다. 6월 첫 주에는 샤를로테와 아들 카를이 당시로서는 위험한 병인 홍역을 앓았다. 7월의 처음 3주 동안 실러는 경련에 시달리고, 그로 인하여 창작력과 의욕이 다시금 민감한 타격을 받는다. 그달 말이 되어서야 비로소 그는 차츰 규칙적으로 일할 수 있게 되고 짧은 기간 안에 180행에 달하는 이 시를 완성한다. 자기의 야심 찬 예술철학을 시로 쓴 것이다. 1790년대에 한 칸트 연구가 그 바탕이 되었다. 여러 대목은 「소박문학과 감상문학에 대하여」에 조명되어 있는 형식 이론을 운문으로 만들었다는 느낌으로 읽힌다. 가시적으로 표현된 아름다움의 세계가 고대 신들의 세계를 통해 묘사되는데, 제일 먼저 가상(假像)의, 지상 세계의 중압감이 없는, 맑은 천공(天空) 같은 지역이 등장한다. 그러나 이를 지칭하기 위해 사용된 주도적 메타포인 '명부'는 오해받기 쉬운 시제(詩題)임이 곧 드러난다. 심지어는 아우구스트 빌헬름 슐레겔 같은 민감한 평론가마저 《종합 문학 신문》에 쓴 비평에서 이 시의 결정적인 메시지를 죽음에 대한 예찬으로 선언하게 된다.[67] 실러는 후에 그와 같은 오해를 불식하기 위해 이 시가 전집에 다시 실리는 것을 기회로 제목을 「형식의 나라」로 바꾸었다. 1804년에 출판된 제2쇄에서는 시의 제목을 다시 「이상과 삶」으로 고쳤다.[68]

실러가 칸트의 미학에서 배운 아름다움의 무목적성(Zweckfreihit des Schönen)을 시로 펼쳐낸 것이 「명부」이다. 실러 스스로가 1795년 9월 21일 쾨르너에게 보낸 편지에서 이 사실을 시인하고 있다. "신체적으로나 도덕적으로나 미치게 될 어떠한 결과도 고려하지 않는, 순수한 형상에 대한 이해관계 없는 관심, 제한하는 규정이 전혀 없는, 아름다움의 주체가 지닌 무한한 능력, 이것이 전체를 주도적으로 관류하고 있는 개념이네."(NA 28, 60) 1795년 8월 9일에는 빌헬름 폰 훔볼트에게 다음과 같이 쓰고 있다. "내가 미학 연구의 힘겨운 길을 끝내지 않았더라면, 이 시는 실제로 갖추게 된 이 명료함과 가벼움에 결코 도달하지 못했을 겁니다. 그 까다로운 소재를 감안한다면 말입니다."(NA 28, 23)

이 시는 오로지 고대 그리스 신들의 세계에만 주어진 "감각의 행복과 영혼의 평화(Sinnenglück und Seelenfrieden)"(NA 1, 247, v. 7)의 이상적 합일 상태를 직접 눈앞에 보고 이해할 수 있도록 해주기 위해 미적 경험의 이론을 운문에 담아 전개한다. 부단히 변화하는 비유들 속에서 이 시는 아름다움의 힘을, 인생의 천박함과 진부함에 맞서는 형식을, (그림자의 은유를 통해 표현된) 가상의 성격을, 의무와 필연의 강제들로부터 벗어나 있는 거리감 등을 불러낸다. 아름다움을 경험하는 사람은 속세에서 겪게 되는 무거운 짐들에서 벗어나, 형이상학적 힘과도 같이 인간을 위로 끌어올려주는 어떤 에너지와 만난다는 것이다. "암울한 운명 엮어내는 세력들에 좌우되는 것은 / 오로지 육체일 뿐 / 하지만 모든 시간의 강제에서 풀려난 / 복된 망자들의 놀이 친구는 / 저 위 빛의 초원에서 거니노라 / 신들 사이에 신 같은 그 모습으로."(v. 31 이하 계속)

실러의 시는 본질적으로 모티브상의 대립들로 작업한다. 이 대립들로 소재의 지상 차원과, 신들의 영역에 닿아 있는 아름다움의 중력 없고 질적으로 전혀 다른 차원과의 차이가 뚜렷해진다. 그리하여 시각 교체의 원리도 생겨난다. 인간이 살아가면서 겪게 되는 갖가지 어려움을 표현하는 연들의 뒤를 이어 가상 세계의 가벼움을, 그림자의 은유를 통해 중개된 아름다움을 보여주는 연들이 나온다. 그것의 정점을 이루는 것이 조형예술가의 활동을 제시함으로써 무게 없는 형식의 성격을 가시적으로 표현하고 있는 제11연과 12연이다. 조형예술가는 질료를 마음대로 다루는 것을 배우면서 순수 형식의 나라로 올라가게 되고 그럼으로써 진정한 아름다움을 만들어낼 수 있게 되는 것이다. "그 어떤 수고도 마다하지 않는 진지함에게만 / 깊숙이 숨어 있는 진리의 샘물 소리 들리도다 / 오직 묵직한 끌질로만 / 대리석의 거친 표면을 부드럽게 만들 수 있도다. // 그러나 아름다움의 영역에까지 파고들라, / 그러면 질료와 더불어 그것을 지배하는 무거움도 모두 먼지 속에 남게 되리라."(v. 107 이하 계속) 이 시의 묘사는 1793년 3월 1일 자 「칼리아스 서한」(NA 26, 224)에서 이야기된 표현을 다시 사용하면서, 미적 교육에 대한 논문에서 제시한 창의적인 창작 과정에 대한 분석과 아주 정확하게 상응한다. "그러니까 대가가 창출해내는 예술의 비밀은 원래 질료를 형식으로 깎아 없애버리는 데 있는 것이다. 그리고 질료 그 자체가 인상적일수록, 도도하게 오만할수록, 유혹적일수록, 자기 실력으로 영향력을 행사하려 할수록, 혹은 관찰자가 질료와 직접 관계하려는 성향을 보일수록, 질료를 물리치고 그 위에 지배권을 행사하는 예술의 승리감은 더욱 커지는 것이다."(NA 20, 382) 예술의 대상인 물질(소재)이 뒷전으로 물러나야만 비로소 아름다움이 승리하는 것이다. 어떠한 목적에도, 어떠한 강제에도 매이지 않고 자유롭게, 공기처럼 무게 없이 자기의 매력을 펼치는 것이야말로 예술의 특별한 점인 것이다.

이를 보완하는 것은 운문으로 펼친 아름다움의 이론과 형식의 우선권에 대한 의고주의적 발상인데, 이들은 추상적 의무 윤리(Pflichtethik)와 감각적 느낌(sinnlicher Empfindung)의 대립을 묘사하고 있는 제13~15연을 통해 제시된다. 이로써 앞서 윤곽을 그려 보인 생산미학에 칸트 비판의 시각에 근거한, 덕성과 감성 일치의 비전이 가세하는 것이다. 사람이 "법칙의 위대성 앞에서는"(v. 122) 알몸이 된 듯 비참하기 이를 데 없고 그에 맞설 엄두도 못 내지만, "생각의 자유"(v. 132)를 누릴 때에는 인간의 한계를 뛰어넘는 아름다움의 경험에 이끌려서 이제까지는 수행할 수 없는 지나친 요구로만 느껴지던 도덕의 명령을 유희하듯 충족할 수 있게 된다. 왜냐하면 이제는 의무라는 낯선 위세를 "노예의 감각"(v. 137 이하)으로 체험하는 게 아니라, 스스로 자기 행동의 원칙으로 받아들이기 때문이다. 힘들이지 않고 유희하듯 절대적 도덕 법칙을 획득하는 미적 경험의 감성이 더욱 넓은 바탕 위에서 통용될 때에야 비로소 진정한 도덕적 자유를 획득하게 되는 것이다.

이로써 실러는 『실천이성비판』에서 의무와 애호(Pflicht und Neigung)를 구별한 칸트의 생각을 수정하여, 「우아함과 품위에 대하여」에서 전개한 칸트에 대한 수정(Revision)을 다시 들춰낸 셈이다. 칸트는 의지의 자유를 "경험 조건과 무관하게" 보편타당한 법칙을 따르려 한 데서 나온 결과물로 보았다.[69] 반면에 실러는 사람이 아름다움과의 만남을 통해 감각적으로 전달되는 도덕의 가능성을 경험할 때에만 자유가 보장되는 것으로 본다. 이 시에서는 미적 경험을 진정한 '사상의 자유'에 대한 전제 조건으로 옹호하기 위해, 끝내 구체적으로 규명할 수 없는 원칙 세계의 영역에 의무 윤리를 한정하고 의지의 독립성을 형이상학적으로 뒷받침하려 한다. "도덕적 지조(志操)의 동기는 (……) 모든 감각적 조건에서 자유로워"야만 한다는[70] 칸트의 엄격한 명령 대신에 여기서는 섬세한 예술 관찰자라는 방향 제시적인 비유가 등장한다. 섬세한 예술 관찰자는 아름다움의 세계에서 도의적 의무에 복종하면서도 추상적 윤리의 음울한 독단에는 매이지 않고 자유로울 수 있는 것이다. 그로부터 2년 뒤에 나온 388번째 「크세니온」은 쇼펜하우어가 (실러와 관련하여) 칸트의 "현학 근성(Pedanterei)"[71]이라고 부른 것을 다음과 같이 가볍게 조롱한다. "나는 친구들에게 기꺼이 봉사한다. 한데 유감스럽게도 내가 좋아서 그런단 말야. / 그래서 내가 도덕적이지 않다는 말에 / 화날 때가 많다고."(NA 1, 357)

그러나 실러 특유의 방식으로 칸트의 엄정주의의 자취가 이 시의 후반부에서 다시 드러난다. 제15연에서는 감각을 바탕으로 한 도덕성을 생각하는 것과 조화를 이루면서 "성스러운 동정"(v. 149)에 대한 찬양이 시작된다. 고루한 원칙들만을 내세우는 차원을 넘어 남의 고통을 함께 느끼고 함께 나누는 것이 실천적 도덕성의 본보기로 드러난다. 그 뒤에 이어지는 제16연에서는 숭고한 지조의 모습이 그려지는데, 이를 표현하는 것이 바로 예술의 참다운 과제라는 것이다. 감정의 세계가 아니라 "용감한 저항 정신"(v. 156)의 세계야말로 예술적 형상화의 대상을 체현한다는 것이다. 곧이어 시적 서술은 끌질하는 조각가의 모델로, 조형물을 만들어낼 질료를 온 힘을 쏟아 억지가 없는 형식으로 탈바꿈하는 조각가의 모델로 옮겨간다. 실러의 예술가 심리학은 이 점에서 독특한 모순점에 빠진다. 그것은 이미 숭고미에 대한 논문에서 드러난 모순이다. 이 시가 불러내는 아름다움의 "쾌청한 영역들"(v. 151)에서 바탕을 이루는 것은 행복의 경험이 아니라, 육체적 · 심리적 저항들을 힘겹게 극복해가는, 땀을 흘리는 행위인 것이다. 예술은 우아해 보이고, 그 형식은 무게가 없는 듯 산뜻해 보이지만, 그 어떠한 경우에도 예술에는 격심한 삶의 소재를 다루는 작업이 전제되어 있는 것이다. 고전주의 작품에서 나타나는 조화는 긴장된 정신 에너지의 결과물이지, 아무 방해도 받지 않고 맴도는 영감의 산물이 아닌 것이다.

그러나 예술 활동이 지성적 원칙들의 강제에서 풀려버리고 나면 인간 이성이 근접할 수 없는 힘들이 작용하기 마련이라는 것이 또한 실러의 생각이었다. 실러의 그러한 생각은 1798년 여성 서정시인 루이제 브라흐만의 《호렌》 기고문(「신들의 선물(Die Gaben der Götter)」)에서 받은 인상이 계기가 되어 쓴 시 「운명」에 잘 드러나 있다. (이미 1797년에 쓴 시 「비밀」도 비슷한 경우이다.) 실러 수용사에서 신화와 같은 막강한 힘을 가진 해석 중 하나가, (그것은 1955년 토마스 만의 실러 에세이까지만 해도 답습하고 있던 해석이기도 하거니와) 이 시의 텍스트가 말하고 있는 지상 생활의 노고에서 면제된 신들의 "총아"(NA 1, 410, v. 47)는 바로 괴테를 지칭한 것이라는 해석이다.[72] 괴테의 미학적 신조가 실러의 신조로부터 그리 멀리 떨어져 있는 것이 아니라는 사실은 (실러의 시) 「자연과 예술(Natur und Kunst)」(1802)에 드러나 있다. 이 시는 "대가"는 "제한" 속에서, "위대함"은 자발적인 집중 노력에서, 그리고 "자유"는 오직 "법칙"을 통해서만 충만될 수 있음을 다짐한다.[73] 또한 여기서도 창의적인 능력을 전개하는 능력은 애써 노력한 자기 규제의 결과로 나타난다. 1797년에 쓴 시 「넓이와 깊이」에 다음과 같은 말이 나온다. "차분히, 긴장 풀지 말고 / 세밀한 것에 온 힘을 기울이라."(NA 1, 384, v. 11 이하) 실러가 1798년 7월 말에 「행운」을 썼을 때, 그의 눈앞에서는 가을부터 계획한 예나 정원의 집 개조 작업이 진척되고 있었다. 이는 전기(傳記)상의 세부 사항 이상의 의미를 지닌다. 이 비가는 개조 작업이 끝나지 않아 자꾸만 조바심이 생기는 것에 대해 여러 가지 관점에서 자아비판적인 평가를 하고 있다(볼초겐은 실력이 형편없는 기술자들에게 건물 수리를 맡기고는 서둘러 작업을 끝내려는 실러를 그렇게 하지 못하게 겨우 말렸다). 신들은 자기네 총아들의 소원을 들어줄 때 그 대가로 그들의 노력을 요구하지 않는다. 보통 필멸의 인간들은 그러나 온 힘을 다해 노력해야만 자신의 계획들을 성사한다. "인간적인 모든 것은 우선 생성되고 성장하고 성숙해야 한다 / 그리고 한 형태에서 다른 형태로 변하게 하는 것은 형성 작용을 하는 시간이다."(NA 1, 410, v. 63 이하) 실러가 이 시를 쓴 것은 미장이들이 볼초겐의 엄격한 감독하에 여름 별장의 새 층을 짓던 나날이었다. 그 시점을 염두에 두고 생각하면, 일을 성사하기 위한 노력이라는 실러의 시구(詩句)는 비단 예술 작업에만 국한하여 한 말이 아니었을 것이다.

그의 시 「명부」는 말미에 간결하게 헤라클레스를 찬양함으로써 다시 한 번 삶과 아름다움에 접근하는 것에 대한 비전을 제시한다. 시 텍스트는 제우스와 아름다운 알크메네의 아들로 태어난 반신반인인 헤라클레스가 질투심 강한 헤라 여신으로부터 늘 새로운 과제를 해결하도록 강요받게 되는 역정을 간결하게 스케치한다. 주인공 헤라클레스는 그에게 지워진 가혹한 운명의 짐을, "모든 고통을, 지상 세계의 모든 역경을"(v. 167) 견뎌내고 난 다음에야 신들이 거처하는 올림포스 안으로 받아들여진다. 불꽃에 타버린 그의 몸뚱이가 하늘로 올라가 영원한 젊음의 여신 헤베의 영접을 받는다. "처음으로 해보는 비상(飛上)의 기쁨을 만끽하며 / 그는 위로 솟는다. 지상 생활의 / 무거운 환영은 아래로 떨어진다, 떨어진다, 떨어진다. / 올림포스의 조화가 거룩한 그분을 / 크로노스의 홀에서 반기고 / 장밋빛 뺨의 여신이 / 웃으며 그에게 큰 잔을 건넨다."(v. 174 이하 계속) 시가 펼쳐내는 전 장면이 모리츠의 「신들의 가르침(Götterlehre)」(1791)에 나오는 모티브들에 맞추어 구성되어 있거니와[74] 장 조르주 노베르(Jean Georges Noverre) 발레 「헤라클레스의 죽음(La mort d'Hercule)」과는 정반대되는 내용을 담고 있다. 실러는 약 17년 전인 1779년 1월 10일에 프란치스카 폰 호엔하임의 생일을 축하하는 자리에서 이 발레 공연을 본 적이 있었다. 노베르가 죽어가는 주인공에 대한 묘사를 비장한 극적 장면으로 확대하는 반면,[75] 실러의 시는 신비한 승천을 아름다움의 알레고리로 본 것이다. 실러의 이러한 시각은 「인간의 미적 교육에 대한 편지」에서 핵심을 이루는 한 대목에도 나타나 있다. 이 실러 시의 마지막 구절에 담긴 명제는 수준 높은 예술은 오직 형식이 질료를 지배하는 곳에서만 나올 수 있다는 것이다. 그리되어야만 비로소 아름다움이, 이미 미적 교육에 관한 글에서 조명된 바와 같이, 서로 맞부딪히는 힘들의 합일을 가상의 매개로 나타내 보일 수 있는 것이다. 그러한 합일을 실러는 칸트와 생각을 달리하면서 인간의 감각적 문화 없이는 생각할 수 없는 것으로 보았다.(NA 20, 382) 물론 여기서 간과할 수 없는 것은 이 시가 아름다움에 대한 감각적 경험과 이상 세계 사이의 연결을 알레고리로 불러내기는 하지만, 자세한 세부 사항은 보여주지 못하고 있다는 사실이다. 이 서정시의 텍스트는 실러의 예술 이론에서 모순되는 점을 여러 층위에서 반영한다. 숭고한 것과 아름다운 것 사이의 관계도 설득력 있게 조명하지 못했을 뿐 아니라, 지적인 이념 세계와 미학의 영역 사이의 간격도 충분히 성찰하지 못했다. 여기서도 실러가 제거하려 애쓰는 뼈아픈 이원론은 현대 여명기의 사고(思考)에 결정적인 역할을 하게 될 치유될 수 없는 단절로 여전히 생생하게 살아 있는 것이다.

실러가 애초에 시의 종결부에서 계획한 것은 헤라클레스 줄거리를 목가적 맥락으로 변형해 새로운 시각에서 묘사하는 것이었다. 올림포스 신들 세계에 오르게 된 주인공과 헤베 여신의 결혼식을 시적으로 묘사하여 인간이 신이 되는 완성 단계의 최종점을 그려내고자 한 것이다. 1795년 11월 29/30일 훔볼트에게 보낸 편지에서 실러는 이 프로젝트에 대해 다음과 같이 이야기한다. "감상적 시문학에서는 (나도 여기서 벗어날 수 없는데) 목가야말로 최고의 문제이면서 가장 어려운 문제입니다. 즉 파토스의 도움 없이 고도의, 아니 최고도의 시적 효과를 내야 하는 과제를 떠안게 되는 것입니다. 나의 시 「명부」는 원칙들만 담고 있습니다. 이 원칙들에 따라 개별 사항들을 묘사하면 내가 말하는 목가가 만들어지겠지요. 그림자의 나라가 끝나는 지점에서부터 계속해야겠다는 생각을 진지하게 해봅니다. 하지만 가르치는 식으로가 아니라 묘사하는 식으로 해야지요. 헤라클레스는 올림포스에 올라왔습니다. 지난 시는 여기서 끝납니다. 헤라클레스와 헤베 여신의 결혼이 내 목가의 내용이 될 것입니다. 시인에겐 이 소재를 넘어서는 소재가 없습니다. 시인은 인간의 본성을 벗어날 수 없기 때문이지요, 그래서 인간이 신으로 변화하는 바로 그 과정을 이 목가에서 다룰까 합니다."(NA 28, 119)[76] 실러는 여기서 간략하게 언급한 극적인 장면을 시적 묘사가 파고 들어갈 수 있는 최극단 점이라 말함으로써 자신이 계획한 일의 매우 긴장감 넘치는 성격을 요약한다. 인간이 신이 되는 과정은, 모든 질료적 압박들로부터 풀려난 후에야 가능한 가장 순수한 예술적 형식에서만 파악될 수 있는 절대적 진리가 드러나는 것과 동일한 것으로 보인다. 이로써 주인공의 신격화는 곧 예술의 이상화를 반영하는 것이 된다. 이렇게 이해된 목가는 물론 실러에게는 실현할 수 없는 프로젝트로 남고 만다. 실러는, 훔볼트에게 보낸 편지에서 예고한 바와는 달리, 올림포스에 사는 헤라클레스에 대한 묘사를 끝내 내놓지 못했다. 그와 같은 목가를 구성하는 일에서의 위험을 그가 재빨리 간파했기 때문일 것이다. 즉 감상적 문학에 보편적인 위험 요소로 내재하는 지나친 긴장감을 파악하고, 죽은 헤라클레스를 궁극적으로는 생명 없는 아름다움의 아이콘이 되게 하여 숭고한 가상 속에서 굳게 만들 위험을 재빨리 간파한 것이다.[77)]

1795년에서 1799년에 이르는 시기에 실러의 서정시 작품은 정점에 오른다. 그가 쓴 장편 이념시들은 거의 예외 없이 이 시기에 괴테나 쾨르너, 훔볼트와 자주 심도 있는 내용으로 편지를 교환하거나 토론을 거치면서 생겨났다. 「이상」·「춤」(1795), 「케레스의 비탄」(1796), 「만가(輓歌)」(1799)처럼 비가이거나 또는 비가의 색조를 띠는 것들도 있고, 「노래의 힘」(1795)이나 「행복」(1798)과 같이 이미 초기 서정시 작품에서 갈고닦은 장엄한 웅변의 화법으로 된 송가-문체인 것도 있다. 이들 텍스트의 특징은 개인적인 것을 일반화하는 서술 태도로 인생 · 예술 · 자연 · 역사에 대한 근본 원리들을 형상화하려고 하고 있다는 것이다. 알레고리로 된 구조인바, 이러한 구조는 때때로 신화의 본보기들을 버팀목으로 삼으면서, 가시적인 형상과 추상적인 이념이 융합되어 없어진다고 보지 않고, 이 둘의 관계가 드러나도록 해주고 있는 것이다.

이와 같은 시 창작 방식의 특성을 가장 잘 보여주는 것이 《1796년 문예연감》에 실린 비가 「춤」이다. 소재는 실러에겐 생소한 것이 아니었을 것이다. 그는 카를스슐레의 학생 신분으로 슈투트가르트 궁정 극장의 발레 공연을 보고 깊은 감명을 받은 적이 있기 때문에 그때 받은 인상들을 통해서도 이미 이 소재를 잘 알았을 것이다. 형식은 안무 예술을 시로 표현하는 전통을 바탕으로 하고 있다. 그러한 전통은 당시에 널리 퍼져 있었는데, 특히 영국과 프랑스에서 견고하게 뿌리내리고 있었다.[78] 좁은 의미에서 이 시 창작에 자극을 준 것은 1782년호 《슈바벤 문예연감(*Schwäbischen Musenalmanach*)》에 실린 슈토이들린(Stäudlin)의 「춤」이란 시일 것이다. 색조 면에서 비슷한 이 모델은 그러나 왈츠 박자에 맞춰 춤추며 도는 한 쌍만을 그리고 있는데, 이와 달리 실러는 자기의 춤 그림을 자유와 규칙적 박자의, 야생성과 문명의 관계에 대한 문화사적 관점에서 다룬다. 「칼리아스 서한」 꾸러미에서 나온 1793년 2월 23일 쾨르너에게 보낸 실러의 편지에는 정확한 안무 장면을 관람하면서 발견하게 되는 감춰져 있던 의미에 관해 다음과 같이 언급하는 대목이 나온다. "아름다운 교유(交遊)의 이상에 합당한 것으로는 여러 겹의 복잡한 선회들로 짜인 영국 춤을 멋지게 추는 모습보다 더 어울리는 것을 내 알지 못하네."(NA 26, 216 이하)[79] 다른 한편 쾨르너 자신도 1795년 5월 초 《호렌》에 실린 「음악에서의 성격묘사에 대하여」라는 논문에서 한계를 뛰어넘는 춤의 효과를 다음과 같이 강조한 바 있다. "중력의 압박에 얽매이지 않고 몸이 자유롭게 떠도는 것을 보면서 정신 또한 마치 자기를 묶고 있는 올가미를 떨쳐버린 듯 느낀다. 외부 세계에 종속되어 있음을 정신에게 항상 상기시켜온 세속적 대중이 스스로 고귀하게 되어가는 듯 보이고 그의 존재의 경계는 넓어진다."[80] 「칼리아스 서한」에서 강조하고 있는 사회적 규범과 자유의 경험이 균형 있게 실러의 시에 의해 춤의 율동으로 나타난다.

알레고리의 차원에서 춤 주제에 접근해가는 작업은 세 단계에 걸쳐 이루어진다. 처음 도입부에서는 춤추는 사람들에게서 받은 인상이 포착된다. "보라, 저 대담한 뱀의 형태로 뒤엉켜 휘감기며 돌아가는 것을, / 날개 돋친 발 추켜올리며 매끄러운 무대 위에 떠도는 것을."(NA 1, 228, v. 1 이하) 춤추는 동작의 특징은 무게가 없어 보이는 몸이요, 중력에서 벗어난 상태면서 그것이 자연스러워 보인다는 것이다. 이러한 표현은 괴테의 소설 「젊은 베르테르의 슬픔」에서 자극을 받은 듯하다. 이 소설에서 주인공 베르테르는 자신이 로테와 (상류층에서는 금기 대상이던) 왈츠를 춘 것을 "마치 천체들이 서로 휘감으며 굴러가듯"[81] 했다고 말하고 있는 것이다. 두 번째 부분에서도 "보라!"라는 말로 시작하는데 이번에는 춤추는 쌍들을 하나씩 묘사한다. 묘사되는 개별 쌍들은 실러가 '우아함'에 관한 에세이에서 요구한 자유로운 움직임의 표본으로, 그룹 차원의 정해진 조화를 해치는 듯이 보인다.(v. 13) 그러나 자유로움으로 흐트러진 조화는 춤추는 쌍들을 조종하는 음악의 영향 아래 새로이 제 모습으로 번번이 되돌아온다. 이것은 안무 질서가 요구하는 논리인 것이다. "영원히 파괴하고 또 영원히 만들어내는구나 휘감기며 돌아가는 창조의 움직임, / 그리고 말 없는 법칙 하나가 변화의 놀이를 조종하누나."(v. 17 이하) 이 맥락에서 즐겨 인용되는 것은 실러의 「인간의 미적 교육에 대한 편지」가 강조하고 있는 다음 사항이다. 즉 소리 예술이 지극한 경지에 이르면 가시적인 "모습"이 되어야 한다는 것이다. 그러나 이것은 음악이 안무로 바뀌는 것을 요구하는 것이 아니다. 오히려 음악적 표현의 가능성을 충족하는 음악 장르의 이상을 말했을 뿐인 것이다.(NA 20, 381)

"말하라"(v. 19)로 시작하는 세 번째이자 마지막 부분에서는 춤추는 모습의 조화를 보는 독자의 시각에 더 이상 호소하지 않고, 독자의 이해력에 호소한다. 안무 질서의 비밀을 규명하는 것이 과제인 것이다. 즉 춤에서 자유와 강제가 어떻게 해서 서로 맞물려 있느냐의 문제인 것이다. 대답은 "신의 힘과도 같은, 화음의 막강한 힘"이다. 화음의 막강한 힘은 "리듬의 황금 고삐"(v. 23 이하 계속)로, 춤추는 쌍들을 그들 각각의 자유를 빼앗지 않으면서 정해진 궤도로 강제하는 것이다. 춤은 그런 식으로 법칙과 규칙("네메시스", v. 25)이 개개인의 자율과 조화롭게 맞물려 있는 이상적인 사회질서의 그림이 된다. 아우구스트 빌헬름 슐레겔도 1795년 11월과 1796년 2월 사이에 《호렌》에 게재된 시와 운율과 언어에 대한 편지들에서 규율을 지키게 만드는 리듬의 기능을 강조하여 제시했다. 그러나 사회적 갈등의 조정을 상징하는, 그것의 알레고리적 성격은 자세하게 고찰하지 않았다. 마지막에 가서는 실러의 텍스트도 자기의 삶을 즐기면서 규칙을 기꺼이 받아들이는 인간은 사회생활에 있어서도 자기가 하고 싶은 대로 마음껏 행동하리라는 예감을 내비친다. "행동하면서 너도 박자를 벗어나려 하는가 놀이에서 네가 그리도 귀중히 여기는 그 박자를."(v. 32)

춤추는 모습이 사회 현실 영역에 대한 모델 기능을 하게 되는 것은 오로지 이상적인 가상의 경우에만 해당한다. 이것은 실러가 자신의 에세이에서 보여주려 한 바와 같이 '우아함과 품위'가 조화롭게 하나가 되는 비전의 경우와 같다. 그래서 현실 상황은 다르다는 것을 이 비가는 알고 있다. 인간이 놀이할 때에는 놀이의 격식에 자신을 기꺼이 종속시키지만, 현실 사회질서 안에서는 누구나가 다 기꺼이 스스로를 격식에 종속시키려 하지 않는다. 즉 사회적 격식은 충분히 그 효력을 내지 못하는 것이다. 여기서 흥미 있는 것은 춤을 보완하는 성격을 띤 시인 「노래의 힘」이다. 실러는 쾨르너의 권유로 「예술가들」 초판의 도입부 중 일부를 2판에서는 없애버렸거니와, 초판에서 지워버린 그 부분에서 생겨난 시인 이 「노래의 힘」은 소리 예술의 효과를 사회적 균형의 모델을 만들어내는 데 있다고 보지 않고 자연의 힘들의 놀이와 연계시킨다. 이러한 사실은 실러 당대에 생겨난 관례적 알레고리라 할 수 있겠으나, 모든 예술 중에서 음악이 가장 강한 감각적 요소를 지니고 있다는 멘델스존이나 줄처의 생각도 이에 상응하는 것이다.[82]

1800년에 나온 「춤」의 두 번째 안은 마지막 시구에서 회의적으로 지적한 요점을 다음과 같이 시각을 바꿈으로써 다시 한번 더 강조하는 듯하다. “놀이로서는 그리도 존중하면서 행동할 때에는 벗어나려 하는가, 박자를.” (NA 2/I, 299, v. 32) 미적 교육에 관한 마지막 편지는 이상 국가의 비전과 연결되는 맥락에서, 인간에게 모든 개별적 존재의 공동체에 “조화”를 가져다주는 “사교적 성격을 부여”할 수 있는 것은 아름다움의 경험뿐이라는 생각을 서술한다.(NA 20, 410) 이에 따르면 춤의 본보기는 알레고리적으로 그저 희망의 모티브를 보여주기만 하는 것이 아니다. 미학적 국가관에 비추어 볼 때 우리가 가시적으로 춤에서 생생하게 만나게 되는 예술의 경험이야말로 사회적 자유의 매개체인 것이다. 이로써 이 알레고리는 무엇 하나 숨기지 않고 스스로 직접 보여줄 수 있는 것이 그려진 역동적 그림으로, 즉 짓누르는 억압들의 세상에서 벗어난, 아직은 없으나 이제부터라도 만들어가야 할 사회의 이상적인 질서로 드러난다.

헤라클레스와 헤베 여신의 결혼식을 묘사하는 목가를 쓰려던 실러의 계획은 끝내 실현되지 못했다. 「명부」보다 불과 몇 주 일찍 나온 텍스트인 「이상적 여인」(1795)에 이 계획에 대한 회의적인 논평이 나온다. 즉 이 시 텍스트는 그 결말에서, (실러의) 논문 「미적 형식을 사용함에 있어서 필연적인 한계에 관하여」 중에 있는 표현들을 활용한다. 그러면서 계몽주의 사상이 실현되기를 초조하게 바라는 마음 때문에 생기는 신경과민에 대해서는 우정을 찬양하며 인내의 덕목을 내세운다.(NA I, 236, v. 88 이하 계속) 1790년대 중반부터는 「예술가들」에서 표현된 바 있는 진보에 대한 꺾이지 않는 확신의 자리에, 교육 개념의 진화 이론과 조화를 이루면서 실현 가능한 시대를 좀 더 조심성 있게 기다리는 자세가 들어선다. 근대문학의 가능성과 한계에 대한 시적 고찰을 모범적으로 해낼 수 있는 장르인 비가가 자기 성찰의 매체로 계속 선호된다. 1799년 늦가을 「메리 스튜어트」 작업과 나란히 생겨난 시 「만가」에서는 예술가의 변화된 입지를 규명하는 작업이 다시 이루어진다. 이 시기에 실러는 극작에 대해 다양한 계획들을 갖고 있었다. 실러는 괴테와 함께 마차를 타고 잘레 계곡(Saaletal)을 따라 긴 시간을 보내면서 자기의 극작 계획들을 자세히 설명했다(겨울철의 썰매 여행과 마찬가지로 실러는 언제나 마차를 타고 가는 소풍을 높이 샀다). 그런 배경에서 보건대 「만가」는 1795년 시작된 서정적 창조력의 절정기를 마감하는 시이다.

2행(Distichon)짜리 연(聯) 일곱 개로 이루어진 이 간략한 애도시는 로마의 시 장르인 애도가(naenia)와 연결된다. 이것은 저명인사의 죽음을 애도하기 위해 공공의 자리에서 부르는 노래를 말한다. 그건 그렇고 실러의 시는 세 부분으로 나뉜다.(NA 2/I, 326) 첫 번째 2행은 아름다운 존재도 필경엔 사멸한다는 명제를 제시한다. 이어지는 세 개의 2행들은 각기 신화의 본보기들을 통해 그것을 입증한다. 나머지 세 개의 2행들에서는 올림포스 신들도 즐겨 동조하는 애도 행각의 특수한 성격을 조명하는 동시에, 그것이 비가 장르의 자기 이해에 미친 영향을 말한다. 노르베르트 욀러스의 설명처럼 「만가」는 "두제곱의 애도가"[83]이다. 이 시는 아름다운 현상들의 덧없음을 강조하는 우수를 주제로 다룬다. 그리고 그와 동시에 회상하는 성찰 행위 속에서 애도의 대상들을 붙잡아두려고 애씀으로써 자기 스스로 우수의 대상이 되고 있다. 이로써 만가는 비가적 서술 태도를 반영하고 있을 뿐 아니라, 그에 못지않게 애도가 고유의 장르시학적 성향에 관한 정보를 제공하는 텍스트, 즉 문학적 자기 이해의 매체이기도 한 것이다.

아름다운 것이라 하여 꼭 영원한 생명을 고집할 수만은 없다는 사실에 대한 달갑지 않은 통찰이 시에서 문학적으로 연출된 애도의 원천이다. 만가는 오비디우스(Ovidius)의 『변신 이야기』(X, v. 1-85 이하)에 나오는 오르페우스를 떠올린다. 후자는 '저승의 제우스'인 지하 세계의 신 하데스를 노래로 감동시켜 그로 하여금 자기의 죽은 아내 에우리디케를 다시 산 자들의 세계로 놓아주게 했는데, 물론 거기에 붙은 조건은 그들이 함께 지상의 세상으로 돌아가는 길에 그가 뒤를 돌아봐서는 안 된다는 것이었다(이 의무 사항을 그가 위배하자 하데스는 '자신이 준 선물을 단호하게 철회한다'). 그다음으로는 자기가 사랑하던 소년 아도니스가 멧돼지에게 물려서 생긴 상처로 죽은 것을 슬퍼하는 아프로디테의 모습이 생생하게 묘사된다.(오비디우스, 『변신 이야기』, X, v. 708~739) 마지막으로 묘사되는 것은 호메로스의 『오디세이아』의 마지막 노래에서 나오는 묘사대로 트로이 성의 서쪽 성문 옆에서 화살에 맞아 치명상으로 죽어가는 아킬레스이다. 이 마지막 에피소드가 본보기(exempla)에서 호소(applicatio)로 넘어가는 것을 가능하게 해준다. 애도의 모티브 자체에 대한 성찰로 들어설 수 있게 한 것이다. 그 첫 번째 결론은 신들도 아름다움의 덧없음을 괴로워한다는 것이요, 신들도 유한한 실존의 흐름을 멈출 수 없다는 것이다. 신들에게 남는 것은, 반인반신 아킬레스의 어머니인 바다의 여신 테티스가 마흔아홉 명의 네레우스의 딸들인 네레이드와 함께 부르는 노래처럼, 아름다운 것의 죽음에 대한 비탄뿐이다(『오디세이아』, XXXIV, v.47~64의 대목에 따른 것임). "보라! 저기 신들이 우는구나, 여신들이 모두 우는구나, / 아름다움이 사라진다고 / 완전한 것이 죽는다고."(v. 11 이하)

여기가 바로 「만가」가 비가 장르의 자기 성찰로 들어서는 지점이다. 아름다운 것의 죽음에 대한 슬픔의 노래가 새로운 아름다움의 매체로 되는 것이다. "사랑하는 이들의 입에서는 애도의 노래마저 멋지구나. / 속인들은 소리 없이 볼품없게 하계로 내려가지만."(v. 13 이하) 이 구절은 바이마르의 여배우 크리스티아네 베커노이만(Christiane Becker-Neumann)의 때 이른 죽음에 임하여 괴테가 쓴 비가 「오이프로지네」(1797)의 다음 구절에서 자극을 받아 쓴 것이다. "오직 뮤즈만이 죽음에 약간의 생명을 부여하도다. / 페르세포네의 나라에는 형체 없는 / 이름과 헤어진 그림자들 / 떼를 지어 떠돌 뿐이도다."[84] 여기서 우리는 실러의 헤라클레스 목가 초안의 경계를 제시함으로써 그 경계를 넘어서고 있는 달라진 강령적 시각을 보게 된다. 시간을 초월한 아름다움은 현실성 없는 견본으로 남는다. 아름다움 또한 사멸하기 때문에, 바로 그러하기에 아름다움은 오로지 슬픔의 노래로 회상됨으로써만 눈앞에 나타날 수 있는 것이다. 그렇게 해서 기능 차원에서 이 범주(애도가)는 3년 전에 완결된 논문 「소박문학과 감상문학에 대하여」에 나오는 자연 개념의 자리를 대신 차지한다. 이 논문에서 자연의 상태는 잃어버린 이상(理想)의 상태로 되어 있다. 그리고 잃어버린 이상은 적어도 회상 행위 속에서는 근접해가서 되찾을 수 있는 것으로 여겨진다. 그런데 애도가가 떠맡은 일은 아름다움에 대한 회상을 통해 항상 아름다움의 지위와 성격을 새로이 정립하는 것이다. 이미 1793년에 나온 「그리스의 신들」 제2안의 끝 구절이 좀 다른 시각에서지만 이와 같은 역할을 한 바 있다. "불사의 것으로 노래되어야 할진대" 그것은 먼저 "인생에서 몰락하지 않으면 안 된다"는 것이다.(NA 2/I, 367, v. 127 이하) 1801년 여름에 쓴 「새로운 세기의 출발에 즈음하여」(이것이 호화로운 장정본의 제목이었다)란 제하의 시가 예술가들의 낙관주의에서 벗어나면서 보여주는 회의적인 결산에도 동일한 기대감이 포함되어 있다. "자유는 오직 꿈의 나라에서만, / 그리고 아름다움은 오직 노래에서만 꽃피네."(NA 2/I, 129, v. 35 이하)

미학적 이상향과 결별하는 것이 아니라,[85] 그것의 부서지기 쉬운 허술한 토대를 의식적으로 규명하는 것이 「만가」의 주제이다. 탄식은 감상적 자기 성찰이라는 주요한 기능을 하게 된다. 감상적 자기 성찰은 이상(아름다움과 자연)이 상실된 상태에서만 이상을 표현할 수 있다. 상실 경험이야말로 현대 문화의 불가결한 조건이다. 이는 실러가 여기서 추호의 환상도 없이 단호하게 자기의 독자를 위해 준비한 복음이기도 하다. 또한 이 복음에는 상실 경험에 대한 예술적 성찰은 이상을 향한 끊일 줄 모르는 모색이 펼쳐지는 틀만을 언제나 궁극적으로 마련해준다는 사실에 대한 인식도 포함된다.

감상적 풍경시와 자연의 문화사

「비가」(1795)

실러의 서정시에는 공격받을 만한 점들이 수없이 많이 눈에 띈다. 오늘날의 독자는 그의 시가 원칙상의 판단과 스테레오타입들에 기우는 성향을 비판적으로 평가하지 않을 수 없다. 특히 진부한 느낌을 주는 통속화 현상들을 부추기고, 관습을 강화하고, 보편 진리들을 되풀이하는 곳에서 그러하다. 그럼에도 불구하고 개별적 탈선들에서 원칙적인 결론들을 이끌어낸다면 잘못일 것이다. 평론가 라이하르트는 1804년 1월 말 《신 라이프치히 문학 신문(*Neue Leipziger Literaturzeitung*)》에 실린 글에서 실러는 "본래의 의미에서의 서정시 분야에서 단 한 번도 제대로 된 것을 해낸 적이 없다"고 썼다.[86] 라이하르트의 이러한 왜곡된 비판은 오늘날까지 늘 새로이 확인되곤 했다. 실러의 시에 대한 토론들이 비판적인 상투어들로 지배되고 있는 현상은 아직까지도 관찰된다. 이러한 상투어들은 19세기가 시작된 이래로 초기 영향사에서 내내 특징적인 현상이던 무조건적 실러 숭배와 마찬가지로 심히 우려스러운 현상이 아닐 수 없다. 서정시인 실러에 대한 공평무사한 평가는 오늘날까지도 형성되지 못했다. 이 방면에 정통한 한 독자가 적절하게 확인하였듯이, 실러를 다루는 경우 대체로 비판만을 일삼거나 또

는 옹호 일색인 것이다.[87]

실러의 고전적인 서정시 작품을 칭찬하는 사람은 그러한 판단의 근거를 제시하도록 강요당한다. 괴테나 횔덜린, 노발리스의 경우에는 그렇지 않을 것이다. 이때에 요구되는 고도의 예술적 독창성에 대해 동의를 구하려면, 필요할 경우 그저 특정 텍스트들을 예로 들기만 하면 될 것이다. 이를테면 「환영과 작별(Willkomm und Abschied)」, 「하르츠 겨울 여행(Harzreise im Winter)」, 「일메나우(Ilmenau)」, 「도보 여행(Die Wanderung)」, 「라인 강(Der Rhein)」, 「밤의 찬가(Hymnen an die Nacht)」 등을 말이다. 그에 반해 실러의 서정시는 단지 예술철학적 문제들 또는 인류학적 문제들에 대한 논의에 기여하는 텍스트로서만 인정된다. 즉 마르틴 발저(Martin Walser)가 조롱했듯이 이론적인 글들을 읽어야 하는 강의를 기피하고 "편한 길을 택한 사람들"이 의무적으로 읽는 텍스트로만 인정되는 것이다.[88] 이런 의미에서 자연시마저 '이념시' 개념 속에 편입되기 일쑤다. 그러면서도 자연시가 지닌 현대적 성격을 조명할 가능성을 도출하는 것도 아니다. 다른 한편 실러의 텍스트들이 성찰의 차원을 벗어나서 구체적 현상들의 묘사 대상이 되는 경우 비교적 오래된 연구물들은 대체로 이를 (긍정적으로 평가되는) 괴테의 서정시와 비슷한 것으로 확인했다. 이와 같은 해석에 독특한 방식으로 해당되는 것이 큰 규모의 시 「산책」(1795, 1800)이다. 이 시는 괴테의 자연시 기법을 답습하고 있는, 괴테에 대한 종속성을 입증하는 시로 여겨졌다. 그러나 그것은 실러의 이 시를 오해한 결과이다.[89]

실러 자신은 이 작품을 자기가 시도한 서정시들의 정점을 이루는 것으로 간주했다. 「비가」(「산책」 초판본의 제목)는 1795년 8월과 9월에 집필되었다. 건강이 심각한 상태였던 기간으로 그는 병 때문에 모든 외부 접촉을 포기해야 했고 8주 동안 집에 발이 묶여 있었다. 통증이 가라앉는 밤 시간에 "종이 창문" 앞에서 이 시를 써내려갔는데 작품이 완성되자 실러는 신이 나서 이 사실을 친구인 쾨르너에게 다음과 같이 알렸다. "「비가」가 내게 커다란 기쁨을 주었다네. 내가 쓴 것들 가운데 이것이 가장 큰 시적 감동을 주는 것이라고 생각하네. 그러면서도 이 시는 엄격한 합목적성에 따라 전개되고 있다네."(NA 28, 78, 60) 괴테가 10월 5일에 예나로 잠깐 찾아왔을 때, 한낮에 어둡게 가려진 작업실에서 실러는 완성된 원고를 그에게 읽어주었다. 며칠 지나지 않아서 그 텍스트는 《호렌》 1차 연도의 10호에 실렸다. 1795년 11월 29/30일 자로 추정되는, 빌헬름 폰 훔볼트에게 보낸 한 편지에서 실러는 이 작품의 구조에 대해 만족스럽게 다음과 같이 말한다. "「비가」와 비교하면 「명부」는 그저 교훈시에 지나지 않습니다. 후자의 내용이 「비가」의 내용처럼 시적으로 전개되었더라면, 아마도 최고의 것이 되었겠지요."(NA 28, 118)

1796년 1월의 《종합 문학 신문》에 실린 한 평론에서 아우구스트 빌헬름 슐레겔은 이 시의 시적 밀도와 사상적 엄정성을 칭찬한다. 그에 따르면, 이 시는 "거대한, 아니 온갖 대상들 가운데에서 우리 인간을 위해 가장 거대한 대상을, 즉 전체 인류의 운명을 노래한다. 하나의 이상적인 시각에서 대담하게 스케치한 윤곽들로 포착한 인류의 운명들이 시인의 정신 앞에서 차례로 지나간다."[90] 그러나 슐레겔은 이 비가에서 운율상의 약점을 지적했다. 실러는 1800년 두 번째 판본(크루시우스 출판사가 펴낸 서정시 대편람에 싣기 위한 것이다)에서 슐레겔이 지적한 약점을 없애려 시도하면서 제목도 「산책」으로 바꾼다. 아마도 「비가」로 목가적 세계를 표현하려던 원래의 계획이 이루어지지 않게 된 것을 알고 나서 실러는 이 시가 장르 기법상 비가라는 주장을 뒤로 하고 그 대신 주제 면에서 자연시에 속한다는 점을 강조하려고 했을 것이다.[91] 분명한 것은 그러나 이 시 또한 이 시와 대비되는, 처음에 구상한 목가적인 작품과 마찬가지로, 감상적 시에 속한다는 것이다. 그리고 이 시가 실러 자신이 규정하듯이, 잃어버린 일체성(Einheit)과 무구(無垢)의 상징인 자연을 상실한 것에 대한 탄식을 표현하는 동시에 자연의 특수한 이념(Idee)을 표현하는 것을 특별한 과제로 삼고 있다는 점 역시 분명하다.[92)]

실러의 시는 (우리가 앞으로 해설하게 될) 그 초판본에서는 운이 없는 2행시 108연으로 되어 있었다(1800년의 두 번째 판본에서는 열여섯 개의 연이 줄었다. 즉 2행으로 된 연이 여덟 개 줄었다). 따라서 이 시의 형식은 오비디우스, 프로페르티우스, 호라티우스 같은 시인들의 시에서 우리가 알고 있는 고전적 비가의 원칙들에 상응한다. 그런데 내용 면에서 어디에 속하는지 그리 분명치 않다. 이 텍스트가 묘사하는 것은 자연의 풍경을 지나는 여정이다. 그 풍경은 부분적으로는 실제적이고 또 부분적으로는 상상적이다. 문화사적 세부 사항들로 확장되어 있고, 인류의 발달을 보여주는 상징으로 승화되어 있다. 그러나 핵심적인 대목에서는 자연의 상실에 대한 슬픔이 아니라, 희망 찬 어조의 추측으로 마무리된다. 개개인을 감싸고 있는 원초적 창조의 환경이 과거와 현재와 미래의 연속성을 보장해준다는 것이다. 다른 한편 우리는 자연을 통하여 자연과 인간의 동질성을 경험하게 되고 그러한 자연 경험에서 인간이 하는 행위의 의미를 찾을 수 있다는 생각의 전제가 되는 것은 "호메로스의 태양"이 우리를 위해서도 "웃음 짓고 있다"(NA 1, 266, v. 216)는 사실이다. 실러가 시종일관 견지하는 모색 행위에 관한 그의 텍스트는 비가의 성격을 띤다. 이 모색 행위는 종국에 가서 서정적 자아, 즉 시 텍스트 내의 화자로 하여금 자기를 확인해가는 행위 속에서 자연적 삶의 총체를 시간의 연속성상에 있는 존재로 인식하게 한다. 개인은 시간의 연속성에 의해 보존되고 보호받고 있는 것이다.

이 시는 모범적인 시적 풍경을 산책하며 지나가는 것을 여러 단락으로 나누어 연출한다. 다른 한편 이 시적 풍경에 문화 발달사의 여러 단계의 모습들이 함께 나타난다. 1795년 10월 10일 자 편지에서 헤르더는 실러에게 이 시가 "세계와 인류의 온갖 장면이 차례차례 질서 정연하게 펼쳐지는 한 폭의 그림을" 선사하고 있음을 확인해준다.(NA 35, 375) 실제로 이 비가는 자연 묘사를 인류학적 역사와 연결해 스케치하고 있고, 이러한 연결은 후에 「시민의 노래」(1798)와 「종의 노래」(1799)에서도 추구된다. 크게 보아 이 시는 세 부분으로 이루어진 구조임을 알 수 있다. 시적 풍경 묘사의 도입부(v. 1~64)에 이어 인류의 문화사를 가로지르는 허구적 시간 여행(v. 65~188)이 따르고, 다시 그에 이어서 황량하게 펼쳐진 자연에서 잠을 깨는, 겨우 정신을 가다듬는 관찰자의 모습이 뒤따른다.(v. 189~216) 「비가」의 서두는 "드디어 감옥 같은 방에서 도망쳐 나와"(v. 7) 탁 트인 하늘 아래를 거니는 산책자의 경험을 촘촘하게 묘사하는 것으로 시작한다. 이와 비슷한 장면이 나오는 조피 메로의 시 「검은 성(Schwarzburg)」을 실러는 1795년 《호렌》에 실어준 일이 있다. 이로써 비가의 목가적 자연묘사가 이 시에서 자극을 받았다는 것이 분명해진다.[93] 메로와 마찬가지로 실러도 풍경을 묘사할 때 오랜 역사를 통해 정형화된 주제〔토포스(Topos)〕와 관련된 것들을 많이 인용한다. 즉 흔히 하나의 "로쿠스 아모에누스(locus amoenus, 즐거운 장소)가 관조의 대상이 되는데, 그것을 시적으로 생생하게 묘사하기 위해 고대의 전범에 따라 다음 여섯 개의 요소를 활용한다. 그림자를 드리워주는 나무들("그늘을 드리우는 너도밤나무들의 웅장한 지붕", v. 24), 초원("확 트인, 드넓게 펼쳐진 양탄자로 나를 맞는 초원", v. 13), 만개하는 꽃들("알록달록한 색깔들", v. 11), 새들의 노래("종달새 소리만 이 상쾌한 대기에서 소용돌이친다", v. 20), 미풍("그대 바람결의 향기로운 흐름", v. 9), 시냇물("연초록빛 강물의 흐르는 거울이 출렁이며 지나가네", v. 34).[94] 이 구절들을 잘 조명해주는 것이 코타 출판사가 만든 1795년용 《원예 달력(*Gartenkalender*)》에 대한 실러의 서평이다. 이 달력에는 고틀로프 하인리히 라프(Gottlob Heinrich Rapp)의 글 몇 편이 실렸다. 1794년 9월에 쓰고 10월 11일 자 《종합 문학 신문》에 실린 그의 논평은 프랑스 의고주의의 영향과 영국 낭만주의의 영향을 받은 현대적 정원에 대한 원칙 차원의 비판으로 시작된다. 그러한 현대적 정원은 인공술의 독단 아래 자행되는, 자연에 대한 여러 형식의 폭력적인 가공 작업의 결과물이라는 것이다. 이와 같이 현대적 정원을 비판하고 난 다음 실러는 카를 오이겐 공작이 1780년 짓게 한 호엔하임 공원에 대한 라프의 묘사를 구구절절 높이 평가한다. 라프의 묘사가 "질서와 자유"를 결합하는 어려운 과제를 충분히 해냈다고 본 것이다. "이러한 행복한 결합이야말로 풍경 전체를 깊은 비가적 색조로 두루 물들이고, 그러한 색조는 그것을 보고 느끼는 사람으로 하여금 안정과 감동, 숙고와 향유 사이를 오가게 하고, 모든 게 다 사라지고 난 뒤에도 오래도록 그 여운을 남긴다."(NA 22, 287, 290) 실러가 1793/94년 뷔르템베르크로 고향 방문 여행을 하는 동안 여러 차례 들른 호엔하임 유원지의 시설물들이 "단순성"에 대한 동경의 표현으로 여겨진 것이다. 그리고 비가의 감상적인 산책자를 지배하는 감정 또한 그러한 동경인 것이다. 산책자에게 이상적인 것은 슈투트가르트에서 출발하는 것이라고 실러는 자기 시의 관점과 일치시키면서 말한다. 그 "화려함과 우아함", 정교한 내부 건축과 호사스러운 "가구 설비"가 자연 향유에 대한 욕구를 불러일으킬 수밖에 없다는 것이다.(NA 22, 290 이하) 초안을 구상할 때 실러가 슐로스가세 길가의 작업실 창문에서 예나의 옌치히 산 앞 오르막이 있는 풍경을 보고 있었을 가능성도 배제할 수 없다.[95] 그러나 그런 전기적 연관 관계보다 더 결정적인 것은 그다음에 이어지는 구절들에서 그의 자연묘사를 문화철학적 명상의 중요한 요소로 격상하는 알레고리의 구조이다.

「비가」의 두 번째 단락은 조화롭게 그려낸 자연묘사의 도입부가 끝난 다음 27번째 시구에서부터 시작한다. 산책자는 갑자기 낭떠러지 앞에 서게 된다. "심연 깊숙이 산자락에"(v. 33) 흐르는 푸른 강줄기. 그는 "오싹한 전율"을 느끼면서 협곡 속을 내려다본다. 그의 위로 그리고 아래로 "끝이 없어" 보이는 "천공"(v. 35 이하), 드넓게 펼쳐진 하늘, 그 광활함에 산책자는 위압감을 느낀다. 그 광활함이 이젠 창조된 세계의 무한함과 자기 상실의 상징으로 보이기 때문이다. 이 역시 정형화된 모티브인 토포스로, 이미 계몽주의 자연시의 하늘 묘사에서, 특히 바르톨트 하인리히 브로케스(Barthold Heinrich Brockes)[「창공(Das Firmament)」(1721), 「천상의 글(Die Himmlische Schrift)」(1727)과 클롭슈토크 「전원생활/봄 축제(Landleben/Frühlingsfeyer)」(1759/1771)]에서 발견된다. 현기증을 불러일으키는 나락 앞에서의 당혹감은 물론 잠시일 뿐이다. "난간이 있는 비탈길"(v. 38)을 보면서 산책자는 마음이 놓이고, 길이 없어 다닐 수 없는 곳에 놓인 이 난간이 사고가 생길 위험에 대비해 신체를 안전하게 해줄 장치임을 알게 된다.[96)]

무서운 곳을 뜻하는 토포스 "로쿠스 테리빌리스(locus terribilis)"로 그려진 자연의 위험천만한 측면과의 대면은 이를 보는 관찰자로 하여금 깊은 명상과 성찰을 하게 한다. 그는 인류 발달의 여러 단계를 두루 거치는 사색의 여행을 시작한다. 제40번째 시구에서 173번째 시구까지 이 시의 핵심을 이루는 부분에서 자연 개간의 노정(路程)이 조명된다. 이 노정에는 물론 시련의 시기도 포함된다. 여기서 묘사되는 것은 도시화(v. 65 이하 계속), 농업(v. 85 이하 계속), 용병술(v. 99 이하 계속), 공장 · 무역 · 교통 · 항해(v. 105 이하 계속), 학문(v. 133 이하 계속) 등 인간이 발전하면서 더 높은 생활 방식을 완수해가는 데 영향을 미친 영역들이다. 실러의 시가 펼치는 상상의 장면들을 시종일관 지배하는 것은 항상 더 큰 재능으로 발전한다는, 더 철저한 자연 활용으로, 더 많은 경제적 소득으로, 더 심오한 학문으로 계속 발전한다는 인류 진보의 사상이다. 그러나 산책 과정의 그림과 맞물려 있는 이 문화사적 발전의 스케치는 다만 계몽주의의 잠정적인 승리에 대한 묘사로 끝나게 된다. "경탄하는 눈앞에서 미망의 안개 걷히고 / 밤풍경은 동터 오르는 빛에 자리를 내준다."(v. 141 이하)[97]

그러나 이 문화사적 발전 모델에서 인간의 역사를 인간에게 주어진 가능성이 끊임없이 진보한 것으로 처음에 표시하고 있음에도 불구하고, 이 모델 안의 결정적인 자리에서는 단절이 나타난다. 오성을 밝혀주는 계몽주의의 찬란한 그림 바로 뒤에 폭력의 장면이 나오는 것이다. 시 텍스트에 쓰여 있듯이 "자기의 족쇄를 깨부수는" 개인의 해방은 이성의 "자유"(v. 143 이하 계속)로만 귀결되지 않고, 도덕적 해이와 퇴폐 현상도 야기한다. 사람이 사람의 원수가 된다. 거짓, 사기, 기만으로 사회는 혼란스럽기만 하다. 실러가 여기서 펼치고 있는 묘사는 루소가 자신의 한림원 수상 논문인 「과학과 예술에 대한 담론(Discours sur les Sciences et les arts)」(1750)에서 내린 진단에 의한 것이다. 제네바 출신의 철학자 루소에 따르면, 계몽주의의 사상 문화가 만들어낸 것은 자유로운 사회가 아니라 인간적인 모습이 없는 냉혹한 세계인 것이다. "의심, 불신, 두려움, 냉혹함, 조심, 증오, 배반 등이 늘 변함없이 보이고, 경건한 체하는 공손함의 베일 밑에, 우리 세기의 계몽주의 덕분에 얻은 그토록 찬양해 마지않는 도시 문화의 뒤에 숨겨져 있다."[98]

그러나 「비가」가 여러 형식의 문화적 발전 단계에서 드러나는 도덕적 해이에 대해 행하는 비판은 루소가 처음 시작한 것이 아니라, 고대까지 거슬러 올라가는 토포스의 역사적 전통이다. 도시의 데카당스적 삶에 대해 회의를 느끼는 한편 자유로운 농촌의 삶을 미화하는 토포스의 가장 유명한 예는 호라티우스의 『에포덴 시집』이다. 그 첫째 권에 다음과 같은 말이 나온다. "Beatus ille qui procul negotiis"("행복하여라, 나라의 공무에서 멀리 있는 사람은.") 이 중요한 토포스는 테오크리토스(Theokritos)(기원전 3세기 양치기 목가에서)와 베르길리우스의 유명한 농경시(Georgica, 기원전 1세기)에 이어지고 있다. 전원생활을 읊은 시들은 "오 행복한 농부들이여(O fortunatos …… agricolas)"(II, v. 458 이하 계속) 하면서 시작한다. 이 말에도 이미 자연의 평온함과 은거 생활이 주는 매력을 찬양하는 노래가 담겨 있다. 이와 대립되는 것은 발달된 도시 생활의 여건들로 말미암은 도덕적 타락이다[베르길리우스의 『목가집(*Bucolica*)』에서는 테오크리토스의 예에 따라 목가적인 양치기 삶에 대한 찬양이 도시 생활의 비판에 뒤따라 함께 나온다]. 알브레히트 폰 할러의 교훈시 「알프스 산맥(Die Alpen)」(1729)과 그에 이어 누구보다도 에발트 크리스티안 폰 클라이스트(Ewald Christian von Kleist)(그의 송시 「전원생활(Landleben)」, 1745), 그리고 프리드리히 폰 하게도른(Friedrich von Hagedorn)은 "농촌 찬양(laus ruris)" 모티브를 다루면서 그것을 문명화된 도시 문화에 대한 근본적인 비판과 연결한다. 문명화된 도시 문화는 계몽주의 사상을 그려낼 수 있는 모티브라 생각되어 계몽주의 시가 즐겨 사용한 모티브 중 하나이다. "유쾌한 시골 사람들 따라 울창한 숲으로 가세 / 그리고 나이팅게일과 노래 부르며, 구슬픈 소리 내며 흘러가는 여울물가 / 산들바람에 취해나 보세." 이것은 당시에 널리 칭송되던 클라이스트의 자연시 「봄(Der Frühling)」(1749)에 나오는 구절이다.[99] 실러는 이미 학생 시절에 루소의 소설 「신 엘로이즈」(1761)를 열광하며 읽었다. 이 소설에 나오는 그림 같은 포도 수확 장면들은, 후에 괴테의 소설 「젊은 베르테르의 슬픔」의 감상적인 자연 모티브가 그랬듯이, 인상 깊은 그림 소재로서 목가적 삶에 대한 현대인의 동경을 유발한 것이다.

루소의 첫 번째 담론에 의거하면서 실러의 비가는 인간을 자연으로부터 소외시키는 불완전한 계몽주의의 단점을 매우 신랄하게 기술한다. 점점 심화되는 관료주의와 사법적 강압이 특징인 듯한 사회 풍조는 불신과 기만, 위장술과 모략을 통해 이루어진다. 인간에게 진정한 자유를 유보하는 문명화된 질서의 초상화에는 1792년 가을부터 실러에게 전해진 프랑스 혁명의 모습이 이미 파고든다. 이론적 원칙들에 근거한 법 집행이 현실을 지배하고 있는 것이 문제인 것이다. 이론적 원칙에 따라 군주의 지위가 필요 없다고 결정해버리면서 포괄적인 사회적 평등은 보장하지 못하는 것이다. 사회질서의 새로운 정립은 원칙을 내세우는 야만 행위가 되고 마는 것이다. 1800년에 개작한 시에서는 이를 다음과 같이 특별히 인상적으로 묘사하고 있다. "재판석에는 법이 힘자랑하고 있고 / 오두막 안에는 화목이 자리하고 / 법의 유령은 왕좌 옆에 서 있다, / 몇 년, 아니 몇 백 년도 존속할 수 있으리라 / 활력 넘치는 미라의 그 기만적인 모습은, / 자연이 잠에서 깨어나고, 시대의 궁핍이 육중한 청동의 손으로, / 텅 빈 건물을 건드릴 때까지는, 암컷 호랑이처럼 쇠창살을 부수어 열 때까지는"(NA 2/I, 313, v. 161 이하 계속)

호랑이의 비유는 1800년 전후, 주로 9월의 학살(1792)과 공포정치 치하에서의 혁명정부의 폭력을 묘사하는 데 쓰였다. 클롭슈토크와 뷔르거는 이 비유를 프랑스 점령군의 잔인함을 표현하기 위해 사용하고 있다. 크리스토프 기르타너(Christoph Girtanner)는 헤르만 아우구스트 라이하르트의 1795년도 《혁명 연감》에 기고한 글에서 자코뱅 당원들을 "피에 굶주린 호랑이 떼"라 부르고 있다.[100] 그러나 실러의 시구들에 나오는 호랑이의 비유는 좀 다른 뉘앙스를 지닌다. 미학에 대한 그의 글들에서 다룬 자연 개념과 연결되어 있는 것이다. 쇠창살을 부수어 여는 암컷 호랑이는 문명화 과정에서 참다운 자유를 유보당한 개인의 욕구를 연상케 한다. "범죄의 분노로 그리고 비참함의 분노로 일어서라 인류여, / 그리고 도시의 잿더미 속에서 잃어버린 자연을 찾으라."(v. 181 이하) 바로 이 대목이 「소박문학과 감상문학에 대하여」에서 설명한 비가적 성찰의 출발점을 이룬다고 할 수 있다. 셸링의 『예술철학』에서는 이를 이렇게 설명한다. "근대세계는 인간이 자연으로부터 벗어났지만, 아직 다른 고향을 얻지 못한 상태에서 시작한다. 그리하여 인간은 버려졌다고 느끼는 것이다. 그런 감정이 인간 족속 전체로 퍼져가면, 인간은 자발적으로든 내적 충동에 강제되었든 정신적 고향을 만들어내기 위해 관념의 세계로 향한다."[101)]

고삐에서 풀려난 연상들이 자연 복원의 이념에 도달한 순간, 산책자의 생각이 현재로 되돌아오는 것은 결코 우연이라 할 수 없다. "그런데 난 지금 어디 있는 거지? 오솔길이 숨어버리는구나. 가파른 경사의 나락 / 아가리를 쩍 벌린, 앞으로도 뒤로도 발걸음을 주저하게 하네."(v. 189 이하) 서정적 자아(텍스트의 화자)가 이제 자기 위치에서 다시 찾은 자연은 시 출발지점의 자연경관과 공통되는 것이 별로 없다. 이때의 자연은 시 도입부의 매력적인 즐거운 곳이기는커녕 "황막한 곳(locus desertus)"이라 해야 할 것이다. "이곳은 황량하고 끔찍이도 적막하구나. 외로운 영공엔 / 독수리 한 마리 걸려 있을 뿐. / 세상은 구름과 이어지누나."(v. 197 이하) 그러나 자연은 그 위협적인 모습에도 불구하고 산책자에게 점차 안전한 느낌을 안겨준다. 관찰자로 하여금 자기의 주관적 경험 세계가 견고함을 신뢰토록 해주기 때문이다. 이것은 괴테 또한 그의 생전에는 출판하지 않고 남겨놓은 에세이 「화강암에 대하여(Über den Granit)」(1784)에서 산을 바라보는 것과 같은 시각이다. 이 논문의 테제들을 실러는 괴테와의 대화를 통해 알고 있었을 것이다. 산책자가 생각 속에서 그린 문화사적 경로는 그를 다음과 같은 인식으로 되돌아오게 한다. 경험 세계에는 시간적 연속성이 있고, 이 연속성이 경험 세계의 현상들과 만남으로써 인간에게 정체성을 부여한다는 것이다. "나 정말 혼자란 말인가? 자연이여, 네 품 안에서, 네 가슴에서 다시, 아! 인생의 끔찍한 모습으로 / 나를 휘감아 겁먹게 한 것은 그저 꿈이었을 뿐이다. / 그 음울한 꿈은 까마득히 떨어지는 계곡과 함께 추락하였다. / 너의 순수한 제단으로부터 더욱 순수하게 내 목숨 얻으니, / 희망에 찬 젊음의 명랑한 기분도 다시 얻는구나!"(v. 201 이하 계속) 이 점에서 실러는 루소의 입장과 맺은 동맹을 파기한다. 현대인의 세련된 문화 감각은 고양된 명상의 형식으로서의 순수한 자연 향유의 가능성을 배제하지 않는다는 것이 실러의 생각인 것이다. 루소는 「고독한 산책자의 몽상」(1782)에서 풍경에 대한 감각적 경험은 즐거웠던 과거 생활을 돌아보게 하는 매체로서 구슬프기 마련이라고 했다. 루소의 이와 같은 생각과는 반대로, 실러는 손 타지 않은 자연에 대한 기쁨은 제아무리 성찰을 통해 중단되더라도 "희망에 찬 젊음의 즐거운 기분"(v. 206)을 낳게 하고 현재와 미래를 형성하려는 의지를 용솟게 하리라고 기대하는 것이다.[102)]

산책자에게 자연은 지속성과 연속성의 상징으로 변한다. 온갖 생각을 하며, 진보와 퇴보, 자유와 억압, 이성과 야만의 변증법으로 점철된 인간 문화사를 가로질러 시간 여행을 하고 나서, 도보 여행자는 황량하다 할 수도 있는 풍경을 바라보면서도 마음의 안정을 얻는다. 그의 눈앞에 보이는 풍경은 자연의 감각적 매력에 다가가는 행복한 충족의 순간에 체험하게 되는 과거와 미래의 일치를 가시적으로 보여주고 있기 때문이다. 이와 같은 의식적 풍경 체험의 질적 진가에 대해 실러는 1789년 9월 10일과 11일에 샤를로테 폰 렝게펠트와 카롤리네 폰 보일비츠에게 보낸 편지에서 이미 아주 비슷한 방식으로 다음과 같이 쓴 바 있다. "이처럼 똑같은 모습을 유지하는 자연의 동일성, 그 또한 우리의 마음을 얼마나 편안하게 해주는가! 정열이, 안팎의 소용돌이가 우리를 한껏 이리저리 헤매게 할 때면, 우리 스스로 자신을 잃고 말 때면, 우리는 언제나 변하지 않은 옛 모습 그대로의 자연을 다시 발견하고는 우리가 그 안에 있음을 알게 됩니다."(NA 25, 292) 시의 종결부를 이루는 시구들 또한 풍경의 지속성에 대한 찬가로 이해할 수 있다. 이 구절들은 주체의 우월성을 내세우면서 직접적인 자연 체험의 가치를 무시해버리자는 주장을 하고 있는 것이 아니다.[103] 그보다는 동질성을 보장해주며 순환적인 계절의 연속성 안으로 인간을 받아들이는 자연의 힘을 찬양하고 있는 것이다. 이 시가 묘사하는 구체적인 풍경은 2년 뒤에 쓴 놀라울 만큼 루소의 색채가 짙은 시 「믿음의 말」(1797)에도 등장한다. 이 시 또한 계몽적 지성의 신경과민 상태를 벗어났을 때에만 가능한 자연의 동질성에 대한 깨어지지 않은 신뢰감의 산물인 것이다. "모든 것이 영원한 변화 속에서 맴돌고 있으나 / 그 변화 속에 변함없는 정신이 있도다."(NA 1, 379, v. 23 이하)

가파른 산악 지형의 황량함은 비가가 진전되면서 관찰자의 눈에서는 이상향(Elysium)의 면모를 담은 목가로 변해간다. 이것은 실러의 역사철학과 일치한다. 자연이 새로워지는 것이 아니라, 언제나 똑같은 형식으로 반복되는 자연이 항상 새롭게, 즉 순환의 변화 조건하에서 유지되는 정체성의 상징으로 감지되는 것이다. 이렇게 볼 때 이 비가의 종결부는 또한 성찰의 감옥에 스스로를 가두어놓지 말고 현실 경험에 몸을 맡겨야 한다는 감상적 예술가를 위한 메시지이기도 하다. 이러한 요청을 의식하면서 종결부는, '이념'에 대한 현대인의 동경을 충족하고 독자들에게 늘 자연으로부터 나오는 매력의 신비를 설명할 수 있는 것이다. "옛 그대로의 푸름 아래서, 옛 그대로의 녹색 대지 위에서 / 가까운 세대들이 또 멀리 있는 세대들이 하나 되어 거니누나."(v. 214 이하) 1795년 10월 10일 편지에서 헤르더가 언급했듯이, 이 비가는 현대적 의식을 위한 "지도"(NA 35, 375)가 된다. 현대인은 이 시 텍스트에 담긴 상상의 이정표를 따라 자기 정체성을 경험하게 해주는 선경(仙境)으로 들어가라는 것이다.

실러의 자연 풍경 찬양에는 자연이 언제나 똑같은 모습으로 나타남으로써 과거와 미래를 묶어준다는 인식이 내포되어 있다. 자연과의 의식적 만남(훔볼트에 따르자면 "이성"(NA 35, 393)의 연출로 이루어지는 행위)은 잠정적으로 현대적 개인의 특성이라 할 분별지(分別智)를 지양한다. 자연의 순환적 성격을 생각하면 현재 시대와 고대 사이의 간격이 줄어든다. 호메로스의 태양이 현재의 인간도 비춰주고 있는 것이다. 잃었다고 여기던 아르카디아를 적어도 순간적으로나마 자연 풍경을 향유하는 행위로써 현재화할 수 있는 사람은 찾아야 할 낙원(Elysim)에 다시 도달할 수 있는 것이다. 이로써 고대와 근대 사이의 역사철학적 차이의 자리에 이 차이를 지양하는 충족된 현재가 지닌 마술적 힘이, 미학적으로 형성화된 자연 경험의 요소로서 대신 들어선다. 이 마술적 힘의 매체는 물론 가상이고, 그것의 역사적 조건은 어디까지나 감상적 의식이며, 그것을 시험해볼 수 있는 영역은 언어적 형식이다. 자연은 오로지 문학적 질서를 통해 중재되어 실러의 시 텍스트 안에서 포착되는 것이다. 감각적 매력의 경험은 그것이 오직 전달 가능한 기호의 성격을 받아들이는 곳에서만 그 자취를 남길 수 있다. 자연의 역사는 미셸 푸코(Michel Foucault)가 근대로 넘어가는 과도기 고전주의 시대의 사고 구조에 대해 설명한 것처럼[104] 말(Logos)과, 그것에 아로새겨진 언어 법칙들의 역사로서 형태를 얻는다. 실러의 시는 시적 전통에서 전래된 본보기들 속에서 자연의 모습들을 불러내면서 이 로고스의 힘에 의해 각인되고 있는 것이다.

산책자가 걷는 길은 가시적인 경험 세계의 묘사에서부터 시작하여 구체적 자연의 상실에까지 이르는 인류의 역사를 문화사적으로 결산한 다음, 상실한 자연을 세련된 의식으로 다시 찾는 과정을 보여준다. 이 과정에서 이상화된 현대인의 발달사가 정밀하게 드러난다. 실러의 시는 이상화된 현대인의 발달사를 비가적 자아 성찰을 통해 재구성하고 있는 것이다. 이 텍스트가 제시하는 상상적 시간 여행은 횔덜린이 「히페리온」 미완성본(1794년 11월호 《탈리아》에 실림)의 서문에서 말한 "이탈 궤도(exzentrischen Bahn)"를 따라가는 여행과 비교할 만하다. 횔덜린은 이 개념을 이상적인 경우 인간이 "지고한 단순성의 상태"에서 "지고한 교양"의 상태로 옮겨가는 노정의 메타포로 쓰기 위해 만들어낸 것이다.[105] 실러의 텍스트 또한 피히테의 의식철학 그리고 몇 년 지나지 않아 또다시 횔덜린의 자극을 받고 쓴 헤겔의 정신형이상학이 대답을 구하고자 한 것과 같은 문제 영역을 짐작하게 한다. 고대 그리스인과 자연의 유대 관계가 지닌 유기적 성격에 관한 상론(詳論)은 '지고한 교양' 단계에 있는 현대적 주체가 그러한 유기적 성격에서 갈라서는 경계선에 있음을 의식할 때에만 가능하다. 외관상 상실된 것이라도 상실의 과정에서 달라진 방식으로 보존될 수 있다는 것이 변증법적 사고방식을 통해 얻어진 통찰인 것이다. 이러한 사고방식은 횔덜린의 「홈부르크 단편(Homburger Fragmente)」(1798~1800)에서, 예컨대 「엠페도클레스(Empedokles)」 프로젝트의 테두리 안에 들어 있는 「몰락하는 조국(Das untergehende Vaterland)」(소멸 가운데서의 형성)에 대한 연구에서 실현되고 있다.[106] 여기서 기술되는 인간 정신의 역사는 전에는 자기 자체로서 완결된 상태였던 의식이 분열되고 훼손되어가는 역사인 것이다. 그러나 이 역사는 분열의 과정 속에서도 애초 주어져 있던 통일성을 잠재적으로 보전하게 하여 마침내는 새롭게 실현케 한다. 실러는 동일성과 차이성의 관계를 지배하는 그러한 변증법을 이미 미학과 관련된 글들에서 반영한 바 있다. 그러나 아직 스스로 변증법적으로 생각하지는 않았다.

통일성과 교양 사이의, 근원과 의식 사이의 관계에 대한 실러의 서술을 더 자세하게 들여다보면, 종국에 가서 불러낸 자연의 장면이 감상적 희망을 그린 것에 불과하다는 사실을 알게 된다. 언제나 똑같은 것이 반복되는 것이 아니라 근대의 조건들 아래에서 갱신된 경험이 그 목표 지점을 이루고 있고 그 윤곽이 시의 결말에서 시 「이상적 여인」(1759)과 유사한 모양새로 그려진다. 호메로스의 태양은, (거기에 「산책」의 비가적 메시지가 담겨 있는데) 호메로스를 비추던 태양이 아니다. 그것은 바로 햇살을 즐기는 사람의 태양인 것이다. 그가 햇살을 즐기는 것은 그 햇살이 호메로스도 따뜻하게 비추어주었다는 사실을 알기 때문이다.[107] 성찰하는 감각으로 받아들인 자연은 (시대적) 차이를 상징하는, 근대의 상실을 보여주는 기호의 기능을 갖게 된다. 시는 그러한 상실을 극복하지 못한다. 단지 그 사실만을 파악할 따름이다. 그리고 자연미를 다시 한번 경험할 수 있는 요행의 순간의 가능성을 넌지시 제시하는 가운데서 그러한 상실을 적어도 잠정적으로나마 치유할 수 있을 것이다. 더 이상 처절한 역사의 무대에서가 아니라, 계몽주의적 낙관주의의 형장(刑場)에서가 아니라, 예술을 통해서.

윤곽이 뚜렷한 견해들

고전주의 노래시(1795~1799)

「여인들의 기품」(1795), 「외국에서 온 처녀」·「방문」(1796), 「기사의 노래」

(「발렌슈타인의 막사」에서), 「비밀」(1797), 「시민의 노래」·「처녀의 탄식」(1798), 「기대」·「종의 노래」(1799) 등과 같은 노래풍의 텍스트들을 이념시들과 구분하는 일은 거의 불가능하다. 1800년경 서정시 형식들은 다양할 뿐 아니라 규범적인 규칙들을 별로 지키고 있지 않은 것이 그 특징이다. 고트셰트나 멘델스존의 시대에 비해 기법상 더욱 자유로워졌고,[108] 그러면서도 클롭슈토크의 자극을 받아 횔덜린 같은 작가들의 경우 아스클레피아데스(Asklepiades)나 사포(Sappo) 또는 핀다로스(Pindaros)풍의 송가(Ode) 시구들과 같은 고대 운율 구조에 맞추는 경향까지 보였다. 이는 역사철학적으로까지 확장하여 시학을 새롭게 이해하고, 이를 바탕으로 하는 엄격한 질서를 요구하는 것이다. 시학을 새롭게 이해하는 것에서 바탕이 되는 것은, 그리스 예술과 현대 예술 사이에 변증법적 관계가 있고, 이 관계는 옛 모델들을 미학적으로 적절한 방식에 의해 가시화하고 표현할 수 있다는 발상이다. 그러나 실러의 노래들은 엄격한 구조와 세밀하게 규정된 기법상의 틀을 갖춘 고대 송가의 모범을 따르는 경우가 드물다. 어쩌면 고대의 엄격한 운율 원칙들에 대해 자신이 없었을 수도 있다. 실러는 고대시의 운율 형식에 관해 물어보고 싶을 때면 쾨르너나 고전문헌학 교육을 받은 훔볼트, 괴테 그리고 처음에는 학생에게 가르치는 말투로 즐겨 응해준 헤르더에게서 조언을 청했다. 1795년 11월 29/30일 훔볼트에게 보낸 편지에 이런 말이 나온다. "운율법에 대해 가능한 많이 알아보려 합니다. 나는 이 분야에서는 그야말로 문외한입니다. 고전 운율론에 관한 모리츠의 짧은 글 외에 기억나는 게 전혀 없으니까요, 학창 시절에조차 읽은 기억이 없습니다."(NA 28, 116)

실러의 노래시들에서 만나게 되는 것은 대개의 경우 운율이나 리듬의 범주와는 다른 기준들이다. 텍스트의 구성과 언어 태도를 결정하는 특징으로 세 가지를 들 수 있을 것이다. 형식에서 자유로운 이념시들과는 다른(그렇다고 이에 비해 성찰이 결코 모자라지 않은) 노래시들은 음악적 구조를 취할 수 있다. 그럴 경우, 예컨대「여인들의 기품」,「기대」,「기사의 노래」등에서처럼 후렴 기법과, 연에 대조연(Antistrophe)을 따르게 하는 원칙에 의한 절(節)의 변형이 나타난다. 그러나 핀다로스풍의 송가에서는 필수적인 독자적 운율 구조로 된 에포데(Epode. 연과 대조연에 이은 제3연)가 실러의 노래시에는 대체로 빠져 있다. 두 번째로 들 수 있는 특징은 예술적으로 다듬어진 언어 형식의 단순성이다. 이 경향에서는 헤르더의 민요 이론과 특히 괴테의 민요시들의 자취가 보인다. 예컨대「외국에서 온 처녀」또는「처녀의 탄식」같은 경우가 그렇다. (별다른 특성이 없는 이 텍스트들은 실러가 자신의 서정적 독창성을 발휘할 수 없었음을 여실히 보여준다.) 마지막으로 세 번째의 특징은 호소 구조라 이름 붙일 수 있을 것이다.「방문」또는「시민의 노래」가 그 예이다. 이 경우 도입부는 독자에게 말을 거는 형식으로 되어 있는데, 이것은 독자와의 의사소통을 통하여 진정성과 직접성의 인상을 불러일으키려는 기법이다. 주제의 관점에서 고전주의의 노래들은 두 가지로 분류할 수 있다. 그 하나는 개인의 처지를 연출해내는 데 중점을 둔 것들이고(「외국에서 온 처녀」,「비밀」,「처녀의 탄식」,「기대」등), 또 다른 부류는 문화사적 내지는 인류학적 주제를 다룬 것들이다(「여인들의 기품」,「시민의 노래」,「종의 노래」등). 두 유형에 공통적인 것은 보편적으로 통용될 수 있는 사항을 표현하기 위해 가시적인 대상들을 신화시학적으로 승화하는 경향이다. 바로 이러한 경향이 실러의 특성이다.

바로 이 노래시들은 실러 생전에 곡이 붙곤 했는데 이것은 놀라운 일이 아니다. 그것은 기억하기 쉬운 리듬과 간결한 어법(이것은 문체상 긍정적일 수도 있고 부정적일 수도 있다) 덕이다.「처녀의 탄식」에 붙은 곡은 스물다섯 가지나 되고, 「여인들의 기품」의 경우도 스무 가지이다(그 가운데 하나는 라이하르트의 작곡 공장에서 만들어진 것인데, 얼마 지나지 않아서 「크세니엔」이 마지못해 그 일에 관여하게 된다). 「외국에서 온 처녀」의 경우도 이에 못지않다.(NA 2/II B, 360 이하 계속) 이로써 실러는 이미 생시에 가장 자주 작곡된 작가의 하나였다 할 수 있을 것이다. 후대에 가서 로시니로부터 차이콥스키에 이르는 작곡가들이 그의 고전주의 드라마를 오페라로 만든 것까지를 함께 생각한다면, 실러 작품들의 음악 경력은 실로 대단하다고 할 만하다.

실러의 노래시들이 이념시들과 마찬가지로 문화인류학적 시각을 추구한다는 사실은 「여인들의 기품」에서 입증된다. 1795년 8월 완성된 이 시는 발표되자마자 논란의 대상이 되었는데 오늘날 읽어보면 의아한 느낌이 든다. 실러가 아주 강령적인 의도로 남녀의 성 역할 차이를 강조하고 있기 때문이다. 시 텍스트를 그것이 창작된 시대의 맥락에서 생각해야겠지만, 그렇다고 해서 텍스트에 담긴 여성상이 발하는 도발적인(어쩌면 그저 진부할 뿐인) 효과를 도외시할 수는 없는 일이다. 남녀의 성차별 문제에 관하여 진보적 입장에 있던 슐레겔 주변 인물들은 1800년경의 사회적 통념을 무비판적으로 반영하는 듯 보이는 시 텍스트의 보수적인 메시지를 조롱했다. 샤를로테 실러에게 보낸 1795년 9월 7일 편지에서 샤를로테 폰 슈타인은 실러가 시로 "창작"한 "대상"이 바로 그 자신의 부인이라고 누구나가 느끼고 있다고 하면서, 분노의 말투로 다음과 같이 덧붙여 썼다. "은연중이기는 하지만 그는 역시 칸트 철학에 따라 남자를 덕성 있는 존재로 만들었다고요."[109] 남녀의 역할상 차이를 간명하게 나타내주는 단어들을 나열함으로써 이 시가 한눈에 볼 수 있게 해주고 있는 양성의 심리적 차이는 당대의 통념과 일치하는 것이었다. 이 시가 상보적인 상투어들을 논리적 순서는 고려하지 않은 채 늘어놓으면서 강조하는 것은, 남성에게는 먼

곳에 대한 동경, 정열, 폭력성, 불안, 활동성, 부조화, 불손함, 의지, 이상주의 같은 특징들이 있는 반면에, 여성에게는 속박을 받아들이는 마음 자세, 검소함, 균형, 영감, 수용성, 조화 지향, 미감, 덕성, 소박함 등이 있다는 것이다. 이것은 1800년을 전후한 시대에는 논란의 여지가 전혀 없는 분류 모델이었고, 실러는 다만 이러한 분류의 가치를 전혀 독창성이 없는 상투적인 인류학적 논거로써 드러내 보이고자 했을 뿐이다.

의문의 여지 없이 프랑스 혁명의 성과에 여성의 성 평등은 포함되지 않았다. 혁명 이전에 이미 프랑스 계몽주의의 자연법에 근거한 인간관은 남녀 차별에 관한 전통적인 사고 내용을 허물기는커녕 새로운 근거들로 강화한 바 있다. 달랑베르와 디드로가 편찬한 『백과사전』의 해당 항목의 글들〔이를테면 1756년 출판된 제6권에 실린 '여성(femme)'이란 표제어에 대한 글이나 그 후 9년 뒤에 출판된 '남편(marie)'의 권리에 대한 텍스트 같은 경우〕은 가부장주의로 규정된 시민 가정 구조의 역할 서열을 인정하는 내용만을 담고 있다. 이와 같은 전통적인 질서를 견지하고 있는 구상들(순종하지 않는 부인에게 대한 체벌을 포함하는)의 명증성을 루소는 교육소설 「에밀, 교육에 대해서(Emile ou de l'éducation)」(1762)에서 뒷받침하고 있다. 양성의 생태적 특징을 환기시키면서 더욱 큰 이성의 힘을 갖고 있는 남성에게 엄격한 통솔의 역할이 주어지지 않을 수 없다는 주장을 하고 있는 것이다. 캄페〔「내 딸을 위한 아버지의 충고(Väterlicher Rath für meine Tochter)」(1789)〕 또한 판에 박은 전통적인 역할 분담을 무비판적으로 시민적 교육 개념에 접목했다. 종교사가 크리스토프 마이너스(Christoph Meiners)도 1788년과 1790년 사이에 출간된 네 권짜리 『여성성의 역사』에서 위와 비슷한 전형들을 되풀이했다. 고틀리프 히펠(Gottlieb Hippel)은 1792년 익명으로 출판한 저서 『시민 차원에서 여성의 향상에 관하여(*Über die bürgerliche Verbesserung der*

Weiber)』에서 프랑스 국민의회에서 작성한 헌법과는 달리 자유로운 사회 질서의 요소로서 여성 평등을 규정하도록 하는 국가 기본법을 제안하였다. 콩도르세(Condorcet)도 이미 1789년에 이와 똑같은 요구를 제기했다. 그러나 파리 집회의 결정에 영향을 미칠 수는 없었다. 1794년에 시행되기 시작한 프로이센의 『일반 관습법(*Allgemeine Landrecht*)』은 제24절에서 적어도 법적으로는 남녀가 평등함을 확정하였다.

실러의 시는 양성의 대립을 인류학과 자연철학을 확장한 틀에서 다루고 있다. 따라서 그가 이미 「신지학」에서 사랑 문제에 관한 구상을 위해 펼친 논거들을 그대로 수용하고 있다. 「신지학」에서 그는 오셀로와 데즈디모나의 관계를 남성과 여성의 질적 차이의 전형으로 간주하면서 그 차이를 강함과 감성, 능동성과 수동성으로 보았다.(NA 20, 121) 논문 「우아함과 품위에 대하여」에서도 동일한 사례를 들면서 주도 개념들(Leitbegriffe)을 시종일관 여성의 영역 내지는 남성의 영역에 배열한다.[110] 그의 논문 「미의 형식들을 사용함에 있어서의 필수적인 한계에 관하여」의 1부는 그 시가 작성되기 직전인 1795년 여름에 완성된 것으로 여기서 논의되는 문제와 밀접하게 관련된 것이다. 이 논문에서 실러는 지적 능력과 관련하여 성 차이의 모델을 이용하고 있는데, (피히테의 판단과는 달리) 철학적 내용의 글을 쓸 때 순수한 개념 작업에서 벗어나 이따금 예술적인 문체 모델을 투입하는 것이 유익하다는 점을 입증하려 한 것이다. 여성은 형식 지향적이고 남성은 내용 중심적으로 일하기 때문에, 양쪽의 요구에 다 부합하는 서술 기법을 쓰는 것이 바람직하다는 것이다. "여성은 그 천성과 운명에 따라 남성과 함께 학문을 결코 할 수 없고 해서도 안 되지만, 표현의 매개를 통해 남성과 함께 진리를 공유할 수는 있다."(NA 21, 16)

그 시가 제시하고 있는 남녀 성의 역할 구분이 실러의 문화인류학에 포함된 정체적(停滯的)인 내용들과 관련된 것이라는 사실은 무엇보다도 남녀 성의 구별을 결론적으로 요약하고 있는 마지막 두 연에서 두드러지게 드러난다. 그곳에는 "순진의 품을 박차고 나와 / 이상을 향해 기어오르는 남자", 그리고 이와 나란히 이에 대한 반명제가 다음과 같이 쓰여 있다. "그러나 어린아이의 순진함의 허울 속에 / 고도로 정화된 의지가 감춰져 있네, / 빛나는 여자의 모습 속에."(NA 1, 243, v. 105 이하 계속) 이러한 시각에서 볼 때 그 후 몇 달 지나지 않아 완성된 「소박문학과 감상문학에 대하여」의 결론 또한 이 시에서 윤곽이 그려진 남녀 대립상의 반영으로 이해할 수 있다. 이 논문의 결론에서 실러는 정신적 자질을 이상주의적 성향과 현실주의적 성향의 자질로 구별하고 있는데, 이 시가 남성의 기본 유형에 속하는 것으로 상정하는 거의 모든 특징들을, 즉 자아 확장 성향과 활동의 충동, 동요와 긴장, 일탈과 발산 등을 우리는 이상주의자의 규정에서 다시 만나게 되고, 이에 반하여 수용성과 점액질, 안정과 유연성, 자연 친화적 성향과 항상성 등과 같이 이 시에서 여성적 성격의 특징들로 나타낸 것들은 현실주의자의 규정과 상응하고 있는 것이다. 「외국에서 온 처녀」와 「기대」 같은 노래시들은 그와 같은 역할 할당을 모범적으로 증명해준다. 그러나 그에 앞서 이미 실러는 베르투흐(Bertuch)가 만든 1789년도 달력 《판도라》에 싣기 위해 1788년 5월 말에 쓴 풍자시 「유명한 여자」에서 성에 대한 전통적인 입장을 드러내면서 여성해방을 강력하게 반대한 바 있다.

실러의 텍스트는 빌헬름 폰 훔볼트가 1795년 2월과 3월호 《호렌》에 실은 글들에서 제시한 성 역할 구분에 대한 절충주의식 생각들과 관련지어 볼 때 그 윤곽이 좀 더 자세하게 드러난다. 특히 훔볼트의 논문 「양성의 차이와 그것이 유기적 자연에 미치는 영향」은 이 주제를 플라톤이 「향연」에서 제기한 문제의 틀 안에서 다루고 있는데, 플라톤의 「향연」은 헴스테르하위스와 헤르더의 뒤를 이어 실러를 이미 젊은 시절에 매혹한 작품인 것이다. 플라톤의 문제 제기는, 상보 관계의 상징이라 할 수 있는 남녀 대립의 이면에는 원래 하나이던 존재의 통일성이 숨어 있을 것이라는 추측으로 시작하고 있다. 평소에는 고립되고 분리되어 나뉘어 있는 남녀 각각의 개인이 이상적으로는 에로틱한 계기를 매개로 서로 융화됨으로써, 둘로 갈라져 있기는 하나의 완전한 인간이 될 수 있을 것이라는 것이다. (1796년 7월에 발표된 실러의 시 「남과 여」는 바로 이 문제를 다루고 있다.) 훔볼트도 여성과 남성의 특징을 이미 널리 알려진 기본 형식들로 구별하면서 상호 보완적인 유기적 에너지들의 산물로 간주한다. "유한한 수단으로 무한한 목적을 추구하는 자연은 자기의 건물을 힘들의 충돌을 기반으로 하여 짓는다."[111] 바로 이러한 발상을 근거로 하여 훔볼트는 플라톤의 남녀관을 모델로 삼아 남성과 여성의 기능 차이를 자연철학적으로 규정한다. 에너지의 기능 차이(남성의 특징인 "생산하는" 힘과, 여성의 특징인 "받아들이는" 힘)가 남녀의 모순 관계의 필수 조건이요, 이상적으로는 이 모순 관계를 서로 보완하는 특징들의 반영으로 볼 수 있다는 것이다.[112]

훔볼트는 그가 1795년 9월 11일 실러에게 보낸 편지에서 적었듯이 실러의 시에서 자기가 "그토록 자주 생각했던 것들이 (……) 너무나도 아름답게 그리고 적절한 어법으로 아로새겨져 있음"(NA 35, 334 이하)을 발견한 나머지, 자기와 그를 갈라놓는 개념들의 차이를 보지 못했다. 훔볼트의 논문은 플라톤의 남녀관에서 추론해낸 양성 대립을 극복하기 위한 시도라 할 수 있겠는데, 실러 시의 주제는 그런 것이 아니라 양성 대립을 마찰 없이 운영되는 분업의 모델로 간주하는 것이다. 실러의 시가 추구하는 것은, 괴테의 다섯 번째 「로마 비가」에서처럼 감각 능력과 성찰 능력을 하나로 합쳤기 때문에 '대리석을 이해하는', 그러한 '온전한 인간'의 총체성이 아니라,

남녀의 역할 분담이라는 원칙 아래 인간적 활동 영역을 달리함으로써 각자의 모자람을 서로 보완하는 것이다. 실러의 이와 비슷한 남녀관은 1796년에 발표한 일련의 에피그람(2행 풍자시)과 격언시들에도 나타나 있다.(「여자의 힘」, 「여자의 덕성」, 「여자의 판단」, 「여자의 토론장」, 「이상적 여자」(NA 1, 286 이하)) 이 시들에서는 남녀 역할의 영역을 확고하게 규정해놓는다. 그리하여 남녀의 경계 극복 가능성을 열어놓는 게 아니라, 남녀의 사회적 역할 분담을 자연철학적 남녀 차이에 근거하는 것으로 간주하면서 단정적으로 못 박고 있다. 이와 같은 남녀관에서 도출될 수 있는 내용은 시 「통치」(1795/96)에 완성된 모습으로 나타나 있듯이 정치 공동체에 적용되는 경우 그 의미가 더욱 커진다. "국가 살림에서는 남자가 법이어야 한다. / 그러나 사회의 도덕성은 여자의 애정과 충성으로 지배돼야 한다."(NA I, 378)[113)]

1798년 8월 말과 9월 초 사이에 나온 「시민의 노래」는 문화사의 측면도 제시하고 있다. 실러는 이 시기에 힘겨운 외적 여건들에도 불구하고 서정시 생산에서 절정기를 누린다. 건물 개축과 여름 별장 집들이 등으로 신경 쓸 일이 많았으면서도 이에 방해받지 않고 그는 여름 동안 노래시와 담시를 여러 편 완성했다. 「시민의 노래」를 완성하는 데 여드레가 걸렸다. 이는 유달리 오랜 기간이다. 그것은 늦여름에 새삼 신체 전반에 걸쳐 건강 상태가 악화되었기 때문이다. 7월부터 심한 감기와 경련을 수반한 발작적 발열로 여러 차례 몹시 시달린 나머지, 작업 리듬을 유지하기가 또다시 어려워진 것이다. 「시민의 노래」는 《1799년 문예연감》에 실렸다. 한 해 반 뒤 그의 시 전집의 제1권에는 「엘레우시스의 축제」라는 적합하지 않아 보이는 제목으로 실렸다. 주제의 중심을 이루는 것은 아티카의 엘레우시스에서 해마다 풍작에 감사하기 위해 열리는, 경작의 여신 데메테르와 그의 아들 디오니소스를 기리는 축제가 아니다. 신화로 전해지듯이 제우스의 누이 데메테르가 켈레오스 왕의 나라 엘레우시스에서 이룩했다는 경작 행위에 대한 서술이 주제의 중심이다. 스물일곱 개 연 가운데 첫째 연과 마지막 연만이 형식상의 약간의 변형과 더불어 엘레우시스 축제에 대한 묘사라 할 수 있고, 나머지 연들은 신화에 나오는 알레고리들을 매개로 하여 그려낸 인류 문화의 변천 과정들인 것이다. 제우스의 축복을 받으면서 데메테르가 직접 착수한 작물 재배, 테미스에 의한 법질서 수립, 헤파이스토스의 도움으로 전개된 도구의 발달, 미네르바의 지휘하에 이루어진 군대 조직의 구성, 산의 요정 오레이아스에 의한 숲의 개발, 아폴론 덕에 이루어진 학문 및 예술 기관의 창립, 헤라에 의해 성사된 사랑하는 이들의 합법한 결혼 등이 그것이다. 이러한 스케치의 정점을 이루는 것은 시민 공동체 키비타스(civitas)의 건립이다. 세분된 사회질서의 틀인 이 시민 공동체는 자기 의무화(Selbstverpflichtung)를 토대로 개인이 자연 질서 안에서 자기의 본능적 충동을 통제토록 한다. "하지만 인간은 자연 질서의 한가운데에서 / 인간들에 어울려야 하나니, / 그리고 오직 범절을 지킴으로써만 / 자유롭고 강해질 수 있도다."(NA 1, 432, v. 205 이하 계속)

「산책」과 「인간의 미적 교육에 대한 편지」와는 달리 실러의 이 시는 문화의 발달을 도덕적 몰락 과정이나 소외 현상의 심화 과정으로 그리지 않는다. 이 텍스트는 오히려 개인이 시민적 '도덕'의 영역에서 사회적 자율성에 다다를 능력이 있다는 기대를 표현한다. 이것은 이미 8년 전에 《탈리아》에 실린 '최초의 인류 사회'에 관한 논문과 같은 내용이다. 따라서 텍스트의 마지막 연에서 서술되고 있는 "축복을 내리시는 만인의 어머니"(v. 216)로서의 데메테르 숭배 의식은 어디까지나 문명의 자축 잔치를 상징적 형식으로 보여주는 행위로 남는다. 이런 세속적 시각을 지닌 「시민의 노래」의 취지는 엘레우시스의 신비 속에서 구원 계시의 서곡을 보려는, 1800년 전후에 태동한 신화시학적 구상들과 다르다. 구원의 계시는 그리스도의 희생을 통해 힘을 얻게 되고 '재림할 신'(횔덜린의 비가 「빵과 포도주」에 나오는 말이다)이 나타남으로써 천년왕국이 현실로 된다는 것이 신화시학적 구상이다.[114] 이미 앞서 언급한 헤겔의 시 「엘레우시스」(1796년 8월 그 원고가 완성되고 난 직후 저자는 그것을 베른에서 프랑크푸르트에 있던 횔덜린에게로 보냈다)는 다른 한편 셸링의 「자연철학에 대한 이념」(1797)과 같은 취지에서 고대 그리스의 의식(儀式)들에서 구원 계시적인 것을, 그것의 신비스러운 '전율'을, 그리고 축성된 행위들의 '고결한 의미'를 시적으로 불러내는 시이다. 여기서 축성된 행위들이 하는 것은 문화 발전을 상징적으로 찬양하는 것이 아니라, 신의 출현을 미리 보여주는 것이다. 헤겔의 이 시 텍스트는 "반짝이는 성좌"가 비춰주는 밤의 신비로운 장면을 묘사하고 있는데, 그것이 베들레헴의 마구간에서 이루어지는 그리스도 탄생을 모델로 한 것이고, 데메테르 자신은 마리아의 모습을 띠고 있다는 것은 누구나 쉽사리 알아차릴 수 있다.[115]

실러의 노래시가 신화의 도움으로 놀라울 만큼 수미일관하게 문명을 찬양하는 것과는 달리, 횔덜린의 비가는 똑같이 엘레우시스의 데메테르 축제를 다루면서도 그것을 성찬식의 원시 모델로 해석한다. "빵은 대지의 열매, 하지만 빛의 축복에 의한 것. / 그리고 천둥 치는 신에서 포도주의 신명 나는 기쁨 오고 / 그리할 때 우리는 또한 천사들을 생각하노라 / 평소 그곳에 있었던, 그리고 때가 되면 돌아오게 될"[116] 여기서 성찬식의 상징적 기호는 그리스도의 몸과 피만 상기시키는 게 아니라 그에 못지않게 엘레우시스 축제의 테두리 안에서 숭배받는 데메테르와 디오니소스도 상기시킨다. 이와 같은 데메테르와 디오니소스를 후에 가서 헤겔의 『정신현상학』 또한 "감각으로 파악할 수 있는 사물의 진리"라고 하면서 엘레우시스와 성찬식 상징의 정수라고 높이 평가하게 되지만,[117] 그와 달리 실러의 「시민의 노래」는 인간의 도덕적 의무에 대한 통찰을 조명한다. 인간의 도덕적 의무가, 축제 의식의 알레고리로 포장되어, 신화 세계를 두루 여행할 때 전개되는 장면들로 연출되는 것이다.

바로 이와 같은 거시적인 인류 문화사를 다루고 있다는 점으로 말미암아 실러의 「종의 노래」는 후세에 와서 달갑지 않은 미묘한 평가를 받게 된다. 찬양과 질타의 각축장에 빠지는 것이다. 특히 종 만드는 과정에 대한 전문적인 설명에 장인의 "훌륭한 말씀"(NA 2/I, 227, v. 11)을 어우러지게 한 시 텍스트의 이중 구조가 당장 독자들의 정서를 자극했다. 카롤리네 슐레겔이 1799년 10월 21일 딸에게 보낸 편지에서 쓰고 있듯이 예나에 있는 실러의 은밀한 적들은 이 시를 읽고 폭소했다. 그것은 말할 것도 없이 우박처럼 쏟아져 내리는 보수적 내용의 문장들 때문이었다. 그런 문장들은 19세기 내내 부르주아적 가부장 이데올로기요 반동적인 사회상들의 "교과서(Vademekum)"[118]로 낙인찍히게 된다. 격언적 성격의 문장들을 집중적으로 등장시킴으로써〔그 가운데 40개 가까이가 나중에 뷔히만(Büchmann)의 『날개 돋친 말(널리 인용되는 어구)』 사전에 실렸다〕 시의 구조적 균형이 깨지게 되었음은 아우구스트 슐레겔의 독기 서린 다음과 같은 풍자로 짐작할 수 있다. "작가는 쇠를 녹여 종 만드는 데에 인류의 운명을 / 잘도 함께 녹여 넣었지. / 그는 멋진 말들을 부숴버린다고, 맙소사! / 그것도 울타리의 나무가 아니라 종탑으로 말일세."(NA 2/II B, 166) 실러의 「종의 노래」는 빌헬름 훔볼트만 해도 "사회생활"[119]의 완결된 모습으로 보았고, 카롤리네 폰 볼초겐은 "인간의 보편적 운명"[120]으로 간주했는데, 아도르노(Adorno)의 문화비판을 훈련받은 한스 마그누스 엔첸스베르거(Hans Magnus Enzensberger)에 이르면 다만 "볼품없는 보편성"[121]으로 평가될 뿐이다. 엔첸스베르거는

1966년 자신이 편집한 실러 서정시집에 이 시를 더 이상 끼워 넣지 않았다. 지금 보면 이 시가 담고 있는 보수적 성향의 격언들은 사회질서 유지와 성별에 따른 분업에 관련된 판에 박힌 상투적 내용들만 강조하고 있을 뿐, 실러의 다른 시들에서 볼 수 있는 긴장감 넘치는 사상적 내용은 없는 듯 보일 수 있다. 시의 초판이 출판되고 3년이 지난 후에 벌써 프리드리히 슐레겔은, "아, 어떻게 「종의 노래」가 사람들 마음에 들 수 있는가? 그리고 「여인들의 기품」은?"이란 질문에 대해 다음과 같이 폭로하는 답변을 할 줄 알게 되었다. "그야 박자 속에 울리고 있는 것이 모두 도덕적이고 진부하기 때문이지요."(NA 2/II B, 167) 이 시가 구절구절 하나같이 사회질서 윤리가 불가피하다는 당연한 진리들을 선포라도 하고 있는 듯 보인다는 사실 앞에서 1859년 실러 탄생 100주년 기념행사에서 연설한 저명한 인사들인 야코프 부르크하르트(Jacob Burckhard)와 야코프 그림(Jacob Grimm)이 무비판적으로 언급한 바 있듯이, 관습적 제한들을 부분적으로는 스스로 받아들이면서 살던 1848년 이후의 독일 "시민 계층"은 「종의 노래」에서 가정에서 남녀 역할 분담의 탁월한 모델을 "알아볼 수" 있었던 것이다.[122)]

실러의 시가 자체의 영향사로 말미암아 오명을 쓰게 되었다는 사실은 부정하기 어렵다.[123)] 이 시가 결과적으로 반동적 부르주아 이데올로기를 생산해낸 꼴이 되었으나, 이데올로기적 강령을 선언할 의도로 그리된 것은 아니었다. 그렇다 하더라도 이 시는 이 시에서 강령적 메시지들을 끄집어내어 강조하는 독서법에 단초들을 제공하기에 충분하다. 문학작품의 질적 수준 면에서도, 이미 엔첸스베르거가 구체적으로 설명하였듯이, 그의 찬양자들의 생각과는 달리 텍스트를 방어하기는 어려울 것이다.[124)] 두 개의 서술 차원을 나란히 이끌어간 것이 시를 예술적으로 구성하지 못하게 된 원인이라는 것은 여러 차례 강조된 바 있다. 주물 틀에 쇳물을 부어 종을 만들어내는 과정을 자세하게 묘사하고 있는 대칭적으로 구성된 열 개의 연은 하나의 완결된 주제 효과를 나타낸다. 수작업적 노동과정을 처음부터 끝까지 조명해주고 있는 것이다. 이 과정에 대한 기술적인 지식을 실러는, 그가 괴테에게 알려주었듯이, 1797년 7월 초에 요한 게오르크 크뤼니츠(Johann Georg Krünitz)의 『경제 백과사전(*Oeconomischer Encyklopädie*)』(1788) 제19권에서 해당 항목을 공부하여 얻을 수 있었다. 이 부분과는 달리 도입부와 용례들을 이루는 나머지 스무 개 연에는 형식상의 통일성이 없다. 어느 장르에 속하는 것인지가 애매하다. 그 어조가 담시와 격언 구 사이를 오가며, 때때로 수다스럽고 일부러 주제에서 벗어나 독자에게 궁금증을 유도하려는 듯한 인상을 준다. 그러나 이중으로 된 알레고리 구조 자체가 이 시의 주축을 이루는, 결코 자의적이지 않은 요소인 것이다. 따라서 이런 구조적 약점이야말로 이 시의 약체성을 드러내 보이는 증후로서 더 자세히 연구해야 할 대상이라 하겠다.[125)]

첫 번째 알레고리적 층위는 종 만들기 과정에 대한 설명이다. 실러는 이 과정과 시 생산과정 간의 연관 관계가 드러나도록 하였는데, 논평자들도 그런 사실을 놓치지 않았다. 고분고분하지 않은 재료를 힘겹게 다루는 과정("까다로운 것이 부드러운 것과 / 합쳐져 훌륭한 상징이 된다."(v. 86 이하))은 문학적 소재를 다루는 구성 작업을 연상시키는데, 이것은 이미 「명부」에서 기술된 것이다. 쇳물을 부어 넣는 행위 개개의 단계는 예술 작업 과정과 같다. 즉 재료를 섞는 과정, 기술적 준비 과정, 열을 가해 틀을 만드는 과정, 마지막으로 모양을 갖추게 된 물질을 식히는 과정, 그리고 일반인들이 접할 수 있는 작품으로 내세우기 위해 제막식을 치르는 과정까지의 각 단계에서 우리는 미학적인 생산과정 하나하나를 충분히 보게 된다. 두 번째 층위에서는 마티손 논평에서 규정하고 있는 사항들에 따라 '상징적 작전'의 틀 안에서 알레고리적인(즉 '이념적인') 종의 의미 자체가 다루어진다. 종의 소리는, 뮌스터 샤프하우젠 대성당(Schaffhausener Münster)의 종 그림에서 따온 라틴어 모토가 알려주듯이, 행복과 재앙, 목가적 풍경과 폭동 사태 같은 인생의 영고성쇠를 골고루 논평해준다. 이상의 두 차원을 결합하는 것이 불의 요소이다. 불은 종의 외양을 구워내기 위해 유용한 요소인데, 파노라마처럼 펼쳐지는 개인 역사의 맥락에서 보면 위협적인 것이다. 불은 시민의 살림집뿐 아니라 "여러 도시와 지역 전체를"(v. 380), 국가의 질서와 사회의 평화마저 파괴할 수 있는 것이다. 이 시에서는 보수적으로 사회 위계질서의 유지를 사회의 평화로 간주하고 있다. "누구나 자기의 처지를 즐긴다."(v. 315) 실러는 「인간의 미적 교육에 대한 편지」의 일곱 번째 편지에서 이미 혁명 에너지가 폭력 행위로 변질된 것은 개인의 관능이 순화되지 못했기 때문이라고 진단한 바 있다. 이러한 판단을 근거로 이 시 또한 급진적인 계몽 과정을 고삐 풀린 본능적 에너지의 방출 행위와 같은 것으로 본다. "오 슬프도다, 영원히 눈먼 자에게 / 하늘 횃불의 빛을 빌려주는 이들이여! / 그 빛 눈먼 자를 눈뜨게 해주지 않고, 불만 나게 하는 구나"(v. 377 이하 계속) 실러가 종 만드는 과정에 대한 묘사를 상징을 통한 조작으로 보완하고, 이를 통해 시의 구체적인 대상을 이상화하고 있다는 사실에서 우리는 그의 근심을 엿보게 된다. 즉 그는 경험 세계를 시로 다루는 경우 뷔르거 논평에서 문학적 어중간함이라고 평가한 바로 그러한 단순성에 빠지지 않을까를 걱정했을 것이다. 하지만 개인과 사회의 역사를 격언적인 문장으로 요약하기 위해 노래의 연들을 온통 알레고리들로 도배해버림으로써 종을 구워내는 과정에 대한 묘사에서 은근히 드러나는 수공예적 작업과 시작(詩作) 행위 간의 매력적인 상응은 배후로 밀리게 되고, 그럼으로써 시 텍스트 전체의 효과가 떨어지게 된 것이다. 이 노래의 이런 딜레마는 실러 자신이 '과도한 긴장'을 선호하는 성향이라 말한 감상적 시의 결정적 약점에 기인하는 것이다.(NA 20, 481)

이 시의 조심스러운 사회 진단에 따르자면 인간의 자유는 자연현상으로 간주되는 힘들의 균형에 의해 유지되는 현 상태의 바탕 위에서 보장되는 것이다. 이러한 진단은 당대의 호의적인 평론가들에게서도 회의적인 반응을 불러일으켰다. 괴테는 물론 신분제 보존을 지향하는 자신의 정치적 보수주의를 이 시가 강하게 뒷받침해주고 있다고 보았다. 괴테는 「헤르만과 도로테아」(1797)에서 가장인 아버지가 하는 연설을 통해 다음과 같이 정리한 바 있다. "위로부터의 질서와 청결함의 영향력이 항상 미치지는 못하는 곳에서는 / 시민이 지저분한 태만에 빠지기 쉽다."[126] 자세히 보면 「종의 노래」의 마지막 구절은 4년 전 「인간의 미적 교육에 대한 편지」에서 수행한 사회 분석에서 보이던 점진적 시각을 재차 수정한 것임을 알 수 있다. "따라서 시대의 성격은 깊은 타락으로부터 스스로를 우선 일으켜 세워야 한다. 자연의 맹목적 폭력에서 벗어나는 한편, 자연의 단순함과 참됨 그리고 충만으로 돌아와야 한다. 이것은 한 세기 이상이 걸릴 과제이다."(NA 20, 329) 이에 반해 이 시의 마무리 구절에서 호소하고 있는 "평화"는 그 어떤 미래에 대한 전망도 멀리하고 사회적 부동성을 바탕으로 하여서만 생각할 수 있는 것이다. 이 텍스트에 담긴 소심하고 보수적인 메시지는 더 이상 '세기의 과제'를 알리지 않고, 여기 지금의 조건에 순응하라고 한다. 종은 "그 울려 퍼지는 율동의 힘으로 / 인생의 변화무쌍한 놀이"(v. 411 이하)를 동반하고 있으나, 이 고전주의적 시는 변화의 전망이 없는 사회 현실에 적합한 실내악 소리를 내는 것으로 만족하고 있는 것이다.

3. 긴장된 관계들: 예나(1795~1799)

불행한 문하생

그늘 속의 횔덜린

바이마르로 이사 가기 전 예나에서의 마지막 몇 해 동안 실러의 저술 활동은 그의 공적 영향력을 강화시키기 위한 문학 논쟁과, 출판을 위한 전략들로 점철되어 있다. 젊은 작가들과의 만남 또한 문학 시장에서 지배적인 역할을 하고자 하는, 때로는 경제적인, 때로는 강령적인 동기에서 결정되었다. 젊은 작가들과의 접촉이 긴장감 없이 자유로운 분위기에서 이뤄지는 일은 거의 없었다. 경쟁의식, 자기과시욕 그리고 그것에서 유래하는 과민한 태도 등이 동시에 작용하는 일이 많았기 때문이다. 격려자의 역할을 하면서 실러는 재능과 기호에 결정적으로 영향을 미치고자 했고, 그에게 호감이 가는 경향들을 장려하려 했다. 그렇게 하여 자신의 출판 계획을 위한 동지들을 얻고자 한 것이다. 이런 의도는 정당한 것이기는 하나, 기대했던 것이 이뤄지지 않거나 판단의 차이가 분명하게 드러날 때면 냉혹한 거부로 돌변한다. 1790년대 중반 공개적 비판에 대한 실러의 태도는 그의 경력이 시작되던 때와는 달리 예민함과 신경과민으로 특징지어진다(이러한 태도는 자기의 저술 활동이 갈수록 성공을 거두고 있다고 여기게 되는 1800년이 지나서야 비로소 달라졌다). 한 치도 물러서지 않고 자신의 입장을 고수하려는 경향이 있는데다 작은 일에도 상처를 받는 성격이었고 자기의 생각과 빗나가는 사고 내용들을 받아들이지 못하는 편협성은 날로 커져만 갔다. 그야말로 어느 정도의 솔직함과 유연성을 요구하는 새로운 세대와의 만남을 위해서는 결코 좋은 조건이 아니었다.

실러를 무조건적으로 존경하는 열한 살 아래의 횔덜린과의 관계는 미리부터 역할을 분명하게 고정해놓았다는 점이 특징적이다. 처음 접촉은 1793년 9월 말에 루트비히스부르크에서 이루어졌는데, 고트홀트 프리드리히 슈토이들린이 계기를 마련하였다. 실러와 슈토이들린은 12년 전 『앤솔러지』(1782) 제작과 관련하여 논쟁을 벌인 뒤로는 갈등 없이 의견을 교환할 수 있는 사이였다. 그 만남이 있고 나서 며칠 지나지 않은 1793년 10월 1일에 실러는 슈토이들린이 추천한 사실을 샤를로테 폰 칼프에게 전하면서 횔덜린을 그녀의 아홉 살배기 아들 프리츠의 가정교사로 써보라고 권하였다. 그런데 여자 친구에게 보낸 실러의 이 편지 가운데 다음 구절은 오히려 이 젊은이의 인상에 그늘을 드리웠고, 장차 두 사람의 갈등 관계를 예감케 한다. "직접 그와 알고 지내게 되었는데, 그의 외모가 당신 마음에 들 것이라 생각합니다. 그에게서는 또 예의범절과 공손함도 보입니다. 그의 행실은 완전히 보증할 만합니다. 그렇지만 아직 완전히 성숙한 것 같아 보이지는 않고, 지식 면에서나 품행 면에서나 철저함은 기대하기 어렵다고 여겨집니다. 어쩌면 이러한 생각으로 내가 그에게 불리한 방향으로 잘못을 저지르고 있을 수도 있습니다. 왜냐하면 나의 판단은 겨우 반 시간 만난 것과 그의 외모, 그의 말에 바탕을 둔 것에 불과하니까요. 하지만 나는 그를 관대하게보다는 엄격하게 평가하렵니다. 당신의 예상이 빗나갈 경우 그것이 그에게는 유리하게 되도록 해주기 위해서지요."(NA 26, 285)

횔덜린은 1788년에서 1793년까지 튀빙겐신학교에서 신학과 학생으로서 대학 교육을 받았다. 원래 이 신학교는 영주국 교회 본산(Landeskirche)이 최고 수준의 엘리트를 육성하려는 목적으로 세운 교회의 직속 기관이었다. 그런데 설립 당시 이 신학교를 지배하던 자유주의 교육 문화는 1790년대 초에 평소 순응적인 신학과 대학생들 사이에서 혁명에 찬동하는 자코뱅주의 경향이 퍼져간다는 소문이 돌면서 심각하게 제한되기에 이른다. 공작은 기숙생들의 교육과정을 앞으로 철저하게 계속 감시할 필요가 있다고 느낀 것이다. 그는 직접 시험문제에 관여하는가 하면, 규율에 관한 정관을 더 엄격한 내용으로 고쳤고, 문제가 발생한 경우 사후 처리에 몸소 개입했다. 그럴 경우 일벌백계의 목적으로 종종 심한 처벌을 내리기도 했다. 아카데미 학생이던 때의 실러가 그랬듯이 횔덜린 또한 교묘하게 짜인 갖가지 감시 메커니즘들을 관장하는 독재적 관리 체제 밑에 자신이 짓눌려 있다고 느꼈다. 그러한 독재적 체제는 젊은 신학생을 밀폐된 정신세계 속으로 숨어들게 했다. 즉 플라톤과 르네상스 철학(특히 피치노(Ficino)의 철학), 스피노자, 라이프니츠, 칸트 연구에 몰두하게 만들었다. 횔덜린의 지적 교우 관계는 마게나우(Magenau), 노이퍼, 헤겔, 젊은 셸링 등과의 동맹이 보여주고 있듯이 성실한 경건주의, 감상적 우정 문화, 혁명적 열광이 혼합된 독특한 풍토에서 이루어졌다. 그가 쌓아 올린 교양의 역사에서 초석에 속하는 것으로는 당시에 당연지사로 여겨지던 클롭슈토크를 수용한 것과 더불어 실러의 저술을 독파한 것이다. 따라서 횔덜린의 초기 시들, 즉 1788년부터 1793년까지 신학교 시절에 쓴 시들에서 실러의 송가를 답습하고 있는 흔적이 보이는 것은 우연한 일이 아니다. 어떤 것은 스승으로 여긴 실러 자신의 시라고 볼 수 있을 정도였다. 예컨대 「우정의 노래(Lied der Freundschaft)」(1790), 또는 「예술가」에서 자극을 받은 것이 분명한 「아름다움에 대한 찬가(Hymne an die Schönheit)」(1791/1793)가 그렇다.

실러와 처음 만나기 이전에 이미 횔덜린은 여러 편의 서정시를 슈토이들린의 1792년도 《문예연감》과 1793년도 『명시 선집』에 발표한 바 있다. 예컨대 그의 특징적인 「조화의 여신에 보내는 찬가(Hymne an die Göttin der Harmonie)」와 「뮤즈 찬가(Hymne an die Muse)」(1792) 외에도 「자유 찬가(Hymne an die Freiheit)」, 「우정 찬가(Hymne an die Freundschaft)」, 「칸톤 슈바이츠(Kanton Schweiz)」(1793) 등이 그것이다. 이 시들에 대해 실러는 샤를로테 폰 칼프에게 보낸 추천 서한에서 『명시 선집』을 거론하며 언급하고 있는데 그의 시각은 꽤 유보적이다. 횔덜린에게는 "시적 재능이 없지 않아 보이는데", 이 점이 "그의 추천에 도움이 될지, 그의 단점으로 작용할지" 자기로서는 확실하게 말할 수 없다는 것이다.(NA 26, 285) 슈토이들린이 모은 시들을 주의 깊게 읽은 독자인 실러는 그 시들에서 만나게 되는 고대와 역사의 모습들뿐 아니라, 거기에 새겨진 인간의 자유와 개인의 행복에 대한 생각들이 자기 자신의 문화사적 모델들과 일치할 수 없다는 사실을 간파했을 것이다. 슈토이들린의 《문예연감》에 실린 「조화의 여신에 보내는 찬가」에는 정신이 경험할 수 있는 하나의 이상적 경지가 그려져 있는데, 그것에는 플라톤의 열광 개념에 속하는 요소들과, 기독교의 영감 이론에 나오는 요소들이 똑같은 정도로 스며 있다. 이 시의 주제는 신적인 힘의 효력이라 하겠는데, 인간으로 하여금 사랑, 행복, 우정과의 만남을 가능하게 해줌으로써 관능적인 것과 형이상학적인 것이 함께 작용하는 것을 체험케 해주어 인간을 열광케 하는 신적인 힘의 작용이 주제인 것이다.[127] 인쇄되지 않은 채로 남아 있던 「그리스의 천재 찬가(Hymne an den Geius Griechenlands)」와 관련이 있는, 『명시 선집』에 실린 「자유 찬가」는 고대 신들이 새로운 옷을 입고 귀환하리라는 기대를 표현한다. 후에 「빵과 포도주」나 「유일자(Der Einzige)」 같은 시들에서 디오니소스와 그리스도의 유형학적 일체성을 알리게 되는 것과 같은 횔덜린 역사신학의 단초가 이 시에 이미 드러나 있는 것이다. "하늘에서 사랑이 내려오니, / 남자들의 용기 그리고 고상한 뜻 번창하네. / 그러면 너는 신들의 나날을 다시 데려오니 / 순결의 아이, 달콤한 친밀감이여!"[128] 초기 찬가에서는 사랑과 우정으로 이뤄진 경험 모델을 통하여 열광적인 지각과 역사적 희망이 묘사된다. 신적인 힘이 현재의 궁핍한 여건하에서 새로운 질서를 인간 운명에 부여하리라는 기대의 반영인 것이다.

이 시를 읽으면서 실러는 횔덜린의 천년 그리스도 재림설이 자기 자신의 역사철학과, 그로써 예시된 '수 세기에 미치게 될 작업'(NA 26, 264)과는 근본적으로 다르다는 사실을 간과했을 리 없다. 자기는 진화의 수미일관성과 교육과정의 연속성을 지지하는데, 횔덜린의 이상주의적 사고가 지향하는 목표점은 그리스도의 출현(Epiphanie)인 것이다. 어두운 시대에 갑자기 나타나는 계시를 믿는 것이다. 실러의 인류학적 목표 설정은 철저하게 세속화된 것인 데 반하여(이는 오래전에 쓴 역사 관련 글들과 1793년 여름에 쓴 미적 교육의 초안에 다 해당한다) 횔덜린의 세계관을 지배하고 있는 것은 신학적 해석 모델들과 앞서 언급한 천년 재림설의 시각인 것이다. 이는 젊은 헤겔의 생각을 지배한 시각이기도 하다. 실러는 후에 종종 스스로 제자임을 자처하는 횔덜린에 대해 노골적으로 거리감을 드러내는데, 그것은 이미

프리드리히 횔덜린.
파스텔 그림. 프란츠 카를 히머 작(1792).

여기서 드러나고 있는 것과 같은 대립적인 역사관을 번번이 통감하기 때문이었다. 그에 반해 시학적 쟁점들은 부차적인 것이다.

1793년 6월 (3년 전에 있었던 시험들을 통과한 후에) 신학 학위 논문으로 대학 공부를 끝낸 젊은 석사(횔덜린)는 자신이 존경해 마지않는 실러가 자신을 후원한다는 사실 자체가 자신에 대한 인정의 표시라 생각했다. 횔덜린은 1793년 가을 칼프 가문의 가정교사로 일하게 된다. 칼프 가족의 거처는 튀링겐 주의 남쪽 경계에 닿아 있는 운터프랑켄 그라브펠트 지역의 발터스하우젠 성이었다. 튀빙겐의 학창 시절에 구상하여 예비적 작업을 해놓았다가 1797년에 가서야 2부로 출간된 소설의 첫 번째 초안인 「히페리온 단장」이 이 성에서 생겨난다. 실러는 이 원고를 《신 탈리아》에 받아들여 세심하게 짜인 서문과 함께 게재했다. 이 서문에서 횔덜린은 현대인의 복잡해진 교육과정을 그 특유의 전개 논리에 따라 기술하기 위해 (그 유명한) "탈중심 궤도(exzentrische Bahn)"의 비유를 사용하고 있다.[129] 이 단장의 원고를 《호렌》에 싣기 위해 아껴두지 않고 별로 빛나지 않는 《탈리아》의, 그것도 그해 마지막에서 두 번째 호에 싣게 했다는 사실은 그 원고를 편집자인 실러가 회의적으로 평가했음을 증명한다.[130] 원고의 서문에서 횔덜린이 펼치고 있는 역사철학적 구조는 개인이나 종의 발전 과정이 목표 지향적으로 전개되는 것이 아니라 순환의 형태로 전개된다는 전제에서 출발하고 있는데, 바로 그 점을 실러로서는 이해하기 힘들었고, 또한 산문이면서 서정시적 성향을 띠고 있는 것과, 그러한 성향의 배후에 도사리고 있는 지적 공명심도 맘에 들지 않았을 것이다. 서사적 텍스트가 이론적인 사고 내용을 실어 나르기에 적합하지 않다는 사실을 실러는 이미 언급한 바 있었다. 1788년 자신의 소설 「강신술사」의 구성 문제를 염두에 두면서, 프리메이슨 운동을 다룬 프리드리히 마이에른(Friedrich Meyern)의 소설 「디아-나-소레

(Dya-Na-Sore)」(1787)에 논평하는 글에서였다. 전체적으로 "추상적인 것이 상징적인 것과, 또는 알레고리가 철학적 개념들과 마구 뒤섞여 있는 것"이 병이라 하면서 실러는 횔덜린의 이 작품을 "논문과 이야기 사이의 잡종"으로 규정한다. "게다가 그것이 거의 전반적으로 운율로 된 산문인 까닭에 더욱 난삽해졌다"는 것이다.(NA 22, 196 이하) 전에 마이에른의 소설에 대해 실러가 취한 유보적 태도가 「히페리온 단장」이 내세우고 있는 주장과 그 문체에 그대로 적용될 수 있음이 분명하다.[131)]

1794년 11월 초 횔덜린은 다루기 힘든 제자 프리츠 폰 칼프를 데리고 그리 멀지 않은 예나로 여행한다. 실러는 그에게 도시 성벽 끝자락의 골목길 츠배첸가세에 있는 숙소를 소개한다. 전에 훔볼트가 거처하던 포크트 가문의 정원 안 숙소로부터 멀지 않은 곳이었다. 처음으로 예나에 온 횔덜린은 며칠 지나지 않아 그의 멘토인 실러를 인사차 방문하는데, 그때 괴테와도 마주치게 된다. 그런데 당장에 그를 알아보지 못했기 때문에 횔덜린은 괴테를 불친절하게 대한다.[132)] 실러는 의기소침한 방문자를 격려하여 문학적 시도를 해보도록 권한다. 그리고 폰 칼프 집안과의 긴장 관계를 중재해주려고 애쓴다. 12월 실러는 횔덜린에게 봄까지는 가정교사로서의 의무를 다하라고 권한다. 그런 다음에 프리랜서 작가로 생활비 마련이 가능해서 자기 공부를 시작할 수 있겠는지를 최종적으로 결정하라는 것이다.[133)] 1795년 1월 말 실러는 횔덜린에게 《신 탈리아》 마지막 호에 실릴 글들을 내라고 요청한다. 몇 주 지나지 않아서 횔덜린은 견딜 수 없게 된 발터스하우젠에서의 활동을 중단하고 예나로 여행하여 그곳에 숙소를 정한다. 실러는 그를 고무하여 오비디우스의 8행 연시 「파에톤(Phaëthon)」을 번역해보라고 한다.[134)] 그리고 소득이 필요한 젊은 작가가 「히페리온」을 출판할 수 있도록 하기 위해 3월에 코타와의 만남을 주선한다. 실러는 자기가 뒤를 봐주고 있는 횔덜린에 관하여 매우 호의적으로 추천서를 쓴다. 그러나 실러의 이 추선서에서는 피추천자를 자기보다 한 수 아래의 작가로 위에서 내려다보는 태도가 역력히 느껴진다. "그는 천재적인 데가 아주 많습니다. 거기에 얼마쯤 영향을 가해주면 더욱 좋아지리라 생각합니다. 나는 장차 《호렌》을 위해 횔덜린이 필요한 인물이라 보고 있습니다. 그는 매우 부지런하고 그의 재주는 언젠가 문학 세계에서 무언가 제대로 된 것을 해내기에 부족함이 전혀 없으니까요."(NA 27, 160)

그로부터 겨우 두 달 뒤인 5월 말, 횔덜린은 아무 예고도 없이, 마치 도망가듯 예나를 떠나 고향 같은 뷔르템베르크로 여행을 떠난다. 그곳에서 몇 달을 지낸 후 그해 말에 프랑크푸르트의 은행가 야코프 곤타르트(Jacob Gontard) 집에 새로운 가정교사 자리를 얻게 된다. 갑작스럽게 장소를 바꾸게 된 원인들은 아직까지도 어둠에 묻혀 있다. 막강한 실러의 너무나 압도적인 영향력으로부터 벗어나고자 한 것이 그 원인일 수 있을 것이다. 어쩌면 실러와 피히테의 다툼이 본격화되기 시작한 상황에서 충성을 지켜야만 한다는 심적 갈등에 빠질지도 모른다는 염려 또한 그 원인의 하나일 수 있을 것이다.[135] 너무나도 갑작스레 떠난 것에 당황하기도 했지만, 그럼에도 실러는 《신 탈리아》 마지막 호와 《1796년 문예연감》에 횔덜린의 시 여러 편을 게재했다. 그 가운데에는 「그리스(Griechenland)」와 「젊음의 신(Der Gott der Jugend)」이 포함돼 있다.

실러가 횔덜린의 시인 자질을 완전히 확신하고 있지는 않은 것 같다는 점은 그 뒤 몇 해가 지나면서 비로소 드러난다. 그는 다음에 출간하게 될 《문예연감》에 실어달라고 자기에게 넘겨준 시(「알려지지 않은 여인에게(An dine Unerkannte)」, 「디오티마(Diotima)」, 「현명한 조언자들에게(An die klugen Ratgeber)」)들의 수기 원고에 손을 대어 교열을 하고 나서도 인쇄에 넘기지는 않고 그 이유에 대해서 침묵했다. 그리고 한동안 서로 왕래가 없었다. 횔덜린은 그것을 소원해졌음의 표시로 여겼다. 그처럼 꽤 오랫동안 단절이 있고 난 뒤에야 비로소 실러는 1796년 11월 24일 편지에서 더욱 원론적인 이유를 다음과 같이 설명한다. "독일 작가들이 대대로 물려받은 생래적 결함에 대해서도 자네에게 경고하고 싶네. 즉 장황함 말이네. 그로 말미암아 끝도 없이 계속되는 단락들의 홍수 속에서 훌륭한 생각들이 압살되고 말 때가 많단 말이네." 이러한 경고가 담고 있는 요체는 뜬구름 같은 추상화를 피하라는 충고인 것이다. "되도록이면 철학적 소재를 피하게. 철학적 소재들은 아무리 공들여 애써도 고마워할 줄 모르는 것들이라네. 그놈들과 아무런 결실도 맺지 못할 씨름을 하다가 아까운 힘만 소진하고 말 때가 많단 말이네. 감각의 세계에 더 가까이 머물러 있게. 그래야 열광 속에서 냉철함을 잃어버릴 위험에, 또는 인위적인 표현 속에서 길을 잃어버릴 위험에 덜 빠지게 될 것이네."(NA 29, 13 이하) 횔덜린은 1796년 8월 자기 시들을 수정하여 보낸다. 그러나 그 또한 《문예연감》에 받아들여지지 않았다.

실러의 횔덜린 비판은 짐작건대 호의에서 나온 것이었으리라. 그러나 비판의 교훈조로 말미암아 횔덜린은 몹시 마음이 상했다. 1796년 말에 썼으나 출판하지 않은 일련의 에피그람들(「훌륭한 충고(Guter Rath)」, 「탁월한 사람들(Die Vortreflichen)」, 「기술하는 시(Die Beschreibende Poesie)」, 「그릇된 인기(Falsche Popularität)」)에서 횔덜린은 구체적인 대상을 시적으로 묘사할 것을 주장하는 실러를 다음과 같이 「크세니엔」의 문체로 조롱함으로써 그의 스승연하는 오만함에 응하였다. "자네가 이성과 마음을 갖고 있다면 / 그 둘 중의 하나만을 내보이게 / 자네가 그 둘을 동시에 내보이면 / 그 둘이 다 자네를 저주할 걸세."[136] 이와 같은 공격은 개인적인 원망에서 나온 것이겠지만 횔덜린은 실러를 자진해서 복종하며 존경하지 않을 수 없는 막강한 권위의 소유자로 계속 간주했다. 1797년 6월 20일 그는 실러에게 다음과 같은 편지를 쓴다. "제게는 다른 예술 평론가들이나 대가들에 매이지 않을 용기와 판단력이 충분히 있습니다. 또한 그럼으로써 절실하게 필요한 평정심을 잃지 않고 저의 길을 갈 수 있습니다. 그러나 선생님께만큼은 뛰어넘을 길 없이 의존하게 됩니다."(NA 37/I, 42)

그런데 실러는 횔덜린의 재능을 전적으로 믿는 것은 아니었다. 횔덜린이 《문예연감》 다음 호에 게재해 달라며 시들(「창공(蒼空)에 바치는 시」, 「방랑자」)을 실러에게 맡기는데, 잡지에 실리기 전인 1797년 6월 말 실러는 괴테에게 작가 이름은 밝히지 않은 채로 이 작품들에 대한 감정을 부탁한다. 괴테 역시 전체적으로는 긍정적인 평가를 하면서도 철학적 주제들을 문학적으로 다루는 것은 작가에게 이롭지 못하다는 입장을 밝힌다. "두 편 시 모두에 시인이 될 훌륭한 요소들이 있다고 말하고 싶습니다. 그러나 그 요소들만으로 시인이 되는 것은 아닙니다. 그가 아주 간단한 목가적 실사(實事)를 주제로 택해서 한번 묘사해본다면 좋을 듯싶습니다. 그리한다면 그가 인물 묘사를 잘하는지 곧 알 수 있겠지요. 결국은 모든 것이 이 점에 달렸으니까요."(NA 37/I, 53) 1797년 8월 말에 횔덜린이 프랑크푸르트로 괴테를 방문했을 때, 이 권유의 말이 되풀이된다. 젊은 작가가 자신의 시적 천분을 철학 영역에서 찾고자 한다면 그것은 잘못된 길에 들어선 꼴이라는 것이다. 괴테는 횔덜린의 고유한 재능을 제대로 이해하지 않은 채 목가적 장면을 묘사해보라고 권유한다. 그리고 그에게 고대 작가들이 이상으로 삼은 간결한 문체를 상기시킨다. 1797년 8월 23일 실러에게 보낸 편지에서 그는 다음과 같이 쓰고 있다. "어제 횔덜린도 내게 왔습니다. 의기소침한 게 병이라도 든 것 같은 모습이었지만, 참으로 예절 바르고, 겸손, 아니 소심하면서도 솔직하더이다. 여러 분야에 많은 관심을 내보였는데, 그리하는 방식에서 당신을 따르는 사람임을 알 수 있었지요. 중요한 사상들을 아주 잘 소화하여 자기 것으로 만들어놓았더군요. 그리하여 많은 것을 다시 쉽사리 끄집어내어 이야기할 수 있었지요. 나는 작은 시를 지어보라고 그에게 특별히 권유했습니다. 그리고 시마다 인간적으로 재미있는 대상을 고르라 했지요."(NA 37/I, 109) 그러나 횔덜린에게는 목가시나 미니어처화가에 대한 재능도 성향도 없었다. 후에 나온 그의 작품들에서는 다른 것으로 오인될 수 없을 만큼 뚜렷한 그 자신만의 문체로써 커다란 주제들에 대한 경향이, 즉 역사와 종교와 형이상학을 두루 가로지르는 시적 여행의 경향이 두드러지게 나타난다. 끝맺을 수 없는, 잠재적으로 단편적일 수밖에 없는, 항상 새로운 시작과 시도로 자기 스스로를 찾아가는 형식의 긴장감이다. 이리하여 횔덜린의 문학적 성장 과정은 오로지 제한된 서술 관점의 범위 안에서 목가를 텃밭으로 삼아야 성공할 수 있으리라 했던 괴테와 실러의 진단과는 정반대의 방향으로 전개된다. 괴테와 실러의 명백한 오판은 이 두 노작가가 갖가지 의구심 때문에 생각이 흐려진 상태에서 평가를 했음을 입증한다. 특히 실러의 경우 횔덜린의 예술가적 개성에 대한 관심이 부족했을 뿐 아니라, 그에 못지않게 자기의 역사철학적 구상과 횔덜린의 생각이 맞지 않다는 식의 통찰에서 기인한 의구심도 있었다. 페터 바이스의 극작품 「횔덜린」에서 주인공은 이 차이를 드러내기 위해 실러를 향해 다음과 같이 자기 입장을 털어놓는다. "압니다. 선생님께서는 진저리가 나시겠지요, / 제가 저의 세계로 / 세계의 끊임없는 / 해체 현상까지 함께 가져가면 말입니다. / 제가 유동적인 것을, / 가변적인 것을 출발점으로 삼으면 말입니다."[137]

횔덜린은 예나를 떠나고 난 뒤 단계적으로 실러의 평가에 대한 종속적인 입장〔1796년 7월에 쓴 편지에서는 "욕구"라 하고 있다(NA 36/I, 285)〕으로부터 벗어나는 데 성공한다. 1798년 6월 30일 글에서는 이러한 벗어남에서 빚어지는 마음의 갈등을 다음과 같이 정리하고 있다. "그런 까닭에 선생님께 고백하고자 합니다. 저는 가끔 선생님의 천재성과 남몰래 싸우고 있었습니다. 그에 맞서 제 자유를 구해내기 위해서였지요. 그리고 선생님에게 철두철미 지배되지 않을까 하는 두려움 때문에 명랑한 마음으로 선생님께 다가가지 못할 때가 많았습니다. 하지만 그 두려움의 영역에서 완전히 벗어날 수는 없습니다. 그러한 배반은 제 스스로가 용서하지 못할 것입니다."(NA 37/I, 316) 이러한 긴장 상태를 신화시학적으로 의인화한 것이 1796년 여름에 쓴 어느 찬가에 등장하는 인물 헤라클레스이다. 자의식 강한 서정적 자아가 그의 위력에서 벗어나고자 하는 것이다. "크로노스의 아들이여! 나 이제 / 얼굴 붉히며 그대 옆으로 다가가노라. / 올림포스는 이제 그대의 전리품 / 오라 그리고 그걸 내게 나눠다오!"[138] 실러는 1796년 6월 말에 이 시를 건네받았으리라 추측되는데 그것을 자기 잡지에 게재하지 않았다.

24개월 후 횔덜린은 《문예연감》에 게재해줄 것을 희망하면서 또다시 시 다섯 편을 보낸다. 그 전체 원고 뭉치에서 실러는 펑크 난 다른 원고를 다급히 메우기 위해 짧은 시 두 편〔「소크라테스와 알키비아데스(Sokrates und Alcibiades)」, 「우리 시인들에게(An unsre Dichter)」〕만을 게재하고, 더 중요한 원고들〔그 가운데에는 송시 「태양신에게(Dem Sonnengott)」도 있다〕은 인정하지 않았다. 1790년대 말경에는 서신 왕래가 끊긴다. 실러는 간헐적으로 횔덜린의 떠돌이 생활에 관한 소식을 전해 들을 뿐이다. 그가 하고 있는 작업에 관하여는 전혀 모르고 지내다가 어쩌다 가끔 알게 된다. 1799년 7월 초 횔덜린은 슈투트가르트의 출판업자 프리드리히 슈타인코프(Friedrich

Steinkopf)와 함께 계획한 잡지를 위해 실러에게 원고 청탁을 한다. 실러는 8월 24일 자 답장에서 이 요구를 상냥하게 거절하고 자기 자신의 부정적인 경험들을 말하면서 잡지 만드는 일은 하지 말라고 권한다.(NA 30, 89) 이 편지에는 친절한 어조에 가려 잘 드러나지 않았으나 휠덜린의 출판 계획에 대한 그의 부정적 입장은 강렬했다.[139] 그것이 얼마나 심각한 것이었는지는 정확히 두 해가 지난 뒤에 이때의 일을 회상하면서 실러가 괴테에게 쓴 편지 한 통을 보면 알 수 있다. 이 편지에서 실러는 휠덜린과 장 파울, 젊은 극작가 지그프리트 슈미트(Siegfried Schmid)를 싸잡아 같은 무리로 여기면서 다음과 같이 쓰고 있다. "이들 슈미트들이, 이들 장 파울들이, 이들 휠덜린들이 절대적으로 그리고 그 어떤 상황에서도 그토록 주관적이며 그토록 일방적으로 고집하고 있어 그런 건지, 어떤 미개함 때문인지, 또는 다만 미학적 양식과 외부로부터의 영향이 부족하고 그들의 삶이 속해 있는 경험 세계가 그들의 이상적인 성향에 배치되기 때문인지 실로 그 원인을 알고 싶습니다. 어찌해서 이와 같이 불행한 결과를 초래하게 되었는지를 말입니다."(NA 29, 118) 실러의 이와 같은 입장은 상궤를 벗어난 예술관에서 오는 형식은 어느 것이나 병적으로 배척하지 않을 수 없는 의고전적 미학의 객관성 요구를 배경으로 놓고 볼 때에만 이해할 수 있다. 개성을 감상적으로, 또는 사변적으로 연출한 것은 병적인 성격을 문학적으로 반영한 것으로서, 고전적으로 정화된 예술의 성스러운 홀에 들어올 권리를 요구할 자격이 없는 것으로 취급받는 것이다.

건널 수 없는 도랑
슐레겔 형제와의 갈등

아우구스트 빌헬름 슐레겔과의 관계는 처음에는 아무런 긴장 없이 서로 평등한 권리를 인정하는 가운데서 형성되어갔다. 그러나 이 조화로운 관계는 다만 단기간 지속될 운명이었다. 1767년에 태어난 슐레겔은 질서를 강조하는 부친(그는 하노버 교구의 총감독이었다)이 그에게 신학 공부를 시키려 하였으나 그는 이를 곧 포기하고 문학부에 진학하였다. 고대에 관한 독자적인 연구 논문들("De geographica Homerica")과 편집 작업들로 그는 학계에 곧 이름을 날렸다. 그의 스승은 훔볼트의 경우와 마찬가지로 고대 그리스 문화 연구가로 존경받던 크리스티안 고틀로프 하이네였다. 슐레겔은 그에게서 고대문학의 토대를 배웠다. 그 과정에서 언어와 문체에 대한 견고한 지식을 쌓았고, 운율학, 수사학, 문학사를 연구했다. 하이네한테서 얻은 지식은 그가 후에 다국어에 능통한 문화 중개자로서, 번역자로서, 역사가로서 하게 될 활동의 토대가 되었다. 그의 작업은 신뢰할 수 있는 언어 실력 덕택에 그의 적대자들로부터도 칭송받았다. 또한 자신의 탁월한 기교, 형식에 대한 지식을 자신만만하게 활용하면서 지어낸 즉흥적인 기회시(Gelegenheitslieder)들은 뷔르거에게 인정을 받았고 괴팅겐 문단에 입단할 수 있는 길을 그에게 열어주었다. 슐레겔은 《호렌》에 처음부터 지정 작가로 참여하였는데, 그가 이 잡지와 관련을 맺게 된 것은 막 창간을 준비하던 때에 장래가 촉망되는 젊은 작가들로 잡지의 면모를 세우려던 쾨르너가 그것을 주장했기 때문이다.

처세에 능숙한 문헌학자이자 미학적 감각이 뛰어난 문학도인 슐레겔에 대한 실러의 긍정적 평가는 곧 확고해진다. 슐레겔은 헤르더의 권유로 시작한 단테의 『신곡』 중 「연옥」 번역 원고의 일부를 실러에게 보낸다. 그리고 그 번역 원고 자체가 지닌 언어문화의 탁월함으로써 비판적 독자인 실러의 마음을 사로잡는다. 이미 1792년 봄에 실러는 쾨르너의 드레스덴 집에서 (아우구스트의 동생) 프리드리히 슐레겔과 만났을 때 앞에 놓인 단테 번역 원고의 질적 수준을 구두로 높이 평가한 바 있었다.[140] 1795년 6월 12일에 쓴 한 편지에서 실러는 《호렌》에 보내온 검토용 번역 원고의 가치를 명시적으로 칭찬하면서 슐레겔과 계속해서 함께 일하는 것을 바람직하게 여기고 있음을 다음과 같이 강조한다. "발표하고 싶은 원고가 있으면 무엇이든 보내세요. 언제나 우리 잡지의 자랑거리가 될 것입니다."(NA 27, 194) 1795년 말 내지는 1796년 초에 《호렌》은 슐레겔의 「시와 운율과 언어에 관한 편지」(1795년 제11~12호, 1796년 제1~2호)를, 그리고 얼마 지나지 않아서 셰익스피어 에세이 한 편과 더불어(1796년 제3호) 이 시기에 이미 시작된 셰익스피어 번역의 일부를, 특히 「로미오와 줄리엣」과 「템페스트」에서 발췌한 것들을 싣는다(1796년 제3~6호). 1796년 5월 초부터 슐레겔은 여러 주 동안 예나에 머문다. 거리가 훨씬 가까워져서, 처음에 조화롭던 두 사람의 교류는 더 강화된다. 실러의 거처, 즉 슐로스가세에 닿아 있는 그리스바흐 교수의 화려한 저택에서 슐레겔은 쾨르너와, 그의 여행 동반자인 프로이센의 외교관 게슬러(Geßler) 백작을 만난다. 이 두 사람은 4월 27일 드레스덴에 와 있었다. 실러는 1792년 5월 초 이래로 보지 못하던 친구가 3주에 걸쳐 방문한 것을 즐기며 훌륭하게 손님 접대를 한다. 쾨르너가 떠나고 난 뒤 6월에 실러는 슐레겔과 정기적으로 만난다. 함께 나눈 대화에서 크게 고무된 슐레겔은 카롤리네 뵈머(Caroline Böhmer)와 결혼하고 난 뒤 7월 초에 마침내 아예 브라운슈바이크에서 튀링겐의 대학 도시 예나로 이사 오기로 결정한다. 실러는 그를 크리스티안 고트프리트 쉬츠가 운영하는 《종합 문학 신문》과 연결해주었고, 그 후 슐레겔은 그 신문을 위해 서평가로 활동한다. 이러한 후원이 전적으로 실러 자신의 이익을 위한 것이었다는 사실은, 실러가 슐레겔에게 앞으로 《호렌》을 위해서도 각 호가 나올 때마다 서평을 써줄 것을 강조한 것에서 알 수 있다.(NA 28, 88)

슐레겔은 (자기가 정식으로 맡은 원래의 역할을 생각할 때 난처한 면이 없지 않은) 이러한 제안을 따르기로 하고 《종합 문학 신문》에 1795년에 나온 《호렌》 제1호부터 10호까지를 광고하는 서평을 쓴다. 그리고 특히 거기에 실린 비가들의 가치를 높이 평가한다. 슐레겔이 고대의 이상향 엘리시움을 시로 찬양한 것이라고 평가한 (실러의 비가) 「명부」(제9호)가 각광을 받게 된다. 이에 대해 실러는 텍스트의 주도 모티브에 대한 잘못된 해석은 지적하지 않은 채 1795년 10월 29일 슐레겔에게 고마움을 명시적으로 표시한다.(NA 28, 88) 이처럼 좋은 관계는 1796년 7월 비로소 허물어지기 시작한다. 라이하르트가 주관하는 베를린의 《독일 극장 저널(*Theater-Journal für Deutschland*)》에 실린, (실러가 주관하는) 《1796년 문예연감》에 대한 프리드리히 슐레겔의 글 몇 군데에서 불친절한 투의 논평이 드러나면서부터였다. 거리를 두는 그의 글의 어조는 실러로 하여금 아우구스트 빌헬름의 충성심까지 의심하게 한다. 비꼬는 어조의 비판은 몇몇 시들에 대해 개별적으로 행해졌는데 특히 「춤」의 경우가 그러했다. 이 시를 슐레겔은 에피그람으로서는 "지나치게 긴데다 동시에 지나치게 진지하고", 비가라고 하기에는 "충분히 시적이지 못하다"고 본 것이다.[141] 「여인들의 기품」에 대한 평은 한층 더 혹독했다. "개별적으로 볼 때 남성성과 여성성에 대한 잘 짜인 시적 묘사라 할 수 있는 이 시는 표현을 돕기 위해 가해진 인위적 기교로 말미암아 전체적으로는 단조롭게 되었다. (……) 엄밀히 따져볼 때 이 글은 시로 인정할 수 없다. 소재 면에서나 구성의 통일성에서나 시적이지 않다.

하지만 리듬을 생각으로 바꾸고 전체를 연 단위로 거꾸로 읽는다면 좋아질 것이다. 여기서도 묘사가 이상화되고 있다. 다만 뒤집힌 방향으로, 즉 위를 향해서가 아니라 밑을 향해서, 매우 깊숙이 진리 속으로."[142] 이와 같은 비판보다는 그로 인한 모욕감이 덜하였다고 하기가 어려운 것은 결론적으로 실러의 시적 재질을 깎아내리며 평가한 슐레겔의 태도 때문일 것이다. 슐레겔은 실러에게는 "건강이 정상이 아닌 상태에서도" '숭고한 무절제'와 '위대함'이 있다고 인정했다. 객관적으로 보자면, 이는 분명 맞는 말이긴 하다.[143]

실러는 이 평론가를 개인적으로 알고 있었다. 그는 1792년 4월 14일 쾨르너의 집에서 갓 스무 살의 프리드리히 슐레겔을 만난 것이다. 이 젊은이는 당시엔 이름도 평판도 없었다. 그 두 해 전에 상인의 길을 택하라고 했던 아버지의 의지에 따라 괴팅겐에서 법학 공부를 시작했으나 곧 아버지의 뜻을 거스르면서 라이프치히로 대학을 옮기고 고대와 현대 문학에 심취함으로써 법학에 등을 돌렸다. 1792년 5월 17일 프리드리히는 형인 아우구스트 빌헬름에게 자기가 친구들인 쾨르너와 실러에게 분명 부정적 인상을 남겨줬으리라고 다음과 같이 보고하고 있다. "형, 믿을 수 있겠어? 내가 저들에게 겸손하지 못한 냉혈한 익살꾼으로 비쳤으리라는 사실을? 더구나 실러에게도? (……) 그들은 내 가슴을 놓고 누가 거기에 대고 더 많이 꾸지람을 할 수 있는가를 마치 경매에 부치기라도 한 것 같았다고."[144] 《문예연감》에 대한 서평이 나오고 난 뒤 두 사람을 중재해보려 애쓴 쾨르너는 서평가로서의 슐레겔의 입장을 실러에게 이해시키려 다음과 같이 시도한다. "그보다 더 따뜻한 마음으로 자네를 존경하는 사람도 없을 걸세. 말투가 평소와 다르게 생각되는 것은 그저 평론가의 말투로 옷을 갈아입었기 때문일세. 또는 엄격한 조건들을 내걸어 자기가 평론가임을 믿게 하려는 욕구 때문이기도 할 거고."(NA 36/I, 283 이하) 쾨르너가 이와 같이 외교적으로 한 중재의 말은 그러나 슐레겔의 진정한 마음으로 뒷받침될 수 없었다. 벌써 1791년 7월 21일에 형에게 쓴 편지에서 슐레겔은 자기의 언짢은 심사를 다음과 같이 털어놓고 있는 것이다. "실러의 작품들에서 난 많은 것을 발견했지. 그중엔 다음과 같은 구절도 눈에 띄더라고. '덕담과 멋진 말을 하면 / 어디에서나 마음에 들어하지. / 그럴 땐 누구나 제 생각뿐이니까. / 너 또한 그러한 사나이일 것이다.'"[145]

그럼에도 쾨르너의 중재 노력이 우선은 효과를 보이는 듯했다. 화가 났었음에도 실러는 프리드리히 슐레겔이 예나에 와서 자기를 찾았을 때 아무런 반감 없이 그를 대한다. 1796년 8월 8일 실러는 괴테에게 이렇게 썼다. "슐레겔의 동생이 여기 왔습니다. 아주 좋은 인상을 받았습니다. 앞날이 기대됩니다."(NA 28, 280) 프리드리히는 드레스덴에서 실러의 잡지에서 함께 일할 수 있는 가능성을 타진해보면서 1795년 12월 23일 형인 아우구스트 빌헬름에게 다음과 같이 편지했다. "《호렌》을 위해 내가 할 수 있는 크고 작은 일이 무척 많아. 난 우선은 나리님의 고개 끄떡임만을 기다리는 중이지, 그러나 내가 바라는 것은 무엇보다도 시대와 제반 사정이 달라지는 거야."[146] 그러나 실러가 그가 바라던 대로 고개를 끄덕여주는 일은 일어나지 않았고 《호렌》에서 함께 일하자는 초대도 없었다. 슐레겔은 자기가 라이하르트가 주관하는 잡지 《독일 극장 저널》에 글을 쓰는 것을 예나에서 사람들이 못마땅하게 여기고 있다고 짐작했다. 1796년 7월 28일 형에게 보낸 편지에서 "무언가 우리가 알지 못하는 일이 벌어진 게 틀림없어"라고 쓰고 있는 것이다.[147] 라이하르트와의 동맹을 못마땅하게 여기게 된 것은 우선 1796년 1월에 그가 내놓은 비우호적인 《호렌》 비판 때문이었다. 라이하르트의 이 비우호적인 《호렌》 비판은 누구보다도 괴테의 노여움

아우구스트 빌헬름 프리드리히 슐레겔.
요한 프리드리히 아우구스트 티시바인 작(1793).

프리드리히 슐레겔.
데생. 카롤리네 레베르크 작(1794).

을 샀다〔"우린 이미 이 거짓 친구를 오래전부터 알고 있지요"(NA 36/I, 100)〕. 그러나 계속해서 실러와의 관계가 소원해진 것은 누구보다도 프리드리히 슐레겔 자신에게 그 책임이 있다. 그는 1796년 9월부터 연속적으로《독일 극장 저널》에《호렌》최신호에 대한 냉정한 논평들을 발표했다. 12월에는 새로 나온《문예연감》에 대한 논평까지 했다. 그 논평에서 슐레겔은 그곳에 공개된「크세니엔」에 담긴 "고대풍의 파렴치함"[148]에 관하여 칭찬하는 말을 몇 마디 하긴 하였으나, 거기서도 예술 논평가의 오만한 말투가 그대로 드러나 있었다.

《호렌》에 대한 슐레겔의 마지막 서평들(제9~11호에 대한)은 1797년 부활절 출판 박람회 때에야 세상에 알려졌다. 그 서평들을 읽기 전인 5월 말에 이미 실러는 더 이상은 참지 못하겠다는 신호를 보냈다. "이 프리드리히 슐레겔이란 사람 너무나 못돼먹었습니다." 1797년 5월 16일 괴테에게 보낸 편지에 나오는 말이다. 슐레겔의 서평들에는 "무례함"이 "무지와 경솔함"과 맞물려 있다는 것이다. 그런데 실러를 흥분하게 만든 것은 무엇보다도《호렌》에 익명으로 실은 소설「아그네스 폰 릴리엔」에 대한 신랄한 비판이었다.(NA 29, 78) 괴테는 실러의 이러한 평가를 인정해주는 답장을 쓰지 않았다. 그러나 명백한 반박도 하지 않았다. 회복될 수 없는 관계 단절의 계기가 된 것은 몇 주 지나지 않아서《호렌》1796년 최종호에 대한 비우호적 서평이 또다시 나온 것이었다. 무게 있는 글 대신에 펑크를 메꾸려고 주로 번역물들을 많이 싣는 것은, 슐레겔에 따르자면, 이 잡지가 앓는 내용물 결핍 증세라는 것이다. "찬란하게 시작한 사업들은 그걸 계속 꾸려나갈 사람들이 없게 되면 보통의 경우 이와 같은 안일한 운영 방식 때문에 더 이상 존속되지 못하고 마는 법인데, 매우 사소하거나 완전히 질 낮은 글들을 게재하고 있는《호렌》의 최종호들에는 그런 현상에 대한 수많은 증거물이 담겨 있는 것이다."[149] 객관적인 견지에서 근거가 없지 않은 이러한 비판을 받게 된 실러는 자의적인 결정을 내린다. 아우구스트 빌헬름 슐레겔에게 함께 일하는 것을 그만두게 한 것이다. 그리고 그러한 결정을 하게 된 것은 그의 동생이 충성심이 부족하기 때문이라고 설명한다. 즉 1797년 5월 31일 그에게 보낸 편지에서 실러는 다음과 같이 쓰고 있다. "당신의 단테와 셰익스피어 번역들을 《호렌》에 게재함으로써, 사람들이 언제나 얻을 수는 없는 소득의 기회를 당신에게 드릴 수 있었던 것은 내겐 즐거움이었습니다. 그러나 내가 당신께 이런 이점을 마련해주고 있는 바로 그 시간에 프리드리히 슐레겔 씨는 《호렌》에 번역물이 너무 많다는 이유로 나를 공개적으로 꾸짖고 있었다는 사실을 나로서는 간과할 수 없으므로, 앞으로는 당신께서 나를 만날 수 없게 될 것입니다."(NA 29, 80) 슐레겔은 이 냉정한 선언에 대해 곧바로 작성한 답서에서 자기는 자기 동생의 비판적인 서평에 공감하지 않으며 앞으로도 단호히 실러 편에 서겠다고 다짐하였지만, 전에 자기를 후원하던 실러의 마음을 돌리지는 못했다. 그런데 충성을 다짐하는 이 진술들은 전술적인 계산에서 한 것일 거라는 견해에서 자유로울 수가 없는 것이었다. 아우구스트 빌헬름이 남긴 유품에서 그와 똑같은 시기에 쓴 글이 발견되었는데, 「여인들의 기품」을 패러디한 그 글은 프리드리히 슐레겔이 이 시에 대해 했던 비판의 어조를 그대로 따르면서 실러의 시가 제시하는 상투적인 역할상을 다음과 같이 인상적으로 풍자하고 있는 것이다. "공경하라, 여인네를! 양말을 뜨고 / 떨어진 바지 기우고 / 피가 되고 살이 되는 국을 남편한테 끓여준다, / (……) 하지만 얼간이 남편은 / 정원에서 발효된 곡차 맛을 찾지 못하고 / 그저 줄담배만 피운다"[150]

실러와 프리드리히 슐레겔 사이의 더욱 견고한 관계를 불가능하게 만든 것은 부담스러운 개인적 감정의 차원을 넘어선 강령적 견해 차이에 있었다. 이미 1796년 여름에 실러는 아우구스트 빌헬름이 보내준 프리드리히의 「고대 그리스의 시문학 연구에 관하여」의 첫 인쇄본을 읽었다. 그리고 곧바로 그는 "신구논쟁" 문제에 대한 자기 자신의 생각과, 젊은이(슐레겔)가 제시하고 있는 해결책이 얼마나 근본적으로 다른가를 의식하지 않을 수 없었을 것이다. 실러가 그 논문에 쓰인 고대와 현대에 대한 이론적 생각들이, 그리고 문학의 경전들과 장르의 스펙트럼에 대한 견해들이 자기의 생각과 너무나 다르다는 것을 간파했음에는 의심의 여지가 없다. 슐레겔이 그 후 라이하르트가 주관하던 잡지 《뤼체움(*Lyceum*)》*(1797)에 기고한 글들과, 자기 자신이 창간한 잡지 《아테네움》(1798~1800)에 발표한 에세이들은 1797년 출판된 「고대 그리스의 시문학 연구에 관하여」를 미리 읽은 다음에 예감한 어마어마한 차이와 대립을 한결 더 뚜렷하게 해주었다. 셰익스피어의 문학사적 위치를 정하는 문제에서 이미 두 사람은 합의에 이르지 못했다. 슐레겔이 셰익스피어를 현대문학의 모범으로 여기는 반면 실러는 소박한(따라서 진정한 고대의) 천재로 규정한 것이다. 견해 차이는 동시대 작가들에 대한 평가에서 완전히 드러났다. 「고대 그리스의 시문학 연구에 관하여」의 결말에 제시된 뷔르거에 대한 후한 평가는 실러에게는 도전적으로 비쳤을 것이다. 실러는 또한 슐레겔이 그의 볼데마르 서평(1796)과 「독일 고전주의 작가들의 특징에 대한 단장」(1797)에서 평가했듯이 야코비와 포르스터를 절대적인 모범으로 여길 수 없었다. 《뤼체움》에 기고한, 의기투합한 시각에서 쓴 그의 레싱의 초상마저도 실러의 미학적 기준을 충족할 수 없었을 것이다. 특히 (자기의 지론인) '단장의 시학'을 스케치하는 가운데서 계몽주의자 레싱을 시종일관 칭송하는 것을 실러로서는 긍정적으

* 아리스토텔레스가 철학을 가르치던 학교.

로 평가할 수 없었을 것이다. 그 '단장의 시학'의 탈중심적 성향은 실러 자신이 추구하는 이상적 예술이 지닌 형식의 조화에 배치되었던 것이다. 끝으로 괴테 찬양의 경우를 들 수 있을 것이다. 슐레겔은 《아테네움》 제1호에 가장 중요한 논문으로 게재한 (빌헬름 마이스터의) 「수업 시대」에 관한 에세이에서 괴테를 찬양했다. 그런데 이 괴테 찬양은 이 에세이의 기조인 작품 개념을 비대하게 확대하면서, 그리고 이 소설에 나오는 고전적 삶에 대한 가르침(Lebenslehre)은 "소박한 선의(bescheidne Liebenswürdigkeit)"라고 가볍게 처리하는[151] 과정에서 행해진 것이다. 그런 것이 실러의 마음에 들지 않았다. 2년 뒤(1800년) 《아테네움》 마지막 호에 실린 「시에 관한 대화(Gespräch über Poesie)」에서 친구(괴테)의 극작품들까지 명시적으로 포함시켜 그의 전체 작품에 대해 쏟아낸 열광적인 추앙 또한 실러의 마음을 거스르기는 마찬가지였다. 슐레겔이 괴테의 모습에서 자기가 추앙하는 현대의 영웅을, "진보적인 원칙들"[152]을 지닌 이상적인 예술가를 구축하려고 하면서 실러 자신은 단 한 점에서도 인정하지 않았다. 이 사실을 두고 실러는 괴테와의 공동 작업을 해치려는, 지금까지 잘 진행되고 있는 그와의 동맹을 끊고자 쐐기를 박으려는 시도로 해석할 수밖에 없었던 것이다. 게다가 《아테네움》의 글들에서 제시된 미학적 관점들이 실러에게 불러일으킨 불쾌감은 점점 커져가는 소원한 관계의 도화선으로 작용했다. 단장의 이론, 사변적인 아이러니 개념, 조합을 통한 우스갯말 전략, 요리저리 얽혀 흘러가게 하는 연상 기법, 어두운 문체의 숭배, 끊임없이 본론에서 벗어나기, 생각의 비약으로 이루어진 구성법 등은 실러의 형식 개념과 일치하기 어려운 것들이었다.

사실 관계에서 일치할 수 없는 이런 거부감에다 개인적인 거부감이, 특히 카롤리네 슐레겔에 대한 거부감이 가해진다. 도전적 성격의 여인 슐레겔은 1796년 7월 1일 네 살 연하인 아우구스트 빌헬름과 결혼하기 전에 이미 변화무쌍하게 여러 역할의 삶을 살아온 내력의 인물이었다. 괴팅겐대학 교수의 딸로〔그녀의 부친은 영향력이 큰 동양학자 요한 다비드 미하엘리스(Johann David Michaelis)이다〕, 하르츠의 소도시 클라우스탈의 한 의사와 결혼한 후 그와 일찍 사별한 과부로, 게오르크 포르스터와 마인츠 자코뱅파 모임에서 활약하던 그 부인 테레제〔괴팅겐대학의 문헌학자 하이네(Heyne)의 딸로 나중에는 실러의 친구 후버와 결혼한다〕의 신임자로, 어느 젊은 프랑스 장교와의 사이에서 나은 사생아의 엄마로, 선제후령 마인츠 정부에 의해 독일의 혁명 동조 분자로 간주되어 체포된 죄수로, 그리고 끝으로 그녀를 쾨니히슈타인 감옥에서 구출하여 라이프치히 인근의 루카란 곳에서 경찰을 피해 숨겨준 아우구스트 슐레겔의 애인으로 등등 그녀가 살아온 삶은 다양했다. 1796년 7월까지만 해도 실러는 이 광범위한 교양의 소유자인, 프랑스와 독일 문학에 대한 탄탄한 지식을 가진 여성 지성인을 아무런 편견 없이 평가한 것 같다.(NA 28, 261) 그러나 1797년 여름에 관계를 단절한 후엔 "악마 여인 루시퍼"(이것은 그녀를 겨냥해 실러가 한 말이다)에 대한 표현들은 두드러지게 증오심에 차고 도에 지나친 것이 된다.[153] 실러의 만하임 시절 적대자였던 사람의 부인인 루이제 코터(Luise Gotter)와 카롤리네 슐레겔이 친한 사이라는 사실이 거리를 더욱더 키웠을 것이다. 1798년 6월 28일 괴테에게 보낸 편지에는 다음과 같은 그의 근본적 입장이 드러나 있다. "저는 이 집안 사람들로부터 좋은 행동을 경험한 일이 아주 드물어서 그들을 저명하게 만들어줄 기회를 그들에게 주지 않도록 정말이지 조심해야만 하겠습니다."(NA 29, 249) 이와 같은 거부감이 본질적으로 실러의 전통적인 여성 역할관에 기인한다는 것은 의심의 여지가 없다. 문학적인 일상 대화에 참여하고 자기 나름의 판단을 내리고 논쟁에서 반박의 역량을 갖춘 이 여성은 그의 잣대에 따르자면 사회적 금기를 깬 경우가 되는 것이다. 자기의 아내 샤를로테와 처형의 경우에 실러 자신이 그들의 작가적 활동을 키워주기도 하였는데, 카롤리네 슐레겔의 경우 실러의 깊은 불만을 야기한 것은 그녀의 작가적 활동 자체가 아니라 당대의 공적 논쟁에 끼어들며 보여준 지적 당당함이었던 것이다.

1797년 이후 괴테와 주고받은 편지에서는 슐레겔 쪽 사람들에 대항하고자 저술 활동상의 연합 전선을 조직하려는 실러의 의도가 분명하게 감지된다. 1797년 12월 22일 편지에서 실러는 「헤르만과 도로테아」에 대해 아우구스트 빌헬름이 《종합 문학 신문》에 기고한 서평과 관련하여, 이들 형제는 이 서사시의 가치를 제대로 평가할 수 있을 만한 "정서"가 부족하다고 쓰고 있는데, 이에는 전술적인 계산이 없지 않다 하겠다.(NA 29, 172) 실러는 이미 1792년에 동생 슐레겔을 '냉혹한 익살꾼'이라고 묘사했거니와, 이 냉혹한 익살꾼에게는 도전적 인상을 주는 지적인 용모가 드러나 있었다. 실러는 1798년 7월 23일 편지에서 괴테에게 이렇게 썼다. "저 새로운 슐레겔의 《아테네움》 그리고 특히 그의 「단장」들을 어떻게 보십니까? 주제넘고 단호하며 신랄하고도 일방적인 그 방식이 제게는 물리적 아픔을 줍니다."(NA 29, 258) 이 수사적 질문에 대한 괴테의 차분한 답은 낮추어 평가하는 실러의 태도와 배치되는 것이었다. 괴테는 오히려 이 잡지의 독창적인 성격을 칭찬하며 다음과 같이 추어올린다. "슐레겔다움, 그의 개성 전체는 우리 독일 잡지들의 잡탕 세계에서 무시할 수 없는 존재라 생각됩니다. 일반적으로 무가치한 글들이 횡행하는 세상입니다. 더할 나위 없이 어중간한 것들을 위해 당파 싸움이나 하고 눈도장 찍기와 고양이 등처럼 등을 꾸부리며 아부하는 짓거리들만이 보이는, 가뭄에 콩 나듯 하는 소수의 좋은 작품들은 설 자리를 잃게 되는 이 마비된 텅 빈 세태는 벌집과 같은 단장의 글들에서 무시무시한 적을 갖게 된 셈이지요."(NA 37/I, 331) 실러는 이와 같이 노골적인 반대 입장에 겁먹어 물러서지 않고 슐레겔 형제의 지적 기질, 그들의 문학의 추상적 성격 그리고 그들의 문체의 불모성에 대해 독기 어린 언급들을 되풀이한다. 1798년 7월 27일 편지에는 이렇게 쓰여 있다. "이 두 사람이 미학적 판단을 하는 가운데서 이따금 하나의 대상을 생각이라도 하는지가 의심될 정도로 삭막하고 메마르며 알맹이 없이 엄격하기만 한 언어들을 보게 된다는 것을 저는 또한 고백합니다."(NA 29, 258) 꼬치꼬치 말을 분해하는 기술, 순환적인 사고 구조 그리고 성찰 내용의 임의성을 실러는 슐레겔식 정신문화의 결정적인 특징으로 본다. 이것은 125년 뒤에 권위적 국가철학의 대변자로서 찬반의 대상이던 정치철학자 카를 슈미트(Carl Schmitt)가 내용이 없는 지적 생산성의 극치라고 비판하게 될 낭만적 "우인론(偶因論, Occasionalismus)"의 증상들인 것이다.[154)]

프리드리히 슐레겔의 작업에 대한 실러의 부정적 입장은 특히 「루친데(Lucinde)」(1798)의 경우에 두드러진다. 그가 이 소설이 문학적 품질 면에서 수준이 낮은 것을 탓하며, 이론적 지침들에 종속된 면이나 비고전주의적으로 불균형한 소설 구조를 비난할 수밖에 없었으리라는 것은 이해가 된다. 그의 마티손 논평의 미학적 원칙들을 생각해보면 당연하다. 실러가 문제시하는 것은 "모호한 것과 특징적인 것의 지극히 이상한 결합"이요 신비와 상스러움의 종합이다. 실러는 그것을 "현대의 무형식과 비자연의 극치"라고 말한다. 무엇보다 통탄스러운 것은 슐레겔이 그의 연구 논문의 그리스 예찬에 따라 참된 "고대의 단순성과 소박함"(NA 30, 73)을 추구하지 않고 주관적이고 초긴장된 특징을 띠는 탈중심적 문체에만 몰두했다는 것이다. 이 소설에서 실러가 만난 것은 미학적 현대성의 구조물들이다. 그것은 그의 고전주의적 형식 의식과는 아주 동떨어진 것이요, 감상적 성찰 예술의 이론적 개념과도 일치할 수 없는 것들이다. 시간이 지나감에 따라 유연해진 면이 없지 않긴 하지만 그는 예나 사람들의 평론 문화가 "외부에서 국내로 들어오고 있는 철학 혐오 풍토와 모종의 무기력하고 천박한 예술비평"(NA 30, 214 이하)을 잘 견제하고 있다는 점을 인정하긴 했다. 그러나 기고만장하며 자기를 연출하는 그들의 지적 성실성에 대한 실러의 근본적 회의는 흐트러지지 않았다. 1799년까지만 해도 그는 괴테와 함께 스케치한 「딜레탕티슴에 대하여」에서, 유행이 되어버린 낭만주의적 작태의 예술적 주관성의 특징을 "무조건적이고 무법적이려고 하는"[155] 성향이라 규정하고 있는 것이다.

괴테는 그러나 실러의 회의에 제한적으로만 동의한다. 번번이 고심 끝에 신중한 판단을 관철하곤 한다. 세부 사항들에서 비판적 거리를 두고 있음이 분명하게 드러나긴 하지만, 괴테는 초기 낭만주의 단장 작가들의 미학적 신조에 대해 공감하고 있음을 감추지 않는다. 괴테는 30년이 지난 뒤 카를 프리드리히 첼터에게 보낸 편지에서 긴장된 대인 관계들의 그물 안에 얽혀 있는 "사회적 관계들"을 중재하려 애썼다고 회상하고 있다.[156] 괴테는 1830년 1월 16일 철학자 쇼펜하우어의 여동생인 아델레 쇼펜하우어에게 다음과 같이 설명한다. "그 점은 내가 잘 알지요. 그 재주 많은 형제들에 대한 이야기가 나올 때면 난 자주 실러를 진정시켜야만 했어요. 그는 살려고 했고 영향을 미치려 했지요. 그러다 보니 자기 가는 길에 방해물이 놓여 있으면, 그에 대해 어쩌면 지나칠 정도로 예민하게 반응했지요. 그런데 그 재기발랄한 젊은이들이 이따금씩 그런 방해물들이 없어지지 않도록 했거든요."[157] 괴테는 이미 「『서동시집』에 대한 메모와 논술들」(1819)에서 고전주의와 낭만주의를 현대의 도전들에 대한 동등한 권리를 지닌 대응들이라고 정리한 바 있는데, 원숙한 노년기의 이 회상에서는 고전주의와 낭만주의 예술 이론 사이의 강령적 차이들이 더 이상 언급되지 않는다. 실러로 하여금 슐레겔 측 사람들과 거리를 두게 만든 것은 오로지 경쟁의식의 성격을 띤 개인적 저항에서 나왔음을 지적하고 있을 따름이다. 그러나 오랜 시간이 지난 후에 이 노년기 괴테가 내린 판단은 절반의 진실만을 담고 있다. 왜냐하면 1790년대 말까지도 자신의 예술 이론적 신념들을 신앙의 신조로 방어하면서 이따금씩 내보이던 실러의 공격적인 에너지를 과소평가하고 있기 때문이다.

낯선 세계들

객원 배우로 출연한 장 파울

실러는 슐레겔 무리와 마찬가지로 장 파울에 대해서도 비슷한 의구심을 품고 있었다. 1796년 6월 파울이 폰 칼프 부인의 초대로 바이마르로 여행 왔을 때, 그는 이미 문학 세계에서 이미 더 이상 무명의 인사가 아니었다. 「보이지 않는 비밀결사」(1793)에 이어 1년 전 출판된 「샛별」을 통해 폭넓은 독자층에게 알려져 있었다. 괴테의 「베르테르의 슬픔」 이후로 당대의 독일어권에서 가장 큰 영향력을 발휘한 이 소설은 빌란트와 카를 필리프 모리츠, 또는 인기가 많던 후기 계몽주의자 테오도어 고틀리프 폰 히펠조차도 도달하지 못한 판매 부수를 누렸다. 1795년 6월 12일 실러는 그의 능력을 인정하면서 괴테에게 다음과 같이 쓰고 있다. "지난번 제게 보내주신 것은 그야말로 뛰어난 금성의 수호성인입니다. 이 소설은 완전히 산양 족속에 속하는 괴물입니다. 그러나 상상력과 변덕의 재치가 없지 않습니다. 종종 제법 멋진 착상도 나와서 긴 밤을 위한 재미있는 읽을거리입니다."(NA 27, 193) 여기서 실러가 쓴 '산양'이란 말은 괴테가 조화로운 구조 없이 구성상

문제가 있어 형식상 고전미의 지위를 부여할 수 없는 예술 작품들을 나타낼 때 쓰는 말이다.(NA 35, 218) 이로써 장 파울의 소설에는 곧바로 진단이 내려진 셈이다. 오락성이 높고 기발하며 상상력이 풍부함에는 의심의 여지가 없으나, 그럼에도 고급 예술의 핵심층에는 들지 못한다는 것이다.

문학적 명성을 얻기까지 장 파울이 걸어온 길은 힘겨웠다. 33세의 작가로서 1796년 6월 바이마르의 올림포스로 들어가는 대문 앞에 불안한 마음으로 다다랐을 때, 그에게는 이미 10년에 걸친 실패의 경력이 있었다. 그 전에 쓴 풍자적인 작품들(「그린란드의 소송」(1783)과 「악마의 서류에서 간추려 낸 것들」(1789))은 판매가 부진했다. 이들 작품의 복잡한 서술 형식, 풍자와 현학적인 말놀이들이 뒤섞인 얼개가 그 동시대의 독자층에게는 거의 이해가 되지 않았다. 젊은 장 파울에게 위대한 모범이 된 것은 영국의 풍자가 조너선 스위프트(Jonathan Swift)와 특히 로런스 스턴(Lawrence Sterne)이었다. 스턴의 「트리스트럼 섄디」(1759~1767)로부터 파울은 암시의 기술, 끊임없는 탈선과 자체 논평의 기술을 차용하였다. 고지를 향해 노력하는 이 작가는 그러나 처음에 낸 책들에서 벌어들인 수입으로는 살 수가 없었다. 라이프치히대학에서 지극히 비체계적으로 하고 있던 신학 공부는 1784년 커가는 빚더미의 압박에 못 이겨 중단된다. 1790년대 초까지 장 파울은 퇴펜과 바이에른의 피히텔 산맥 변두리에 있는 슈바르첸바흐에서 여기저기 자리를 옮겨가며 가정교사 생활로 겨우 연명해야 하는 처지에 이른다. 그러는 동안에 백과사전적 지식을 쌓았는데, 그것이 나중에 문학적 상상력의 원천을 이루게 된다. 그는 수백 개의 메모 상자를 만들었는데, 거기에는 신학에서부터 의학에 이르는 광범위한 스펙트럼에 걸친 학부 전체의 작품들에서 발췌한 것들과 메모들이 가득했다. 여러 해에 걸친 고립 생활 끝에 그는 1793년 장편소설 데뷔로 거둔 성공의 기쁨을 마음껏 누렸다. 3년 뒤

장 파울 프리드리히 리히터.
동판화. 요한 하인리히 슈뢰더의 그림으로 프리드리히 빌헬름 네틀링이 제작(1803/04).

에 하게 된 바이마르 여행이 그에게는 뒤늦은 경력에서 중간 봉우리를 의미하는 것이었다.

자기가 뮤즈의 도시 바이마르에 입성하게 된 것을 "하늘 문"의 열림이라고 샤를로테 폰 칼프에게 말했을 정도로 기대에 차 있던 장 파울을 실러는 냉담하게, 아니면 적어도 형식적으로 맞이했다.[158] 1796년 예나를 잠깐 방문한 뒤 친구 크리스티안 오토에게 그는 다음과 같은 내용의 편지를 쓰고 있는 것이다. "그의 모습은 종잡을 수 없고 완고하고 모난 돌투성이였지, 칼날같이 예리한 힘으로만 꽉 차 있고 따뜻함이란 전혀 없었어. 그가 하는 말들은 거의 그대로 그의 글이 될 만큼 뛰어났어. 그는 이례적으로 내게 호의를 베풀었지. 나를 그 자리에서 (그분의 요청으로) 《호렌》의 공동 제작자 자리에 앉혔어."[159] 이와 비교될 만한 비유들을 이용해 장 파울은 몇 해 지난 후에도 구두로 실러의 성격을 묘사했는데, 그것을 (장 파울이 친구인 오토에게 보낸 편지를 읽은 적 없는) 헬미나 폰 체치(Helmina von Chézy)가 자신의 회고록에서 다음과 같이 인용해 기록하고 있다. "실러는 얼음이야. 그는 빙하라고. 찬란한 색깔의 유희를 품은 따뜻한 자홍색 깃든 햇살인 적 한 번도 없지."[160] 프리데리케 브룬도 그와 비슷한 인상을 받았는지 1795년 일기에 첫 만남에 대해 다음과 같이 적고 있다. "마치 나무다리로 걷는 사람 같았다. 그에 대해서 든 생각이 꼭 그랬다. 약함과 힘이 묘하게 하나로 합쳐져 있다. 닳아빠져 약해진 기관과 번뜩이는 천재의 힘. 사랑이란 전혀 없다. 신뢰감은 더더욱 생기지 않았다."[161] 다른 한편 실러가 예나 시절에 낯선 사람에게 친절한 인상을 줄 수도 있었다는 사실이 1793년 라이스첸 정원으로 실러를 방문한 라바터의 다음 회상으로 확인된다. "깡마른, 병색이 짙은 얼굴엔 내가 기대하던 번뜩이는 천재적 기상은 보이지 않았다. 그러나 전문적인 문인이건 비전문적인 문인이건, 말을 하건 침묵하고 있건 어느 경우에나 상대방의 자존심을 상하게 해주려고 작심이라도 한 듯 투덜대는 말투의 멸시는 전혀 없었다. 내가 본 것은 조용하고 날카롭고 고결한, 자신감에 차 있지만 전혀 독재적이지 않은 사상가요, 다방면에 능통한 검사관이었다."[162]

《호렌》에서 함께 일하자는 (사실상 실현되지 않은) 초대가 장 파울의 능력을 인정해주는 표시였다 할 수는 있으나, 그에 대해 실러가 마음속으로는 유보적 태도를 취했음을 배제할 수는 없다는 사실을 1796년 6월 28일 괴테에게 보낸 실러의 편지가 증명해준다. 이 편지에서 실러는 장 파울과의 첫 만남에서 받은 인상을 다음과 같이 쓰고 있는 것이다. "그는 제가 예상한 대로였습니다. 달에서 뚝 떨어진 사람처럼 낯설었지요. 호의로 가득 차 있고, 기꺼이 자기 밖의 것들을 보려는 기색이 역력했습니다. 다만 눈으로 보는 게 아니었지요."(NA 28, 234) 이 초상화가 특별히 강조하고 있는 기이한 면모들은 실러로 하여금 장 파울의 소설에 대해서도 오판을 하게 만든다. 그의 텍스트에서, 극단적인 것들을 결합하는 연상적인 위트("어느 커플이든 짝을 맺어주는 변장한 사제"[163]) 및 암시의 유희와 여담, 책의 다른 곳과 관련시키는 기법, 특히 맞지 않는 것을 배합하는 구성 기법 등은 실러가 추구하는 고전주의적 질서의 테두리를 벗어나는 것들이었다. 프리드리히 슐레겔마저도 421번째 《아테네움》 단장에서 장 파울에 대해서 근본적으로는 공감하고 있음에도 불구하고 "그가 모아놓은 위트 있는 비유들이 제국 군대의 사열식에 배치된 그로테스크한 도자기 군인들과도 같다"면서 "뉘른베르크 스타일의 납으로 만든 아라베스크"라고 말하고 있다.[164]

장 파울이 형이상학적 사고 범주들로부터 도출된 문학관의 대변자라는 것은 1804년의 「미학 예비 학교」에서야 비로소 처음으로 분명하게 드러나는 것이 아니다. 바이마르 방문을 계기로 이루어진 헤르더와의 동맹은 예술 이론에서의 공통된 확신들을 반영한다. 헤르더는 「인도주의 고취를 위한 편지」에서 고대의 미적 이상과 신플라톤주의 감정철학, 그리고 기독교 형이상학 사이의 공통점들의 개요를 기술하고 있는데, 그것은 감상과 초감각적 환영을 결합하는 서술 관점을 지론으로 삼고 있는 장 파울의 고유한 프로그램에 상응하는 것이다. 이 프로그램의 개념적 배경은 프리드리히 하인리히 야코비가 이미 그의 논문 「데이비드 흄, 신앙 또는 이상주의와 리얼리즘에 관하여」(1787)에서 제시한 바 있다. 이 논문에 이런 말이 나온다. "모든 현실은, 감각에 드러나는 육체적 현실은 물론이고 이성에 드러나는 정신적 현실까지 오로지 감정을 통해서만 사람에게 확인된다. 그 밖에도 그 위에도 다른 확인 방법은 없다."[165)]

실러는 장 파울이 '고상한', 정서 위주의 사람을 찬양하는 것을 과도한 주관주의의 반영으로 본다. 반면에 파울은 실러의 미학을 참된 예술적 감수성이 없는, 감성이 빈약한, 형식 완벽주의의 반영으로 간주한다. 장 파울은 1796년 가을에 나온 「『크빈투스 픽슬라인』의 재판에 실은 나의 머리말에 대한 이야기」에서 예술 위원인 프라이시되르퍼의 풍자적인 초상화를 통해, 실러의 교육 관련 글의 기본 입장을 가소로운 것으로 폄하하려 시도한다. 프라이시되르퍼는 자기가 묘사들을 가지고 조롱하고자 하는 신념이 무엇인가를 지체 없이 밝힌다. "무엇보다도 중요한 것은 형식을 까발려 그 안에 든 모든 알맹이를 계속 끄집어내야 한다는 겁니다. 하나의 예술 작품이 우리가 보통 생각하는 것과는 달리 실러가 요구하는 저 완전성에 다다르려면 말이지요."[166)] 이것은 「인간의 미적 교육에 대한 편지」 제22번째 편지를 빗댄 것임이 분명하다. 그에 대한 비판적 시각인 것 또한 전체 맥락으로 보아 자명하다. 프라이시되르퍼는 끔찍한 일마저도 아름다운 사건으로 보는 도덕주의를 초월한 대표적 예술가로서 실러의 주장들을 대변하고 있는 인물인 것이다. 그의 바로 그러한 점이 실러의 주장들 자체가 감정이 빈약한, 기계론적인 환원주의의 산물임을 폭로하는 데 적합한 것이다. 장 파울은 자기의 장편소설 「티탄」(1800~1803)의 로마 관련 장면들과 그 뒤에 나온 「미학 예비 학교」에서도 감상주의와 종교적 초월 의식이라는 이중의 특징 속에 묶여 있는 미학인 자기 자신의 프로그램과 예술의 자율성 이론이 완전히 배치된다는 사실에 대해 침묵하지 않았다.

장 파울의 실러 풍자가, 1796년 가을에 《문예연감》에 그를 겨냥해 게재된 「크세니온(Xenion)」에 대한 반응임에는 의심의 여지가 없다. 하긴 장 파울을 겨냥한 「크세니온」의 어조가 다른 2행시들에 비해서 온건한 편이기는 했다. 이 소설가(장 파울)가 비경제적으로 착상과 모티브들을 낭비하고 있음을 탓할 뿐이었던 것이다. "네가 너의 넘침을 반으로 줄여, 그 〔출판업자 만소(Manso)를 가리킴, P. A. A〕의 모자람 수준으로 낮추기만 한다면 우리는 너를 경탄하리라."〔NA I, 314(41호)〕 그런데 괴테가 작성한 것으로 추측되는, 장 파울에 대해 더욱 불친절한 내용의 「크세니온」 두 편은 발표되지 않았다. "너의 필력에는 매력도 있고, 우리를 위해 아름다움을 아름답게 그려줄 힘도 있건만, 너는 유감스럽게도 역겨운 것들만을 보았구나."〔NA 2/I, 84(499호)〕 "런던에서 평론가라면! 그는 어찌 되었을까! 그는 궁정사회의 평론가다 / 아는 것이 런던 평론가의 반도 안 된다. 그런데도 너희가 떠받드는 재능을 가진 사나이로다."〔NA 2/I, 85(502호)〕 괴테는 슐레겔 형제의 경우와는 달리 장 파울을 겨냥한 논쟁 성격의 공격을 이끄는 힘이었던 듯하다. '역겨운 것을 그리는' 작가라 몰아붙이기, 전형적인 앵글로색슨풍의, 스위프트와 스턴의 작풍을 염두에 둔 소설 문화, 그리고 《1797년 문예연감》에 게재된 시 「로마의 중국인」[167]은 「수업 시대」의 작가 괴테가 문학 시장에서 자기의 직접적인 경쟁자로 여겼을 어느 소설 작가에 대해 유보적 태도를 취했음을 나타내는 신호들이라 할 수 있다. 1796년 11월 8일 샤를로테 폰 칼프에게 보낸 편지에서 장 파울은 자신을 향한 불친절한 일들에서 느낀 실망감을 다음과 같이 쓰고 있다. "나는 그래도 괴테와 실러의 다 타버린 가슴에 대해 원래 갖고 있던 동정심 못지않게 그들을 사랑하고 있었지요."[168] 프라이시되르프퍼 풍자를 예외로 하고 보면 장 파울은 바이마르의 비판자들이 자기를 기분 나쁘게 대하는 것을 태연히 관용했다. 「미학 예비 학교」는 실러에 대해 세부적으로 여러 가지 이견이 있음에도 불구하고 이론적 차이가 뚜렷한 부분에서조차도 긍정적으로 서술하고 있다는 것이다.[169]

1798년 여름에 장 파울이 「티탄」 작업을 계속하기 위해 장기간의 계획으로 바이마르로 옮겨 와 지내게 된 후에도 관계는 깊어지지 않았다. 그저 1799년 1월 실러가 「피콜로미니」 공연 연습 동안 바이마르에 머물게 되었을 때, 때때로 빌헬름 폰 볼초겐이나 괴테 또는 샤를로테 폰 칼프의 집에서 열린 저녁 사교 모임에서 마주치는 정도였다. 그러나 그럴 때에 나누게 된 연극의 가능성과 한계에 대한 토론은 가까워지려고 아무리 노력해도 두 사람은 예술적 기질 차이 때문에 가까워질 수 없다는 사실을 보여줄 뿐이었다.(NA 42, 254) 소설가인 장 파울은 슐레겔 형제와 마찬가지로 실러의 이상적 예술 개념에서 벗어나 주관적 색채의 미학 영역으로 가는 길을 택한 것이다. 그의 미학 세계에서 실러의 뷔르거 논평과 「인간의 미적 교육에 대한 편지」에서 서술된 객관성의 계율은 설 자리가 없었던 것이다. 장 파울의 가장 중요한 소설인 「티탄」에서만 해도 고전주의적 인간학의 요소들(숭고한 인물 모델, 망념 비판, 기괴한 형식들에 대한 회의, 힘들의 균형에 대한 옹호)에 대해 눈에 띄게 동조하고 있지만, 이러한 입장들에 가까이 가는 것은 도약, 외론(Exkurse), 대비, 부자연스러운 어휘 창조, 화려하게 이어지는 비유의 홍수(Kaskaden) 등이 핵심적인 구조적 특징으로 하는 형식으로 인하여 의문시되고 있는 것이다. '로마의 중국인'인 장 파울은 바이마르에서 어디까지나 이방인이요, 고도의 독창성이 있는 아웃사이더였고, 대가 실러의 파트너는 되지 못한 것이다.

4. 바이마르의 문학 정치:
「크세니엔」(1797)

투쟁의 문화

「크세니엔」 작전의 계기와 배경

실러에게 괴테와의 협력은 경쟁 관계에 있는 작가 그룹이나 분파들에 대항하는 공개적 동맹을 형성할 가능성을 의미했다. 그러나 이 동맹은 후퇴의 계기가 되기도 했다. 실러는 새로운 협력의 기회를 찾는 대신, 자기의 기획물에 대놓고 반대하는 입장들에 대해 전보다 더 철저하게 선을 그었다. 이와 같이 괴테를 통해 반영되고 강화되고 힘을 얻은 자신의 입장만을 고수하였기 때문에 그가 점차 더 고립되었음은 《호렌》의 첫해 발간물에 대한 신랄한 비판들로 알 수 있다. 괴테와 실러의 이상 지향적 취향은 칸트가 말하는 건전한 상식과 점차 달라져갔고 그것은 자기들의 일에 방해가 되거나 반갑지 않은 경쟁자로 생각된 문학적 경향들을 공개적 형식으로 전보다 더욱 예리하게 공격하는 계기가 되었다. 마르티알리스(40~약 104년)의 『크세니엔』(제13장)을 모델로 하여 1795년 12월에 괴테가 작성한 풍자적 작품 「손님에게 주는 선물」은 처음엔 《호렌》을 신랄하게 비판하는 것에 대한 직접적 분노에서 탄생했다. 이미 1795년 10월 1일에 괴테는 "관객들에게 많은 것을 스스로 판단하도록 떠맡길 수 있는 수단과 가면들을 생각하고" 있다고 말했다.(NA 35, 68) 새로운 잡지를 비우호적으로 비판하는 논평들이 나오기 시작하자 괴테는 그것을 "독일 작가 근성들의 광대놀이"(NA 35, 206)로 보았고, 실러 또한 《호렌》에 비판적 결투 장소를 마련해야 될 것 같다"(NA 27, 197)고 생각했다.[170)]

「크세니엔」 기획물은 《호렌》을 못마땅하게 여기는 평론가들의 글이 계기가 되어 생겨난 것이다. 즉 1795년 9월에 요한 카스파르 프리드리히 만소가 고트프리트 디크가 라이프치히에서 발간하고 있던 잡지 《문학과 미학 신 총서》에 발표한 글과, 이에 이어 한 달 후에 루트비히 하인리히 폰 야코프(Ludwig Heinrich von Jakob)가 할레에서 주관하던 《철학과 철학 정신 연감》에 실린 빌헬름 프리드리히 아우구스트 마켄센의 글이 직접적인 계기가 되었던 것이다. 이 두 서평이 전문성이 결여된 것이라 하기는 힘들 것이다. 실러의 「인간의 미적 교육에 대한 편지」를 겨냥한 마켄센의 글은 바로 칸트 철학에 바탕을 둔 것이었기 때문에 실러는 자기의 약점에 직격탄을 받았다고 여겼을 것이다. 이 경우 비판자를 향해서 불친절한 평을 하던 프리드리히 니콜라이의 경우처럼 선험철학적 방법론에서 이론적 훈련이 부족하다고 반박할 수는 없었을 것이기 때문이다. "결투의 시절"〔이것은 1795년 11월 1일 실러가 쓴 표현이다(NA 28, 93)〕에는 비타협적인 방식으로 대항할 수밖에 없다는 것이 두 작가에게는 당연하게 여겨진 듯하다. 1795년 12월 23일에 괴테는 거의 지나가는 말투로 다음과 같이 쓰고 있다. "잡지의 매호에 마르티알리스의 『크세니엔』처럼 2행으로만 된 경구들을 싣는 것이 어떨까 하는 생각을 요즘 하게 되었습니다마는, 이 발상을 발전시켜서 그러한 경구들을 모으고, 내년에 나올 당신의 《문예연감》에 실어야겠지요."(NA 36/I, 63)

실러는 괴테의 이 제안에 즉시 동의하면서 주제를 잡지 시장에 집중하는 차원을 넘어 여러 가지 문학적 대상으로 확대하는 것이 좋겠다는 의견을 개진한다. 그리고 당장 다음 주부터 써먹을 다음과 같은 모토를 제시한다. "nulla dies sine Epigrammate〔하루도 에피그람(2행의 경구시) 없이 지내는 일이 없도록〕."(NA 28, 152) 그의 열광은 상업적인 동기에 의해 또 다른 힘을 얻게 된다. 이 사실은 풍자 경구가 독서 시장에서 커다란 작용을 하게 되리라고 예고하는, 1796년 1월 4일 훔볼트에게 보낸 편지에서 드러나고 있다. "사람들은 기겁을 해서 그것을 욕해댈 겁니다. 그러나 매우 탐욕스럽게 그것을 손에 넣으려 달려들 겁니다. 100개의 수 가운데에는 물론 좋은 발상들이 빠지지 않을 테니까요. 그것들로 채워진 한 필지의 종이로는 이 풍자 경구들이 마음을 사로잡는 사람 수만큼 많은 독자를 움직이지 못할 겁니다."(NA 28, 155) 여기서 알 수 있듯이 단기간에 실러가 자신의 역할을 점잖게 자중하는 잡지 편집인에서 논쟁적인 경구시인으로 바꾸었음에 실로 놀라지 않을 수 없다.[171)]

같은 해 1월 첫 2주 동안에 괴테는 거의 200수에 달하는 2행시로 된 방대한 연작시를 예나로 보낸다. 1796년 2월 1일에 실러가 쾨르너에게 보낸 편지에서 설명하고 있듯이 개개의 짧은 2행시들이 어느 개인의 작품인지를 밝혀낼 방도는 없다. 일사천리로 생산해낸 2행시 「크세니엔」들은 한편 "한계를 모를 만큼" 그 수가 많지만 형식과 주제의 다양성이 서로 조화롭게 균형 잡힌 일체를 이루고 있다는 인상을 남긴다. 처음에는 주제를 잡지

계와 당대의 문학 현장에 국한하려 한 것인데 그러한 당초 계획을 시종일관 지켜낼 수 없음을 곧 알게 된다. 실러 자신이 고백하고 있듯이 "대다수의 경구들은 방자하기 짝이 없는, 특히 소설 작가나 소설 작품에 대해서는 시적이고도 번개 같은 철학적 발상이기도 한 개개의 사나운 풍자인 것이다."(NA 28, 178)

넘쳐나는 소재를 눈앞에 두고 곧 이 2행시들을 어떻게 조직할 것이냐 하는 문제가 대두된다. 정서하는 과정에서 기획물을 두 부분으로 나누어 구성하게 된다. 개별 인물이나 기관에 관련된 것을 암호로 표시해놓은 풍자적 2행시들이 한 부류를 이루고, 이에 맞서 요령 있게 핵심을 찌른 것이기는 하나 어투가 덜 공격적이며 인간학적 문제나 철학적 문제를 다루거나 정치·사회적 관행들의 시대적 상황을 조명한 것들이 또 하나의 부류를 이루게 된다. "부드럽고 호감이 가는" 이 두 번째 부류의 텍스트들에 실러는 약간 완곡한 표현으로 "철학적인, 그리고 순전히 시적인, 한마디로 순수한 크세니엔"이라 이름을 붙였거니와 "Tabulae votivae"로 간주된다(이것은 이미 호라티우스(Horaz)의 『카르미나(*Carmina*)』(I 5, v. 13 이하)에 등장한 시적 의미의 뉘앙스들을 망라하는 유(類)개념인데, 원래는 로마인들이 자신의 신들에게 경의를 표하기 위해 만든 신성 게시판을 의미한다). 1796년 6월만 해도 실러는 이 '부드러운 크세니엔'을 《문예연감》에 싣기 위해 모아놓은 2행시들 맨 끝에 첨부할 생각을 했다. "파도가 치고 난" 다음에는 "청명함"이 뒤따르지 않을 수 없기 때문이라는 것이다.(NA 28, 228) 배열("매우 어려운 구성 방식의 문제"이다. 훔볼트 또한 그렇게 생각했을 것이다.(NA 36/I, 264))은 충분히 토의하고 난 다음 결국 반대 순서가 더 좋다는 것을 알게 된다. 그 결과 온건한 「부드러운 크세니엔」이 시작 부분을 차지하고, 그다음을 독자적인, 주제별로 편집된 풍자적 「크세니엔」이 잇게 되었다. 실러는 1796년 9월 17일 "「크세니엔」은 415번까지 편집되었습니다"라고 코타에게 알린다. "당신에게는 이 2행시들이 너무 강하게 소금에 절여졌다 생각되실 겁니다. 그러나 독자들 또한 짜릿한 것을 맛볼 때가 되었지요. 청중들은 그런 것을 맛보고 나면 더욱 기분이 좋아질 것입니다."(NA 28, 293)

괴테와 실러는 아홉 달이 채 못 되는 기간에 900개 이상의 「크세니엔」을 생산했고, 그중 4분의 3이 《문예연감》에 실렸다. 실러가 명명한 소위 "단독 2행시"들 중 103개는 「부드러운 크세니엔」이고 (익명으로 발표된) 풍자적 「크세니엔」은 414개이다. 19개의 2행시는 「일자(一者, Einer)」의 연작시를 이루고, 연작시 「다자(多者, Vielen)」는 18개의 2행시로 되어 있다. 또한 실러의 텍스트인 「남과 녀」는 17개의 2행시로 되어 있다. 그 밖의 개개의 2행시들은 원작자가 누구인가를 가려낼 수 없다는 것, 대부분의 「크세니엔」은 실러와 괴테가 공동으로 생각해낸 것이라는 것은 생산과정과 관련하여 이 두 작가의 기여도에 대해 흔히들 전해져 내려오는 신화 중 하나이다. 괴테가 1828년 12월 16일 에커만(Eckermann)에게 강조하여 말했듯이 원작자가 누구인지 알 수 없게 한 것이 바로 「크세니엔」의 파급효과를 위한 전략의 핵심 요소였던 것이다. 두 사람의 이해관계가 조화롭게 일치해서 생겨난 동맹의 강력한 증거 자료로 남게 하려 했다는 것이다. 이와 같은 동맹 관계에 아랑곳하지 않고 개인적인 동기와 문체의 특성들을 밝히면서 2행시마다 두 사람의 기여도를 따져보고 싶어하는 자에게는 당장에 소인배라는 낙인이 찍힌다. "이 시구가 누구의 것이냐고? 너희는 그걸 밝혀내기 힘들 것이다. / 가려내보라, 할 수 있거든, 오 코리촌트(Chorizont),* 여기서도!"

---

* 일반적으로 한 작가의 작품으로 간주되는 것에 상이한 작자들이 쓴 것이라고 주장하는 사람을 뜻함. 『일리아스』와 『오디세이아』가 각기 다른 작가가 지은 것이라고 주장한 고대 그리스

〔NA 1, 320(Nr. 91)〕

이와 같은 파급효과라는 복안을 염두에 두고 생각할 때 개별적인 기여도를 재구성해보는 작업은, 그것이 가능하다고 여겨질 경우에도, 그 의미가 미미하다 할 수밖에 없다. 《호렌》의 편집 작업은 주로 실러 자신이 한 것이 사실이고, 따라서 당연히 「크세니엔」 생산과정에서도 그의 입김이 괴테보다 더 강하게 작용했을 것이다. 생산된 2행시 전체의 거의 4분의 3은 통례상 실러의 작품으로 간주된다. 「부드러운 크세니엔」의 경우에도 이와 비슷한 수가 그에게 배당된다. 항상 되풀이해서 강조되는 것은 비교적 유화적인 괴테의 태도와 상대방에게 상처를 입히는 실러의 공격적 성향(특히 라이하르트와 슐레겔을 향한)[172] 사이에서 기인하는 문체상의 차이이다. 그러나 두 작가 자신의 언급들을 존중할 때 그들 사이의 그러한 뉘앙스 차이는 무게를 상실한다. 두 작가는 기회 있을 때마다 그들의 작품이 공동 작업으로 이루어졌음을 도처에서 암시한 것이다. 작품에서 화자는 개별적인 인물을 향해 비판을 하지만 스스로는 그러한 발언에 대해 개인적으로, 개별적으로 책임지려 하지 않는다. 「크세니엔」은 의도적으로 논쟁을 연출하는 매개자로서, 공동 작업에서 벗어나 독자적으로 작업하는 작가의 역할을 배제하고 있는 것이다. 이 점을 무시하면 「크세니엔」에 담긴 문학의 정치적 기능과 「크세니엔」에서 나오는 공격적인 폭발력을 간과하는 것이 될 것이다.

쾨르너는 《문예연감》이 출판된 후 조롱하는 경구들이 독자층에 끼친 영향에 관하여 다음과 같이 간결하게 사실적으로 평가했다. "나는 이 생산물의 탁월함을 높이 평가하네. 그것이 높은 의미에서의 놀이이기 때문이지. 당신은 깊이 생각하고 여러모로 검토해서 얻은 풍부한 열매들인 상상력

∴

의 문법학자 코리촌트에서 유래함.

의 멋진 그림들을, 아름다운 감정들을, 역겨운 어리석음들을 놀이하듯 다루었네. 그럼에도 불구하고 생각은 내용이 알차고 풍자의 가시는 예리함을 잃지 않고 있네. 논쟁적인 「크세니엔」에는 많은 경우 진지함이 지나치다 느껴지기도 하네."(NA 36/I, 345) 실제로는 사소한 일에 집착하는 태도 때문에 때때로 풍자적 경구가 재담의 효과를 잃어버리기도 하지만, 그럼에도 불구하고 「크세니엔」이 실린 《문예연감》은 상당한 판매 효과를 얻었다. 연감이 출간된 지 3주가 지났을 뿐인 10월 17일에 이미 실러는 드레스덴의 친구(쾨르너)에게, 수많은 주문이 쇄도하고 있다면서 엄청나게 성공적인 판매 현황에 관하여 다음과 같이 보고한다. "이제까지 1400부의 연감을 라이프치히 출판 박람회에 보냈네. 코타 출판사에는 400부가량 보냈고, 이곳 예나와 바이마르에서만도 108부가 팔렸다네. 이 두 도시에는 이미 12부 이상을 증정본으로 보냈는데도 말이네."(NA 28, 312) 10월 말까지 코타는 1000부 가까이 판매했고 실러 자신이 435부를 중개상인에게 넘겼다. 그 결과 500부를 추가로 인쇄하지 않을 수 없었는데 그것도 다음해 1월이 되기 전에 모두 판매되었다. 《크세니엔 연감》에 이어 출간된 《담시 연감》도 이와 비교될 만한 판매 부수에는 이르지 못하였다. 특히 문학적 결투의 배후 인물이 누구일까 하는 데에 관심이 쏠린 독자들이 추측해 보는 재미에 빠진 것이 「크세니엔」의 성공적인 판매 성과에 크게 기여하였음은 분명하다. 독일 문단의 대표자들은 「크세니엔」에서 조롱의 대상이 되고 있는 것이 자기 자신이 아닌가를 확인코자 했다면, 그러한 결투와 무관한 독자들로 하여금 「크세니엔」을 읽도록 몰아간 것은 일반적인 호기심이었다. 코타는 1796년 10월 말 실러에게 쓴 한 편지에서 "「크세니엔」이 선풍을 일으키고 있습니다. 매해 문학적 소란 현상을 기둥에 묶어놓고 조롱하는 것도 나쁘지는 않을 겁니다. 소재는 얼마든지 있으니까요"(NA 36/I,

357)라고 쓰고 있다. 그러나 「크세니엔」을 수록한 연감을 그 후 계속 찍어 내는 일을 실러는 (괴테 또한) 포기했다. 1800년과 1803년에 출간된 『시집(*Gedichte*)』에는 온건한 부류에 속하는 2행시 텍스트들이 개별적으로 수록되어 있을 뿐, 풍자적 「크세니엔」은 모두 빠졌다. 출판되지 않은 2행시들은 1893년에 가서야 비로소 에리히 슈미트(Erich Schmidt)와 베른하르트 주판(Bernhard Suphan)에 의해, 괴테의 하인인 가이스트(Geist)가 1796년 6월에 수록해놓은 것을 기초로 해서 편집될 수 있었다. 676수의 경구가 수록돼 있는 이 원고는 원래 인쇄될 것을 전제로 해서 만든 것이 아니었다.

동시대인들의 반응은 거의 비판 일색이었다. 흥분하는 경우가 대부분이었으나 드물게 무관심을 나타낸 경우도 있었다. 독자들은 「크세니엔」을 "출판의 자유를 최고도로 남용한 경우로" 간주했다고 괴테는 그의 『매년의 일기장(*Tag- und Jahreshefte*)』에서 회고하고 있다.[173] 신랄한 공격을 받은 만소는 1797년 요한 고트프리트 디크와 함께 「예나와 바이마르의 추잡한 요리사들에게 반대급부로 보내는 선물」을 발표했다. "숲이 소리를 받게 되면 그것을 되돌려주듯이 / 메아리 보내니 고맙게들 받으시오."[174] 빌란트는 개인적으로는 공격의 대상에서 빠져 있었으나, 《도이체 메르쿠어》에서 익명의 대화자를 내세워 ("그"가 하는 역할로) 「크세니엔」의 오만함을 꾸짖었다. 그리고 자기가 하는 비판은 독일 전체 독자의 통일된 목소리와 일치하는 것이라고 다음과 같이 설명했다. "이 2행시들의 저자들이 공적 사회에서 존경받고 있는 인물들에게 퍼부어대는 오물, 야유와 변덕과 쓸개와 독약과 쓰레기로 뒤범벅된 그 오물이 모든 종류의 독자들에게서 불러일으킨 분노는 일반적인 성격의 것이다. 그 분노를 내뱉는 소리 크기도 하구나."[175]

개인적으로 조롱당한 프리드리히 니콜라이는 분통이 터져, 조롱시들은

"독일 문단에 나타난 가장 저질의 비방 글"이라며 화를 냈다.[176) 만소와 니콜라이, 프리드리히 슐레겔과 나란히 「크세니엔」 저자들에게 조롱을 많이 당한 요한 라이하르트는 1796년 12월 초에 자기가 주관하는 잡지 《독일 극장 저널》에 독자를 향한 발행인의 성명서를 실었다. 이 성명서에서 그는 실러에게 자기와 자기 잡지를 겨냥한 "모함의 원작자" 이름을 밝히라고 요구하면서, 그렇게 하지 않을 경우 "그를 몰염치한 인간"으로 취급하겠다고 했다. 근본적으로 그는 실러의 "천박하고 비열한 태도"를 중간급밖에 안 되는 작가임을 드러내주는 증거로 간주한다는 것이다. "중간급 작가의 재능과 노력은 부도덕한 것에 의해 몸이 더럽혀지는 경우에도 자기 명예를 지킬 줄 아는 그런 진짜 천재와는 결코 같은 단계에 설 수 없기에 하는 말"이라는 것이다.[177) 아우구스트 아담 프리드리히 헤닝스(August Adam Friedrich Hennings)는 「고통받는 인간의 연대기(Annalen der leidenden Menschheit)」에서 「크세니엔」에 대한 사회의 관심은 독자층의 빈약한 교양 수준을 말해주는 것이라며 다음과 같이 쓰고 있다. "실러의 《문예연감》을 구하고자 하는 갈망이 저자들을 명예롭지 못하게 해주는 현상인지, 또는 독자층을 불명예스럽게 만드는 것인지 판단하기가 어렵다. 그러나 여하간 이러한 종류의 현상이 한 국민의 정신문화에 유익하지 않음은 분명하다. 그러한 현상은 일반적으로 정신문화가 저하하는 시기를 말해주는 것이다."(NA 29, 404)

「크세니엔」에 대해 가장 무게 있는 비판을 가한 사람은 크리스티안 가르베이다. 그는 자기 친구인 만소에 대한 신랄한 공격을 문제 삼아 「크세니엔」의 논쟁적 성향 자체를 저자들이 평소에 내세우던 의연함의 차원과는 전혀 다른 소인배들에서나 볼 수 있는 복수심의 소산이라면서 다음과 같이 배척한다. "자기에게 모욕감을 준 일이 전혀 없는 사람의 마음을 고의적으로 아프게 하고, 사람들이 마음에서 우러나 진정으로 존경하는 업적을 깔아뭉개고, 타인의 글과 성품에 내재하는 선함을 고의로 부인하고, 모든 진리에 관한 그리고 내면적 신념에 관한 실수를 침소봉대하는 사람들. 이러한 사람들이 어찌 스스로를 용서할 수 있겠는가, 그런데 그들 스스로는 공적 사회에서 존경을 받고 있지 않은가, 그들의 더욱 고상한 정신력은 어떠한 모욕을 당하거나 경쟁심에 휘말리더라도 그들이 누리고 있는 공적 존경심으로 초연하게 대처해야 될 것이 아닌가, 저급한 수준의 작가나 학자가 그러한 모욕을 당하거나 경쟁심에 휘말리면 고상하지 못한 복수심이 폭발할 것 같은 지경에 이르기 마련이겠지만 말이다."(NA 37/I, 136) 코펜하겐에 있는 실러의 후원자들 또한 「크세니엔」에 대해서는 도저히 이해할 수 없다는 반응을 보였다. 백작 부인 시멜만은 〔덴마크의 시인〕 바게센이 자기의 불쾌감을 분명하게 말했고, 「크세니엔」 작품을 "완전히 괴물 같은 산물(production toute monstrueuse)"이라 평했다고 말한다.(NA 36/ II, 387) 1797년 1월 말에 여동생에게 보낸 한 편지에서 아우구스텐부르크의 왕자는 다음과 같이 쓰고 있다. "실러에 대한 내 존경심은 그의 「크세니엔」 때문에 거의 전부 사라졌다." 심지어 그는 순종하지 않는 예전의 연구비 수령자에게 보복을 할 생각까지 했다. 그의 내면에 반감이 어디까지 미치고 있는지 알 수 있는 대목이다. "실러에게 가장 뼈아픈 벌은 그에게서 공격을 받은 사람들 모두가 입을 다물고 침묵하는 것이리라."[178] 빌란트와 라이하르트에게서 여운(餘韻)으로 들리던 것이 가르베와 왕자에게서는 또렷한 언어로 토로되고 있는 것이다. 그들의 격분을 산 것은 「크세니엔」이 주로 개인적인 것을 공격의 표적으로 삼은 점이다. 「크세니엔」의 이러한 성향은 고트셰트에서 리히텐베르크에 이르기까지 계몽주의자들의 풍자문학에서 통용되던 철칙, 즉 순수한 사실에 입각한 풍자여야 한다는 원칙에서 벗어난 것이었다.〔계몽주의 풍자문학에서 리스코프(Christian Ludwig Liscow, 1701~1760)* 의 공격적인 풍자 글들은 예외적인 것이었다〕. 고틀리프 빌헬름 라베너(Gottlieb Wilhelm Rabener)는 「공한(公翰, Sendschreiben)」(1742)에서 다음과 같이 반론의 여지를 허용치 않는 선언을 했다. "풍자는 악덕 행위를 꾸짖어야 한다, 그러나 사람을 공격해서는 안 된다."[179)]

풍자적 2행시에 대한 동시대인들의 과민한 반응〔'안티 크세니엔(Anti-Xenien)'을 모은 시집이 30여 종이나 된다〕은 그들이 논쟁을 흥미 삼아 즐겼음을, 그러나 동시에 그들에겐 의연한 태도가 없었음을 명백히 보여주는 것이기도 하다. 프리드리히 슐레겔만은 예외였다. 그는 자기를 향해 퍼부어댄 풍자시들을 의연하게 받아들이면서, 자기는 실사(實事)를 밝히기 위해 예리하게 전개된 논쟁을 높이 평가하노라고 단정적으로 강조한 것이다. 괴테가 직전 해에 "문학적 상퀼로트(Sansculotten)"**라고 신랄하게 책망한 다니엘 예니시의 반응은 독특한 데가 없지 않았다. 그는 1797년에 출간한 일종의 충고가 담긴 책에서 의도적으로 가상의 인물을 등장시켜 「크세니엔」이 넌지시 암시하고 있는 배후의 인물들이 누구인지 밝히겠다고 했다. 그러고는 호기심 많은 동시대인들을 속여가면서 그들로 하여금 사실과 다른 추측을 하도록 유혹한 것이다. 그와 같이 장난 삼아 조작한 문학 논쟁은 결코 곧이곧대로 믿어서는 아니 될 일이었다. 그로 인하여 자기가 「크세니엔」의 표적이었다고 잘못 알게 된 사람들의 발언들에서 드러난 흥분과 분노가 그 점을 증명해준다. 다른 한편 괴테와 실러의 낯선(결코 비독창적이기만 한 것은 아닌) 예술관들에 대한 "편협한 태도"[180)]에도 문제가 없지는 않

* 계몽주의 시대의 풍자적 저술가.

** 프랑스 혁명 시 과격파의 별명.

다. 그들의 그와 같은 태도는 예술에 관한 자신들의 신념을 동시대인들이 근본적으로 오해하고 잘못 해석들 하는 데 대한 실망감의 표출이었다. 조롱의 대상이 된 당사자들의 반응을 자기중심적인 예민성으로 치부했지만, 그들을 조롱한 사람들의 풍자야말로 무엇보다도 자기중심적 예민성에서 생겨났다 할 것이다.

물론 「크세니엔」의 성난 어조는 독일의 정신적 정예라 자처하며 자기들의 의고주의적 예술론은 받아들이라고 통보하는 괴테와 실러가 1800년을 전후해서 독일 문단에서 비교적 고립된 상태에 있었음을 보여주는 것이기도 했다. 그들의 예술론에서 표현되고 있는 취향 정치적인 "에클레시아 밀리탄스(Ecclesia militans)"*〔이것은 실러가 《호렌》과 관련하여 한 말이다(NA 28, 93)〕는 어디까지나 개인적으로 조직된 사업이었다. 그가 모을 수 있는 동지들은 처음부터 극소수에 불과했던 것이다. 그의 충실한 친구인 쾨르너와 특히 훔볼트, 하인리히 마이어, 볼트만, 충성스러운 코타가 그들이다. 이와 같이 조직의 강령상 어쩔 수 없던 고립에다 곧 독자들이 마음을 열지 않는 데 대한 실망감까지 가세했으니, 이와 같은 상황에 대해 어느 정도 값을 치르지 않을 수 없다는 것을 두 작가는 통찰하고 있었다. 실러의 시 「세상의 분할」에 대한 공개적인 비판으로 자기 자신이 비판받은 셈이 되었고, 다른 한편 자기 자신이 실러를 옹호하기 위해 문학적 과격주의(Literarischen Sansculottismus)를 반박하는 논문을 발표하고 난 후인 1795년 12월 26일에 이미 괴테는 다음과 같은 기본적 취지의 설명을 했다. "우리 두 사람이 각기 개인적으로 한 작업의 저자로 독자들이 우리 두 사람을 혼돈하고 있는 것이 나로서는 전혀 싫지 않습니다. 그것은 우리가 점점 매너리즘에서

* 전투적 교회.

벗어나 보편적인 선의 경지로 들어가고 있음을 말해주는 것이니까요. 그건 그렇지만 또한 생각해볼 일은, 우리가 한 손으로는 함께 일하고, 다른 한 손으로는 자연이 우리에게 허락해준 것을 마음껏 펼친다면 상당한 범위의 독자층을 확보할 수 있으리라는 것입니다."(NA 36/I, 64) 의고주의적 취미 교육의 입장에서 넓은 분야에서 협조하는 동맹 관계에 있던 차에 《호렌》에 대해 실망하는 여론이 계기가 되어 개인적으로 서로의 가치를 인정하는 바탕 위에서 괴테와 실러의 공동 작업인 「크세니엔」이 생겨났던 것이다. 독자층이 그들을 멀리하게 된 원인의 제공자는 그들 자신이었다. 즉 그들은 자기네의 개성적인 목표 설정의 근간을 계속 확인한 것이다. 필요한 경우 시대정신의 냉랭한 분위기에, 그리고 그것이 지향하는, 그들의 예술관과는 다른 야망들에도 맞서기까지 하면서 말이다.

논쟁적 시대 비판

「크세니엔」과 「부드러운 크세니엔」의 경향들

1796년 12월 22일 코타는 실러에게 다음과 같이 편지한다. "선생님께서 시간의 여유가 있게 되시면 한번 몇몇 「크세니엔」 시구에 대해 주석을 달아주시기를 부탁드립니다. 모든 것을 이해할 수 있게 되길 바라는 마음에서입니다."(NA 36/I, 410) 그러나 암호들의 배후를 모두 밝히는 일은 오늘날에 이르기까지 아직도 완전하게 성공하지 못하였다. 그보다 더 중요한 것은 「크세니엔」의 원고 뭉치 자체의 구조가 어떻게 되어 있으며 의도된 구조로 얻고자 한 효과가 무엇이며, 그리고 궁극적으로는 그러한 효과로 어떠한 문학 정치적 주장을 하려 했던가 하는 문제들일 것이다. 풍자적 단독 2행시(Monodistichen)들이 겨냥한 표적은 두 가지 부류이다. 그 하나는 굳을 대로 굳어 있어 지성인으로서나, 예술가로서나 독창적 기능을 상실한 보수주의이고, 다른 부류는 독일 자코뱅류의 과격주의와 슐레겔 주변 인물들의 탈중심적 성향이다. 이 슐레겔 동아리에는 1790년대 중반만 해도 아직은 본질적이고 강령적인 주도 이념이 없었다. 당대 문학의 거의 모든 흐름이 「크세니엔」의 비판적 관찰 대상이었다. 개개인의 성향이 별로 비중이 없다고 생각되는 경우에는 작가들을 그룹이나 부류로 묶어서 취급했다. 프리드리히 니콜라이(후에 하이네는 그를 "이성의 수난자"[181]라 불렀다), 만소, 미학자 요한 요아힘 에셴부르크, 언어 연구가 요한 크리스토프 아델룽(Johann Christoph Adelung) 등으로 대표되는 후기 계몽주의의 어중간한 인물들의 성향(Nr. 140~142, 184, 197, 353; 36~40; 139~140), 통속문학의 인기주의〔그 대표적인 예가 아우구스트 폰 코체부의 작품들이다(Nr. 271)〕, 감상적 몽상과 그와 유사한 종교적 색채를 띤 온갖 편협한 사고 유형들〔그 대표적 인물들이 프리드리히 레오폴트 추 슈톨베르크와 마티아스 클라우디우스, 융슈틸링(Jung-Stilling) 그리고 라바터(Nr. 15~21)와 게오르크 포르스터(Nr. 336~337)이다〕, 독일의 자코뱅들이라고 잘못 알려진 과격분자들의 프랑스 혁명에 대한 열광〔그 선두 주자가 요한 프리드리히 라이하르트(Nr. 80, 208)이다〕 그리고 특히 젊은 작가 세대의 궤변에 가까운 비판주의〔주로 프리드리히 슐레겔이 풍자의 표적이었다(Nr. 301~308, 320~331)〕 등이 그것이다.

심지어 지성의 권위자들인 조지 버클리, 데이비드 흄 또는 칸트도 거리낌 없는 특성 묘사의 대상이 된다.(Nr. 377, 385, 388) 실러가 대학 시절 존경해 마지않던 클롭슈토크도 「크세니엔」의 검토 대상이 된다.(Nr. 11, 131) 특이한 것은 이들과는 달리 빌란트는 공격을 받지 않았다는 점이다. 그에 관해서는 전혀 공격적이지 않은, 거의 애정이 담긴 어조로 (끝없이 이어지는 그의 문장 구조를 빗대어가면서) 묘사하고 있다. "그대의 산문에서처럼 그대의 생명의 거미줄이 줄줄이 이어지길 바라네. / 라케시스(Lachesis)*가 잠들고 말았으니 저걸 어쩌지."〔NA I, 343, (Nr. 280)〕 요한 하인리히 포스와 가르베의 경우와 비슷하게 「크세니엔」은 빌란트를, 비판적 관찰의 대상이 된 시대정신의 성향들에 대항하는 카드로 활용한다.(Nr. 10, 129, 156) 이와 같은 일이 레싱에게도 일어난다. 니콜라이와 대조적인 인물로 묘사되고 있는 것이다.(Nr. 196)[182] 장 파울에게는 아무런 해도 되지 않는 일침이 가해진다.(Nr. 41) 그의 기고만장하는 예술가 기백을 조롱하는, 핵심을 찌른 경구 두 개는 출판되지 않았다.〔Nr. 2/I, 84 이하(Nr. 499, 502)〕[183] 끝내 전혀 괴롭힘을 당하지 않은 유일한 사람은 헤르더이다. 특히 고도로 과민한 그의 성격과 괴테와의 오랜 기간에 걸친 친구 관계를 고려해서일 것이다. 맘만 있었다면 얼마든지 공격할 데가 충분히 있었으리라는 것은 1796년에 (헤르더의) 「인도주의 고취를 위한 편지」의 모음집 제7권과 8권이 출간되었을 때 그것을 지루해하며 거부하던 실러의 반응이 잘 말해준다.(NA 28, 227 이하)

「크세니엔」이 배척하는 인사들 대부분이 여러 해 전에는 괴테와 실러가 개인적으로 왕래하던 사람들임은 확인되는 사실이다. 다만 브레슬라우에 있는 오랜 전통의 〔한때 크리스티안 그리피우스(Christian Gryphius)가 교장으로 있었던〕 마그달레넨 김나지움의 교장이던 만소와, 1765년 이래로 현존하고 있는 《독일 문학 총서(*Die Alllgemeine deutsche Bibliothek*)》의 발행인인 니콜라이는 개인적으로 잘 모르는 사이였다. 니콜라이는 주제넘게 「젊은 베르테르의 슬픔」을 패러디(Werther-Parodie) 한 이래로 괴테의 멸시를 받게 된 인물이기도 하다(그는 1781년 7월에 슈투트가르트에서 실러를 잠깐 방문한 적이 있지만, 이 방문 사실을 당사자들은 양자 공히 기억하지 못했다). 이 두

* 그리스 신화에서 운명의 3여신(Fates)의 하나로, 인간 생명의 실의 길이를 정함.

사람과는 달리 슈톨베르크, 라이하르트, 프리드리히 슐레겔 등은 처음에는 가까이 지내다가 후에 가서 사사건건 부딪치게 된 경우들이다. 프리드리히 레오폴트 그라프 추 슈톨베르크는 반목하게 된 당시 오이틴(Eutin)의 정부 수반이었다. 그는 1775년 여름 두 살 위인 형 크리스티안을 대동하고 괴테와 함께 스위스 여행길에 올라 고트하르트까지 갔다. 그러나 당시의 유행에 따라 베르테르 복장(노랑색 바지와 조끼에 노랑 단추가 달린 푸른 연미복을 입고 윗부분을 밖으로 접어재낀 갈색 장화를 신고 회색 모자를 쓴 복장)을 하고 천재라 자처하길 즐기던 이 젊은이들의 친구 관계는 몇 해 가지 않았다. 법학을 공부한 슈톨베르크는 클롭슈토크와 마티아스 클라우디우스 주변의 무리들과 어울리더니 공개적으로도 맹신적 기독교의 옹호자로 나섰고 (예컨대 「그리스의 신들」에 대한 비판에서) 그러한 위선 떠는 작태가 한때 동지였던 괴테를 화나게 만든 것이다. 슈톨베르크는 1795년에 출간된 그의 플라톤 『대화편』 번역의 머리말에서 고대 그리스의 다신론과 기독교의 유사점을 증명하려 시도했는데, 이에 화가 난 괴테는 1795년 11월 25일에 실러에게 보낸 편지에서 그것을 "남작의 목욕탕에서 나온 최근의 구정물"(NA 36/I, 29)이라 칭하고 있다. 한때 친구라 여기던 사람의 지성적 변모에 대한 실망감이, 그리고 실러의 경우에는 《도이체스 무제움》에 발표한 서평에서처럼 종교적인 차원의 가치판단의 척도를 미학 차원의 가치판단의 척도에 잘못 접목하고 있는 점에 대한 짜증이 일었고, 가끔씩 기회가 닿을 때에 평론을 발표하는 것에 불과한 슈톨베르크에 대해 조롱의 경구들을 퍼붓게 된 것이다. 슈톨베르크는 그로부터 겨우 4년이 지난 후에 낭만주의적 시대정신에 앞장서 가기라도 하려는 듯 가톨릭으로 개종했다.

비판적인 평론가요 베를린의 궁정 악사장인 요한 프리드리히 라이하르트와는 괴테나 실러나 개인적으로 아는 사이였다. 라이하르트는 실러의 시들(그중에는 「환희에 부쳐」, 「처녀의 탄식」, 「여인들의 기품」 등이 포함됨)을 그리고 괴테의 노래극과 소품 희곡들(예컨대 「클라우디네 폰 빌라 벨라」)에 곡을 붙였다. 그는 또한 문학작품을 토대로 하여 만든 오페라(특히 1787년 뷔르거가 번역한 셰익스피어 작품 「맥베스」)의 작곡가로서 유명했다. 1780년대 말 베를린에서 인기가 떨어지기 시작하자 그는 괴테와 가까워지려 시도했다. 구상하고 있던 오페라 작곡에 괴테의 협력을 얻고 싶었던 것이다. 1789년 4월 그는 처음으로 실러를 예방했다. 그런데 그에 대한 실러의 판단은 부정적이었다. "그자보다 더 무례한 사람은 찾기 힘들 것입니다. 하늘이 내게 그런 사람도 마주치게 하다니, 여하튼 나는 그와의 관계를 이겨내지 않을 수 없게 됐습니다. 방 안에 있는 어떠한 서류도 그 사람 앞에서는 안전하지 않습니다. 그는 모든 일에 참견합니다. 내가 들은 바대로 그의 앞에서는 말을 아주 조심해야 될 것 같습니다."(NA 25, 251) 괴테가 처음에는 라이하르트에 대해서 비교적 덜 삼가야 할 인물로 느끼고 있었음을 우리는 1790년 2월 28일에 쓴 한 솔직한 편지에서 알 수 있다. 라이하르트에게 쓴 이 편지에서 그는 독일 관객들은 예술을 이해하지 못한다는 점을 그에게 다음과 같이 지적해주고 있다. "독일 사람은 평균적으로 볼 때 올바르고 우직합니다. 그러나 한 예술 작품이 지니고 있는 독창성, 새로움, 성격, 통일성 그리고 한 예술 작품의 실행 등에 관해서는 아무런 개념도 없습니다. 즉 한마디로 그들은 아무런 취미도 없는 것입니다." 후에 그를 풍자하는 「크세니엔」 작전이 전개된 것을 생각할 때, 이 말은 미묘한 감을 일으키게 하는 대목이 아닐 수 없다.[184]

「크세니엔」 원고 뭉치 안에는 라인하르트를 겨냥한 경구가 70편 이상이나 들어 있다. 이것은 그가 발표한 정치적 평론들에 대한 반발이 그만큼 잦았음을 말해준다. 그는 1792년 베를린의 직장에서 얻은 3년간의 휴가를 이용해서 파리로 여행했다. 프랑스 혁명을 구경하러 가는 관광객으로서가 아니라, 혁명에 동조하는 동시대인으로서 간 것이다. 그 후 얼마 지나지 않아 그는 두 권으로 된 『프랑스에서 정통한 사정을 전하는 서한』을 '프라이(J. Frei)'라는 익명으로 출간했다. 이 책에서 그는 이성에 의한 자코뱅파의 독재를 전적으로 비판적으로 평가하면서도 국민의회가 결정한 정책들을 올바르게 인정해주어야 하고 헌법 제정을 위한 국민의회의 노력을 잘잘못을 가려 세심하게 평가해야 한다는 논지를 전개했다. 1794년 가을 왕권 국가 제도를 부정하면서 민심을 소란시키고 있다는 무책임한 정보를 근거로 궁정 악사장의 공직을 잃게 된 후 라이하르트는 베를린에서 잡지 발행인으로 활동했다(이것은 물론 그가 《호렌》의 반갑지 않은 경쟁자가 됐음을 의미한다). 자신의 정기간행물 《프랑스(*Frankreich*)》(1795~1805)와 《독일 극장 저널》〔1796년 웅거(Unger) 출판사에서 출간된 네 권짜리〕에서 그는 단호하게 공화제 이념을 찬양하는 입장에서 《호렌》의 비정치적 프로그램에 대해 비판하는 글도 썼던 것이다. 그의 잡지 《독일 극장 저널》은 그 첫 호에 실러의 《문예연감》에 대한 프리드리히 슐레겔의 공격의 글을 실었다. 그로써 「크세니엔」으로 하여금 비판적 반격을 하게 한 첫 원인 제공자가 되었던 것이다. 프랑스 혁명에 우호적인 라이하르트의 (과장되게 그리 보이려 했던) 진보적 입장에 대한 객관적 근거에 입각한 저항심에다, 다른 경우들에서 그러했듯이 이 경우에도 개인적인 앙갚음과 경쟁적 사고가 풍자적 반격의 동기로 작용했던 것이다.[185)]

「크세니엔」 연작시구의 구조는 연극의 질서 원칙에 따르고 있다. 즉 라이프치히의 성문에서 출발하여 그곳의 출판 박람회로 가서 전시품들과 뛰어난 작가들을 순방하는 비판적 시대 여행을 반영한다.(Nr. 8~67) 그럼으로써 작품들과 각종 문학 형태, 철학적 텍스트와 잡지들을〔이따금씩 달력의 매월에 정해져 있는 열두 짐승(Nr. 68~89)과 하천 이름(Nr. 97~113)을 비유적으로 활용하여) 하나하나 조명한다.(Nr. 159~331) 그리고 마지막에 가서는『아이네이스』에서 따온 한 문구(「내가 연옥을 옮길 것이다」(VII, v. 312))를 제목으로 하고 호메로스의『일리아스』제11장을 모델로 삼아 독자를 저승으로 안내한다.(Nr. 332~413) 그리고 마지막으로 셰익스피어의 유령과 마주치게 된다.(Nr. 390~412)

「크세니엔」에 나와 있는 비판적 족적을 따라가며 관찰해보면 그 전제가 되고 있는 두 작가의 미학상 신념과 만나게 된다. 처음부터 끝까지 그 기초가 되고 있는 것은 텍스트의 풍자적 전략을 조종하는 자신들의 입장이 진보적인 것이라는 의식이다. 이것은 여기서 피력되고 있는 생각들에는 의심의 여지 없이 혁신력과 창의성이 있다고 여기는 의식이며, 슐레겔 주변 인물들에 대해서와 같이 후기 계몽주의에 대해서 선을 긋는 이러한 의식은 논쟁의 여지 없이 자화상의 반영인 것이다. 이와 같은 태도는 18세기 중엽 이성을 기초로 한 도덕 체계로 개혁을 하려던 계몽주의의 꿈이 반영된 역할시(役割詩, Rollengedicht)들에서 뚜렷하게 드러난다.「옛 독일 비극(Alte Deutsche Tragödie)」이라는 제목의 다음과 같은 2행시가 있다. "짠 맛 가득, 촌철 경구 가득, / 그런데 넌 우리들의 감춰진 죽마의 미뉴에트 걸음."〔NA I, 347(Nr. 315)〕 요한 엘리아스 슐레겔, 요한 프리드리히 폰 크로네크(Johann Friedrich von Cronegk), 펠릭스 바이세 등으로 대표되는 독일 의고주의적 비극(tragödie classique) 형식에 대한 공격은「크세니엔」저자들의 높은 예술가적 자의식을 고려할 경우에만 이해가 가능하다. 비판의 전제 조건은 의고주의와 역사적 사고를 화해시키는 유개념이라 여겨진다. 이것은 당시 민감했던 개념으로, 괴테와 실러가 자신들이 그 개념의 대표자라고 생각하고 있었음에는 의심의 여지가 없다.

일관되게 비판은 프리드리히 슐레겔의 「고대 그리스의 시문학 연구에 관하여」에 드러나 있는 고대 그리스에 대한 열광, 그리스 문화에 대한 광신처럼 꺾이지 않은 그 열광에 집중되었다. 예나의 소장 작가들이 '현대적인 것(Modernes)'을 내세우는 진영을 기초로 하여 새로운 방향을 아직 완전히 설정하지 못하고, 다만 개별 작가의 평가들(예컨대 셰익스피어를 현시대의 천재로 평가)로 독자층을 놀라게 하고 있던 시점에 괴테와 실러는 젊은 세대의 고대 숭배를 가면을 쓴 보수주의로 매도하는 일에 전념한 것이다. 다른 한편으로는 이 젊은 세대의 보수주의에서 자신들의 미학을 개선할 힘을 얻기도 했다. 「가장 새로 나온 주장」이라는 제하의 2행시를 내는데, 이는 또다시 역할시 형태로 되어 있다. "현대 작가들의 시에는 특색이 전혀 없다, / 그들은 다만 특색을 지니려고 시간 낭비만 하고 있을 뿐이니까."〔NA 1, 349(Nr. 324)〕 이 시구는 슐레겔의 「고대 그리스의 시문학 연구에 관하여」에 있는 대목과 관련된 것이다. 슐레겔의 이 논문은 출판 기술상의 사정 때문에 출판이 지연되어 1797년 초에야 논문집 『그리스인과 로마인』에 편입되어 출간되었다. 그러나 실러는 아우구스트 빌헬름 슐레겔을 통하여 이미 1796년 5월 중순에 10필지(筆紙)(논문 전체 분량의 거의 절반에 해당함)를 받아 읽었다. 실러가 읽은 분량의 같은 내용이 두 달 뒤에 라이하르트의 잡지 《독일 극장 저널》 제6호에 실렸다. 이 잡지는 직전 해 늦겨울에 이미 「고대 그리스의 시문학 연구에 관하여」 중 괴테 인물평을 실은 바 있었다. 슐레겔의 논문에는 "특성 없음이 현대시의 유일한 특성으로 보인다. 혼란함이 현대시 대부분의 공통점이요, 무법칙이 현대시 역사의 정신이다. 그리고 회의주의가 현대시 이론의 결과물이다"[186]라고 쓰여 있다. 현대 예술에 대한 이 같은 비판(슐레겔에게 그것은 체계적인 새 이론을 정립하기 위한 예비 운동에 불과한 것이었다)을 실러는 자기가 구상한 감상적 문학에 대한 공격으로 이해했다. 슐레겔에 대한 공격 내용을 자세히 살펴보면, 슐레겔의 「고대 그리스의 시문학 연구에 관하여」를 도그마적인 의고주의라고 잘못 이해하고 이에 대한 자기의 우월감을 과시한 것임을 알게 된다. 그런데 「고대 그리스의 시문학 연구에 관하여」는 어느 곳에서도 도그마적인 의고주의를 내세우고 있지 않는 것이다. 「고대 그리스의 시문학 연구에 관하여」에서 전개된 고대 그리스 관련 이론이 "새로운 시의 재탄생(Wiedergeburt der neuern Poesie)"[187]이라는 독자를 흥분시키는 스케치로 끝맺고 있음을 텍스트의 전반부에 해당하는 10필지의 원고밖에 읽지 않은 실러로서는 알 수가 없었던 것이다. 슐레겔에 있어서 고대 그리스에 대한 열광 전체가 1797년 이후 얼마나 신속하게 탈중심적인(이 또한 실러에게는 수상하기 짝이 없다) 현대성의 개념으로 뒤바뀌리라는 것을 비판자들은 당시의 시점에는 누구든 짐작조차 하지 못한 것이다.[188]

「크세니엔」의 저자들(실러와 괴테)이 자신들의 작품을 미학 이론과 예술 비판에 관한 성찰 과정에 포함하고 있는 것은 「크세니엔」 연출 방식들 중 하나이다. 괴테의 작품들인 「동화집(Märchen)」, 「여우 라이네케(Reineke Fuchs)」, 「수업 시대」(Nr. 137, 270, 283)와 실러의 「강신술사」, 《문예연감》, 《호렌》, 「여인들의 기품」(Nr. 138, 249, 260, 305) 등이 예로서 명시되고 있거니와, 이들은 꺼리김없이 자기들 작품을 인용하는 것이 비판적 논쟁 행위를 전개함에 있어서 어떤 의미를 갖는지 보여준다. 그들이 자신들 텍스트의 예술적 수준을 타자들의 문학작품을 평가하는 잣대로 삼음으로써 「크세니엔」은 자기 정체성을 보장해주는 기능까지 충족한 것이다. 그러나 여기서 명시적으로 표명되지는 않지만 암암리에 미적 판단의 기준으로 전제되어 있는 것은 개개 작품들이 지닌 현대성의 등급이다. 그런데 크세니엔의 작가들 자신의 작품들에 있어서는 이 점이 무시되고 있다.

독일 문학에 대한 비판적 조명 외에 「크세니엔」에 등장하는 것이 정치적 주제들에 관한 논의이다. 공격의 대상은 지속적인 자아 육성의 능력(점진적 개혁 전망)이 상실된 혁명적 시대의 불안감과 회오리치는 변화(Nr. 93), 유토피아적인 자기중심적 사고(Nr. 32), 동시대인들의 범용성(凡庸性)(Nr. 31), 자연에 의해 주어진 것으로 여겨지던 사회 계층 간 경계가 무너져가는 현상(Nr. 158) 등 민족국가적 편협성의 성향들이다. 이로 말미암아 교양과 권력의 차이는 확대될 것이요, 이들을 극복하지 않고는 자유는 불가능한 일로 보인 것이다. "독일? 하지만 그게 어디에 있는가? 나는 그런 나라가 어디에 있는지 찾을 수가 없다. 학자적인 것이 시작되는 곳에서 정치적인 것은 없어진다."〔NA 1, 320(Nr. 95)〕 잘못된 방향이라 보이던 중심 지향적 해결책에 맞서, 인간에게 주어진 능력을 개성적으로 발휘하는 것이 바람직한 해결책임을 주장하는 경구도 있다. 이 경구에 앞서 한 해 전에 이미 괴테는 논문 「문학계의 극단주의」에서 중심 지향적 해결책을 배척한 바 있는데, 이 경구는 아마도 「크세니엔」 중에서 가장 많이 인용된 2행시라 여겨진다. "독일인들이여, 너희는 국민 의식을 형성하려 하지만, 그것은 희망사항일 뿐, 헛수고가 될 것이다. 그 대신 너희는 자유인이 되도록 노력하라, 너희는 그것을 할 수 있다."〔(NA 1, 320(Nr. 96)〕 1801년 늦여름에 실러가 개요를 잡은, 프랑스에 유리하게 채택된 뤼네빌 평화조약*(1801년 2월 9일)에 대한 반응을 보여주는 시의 초고에 대한 메모들은 6년 후 피히테가 쓴 「독일 국민에게 고함」과 마찬가지로 유럽 전체에는 아무런 영향도 끼치지 못했지만 이

* 뤼네빌은 프랑스와 독일의 국경 지역인 로트링겐 지방에 위치한 소규모 공업 도시임. 이곳에서 1801년 (나폴레옹 전쟁 시기) 프랑스와 프로이센-오스트리아 연합군 간에 휴전협정이 체결됐음.

데올로기적으로 화석화된 문화민족의 자화상을 지성적으로 당당하게 요약해 보여주는 글이다. "독일인은 다 쓰러져가는 낡은 집에 살고 있다. 그러나 그는 의젓한 거주자이다. 정치 질서가 흔들리는 시절에 정신적인 것은 계속 스스로를 다지고 완성해갔다."(NA 2/I, 431)

〔풍자적 내용의〕「크세니엔」 앞에 배치된 「부드러운 크세니엔」은 그와 같은 시사적 주제들을 부차적으로만 다루고 있다. 여기서 교훈적이거나 격언적인 2행시들이 주로 다루고 있는 주제들은 인간학과 철학, 예술 이론과 관련된 문제들이다. 일반적으로 퍼져 있는 견해와는 달리 이들 「부드러운 크세니엔」 또한 풍자적으로 급소를 찌르는 용기를 보여주기도 한다. 경우에 따라서는 심지어 공격적인 성향까지도 띤다. 그러나 「크세니엔」과는 달리 결코 개개인의 인격을 겨냥하지 않는다. 언제나 객관적인 관찰을 바탕으로 삶의 실용적 측면을 서술하는 차원에 머문다. 이와 같은 격언 시구들의 특징은 일반적으로 교훈적이라는 것이다. 이 특징으로 이 시구들은 《문예연감》과 《호렌》에 기고한 실러의 격언시들뿐 아니라, 그보다 훨씬 후에 출간된 (산문으로 된 것이기는 하나) 괴테의 「격언과 성찰(Maximen und Reflexionen)」, 「편력 시대」에 포함되어 있는 격언시들, 그리고 1816년에 창간된 잡지 《예술과 고대에 관하여(*Ueber Kunst und Alterthum*)》에 기고한 글들에서 발췌한 일련의 격언시들과도 맥이 통한다. 인간학에서 다루고 있는 문제들〔정서적 태도들, 지성적 기질들, 지각(知覺) 구조들 및 판단 형성(Nr. 48, 64~65, 23~24)〕과 더불어 과학적 인식(Nr. 35~36), 미적 경험(Nr. 63), 얼치기 예술들(Nr. 87), 규칙과 천재성의 관계(Nr. 67~68), 예술 평론(Nr. 88, 92)의 문제들이 다루어지고 있다. 괴테는 뉴턴의 분석적 광학에 대한 의구심을 이미 1793년에 「색채론의 요소들을 발견하기 위한 시론」에서 표현한 적이 있는데, 이를 「크세니엔」(Nr. 164~176)에서도 나타냈다.(Nr.

31) 조롱의 시들에 드러나고 있는 관객 비난 또한 더 온건한 형태이기는 하나, 똑같이 단호한 태도로 「부드러운 크세니엔」에서도 반복된다. "높은 곳에서 박수 받는 작가는 행복한 작가라 부르고자 한다. 독일인은 그에 대해 허리를 굽히지 않을 수 없구나."〔NA 1, 303(Nr. 95)〕

중간 기량의 예술가들과 얼치기 예술은 「부드러운 크세니엔」에서도 자주 공격받는 표적들이다. 이 주제들은 3년 후에 괴테의 「수집가와 그의 사람들(Der Sammler und die seinigen)」에 이어 곧 공동으로 작성한 강령적 성격의 초안에서 주제가 된다. 연작시가 미적 효력에 관한 수많은 2행시구들로 끝맺는 것은 결코 우연이 아니다. 마지막에 있는 「초대받지 않은 자들」과 「수다쟁이들」에 대한 투쟁은 「부드러운 크세니엔」으로부터 거친 「선물」에 이르는 도정을 보여준다. "좋은 것을 예술에서 요구하는가, 너희는? 그렇다면 좋은 것에 상응하는 품위를 갖추라, / 그건 오로지 너희 자신에 대한 영원한 전쟁만이 해내지 않는가?"〔NA 1, 304(Nr. 99)〕 분명 당시의 고루한 얼치기 예술과의 싸움을 국가적 차원의 관심사로 간주하고 있다는 것이다. 「크세니엔」이 실린 《문예연감》이 출간되기 직전인 1796년 9월 3일 오스트리아의 카를 대공은 암베르크에서 프랑스 군대를 격파하여, 남부 독일로 진입해 오는 것을 일시적으로 저지했다. 그러나 한 해 뒤에 체결된 캄포포르미오 평화 협정에 의해 프랑스 군대에게 롬바르디아 지역의 통제권을 허용한 것은 보나파르트가 이탈리아의 대부분을 실제적으로 관장하게 됨을 의미했다. 라슈타트로 소집된 제국 공사들의 회의(1797~1798)는 새로운 라인 강 국경을 받아들일 수밖에 없었다. 또한 점령 지역에 있는 교회 재산 몰수에 관한 프랑스 군대의 포고령(1792년 12월 15일)에 의해 성직자 신분의 영주들이 실질적으로 모두 면직되고 그들 소유의 재산이 보상 없이 몰수되는 것도 인정하지 않을 수 없었다. 군사적 우위에 있는 이

웃 나라의 헤게모니가 확대 일로에 있는 현실 앞에서 세기말경에 이미 애국 운동이 형성되기 시작했고 이 운동은 1805년 나폴레옹 군대에 대항하는 프로이센 지역 영주들의 동맹 정책에서 절정에 이른다. 그러나 「부드러운 크세니엔」에서 "독일의 예술"(Nr. 100)과 "독일의 창조적 정신"(Nr. 102)을 언급하는 대목에는 어떠한 형태의 지방적 편협함이나 국수주의적 말투도 발견되지 않는다. 거기에는 문화재를 다룰 때에 신중을 기할 것을 부탁하는 말과, 실러가 "어느 특정한 인류 보편성"(NA 28, 276)이라고 부른 것을 배척하는 시각에 대해 못마땅해하는 내용만이 실려 있을 뿐이다. "친구들아, 모든 것을 진지함과 사랑으로 임하라, 이 두 가지는 / 독일인이 아주 좋아하는 것 아니더냐, 아! 그처럼 많이 왜곡당하고 있는 독일인."〔NA 1, 304(Nr. 103)〕

5. 담시, 로만체, 후기 시(1797~1804)

고전적 인생론의 연출

실러 담시(발라드)의 통일성

폰타네(Fontane)의 소설 「예니 트라이벨(Jenny Treibel)」(1892)에 등장하는 인물인 김나지움 교수* 빌리발트 슈미트(Willibald Schmidt)는 여주인공 예니가 소녀 시절부터 고전을 즐겨 읽던 문학소녀였음을 설명하기 위하여 그녀가 어린 나이에 이미 실러의 「잠수부」와 「쇠망치 일터로 가는 길」을 암송했다고 말한다.[189] 소설의 텍스트가 실러의 담시들에서 예를 드는 것은 결코 우연이 아니다. 그것은 실러의 이야기시를 알고 있다는 것을 얼마나 많은 사람들이 매우 인기 있는 고상한 문학적 취향의 기본으로 여겼는가를

* 1차 세계대전 이전까지만 해도 독일에서 김나지움(인문 고등학교) 교사는 교수로 불리었음.

뚜렷하게 보여주는 예인 것이다. 이러한 사정은 19세기 전체에 만연한 현상이다. 하긴 폰타네의 이 소설 자체가 이미 19세기 전체를 총결산하고 있기도 하다. 실러의 담시는 특히 3월혁명과 창업 시대(Gründerzeit)* 시기에 사회적으로 굳어진 교양 수준의 경계를 넘어 문화적 인정을 받고 있었던 것이다. 당시의 현대적 동시대인들은 그러나 고전적 담시에 담긴 인생의 교훈을 받아들이기가 힘들었을 것이다. 이미 카롤리네 슐레겔이 고전적 담시가 보여주는 전형 애호의 경향과 판에 박은 듯 진부하게 느껴지는 역할 장면들(많은 노래시 또한 이와 비슷하게 느껴진다)을 질책했다. 오늘날의 독자들에게 실러의 담시들은 많은 부분에서 통속적으로 보인다. 언어 태도는 진부하고, 역사적 과거를 배경으로 해 문제를 설정함으로써 시대착오적으로 느껴진다〔브레히트(Brecht)가 「담보(Bürgschaft)」에 퍼부은 조롱을 생각해보라〕. 그러나 이와 반대되는 다른 독후감들도 있다. 텍스트의 재치 있는 연출에서 생겨나는 긴장감, 배열된 장면마다 묻어나는 분위기, 극한상황에서 드러나는 인물의 세밀한 심리 현상 등이 그것이다.

오늘날에도 중고등학교에서 전거적(典據的) 작품으로 읽히는 실러의 담시들은 주로 1797년에서 1804년까지 생산된 것들이다. 그 생산에서 절정을 이루고 있는 것이 위대한 "담시들의 해"(이것은 실러가 괴테에게 보낸 9월 22일 자 서한에서 쓴 말이다)인 1797년이다. 실러는 이해에 생산된 담시들을 모아 《문예연감》에 수록한 것이다. 이 시기에 실러의 작업 속도는 숨이 막힐 정도이다. 1797년 3월과 4월까지만 해도 그는 심상치 않은 정서 불안정에 시달려, 스웨덴 학술원의 명예 회원으로 모시겠다는 소식을 듣고도 상태가 호전되지 않았다. 4월 12일 아홉 달 된 아들 에른스트가 홍역에 걸려 심

∗ 19세기 말 약 20년간으로, 비스마르크에 의해 제2 독일제국이 창건되던 시대를 말함.

한 열을 앓으면서 사경을 헤매다가 겨우 서서히 되살아났다. 4월 25일 훔볼트가 예나를 떠나게 된 것이 실러의 우울한 심정을 악화시켰다. 그러나 따뜻한 계절이 시작되면서 (아직 개조되지는 않았지만) 정원의 집으로 이사하는 것이 가능해졌고 그와 동시에 그의 창작열도 다시 솟아났다. 6월과 9월 사이에 그는 여섯 편의 담시를 완성했다. 그중에는 큰 영향력을 발휘하게 될 「장갑」, 「잠수부」, 「이비쿠스의 두루미」 등의 텍스트들이 있다. 같은 시기에 실러는 음악 극장의 소재들에서 영향을 받은 것으로 보이는 두 편의 담시도 구상을 하고 있었다. 그중 하나인 「돈 후안」은 모차르트의 오페라에 붙인 로렌초 다 퐁테(Lorenzo da Ponte)의 가사를 바탕으로 한 것이다. 실러는 한 편의 문학작품을 만들기에 유용한가를 검토해보기 위해 이 가사를 1797년 5월 2일 괴테에게서 빌렸다. 그 두 번째 것인 「명부(冥府)의 오르페우스」는 글루크가 지은 같은 제목의 노래극에 대한 하나의 (물론 막연한 것이기는 하나) 회상이라 할 수 있다. 그러나 주제 면에서는 오비디우스의 「변신」에 더 많이 의존하고 있다. 실러가 얼마나 글루크의 작품을 중요하게 여겼는가는 괴테에게 보낸 1800년 12월 24일 편지에 드러나 있다. 이 편지에서 그는 「타우리스 섬의 이피게니」의 리허설을 보고 나서 "천상의 음악"이 그를 눈물이 나도록 감동시켰다고 쓰고 있는 것이다.(NA 30, 224) 실러는 상기한 미완성 담시 초고 두 편을 급히 서랍 속에 다시 넣어버렸다. 작업할 때 실러는 기대한 것이 성공적으로 되지 않을 경우 신경과민에 빠지는 성품이었다. 그런 탓에 시의 초안들을 가지고 이리저리 시험해보는 일을 할 수 없었던 것이다. 대부분의 경우 구상한 것을 써내는 데는 며칠이 걸리지 않았다. 「이비쿠스의 두루미」의 경우처럼 작업 기간이 일주일이나 되는 것은 예외에 속한다. 창조력의 강렬한 긴장 증후는 후일 방대한 분량의 역사적 소재를 다룬 희곡 작품들을 작업하는 때도 드러난다. 1797

년 말 무렵 실러는 계속 책상머리에 붙어 앉아 하는 작업으로 생긴 부담들 때문에 대가를 치를 수밖에 없게 된다. 9월에 들어서 그는 발작적인 기침과 고열에 시달린다. 12월 18일 콜레라에 걸려 일주일간 침대에 묶여 지낸다. 그는 자주 그리했듯이 문학 작업을 지체 없이 진행하기 위해, 혹사당하고 있는 몸의 경고 신호를 무시해온 것이다.

담시 장르는 1770년대 이후, 특히 천재 찬양 물결에 힘입어, 독서계에 성공적으로 진입했다. 괴팅겐 하인분트(Göttinger Hainbund) 작가들*〔뷔르거, 횔티(Hölty), 슈톨베르크 형제 등〕이 담시를 창작하여 문학의 한 장르로 정착시키는 동시에, 전승되어오던 고정된 소재인 민속 담시들을 새로운 형태로 고치기도 하였다. 그들의 텍스트에 드러나 있는 주된 성향은 직접적인 자연 접촉에 대한 암시, 주제가 사실처럼 느껴지도록 작업하기, 으스스한 한계상황에 대한 서술, 환상적인 것, 감동적 리듬, 대담(對談), 긴장 어법 등의 선호 등이다. 그들의 이러한 텍스트들은 헤르더의 민요 프로그램을 이야기시의 서사적 틀 안에다 간결 기법으로 옮겨놓은 것이라 할 수 있다. 이해하기 쉬운 소재들을 담고 있는 1770년대 담시들 중 중요한 것들은 뷔르거의 유명한 「레노레」(1773)와 그의 공포 담시 「타우벤하인의 목사의 딸」(1781), 넓은 의미에서 괴테의 (『파우스트』에도 나오는) 「툴레의 왕」(1774), 「약속을 지키지 않는 소년」(1774/75), 「어부」(1778)이다.[190] 실러가 만들어낸 담시들은 민속 담시나, 인기 있던 예술 담시들과는 달랐다. 알기 쉬운 자연 서술 방식에 거리를 두었을 뿐 아니라, 널리 퍼질 수 있는 모범적 양식에 접근하기를 우선 배제하는 이상 지향적 성향을 띠고 있었던 것이다. 예

* 괴팅거 하인분트는 '질풍노도'의 경향을 품고 자연을 찬미하던 18세기의 문학 그룹으로, 그 명칭은 클롭슈토크의 송시 「언덕과 작은 숲」에서 작은 숲을 뜻하는 '하인'에서 따온 것임.

술 담시에 대한 단초들은 실러 이전엔 주로 아우구스트 빌헬름 슐레겔에게서 나타났다. 그의 인공적인 이야기시들은 그의 스승인 뷔르거의 시론적 규범들을 뚜렷하게 무시하는 것이었다. 다른 한편 1790년대에 괴테가 쓴 담시들은 낭만주의적 주제를 선호하면서, 거의 20년 전에 쓴 초기 작업과 연결되는 독자적인 길을 가고 있었다. '고전주의적' 담시를 거론하려면 실러와 괴테에서만 나타나는 다양한 기법들을 생각해야 할 것이다. 이들에게서 동질성의 성향은 찾기 힘들다.

실러의 담시들은 고대 그리스 문화에 속하는 소재들과, 기독교적 전설에 등장하는 주제들을 취급하고 있다. 가장 두드러진 예가 고대 그리스의 연극계를 암시하는 면면들로 신화의 시적 기능을 밝혀주고 있는 「이비쿠스의 두루미」(1797), 그리고 중세의 사회질서와 그 전형적인 통치자 이념 및 예의범절을 보여주는 「합스푸르크의 백작」(1803)이다.[191] 담시의 다양한 형식 구조들을 보고 있으면 관점들이 더욱 다양해진다. 예컨대 「장갑」(1797)과 같이 전형적인 일화에 가까운 텍스트들이 적지 않다. 그런데 실러 자신은 이 시에 '이야기'라는 부제를 달았다. 그런가 하면 「헤로와 레안드로스」(1801) 또는 「카산드라」(1802)와 같이 비가적인 기조를 띤 것들도 있다. 이 두 형태는 슐레겔이나 괴테에게서는 발견되지 않는다. 또한 브렌타노, 샤미소(Chamisso) 또는 아이헨도르프(Eichendorff)와 같은 낭만주의 담시 작가들에게도 이어지지 않았다. 실러의 담시들이 전설의 유형을 띠고 있는 경우도 더러 있다. 즉 출처가 밝혀지지 않은 채 전해 내려오는, 시련과 모험에 휘말리게 된 기독교의 영웅적 인물의 파란만장한 인생을 이야기체로 서술한 담시들 말이다. 「쇠망치 일터로 가는 길」(1797), 「합스푸르크의 백작」 또는 1804년에 계획한 「공작 부인 판다(Herzogin Vanda)」[192] 등이 그러하다. 그런가 하면 때로는 로만체(Romanze)* 형태를 띠기도 한다. 1797년 7월 9일 편지(NA 37/I, 61 이하)에서 빌헬름 폰 훔볼트는 글라임(Gleim)이 수집한 담시집(1756)과 뢰벤(Löwen)의 담시집(1762)을 참작하면서, 로만체의 성격을 설화와 담시 사이에 있는 것으로서 설화보다는 짧으나 형식에 있어서는 더 세련된 것이라고 규정했다(「용과의 싸움」(1798)의 예를 들어). 실러의 텍스트에서 특별히 돋보이는 것은 팽팽한 활처럼 명백한 긴장에 의해 전체가 지배되고, 모험담과 같은 "짧은 이야기"의 요소들을 갖추고 있는 시임을 입증하는 연출된 장면들로 구성되어 있다는 것이다.[193] 이러한 유형을 효과적으로 활용한 것들이 「잠수부」, 「이비쿠스의 두루미」 또는 「담보」(1798) 등이다.

실러의 담시들이 장면을 돋보이게 하면서 다이내믹하게 전개되는 이야기 형식을 선호함은 「신과 무희」, 「코린트의 신부」, 「마법사의 제자」 등, 이른바 '담시의 해'로 알려진 1797년에 괴테가 내놓은 텍스트들과 비교해보면 곧 드러난다. 운문으로 된 실러의 짧은 이야기들은 인상적인 절정을 중심으로 연출된 극적 내용을 담은 것으로서 항상 "행동성"[194]을 잊지 않는 반면, 괴테 담시의 스타일은 세밀한 아라베스크(Arabeske, 아라비아 당초(唐草) 무늬)와 장식적인 이야기 줄거리를 전개하는 성향을 띤다. 실러는 이상적 타입인 인물과의 갈등 상황을 선호하는데, 괴테는 자기의 소재들을 다의적인 모호함 속으로 밀어 넣음으로써 애매하게 처리한다. (이러한 경향은 「코린트의 신부」에서 전형적으로 나타난다. 여기서는 후에 가톨릭으로 개종한 프리드리히 슐레겔이 매우 못마땅하게 여겼듯이 고대 그리스 문명과 기독교 문화의 긴장된 관계가 애매한 방식으로 묘사되고 있는 것이다.) 마지막으로 실러는 경이로운 현상을 결국은 계몽적인 논리로써 자기의 텍스트에서 배제하

* 민요풍의 설화.

고 있는 데 반해, 괴테는 초기 작품들(「어부」, 「마왕」)에서 썼던 경이로운 자연의 힘이나 알 수 없는 요소들의 힘을 암시하는 기법으로 작업한다.[195] 그러나 두 작가에게서 공통적인 특징은 그들이 더 이상 자신들의 담시를 비기독교적인 게르만족 신화에서 따온 모티브들로 꾸미지 않는다는 점이다. 하인분트파가 생산해낸 시들에서는 시종일관 게르만 신화의 모티브가 사용되었는 데 반해 실러와 괴테는 고대 그리스 신화나 기독교적 주제를 선호하고 있는 것이다(괴테의 담시 「신과 무희」를 생각하면 이국풍의 소재도 선호했다 할 수 있다). 고전주의 담시들이 지닌 또 하나의 특징은 시국에 관련된 민감한 주제는 포기한다는 것이다(예컨대 영아 살해의 주제). 이러한 포기에 대한 근거는 《호렌》의 창간 예고문에서 볼 수 있다. "지금의 세상 돌아가는"(NA 22, 110) 차원에서 생긴 일들에 관하여 공개적으로 논하는 것에 맞지 않는 사실로서 이미 제시됐던 것이다. 1782년에 나온 『앤솔러지』는 적어도 부분적으로는 앙시앵레짐(구체제)의 폐해를 비판하고 있으며, 이제는 그러한 폐해에 대항해 적극적으로 싸우지 않고, 신분 계층상의 동질성을 떠나 문화적 관심사에 의해 합쳐진 독자층을 위해 삶에 유용한 시안들을 소개하고 있는 것이다. 따라서 실러는 자신의 고전적 담시들에도 뷔르거 논평에서 요구하던 것을 적용하고 싶은 것이다. 즉 평범한 형식에 의탁하지 않은 채로 문학적 인기를, 좋은 취향을 희생하지 않은 채로 민중성을 획득하고 싶은 것이다.

거의 언제나 실러의 담시는 독자를 흥분시키면서, 줄거리를 신속하게 이끌어내는 서술 방식을 선호한다. 인간의 극한적 상황을 생사를 넘나드는 긴장의 장으로 재빨리 몰고 가는 것이다. 이에 필수적으로 속하는 것이 비극에서의 대전환점과 같은 돌연한 전환이다. 그것은 독자가 전혀 예상하지 못한 효과로서, 흔히 심리적 극한상황과 관련되어 야기되는 급격한 상황 변화로 나타난다. 이에 못지않게 특이한 점은 구두 행위의 성격을 띠는 대화 구조의 극적인 기능이다. 여러 종류의 약속들, 즉 구두로 한 계약이나 요구 사항들, 맹세, 선서 문구, 명령 등이 실러의 담시에서 중요한 요소라는 것을 명백하게 인식할 수 있다. 언어가 직접적으로 사건의 성격을, 따라서 실질적인 가치를 띠게 되는 것이란 텍스트들이 (경우에 따라서는 파국적인 기능을 발휘하는) 단어의 마법을 불러냄을 의미하는 것이다. 즉 말의 차원과 현실의 차원을 구분하는 경계를 제거하려 시도하는 것이다.[196]

대개의 경우 전승되어오는 것으로 꾸며낸 이야기는 구술적 성격을 띠고, 이러한 구술의 성격은 작가가 연출해낸 담시의 기본적 속성으로 남게 된다. 담시의 기본적 속성인 구술적 성격으로 말미암아, 상기한 경계 제거 과정에서 문자는 매개의 기능을 상실하게 된다. 언어의 마술적 효력은 이 경우 오로지 구두의 형식에 의해서만 나타난다. 즉 문자로 고정한 형태로는 언어의 마술적 효력을 기대할 수 없다는 것이다. 거의 모든 실러의 담시에서 우리는 구술된 언어의 실질적 효과를 지향하는 대화의 행동성을 발견하게 된다. 인간 소통 행위의 법칙 뒤에는 이러한 텍스트들의 큰 주제로서 외부 현실 세계의 위협적인 힘이 등장한다. 이로 인하여 인간 개개인은 한계상황 내지는 시험 상황에 처하게 되고 자기의 온 힘을 다하여 긴장하지 않을 수 없게 된다.

「폴리크라테스의 반지」(1797)는 폭군 폴리크라테스의 꺾일 줄 모르는 성공에 관한 이야기이다. 주인공은 역시 폭군의 하나인 이집트의 왕이 자신을 방문하자 자기의 엄청난 권력을 그에게 내보인다. 그러나 주인공의 자화자찬은 그가 자기의 행운이 지속되기를 바라면서 장차 있을 수도 있을 파멸을 예방하기 위해 상징적인 희생물을 바치게 됨으로써 중단된다. 「잠수부」는 대항할 수 없는 자연의 위력에 대드는 의로운 소년의 용감한 싸움에 관한 이야기이다. 그는 성공감에 도취되어 자기가 행동할 수 있는 공간을 벗어남으로써 종말을 고하게 된다. 그의 오만과 좌절에 관한 이야기인 것이다. 「이비쿠스의 두루미」는 무의식적 생각의 힘을 그려낸다. 주인공인 시인 이비쿠스를 살해한 자들 중 하나가 코린트의 원형극장을 꽉 매운 관객들 가운데 끼어 있다가, 무대에 춤추며 등장하는 복수의 여신들 합창대의 위력에 압도된 나머지 심리적 실수로 자기가 이비쿠스의 살인자임(무의식적 잠재의식)을 스스로 드러내게 되는 것이다.[197] 실러가 자신의 담시에서 취하는 기법은 이처럼 언제나 육체적 위협을 감수하고 정신적 부담을 져야만 하는 극한상황의 여건하에서도 스스로 도덕적 의무를 이행하지 않을 수 없음을 일깨워주는 것이다. 「장갑」은 허영심과 자부심 또는 명예심이 주고받는 놀이를 보여준다. 이 놀이가 진행되는 과정에서, 공적 규범의 틀과 개인적 감정에 대한 요구는 사회질서가 이 두 영역을 통제할 수 있는 경우에도 필연적으로 일치하지는 않는다는 것이 드러난다. 「쇠망치 일터로 가는 길」의 간결한 제시 형식에 대해 괴테는 "행복한 유머"라고 감상평을 남겼는데(NA 37/I, 170), 이 작품은 구체적인 교훈으로 구속하지 않으면서도, 주인공이 입증하듯 믿음을 가진 자의 소박한 정체성은 시기하는 음모로부터 인간을 보호한다는 사실을 보여준다. 「토겐부르크의 기사」는 신의를 서약한 연인에 대한 그리움으로 죽음에까지 이르게 되는 한 기독교 (세계의) 기사에 관한 다감한 이야기이다. 「담보」는 오만한 전제군주를 굴복시키기 위해 목숨의 위험까지 내건 우의(友誼)에 관한 교훈적인 노래이다. 「용과의 싸움」은 의무 신화에 관한 교훈극을 연출한다. 종말부에 가서 기독교적 관용이 조명을 받는다. 「헤로와 레안드로스」는 「잠수부」의 경우와 같이 자연의 힘이 주제이다. 자연의 힘은 신들의 보호를 받고 있다는 절대적인 신념으로도 지속적으로는 통제가 불가능하다는 것이다. 「카산드라」에서는 주인공인 예언녀 카산드라가 울적한 심정을 토로하는 것이 주를 이룬다. 자신을 지배하는 형이상학적 힘의 압박에서 벗어나서, 의식의 집착 차원을 넘어 직접 삶에 다가가고 싶은 것이다. 이 점에서 실러의 '잔 다르크'와 비교해볼 만하다. 이 두 담시는 모두 신화의 구속력에 대한 회의를 서술하고 있는 것이다. 인간의 개인적 자율성이 제한받고 있다고 생각될 때 신화의 법칙성을 아무런 성찰을 거치지 않고 그대로 받아들여서는 안 된다는 것이다.[198] 「합스푸르크의 백작」은 동정심과 남을 도와주려는 마음이야말로 통치자의 진정한 덕목임을 분명하게 보여준다. 그것이야말로 정치적 안정을 위한 최선의 보장책이라는 것이다. 「알프스의 사냥꾼」(1804)은 자연의 힘이 모든 다른 힘들을 압도한다는 가르침을 실러가 마지막으로 또다시 연출한 민중적 담시이다.

앞에 거론한 텍스트들 중에서 감동이 적은 것일수록 텍스트의 근간을 이루는 내용에 호소력이 있는지에 대해 비판적으로 문제를 제기하지 않을 수 없다. 실러의 고전적 담시들은 오늘날 시 박물관에나 속하는 것인가, 또는 상급반을 위한 현대적 독본에 속하는 것인가? 그것들은 마땅히 침몰하고 만 장르를 대표하는가, 또는 그 자체로서 충분히 현대성을 지녔다고 주장할 수 있는가? 오늘날 이들 텍스트 중 많은 것은 시대에 뒤떨어져 보이는 것이 사실이다. 그 전형적 경향이 실소를 금치 못하게 하는 경계에까지 닿아 있는 것이다.[199] 다른 한편 실러의 담시들은 명암이 정밀하게 배합된 서술 기법에다 교육적 호소 기능까지 곁들여 있어 여전히 그 실효성을 잃지 않고 있다. 교육적 호소력이 독자와의 관계를 상실했다고 여길 것이 아니라, 그것을 텍스트에 통합된 구조적 요소로 보아야 하는 것이다. 하나의 경우를 놓고 흥미진진하게 이야기를 집중적으로 전개함으로써 기본적인 인간 조건을 통찰할 수 있게 해주고, 극한상황에 처한 주인공을 본보기로 보여주는 것이 실러의 담시가 지닌 개성적인 특징이다. 실러의 담시를 도덕적 관점에서 쓴 교훈적 텍스트로 간주한다면, 혹은 개인의 삶을 되돌릴 수 없게 결정짓는 그 알 길 없는 어두운 운명의 힘을 보여주는 텍스트로 읽는다면 그것은 그의 담시를 오해하는 것이 될 것이다. 실러 담시의 주요 테마는 오히려 인간의 자유의지를 제약하는 다양한 조건들에 관한 논의이다. 결코 일의적이지 않은 텍스트에 대한 현대적 독서법을 가능케 하는 상황인 것이다. '신들', '운명', '행복' 등과 같은 형이상학적 개념들을 이야기에서 제시되는 특수한 문제 상황에 연결하면, 그 개념들은 추상성을 상실한다. 여기서 묘사되는 것은 다층적인 다양한 강압들이다. 외적인 위험들과 방해물들이 그것이다. 그러나 그와 동시에 활동적인 개인이 빠져들게 되는 무의식적 반항 행위도 이에 속한다. 행동하는 주체들의 행위들과, 이에 대항하는 주체들이 제한적으로밖에 통제할 수 없는 주변 세계의 행위들이 맞서 있다. 이들은 담시의 주인공들이 뛰어넘어야 할 장애물들이다. 자연도 행운도, 세속적 권력이나 명예도, 인간이 사회생활을 하는데 있어서 그 규범이 되는 원칙들을 지켜야 할 의무가 있음을 항상 되풀이하면서 증명해야 할 필연성에서 인간을 해방해주지 않는다. 실러의 담시들은 그와 같이 학계에서 어느 학자가 이미 정확하게 표현한 바 있듯이 "행동 규범들의 타당성을 토론하는 도덕적 시험극"인 것이다.[200] 이때에 개인의 자유는 위험에 처한 자산, 위험한 자산으로 드러나게 된다. 사실은 오늘날 과소평가되기 쉬운 개성적 자유의 현대성을 말해준다.

진지한 전언

담시의 지평선 내에 드러나 있는 개인, 자연, 의식

1797년 6월 15일 괴테는 일기에 다음과 같이 쓴다. "저녁에 실러에게 갔다. 소박문학과 감상문학에 관한 대화, 유사점과 갈림. 우리 자신들의 개성에 적용, 다음에 하게 될 작업에 대한 전망."[201] 실러의 논문도 다루고 있는 범주들을 상이한 예술가적 기질의 개성에 "적용"하는 것이 시적 '감수방식들'의 현상학에 관한 성찰에 상응하는 것이라면, 당면한 '작업'에 관한 언급은 물론 1797년 여름의 담시 생산을 가리킨다.[202] 6월에 실러는 「잠수부」를 완성했고, 괴테 또한 「신과 무희」와 「코린트의 신부」의 작업을 끝냈다. 이 텍스트들의 기조에 깔린 상이한 자연관들은 해당 텍스트를 작성한 시인의 시적 기질이 어떠한 것인가를 밝혀준다. 「잠수부」나 그 두 달 후에 완성된 「이비쿠스의 두루미」가 보여주는 것과 같이, 실러가 연출해내는 신적인 힘은 구속력 있는 인간 심리의 차원을 벗어나지 않고 있는 데 반하여, 비밀에 감싸인 자연을 그려내는 괴테의 담시들은 분명히 도덕적인, 또는 인간학적인 가르침을 담고 있다고 말할 수 없는 것들이다.

「잠수부」 텍스트는 1797년 6월 「장갑」 작업과 병행하여 생겨났다.[203] 그것이 공표된 것은 그 작업 시기에 만들어진 다른 많은 담시들과 마찬가지로 《1798년 문예연감》에서이다. 그것에 자극을 주었을 것이라 여겨지는 구체적인 소재는 없는 듯 보인다. 다만 실러가 아타나시우스 키르허(Athanasius Kircher)의 자연철학적 · 신비적 저술인 『지하의 세계(*Mundus Subterraneus*)』(1665)를 알고 있었다고 추측할 수는 있을 것이다. 매우 사변적인 이 책은 해저 세계에 서식하는 식물과 동물들의 분포에 관한 설명도 하고 있는데(NA 2/II A, 609) 여기서 실러의 텍스트가 이야기하고 있는 「잠수부」 이야기의 기본적인 내용이 발견되는 것이다. 「잠수부」 이야기는 시칠리아 섬을 통치하던 슈타우펜 왕조의 프리드리히 2세(1194~1250) 치세 때에 실제로 있었던 일로서, 왕이 메시나(Messina)* 태생의 한 젊은이에게 바다에 잠수하여 카리브디스 해협의 소용돌이**의 원인이 무엇인지 알아보고 왕에게 보고하라고 했다는 것이다(실러는 남부 이탈리아의 중세 문화 풍토에 관하여 1790년 저술 『황제 프리드리히 1세 시대에 일어난 가장 기이한 국가적 사건』(『역사적 회고록 총서』 고대편 제3권 서론)에서 좀 더 상세히 개관한 바 있다). 쾨르너는 1797년 7월 9일 편지에서 실러의 「잠수부」와 얼마 전에 완성된 「장갑」을 읽은 첫 소감을 밝히는데, 두 텍스트에서는 이전 작품들에서 보이는 지나친 지적 구성의 성격에서 벗어나 경험적 성향이 지배적이라는 점을 근거로 찬사를 보냈다. "자네가 자네의 시인으로서의 천부적 자질을 스스로 확인하기 위해서는 초감각적인 이념들로 방해하는 일 없이 자네를 자네의 상상력에 맡기기만 하면 된다는 평소 나의 지론을 이 담시 두 편이 다시금 확인해주고 있다네."(NA 37/I, 63 이하)

「잠수부」는 고대 그리스 비극의 구조를 따르고 있다. 비극의 5막처럼 줄거리가 전개되며 긴장감도 비극의 구성을 따른다.(NA 1, 372 이하 계속). 신속히 전개되는 도입부가 중개자 없이 독자를 직접 활기찬 사건들의 흐름 속으로 이끌어간다. 다른 등장인물들과 마찬가지로 왕은 왕이라는 전형적인 인물로서 개인의 이름이 없다. 한 젊은이의 용감함을 시험하기 위해 그는 술잔을 바다로 던지고는 그것을 바다 깊은 곳에서 다시 찾아내어 가져

* 시칠리아 섬 동북단에 위치한 항구.

** 카리브디스 해협은 메시나 근해에 위치함. 그 소용돌이는 『오디세이아』에도 나오는 유명한 소용돌이임.

오라고 사람들에게 명한다. 「장갑」의 경우와 같이 사람의 용맹함을 시험해보려는 일종의 불길한 과제인 것이다. 용맹하다는 기사들이 망설이기만 하고 선뜻 나서지 못하고 있는 가운데, 이제껏 공을 세운 적이 없는 당돌한 소년 하나가 뒤편에 있다가 사람들을 제치고 앞으로 나선다. 그리고 그 임무를 수행하기 위해 해변가 높은 절벽에서 깊은 바다로 뛰어내린다.(1~8절) 텍스트는 바다의 물결 소리와 소용돌이로 자연의 위협적 면모를 묘사한다. 불안한 마음으로 청년이 무사히 수면에 다시 떠오르기를 기다리고 있는 사람들 앞에서 자연의 위압적인 힘은 그 위용을 떨친다.(9~12절) 살아 돌아오지 못하리라고 여겨지던 젊은이가 늦은 시각에 파도를 헤치고 떠오르며 의기양양 술잔을 높이 들어 보인다. 그는 그것이 바위 틈새에 처박혀 있는 것을 우연히 발견할 수 있었던 것이다. 그는 왕과 그 신하들에게 자신이 성공적으로 완수한 모험에 관하여, "바다의 하이에나"(v. 120)에 관하여, 자신을 위협한 상어에 관하여 보고한다. 그리고 마지막으로 그를 둘러싸고 있는 사람들에게 앞으론 그와 같은 일을 하지 말라고 다음과 같이 경고한다. "그리고 인간이 신들을 시험해보려 해서는 결코 안 됩니다. 신들이 자비로이 어둠과 공포로 덮어놓은 것을 들여다보려 결코 욕심을 내서는 안 됩니다. 결코, 결코."(v. 94 이하 계속; 13~22절)

그런데 모험적 시험 행위를 성공적으로 완수한 이야기는 화목한 분위기에서 끝나지 않고 제4단락에서 파국의 성격을 띤 새로운 긴장으로 이어진다. 왕은 그 용감한 젊은이를 칭찬하면서 그 술잔과, 값진 귀금속으로 장식되어 눈길을 끄는 화려한 반지를 주겠노라고 약속한다.(v. 136) 그러면서 그가 다시 한번 깊은 바다로 뛰어내려 두 번째로 술잔을 가져오고, 깊은 바다에 서식하는 생명체에 관하여 그에게 더 상세하게 보고한다면, 그보다 더 큰 상을 주겠노라고, 자기 딸과 혼인시켜주고 기사 신분으로 승격

시켜주겠노라고 한다.(23~25절) 왕의 딸이 나서서 가지 말라고 호소했으나 소용없었다. 그 젊은이는 이 도전을 받아들이기로 결심한 것이다. 그리하여 그는 또다시 왕이 바다에 던진 술잔을 따라 바다로 뛰어내린다. 제5단락(26~27절)은 간략하게, 거의 몇 마디 되지 않는 말로 비참한 결말을, 잠수부의 죽음을 보고한다. "물결이 밀려오고 밀려온다, 물결은 치솟고 솨 하는 소리 내며 가라앉는다, 하지만 젊은이를 데려오지 않는다."(v. 160 이하 계속) 「잠수부」 텍스트의 생성 과정을 주의 깊게 추적해온 괴테는 1797년 6월 10일 편지에서 같은 시기에 완성된 자기의 담시들인 「코린트의 신부」나 「신과 무희」와의 유사점을 다음과 같이 과감하게 적고 있다. "편안히 사세요. 그리고 당신의 잠수부는 되도록 빨리 익사하게 내버려두세요. 나는 나의 쌍들을 불구덩이에 처넣고 불구덩이에서 빼냈지요. 그러니 나쁘지 않습니다. 당신의 주인공은 정반대가 되는 원소를 택하고 있을 뿐이지요." (NA 37/I, 35)

실러의 담시가 지닌 비극 구조는 여기서 기술되는 문제 차원에 상응한다. 당돌한 소년의 이야기를 담은 이 드라마의 요점은 도덕적 문제점은 전혀 고려하지 않고 오로지 짜릿한 흥밋거리로 자기 신하의 용맹성을 시험해보려는 교활하고 이기적인 왕의 제안을 주인공이 받아들여 결국은 다시 사경으로 몰리게 된다는 것이다. 그러나 주인공의 몰락을 오로지 교활하고 이기적인 왕의 성격 탓으로만 돌린다면, 그것은 잘못된 일이 될 것이다(이 교활한 왕과 대조적인 인물이 1803년에 완성된 담시 「합스푸르크의 백작」의 도덕적인 주인공이다). 또한 실러의 텍스트가 괴테의 담시 「어부」(1778)나 「마왕」(1782)에서처럼 자연을 통제 불가능한 힘으로 묘사했다고 여긴다면 그것은 일면만을 본 것이 될 것이다. 실러 담시들의 극적인 이야기가 전개되는 가운데서, 인간의 이성이 통제할 수 없는 측량 불가능한 거대한 자연의 힘이 나타나는 것은 틀림없는 사실이다. 이 힘은 말할 것도 없이 이성과는 다른 것으로서, 어떠한 성격의 힘인지조차 알 수 없는 통제할 수 없는 것으로서 나타난다. 그러나 주인공이 죽게 되는 파국은 주인공이 자기의 개인적인 명예욕을 충족하기 위해 측량할 길 없는 깊은 바다로 몸을 던지는 순간에 시작되는 것이다. 그의 행위는 '숭고한' 것이 아니고[204] 그 동기는 이기적이다. 그는 반박할 여지가 없는 이상의 세계에 힘을 실어주기 위해 생명을 거는 것이 아니다. 그랬다면 그는 인간의 지성이 자연의 거센 힘에 얽매이지 않고 자유로울 수 있음을 증명한 것이 되었을 것이다. 그러나 그가 다시 바다로 뛰어내리는 모험을 감행한 것은 오히려 자기의 이기적인 이해관계 때문이었던 것이다. 이와는 다른 모델을 보여주는 것이 조종당하지 않는 자의식을 보여주는 교훈극인 담시 「장갑」이다.[205]

텍스트에서 지적되는 "천상의 힘"(v. 151)이 잠수부로 하여금 바다로 다시 뛰어들게 한 것처럼 보이지만, 그 점을 오해해서는 안 될 것이다. 그것은 다만 공주의 에로틱한 매력과, 그에게서 강한 명예욕을 불러일으킨 힘을 가리킬 따름이다. 그 당돌한 청년으로 하여금 또다시 생명을 건 모험을 하게 만든 것은 공적인 인정을 받으려는 숙명적 집착인 것이다. 자기의 용맹함을 이미 증명한 그로서는 다시 한번 물속에 들어가보라는 왕의 교활한 제안을 얼마든지 거절할 수 있었을 것이다.[206] 따라서 그가 물결에 뛰어들어 파국을 맞은 것은 자기의 행운을 이성의 제한된 틀 안에서 찾으려 하지 않고, 자기 자신의 가능성을 과대평가하면서 자연이 인간보다 강한 곳에서 자연의 힘을 누르려는, 명예욕에 눈이 먼 오만에 대한 벌을 의미한다.[207] 이에 대조적인 인물이 자구책을 강구하는 '텔(Tell)'이다.* 그는 드라마의 도입부

* 실러의 드라마 「빌헬름 텔」의 주인공.

에서 도주자 바움가르텐(Baumgarten)*을 폭풍에 휘말려 있는 국경 인근 피어발트슈태터 호수에서 노를 저어 도주시키는 데 성공한다. 도주자의 목숨을 구해주기 위한 위험천만한 모험이 성공하는 것은 그가 역경에 처한 사람을 돕고자 하는 일념에서 행동했기 때문이다. 위협적인 자연이 드라마에서도 담시(「잠수부」)에서와 마찬가지로 행위가 전개되는 장면으로 되어 있으면서 실러의 주인공들이 감행하는 "행위 정신(Aktionsethos)"[208]을 비춰준다. 담시 「잠수부」의 경우에는 이기주의자의 일그러진 모습을, 드라마 「빌헬름 텔」의 경우에는 이타주의자의 모습을 보여주는 것이다.

여기서 비교적 오래된 해석들을 이어받아 운명의 범주를 다시 끌어들인다면 매우 애매한 결과를 초래할 것이다. 이 개념은 실러에 적용되는 경우엔 언제나 그 자체를 다른 말로 번역하지 않으면 안 될 하나의 비밀스러운 코드로 남게 되는 것이다. 우선 인간의 행위를 배후에서 지배하고 있는 형이상학적인 것이 존재한다는 생각은 담시에서 다룬 역사적 주제에 상응하는 것이고, 따라서 그러한 생각은 텍스트가 다루고 있는 소재의 세계를 통해 주어진 것으로 보이는 역사적으로 누적된 영향들에 순응한 결과이다. 둘째로 이 개념은 인간의 자율성을 제한하는 통제할 수 없는 힘들을 의미하는데, 예컨대 우연, 종속성, 강제성 등이 그것이다. 이때 주의해야 할 것은 경우마다 조금씩 다르게 나타나는 운명 개념에서 그 의미가 미세하게 변화하는 것을 파악하는 일이다. 「잠수부」의 경우 다음과 같은 추론이 가능하다. 이 담시는 통제할 수 없는 자연과 또한 그에 못지않게 주인공의 개인적 행동에서 동기가 되는 명예욕을 묘사하고 있다. 이 명예욕은 그가 벗어날 수 없는 불가항력으로 그에게는 "하늘의 폭력"으로 나타난다. 다른

* 그는 자기 아내를 강간하려던 성주를 죽이고 쫓기고 있었음.

텍스트들에서는 이와는 다른 점이 강조된다. 「폴리크라테스의 반지」에서는 행운을 시험하는 대목에서 항상 성공만 하는 주인공의 편협한 성격이 성찰의 대상이다. 「이비쿠스의 두루미」에서는 운명의 개념으로 죄의 논리와 그로 인한 심리적 실수를 설명한다. 「담보」는 우연과 자율성 간의 균형을 도덕적으로 삶을 사는 태도의 결과로 보여준다. 그것은 개작한 「빌헬름 텔」의 도입부와 비교할 만하다. 「헤로와 레안드로스」는 그와 반대로 자연의 저항력을 조명한다. 자기의 힘을 믿고 행동하는 주인공에게 다가오는 자연은 거역할 수 없는 신의 힘으로 나타난다. 여기서 '운명'은 어느 면으로 보나 객관화할 수 있는 범주의 성격을 띠지 않고, 다만 자율적으로 사고하는 주체와 외적 현실 간의 대결을 가리키는 기호라는 의미로서만 존재한다. 1800년경에 이미 시대착오적인 것이 되어버린 이 개념을 이와 같이 새롭게 해석해 정치 분야에 독자적으로 계속 적용하고 있는 것이 「발렌슈타인」 3부작이다. 장 파울이나 야코비 같은 작가들과 달리 실러는 형이상학적 생각들에 대해 회의적이다. 프리드리히 슐레겔의 견해에 따르자면 야코비는 이미 소설 「볼데마르」(1779)에서 "절벽에 서서 목숨을 걸고 신의 자비를"[209] 구하기까지 한 적이 있다. 실러는 칸트의 글들을 읽고 역사 연구를 함으로써 젊은 시절 한때의 열광적인 낙관적 사고를 이미 극복할 수 있었다. 또한 담시들의 현실적 시각은 형이상학적인 범주들이 구속력 있는 해석의 발판으로 이용되지 않도록 객관성의 측면에서 도움을 주고 있다. 이러한 성향을 추적해가면서 프란츠 그릴파르처는 1816년 일기에 쓴 짧은 글에서 다음과 같이 강조한 바 있다. 고대 그리스 사람들은 "운명의 이념을 어느 일정한 개념과 결부하는 일에 전혀 관심이 없었다. 그들은 모든 변화, 모든 의욕, 모든 행위의 근거가 되는, 아마 존재 자체의 근거도 되는 설명할 수 없는(그 실체가 알려지지 않은) 절대자 외에는 그 어느 것도 인정하지 않았다."[210]

「잠수부」의 주인공인 당돌한 소년은 비극적 등장인물의 모습을 띠고 있다. 처음에는 도덕적으로 아무런 하자가 없는 인물이었는데 오만에 빠져 경솔하게 행동함으로써 파멸하고 만다. 담시 「잠수부」가 주는 차분한 교훈은 사람이 자기의 행동 공간을 과대평가하고 오만에 빠짐으로써 자기에게 주어진 독자적 판단의 가능성을 포기할 때 자기의 이성에 대한 통제력을 상실한다는 것이다. 자기의 한계를 모르는 자에게 자연은 타율성의 상징이 된다. 이성의 법칙이 아니라 통제할 수 없는 힘들이 활개 치는 위협적인 공간이 된다. 괴테는 실러의 「잠수부」가 발표되고 나서 12년이 지난 후에 소설 「친화력」(1809)을 통해 그와 비슷한 상황을 연출하게 된다. 그러나 이 소설의 자기 광고 글에서는 실러의 담시에 의해 조명된 것과는 다른 긴장 관계의 영역이 서술되고 있다. 즉 이 글에서도 자연에 관하여 언급하는데, 자연은 심지어 "이성의 명랑한 자유로움의 나라에도 어두운 육체적 애욕의 필수성"[211]의 흔적을 남긴다는 것이다. 이 소설의 혼란스러운 경험의 세계는 인간 외부에 관련된 것으로서가 아니라, 인간 내면세계까지도 지배할 수 있는 영역으로, 괴테 소설의 등장인물들을 끔찍한 재앙으로까지 몰고 갈 본능과 무의식의 영역으로 나타난다. 물론 실러 담시들의 간략한 무대 뒤편에는 이와 같이 확대된 자연 개념의 미묘한 심리적 반사각(反射角)들을 담아낼 자리가 없다. 담시가 보여주는 행위 시험들은 작용과 반작용, 힘과 저항 간의 상호작용이 상연되는 시험극들과 비슷하다 하겠다. 이때에 인간 내면의 정신적 개성은 설정된 기본 상황에 밀려나 무대 뒤에 머물게 된다. 실러의 담시 중에서 거의 모든 고등학교 국어 교과서에서 빠지지 않는, 학생들의 필독 작품에 속하는 것으로는 「이비쿠스의 두루미」를 들 수 있을 것이다. 이 텍스트는 1797년 7월과 8월에 생겨났다. 실러는 이 담시의 소재를 괴테를 통해 처음으로 알게 되었는데, 괴테는 그것을 안드레아스 쇼투스(Andreas Schottus)가 1612년에 안트베르펜에서 출판한 고대 그리스 속담집에서 읽어 알고 있었던 것이다(이 사실은 괴테의 1797년 5월 21일 일기에서 확인된다).[212] 7월 중순 실러가 일주일간 바이마르에 머물렀을 때 이 담시에 관한 계획이 두 사람 사이에서 논의되었다. 1797년 8월 괴테가 프랑크푸르트에 체재하는 동안에도 이 담시 텍스트의 진전 상황에 관하여 서신이 교환된다. 처음 원고 텍스트를 받아서 읽고 난 후 괴테는 결정적인 두 가지 점에서 수정할 것을 권한다. 그는 두루미들을 떼를 지어 몰려오는 '무리'로 묘사하는 것이 좋겠다고 말한다. 그리하여 이 이야기에 나타난 "우연한 현상"이 "예감에 찬, 특이한 것임"을 충분히 드러나도록 해주어야 한다는 것이다. 그는 구체적인 제안을 한다. 합창의 절에 이어 관객들의 정서가 예감과 공포 사이에서 흔들리고 있음을 정확히 묘사하도록 하라는 것이다.(NA 37/I, 107)

실러는 두 가지 수정 제안을 받아들인다. 그리고 1797년 8월 30일 편지에서 괴테에게 떼를 지어 이동하는 두루미에 관하여 자연학적 과외 공부를 시켜준 것에 대하여 감사한다. "창작에서도 생생한 지식과 경험이 얼마나 중요한가를 이번 일을 계기로 다시 한번 절실하게 느꼈습니다. 저는 이제껏 두루미를 그것이 비유로 쓰인 몇 안 되는 예를 통해서만 알고 있었습니다. 실제로 본 일이 없었기 때문에 이와 같은 자연현상을 멋지게 사용할 수 있다는 생각을 못한 것입니다."(NA 29, 122 이하) 두 작가의 시적 작업 방식이 다르다는 것은 많이 강조되어온 사실이며 그것은 실러의 이와 같은 발언으로 다시 한번 명백하게 드러난다. 경험에 근거하여 사고하는 작가인 괴테는 자신의 문학적 상상력을 자연을 직접 관조함으로써 배양하지만, 책상물림의 작가인 실러는 '비유의 예들'에서, 경험과 관련된 것과는 전혀 다른 차원인 시적 상상력이 만들어낸 생산품에서 자기의 시적 발상을 얻는 것이다. 이와 같이 시적 상상력의 작용에서 생긴 시 작품은 경험과 일치하는 것이 아니라, 선택한 소재를 이념적으로 세공한 고도의 지적 형성물이 된다.

《1798년 문예연감》에 실린 「이비쿠스의 두루미」는 고대 그리스의 세계를 이해하기 위해 사용되는 운명 개념의 시적 교범으로 항상 되풀이해서 읽혀왔다. 그럼으로써 오늘날의 새로운 해석들이 그 배경을 조명하려 시도하고 있는 두루미 모티브의 알레고리 기능과 극장 주제의 의미는 간과되어온 것이다.[213)] 담시의 도입부에서는 유유자적한 분위기가 서술된다. 기원전 6세기에 역사적으로 실재하던 인물인 합창 대사의 시인 이비쿠스, "신들의 친구"요, 스스로도 "신성의 기품으로 가득한"(NA 1, 385, v. 4 이하 계속) 그가 흥얼거리며 자기가 태어난 도시 레지움을 떠나 "전차 경기와 노래자랑"(v. 1)이 펼쳐지는 코린트로 향한다. 제1절이 전적으로 목가적인 분위기를 자아내는 데 반하여, 제2절에서는 일종의 불안한 모티브가 나타난다. 시인이 포세이돈의 솔밭*으로 들어서는데 경건하면서도 오싹한 느낌이 든다.(v. 12) 이제껏 그의 여행길을 따라오던 두루미 무리가 잿빛 그늘을 이루면서 그의 머리 위로 날아간 것이다. '오싹'한 느낌과 어두운 그림자로 시인을 덮으며 스쳐간 두루미 무리는 위험한 일을 암시한다. 이와 마찬가지로 나중에 극단 합창단의 모습과 그들이 부르는 "섬뜩한 멜로디"(v. 96)에 의해서도 눈앞에 닥친 위험한 일이 암시된다.

그때에도 이비쿠스는 앞으로 다가올 즐거운 일들을 기대하면서 그를 동반하는 두루미 떼를 자기가 가는 여행을 위한 "길조"(v. 19)라고 여긴다. 고

* 솔밭 안에 바다의 신 포세이돈의 신전이 위치하고 있어서 붙은 이름.

대 그리스의 비극, 특히 소포클레스의 작품들에서의 비극적 아이러니를 연상케 하는 착각의 순간인 것이다. 길조라고 한 주인공의 해석이 잘못된 것이었음이 곧 드러난다. 이비쿠스는 강도 두 명의 손에 잡히는 몸이 되고 살해된다. 두루미 무리는 그러나 그를 도와줄 수 없다. 죽어가면서 주인공은 두루미들을 향해 부르짖는다. "저기 위에 있는 너희 두루미들아! 이 살인을 고해줄 목소리가 하나도 없으니, 나를 죽인 자들을 너희가 고발해다오!"(v. 45 이하 계속) 담시의 이야기가 진행되면서 나중에 두루미들은 주인공의 이 마지막 부탁을 간접적으로나마 실행에 옮긴다. 이비쿠스의 죽음을 슬퍼하면서도 수많은 관객이 코린트의 극장에 모여든다. 복수의 신들로 분장한 합창대가 등장한다. 끔직한 가면을 쓰고 암시적인 어조로 노래를 부르기 시작하는데, 그 내용은 갚아야 할 죄와 양심의 가책에 관한, "어린아이와 같은 순결한 마음"과 "끔직한 살인 행위"에 관한 것이다.(v. 121 이하 계속) 복수의 여신들의 대사를 실러는 빌헬름 폰 훔볼트가 1793년 《베를린 모나츠슈리프트》에 번역하여 발표한 아이스킬로스(Aeschylos) 「복수의 여신들」(v. 550~559)에서의 합창, 「오레스테스」의 제3막과 마지막 막에 의존했다.[214] 그곳에서도 모친 살해범 오레스테스에 대한 재판 장면의 초두에 합창단이 나와서, 살인죄로 기소된 자의 공포를 순수한 양심에 대비시켜 노래한다. 바이마르의 김나지움 교장 카를 아우구스트 뵈팅거(Karl August Böttinger)는 고전학자로서의 안목으로 이 대목이 고대 그리스 비극을 배경으로 하고 있음을 알아차렸다. 그와 동시에 다음과 같이 발언하는데, 이는 사실관계를 오해한 것이라 하지 않을 수 없다. 즉 그는 "무시무시한 형상을 한 복수의 여신들을 등장시키고 아이스킬로스를 모방한, 아이스킬로스의 숭고한 정신으로 에워싸인 보복의 노래를 합창하게 함으로써 (……) 초자연적인 것의 요구를 충분히 표현해냈다"고 강조한 것이다.(NA

37/I, 129)

극장은 인간이 저지른 죄를 조명하는 무대로 변한다. 합창단의 위력적인 등장에 압도되어 "마치 신이 가까이 와 있는 듯" "온 극장에" 침묵이 덮친다.(v. 139 이하) 여기서 신이란 죄인을 벌하는 정의의 여신 네메시스를 말한다. 이 신에게 보복의 권한이 있음을 합창단이 결연히 환기하는 것이다. 이처럼 보복이 가해져야 한다는 경고의 내용이 이미 다뤄지고는 있지만, 이때까지만 해도 극장은 '연극 무대'에 지나지 않는다. 그러나 살인자가 합창단의 노래에 이성을 잃고 본의 아니게 살인자임을 스스로 드러내는 순간 이미 무대는 거의 '법정'으로 변한다.(v. 153~160) 살인자 자신의 발설로, 우연히 떼를 지어 날아가던 두루미들을 본 순간 그가 그것을 자기가 저지른 행위에 대한 경고로 느꼈음이 드러나는 것이다. 그는 공범과 함께 붙들린다. 둘은 "재판장 앞으로" 끌려나오고 살인 행위를 자백하게 된다. "무대는 법정이 된다, / 그리고 악한들은 죄를 자백한다, / 복수의 화살 빛에 맞아."(v. 181 이하 계속)

이와 관련해 두 가지 잘못된 해석에 대해 경고하지 않을 수 없다. 범법자들의 정체를 드러내는 것은 결코 두루미(새)들이 아닌 것이다. 눈에 띄는 것은 극장 위를 날아 지나가는 "두루미 한 무리"에 관해 텍스트가 결정적 지점에서 보고하고 있다는 것이다. 이때 강조되는 것은 떼를 지어 시커멓게 날아가는 새의 무리(v. 159)이다. 그런데 그것은 이비쿠스를 동반하고 있던 두루미 새들이 이룬 "시커먼 편대"와는 분명히 다른 것이다. 한 무리의 두루미가 극장 위를 날아 지나가는 것은 우연한 현상이다. 그것이 범법 행위를 밝혀내는 데 기여하는 바가 없지는 않겠으나, 주인공이 죽어가면서 한 마지막 부탁을 우리가 알 수 없는 방식으로 시인이 실행하고 있음을 확인하는 징표는 결코 아닌 것이다. 마지막에 벌어지는 일을 우리는 발터

베냐민이 비극에 관한 자신의 저서(1928)에서 표현한 것처럼 "죄과를 다루는 자리에서 문제가 되는 사건의 씨앗(die Entelechie des Geschehens)",[215] 즉 보복의 여신들로 분장한 합창단이 연출해낸 엄청난 무대효과에 압도되어 살인자로서의 자기 정체를 스스로 발설하고 마는[216] 자기 고발 사건 전개의 법칙성이라 불러도 될 것이다. 이와 동시에 또 하나의 관점도 드러난다. 즉 합창단이 죄과와 그에 대한 가책을 문제 삼은 것이 살인자들로 하여금 자기들이 저지른 범죄를 연상케 만든 결정적인 계기요, 이때에 머리 위로 날아 지나가는 두루미 떼를 우연히 보게 된 것이 이 연상을 더욱 강화해준 것 또한 사실이기는 하나, 그것이 극장이라는 특수한 예술적 틀 밖에서 이뤄졌다면 그 효력은 그리 크지 않았을 것이라는 점이다. 그것은 (훔볼트가 찬사를 아끼지 않았듯이) 합창단의 입체적인 무대연출 효과인 것이다. 시커먼 연기를 뿜어대며 붉게 타고 있는 횃불을 손에 들고 뱀같이 흐트러지게 산발을 한 복수의 여신들이 독극물로 가득 채운 불룩한 배를 내휘두르며(v. 105 이하 계속) 등장하면서 살인자로 하여금 본의 아니게 자기 고발을 하도록 내몬 것이다.[217]

형이상학적인 문제가 아니라, 두루미 떼가 날아갔다는 우연의 차원과 무대가 지닌 예술 효과의 힘, 바로 이 구체적인 모티브 두 가지에 관하여 실러 자신은 1797년 9월 7일과 8일 괴테에게 보낸 편지에서 다음과 같이 언급하고 있다. "순전히 자연적인 우연이 파국을 설명해야 합니다. 이 우연이 두루미 떼로 하여금 극장 위를 날아 지나가게 한 것입니다. 살인자는 관객들 가운데에 있었지요. 그러나 연극 자체가 그를 감동시키거나 자책을 느끼게 한 것은 아닙니다. 이것은 나의 생각이 아닙니다. 연극이 자기의 행위를 그리고 그때에 일어났던 일을 기억하게 한 것입니다. 그로 인하여 마음이 동한 것이지요. 바로 이 순간에 두루미 떼가 나타났기 때문에 놀란 것입니다. 그는 머리 나쁜 단순한 놈이지요. 순간적인 인상에 완전히 맥이 풀리고 만 것입니다. 이러한 상황에서 큰 소리로 외친 것은 자연스러운 현상입니다."(NA 29, 126) 여기서 고대 그리스의 극장은 인간의 죄과를 드러내는 도덕적 심급으로서가 아니라 무의식의 세계를 노출하는 예술의 암시적 사건 진행 방식을 매개로 해서 그 효력을 발휘한다. 이와 같은 성격 규정으로 실러는 고대 아테네의 무대가 발휘하던 제사 의식의 기능을 당대의 다른 어떤 작가들보다도 정확하게 파악했다.[218] 프리드리히 니체는 1870년과 1871년에 걸쳐 발표한 비극 관련 이론서에서 고대 그리스 극예술의 근원을 추적하여 그것의 원형적("디오니소스적") 잠재 에너지와 신화적 기원을 밝혀내게 된다. 니체는 후에 가서 음악 정신에서 문화가 재탄생한다는 이념을 주장하게 되는데, 실러는 이와 전적으로 같은 내용을 1797년 12월 29일 괴테에게 보낸 편지에서 피력한다. 오페라에서 "고대의 바쿠스 축제의 합창단에서처럼 고상한 형태의 비극이 생겨나리라고" 기대한다는 것이다.(NA 29, 179) 종전의 해석들과는 달리 작가 자신이 사건을 평가함에 있어서는 회상한 것에 무게가 실려야 될 것이다. 형이상학이 아니라 심리학이, 도덕적 가르침이 아니라 극적 내지는 음악적 연출이 실러의 텍스트에서 범법자로 하여금 스스로를 폭로하는 심급들인 것이다. 작가에 의해 씌어진 '무대'에서 '법정'으로의 변이는 흔히 해석되듯이 무대 대사를 통하여 선언되는 도덕적 판결이라는 극장의 기능을 실천적으로 표현한 것이라 해석되어서는 안 될 것이다. 담시에서 복수의 여신들에 의한 합창은 오히려 도덕적 목적과는 상관없는 예술의 힘을 발휘하고 있는 것이다. 무대예술이 범죄행위의 속죄에 기여하는 것은 오로지 그의 압도하는 관능적 효력과 격정적 효력의 역동성 덕분인 것이다.

담시에 담긴 자연은 심리 효과를 얻고자 하는 의도에 의해 통제된다. 작가로서의 실러의 관심은 순수한 현상보다 자연의 신호 기능에 있는 것이다. 실러에게 자연현상은 오로지 시 형식이 제공하는 표본적 표현의 기능으로서만 그 의미를 가진다. 구체적인, 경우에 따라서는 극단에 접하기까지 하는 경험(1797년 11월 25일 자 괴테의 편지에 보이는 대목(NA 37/I, 179))과 관련된 상황에서 황홀경에 빠진 비정상적인 개인의 상태가 아니라, 그의 정신적·육체적 전 재산의 기본적 자산을 파악하는 것이 그의 목적인 것이다. 예술을 매개로 하여 자연의 위력을 인지하는 것은 이와 같이 인간학적 인간 인식을 전시하는 데 밑거름이 되는 것이다. 여기에 비합리적인 경험의 요소들이 끼어들 수는 있을 것이다. 그러나 괴테나 낭만주의 작가들의 작품에서처럼 그 자체가 비중을 얻지는 못한다.

마지막 시 작품들

노래, 수수께끼, 우화(1800~1804)

1800년 이후에도 실러는 대개의 경우 어떤 계기에 따라서 그런 것이기는 하지만 노래 텍스트들을 썼다. 그것들은 개별적으로 여러 포켓북(Taschenbuch), 여성용 달력, 연감 등에 발표되었다. 그중 더러는 그의 『시집』 제2집을 찍을 때 급히 끼워 넣기도 하고 다른 것들은 계획하고 있던 호화판을 낼 때 함께 출판하려고 놓아두었다. 여기서 언급해야 할 것은 우선 「그리움」(1801/02), 「테클라. 유령의 소리」(1802) 등과 같이 분위기 효과를 자아내고자 한 더 야심 찬 작업들, 또는 노래의 전형적인 변주 기법으로 서사적 요소를 펼쳐내고 있는 것들, 예컨대 시화집에 있는 「세상의 위대함」을 상기시키는 「순례자」(1803), 오페라와 같은 성향의 「빌헬름 텔」, 드라마 주변에 속하는 「산의 노래」(1803/04)(NA 2/I, 216 이하) 또는 「승리의 축제」 등이다. 실러는 1803년 6월 10일 쾨르너에게 보낸 편지에서 「승리의 축제」를 한 편의 "진지한 동아리 노래"라고 부르고 있다.(NA 32, 45)

후기 단계에 속하는 것들로서 또 다른 부류는 기회가 있어서 쓰게 된 사교 모임용 노래들이다. 그러나 이들을, 섬세한 문체로 된 「승리의 축제」를 실러 자신이 명백하게 구분해놓은 것처럼, 다분히 감상적 내용의 노래들인 첫 번째 부류와 갈라놓기는 거의 불가능할 것이다. 동아리 노래들은 대개의 경우 구체적인 계기가 있어서 만들어졌기에 장르상 기회시(Kausalpoesie)에 속한다 하겠다. 1801년 11월 이래로 괴테는 프라우엔플란에 있는 자신의 바이마르 저택에서 거의 20명에 달하는 손님들을 초청하여 두 주일에 한 번씩 정기적으로 모임을 주관하였다. 초청된 인사들은 영주와 왕세자, 실러와 (그의 아내) 샤를로테, 볼초겐 부부, 에글로프슈타인(Egloffstein) 가족, 추밀원 이사 아인지델(Einsiedel), 헨리에테 폰 볼프스켈(Henriette von Wolfskeel) 그리고 잡다한 여러 시종장들과 궁녀들이었다. 이 눈부신 인사들의 모임(대수롭지 않게 그저 "수요회 동아리"라 불렸지만)에는 시 낭송과 음악 프로그램이 필수적이었고, 집주인인 괴테와 실러 자신이 이를 준비해야 했다. "우리는 열심히 노래했고 술도 열심히 마셨다네. 아무도 이를 방해하지 못했지. 이런 기회에 나는 여러 가지 시적 소품들을 쓸 수 있었네. 큰 작품을 쓰고 있을 때엔 결코 할 수 없는 일이지"라고 실러는 1801년 11월 16일 쾨르너에게 보낸 편지에서 털어놓고 있다.(NA 31, 71) 그와 같은 짧은 기회시들로 실러는 형식적인 분위기를 누그러뜨리려 한 것이다. 그런 형식적인 분위기는 괴테가 더욱 큰 모임에서 즐겨 취한 의례적 태도로 인하여 생겨나곤 했다. 수요회 동아리도 후에 수많은 목격자들이 기억했듯이 초대자인 괴테가 생각해낸 번거로운 규정들에 시달려야 했던 것이다. 실러 자신이 동아리 노래의 모범으로 「벗들에게」, 「네 개의 시대」, 「순간의 덕」, 「바이마르의 왕세자에게」(1802) 등과 같은 텍스트들을 제공했다. 넓은 의미에서는 더 야심작이라 할 「승리의 축제」도 수요 모임과 관계된 작품이라 할 수 있다. 괴테 또한 동아리를 위해 수많은 노래를 지었는데 이들은 그가 1770년대 젊은 시절에 생산하던 작품의 세계에 연결된다. (괴테는 평생 기회시를 높이 평가했다.) 그가 수요회에 기여한 시들은 「창립 기념의 노래(Stiftungslied)」, 「새해에 부쳐(Zum Neujahr)」, 「봄의 신탁(Frühlingsorakel)」, 「총체적 고백(Generalbeichte)」, 「만찬의 노래(Tischlied)」 그리고 이미 1775년에 발표한 시를 개작한 「결속의 노래(Bundeslieds)」 등이다.[219] 통속적인 경박함을 면한 기품 있는 수준을 유지하기 위해 노력하는 와중에서 얼마나 많은 어려움이 있었는가에 관하여 실러는 쾨르너에게 보낸 1802년 2월 18일 편지에서 다음과 같이 쓰고 있다. “포에지(Poesie)를, 사교 모임을 위한 노래를 만들어내는 데 엄청난 암초 하나가 가로막고 있네. 실제 삶의 산문(Prosa)이 납덩어리처럼 상상력에 매달려 있네. (이런 말을 하면 자네에겐 실례가 되겠네만) 가장 구제할 길이 없는 프리메이슨 결사의 노래들 풍조에 빠질 위험이 항상 도사리고 있는 걸세.” 쾨르너 자신이 프리메이슨의 단원임을 고려하여 조심스럽게 표현한 이 발언은 더욱 단단한 것을 선호하는 괴테에 대해 명백한 거리감을 노출한 것이 아닐 수 없다. 괴테는 바로 여기서 문제가 되고 있는 프리메이슨 단원들의 노래를 아주 유용한, 본받아야 할 음악적 표현 형식의 모범이라 여긴 것이다. 이와 관련된 일로 짚고 넘어가야 할 것이 하나 있다. 스스로 통속적인 것을 즐기던 괴테는 그가 주관한 모임을 위해 통속적인 몇몇 텍스트들을 발표한 일이 있는데, 이를 실러는 “몇 가지 천박한 것들”(NA 31, 105)이라고 경멸조로 평한다. 고전주의적 틀에 갇힌 엄격한 형식의 원칙들이라는 허리띠를 좀 느슨하게 해주려는 목적으로 만든 노래들의 경우에서조차도 실러는 천박한 주제와 인기 위주의 표현이 아닌가 하는 의구심을 가진 것이다.

수요회 모임을 위해 실러와 괴테가 만든 노래시들에는 곡을 붙여야 했는데 이 작업을 음악적 소질이 있는 쾨르너가 짧은 기일 안에 멀리 드레스덴에서 맡아서 했다. 경우에 따라서는 이미 있는 곡들을 활용하기도 했다. 이 노래시들은 코타 출판사, 후버 출판사 또는 빌헬름 고틀리프 베커 출판사 등이 발행하던, 가벼운 화젯거리가 될 수 있는 텍스트 위주의 여성용 달력과 연감에 실렸다. 수요회 모임은 벌써 1802년 초에 끝나고 말았다. 이 모임에 초청되기를 희망하던 아우구스트 폰 코체부가 그 뜻이 무시되자 수요회와 경쟁하기 위해 같은 시일에 또 하나의 모임을 만들었기 때문이다. 사교 모임을 위한 노래시들을 실러는 그 후 자신의 마지막 활동 시기 동안에도 계속 썼다. 예컨대 바이마르 연극인 모임의 자축 행사와 관련해서 쓴 「펀치*의 노래」가 그것이다(「북녘에서 부르는 펀치의 노래」(1803)). 노래시를 구성함에 있어서 본질적으로 가장 이상적인 것은 텍스트와 음악의 박자가 서로 어긋남이 없이 상응하도록 하는 것이다. 실러가 거의 같은 시기에 「빌헬름 텔」 작업을 하면서 이 드라마의 오페라적인 기본 구조에서 버팀목이 될 요소들로 된 문체를 선호한 것은 우연한 일이 아닐 것이다. 여기서 드러나는 것은 생애의 마지막 2년 동안의 작업 과정을 지배하던 다음과 같은 생각이다. 즉 문학작품은 문학 장르의 차원을 넘어 그 효과를 확장해야 한다는 것이다. 이것은 후기 실러 미학이 특히 연극 분야에서 놀랍게도 낭만주의자들의 입장에 접근하고 있음을 말해주는 것이다.

자기의 노래시 「승리의 축제」의 원고를 보내면서 실러는(이 시가 그의 후기 시 작품 중 가장 중요한 것임에는 의심의 여지가 없을 것이다) 자기는 노래시

* 럼주에 설탕, 레몬, 차를 탄 오색주.

들을 (주어진 기회에 즉흥적으로 쓴) 기회시로 여기지 않는다는 점을 특별히 강조한다. 즉 1803년 5월 24일 괴테에게 보낸 편지에서 이 텍스트는 의식적으로 하나의 "이념"을 운문의 시로 엮어보자는 생각에서 쓴 것이라고 말한다. "왜냐하면 모든 사교 모임을 위한 노래시들은 그것이 시적 소재를 다루고 있지 않는 한, 프리메이슨 결사에서 부르는 노래들과 같은 천박한 말투에 빠지고 말 것이기 때문에"(NA 32, 42) 그렇게 했다는 것이다. 1803년 8월 13일 훔볼트에게 보낸 편지에서는 더 무게 실린 문장으로 다음과 같이 쓰고 있다. "삶이 포에지를 위해 어떠한 소재도" 제공하지 않으므로, 더 높은 수준의 소재를 얻고자 애쓰는 노래 하나를 짓기 위해서는 유일하게 호메로스 시대의 토양만이 좋은 열매를 보장해주는 기반이라는 것이다. 그러한 기반 위에서 우리는 섬세한 예술형식들을 위해 어떠한 소재도 제시하지 못하는 일상적인 관계들의 "산문"을 뒤로 하고 나아갈 수 있다는 것이다.(NA 32, 63) 여기서 우리는 실러가 1795년 11월 4일 헤르더에게 보낸 편지에 쓴 유명한 문구를 기억할 수 있으리라. 이미 8년 전에 실러는 "더러운" 현실을 피해 고대 그리스 고전주의의 세계로 망명의 길을 찾아 떠난 것이다.

언제나 노래시들이 이와 같은 프로그램대로 써질 수 있는 것은 아니다. 수요회 모임에 기여한 시들은 대개의 경우 계기가 있어서 만들어졌다는 성격을 띠고 있다. 「벗들에게」는 바이마르의 변두리 지역적 현실을 옹호하는 시이다. 문화의 도시 로마나 세련된 대도시 런던에 맞서 바이마르 궁정 극장의 패기를 두둔한다. 한눈에 들어오는 작은 관계들을 기반으로 한 소규모의 것이기는 하나 야심 찬 무대예술을 정착시키고자 하는 의욕에 넘친다는 것이다. 펀치 찬양의 노래는 정신과 판타지에 작용하는 술의 힘에 관한 생각들을 펼치면서 즐긴다. 이 오색주의 노래들은 그 말투에서 괴테가 만든 노래시들과 가장 잘 어울린다. 그렇지만 실러가 그의 편지에서 언급하고 있는 원칙적인 구상과는 어떤 식으로든 어울리지 않는다. 이에 반하여 젊은 노발리스가 비슷한 주제로 쓴 시들, 예컨대 유토피아적인 모티브들과 문화사적 배경을 투영하고 있는 1795년작 「오색주 마시며 노래하세(Lied beym Punsch)」는 노래시라는 장르가 얼마나 풍부한 가능성을 가지고 있는가를 증명해준다.[220]

「빌헬름 텔」을 쓰기 위한 준비 작업 과정에서 쌓은 스위스 알프스 지대에 관한 지리학적 지식을 활용하여 만든 「산의 노래」도 멋진 자연 풍경을 자의적으로 꾸며낸 것에 불과하고, 드라마(「빌헬름 텔」) 자체도 자연 풍경을 그런 방식으로 펼쳐놓은 것일 뿐이었다. 괴테는 이 노래시 텍스트를 1804년 1월 26일 편지에서 "고트하르트로 올라가는 멋진 산길"(NA 40/I, 169)이라 칭한다. 그러면서도 다른 시들을 언급하면서는 빠뜨리지 않고 늘 하는 칭찬의 말을 생략하고 있다. 더욱 품위 있는 시인 「승리의 축제」를 실러는 "사교 모임을 위한 진지한 시"라고 칭하였는데, 세속적인 주제들을 전적으로 피하면서, 트로이를 정복하고 난 후 그리스인들이 벌이는 축제를 멜랑콜리한 어조로 묘사한다. 텍스트는 스스로를 학문적 지식의 창고로 제시한다. 호메로스의 『일리아스』, 베르길리우스의 『아이네이스』에 나오는 에피소드들을 인용하는가 하면, 호라티우스의 시집 『카르미나』 그리고 오비디우스의 『변신 이야기』에서 뽑은 시구들을 매개로 삼고 있는 것이다. 승리의 축제가 말하고자 하는 내용은 요컨대 승리했다고 해서 무조건 기뻐만 할 일은 아니라는 것인데, 이러한 인식을 생식불능을 뚜렷하게 보여주는 어느 신화 장면의 옷을 입혀 은근히 서술하고 있는 것이다. 이 노래시와 함께 담시 「합스푸르크의 백작」을 우편으로 배달받은 쾨르너는 1803년 6월 19일 편지에서 담시에는 찬사를 아끼지 않으면서도 노래시에 관해서는 다음과 같이 짧게만 언급하고 있다. "「승리의 축제」는 그 발상이 좋고 시적 가치가 많다."(NA 40/I, 79) 이에 대한 답장에서 실러는 다음과 같이 내키지 않는 자기 옹호를 한다. "「승리의 축제」가 자네들에게는 별로 재미가 없을 걸세. 자네들은 호메로스의 세계에서 사는 것이 익숙하지 않을 테니까."(NA 32, 55) 이러한 관점에서 보면 신화 세계로의 망명은 합법적인 행위로서의 개인적 차원의 독서를 통해서 간신히 입증될 뿐이요, 누구나 그리하도록 요구할 수는 없는 것이다. 예술가로서 야망이 큰 실러가 1800년 이후로는 시를 결정적인 무게가 없는 부차적 성격의 장르로 대했음이 분명하다. 이제 개인과 역사, 사회의 상호 관계에 대한 큰 문제는 드라마를 통해서만 다루게 될 것이다.

후기 시 작품에서 마지막 부류를 이루는 것은 수수께끼 시이다. 이미 1790년대 중순부터 실러는 수많은 에피그람(2행시)과 잠언시를 생산했고 그것들은 《문예연감》과 《호렌》에 실렸다. 이들은 때때로 원고 펑크를 메우기 위해서, 그리고 개별적인 호(號)의 존속을 유지하기 위해서 만들어진 기회시였다. 그러나 이들 텍스트에서는 촌철의 문체를 선호하는 실러의 지성이 독자를 자극한다. 잠언시 부류에 속하는 것으로는 「요람의 아이」, 「불변의 것」, 「제우스가 헤라클레스에게」, 「공자의 말」, 「독일과 독일 영주들」, 「씨 뿌리는 사람」, 「최상의 국가」, 「최고의 것」, 「불멸성」, 「신의 출현」(1795), 「정치적 교훈」, 「입법자에게」, 「인간의 품위」, 「오벨리스크」, 「개선문」, 「아름다운 다리」, 「성문」, 「베드로 성당」(1796) 등이 있다.

실러는 2행시의 기법을 우화와 수수께끼로 끌어들여서, 그가 바이마르 극장 공연을 위해 작업한 드라마 작품에 사용하였다. 프리드리히 아우구스트 클레멘스 베르테(Friedrich August Clemens Werthe)가 고치의 「투란도트」를 산문으로 개작한 것을 토대로 한 작품이었다. 「투란도트」가 초연된 것은 1803년 1월 30일이었고, 실러가 이 작품을 쓴 것은 1801년 11월부터 1804년 1월 10일 사이의 기간이었다. 첫 번째 수수께끼 세 가지는 1802년에 출간된 그의 『투란도트』 번안 책자에 포함되었다. 그중의 하나(「세월(Das Jahr)」)는 고치 자신이 직접 쓴 것이고 베르테의 번역에도 그대로 수록되었다.(NA 14, 139, Nr. 1) 그 밖의 단시(短詩) 열두 편은 1803년에 그의 『시집』 제2집에 「우화와 수수께끼(Parablen und Räthsel)」라는 항목으로 묶여 출간됐고, 1805년에는 2판이 나왔다. 그와는 별도로 그것들만이 『1803년도 포켓북』에도 실렸고 그의 사후 『1806년도 여성을 위한 포켓북』에도 포함되었다. 목적을 가진 지적인 성격의 차원을 넘어서 순수한 시적 품질을 지닌 것은 몇 편 되지 않는다. 특히 깊은 인상을 남기는 시는 「무지개」이다. 그것의 첫 시구는 괴테의 소설 「수업 시대」 제7장의 도입부를 연상케 한다. "진주들로 다리가 엮이었구나 / 시커먼 바다 위에 드높이. / 순식간에 놓인 다리, / 빛나면서 드높이 솟는구나."(NA 14/, 141, Nr. 4)

상연 때마다 공주 투란도트의 구혼자들이 풀어야 할 수수께끼가 세 개 필요했는데, 실러는 1802년 한 해 동안에 필요 이상으로 수수께끼 시들을 만들어두었기 때문에 이들 텍스트를 자유로이 선택해서 배합할 수 있었다. 가장 길어야 3절 이내인 시들은 주로 놀라게 하는 효과로 관객을 즐겁게 해주기 위해 고안되었다. 관객에게 그들이 예상치 못한 새로운 수수께끼들을 제공하자는 것이 작가의 의도였던 것이다. 그렇게 함으로써 관객들로 하여금 시험을 치르는 구혼자들의 입장을 추체험할 수 있게 해줄 수 있다고 생각한 것이다.(NA 14, 139 이하 계속) 문자는 고치지 않고 수수께끼들을 교체하기만 하는 이 재치 있는 배합 기법(ars combinatoria)은 시인 실러의 독창성이 어디에 있는가를 다시 한번 보여준다. 여기서 내재적으로 긴장에 차 있는 사고 예술의 동력으로 실러는 자기 자체의 시적 윤곽을 얻게 된다. 이 점을 그의 동시대인 가운데서 빌헬름 폰 훔볼트보다 더 정확하게 인식한 사람은 없을 것이다. 그는 1830년 실러와의 서신 교환집을 발간하기에 앞서 이를 예고하는 글에서, 구김살을 없애고 조화를 이루고자 하는 의도에서 자유롭지 않은 판단이기는 하나, 다음과 같이 쓰고 있는 것이다. "그의 안에 있는 것은 오로지 활동에 의해서 얻어진 것이다. 그가 파악하여 간직하고 있는 것은 단 하나의 통일된 생각이다. 다만 여러 가지 다른, 특히 상호 대립적인 힘들로 인한 긴장과 방향에 의해 달리 주어질 뿐이다. 매 순간의 생각에는 이러한 형태에 부어넣은, 혼신을 다한 정신이 스며 있다."[221]

후주

서론

1) Hofmannsthal: Hugo v.: Gesammelte Werke. Reden und Aufsätze I(1891-1913), 351쪽 이하.
2) Koopmann(발행): Schiller-Handbuch, 809쪽 이하 계속.

제6장

1) Köster(발행): Die Briefe de Frau Rätin Goethe, Bd. II, 175쪽.
2) Herder: Sämmtliche Werke, Bd. I, 412쪽.
3) Nietzsche: Werke, Bd. I, 144쪽 이하.
4) Nietzsche: Werke, Bd. I, 928쪽.
5) Borchmeyer: Weimarer Klassik. Portrait einer Epoche, 13쪽 이하 계속과 비교.
6) Vosskamp, 게재서: Vosskamp, Wilhelm(발행), Klassik im Vergleich. Normativität und Historizität europäischer Klassiken, 248쪽 이하 계속.
7) Fischer-Lichte, 게재서: Conrady, Karl Otto(발행), Deutsche Literatur zur Zeit

der Klassik, 114쪽 이하 계속.

8) Nietzsche: 앞의 책, 929쪽.

9) Borchmeyer: Weimarer Klassik. Portrait einer Epoche, 25쪽 이하 계속; Reed, Die klassische Mitte. Goethe und Weimar 1775–1832, 13쪽 이하와 비교.

10) Mann, Essays, Bd. III, 105쪽.

11) Wölfflin, Kunstgeschichtliche Grundbegriffe, 22쪽 이하 계속.

12) Malsch u. Mandelkown, 게재서: Conrady, Karl Otto(발행), Deutsche Literatur zur Zeit der Klassik, 381쪽 이하 계속, 423쪽 이하 계속, 그 밖에 G. Schulz, *In wiefern die Idee: Schönheit sey Vollkommenheit mit Freyheit, auf organische Naturen angewendet werden könne*, 59쪽 이하 계속, Grimm/Hermand(발행), Die Klassik-Legende. Second Wisconsin-Workshop과 비교.

13) Goethe: Sämtliche Werke, Bd. XIV, 180쪽; vgl. Boyle: Goethe. Der Dichter in seiner Zeit. 340쪽 이하 계속.

14) Goethe: Sämtliche Werke, Bd. XIV, 180쪽.

15) Goethe: Sämtliche Werke, Bd. XV, 181쪽.

16) Goethe: Sämtliche Werke, Bd. XIV, 182쪽; Borchmeyer: Weimarer Klassik. Portrait einer Epoche, 34쪽 이하와 비교.

17) Schlegel: Werke. Kritische Ausgabe, Bd. II, 79쪽 이하.

18) Schlegel: Werke. Kritische Ausgabe, Bd. II, 80쪽 이하.

19) Novalis: Werke, Tagebücher und Briefe, Bd. II, 413쪽.

20) Moritz: Werke, Bd. II, 558쪽.

21) Moritz: 앞의 책, Bd. II, 543쪽.

22) Kant: Werke, Bd. X, 134쪽(§9).

23) Kant: 앞의 책, Bd. X, 115쪽(§17).

24) Goethe: Sämtliche Werke, Bd. XIII, 71쪽.

25) Goethe: Sämtliche Werke, Bd. XIII, 178쪽.

26) Schmidt: Die Geschichte des Genie-Gedankens in der deutschen Literatur, Philosophie und Politik. Bd. I, 422쪽.

27) Luhmann: Stil. Geschichten und Funktionen eines kulturwissenschaftlichen Diskurselementes, Gumbrecht/Pfeiffer(발행), 620쪽 이하 계속.

28) Habermas: Theorie des kommunikativen Handelns, Bd. II, 584쪽.

29) Jean Paul: Sämtliche Werke, Bd. I,5, 31쪽.

30) Winckelmann: Gedanken über die Nachahmung der griechischen Werke in der Malerei und Bildhauerkunst(1755), 20쪽.
31) Herder: 앞의 책, Bd. VIII, 10쪽.
32) Herder: 앞의 책, Bd. VIII, 16쪽.
33) Herder: 앞의 책, Bd. VIII, 87쪽.
34) Goethe: Sämtliche Werke, Bd. XIII, 70쪽.
35) Goethe: Sämtliche Werke, Bd. XIII, 141쪽 이하.
36) Goethe: Sämtliche Werke, Bd. XIII, 125쪽.
37) Goethe: Sämtliche Werke, Bd. XIII, 164쪽.
38) Müller-Seidel: Die Geschichtlichkeit der deutschen Klassik. Literatur und Denkformen um 1800, 39쪽과 비교.
39) Goethe: Sämtliche Werke, Bd. XIII, 415쪽.
40) Goethe: Sämtliche Werke, Bd. XIII, 145쪽.
41) Goethe: Sämtliche Werke, Bd. I, 429쪽.
42) Herder: 앞의 책, Bd. XVII, 119쪽.
43) Goethe: Sämtliche Werke, Bd. I, 167쪽.
44) Herder: 앞의 책, Bd. XVIII, 502쪽.
45) Böttiger: Literarische Zustände und Zeitgenossen, I, 16쪽.
46) Schings: Freiheit in der Geschichte. Egmont und Marquis Posa im Vergleich, I, 150쪽 이하 계속, 156쪽 이하 계속과 비교.
47) Urlichs(발행): Charlotte von Schiller und ihre Freunde, Bd. II, 277쪽.
48) Veil: Schillers Krankheit. Eine Studie über das Krankheitsgeschehen in Schillers Leben und über den natürlichen Todesausgang. 87쪽과 Theopold: Schiller. Sein Leben und die Medizin im 18. Jahrhundert, 152쪽 이하 계속.
49) v. Wolzogen: Schillers Leben. Verfaßt aus Erinnerungen der Familie, seinen eigenen Briefen und den Nachrichten seines Freundes Körner, II, 83쪽.
50) Veil: 앞의 책, 90쪽.
51) FA VIII, 1194쪽 이하.
52) Hecker: Schillers Tod und Bestattung. Nach Zeugnissen der Zeit, im Auftrag der Goethe-Gesellschaft, 34쪽; Oellers: Friedrich Schiller. Zur Modernität eines Klassikers, 12쪽 이하 계속과 비교.
53) Bd. II, Hft. 6, 124쪽 이하.

54) H. Schulz: Friedrich Christian Herzog zu Schleswig-Holstein. Ein Lebenslauf, 68쪽 이하 계속, Zimmermann: Johann Georg. Ueber die Einsamkeit, 89쪽.
55) Zit. nach H. Schulz: Friedrich Christian Herzog zu Schleswig-Holstein. Ein Lebenslauf, 72쪽.
56) Schings: Freiheit in der Geschichte. Egmont und Marquis Posa im Vergleich, I, 196쪽.
57) H. Schulz(발행): Aus dem Briefwechsel des Herzogs Friedrich Christian zu Schleswig-Holstein, 149쪽.
58) Schings: Freiheit in der Geschichte. Egmont und Marquis Posa im Vergleich, I, 202쪽 이하 계속.
59) Lecke(발행): Friedrich Schiller, Bd. I, 404쪽 이하 계속과 비교.
60) Schings: Freiheit in der Geschichte. Egmont und Marquis Posa im Vergleich, I, 206쪽 이하.
61) Wilson: Geheimräte gegen Geheimbünde. Ein unbekanntes Kapitel der klassisch-romantischen Geschichte Weimars, 165쪽.
62) v. Wolzogen, 앞의 책, II, 103쪽.
63) v. Wolzogen, 앞의 책, II, 102쪽.
64) Biedermann(발행): Schillers Gespräche, 218쪽 이하.
65) Urlichs(발행): 앞의 책, 218쪽 이하.
66) Spemann: Dannecker, Berlin, Anhang 64쪽.
67) Lohrer: Cotta. Geschichte eines Verlags. 1659–1959, 90쪽, Fröhlich, in Koopmann(발행): Schiller-Handbuch, 87쪽과 비교.
68) Moritz: 앞의 책, Bd. II, 572쪽.
69) Kant: 앞의 책, Bd. X, 134쪽 이하 계속(§§10 이하 계속).
70) Reinhold: Briefe über die Kantische Philosophie(1790–92; zuerst 1786–87), 96쪽.
71) Kant: 앞의 책, Bd. X, 512쪽 이하.
72) Kant: 앞의 책, Bd. X, 137쪽 이하 계속, 319쪽 이하 계속(§§12 이하 계속; 65쪽).
73) Kant: 앞의 책, Bd. III, 111쪽 이하 계속, Kant: 앞의 책, Bd. X 115쪽 이하 계속.
74) Kant: 132쪽.
75) Kant: 앞의 책, Bd. X, 157쪽.
76) Kant: 앞의 책, Bd. X, 155쪽.

77) Kant: 앞의 책, Bd. X, 124쪽 이하.

78) Feger: Die Macht der Einbildungskraft in der Ästhetik Kants und Schillers, 127쪽 이하 계속과 비교.

79) Kant: 앞의 책, Bd. VII, 140쪽(§7).

80) Kant: 앞의 책, Bd. X, 294쪽.

81) Kulenkampff(발행): Materialien zu Kants *Kritik der Urteilskraft*, 126쪽 이하.

82) Reinhold: Briefe über die Kantische Philosophie(1790–92; zuerst 1786–87), 326쪽.

83) v. Humboldt: Gesammelte Schriften, Bd. II, 57쪽 이하 계속.

84) Berghahn, 게재서: Wittkowski, Wolfgang(발행), Revolution und Autonomie. Deutsche Autonomieästhetik im Zeitalter der Französischen Revolution. Ein Symposium, 226쪽.

85) Szondi: Poetik und Geschichtsphilosophie, Bd. II, 57쪽 이하 계속과 비교.

86) Lecke(발행): 앞의 책, Bd. I, 401쪽.

87) Ps.-Longinos: Vom Erhabenen. Griechisch und Deutsch, hg. u. übersetzt v. Reinhard Brabdt, 12, 3쪽 이하, 19, 1쪽 이하.

88) Dennis: 380쪽.

89) Zelle: Carsten. Die dopplete Ästhetik der Morderne. Revisionen des Schönen cvon Boileau bis Nietzsche, 3쪽 이하, 150쪽 이하 계속과 비교.

90) Ps.-Longinos: 앞의 책, 15, 12쪽.

91) Aristoteles: Poetik. Griechisch-Deutsch, übers. und hg. v. Manfred Fuhrmann, 1449b쪽.

92) Aristoteles: 앞의 책, 1452b–1453a쪽.

93) Ueding: Schillers Rhetorik. IdealistischeWirkungsästhetik und rhetorische Tradition, 76쪽과 비교.

94) Abel: Eine Quellenedition zum Philosophieunterricht an der Stuttgarter Karlsruhe(1773–1782), 230쪽 이하 계속. Riedel, 게재서 : Abel, 앞의 책, 439쪽 이하와 비교.

95) Berghahn: Das "Pathetischerhabene". Schillers Dramentheorie, in. Deutsche Dramentheorien. Beiträge zu einer historischen Poetik des Dramas in Deutschland, 202쪽 이하 계속. Homann: Erhabenes und Satirisches. Zur Grundlegung einer Theorie ästhetischer Literatur bei Kant und Schiller, 62쪽

이하 계속과 비교.

96) Kant: 앞의 책, Bd. VII, 144쪽(§8, Lehrsatz IV).

97) Kant: 앞의 책, Bd. X, 178쪽(§26).

98) Borchmeyer: Weimarer Klassik. Portrait einer Epoche, 210쪽 이하 계속, Düsing: Schillers Idee des Erhabenen, 150쪽 이하 계속, Puntel: Die Struktur künstlerischer Darstellung. Schllers Theorie der Versinnlichung in Kunst und Literatur, 62쪽 이하와 비교.

99) Bloch: Naturrecht und munschliche Würde, 14쪽과 Meyer: Das unglücklische Bewußtsein. Zur deutschen Literaturgeschichte von Lessing bis Heine, 314쪽 이하를 비교.

100) Hofmannsthal: Gesammelte Werke. Reden und Aufsätze I (1891–1913), 353쪽.

101) Jean Paul: Sämtliche Werke. Historischßkritische Ausgabe, Bd. III,2, 96쪽.

102) Jean Paul: Sämtliche Werke, Bd. I,3, 37쪽

103) Adorno: Minima Moralia, 110쪽.

104) Frank: Einführung in die frühromantische Ästhetik, 118쪽과 비교.

105) Düsing, 게재서: Bolten, Jürgen(발행): Schillers Briefe über die ästhetische Erziehung, 197쪽 이하와 Dod: Die Vernünftigkeit der Imagination in Aufklärung und Romantik. Eine komparatistische Studie zu Schillers und Shelleys ästhetischen Theorien in ihrem europäischen Kontext, 186쪽 이하 계속과 비교.

106) Frank: Einführung in die frühromantische Ästhetik, 112쪽과 Boyle: 앞의 책, Bd. II, 1791–1803, 84쪽 이하 계속과 비교.

107) Strube: Schillers Kallias-Briefe oder über die Objektivität des Schönen, in. Literaturwissenschaftliches Jahrbuch 18(1977), 120쪽 이하와 비교.

108) Bürger: Zur Kritik der idealistischen Ästhetik, 60쪽 이하와 비교.

109) Hamburger: Schillers Fragment Der Menschenfeind und die Idee der Kalokagathie, in. DVjs 30(1956), 384쪽 이하 및 Strube: 앞의 책, 121쪽 이하와 비교.

110) v. Humboldt(발행): Briefwechsel zwischen Schiller und Wilhelm v. Humboldt, 11쪽.

111) Home: Grundsätze der Kritik. Übers. v. Nicholaus Meinhard, Bd. III, 41쪽.

112) Wieland: Sämmtliche Werke in 39 Bänden, Leipzig 1794–1811. Faksimile-

Neudruck, Supplemente Ⅳ, 163쪽.

113) Sulzer: Allgemeine Theorie der Schönen Künste. Erster/Zweyter Theil, Leipzig 1773–75, Bd. II, 524쪽. Koopmann: Forschungsgeschichte, in. Schiller-Handbuch, 590쪽 이하와 비교.

114) Wieland: Sämmtliche Werke in 39 Bänden, Leipzig 1794–1811. Faksimile-Neudruck, Bd. X, 10쪽 이하.

115) Lessing: Werke, Bd. IV, 249쪽.

116) Brandstetter, 게재서: Aurnhamer, Achim 외(발행): Schiller und die höfische Welt, 79쪽 이하.

117) Kant: 앞의 책, Bd. VII 133쪽 이하 계속(§3, Lehrsatz II).

118) Reinhold: Briefe über die Kantische Philosophie(1790–92; zuerst 1786–87), 372쪽 이하.

119) Kant: 앞의 책, Bd. VIII, 669쪽.

120) Riedel: *Der Spaziergang*. Ästhetik der Landschaft und Geschichtsphilosophie der Natur bei Schiller, 73쪽 이하와 비교.

121) G. Schulz: Schillers Horen. Politik und Erziehung, 145쪽.

122) Bolten: 앞의 책, 266쪽 이하와 Zelle: 앞의 책, 163쪽 이하의 Barnouw를 비교.

123) Wilkinson/Willoughby: Schillers Ästhetik Erziehung des Menschen. Eine Einführung, 21쪽 이하.

124) Furet/Richet: Die Französische Revolution. Aus dem Französischen übers. v. Ulrich Friedrich Müller, 268쪽.

125) Urlichs(발행): 앞의 책, Bd. II, 293쪽.

126) Zimmermann: Die Französische Revolution in der deutschen Literatur, 47쪽 이하의 Wild와 비교.

127) Klopstock: Ausgewählte Werke, 66쪽.

128) Goethe: Sämtliche Werke, Bd. XII, 368쪽.

129) Goethe: Sämtliche Werke, Bd. XVI, 881쪽.

130) Reed: Die klassische Mitte. Goethe und Weimar 1775–1832, 184쪽 이하와 비교.

131) Wieland: Aufsätze zu Literatur und Politik, 146쪽.

132) Wieland: Aufsätze zu Literatur und Politik, 147쪽.

133) Wieland: Aufsätze zu Literatur und Politik, 164쪽.

134) Zimmermann: Die Französische Revolution in der deutschen Literatur, 62쪽의 Wild와 G. Schulz: Schillers Horen. Politik und Erziehung, 124쪽 이하 계속, Fink: Wieland und die Französische Revolution, in. Brinkmann 외: Deutsche Literatur und Französische Revolution, 8쪽 이하 계속과 비교.

135) Goethe: Sämtliche Werke, Bd. I, 233쪽 .

136) Träger: Die Französische Revolution im Spiegel der deutschen Literatur, 941쪽.

137) Bollacher: Nationale Barbarei oder Weltbürgertum. Herders Sicht des siècle des lumières in den frühen Schriften, in. Nationen und Kulturen. zum 250. Geburtstag J. G. Herders, 137쪽.

138) Herder: 앞의 책, Bd. XIII, 15쪽 이하 계속.

139) Herder: 앞의 책, Bd. XVIII, 332쪽과 Wilson: Das Goethe-Tabu. Protest und Menschenrechte im klassischen Weimar, 255쪽 이하와 비교.

140) Herder: 앞의 책, Bd. XVI, 117쪽 이하.

141) Herder: 앞의 책, Bd. XVIII, 332쪽.

142) Novalis: 앞의 책, Bd. II, 278쪽.

143) Eke: Signaturen der Revolution. Frankreich-Deutschland. deutsche Zeitgenossenschaft und deutsches Drama zur Französischen Revolution um 1800, 170쪽 이하와 비교.

144) Fichte: Beitrage zur Berichtigung der Urteile des Publikums über die französische Revolution(1793), 5쪽.

145) Fichte: Briefwechsel. Reprografischer Nachdruck der zweiten Auflage 1930, Bd. I, 449쪽 이하.

146) 〔v. Genz〕: Briefe von und an Freidrich von Gentz, 178쪽 이하와 Borchmeyer: Rhetorische und ästhetische Revolutionskritik. Edmund Burke und Schiller, in. Klassik und Moderne. Die Weimarer Klassik als historisches Ereignis und Herausforderung um kulturgeschuchtlichen Prozeß. Walter Müller-Seidel zum 65. Geburtstag, 70쪽 이하와 비교.

147) Marx: Zur Kritik der Hegelschen Rechtsphilosophie. Einleitung(1844), in. Marz, Karl u. Engels, Friedrich. Werke, Bd. I, 383쪽.

148) Träger: 앞의 책, 192쪽.

149) Rehberg: Untersuchungen über die franzöcische Revolution nebst kritischen Nachrichten von den merkwürdigen Schriften welche darüber in Frankreich

erschienen sind, Ⅰ, 52쪽 이하.

150) Reinhold: Briefe über die Kantische Philosophie(1790–92; zuerst 1786–87), 96쪽.

151) Träger: 앞의 책, 192쪽.

152) Kant: 앞의 책, Bd. XI, 358쪽.

153) Hegel: Werke, Bd. I, 234쪽.

154) Hegel: 앞의 책, Bd. XII, 529쪽.

155) Eke: 앞의 책, 12쪽 이하.

156) Mirabeau: Travail sur l'éducation nationale(1790), in. Collection Complet des Travezux de M. Mirabeau Lainé à L'Assembleé Nationale, 540쪽 이하.

157) Urlichs(발행): 앞의 책, Bd. II, 288쪽.

158) High: Schillers Plan, Ludwig XVI in Paris zu verteidigen, in. JDSG 39(1995), 184쪽 이하 계속과 비교.

159) Burke: Reflections on the Revolution in France(1790), 8쪽.

160) Eke: 앞의 책, 144쪽 이하 계속과 비교.

161) Gleim: Von und an Herder. Ungedruckte Briefe aus Herders Nachlaß, Bd. I, 157쪽.

162) Kant, Immanuel. Werke, hg. v. Wilhelm Weischedel, Frankfurt/M. 1977. 제8권, 433쪽.

163) Wilson: Das Goethe-Tabu. Protest und Menschenrechte im klassischen Weimar, 219쪽 이하.

164) Biedermann(발행): Deutschland im 18. Jahrhundert, 208, 226쪽.

165) Koopmann(발행): Forschungsgeschichte, in. Schiller-Handbuch의 Boerner와 비교.

166) Campe: Briefe aus Paris zur Zeit der Revolution geschrieben(1790). Faksimile-Neudruck,4쪽 이하.

167) Schings: Philosophie der Liebe und Tragödie des Universalhasses. Die Räuber im Kontext von Schillers Jugendphilosophie Ⅰ, in. Jahrbuch des Wieber Goethe-Vereins 84/85(1980–81), Ⅰ, 187쪽 이하 계속.

168) Hölderlin: Sämtliche Werke. Große Stuttgarter Ausgabe, Bd. III, 31쪽.

169) Zelle: 앞의 책, 170쪽 이하.

170) Wittkowski(발행): Revolution und Autonomie. Deutsche Autonomieästhetik

im Zeitalter der Französischen Revolution. Ein Symposium, 277쪽 이하 계속의 Brochmeyer와 비교.

171) Wittkowski(발행): Revolution und Autonomie. Deutsche Autonomieästhetik im Zeitalter der Französischen Revolution. Ein Symposium, 248쪽 이하의 Bräutigam과 비교.

172) Mayer: Das unglückliche Bewußtsein. Zur deutschen Literaturgeschichte von Lessing bis Heine, 299쪽.

173) Berghahn: Schiller. Ansichten eines Idealisten, 147쪽 이하와 비교.

174) FA 8, 556쪽.

175) Weiss: Hölderlin. Stück in zwei Akten. Neufassung, 61쪽.

176) Moritz: 앞의 책, Bd. III, 187쪽.

177) Fichte: Werke. Gesamtausgabe der Bayerischen Akademie der Wissenschaften, Bd. III, 37쪽.

178) Borchmeyer: Aufklärung und praktische Kultur. Schillers Idee der ästhetischen Erziehung, in. Naturplan und Verfallskritik. Zu Begriff und Geschichte der Kultur, 122쪽 이하.

179) v. Wolzogen: 앞의 책, II, 71쪽.

180) Reinhold: Briefe über die Kantische Philosophie(1790–92; zuerst 1786–87), 436쪽과 Pott: Die Schöne Freiheit. Eine Interpretation zu Schillers Schrift *Über die ästhetische Erziehung des Menschen in einer Reihe von Briefen*, 34쪽과 비교.

181) Reinhold: Versuch einer neuen Theorie des menschlichen Vorstellungsvermögens(1789). Faksimile-Neudruck, 567쪽 이하 계속.

182) Reinhold: Versuch einer neuen Theorie des menschlichen Vorstellungsvermögens(1789). Faksimile-Neudruck, 574쪽.

183) Ziolkowski: Das Wunderjahr in Jena. Geist und Gesellschaft 1794/95, 131쪽 이하와 비교.

184) Fichte: Grundlage der gesamten Wissenschftslehre(1794), 51쪽 이하.

185) Fichte: Grundlage der gesamten Wissenschftslehre(1794), 58쪽 이하.

186) Ziolkowski: 앞의 책, 134쪽 이하 계속, Pott: 앞의 책, 22쪽 이하 계속과 Bolten(발행): 앞의 책, 284쪽의 Hogrebe를 비교.

187) Bolten(발행): 앞의 책, 240쪽 이하의 Janke와 비교.

188) Dod: 앞의 책, 57쪽.

189) Kant: 앞의 책, Bd. X, 132쪽.

190) Luhmann: Die Kunst der Gesellschaft, 391쪽.

191) Benjamin: Gesammelte Schriften, Bd. I, 261쪽.

192) Fichte: Grundlage der gesamten Wissenschaftslehre(1794), 27쪽 이하.

193) Tschierske: Vernunftkritik und ästhetische Subjektivität. Studien zur Anthropologie Freidrich Schillers, 204쪽 이하 계속, 276쪽 이하 계속과 비교.

194) Wittkowski(발행): Revolution und Autonomie. Deutsche Autonomieästhetik im Zeitalter der Französischen Revolution. Ein Symposium, 244쪽 이하의 Bräutigam과 비교.

195) Tschierske: 앞의 책, 350쪽 이하와 Bürger: Zur geschichtlichen Begründung der Autonomieästhetik Schillers, in. Dies.. Der Ursprung der bürgerlichen Institution Kunst im höfischen Weimar. Literatursoziologiesche Untersuchungen zum klassischen Goethe, 132쪽 이하를 비교.

196) Hölderin: Sämtliche Werke. Große Stuttgarter Ausgabe, Bd. VI, 229쪽.

197) Bolten(발행): 앞의 책, 180쪽 이하의 Grimminger를 비교.

198) Bräutigam: Rousseaus Kritik ästhetischer Versöhnung. Eine Problemvorgabe der Bildungsästhetik Schillers, in. JDSG 31(1987), 153쪽 이하와 비교.

199) Weissberg: Geistersprache. Philosophischer und literarischer Diskurs im späten 18. Jahrhundert, 146쪽 이하 계속과 비교.

200) Hegel: 앞의 책, Bd. XIII, 151쪽.

201) Wittkowski(발행): Friedrich Schiller. Kunst, Humanität und Politik in der späten Aufklärung. Ein Symposium, 147쪽 이하의 Barnouw와 비교

202) Hegel: 앞의 책, Bd. XIII, 202쪽 이하 계속.

203) Hegel: 앞의 책, Bd. XIII, 141쪽.

204) Hegel: 앞의 책, Bd. XIII, 142쪽과 Tschierske: 앞의 책, 3쪽 이하를 비교.

205) v. Wiese: Das Problem der ästhetischen Versöhnung bei Schiller und Hegel, in. JDSG 9(1965), 181쪽 이하와 비교.

206) Berghahn: Schiller. Ansichten eines Idealisten, 129쪽 이하와 Hinderer: Utopische Elemente in Schillers ästhetischer Anthropologie, in. Literarische Utopie-Entwürfe, 173쪽 이하, Riecke-Niklewski: Die Metaphorik des Schönen. Eine kritische Lektüre der Versöh-nung in Schillers Über die

ästhetische Erziehung des Menschen in einer Reihe von Briefen, 107쪽 이하를 비교.

207) Novalis: 앞의 책, Bd. II, 303쪽.

208) [Garve-Weiße]: Briefe von Christian Garve an Christian Felix Weiße und einige andere Freunde, Bd. II, 188쪽.

209) Herder: 앞의 책, Bd. XXII, 218쪽.

210) Herder: 앞의 책, Bd. XXII, 332쪽.

211) Jean Paul: Sämmtliche Werke, Bd. I, 26쪽 이하, 444쪽 이하.

212) Rohrmoser: Zum Problem der ästhetischen Versöhnung. Schiller und Hegel, in. Euphorion 53(1959), 360쪽 이하와 Lukács: Der Briefwechsel zwischen Schiller und Goethe, in. Gesammelte Werke. Bd. VII, 17쪽 이하를 비교.

213) Zelle: 앞의 책, 174쪽 이하 계속.

214) Henrich: Der Begriff der Schönheit in Schillers Ästhetik, in: Zeitschrift für philosophische Forschung 11(1958), 544쪽 이하.

215) Dod: 앞의 책, 495쪽 이하.

216) Schelling: Ausgewählte Schriften in 6 Bänden, Bd. I, 697쪽.

217) Hegel: 앞의 책, Bd. XIII, 89쪽.

218) Hegel: 앞의 책, Bd. XIII, 91쪽.

219) Wentzlaff-Eggebert: Friedrich-Wilhelm: Schillers Weg zu Goethe와 Böhler: Die Freundschaft von Schiller und Goethe als literatursoziologisches Paradigma, in. Internationales Archiv für Sozialgeschichte der deutschen Literatur 5(1980), 33쪽 이하 계속, Graham: "Zweiheit im Einklang". Der Briefwechsel zwischen Schiller und Goethe, in: Goethe-Jahrbuch 95(1978), 46쪽 이하 계속, Oellers: Friedrich Schiller. Zur Modernität eines Klassikers, 81쪽 이하 계속, Boyle: 앞의 책, 282쪽을 비교.

220) Ueding: Klassik und Romantik. Deutsche Literatur im Zeitalter der Französischen Revolution 1789-1815, 75쪽과 Koppmann: Schiller-Handbuch, 217쪽 이하의 Reed와 Lukács: 앞의 책, Bd. VII, 91쪽 이하를 비교.

221) Oellers: Schiller-Zeitgenosse aller Epochen. Dokumente zur Wirkungsgeschichte Schillers in Deutschland. Teil I 1782-1859, Bd. I, 490쪽.

222) Goethe: Werke, Abt. IV, Bd. 2, 262쪽 이하.

223) Boyle: 앞의 책, 315쪽 이하와 Sengle: Das Genie und sein Fürst. Die

Geschichte der Lebensgemeinschaft Goethes mit dem Herzog Carl August, 64쪽 이하를 비교.

224) Goethe: Werke, Abt. IV, Bd. 8, 105쪽.

225) Goethe: Sämtliche Werke, Bd. XI, 170쪽.

226) Goethe: Werke, Abt. IV, Bd. 9, 213쪽.

227) Goethe: Werke, Abt. IV, Bd. 9, 197쪽; Goethe: Sämtliche Werke, Bd. I, 226쪽.

228) Goethe: Sämtliche Werke, Bd. XII, 620쪽.

229) Goethe: Werke, Abt. I, Bd. 28, 374쪽.

230) Goethe: Sämtliche Werke, Bd. XII, 621쪽.

231) Jean Paul: Sämtliche Werke. Historisch-kritische Ausgabe, Bd. III,2, 217쪽.

232) Goethe: Sämtliche Werke, Bd. XVI, 868쪽; Gerhard: Wahrheit und Dichtung in der Überlieferung des Zusammentreffens von Goethe und Schiller im Jahr 1794, in. Jahrbuch des Freien Deutschen Hochstifts 1974, 17쪽 이하와 Mayer: Ein Versuch über den Erflog, 61쪽 이하를 비교.

233) Goethe: Sämtliche Werke, Bd. XVI, 868쪽.

234) Hahn: Im Schatten der Revolution-Goethe und Jena im letzten Jahrzehnt des 18. Jahrhunderts, in: Jahrbuch des Wiener Goerhe-Vereins 81-83(1977-79), 48쪽 이하 계속과 비교.

235) Schlegel: Werke. Kritische Ausgabe, Bd. II, 8쪽.

236) G. Schulz: 〔J. W. Goethe〕 *In wiefern die Idee: Schönheit sey Vollkommenheit mit Freyheit, auf organische Naturen angewendet werden könne*, in: Goethe-Jahrbuch 14/15(Neue Folge)(1952/53), 144쪽 이하와 Müller-Seidel: 앞의 책, 110쪽 이하를 비교.

237) Barner, Wilfried 외(발행): Unser Commercium. Goethes und Schillers Literaturpolitik, 385쪽 이하의 Barner와 비교.

238) Borchmeyer: Über eine ästhetische Aporie in Schillers Theorie der modernen Dichtung. Zu seinen 〈sentimentalischen〉 Forderungen an Goethes Wilhelm Meister und Faust, in. JDSG 22(1978), 303쪽 이하와 Boyle: 앞의 책, 504쪽 이하를 비교.

239) Goethe: Sämtliche Werke, Bd. XII, 623쪽과 Graham: 앞의 글, 31쪽 이하, Oellers, Norberr u. Steegers, Robert: Treffpunkt Weimar. Literatur und Leben zur Zeit Goethes, 147쪽 이하를 비교.

240) Goethe: Werke, Abt. IV, Bd. 19, 8쪽.

241) (v. Humboldt): Wilhelm und Caroline v. Humboldt in ihren Briefen. 7 Bde., Bd. I, 52쪽.

242) v. Humboldt, Gesammelte Schriften, Bd. I, 78쪽.

243) (Möser, Justus): Justus Mösers sämmtliche Werke, neu geordnet und aus dem Nachlasse desselben gemehrt durch B. R. Abeken. Dritter Theil, 67쪽.

244) v. Humboldt, Gesammelte Schriften, Bd. I, 129쪽과 Borchmeyer: Über eine ästhetische Aporie in Schillers Theorie der modernen Dichtung. Zu seinen 〈sentimentalischen〉 Forderungen an Goethes Wilhelm Meister und Faust, in. JDSG 22(1978), 303쪽 이하, Scurla: Wilhelm von Humboldt. Werden und Wirken, 41쪽 이하 계속을 비교.

245) (v. Humboldt): Wilhelm und Caroline v. Humboldt in ihren Briefen. 7 Bde., Bd. I, 61쪽.

246) Freese(발행): Wilhelm von Humboldt. Sein Leben und Wirken, dargestellt in Briefen, Tagebüchern und Dokumenten seiner Zeit, 262쪽.

247) Geiger(발행): Charlotte von Schiller und ihre Freunde. Auswahl aus ihrer Korrespondenz, 107쪽.

248) Hölderlin: 앞의 책, Bd. VI, 139쪽.

249) Wilson: Das Goethe-Tabu. Protest und Menschenrechte im klassischen Weimar, 177쪽과 비교.

250) Goethe: Werke, Abt. IV, Bd. 10, 250쪽.

251) Fichte: Ueber Geist und Buchstab in der Philosophie. In einer Reihe von Briefen(1794)(Abdruck der Erstfassung), in. Goethe-Jahrbuch 17(Neue Folge)(1955), 127쪽 이하.

252) Fichte: Ueber Geist und Buchstab in der Philosophie. In einer Reihe von Briefen(1794)(Abdruck der Erstfassung), in. Goethe-Jahrbuch 17(Neue Folge)(1955), 138쪽 이하.

253) Goethe: Sämtliche Werke, Bd. XIII, 66쪽 이하 계속.

254) Fichte: Beitrag zur Berichtigung der Urteile des Publikums über die französische Revolution(1793), 114쪽 이하의 Schulz와 비교.

255) Bräutigam: 'Generalisierte Individualität'. Eine Formel für Schillers philosophische Prosa, in. 'die in dem alten Haus der Sprache wohnen'.

Beiträge zum Sprachdenken in der Literaturgeschichte. Festschrift, 157쪽과 Schaefer: Philosophie und Essayistik bei Friedrich Schiller, 197쪽 이하, Meyer: Schillers philosophische Rhetorik, in. Euphorion 53(1959), 344쪽 이하를 비교.

256) Heine: Historisch-kritische Gesamtausgabe der Werke, in Verbindung mit dem Heinrich-Heine-Institut, Bd. VIII, 102쪽.

257) Biedermann: Werke und Briefe, 248쪽.

258) Schelling: 앞의 책, Bd. I, 341쪽.

259) Ziolkowski: 앞의 책, 71쪽 이하 계속과 비교.

260) Zimmermann: Memoire an Seine Kaiserlichkönigliche Majestät Leopold den Zweiten über den Wahnwitz unsers Zeitalters und die Mordbrenner, welche Deutschland und ganz Europa aufklären wollen(1791), 59쪽.

261) Jg. 1792, Stück 4, 95쪽.

262) Jg. I792, Stück 4, 73쪽.

263) v. Humboldt: Gesammelte Schriften, Bd. XIV, 337쪽.

264) Mann: 앞의 책, Bd. VI, 367쪽.

265) Kant: 앞의 책, Bd. XI, 268쪽.

266) Weber, 게재서: Brandt, Helmut(발행): Friedrich Schiller. Angebot und Diskurs. Zugänge, Dichtung, Zeitgenossenschaft, 455쪽 이하와 비교.

267) Sengle: Wieland, 408쪽과 비교.

268) Horn, 게재서: Strack, Friedrich(발행): Evolution des Geistes: Jena um 1800. Natur und Kunst, Philosophie und Wissenschaft im Spannungsfeld der Geschichte, 306쪽 이하 계속, G. Schulz: Schillers *Horen*. Politik und Erziehung, 37쪽 이하 계속과 비교.

269) Geiger(발행): 앞의 책, 111쪽.

270) Fambach: Schiller und sein Kreis in der Kritik ihrer Zeit. Die wesentlichen Rezensionen aus der periodischen Literatur bis zu Schillers Tod, begleitet von Schillers und seiner Freunde Äußerungen zu deren Gehalt. In Einzeldarstellungen mit einem Vorwort und Anhang: Bibliographie der Schiller-Kritik bis zu Schillers Tod, 289쪽 이하.

271) Heuer, 게재서: Strack, Friedrich(발행): 앞의 책, 142쪽 이하 계속과 비교.

272) Fambach: 앞의 책, 142쪽.

273) Fambach: 앞의 책, 166쪽.

274) Fambach: 앞의 책, 225쪽 이하 계속.

275) Nicolai: Gesammelte Werke, Bd. XX, III, 12, 294쪽 이하.

276) Hölderlin: 앞의 책, Bd. VI, 1, 330쪽.

277) Reed, 게재서: Barner, Wilfried 외(발행): Unser Commercium. Goethes und Schillers Literaturpolitik, 40쪽 이하 계속과 비교.

278) Raabe, 게재서: Schiller, Friedrich(발행): Die Horen. Eine Monatsschrift (1795-1797). Fotomechanischer Nachdruck, Bd. I, Einführung, 9쪽.

279) Köpke, 게재서: Wittkowski, Wolfgang(발행): Friedrich Schiller. Kunst, Humanität und Politik in der späten Aufklärung. Ein Symposium, 382쪽.

280) Dazu Pfotenhauer: Um 1800. Konfigurationen der Literatur, Kunstliteratur und Ästhetik, 216쪽 이하 계속.

281) Borchmeyer: Goethe. Der Zeitbürger, 222쪽 이하 계속.

282) Szondi: Schriften. Bd. II, 70쪽과 비교.

283) Jauß: Schlegels und Schillers Replik auf die 'Querelle des Anciens et des Modernes', in: Ders.: Literaturgeschichte als Provokation, 96쪽 이하와 비교.

284) Barner, 게재서: Vosskamp, Wilheim(발행): 앞의 책, 62쪽 이하 계속과 비교.

285) Dazu Zelle: 앞의 책, 200쪽 이하 계속; anders Bohrer: Der Abschied. Theorie der Trauer, 338쪽.

286) [Diderot/d'Alembert]: Encyclopédie ou Dictionnaire Raisonné Des Sciences, Des Arts, et Des Métiers, par une société de gens des lettres, Bd. XI, 10쪽; Zelle: 앞의 책, 194쪽과 비교.

287) Sulzer: 앞의 책, Bd. II, 298쪽.

288) Mendelssohn: Gesammelte Schriften. Jubiläumsausgabe, 194쪽.

289) Mendelssohn: 앞의 책, 217쪽.

290) Kant: 앞의 책, Bd. X, 276쪽.

291) Jean Paul: Sämtliche Werke, Bd. I,5, 86쪽.

292) Garve: Popularphilosophische Schriften über literarische, aesthetische und gesellschafliche Gegenstände(1792-1802), Bd. I, 43쪽; Zelle: Die doppelte Ästhetik der Moderne. Revisionen des Schönen von Boileau bis Nietzsche, 194쪽 이하.

293) Novalis: 앞의 책, Bd. II, 413쪽.

294) Garve: 앞의 책, Bd. I, 197쪽.

295) Szondi: Poetik und Geschichtsphilosophie, Bd. II, 41쪽 이하 계속과 비교.

296) Schöne: Götterzeichen, Liebeszauber, Satanskult. Neue Einblicke in alte Goethe-texte, 105쪽.

297) Schlegel: Vorlesungen über Ästhetik I(1798–1803), 765쪽.

298) Szondi: Schriften, Bd. II, 59쪽 이하 계속; Japp: Literatur und Modernität, 180쪽 이하 계속과 비교.

299) Kant, 앞의 책, Bd. III, 122쪽.

300) Szondi: Schriften, Bd. II, 83쪽; Barner, 게재서: Vosskamp, Wilheim(발행): 앞의 책, 67쪽, Boyle:, 346쪽 이하를 비교.

301) Zelle: 앞의 책, 202쪽 이하, Homann: 앞의 책, 86쪽 이하, Japp: 앞의 책, 184쪽과 비교.

302) Schlegel: Werke. Kritische Ausgabe, Bd. II, 147쪽 이하.

303) Schlegel: Werke. Kritische Ausgabe, Bd. I, 209쪽.

304) Schlegel: Werke. Kritische Ausgabe, Bd. I, 276쪽 이하 계속.

305) Schlegel: Werke. Kritische Ausgabe, Bd. I, 315쪽.

306) Schlegel: Werke. Kritische Ausgabe, Bd. I, 211쪽.

307) Brinkmann: Romantische Dichtungstheorie in Friedrich Schlegels Frühschriften und Schillers Begriffe des Naiven und Sentimentalischen. Vorzeichen einer Emanzipation des Historischen, in: DVjs 32(1958), 360쪽 이하와 비교.

308) Schlegel: Werke. Kritische Ausgabe, Bd. I, 269쪽 u.ö.

309) Schlegel: Werke. Kritische Ausgabe, Bd. I, 270쪽.

310) Schlegel: Werke. Kritische Ausgabe, Bd. I, 269쪽.

311) Schlegel: Werke. Kritische Ausgabe, Bd. I, 261쪽.

312) Hölderlin: 앞의 책, Bd. VI, I, 229쪽.

313) Jauß: 앞의 책, 103쪽 이하와 비교.

314) Schlegel: Werke. Kritische Ausgabe, Bd. XVI, 85쪽(Nr. 2).

315) Schelling: 앞의 책, Bd. I, 696쪽.

316) Schlegel: Werke. Kritische Ausgabe, Bd. I, 36쪽 이하.

317) Schlegel: Werke. Kritische Ausgabe, Bd. I, 44쪽.

318) Bräutigam: Leben wie im Roman. Untersuchungen zum ästhetischen

Imperativ im Frühwerk Friedrich Schlegels(1794–1800), 24쪽 이하 계속, Feger: 앞의 책, 336쪽 이하, Schröder: Schillers Theorie ästhetischer Bildung zwischen neukantianischer Vereinnahmung und ideologiekritischer Verurteilung, 216쪽 이하와 비교.

319) Schelling: 앞의 책, Bd. II, 210쪽 이하 계속.

320) Novalis: 앞의 책, Bd. II, 318쪽.

321) Novalis: 앞의 책, Bd. II, 323쪽.

322) Schlegel: Werke. Kritische Ausgabe, Bd. II, 248쪽.

323) Novalis: 앞의 책, Bd. II, 389, 391쪽; Blumenberg: Die Lesbarkeit der Welt, 254쪽 이하 계속과 비교.

324) V Janz: Autonomie und soziale Funktion der Kunst. Studien zur Ästhetik von Schiller und Novalis, 25쪽 이하 계속과 비교.

제7장

1) Hamburger: Schiller und die Lyrik. in. JDSG 16(1972), 309쪽 이하 계속.

2) Bürger: Gedichte. Zwei Teile, Bd. I, 9쪽.

3) Müller-Seidel: Die Geschichtlichkeit der deutschen Klassik. Literatur und Denkformen um 1800, 87쪽 이하와 Bernauer: "Schöne Welt, wo bist du?" Über das Verhältnis von Lyrik und Poetik bei Schiller, 169쪽 이하를 비교.

4) Bürger: 앞의 책, Bd. I, 15쪽.

5) Hinderer: Schiller und Bürger. Die ästhetische Kontroverse als Paradigma, in. Jahrbuch des Freien Deutschen Hochstifts 1986, 140쪽 이하.

6) Berghahn: Ansichten eines Idealisten, 104쪽 이하.

7) Mendelssohn: Gesammelte Schriften. Jubiläumsausgabe, Bd. III,1, 337쪽.

8) Herder: Sämmtliche Werke, Bd. XXXII, 73쪽.

9) Müller-Seidel: 앞의 책, 92쪽 이하와 비교.

10) Herder: 앞의 책, Bd. XXVII, 170쪽 이하 계속.

11) Sulzer: Allgemeine Theorie der Schönen Künste, Bd. II, 189쪽.

12) Kant: Werke, Bd. XII, 296쪽.

13) Kant: 앞의 책, Bd. III, 173쪽 이하(A 116쪽 이하)와 Dod: Die Vernünftigkeit

der Imagination in Aufklärung und Romantik. Eine komparatistische Studie zu Schillers und Shelleys ästhetischen Theorien in ihrem europäischen Kontext, 64쪽 이하와 비교.

14) Kant: 앞의 책, Bd. XII, 480쪽 이하 계속(§§29 이하).

15) Oellers: Friedrich Schiller. Zur Modernität eines Klassikers, 126쪽 이하, Kurscheidt, 804쪽 이하 계속.

16) Ortlepp: Schillers Bibliothek und Lektüre, in. Neue Jahrbücher für das klassische Altertum, Geschichte und deutsche Literatur 18(1915), 376쪽 이하.

17) [Schiller, Friedrich]: Schillers Calender, 137쪽.

18) Oellers: Friedrich Schiller. Zur Modernität eines Klassikers, 125쪽 이하와 비교.

19) Mix: Die deutschen Musen-Almanache des 18. Jahrhunderts, 71쪽 이하.

20) Goethe: Sämtliche Werke, Bd. XIV, 743쪽.

21) Biedermann(발행): Schillers Gespräche, 190쪽.

22) Oellers: Friedrich Schiller. Zur Modernität eines Klassikers, 21쪽 이하와 비교.

23) Biedermann(발행): 앞의 책, 245쪽.

24) Goethe: Sämtliche Werke, Bd. XII, 289쪽.

25) Oellers: Friedrich Schiller. Zur Modernität eines Klassikers, 141쪽.

26) Braun(발행): Schiller und Goethe im Urtheile ihrer Zeitgenossen, Bd. I,3, 364쪽.

27) Hegel: Werke, Bd. XIII, 90쪽.

28) Storz: Gesichtspunkte für die Betrachtung von Schillers Lyrik, in. JDSG 12(1968), 273쪽, Berghanh: Schiller. Ansichten eines Idealisten, 157쪽.

29) Mayer: Schillers Gedichte und die Traditionen deutscher Lyrik, in. JDSG 4(1960), 89쪽, Koopmann(발행): Schiller-Handbuch, 281쪽 이하의 Schwarz를 비교.

30) v. Humboldt(발행): Briefwechsel zwischen Schiller und Wilhelm v. Humboldt, 26쪽.

31) Creuzer: Symbolik und Mythologie der alten Völker, besonders der Griechen, 70쪽.

32) Goethe: Sämtliche Werke, Bd. IX, 529쪽.

33) Goethe: Werke, Abt. I, Bd. 47, 91쪽.

34) Schlegel: Werke. Kritische Ausgabe, Bd. II, 318쪽.

35) Novalis: Werke, Tagebücher und Briefe, Bd. II, 254쪽.

36) Hegel: 앞의 책, Bd. I, 236쪽.

37) Frank: Der kommende Gott. Vorlesungen über die Neue Mythologie, 153쪽 이하와 Bohrer(발행): Mythos und Moderne. Begriff und Bild einer Rekonstruktion, 52쪽 이하와 비교.

38) Friedl: Verhüllte Wahrheit und entfesselte Phantasie. Die Mythologie in der vorklassischen und klassischen Lyrik Schillers, 129쪽 이하와 Koopmann(발행), 앞의 책, 281쪽 이하의 Schwarz를 비교.

39) Alt: Begriffsbilder. Studien zur literarischen Allegorie zwischen Opitz und Schiller, 618쪽 이하.

40) v. Wiese: Friedrich Schiller, 437쪽과 Koopmann(발행): 앞의 책, 132쪽 이하 계속의 Bartl을 비교.

41) Bräutigam: "Generalisierte Individualität". Eine Formel für Schillers philosophische Prosa, 게재: "die in dem alten Haus der Sprache wohnen". Beiträge zum Sprachdenken in der Literaturgeschichte, 153쪽 이하와 Jolles: Dichtkunst und Lebenskunst. Studien zum Problem der Sprache bei Friedrich Schiller, 119쪽 이하를 비교.

42) Kaiser: Geschichte der deutschen Lyrik von Goethe bis Heine. Ein Grundriß in Interpretationen, Bd. I, 52쪽 이하.

43) Staiger: Friedrich Schiller, 213쪽 이하와 Kaiser: Von Arkadien nach Elysium. Schiller-Studien, 12쪽 이하를 비교.

44) Ohlenroth: Bilderschrift. Schillers Arbeit am Bild, 118쪽과, Koopmann: 앞의 책, 123쪽 이하 계속의 Bartl을 비교.

45) Fambach(발행): Schiller und sein Kreis in der Kritik ihrer Zeit. Die wesentlichen Rezensionen aus der periodischen Literatur bis zu Schillers Tod, begleitet von Schillers und seiner Freunde Äußerungen zu deren Gehalt. In Einzeldarstellungen mit einem Vorwort und Anhang: Bibliographie der Schiller-Kritik bis zu Schillers Tod, 268쪽.

46) Kurz: Mittelbarkeit und Vereinigung. Zum Verhältnis von Poesie, Reflexion und Revolution bei Hölderlin, 43쪽 이하와 비교.

47) Bernauer: 앞의 책, 110쪽 이하와 비교.

48) Wieland: Sämmtliche Werke in 39 Bänden, Leipzig 1794–1811. Faksimile-

Neudruck, Bd. X, 13쪽.

49) Winckelmann: Gedanken über die Nachahmung der griechischen Werke in der Malerei und Bildhauerkunst(1755), 4쪽.

50) Schiller(발행): Thalia, Hft. 2(Bd. I), 11쪽.

51) Hegel: 앞의 책, Bd. I, 231쪽.

52) Hegel: 앞의 책, Bd. I, 232쪽.

53) Hegel: 앞의 책, Bd. III, 525쪽 이하 계속.

54) Segebrecht(발행): Gedichte und Interpretationen. Klassik und Romantik, 37쪽 이하 계속의 Demmer와 Kaiser: Geschichte der deutschen Lyrik von Goethe bis Heine. Ein Grundriß in Interpretationen, Bd. II, 437쪽을 비교.

55) Frühwald: Die Auseinandersetzung um Schillers Gedicht *Die Götter Griechenlands*, in: JDSG 13(1969), 251쪽 이하와 비교.

56) Fambach(발행): 앞의 책, 44쪽 이하 계속.

57) Frühwald: 앞의 책, 251쪽 이하 계속과 Dahnke: Schönheit und Wahrheit. Zum Thema Kunst und Wissenschaft in Schillers Konzeptionsbildung am Ende der achtziger Jahre des 18. Jahrhunderts, in: Ansichten der deutschen Klassik, 96쪽 이하 계속을 비교.

58) Goethe: Sämtliche Werke, Bd. V, 311쪽.

59) Schelling: Ausgewählte Schriften in 6 Bänden, Bd. II, 227쪽.

60) Hegel: 앞의 책, Bd. XIV, 115쪽과 Jean Paul: Sämtliche Werke, Bd. I/5, 84쪽을 비교.

61) Heine: Historisch-kritische Gesamtausgabe der Werke, in Verbindung mit dem Heinrich-Heine-Institut, Bd. I/1, 417쪽과 Oellers(발행): Gedichte von Friedrich Schiller. Interpretationen, 81쪽 이하의 Koopmann을 비교.

62) v. Wiese: Friedrich Schiller, 568쪽 이하.

63) Jg. 1792, 5. Stck., 242.

64) Dahnke: 앞의 책, 113쪽 이하와 비교.

65) David: Schillers Gedicht *Die Künstler*. Ein Kreuzweg der deutschen Literatur, 게재: Ordnung des Kunstwerks. Aufsätze zur deutschsprachigen Literatur zwischen Goethe und Kafka, 50쪽 이하 계속의 Koopmann: Koopmann(발행): 앞의 책, 313쪽 이하.

66) Hegel: 앞의 책, Bd. I, 235쪽.

67) Fambach(발행): 앞의 책, 195쪽 이하 계속.

68) Oellers: *Das Reich der Schatten, Das Ideal und das Leben*, 게재: Edition und Interpretation. Jahrbuch für Internationale Germanistik, 44쪽 이하의 Koopmann과 Segebrecht(발행): Gedichte und Interpretationen. Klassik und Romantik, 83쪽 이하를 비교.

69) Kant: 앞의 책, Bd. VIII, 141쪽.

70) Kant: 앞의 책, Bd. VII, 196쪽.

71) Schopenhauer: Werke in zehn Bänden. Zürcher Ausgabe, Bd. I, 98쪽.

72) 해당 자료 없음. Wentzlaff-Eggebert: Friedrich-Wilhelm: Schillers Weg zu Goethe, 249쪽 이하와 Oellers: Friedrich Schiller. Zur Modernität eines Klassikers, 168쪽 이하.

73) Goethe: Sämtliche Werke, Bd. II, 141쪽.

74) Moritz: Werke, Bd. II, 752쪽과 Oellers(발행): Gedichte von Friedrich Schiller. Interpretationen, 137쪽의 Hinderer를 비교.

75) Michelsen: Der Bruch mit der Vater-Welt. Studien zu Schillers *Räubern*, 30쪽 이하, Sträßner: Tanzmeister und Dichter. Literatur-Geschichte(n) im Umkreis von Jean-Georges Noverre, Lessing, Wieland, Goethe, Schiller, 195쪽.

76) Oellers: Friedrich Schiller. Zur Modernität eines Klassikers, 192쪽 이하 계속과 Rüdiger: Schiller und das Pastorale, in: Schiller. Zum 10. November 1959. Festschrift des Euphorion, 15쪽 이하 계속을 비교.

77) Bräutigam: Leben wie im Roman. Untersuchungen zum ästhetischen Imperativ im Frühwerk Friedrich Schlegels(1794-1800), 158쪽과 Habel: Schiller und die Tradition des Herakles-Mythos, 게재: Terror und Spiel. Probleme der Mythenrezeption(=Poetik und Hermeneutik 4), 292쪽 이하를 비교.

78) Sträßner: 앞의 책, 215쪽 이하.

79) Oellers(발행): Gedichte von Friedrich Schiller. Interpretationen, 166쪽 이하의 Golz와 비교.

80) Schiller(발행): Die Horen. Eine Monatsschrift(1795-1797). Fotomechanischer Nachdruck, Bd. I/II, 5장, 102쪽.

81) Goethe: Sämtliche Werke, Bd. IV, 401쪽.

82) Mendelssohn: 앞의 책, Bd. I, 85쪽, Sulzer: 앞의 책, Bd. II, 263쪽.

83) Oellers: Friedrich Schiller. Zur Modernität eines Klassikers, 179쪽.

84) Goethe: Sämtliche Werke, Bd. I, 200쪽과 Oellers: Friedrich Schiller. Zur Modernität eines Klassikers, 184쪽을 비교.

85) Wohlleben: Ein Gedicht, ein Satz, ein Gedanke-Schillers *Nänie*, in: Deterding, 65쪽 이하.

86) Braun(발행): 앞의 책, 370쪽.

87) Berghahn: Schiller. Ansichten eines Idealisten, 156쪽

88) Walser: Liebeserklärungen, 165쪽.

89) Riedel: *Der Spaziergang*. Ästhetik der Landschaft und Geschichtsphilosophie der Natur bei Schiller, 22쪽과 비교.

90) Fambach(발행): 앞의 책, 192쪽.

91) Oellers: Friedrich Schiller. Zur Modernität eines Klassikers, 192쪽 이하와 비교.

92) Ziolkowski: The Classical German Elegy. 1795–1850, 15쪽 이하.

93) Schiller(발행): Die Horen. Eine Monatsschrift(1795–1797). Fotomechanischer Nachdruck, Bd. III, 1001쪽 이하 계속과 Ziolkowski: Das Wunderjahr in Jena. Geist und Gesellschaft 1794/95, 252쪽 이하 계속을 비교.

94) Riedel: 앞의 책, 34쪽 이하와 Curtius: Europäische Literatur und lateinisches Mittelalter, 202쪽 이하 계속을 비교.

95) Ziolkowski: Das Wunderjahr in Jena. Geist und Gesellschaft 1794/95, 299쪽 이하.

96) Stenzel: "Zum Erhabenen tauglich". Spaziergang durch Schillers *Elegie*, in: JDSG 19(1975), 167쪽 이하 계속과 비교.

97) Oellers(발행): Gedichte von Friedrich Schiller. Interpretationen, 172쪽 이하 계속의 Jeziorkowski와 Ziolkowski: Das Wunderjahr in Jena. Geist und Gesellschaft 1794/95, 283쪽 이하를 비교.

98) Rousseau: Schriften zur Kulturkritik. Französisch-Deutsch. Eingel., 12쪽.

99) Kleist: Sämtliche Werke, 37쪽과 Riedel: 앞의 책, 52쪽 이하 계속을 비교.

100) Jäger: Politische Metaphorik im Jakobinismus und im Vormärz, 42쪽.

101) Schelling: 앞의 책, Bd. II, 255쪽.

102) Strack(발행): Evolution des Geistes: Jena um 1800. Natur und Kunst, Philosophie und Wissenschaft im Spannungsfeld der Geschichte, 585쪽, Riedel: 앞의 책 115쪽 이하 계속의 Jamme를 비교.

103) Segebrecht(발행): Gedichte und Interpretationen. Klassik und Romantik, 69쪽 이하, Anderegg: Friedrich Schiller. *Der Spaziergang*. Eine Interpretation, 44쪽 이하, Riedel: 앞의 책, 96쪽 이하의 Stenzel과 비교.

104) Foucault: Die Ordnung der Dinge, 203쪽 이하 계속.

105) Hölderlin: Sämtliche Werke. Große Stuttgarter Ausgabe, Bd. III, 163쪽.

106) Hölderlin: 앞의 책, Bd. IV,1, 282쪽 이하 계속.

107) Kaiser: Geschichte der deutschen Lyrik von Goethe bis Heine. Ein Grundriß in Interpretationen, Bd. II, 448쪽 이하, Ziolkowski: Das Wunderjahr in Jena. Geist und Gesellschaft 1794/95, 292쪽.

108) Scherpe: Analogon actionis und lyrisches System. Aspekte normativer Lyriktheorie in der deutschen Poetik des 18. Jahrhunderts, in: Poetica 4(1971), 58쪽 이하.

109) Geiger(발행): Charlotte von Schiller und ihre Freunde. Auswahl aus ihrer Korrespondenz, 112쪽.

110) Bovenschen: Die imaginierte Weiblichkeit. Exemplarische Untersuchungen zu kulturgeschichtlichen und literarischen Präsentationsformen des Weiblichen, 244쪽 이하 계속과 비교.

111) v. Humboldt: Gesammelte Schriften, Bd. I, 322쪽.

112) v. Humboldt: Gesammelte Schriften, Bd. I, 319쪽.

113) Fuhrmann: Revision des Parisurteils. 'Bild' und 'Gestalt' der Frau im Werk Friedrich Schillers, in: JDSG 25(1981), 324쪽 이하 계속과 비교.

114) Hörisch: Brot und Wein. Die Poesie des Abendmahls, 75쪽.

115) Hegel: 앞의 책, Bd. I, 230쪽 이하와 Frank: Der kommende Gott. Vorlesungen über die Neue Mythologie, 257쪽 이하를 비교.

116) Hölderlin: 앞의 책, Bd. II,1, 94, v. 137쪽 이하 계속.

117) Hegel: 앞의 책, Bd. III, 91쪽.

118) Oellers(발행): Gedichte von Friedrich Schiller. Interpretationen, 276쪽의 Berghahn을 참조.

119) v. Humboldt(발행): Briefwechsel zwischen Schiller und Wilhelm v. Humboldt, 32쪽 이하.

120) v. Wolzogen: Schillers Leben. Verfaßt aus Erinnerungen der Familie, seinen eigenen Briefen und den Nachrichten seines Freundes Körner, II, 182쪽.

121) Oellers(발행): Schiller-Zeitgenosse aller Epochen. Dokumente zur Wirkungsgeschichte Schillers in Deutschland. Teil I 1782–1859, Bd. II, 469쪽.

122) Oellers(발행): Schiller-Zeitgenosse aller Epochen. Dokumente zur Wirkungsgeschichte Schillers in Deutschland. Teil I 1782–1859, Bd. I, 417, 450쪽.

123) v. Wiese: Friedrich Schiller, 572쪽과 비교.

124) Oellers(발행): Schiller-Zeitgenosse aller Epochen. Dokumente zur Wirkungsgeschichte Schillers in Deutschland. Teil I 1782–1859, Bd. II, 469쪽 이하.

125) Oellers(발행): Gedichte von Friedrich Schiller. Interpretationen, 272쪽의 Berghahn과 Albertsen: *Das Lied von der Glocke* oder die ästhetische Erziehung zweiter Klasse, 게재: Literatur als Dialog. Festschrift zum 50. Geburtstag von Karl Tober, 263쪽을 비교.

126) Goethe: Sämtliche Werke, Bd. IX, 185쪽.

127) Hölderlin: 앞의 책, Bd. I,1, 130쪽 이하 계속; Gaier는 해당자료 없음.

128) Hölderlin: 앞의 책, Bd. I,1, 160쪽, 113쪽 이하 계속.

129) Hölderlin: 앞의 책, Bd. III, 163쪽.

130) Strack: Ästhetik und Freiheit. Hölderlins Idee von Schönheit, Sittlichkeit und Geschichte in der Frühzeit, 238쪽.

131) Strack: 앞의 책, 239쪽.

132) Hölderlin: 앞의 책, Bd. VI, 140쪽 이하.

133) Hölderlin: 앞의 책, Bd. VI, 144쪽.

134) Hölderlin: 앞의 책, Bd. VI, 169쪽.

135) 127)의 Gaier의 책, 154쪽.

136) Hölderlin: 앞의 책, Bd. I,1, 229쪽.

137) Weiss: Hölderlin. Stück in zwei Akten. Neufassung, 66쪽.

138) Hölderlin: 앞의 책, Bd. I,1, 200쪽; Mommsen: Hölderlins Lösung von Schiller. Zu Hölderlins Gedichten *An Herkules* und *Die Eichbäume* und den Übersetzungen aus Ovid, Vergil und Euripides, in: JDSG 9(1965), 213쪽 이하계속을 비교.

139) Grimm(발행): Metamorphosen des Dichters. Das Rollenverständnis deutscher Schriftsteller vom Barock bis zur Gegenwart, 126쪽 이하의 Kurz

를 비교.

140) Schlegel: Werke. Kritische Ausgabe, Bd. XXIII, 51쪽 이하.

141) Fambach(발행): 앞의 책, 266쪽 이하.

142) Fambach(발행): 앞의 책, 267쪽.

143) Fambach(발행): 앞의 책, 268쪽.

144) Schlegel: Werke. Kritische Ausgabe, Bd. XXIII, 51쪽.

145) Schlegel: Werke. Kritische Ausgabe, Bd. XXIII, 16쪽.

146) Schlegel: Werke. Kritische Ausgabe, Bd. XXXII, 266쪽.

147) Schlegel: Werke. Kritische Ausgabe, Bd. XXIII, 324쪽.

148) Fambach(발행): 앞의 책, 341쪽.

149) Fambach(발행): 앞의 책, 293쪽.

150) Schlegel: Sämmtliche Werke, Bd. II, 172쪽; Brandt: Angriff auf den schwächsten Punkt. Friedrich Schlegels Kritik an Schillers *Würde der Frauen*, in: Aurora 53(1993), 113쪽 이하와 비교.

151) Schlegel: Werke. Kritische Ausgabe, Bd. II, 144쪽.

152) Schlegel: Werke. Kritische Ausgabe, Bd. II, 347쪽.

153) Urlichs(발행): Charlotte von Schiller und ihre Freunde, 187쪽, 269쪽 이하, 181쪽 이하 계속을 v. Wiese(발행): Deutsche Dichter der Romantik. Ihr Leben und Werk, 178쪽 이하의 Oellers와 비교.

154) Schmitt: Politische Romantik, 23쪽.

155) Goethe: Sämtliche Werke, Bd. XIV, 740쪽.

156) Goethe: Werke, Abt. IV, Bd. 49, 119쪽.

157) Goethe: Werke, Abt. IV, Bd. 46, 213쪽.

158) Jean Paul: Sämtliche Werke, Bd. III,2, 206쪽.

159) Jean Paul: Sämtliche Werke, Bd. III,2, 217쪽.

160) Chézy: Denkwürdigkeiten aus dem Leben Helmina von Chézys. Von ihr selbst erzählt, Bd. I, 150쪽.

161) Biedermann(발행): 앞의 책, 241쪽.

162) Biedermann(발행): 앞의 책, 208쪽.

163) Jean Paul: Sämtliche Werke, Bd. I,5, 173쪽.

164) Schlegel: Vorlesungen über Ästhetik I(1798-1803), Bd. II, 246쪽 이하.

165) Jacobi: Werke, Bd. II, 108쪽 이하.

166) Jean Paul: Sämtliche Werke, Bd. I,4, 26쪽 이하.
167) Goethe: Sämtliche Werke, Bd. I, 353쪽 이하.
168) Jean Paul: Sämtliche Werke, Bd. III,2, 271쪽.
169) Jean Paul: Sämtliche Werke, Bd. I,5, 394쪽 이하 계속.
170) Schwarzbauer: Die *Xenien*. Studien zur Vorgeschichte der Weimarer Klassik, 169쪽 이하 계속과 비교.
171) Koopmann(발행): 앞의 책, 19쪽의 Reed와 비교.
172) Boyle: Goethe. Der Dichter in seiner Zeit. Bd. II, 1791–1803, 497쪽.
173) Goethe: Sämtliche Werke, Bd. XI, 660쪽.
174) Boas(발행): Schiller und Goethe im Xenienkampf, Bd. II, 75쪽.
175) Fambach(발행): 앞의 책, 373쪽 이하.
176) Fambach(발행): 앞의 책, 318쪽.
177) Fambach(발행): 앞의 책, 350쪽.
178) Schulz: Friedrich Christian von Schleswig-Holstein-Sonderburg-Augustenburg und Schiller. Eine Nachlese, in: Deutsche Rundschau 122(1905), 361쪽.
179) Grimm(발행): 앞의 책, 187쪽.
180) Wittkowski(발행): Friedrich Schiller. Kunst, Humanität und Politik in der späten Aufklärung. Ein Symposium, 382쪽의 Köpke를 참고.
181) Heine: 앞의 책, Bd. VIII/1, 70쪽.
182) Schwarzbauer: 앞의 책, 218쪽 이하와 비교.
183) Barner, Wilfried 외(발행): Unser Commercium. Goethes und Schillers Literaturpolitik, 70쪽 이하와 비교.
184) Goethe: Werke, Abt. IV, Bd. 9, 180쪽 이하와 Conrady: Goethe. Leben und Werk, 616쪽 이하를 비교.
185) Schwarzbauer: 앞의 책, 256쪽 이하 계속과 비교.
186) Schlegel: Werke. Kritische Ausgabe, Bd. I, 222쪽.
187) Schlegel: Werke. Kritische Ausgabe, Bd. I, 330쪽 이하.
188) Schwarzbauer: 앞의 책, 240쪽 이하 계속, Leistner: Der Xenien-Streit, 게재: Debatten und Kontroversen, 451쪽 이하 계속과 비교.
189) Fontane: Frau Jenny Treibel(1892), 103쪽.
190) Laufhütte: Die deutsche Kunstballade. Grundlegung einer

Gattungsgeschichte, 53쪽 이하 계속과 비교.

191) Aurnhammer, Achim 외(발행): Schiller und die höfische Welt, 291쪽 이하의 Kühlmann과 비교.

192) Hinck(발행): Geschichte als Schauspiel. Deutsche Geschichtsdramen. Interpretationen, 32쪽과 비교.

193) v. Wiese: Friedrich Schiller, 611쪽 이하 계속.

194) Conrady(발행): Deutsche Literatur zur Zeit der Klassik, 162쪽의 Mecklenburg 참조.

195) Kaiser: Von Arkadien nach Elysium. Schiller-Studien, 59쪽 이하.

196) Seeba: Das wirkende Wort in Schillers Balladen. In: JDSG 14(1970), 287쪽 이하, 309쪽 이하.

197) Kaiser: Von Arkadien nach Elysium. Schiller-Studien, 70쪽 이하와 비교.

198) Seeba: 앞의 책, 318쪽.

199) Seeba: 앞의 책, 275쪽 이하.

200) Conrady(발행): Deutsche Literatur zur Zeit der Klassik, 162쪽의 Mecklenburg 참조.

201) Goethe: Werke, Abt. II, Bd. 2, 74쪽과 Segebrecht: Naturphänomen und Kunstidee. Goethe und Schiller in ihrer Zusammenarbeit als Balladendichter, dargestellt am Beispiel der *Kraniche des Ibykus*, in: Klassik und Moderne. Die Weimarer Klassik als historisches Ereignis und Herausforderung im kulturgeschichtlichen Prozeß. Walter Müller-Seidel zum 65. Geburtstag, 194쪽 이하 계속을 비교.

202) Barner, Wilfried 외(발행): 앞의 책, 514쪽 이하 계속의 Oellers와 비교.

203) Oellers: Der "umgekehrte Zweck" der 'Erzählung' *Der Handschuh*, in: JDSG 20(1976), 389쪽 이하와 비교.

204) v. Wiese: Friedrich Schiller, 614쪽.

205) Laufhütte: 앞의 책, 130쪽, Segebrecht: Die tödliche Losung "Lang lebe der König". Zu Schillers Ballade *Der Taucher*, in: Gedichte und Interpretationen. Deutsche Balladen, 128쪽.

206) Segebrecht: Die tödliche Losung "Lang lebe der König". Zu Schillers Ballade *Der Taucher*, in: Gedichte und Interpretationen. Deutsche Balladen, 113쪽 이하 계속과 반대.

207) Oellers(발행): Gedichte von Friedrich Schiller. Interpretationen, 216쪽의 Kaiser 참조.

208) Conrady(발행): Deutsche Literatur zur Zeit der Klassik, 162쪽의 Mecklenburg 참조.

209) Schlegel: Werke. Kritische Ausgabe, Bd. II, 24쪽.

210) Grillparzer: Sämtliche Werke, 326쪽 이하 계속.

211) Goethe: Sämtliche Werke, Bd. IX, 276쪽.

212) Goethe: Werke, Abt. III, Bd. 2, 69쪽.

213) Politzer: Szene und Tribunal. Schillers Theater der Grausamkeit, in: Ders.: Das Schweigen der Sirenen. Studien zur deutschen und Österreichischen Literatur, 241쪽 이하 계속, Seeba: 앞의 책, 315쪽 이하, Oellers(발행): Gedichte von Friedrich Schiller. Interpretationen, 231쪽 이하의 Pestalozzi를 참고.

214) Friedrich Schiller: Werke und Briefe in zwölf Bänden, I, 907쪽 및 Leitzmann: Die Quellen von Schillers und Goethes Balladen, 11쪽 이하 계속.

215) Benjamin: Gesammelte Schriften, Bd. I, 308쪽.

216) Politzer: 앞의 책, 241쪽 이하.

217) v. Wiese: Friedrich Schiller, 623쪽.

218) Friedl: Verhüllte Wahrheit und entfesselte Phantasie. Die Mythologie in der vorklassischen und klassischen Lyrik Schillers, 202쪽 이하; Köhnke: "Des Schicksals dunkler Knäuel". Zu Schillers Ballade *Die Kraniche des Ibykus*, in: ZfdPh 108(1989), 493쪽 이하 계속.

219) Goethe: Sämtliche Werke, Bd. I, 76쪽 이하 계속.

220) Novalis(d. i.: Friedrich v. Hardenberg): Werke, Tagebücher und Briefe, Bd. I, 115쪽.

221) Humboldt(Hg.): Briefwechsel zwischen Schiller und Wilhelm v. Humboldt, 30쪽

지은이

:: 페터 안드레 알트(Peter-André Alt)

베를린자유대학의 독문학과 교수로서 현재 이 대학의 총장직을 수행하고 있다. 총장 취임 전까지는 같은 대학 부설 '달렘연구소'의 책임자로서 이 대학의 국제적 네트워크를 조성하여 미래지향적 학문 연구의 비전을 제시했다는 평가에 힘입어 전 독일 대학의 기대를 한 몸에 받기도 했다. 그는 창의적으로 대학을 경영하는 유능한 대학 행정가일 뿐만 아니라, 학자로서 전공하는 학문 분야에서도 출중한 업적을 올림으로써 독일 학계에서도 각별히 주목을 받는 인물이다.
알트는 1960년 베를린에서 태어나 이곳 자유대학에서 주로 독일문학, 정치학, 역사학, 철학을 전공한 후 24세에 박사학위를, 33세에는 '하빌리타치온'을 취득했다. 1995년부터 보쿰대학, 뷔르츠부르크대학에서 독일 근대문학을 강의했고, 2005년에는 스승인 한스 위르겐 쉉 교수의 뒤를 이어 모교의 독문학과 교수로 부임했다. 그가 쓴 저서들 가운데에는 『실러』를 비롯해서 『프란츠 카프카』, 『계몽주의』, 『아이러니와 위기』, 『고전주의의 결승전』, 『악의 미학』 등이 그의 활발한 학술 활동의 알찬 결실로 꼽힌다. 알트 교수는 2005년 『실러』를 저술한 공로로 실러의 고향인 마르바흐 시가 수여하는 '실러 상'을 수상했고, 현재 독일 실러 학회의 회장이기도 하다.

옮긴이

:: 김홍진(金鴻振)

1938년 생으로 성균관대학교 독어독문학과를 졸업하고, 독일 쾰른대학에서 문학박사 학위를 취득했다. 숭실대학교 독어독문학과 교수로 재직하면서 인문대학장을 역임했고, 현재는 같은 대학 명예교수로 독일 고전 번역에 힘쓰고 있다. 『개선문』, 『테오리아』, 『젊은 괴테』, 『예속의 유혹』, 『본회퍼를 만나다』 등을 우리말로 옮겼으며, 주요 논문으로는 「파울 하이제의 초기 노벨레 기법」, 「기술복제 시대의 문학」, 「헤르더의 역사주의 이해」 등이 있다.

:: 최두환(崔斗煥)

1935년 생으로 한국외국어대학교 독일어과를 졸업하고(1958), 독일 괴팅겐대학에서 유학 생활을 했다(1960~1982). 중앙대학교 문리대 독어독문과 교수를 지냈으며(1982~2000), 한국괴테학회회장을 역임했다(1993~1997). 1999년 이래로 바이마르 괴테학회 명예회원이다. 현재는 도서출판 〈시와진실〉 대표. 김지하의 첫 시집 『황토(*Die gelbe Erde und andere Gedichte*)』(Suhrkamp, 1983)와 박희진의 시집 『하늘의 그물(*Himmelznetz*)』(Edition Delta, 2007)을 독일어로 옮겼고, 괴테의 『파우스트-하나의 비극』(시와진실, 2000)과 『서동시집』(시와진실, 2002)을 우리말로 옮겼다.

한국연구재단총서 학술명저번역 서양편 577

실러 2-1

생애 · 작품 · 시대

1판 1쇄 찍음 | 2015년 7월 30일
1판 1쇄 펴냄 | 2015년 8월 10일

지은이 | 페터 안드레 알트
옮긴이 | 김홍진, 최두환
펴낸이 | 김정호
펴낸곳 | 아카넷

출판등록 2000년 1월 24일(제406-2000-000012호)
413-210 경기도 파주시 회동길 445-3
전화 | 031-955-9511(편집) · 031-955-9514(주문)
팩시밀리 | 031-955-9519
책임편집 | 박수용
www.acanet.co.kr

Printed in Seoul, Korea.

ISBN 978-89-5733-423-2 94850
ISBN 978-89-5733-214-6 (세트)

이 도서의 국립중앙도서관 출판시도서목록(CIP)은
서지정보유통지원시스템 홈페이지(http://seoji.nl.go.kr)와
국가자료공동목록시스템(http://www.nl.go.kr/kolisnet)에서 이용하실 수 있습니다.
(CIP제어번호: CIP2015017560)